2018
短篇小说
年 选

张学昕 编

目 录

等待摩西	莫　言 / 001
班中餐	刘庆邦 / 015
夜　奔	李敬泽 / 027
唯有大海不悲伤	邱华栋 / 036
变　脸	范小青 / 059
球与枪	鲁　敏 / 071
巴别尔没有离开天通苑	弋　舟 / 089
发　生	蒋一谈 / 109
双鱼钥	王啸峰 / 132
骄傲的人总是孤独的	哲　贵 / 150
冰淇淋皇帝	李宏伟 / 163
午时三刻	朱　辉 / 175
女　儿	双雪涛 / 190
所有人都想离开	罗伟章 / 202

随机而动	乔 叶 / 223
赵日天终于逮到鸡了	陈应松 / 239
念兹在兹	津子围 / 255
老女新手	女 真 / 272
空中道路	班 宇 / 285
生·纸条	普 玄 / 300
沉默的母亲	张惠雯 / 321
翁先生	李 云 / 337

等待摩西

莫 言

一

柳彼得是我们东北乡资格最老的基督教徒，他孙子柳卫东是我小学同学。我们俩不但同班，而且同桌，虽然也打过几次架，但总体上关系还不错。

柳卫东原名柳摩西，"文化大革命"初起时改成了现名。当时，他不但自己改了名，还建议他爷爷改名为柳爱东。他的建议，换来了他爷爷两个大耳刮子。学校里的红卫兵头头也反对，因为他爷爷是被批斗的对象，批斗假洋鬼子柳彼得，感觉上很对路，但如果批斗一个名叫柳爱东的人，就觉得不对劲儿。

批斗柳彼得时，柳卫东特别卖力。柳彼得为此差点被揍死，柳卫东也因此赢得了信任，成了大义灭亲的"英雄"。

1975年，我当兵离开家乡，临行之前，见过柳卫东一面。他很羡慕我，因为对当时的农村青年来说，当兵是一条光明的出路。他也报过名，但最终还是因为他爷爷柳彼得的基督教徒身份受了牵连。我记得他当时悲愤地说：我这辈子，就毁在柳彼得这个老王八蛋手里了。我很虚伪地劝他，说了一些诸如"农村是一个广阔的天地，在那里也可以大有作为"之类的话。他苦笑着说：是啊，是够广阔的，出了村就是白茫茫的盐碱地，一眼望不到边儿。

我到部队不久，柳卫东就给我写了一封信，说他马上要跟马德宝的闺女马秀美结婚，希望我能送他一顶军帽，结婚时戴上神气一下。我回信告诉他，新兵只有一顶军帽，确实不能送他。他没回信，从此我们就没联系了。

得到他将与马秀美结婚的消息时，我感到很意外。因为马秀美比柳卫东大五岁，马秀美的爷爷的妹妹是柳卫东的父亲的爷爷的弟弟的妻子，论辈分柳卫东该叫她姑姑。所以这场恋爱多多少少还有点儿乱伦的意思。

早就听说马秀美跟一个东北的林业工人订了婚。她竟然解除婚约嫁给柳卫东,这背后的故事令我浮想联翩。

二

我当兵第二年,得到了一次出差顺路回家探亲的机会。不用专门打听,柳卫东和马秀美的恋爱故事扑面而来。大家都说,柳卫东其貌不扬,家境也一般,但他勾引女人确有高招。详细问下去,也没有精彩情节,但事实就是,本来已经连去东北与那林业工人结婚的车票都买好了的马秀美,突然翻悔了,任那保媒的于大嘴威胁利诱,任她的父母寻死觅活,她是铁了心不回头。那林业工人见煮熟的鸭子竟然飞了,恼怒至极,便开列了详细的账单,向马家索赔,连某年某月某日为马秀美买过一根冰棍的钱都算上。这一算,让马家几乎倾家荡产。马秀美的三个哥,都是出了名的混账角色。老大娶了媳妇,还稍微安分一点。老二老三两个光棍子,本来就是提着拳头找架打的主儿,这下可算逮着个理直气壮的打人机会。他们把柳卫东弄到村东老墓田里,拳打脚踢,逼他与妹妹断绝关系。柳卫东宁死不屈,表现得很像条汉子。据说二马毒打柳卫东时,村里很多人围着看热闹。刚开始人们都认为柳卫东该打,不少人添油加醋、煽风点火,二马俨然成了正义的化身、为民除害的英雄。但看到柳卫东被打得头破血流瘫倒在地时,人们的同情心被激发出来。有人谴责二马下手太狠;有人说柳卫东谈恋爱不犯法,但打死人要偿命。尤其是当马秀美大哭着跑来,将奄奄一息的柳卫东抱在怀里时,许多眼窝浅的人,竟然流下了同情抑或是感动的泪水。

我本来是想去柳卫东家看看的,但父亲劝我不要去。父亲说柳卫东结婚后就被他父母撵了出来,两口子在村头搭了个棚子暂住,日子过得很凄惨。我回部队那天,在村后公路边等公共汽车的时候,遇到了他们夫妇。

两年没见,柳卫东头上竟然有了很多白发。他的左腿瘸了,背也驼了,嘴里还缺了两颗门牙。他穿一件掉光纽扣的破褂子,腰上捆着一根红色的胶皮电线。马秀美原本是我们村里最漂亮的姑娘,现在已经不像样子。她已经怀了孕,看样子快生了。她穿着一件油脂麻花的男式夹克衫,肚子挺着,脸上有一道道的灰和一片片蝴蝶斑,眼角夹着眵,目光悲凉，头发蓬乱，身上散发着烂菜叶子的气味。看样子，为了这场恋爱，两个人都付出了沉重的代价。

三

等我再次回家探亲时，已是二十世纪八十年代初期，改革开放了，农村发生了翻天覆地的变化，农民的生活也有了巨大的改善。这时候，柳卫东已经成了我们东北乡的首富，成了一位据说经常与县里领导在一起喝酒的头面人物。

王超是村里开小卖部的，消息灵通人士，我听说过的有关柳卫东夫妇的传闻，多半都出自他之口。

我去小卖部打酱油时他告诉我：柳总昨天去深圳了——我感到他把柳卫东称为"柳总"带着明显的讽刺意味——猜猜看，柳总如何去深圳？坐飞机！——二十世纪八十年代初，农民坐飞机还是一件新鲜事儿——柳总坐飞机可不是第一次了，听说过些天柳总还要去日本呢！也是坐飞机去。

我去小卖部买烟时他对我说：别看你是小军官，但你抽的这种烂烟，柳总连看都不看！柳总抽英国的"555"，美国的"良友"。柳总抽烟，那派头，不亚于电影明星——王超用右手的食指和中指夹着一支粉笔，模仿着柳总抽烟的姿势。

我去小卖部买酒时，主动问他：柳总肯定不会喝这种烂酒，柳总喝什么酒呢？——他愣了一下，哈哈大笑起来。然后神秘地对我说：听说柳总要跟他老婆离婚呢！我说：这不可能吧，他们可是真正的自由恋爱，真正的患难夫妻啊！他说：此一时彼一时也，柳总现在身份变了，马秀美带不出门嘛！

四

我去乡政府东边那条街上的理发铺里理发时，遇到了柳卫东。我进去时，理发的姑娘正在给他吹头。只有一张椅子，理发姑娘让我坐在墙边的凳子上等候。我看到镜子里柳卫东容光焕发的脸。他的头发乌黑茂盛。我进去时他大概睡着了，等我坐下时他才睁开眼。我说：

"柳总！"

他猛地站起来，接着又坐下，大声说：

"你这家伙！"

"柳总！"

"哑！"他说，"骂我？你这家伙，太不够意思了吧？！回来也不来看我。"

"你是大忙人，一会儿深圳一会儿海南的，"我说，"我到哪儿去找你？"

"少找借口，"他说，"我如果欠你一万元，躲到耗子窝里你也能找到我。说说吧，回来干什么？噢，对，听说弟妹生孩子啦，你是回来伺候月子的吧？请了多少日子假？"

"是。"我说，"一个月。"

"官差不自由。"

"我索性转业回来跟你干吧。"

"讽刺我吧？"他说，"你是军官，现在是排长，过两年是连长，再过些年是营长、团长、师长，一级一级升上去，荣华富贵一辈子。我算什么？倒腾点物资，赚点小钱，现在高兴说你是企业家，过几天一翻脸就是投机倒把分子。"

"应该不会再折腾了，"我说，"你就放开手脚干吧。"

"但愿如此。"

理发姑娘放下电吹风，搬起一面镜子，照着他的后脑勺，问："满意吗，柳总？"

他抬起手轻轻按按蓬松的头发，说："还行吧。"

"满头秀发。"我说。

"又骂我，"他说，"染的嘛！在外边混，不捯饬得体面点还真不行。没听人说过？我一出村头就满口普通话。"

"这个没听说，"我笑着道，"但听说你要跟嫂子离婚。"

"谁说的？"他站起来，抖抖衣襟，说，"一定是王超那张臭嘴胡咧咧！这小子，捕风捉影，他的小卖部就是一个谣言散布中心。"

"不是他说的。"我说，"你千万别去找他。"

"其实，"他说，"背后糟蹋我的也不是王超一个。你只要混得比他们好一点，他们就巴不得你倒霉。红眼病嘛！老子是赚了钱，但老子也没捆着你们的手不让你们赚啊!"

"也不光他们这样,"我说,"天下人皆如此吧。"

"就是,可以理解,所以,随他们说什么,不嫌累他们就说去吧,老子就这样,越说坏话我干劲越大,"他指了指供销社门前空场上那一堆绿油油的竹竿,说,"那就是我刚从江西弄来的,正宗的井冈翠竹,盖房子当檩,一百年不烂!这批货出了手……"他举起左手食指对我晃了晃——我马上想到了他那根被咬掉的右手食指。

"一千?"我问。

他没回答我,从衣兜里摸出厚厚一叠钱,抽出一张,放在镜子前,对理发姑娘说,"甭找了,连他的。"

"这怎么能行?"我说。

"你跟我客气什么?"他说,"改天我请你吃饭。"

他的门牙补上了,银光闪闪,看着提神。

五

两天之后,有一个小丫头出现在我家院子里。

"你找谁呀,小姑娘?"我洗着尿布问。

"是柳卫东的女儿,叫柳眉。"我老婆把脸贴到窗棂上说,"柳眉,来啊,婶婶问你话。"

"俺爸爸让你快去。"柳眉不理睬我老婆,大眼睛盯着我说。

"好吧,你先回去吧,叔叔待会儿就去。"

"俺爸爸说让我领你去。"她执拗地说。她的眼睛像马秀美,嘴巴像柳卫东。

我跟随着柳眉,翻过河堤,到了柳卫东家的新居。

这是五间新盖的大瓦房,东西两厢,圈了一个很大的院子,黑漆大铁门上用红漆写着对联:"忠厚传家久,诗书继世长。"进门是一道用瓷砖镶了边的影壁,影壁正中是一个斗大的红"福"。院子里拴着一只狼狗,对着我凶猛地叫唤。

马秀美迎出来,手上沾着面粉,喜笑颜开地说:"快来快来,贵客登门,卫东这几天老念叨你呢!"

我看着她挺出来的肚子,问:"什么时候生?"

她忧心忡忡地说:"主保佑,这一次但愿是个带把儿的。"

我看着他们家墙壁上挂着的耶稣基督像,知道她已经成了他的信徒。

"快来!你这家伙!"柳卫东叼着烟卷,从里屋出来,说,"咱俩先喝几杯,待会儿公社孙书记也来。"

我们坐在沙发上,欣赏着他的十四英寸彩色电视机,四喇叭立体声收录机,这是当时乡村富豪家的标配。他按了一下录音机按钮,喇叭里放出了他粗哑的歌声。他说:"听听,著名男高音歌唱家柳卫东!"

马秀美进来给我倒茶,撇着嘴说:"还好意思放给别人听?驴叫似的。"

"你懂什么?"他说,"这叫美声唱法,从肚子里发音!"

"从肚子里发出的音是屁!"马秀美说。

"你这臭娘们儿怎么这么烦人呢?"柳卫东挥着手说,"滚滚滚,别破坏我们的雅兴。"

"柳总,"我说,"能不能换盘磁带?"

"想听谁的?"他说,"邓丽君的,费翔的,我这里都有。"

"不听靡靡之音,"我说,"有茂腔吗?"

"有啊,"他说,"《罗衫记》行吗?"

"行。"

六

回家后我对老婆说:"王超说柳卫东要与马秀美离婚,瞎说嘛,我看他们两口子关系很好嘛。"

"可我听别人说他在温州还有一个家,那个女的,比马秀美年轻多了。"老婆说,"男人有了钱,必定会变坏。"

"可男人没有钱,老婆就嫌他没本事。"我说。

七

1983年春天,我回乡探亲,听很多人跟我讲柳卫东失踪的事。正月里,我带着孩子去供销社买东西,看到那堆竹竿还放在那儿。数年的风吹日晒,竹竿上的绿色消失殆尽。我在集市上遇到了马秀美,她扛着一个竹篮,里边盛着十几个鸡蛋。从她灰白的头发和破烂的衣服上,我知道她的日子又过得很艰难了。

她眼里噙着泪花问我:"兄弟,你说,这个王八羔子怎么这么狠呢?难道就因为我第二胎又生了个女儿,他就撇下我们不管了吗?"

我说:"大嫂,卫东不是那样的人。"

"那你说他能跑到哪里去了呢?是死是活总要给我们个信儿吧?"

"也许,他在外边做上了大买卖……也许,他很快就会回来……"

八

现在是2012年,柳卫东失踪,已经整整三十年了。如果他还活着,已经是六十岁的老人了。三十年来,他的老婆一直等待着他。刚开始那几年,村里人多数认为柳卫东在外边又找了女人成了家,但随着时间的推移,大家都认为这个人早已不在人世。有人认为,他其实就是在县城里被人害死的。早已进城开超市的王超,偶然与我在县城洗浴中心相遇时,在桑拿房里汗流浃背的他对汗流浃背的我神秘地说:"三哥,你那个老同学,三十年前就被县城的四大公子合伙谋害了……"但马秀美一直坚信他还活着。据说柳卫东失踪之前,已经欠下了巨额的债务,柳失踪后,讨债的人把他家值钱的东西都给拿走了,只给这娘儿三个留下了一口烧饭的锅。马秀美靠捡破烂收废品把两个女儿抚养成人。大女儿柳眉初中毕业后到帆布厂做工,在那里与一个黄岛来的青工谈恋爱,后来结婚,随丈夫去了黄岛,现在已经是两个孩子的母亲。小女儿柳叶,学习很好,考上了山东师范大学,毕业后留在济南工作。这两个女儿都要将母亲接去养老,但她坚决不去。她守着那个曾经很气派,现在已经破败不堪的房子等待着丈夫的归来。在她家前边,十年前就建了一座加油站,来往的汽车都在这儿加油。马秀美每天都会夹上一摞寻人启事,提上一小桶糨糊,往那些大货车上贴寻人启事。说是寻人启事,其实是她请人写给丈夫的一封信:卫东,孩子他爹,你在哪里?见到这封信,你就回来吧,一转眼你走了快三十年了,咱的外孙盼盼都上小学三年级了,可他连姥爷的面还没见过呢。卫东,回来吧,即便你真的在外边又成了家我也不恨你,这个家永远是你的……我把家里的电话和女儿的手机都写在这里,你不愿理我,就跟女儿联系吧……

很多司机都听说过这个女人的故事,所以,他们都不制止她往自己的车上贴寻人启事。

九

现在是2017年8月1日,我在蓬莱八仙宾馆801房间。刚从酒宴上归来,匆匆打开电脑,找出2012年5月写于陕西户县的这篇一直没有发表的小说(说是小说,其实基本上是纪实)。我之所以一直没有发表这篇作品,是因为我总感觉这个故事没有结束。一个大活人,怎么能说没有了就没有了?生不见人,死不见尸,这不合常理。我总觉得白发苍苍的马秀美这样苦苦坚持着往货车上贴寻人启事,总有一天会有个结果。中国戏曲的大团圆结局模式符合我们的心理需求。当然从理论上说,柳卫东被人害死的可能性是存在的,他跑到一个人迹罕至的地方自杀了的可能性也是存在的,他失足掉进河里被鱼吃了的可能性也是存在的,他掉进山涧粉身碎骨的可能性也是存在的,他的失踪成为一个死谜的可能性也是存在的,但我和马秀美一样期待着奇迹的发生。也许,当马秀美提着一棵大白菜、拄着拐棍从集市上回到家门时,会看到门槛上坐着一个人,他双手捂着脸双肘支在膝盖上,只能看到他满头的白发。当他听到马秀美的问询抬起低垂的头时,马秀美一下子就猜到了而不是认出了他是谁。马秀美手中提着的大白菜会掉在地上吗?不会的,对一个过惯了苦日子的女人来说,即便她跌倒在地,她也不会放开手中提着的东西。马秀美会晕倒在地吗?不会的,如果晕倒就不是马秀美了。那她会怎么样呢?我回忆着读过的文学作品里的类似情节,回忆着那些当事人的表现,似乎都安不到马秀美身上。但我必须解决这个问题,必须给出一连串的描写,来展示这个苦难深重、苦苦期盼的女人突然看到失踪三十多年的男人坐在自家门槛上时内心的感受和外部的表现,似乎怎么写都不过分,似乎怎么写都不能令人满意,似乎怎么写都会落入俗套。

如果不是在酒宴上遇到了柳卫东的弟弟,我不会打开电脑来续写这部作品。我早就知道柳卫东的弟弟柳向阳生意做得很大,我们村集资修建村后那座大桥时,出资最多的就是他。东北乡的基督教徒修建教堂时,捐款最多的还是他。他的爷爷柳彼得是我们东北乡最早的基督教徒,活了一百多岁无疾而终。教徒们常以柳彼得的健康长寿为榜样,劝说群众信教。有人皈依,也有人反唇相讥,说柳彼得在集市上吃炉包喝酒,他的孙媳妇马秀美带着孩子在集市上捡菜叶子,那孩子看他吃炉包,馋得流口水,他却视而不见,只管自个儿吃。旁边的人看不过去,说:老柳,看看你那重孙女馋成什么样子了,你少吃一个,给她一个吃嘛。柳彼得却说:我不能够,她们正在承受该她们承受的苦难,然后才能享平安。

一个人,只要能对自己违背常理的行为,给出一个冠冕堂皇的理由,别人还真不好说什么,何况是借着上帝的名义。由此我也想到:马秀美之所以能够忍受着巨大的痛苦坚持到最后,是不是也是因为她的信仰?尽管她的文化水平很低,无法自己阅读《圣经》,但对教义的理解有时候并不需要借助文字,有很多心灵感应的东西,是很难用常理解释的。我听我的一个信仰基督教的外甥说,东北乡所有的教徒中,没有比马秀美更虔诚的了。每次做礼拜,她都热泪横流,失声痛哭。她跪在耶稣基督画像前,往胸口画着十字,嘴唇翕动着,嘴里念叨着:主啊,保佑他吧,保佑这个迷途的羔羊吧……而我这个外甥每次对我说起马秀美的虔诚时,也是眼含着热泪。

1975年我应征入伍,成了原内长山要塞区蓬莱守备区三十四团新兵连的一个新兵。四十二年后旧地重游,与几位老战友见面,设宴叙旧,宴席摆在八仙酒楼,喝的是"醉八仙"酒。最亲不过战友情,四十多年不见,当初血气方刚的小伙子,如今都成了齿摇眼花的老人,抚今忆昔,感慨万千,"何以解忧,唯有杜康"。酒酣耳热之际,一服务小姐对我说:先生,有您一个老乡想见您。我说:让他进来。一会儿,只见一个彪形大汉,挺着肚子,摇摇摆摆地进来,对我说:三哥,你一定不认识我了。我上下打量着他,说:看着面熟,但的确想不起来你是谁了。他说:我是柳卫东的弟弟柳向阳,小名叫马太。我娘说,我没出生时就挨了你一砖头。我不由自主地跳了起来,往事历历如到眼前。我说:马太!怎么会是你呀!我当兵时你才是个小瘦孩呀!柳向阳说:三哥,你也不想想你当兵走了多少年了!是啊,当兵离家四十二年,柳向阳也是五十多岁的人了。我很感慨,忙对我的战友们介绍他。在座的战友们,竟然多半都认识他,不认识的,也知道他。他是本地最大的房地产开发商,我的好几个战友就住在他开发的楼盘里,当面夸他的楼盘质量不错。几个有意买房的战友赶紧着跟他扫微信。我说向阳这都是我的亲战友,一个新兵连训出来的,你可要给他们优惠。他说,三哥你就放心吧,我老丈人就是原守备区的副政委,我对军人有感情。我说太好了,快坐下,喝两杯。我说你怎么知道我在这里喝酒?他说三哥您这张脸,太有个性了,您一进酒店我就知道了。我说你就直接说我丑不就得了,还文诌诌地跩啥呀。他说,三哥,您不丑,您是咱高密东北乡的美男子,我们单位有几个小伙子想整成您这模样呢。我说马太,你这是跟谁学的呀,骂人不带脏字儿。他说,三哥,我说的句句都是真话。好了,我说,坐下,罚你三杯。我还有话问你。我的一个战友问,柳总,没出生就挨一砖头是咋回事儿?他说,你问我三哥。我说:好汉不提当年勇啦。

我小时淘气在我们东北乡是有名的。看了《水浒传》系列连环画中没羽箭张清那本后,不禁心迷手痒,幻想着练出飞石神功横行天下,于是见物即投掷,竟然练出了一点准头。一日,放学回家,见一乌鸦蹲在路边槐树上叫唤,即从书包里摸出一块石子,扬手飞石,乌鸦应声坠地。正逢村里人散工回家,有目共睹,众人齐声喝彩,令我膨胀不已。又一日,放学窜出校门,大街上正嘻嘻哈哈走着一群下工的妇女,其中就有挺着大肚子的"摩西他娘"。那大肚子里孕着的,就是这个柳总。摩西他娘口大舌长,爱说爱笑,大老远儿就听到她的笑声。我与摩西他娘无仇无恨,怎会无端飞砖打她?事情的原委是:摩西他娘从东而来时,正好有一条与我有仇的黑狗从西而来,它对着我龇牙狂叫,我书包里没有现成的石子,只好弯腰从地下捡起一块碎砖头,对着那黑狗撇了过去。因砖头较大,形状又不规则,所以就偏离了我预设的轨道,斜着飞到摩西他娘肚子上。这也实在是太巧了,为什么数十个妇女走在一起,偏偏击中摩西他娘?而摩西他娘身高马大,为什么偏偏击中她的肚子?这就叫是福不是祸,是祸躲不过。与其说是摩西他娘命中该当有这一劫,不如说她肚子里的孩子该当有这一劫,与其说这腹中婴儿该当有这一劫,不如说我命中该当有这一劫。当时摩西他娘惨叫了一声就捂着肚子坐在了地上。众妇女愣了一下,紧接着就围了上去。立即有人飞跑着去摩西家报信,那时摩西的父亲在村子里担任着大队长的职务,是头面人物。立即有人飞跑着到我家去报信,说我闯下了滔天大祸。立即有人飞跑着去卫生所叫医生。很快,摩西的父亲气势汹汹地跑来了。很快,我的父亲脸色蜡黄地跑来了。很快,卫生所的医生背着药箱子跑来了。我眼前一阵黑一阵白,一阵红一阵黄,我没有害怕,只是感到有一股冰冷的气体,在身体内钻来钻去。我后来听人说,我父亲一脚将我踢出了三米多远。

摩西的父亲严肃地对我父亲说：老管，我想不会是你指使的吧？我父亲说：兄弟，如果摩西他娘有个三长两短，我让这小兔崽子偿命。正在我最危急的关头，仿佛是从地下冒出来的柳卫东（那时他还没改名字），站在我的面前，像个大人一样对我父亲说：大伯，我跟你儿子是结拜兄弟，我们虽不是同年同月同日生，但我们发誓要同年同月同日死！众人都被柳卫东这番话给镇住了。后来我父亲说：这个摩西，人小口气大，长大了必定是个大人物。摩西他娘站起来，摸摸肚子，说：我试着没有什么事，管大哥，不许你打孩子了，这是碰巧了的事儿。好了，没事儿了。摩西他娘临走时还拍了一下我的头，说：今后别手贱，嘴贱讨人嫌，手贱惹祸端。世界上很多金玉良言我都忘记了，但摩西他娘这两句话，我刻在脑海里。不久后，摩西他娘顺利产下一个大胖小子，这个大胖小子就是眼前的柳总。我没对我的战友们详说往事，我只是说：柳总啊，听到你顺利出生、身体健康的消息，这个世界上，最高兴的人，是我。

从回忆的噩梦中解脱出来，心有余悸，我端起一杯酒，说："战友们，弟兄们，我们能坐在这里喝酒，就说明我们都是有福的人。来，为了过去的一切，为了现在的一切，为了未来的一切，干杯！"

柳向阳说："大哥，你出来一下，我有几句话对你说。"

"在座的都是兄弟，有什么话你就说吧，搞那么神秘干什么？"话是这么说，但我还是站起来，跟他到了门外，听他说："我哥回来了。"

我愣了一下，兴奋地说："我就知道他没死！这家伙，三十多年了，跑到哪里去了？"

"问他，他支支吾吾，云山雾罩的，一会儿说在黑龙江，一会儿说在海南，一会儿说在一个荒无人烟的小岛上，一会儿说在深山老林里，总之，没有一句话可信。"柳向阳无奈地说，"连手机也不会用，信用卡也没见过，思维还停留在八十年代。"

我问："他现在在哪里？我要见他。"

"前天还在我这里，要我投资他的'讨还民族财富'计划，我没搭理他，昨天气哄哄地走了，说是要到黄岛他女儿家。"

"什么叫'讨还民族财富'计划？"我问。

"换汤不换药的骗局呗！什么末代皇帝在美国花旗银行存有三亿美元的巨款，加上利息超过三百亿，但需要一笔资金启动啦，国家出面不方便，委托民间办理……老一套，连傻瓜都不信，但他信。"

"我要见见他,你把柳眉的手机号给我,这几天我正好要到黄岛去。"

"你见他干什么?我觉得他的脑子出了问题。"柳向阳说着,从手机里翻出了他侄女的手机号码,报给了我。

"我就是想知道,他这三十五年到底躲在什么地方?"

"你自己问去吧,问明白后别忘了告诉我一声,"柳向阳略带嘲讽地说,"但是我要提醒你,三哥,你可千万别让他给忽悠了,我已经给柳眉和柳叶打了电话,让她们提高警惕。他手里那些文件,制作精美,凹凸纹,水印,嵌着金属线,简直比真的还像真的。而且,你不知道他的口才有多么好。"

十

黄岛还叫胶南、胶南还归昌潍地区管辖时,我曾经来过一次。那时我与柳卫东都刚学会骑自行车,我们跟着村子里的能人方明涛去赶王台集买红薯干。王台镇北有一道土岭,一条公路翻岭而过,坡很陡。如果从岭顶上骑车下来,即便脚闸手闸一起制动,车速也快得惊人。那天我的自行车前后闸都坏了,又不愿意推着自行车下大坡,于是斗胆骑车下岭。车速起初还不太快,几分钟后便如风驰电掣。耳边只听到呼呼风响,路边的树木齐刷刷地往后倒去,路上的行人、车辆都被我甩到了后边。为了不发生碰撞事故,我杀猪般的吆喝着:让开啊让开啊——我的车闸坏了——那些马车、牛车、自行车、行人,都大老远给我让路。我目不斜视,紧紧地攥着车把,一冲到底。最快时,我感到车子载着我腾空而起,风穿透我的身体,发出尖厉的啸声。等巨大的惯性消耗殆尽,我连人带车,倒在路边。过了一会儿,柳卫东和方明涛也到了。他们跳下车子,把我扶起来。柳卫东对我伸出大拇指,说:好样的!我一向瞧不起你,把你看成一个懦夫,想不到你还有这样的胆略!方明涛也说:真是蔫人出豹子,想不到你还有这胆量。柳卫东说:下次再来赶集,我也要撒开闸过把瘾。方明涛说:那你就回不去了。

柳眉和丈夫在自己开的"渔人码头"酒店的最豪华包间接待我。包间装修得金碧辉煌,土豪气十足。虽然我不喜欢这样的房间,但对他们夫妇在能容十几个人的大包间里招待我一个人,还是十分感动。我说柳眉啊,耽误你们做生意了,其实有一个安静的小房间我们说说话就行了。

她说：叔，您是稀客，如果不是我娘的面子，我们用八人大轿去抬，您也不会来的。柳眉的丈夫剃着光头，下巴上蓄着一撮山羊胡子，胳膊上刺着一条青龙，脖子上挂着一条金链子，很像影视剧里的黑社会人物。柳眉对我解释道：叔，知道您看着不顺眼，其实他是个大老实人，开饭店，混码头，不容易，留胡子刺青龙，是自我保护。我说我明白。尽管我说我只要一碗海鲜面就行了，但他们还是上了螃蟹、大虾、海参、鲍鱼、海胆……满桌子海鲜，二十个人也吃不完。我说太浪费了，太浪费了。柳眉说，叔，你好不容易来一次，般般样样的都尝尝，吃不了也浪费不了，待会儿给服务员吃。听说浪费不了，我心里稍微安宁了点。我与他们夫妇碰了一下杯，说：柳眉，不说你也知道，我来这里，主要是想见见你父亲。柳眉说：他根本就没到这里来。他怎么有脸到我这里来？他来了我也不会认他。他把我们娘儿仨扔下，三十多年，我们吃了多少苦？受了多少委屈？我记得我妹妹三岁那年，发高烧，我娘也发高烧，没钱去医院，在家里等死。我去求我老爷爷给我钱，老爷爷就说：主啊，饶恕他们吧。我去求我爷爷奶奶，爷爷奶奶关着大门不见我。我在大街上哭喊：好心的大爷大娘们，大叔大婶们，我娘病了，我妹妹也病了，可怜可怜我们吧，借给我几个钱，让我去买点药给我娘和我妹妹治病，我娘和我妹妹要是死了，我也就没有活路了……柳眉抹着眼泪说，村子里的人怕得罪我爷爷——我爷爷一直认为是俺娘勾结人把俺爹害了——只有您家俺婶婶，把我领回家，给我喝了一碗白糖水，送给我五块钱，让我赶紧给俺娘和俺妹妹买药。那年我才六岁，我六岁就担起了重担，我去了乡医院，在那儿哭晕了，医生护士都哭了，院长也被感动了，派人将我娘和我妹妹接到医院，治好了她们的病……

　　柳眉的丈夫拍了一下桌子，红着眼圈说：行了，叔好不容易来一趟，你唠叨这些陈谷子烂芝麻干什么？叔，我敬您一杯，今后您要是来黄岛，无论如何要进来坐坐。我说，好，一定。我说，柳眉，看到你们生活得很好，我感到很欣慰。我跟你父亲是好朋友，听到他还活着，我发自内心地高兴。当年他悄然蒸发，定有难言之隐，所以，我希望你和你妹妹还是要接受他。

　　柳眉说，叔，走着看吧，感情的事勉强不得。让我叫一个我恨之入骨的人为"爹"，我做不到。我说但他的确是你的爹呀。她说，叔，您的好意我明白，我会把您的意思跟我妹妹说说。不过，我妹妹比我的态度更坚决,她说只要这个男人到她家,她会立即报警。

那你母亲是什么态度呢?我小心翼翼地问。

柳眉叹一口气,道:叔,还用我说吗?您自己想想吧。

十一

我能想象出马秀美对抛弃了她和孩子三十五年后又突然出现的柳卫东的态度吗?我想象不出来。想象不出来,又很想知道,那怎么办?很简单,去问。

马秀美家的,不,应该是柳卫东家的房子和院落,并没有我想象得那样破败。我看到房顶上的太阳能感光板和墙壁上悬挂着的空调机,知道马秀美在柳卫东回来之前,在两个日子过得很好的女儿帮助下,生活水平是与村子里最富裕的人家同等的。这让我多少感到了欣慰。

我一进大门,马秀美就摇摇摆摆地迎了出来。我想象中她应该腰背佝偻,骨瘦如柴,像祥林嫂那样木讷,但眼前的这个人,身体发福,面色红润,新染过的头发黑得有点妖气,眼睛里闪烁着的是幸福女人的光芒。我知道我什么都不要问了。

"主啊,您又显灵了……"她往胸口画了一个十字,嘴里嘟哝着,又说:"大兄弟啊,还真被摩西说中了,他说这两天必有贵客上门,果不其然,你就来了……"

我问她:"卫东呢?"

她悄声说:"他已经不叫卫东了,他叫摩西。"

我问:"那么,摩西呢?在家吗?"

"在,正在跟几个教友谈话,你稍微等会儿,我给你通报一下。"

我站在她家院子里,看着这个虔诚的教徒、忠诚的女人,掀开门口悬挂的花花绿绿的塑料挡蝇绳,闪身进了屋。

我看到院子里影壁墙后那一丛翠竹枝繁叶茂,我看到压水井旁那棵石榴树上硕果累累,我看到房檐下燕子窝里有燕子飞进飞出,我看到湛蓝的天上有白云飘过……一切都很正常,只有我不正常。于是,我转身走出了摩西的家门。

2017 年 8 月 15 日于高密南山

班中餐

刘庆邦

人是铁，饭是钢，一顿不吃心发慌。范成书对这句俗话一直不能理解。他很想理解，把铁和钢放在一起想呀想呀，还是理不出一个让他满意的头绪来。人和饭的关系比较容易理解，人对饭来说，是依存的关系；饭对人来说，是被依存的关系。这对关系是铁打的关系，哪个人不吃饭都不能存活。打个比方，人的嘴一辈子都得啃在饭这个果子上，等到啃不成果子了，人的生命就该终结了。而铁是铁，钢是钢，虽说钢是由铁炼成的，但铁不炼成钢也可以独立存在，可以铸成铁锅、秤砣什么的。把人说成铁，把饭说成钢，有些风马牛，不合逻辑。后来范成书总算想通了一点点，人们之所以把铁、钢、慌放在一起说，也许没什么讲究，只不过图个押韵顺口而已，不值得皱着眉头深究。范成书想把这个问题放下算了，可别人一说到这句俗话，不知不觉间，他又皱起了眉头，差点儿劝别人不要这么说。这让范成书对自己不是很理解，一个没日没夜在井下挖煤的人，好好挖煤就是了，瞎琢磨那些生硬的字眼干什么！就是因为对自己不理解，范成书才有些管不住自己，一遇到让他放不下的字眼，他还会揪住不放。

近来在范成书脑子里转来转去的一个词儿叫能源。这跟他的工作有关，因为煤也叫能源。煤是国家能源，也是世界能源。不管什么词儿，只要能跟国家和世界沾上边，都堪称大词儿。能者，能力，能量；源者，源头，源泉，能源这个词可了不得。虽说能源是一个大词儿，好词儿，并不是用在哪里都合适，如果有一个窑哥们儿说走哇，下井挖能源去，别的窑哥们儿一定会笑话他，说他装雅，践文。挖煤就是挖煤，挖煤就得脸黑，怎么，把挖煤说成挖能源，黑脸就变成白脸了？

把能源往广处想了想，范成书觉得能源并不是无所不能。能源能烧锅，能取暖，能发电，可以供给工业，供给农业，直接作为人的能源就不行。也就是说，人不能直接吃煤，人还得靠吃饭保持体能，维持生命。当矿工被幽困在井下时，为了活命，是可以嚼一点由亿万年前的腐植物变成的原煤，但天天吃煤绝对不可以。连古人都知道，煤可以作燃料、雕刻原料、建筑材料，还可以作墨，作药，作随葬品，就是不能作食品。

这就说到班中餐了。什么是班中餐？不就是班中饭嘛！人平常说吃饭，又不说吃餐，干吗把班中饭说成班中餐呢？爱咬点文嚼点字的范成书，对班中餐的说法有些质疑。然而，班中餐的说法上边下来的，是上了煤炭工业管理部门文件的，他也只好跟着说。矿工下井挖煤，说是八小时工作制，真正工作起来，加上两头走路的时间，恐怕十个小时都不止。这个时间在井上相当于一个白天，人们要吃三顿饭。同样长度的时间，在井下爬了低山爬高山，流了白汗流黑汗，倘若一顿饭不吃，身体恐怕难以吃得消，也会影响挖煤的效率。于是，上级规定，凡是下井挖煤的矿工，班中要吃一顿饭，这顿饭的名字就叫班中餐。班中餐由矿上的食堂统一加工，免费提供。

范成书多次吃过矿上统一配送的班中餐。干活儿干到一定时候，专事送班中餐的师傅，用短扁担一头挑着班中餐，一头挑着一大铁壶温开水，就到井下来了。挖煤人听到开饭啦一声喊，便纷纷从工作面走出来，到下面的巷道集中用餐。班中餐多是一只大号的牛舌火烧，有时也会变变花样，做些像馒头夹鸡蛋、猪肉黄豆芽卤面条、用白菜豆腐做浇头的盖浇饭等。夺下高产的时候，范成书他们还在井下吃过肉包子，喝过鸡蛋汤。后来，班中餐被个体户承包，饭菜的质量就不行了。直到有一次，井下的矿工们吃班中餐吃得集体跑了肚子，班中餐食堂才被迫停止营业。国家为每个下井的矿工发放的有班中餐补贴，补贴金额多次调整上涨，已从当年的几角、几块钱，涨到目前的十多块钱。不送班中餐了怎么办？矿上就把这笔钱直接发给每个矿工，让他们自行解决班中餐问题。

从统一转为分散，由集体转为个体，班中餐的名字虽说没变，一下子丰富起来，或者说多样化起来，称得上"百花齐放，百家争鸣"。用餐时打开饭盒来看，有米饭馒头面条，包子花卷水饺，面包饼干蛋糕，鸡蛋猪蹄凤爪，应有尽有，不应有的也有。比如说，有的矿工下井不带主食，只带苹果、香蕉等水果之类。再比如说，有个矿工把饭盒打开了，一看，里面盛的不是任何可餐的东西，却是老婆的奶罩。那哥子把奶罩从饭盒里拎出来，以奶罩为参照，除了可以进行一些饱满的想象，一点儿都不能解决肚子的问题。这件事被窑哥儿们传为笑谈，倒是给班中餐增加了一点额外的趣味。让人无话可说的是，也有的矿工，下井把嘴带上了，却什么吃的都不带，只能闭着嘴巴，勒紧裤带干活儿。因为不吃班中餐，有人支撑身体的力量不够，晕倒在澡堂里的情况也是有的。

范成书可不干这样的傻事，他虽然不认同饭是钢的说法，对饭作为硬件的重要性还是承认的。他不但每个班都要吃班中餐，还要吃得饱，吃得好。他对班中餐的要求是，既要色香味俱佳，还要富有营养。范成书研究过，人身体里的能量和力量，主要是来自热量。有了足够的热量，人的身体这台机器才能发动、运转。热量不够，哆哆嗦嗦，"机器"运转起来就不会正常。没有了热量呢，人离完蛋恐怕就不远了。人体内的热量是从哪里来的呢？当然是从每天吃的饭里来的。饭里包括粮食、肉类、奶类、蛋类等，还有蔬菜，每样东西里都有热量。那么，这些东西里的热量又是从哪里来的呢？这个问题仍然难不倒范成书，他高调回答：世界上所有物质里所包含的热量都是太阳给予的。他的回答如此肯定，口气如此之大，颇有些物理学或哲学的意味，不能不让工友们怀疑。有工友说：你这样胡抡，鬼都不信。我问你，煤在地底下埋着，成天见不着太阳，煤里边的热量和太阳有什么关系呢？

范成书哈哈一笑说：你这个问题问得好，我就知道你会问这样的问题。煤现在是见不到太阳，但不要忘了，煤是由亿万年前的森林变成的，那时的森林可是成天在太阳下面晒着。森林倒下了，在地面和沼泽中堆积成黑色的腐殖质，由于地壳的不断沉降而进入地下，并在高温、高压、缺氧的情况下，经过一系列复杂的物理、化学变化，便形成了煤。煤的雅号叫太阳石，就证明着煤和太阳的关系，证明着煤里所包含的热量，都是事先由太阳给它储存起来的。

工友不服气，说：照你这样的说法，人晒晒太阳不就完了，还吃饭干什么！

范成书说：人不是冷血动物，像蛇、鳄鱼等冷血动物，晒晒太阳就可以吸收热量，调节体温。人是温血动物，或者说是恒温动物，人体所需要的热量，只能通过食物从内部吸收。

一个成天在煤窑里滚的人，知道眼珠是黑的，眼白是白的，就行了，知道这么多干什么！工友说：你哥子懂得这么多，应该到学校去教书，在井下挖煤，有点儿屈材料。

你这话我爱听，我老婆也是这么说的。

老婆顾向欣每天给范成书带什么班中餐，范成书并不知道，老婆也不提前告诉他。老婆都是把班中餐装进一只不锈钢饭盒里，外面再包上一层比较厚、不透明的塑料袋，直到他临去上班，老婆才把饭盒递给他。像是传递什么秘密，老婆每天都笑眯眯的，笑得有些神秘，仿佛在说：我不告诉你，你就美去吧你！每次在井下打开饭盒，范成书一喜，的确都能得到美的享受。老婆变着法子给他做好吃的，有时一星期都不重样。有一次，老婆给他带的米饭，米饭上面的盖头竟然是红烧鱼。范成书一见，不免有些皱眉。井下有个不成文的规矩，班中餐里一般不放鱼。凡鱼都有刺，无刺不成鱼。矿工在井下吃饭都是狼吞虎咽，没工夫挑刺。就算有工夫挑，井下光线那么差，把刺挑出来也不容易。以前他对老婆做的班中餐从未挑过"刺"，这一次恐怕要把"刺"挑一挑了。然而，他把鱼肉放在牙上咂了咂，鱼肉软软的，酥酥的，里面一点儿刺都没有，不但没有硬刺，连软刺都没有。嘴里吃着又甜又香的鱼，范成书有些感动。这好老婆，为了让他在井下也能吃到他爱吃的鱼，背地里不知用了多少心，费了多少劲呢！

这天范成书升井回到家，顾向欣一见面就问他：怎么样？

范成书塌着眼皮，不说话。

怎么，鱼刺把你的喉咙卡着了？把眼皮撩起来，看着我的眼睛！

范成书不但没撩起眼皮，反而把眼皮闭上了。闭上眼睛后，他仍然没有说话，却张开了臂膀。他张开臂膀的架势，跟螃蟹张开双螯的架势有些相像，只是他双臂张开的幅度比螃蟹双螯张开的幅度大得多。范成书的用意是明显的，在等待顾向欣投入他的怀抱，他要把他的好老婆抱一抱。

顾向欣没让范成书抱她，她在范成书手上打了一下，说：好你个臭小子，看把你美的，老婆烧的鱼好吃吧！我不但做饭做得好，又喜欢做饭，这样的好老婆到哪儿找去！

范成书双臂合拢，像是已经把顾向欣抱到了，身体还摇晃着，已陶醉得不成样子。

少跟我玩自作多情，天天给你做好吃的，你以为我是为你呢，我是为我自己。男人靠饭养，女人靠男人养。我用好茶饭把你养好了，为的是让你对我好。

明白。我现在就要对你好，让你看看我的实际行动。

顾向欣没让范成书的实际行动马上付诸行动，她说让我想想。

想什么？

想想明天给你做什么好吃的。

矿工往井下带班中餐，用金属饭盒封闭起来是必须的，因为井底还活跃着另外一种生态群体，被矿工称为"白毛女"的白毛老鼠。老鼠嗅觉灵敏，牙齿也相当厉害。如果只把班中餐包在塑料袋里，不扣进金属饭盒里，就会被老鼠们当成大餐吃掉。所以，矿工们下井哪怕只带一个馒头，或两个苹果，也要装进饭盒里。他们把饭盒带到井下后，集中挂在一处巷道的煤墙上方。到了用餐时间，他们取下饭盒，各吃各的。

吃过鱼肉饭的第二天，范成书像往日一样，接过老婆递给他的沉甸甸的饭盒，一句话没问，就把班中餐带到井下去了。不用问，老婆又给他做了好吃的。至于是什么好吃的，要得把戏成，还得盖头蒙，到时揭开盖子就知道了。吃班中餐的时间矿上有规定，上班四个半小时之后方可用餐。比如上早上的八点班，要到中午的十二点半之后，才能暂停劳动，擦一擦汗水，到工作面外面的巷道，为身体补充新的能源。季节到了春天，天气一天比一天暖。地面上草地绿了，桃花红了，万象更新，一切都是春天的气象。范成书他们到了井下，由于井底与地面隔着几百米厚的土层、沙层和岩层，他们看不到春天的景象。然而别忘了，井上往井下送的有风。井上是春天的风，那么送到井下的风就是春风。莫道井下无春天，清风徐徐报消息。风里所包含的信息是全息，井上的春天里有什么样的信息，在井下的巷道和工作面奔流的风里都可以接收到。范成书轮到上八点班，和工友米传金在一个采煤场子干活儿。范成书负责架棚，米传金负责攉煤；范成书是技术工，米传金是力工。他们是一对好搭档，互相配合默契。在吹过工作面的春风里，他们似乎闻到了花香，听到了鸟语，感受到了春天阳光的暖意。风里有春天，他们心里也有春天。心里有了春天，不管在什么环境下干活儿，他们都可以把春天带到那里。热爱劳动的人，时间总是过得很快。等他们把第一茬煤采完，就到了吃班中餐的时间。米传金对范成书说：该吃饭了。

今天的顶板有些软，有一架棚子还要加固一下。范成书让米传金先去吃，他随后就过去。

米传金的老婆给米传金做的班中餐，也是盛在不锈钢饭盒里，外面包的也是塑料袋，并和范成书的班中餐挂在一起。等范成书从工作面走出来，米传金快把班中餐吃完了。他一边吃，一边喷着嘴说真香、真香，我老婆今天做的饭真好吃!

范成书暗暗笑了一下,他以前从未听见米传金夸过自己老婆做饭好吃,今天这是怎么了,是饭真的变好吃了,还是米传金的嘴变甜了呢?他从煤墙上取下自己的班中餐,心说:真正好吃的饭在这里呢!

哎呀,我老婆以前从来没做过这么好吃的饭!米传金继续赞叹。

看把你美的,你老婆给你做了什么好吃的,把你美成这样。

我也说不太清楚,好像有羊肉、小白菜、馓子,还有辣椒丝,反正好吃得很。

连什么好吃的都说不清,真是瞎搭了你老婆的一片心意。

那嫂子给你做的是什么好吃的?

范成书把饭盒打开了,没有给米传金看。米饭上盖的是白菜豆腐,这让范成书觉得不大对劲。大白菜秋后刚下来时最好吃,冬天吃也可以,只是一到春天,白菜叶子就糠了,白菜帮子就纤维化了,再吃就跟吃草差不多。春天应该是吃青叶碧鲜的小白菜的时候,老婆怎么还让他吃大白菜呢!谁都有考虑不周的时候,看来顾向欣是晕了头了。范成书没吃白菜,先尝了一块豆腐。豆腐没进咸味,吃进嘴里像吃了豆腐渣一样,更让他失望。总的说起来,这顿班中餐要咸不咸,要淡不淡;要香不香,要甜不甜;要辣不辣,要酸不酸,跟以前每日班中餐的味道相差太远。把饭做得如此糟糕,顾向欣实在是太失水准。为了给老婆留面子,范成书半句埋怨老婆的话都没说,硬着头皮把一盒班中餐吃完了。

往塑料袋里收拾饭盒的时候,范成书突然想到,米传金会不会拿错了饭盒,吃错了饭呢?因为米传金的饭盒跟他的饭盒是一样的,包饭盒的塑料袋也都是乳白色,米传金从工作面出来又饥又渴,来不及仔细分辨,吃错饭完全有可能。范成书又记起,顾向欣为了避免他的饭盒与别人的饭盒弄混,曾特意在他的饭盒上贴了一条胶布,并用圆珠笔在胶布的布面上写上了他的名字。时间一长,刷饭盒时把胶布弄掉了。胶布虽说不在了,粘胶布留下的白胶痕迹还在,应该可以辨认出来。于是,范成书对米传金说出了他的疑问:传金,你今天是不是认错了饭盒呢?

米传金愣了一下,说不会吧?

我的饭盒上有一小块粘胶布时留下的白印子,这个饭盒的盒盖上没有。

是吗,我一点儿都没注意。米传金把已经装进塑料袋的饭盒掏了出来，用矿灯往盒盖上一照，果然照到了一小块白印子。米传金顿感羞愧，说哎呀老兄，实在对不起！

范成书赶紧安慰米传金，这有什么关系，反正都是班中餐，吃到肚子里效果是一样的。

我说今天的饭怎么这么好吃呢，原来我吃的是嫂子精心给您做的饭，您看这事儿闹的。

这样也好，权当让你尝尝你嫂子的手艺。

我嫂子的手艺太棒了，她做的饭好吃得很，怎么说呢，沾舌头。我的舌头这会儿还香着呢！

你嫂子干别的事情本事不大，就喜欢鼓捣着做吃的。

我老婆要是像嫂子那样爱鼓捣就好了。哎老兄，我老婆做的饭是不是很难吃？

很难吃也说不上，只是味道稍稍欠缺那么一点儿。

我老婆笨得像头猪，她做出来的饭也跟猪食一样。

话不能这么说，有个老婆天天给你做吃的，你就应该知足。

下班一回到家，范成书就把当天在井下发生的一幕对顾向欣说了。他没有表现出有多么遗憾，是当成一个笑话对顾向欣讲的。

顾向欣的样子却有些遗憾，说：我做的那么好吃的羊肉饭你没吃着，可惜了。那小子倒挺有口福的。米传金老婆做的饭怎么样？

范成书嘴巴不笑眼睛笑，不说。

说一说嘛，别人的老婆做的饭是不是比你老婆做的饭好吃些。

范成书的嘴巴凑近顾向欣的耳朵，像是要跟顾向欣说一句悄悄话。

顾向欣耳朵痒了一下，躲开了，说：我耳朵上肉又不多，你咬我耳朵干什么！有话大声说，不许小里小气！

米传金老婆做的饭好吃极了，要不是捏着鼻子，我一口都吃不下。都这时候了，他老婆小戴还用过时的白菜烧豆腐，我一说你就知道了。

顾向欣说：看来我还得在饭盒上贴上胶布，写上你的名字。别人一看见你的名字，就等于用胶布把他的嘴封上了。

范成书不同意再在饭盒上贴胶布，写名字，那样做好像故意防着别人似的，显得有些小气。范成书说：别人偶尔吃错饭也好，让他们知道知道我们家顾大厨的手艺。米传金吃了你做的班中餐，一直赞不绝口，说他从来没吃过这么好吃的饭。

真的？米传金真是这么说的？

我蒙你干什么，米传金还要谢谢你呢！

依你这么说，错还错对了？

本来嘛，错和对都是相对的。

又该在井下吃班中餐时，米传金把场子里煤清理干净了还不走。范成书让米传金先出去吧，他随后就到。米传金说不着急，坚持等着范成书一块儿出去，一块儿开饭，好像他一早出去又会吃错饭似的。范成书不禁摇了摇头，笑了一下，他相信人的眼有记性，舌头也有记性，米传金一次吃错饭，不会再有第二次。但他见米传金站着不走，便放下工具，拍了拍米传金的肩膀，和米传金一块儿出去了。

范成书打开饭盒，见顾向欣今天给他做的菜是鱼香肉丝。菜里不仅有肉丝，还有胡萝卜丝、青椒丝、笋丝。肉丝是酱黄色，胡萝卜丝是红色，青椒是绿色，水发玉兰片切成的笋丝是白色，黄红绿白相间，且不说菜的味道如何，只看菜的颜色就够诱人的。顾向欣盛饭的形式比往日也有所改变，往日她都是以盖浇的形式，把菜盖在米饭上，今天她把饭和菜分开，饭盒的一头盛的是白米饭，另一头盛的是鱼香肉丝，饭大约占三分之二，菜大约占三分之一。这样的形式，不知顾向欣是听别人说的，还是自己想起来的。形式是内容，也是思想。也许顾向欣觉得这样盛好看一些，也许是方便让别人尝尝她做的菜。范成书自己还没尝，却对米传金说：来，尝尝你嫂子今天炒的鱼香肉丝。

不尝不尝，你自己吃吧。

范成书看了一眼，见米传金的饭盒里盛的仍是白菜豆腐盖浇饭，他说：你客气什么，跟我不要客气。人写了好文章，希望别人能看到；人做了好吃的菜呢，同样希望别人尝一尝。他挖了一勺鱼香肉丝，放进米传金的饭盒里。

米传金显得有些不好意思，说：不是我客气，人怕比，菜也怕比，吃了嫂子做的菜，我老婆做的菜就没法吃了。

不至于吧。范成书把鱼香肉丝尝了一下，麻辣鲜香俱佳，的确好吃无比。而他挖给米传金的一勺菜，米传金还没尝。好吃的一般要到最后才吃，是最后提高的意思。如果先吃好吃的，一上来定高了口味，后面一路往下走，就会越吃越反胃。这时范成书给米传金提了一个建议：挖煤要学习，做饭也要学习，你可以让你们家小戴跟你嫂子顾向欣学学烹饪的手艺嘛！你嫂子的手艺是祖传，她姥爷、舅舅都是厨师，她母亲做菜的水平也很高。

学习好是好，小戴那么笨，嫂子愿意教她吗？

这没问题，你嫂子可喜欢显摆自己的烹饪手艺了。

顾向欣在矿上的图书阅览室上班，小戴在矿灯房上班，单位不见矿上见，两个人以前就认识。她们知道，她们的男人在同一个采煤场子干活，同安危，共患难，结成了兄弟般的情谊。而她们两个呢，虽说不是妯娌，恐怕跟妯娌也差不多。在两个男人的授意下，小戴真的登门找到了顾向欣，向顾向欣学起了炒菜的技术。顾向欣对小戴很热情，教得也很热心，恨不能把自己炒菜的技术全部教给小戴。小戴的学习态度也很好，娃娃般胖胖的脸上一直腼腆地笑着，虚心向顾向欣问这问那，恨不能自己炒的菜立马好吃起来，也能受到丈夫的夸奖。

小戴向顾向欣学习之后，范成书对米传金带的班中餐格外留意，想看看小戴做菜的技术是不是有所进步。这天，米传金带的班中餐上面盖浇的菜是红烧肉、海带和粉条。米传金刚吃了一块红烧肉，就连夸不错不错，说经过向嫂子学习，做出来的菜味道就是不一样。米传金让范成书尝一尝，鉴定一下。范成书见红烧肉有些发黑，酱色像是重了。不能拂了米传金的好意，他还是尝了一块。范成书控制着自己，才没把眉头皱起来。红烧肉的口味过于重了，而且只有咸味，没有甜味，一点层次感都没有。米传金问怎么样？范成书说还可以，肉烧得挺乎的。他没对小戴烧的红烧肉提什么意见，以免影响小戴学烧菜的积极性。

可巧，范成书这天带的班中餐，里面的菜也是红烧肉、海带和粉条。顾向欣烧的红烧肉如玛瑙，红亮诱人。取一块入口，软而不烂，肥而不腻，咸中有甜，甜中有咸，香味浓厚，却又层次分明，甚是可口。同样的饭菜，不比不知道，一比差距就出来了。有来就有往，范成书也让米传金尝一块儿他带的红烧肉。

米传金说都一样，不尝了。

尝尝吧！范成书还是让米传金尝了一块儿。

米传金咂咂嘴，品了品，说还是嫂子做的菜好吃，自己老婆烧的菜太咸了。

范成书这才说：盐是好东西，一盐提百味。盐也是坏东西，做菜放盐太多，就把别的味道遮住了。做菜放盐，关键是准确二字。说实话，我也不会做菜,这些话我都是听你嫂子说的。

米传金不明白,做菜所用的食材是一样的,自己老婆也向嫂子学习了烧菜的技术,做出来的菜为什么味道不一样呢。

熟能生巧,学得时间长了,也许味道就一样了。范成书说。

男人成天价在井下出力流汗,小戴也想让米传金吃上可口的班中餐。以前小戴对饭菜的味道不是很重视,她以为饭菜就是管饱的,只要能填饱肚子就行了,管它什么味道不味道。现在她才知道了,人要吃饱,还要吃好。这个好,主要指的就是味道。既然米传金认为范成书家范嫂做出的饭菜味道好,她接着向范嫂学习就是了。她到阅览室跟范嫂请教,到范嫂家的厨间看范嫂给她做示范。她还准备好了一些食材,把范嫂请到了家里教她。又学习实习了一段时间,结果怎么样呢?不能说小戴做班中餐的水平一点儿提高都没有,但还是不如顾向欣做出的饭菜味道好。

味道是一个问题,喜欢探讨问题的范成书,和顾向欣一块儿探讨起了味道问题。顾向欣认为,味道不是一个实在的东西,是一个虚的东西。凡是虚的东西,都很难数字化、技术化,做起来只能凭感觉。她还认为,味道不是单一性的东西,是一种综合性的东西。只有把多种味道综合在一起,综合得恰到好处,才说得上味道好。如果有一样味道使用不当,就会影响整道菜的味道。范成书不太同意顾向欣的看法,认为顾向欣把日常性的烧菜神秘化了,菜烧得好不好,好像起重要作用的是烧菜者的遗传基因和天赋,而不是后天的学习。他问顾向欣:你是不是认为自己天生就会烧菜?

你这个人,就是爱抬杠。我什么时候说过我天生就会烧菜,我不过是喜欢烧菜而已。除了喜欢,还有两条很重要,一是用心,二是耐心。烧菜如果不用心,只是为了应付肚子,完成任务,烧出的菜就不会好吃。班要天天上,日子要天天过,菜要天天烧,每天都考验着人的耐心。如果哪天没有耐心的参与,烧的菜也不会好吃。

我服了,我老婆端得厉害。你说的这些话,应该写出来,写成文章。别人看了你的文章,一定会受到启发。

你小子又在挖苦我,我哪里会写什么文章!

在一个休息日,顾向欣提出,她要请米传金和小戴两口子到家里吃饭。

范成书问:要不要我陪着?

不让，你该干吗干吗去！

哇，我大哭！

我拿盆，等着接眼泪。

你是不是要尝尝眼泪的味道？是不是要把眼泪当佐料？

不告诉你！

吃饭地点不是在井下，就不能叫班中餐。虽说不是班中餐，范成书和米传金做出的还是老爷们儿的派头，动口不动手。顾向欣在厨房里大显身手，拉小戴给她打下手。其中有两个菜，顾向欣准备好了食材，让小戴上手操作。她就站在小戴身边，从点火、放油、下材、翻炒，到先加什么，后加什么，每样佐料加多少，什么火候出锅，——指点小戴，差不多等于手把手教小戴炒菜。热腾腾的菜肴端上桌，顾向欣指出，这两个菜是小戴炒的，欢迎大家品尝。范成书尝了，米传金也尝了，都说味道不错，共同举杯向小戴祝贺！小戴的两个脸蛋红得像红柿子一样，说这都是嫂子的功劳。

喝了酒，吃了饭，等米传金两口子走后，范成书才跟顾向欣说：小戴所炒的两个菜，味道还是差一点儿，跟你亲手炒出来的菜还是不能等量齐观。

顾向欣瞪了范成书一眼：我说范老板，你的嘴巴也太刁了吧，你也太难伺候了吧！就算你当过矿上的劳动模范，对饭菜也不能这般挑剔吧！

对不起对不起！我是对事不对人。我还是想弄明白，同样的食材，同样的佐料，同样的技术，同样的操作程序，只因不是同一个人操作，为什么炒出的菜味道就不一样呢？我把我的想法说出来，你看看有没有道理。如同每个人的长相不一样，手纹不一样，活跃在身体上的微生物不一样，每个人的呼吸和手气也不一样。人在炒菜做饭的时候，难免会加入自己的呼吸和手气。呼吸、手气各异，做出的饭菜也百人百味，因人而异。个性化的味道是学不来的。

顾向欣哼了一声，说：瞎琢磨！

所以说，我老婆是天下任何人都不能代替的。

正说饭菜的味道，你扯上我干什么！

道理都是一样的。

出乎范成书意外的是，终于有一天，范成书和米传金在井下吃到了同样味道的班中餐。哥俩把两盒班中餐并排放在一块儿,你尝我的,我尝你的,没有吃出任何区别。你的菜中有椒辣、麻辣、酸辣之味,我的菜中也辣味俱全。井下比较潮湿,而辣味有提热、开胃、祛湿、祛风之功效,吃点辣味对矿工的身体大有裨益。二人吃得胃口大开之际,范成书一再夸小戴做菜的水平可以了。

一回到家,范成书就对顾向欣说:不得了,小戴已经把你的烹饪手艺学会了,今天她做的水煮肉片跟你做得一模一样,味道丝毫不差。

真的?那好呀!

范成书看见顾向欣偷偷笑了一下。

你笑什么?

我笑有的人总是疑神疑鬼,人家明明没笑,偏说人家笑了。这一说,顾向欣好像找到了笑的理由,满脸都是笑容。

顾向欣的笑,让范成书真的产生了怀疑,他问:我们今天吃的班中餐是不是都是你做的,你做了一式两份,分装在两个饭盒里,一份给了我,一份给了小戴,对不对?

顾向欣先说没有呀,又说哎,不告诉你!

2017 年 8 月 28 日至 9 月 11 日于北京和平里

夜奔

李敬泽

一

肉与火与孜然,这确实是烧烤的气味。没有什么是不可能的,这撸串与啤酒之城,马上你就会看到烧烤摊,就架在到达大厅的门口,烟气腾腾,从天上飞下来的人们,直接落入肠胃和肉体的生活。

他快步穿过大厅,大理石的地面,起舞弄清影,这空旷明亮的、冷的、工业的、禁欲的圣殿,却弥漫着烧烤的气味,像冬天盖了一夜的棉被。没有人,人都在后面,他终于逃出来,他受够了,他已经和那群人在飞机里关了七八个小时。

然后他看见了在出口接机的人群,那些子夜时分倦怠、陈旧的脸,"这些面庞从人群中涌现,湿漉漉的黑色树枝上的花瓣",他忽然想起这句诗,庞德的诗,很多年前他在湖边读过,湖边的椅子湿漉漉的。他同时嘲笑了自己一下,你总是能想起一句别人的话,你活在别人的句子里。

当然没有烧烤摊。他穿过人群,他知道没有人等他。等和被等都是牵挂,他渴望无牵无挂。

他站在候车处。据说该城的出租车极不靠谱,也许应该叫一辆快车或专车,这么想着,他脑子里闪过一串儿红色的词,抢劫、杀人、猥亵;至少,最后这件事与我无关。风雨交加,他喜欢这雨,粒粒结实坚硬,粒粒皆辛苦皆清楚明白,听说今天还下过冰雹,在冷雨中走也是好的,但是别瞎想了大叔,会感冒发烧打点滴住院,黑夜的丛林里,欲望、恐惧、恶念蠢蠢欲动,你需要一辆可以辨认的车,亮着标识灯的车。然后,那辆出租车就停在了身边。

"大叔,做啥生意的?"

他愣了一下,他意识到又碰上了饶舌的司机。他们收取的车费里大概包括着陪聊的钱,每公里几块?能不能告诉他,这份钱是为了购买沉默?

"做点小生意。"——他从不向陌生人暴露自己的职业。是个批评家?是个作家?他觉得莫名羞耻。

司机一定在后视镜里看了他一眼:这个中年男人,这张疲惫、松懈的脸,这个在深夜里奔波的人,他当然不是生意人。

好吧,进入角色。作为生意人,他得陪着司机谈谈这个城市的经济状况,不太好啊,生意难做。他觉得他是被强拉进一台戏里,随时都想停下溜走,但司机揪住不放,台词滔滔不绝:年轻人也没啥正经营生,要不然就当主播,坐在家里描眉画眼,嗖嗖地收钱。外地人来得也少,为啥呢?营商环境不好呗,那能好吗?说了不算算了不说,没契约精神呗。

车轮破开积水,声如破浪。雨更大了,路上车稀,两边高楼森然壁立,点点孤灯,深夜有人醒着。

司机在奔驰:好在咱这疙瘩人心大,没大事儿,再大的事撸个串就没了,要还有,那就再撸个串!

车突然一震,他一把撑住前座靠背,妈的这就要出大事!

车滑行着,停住了。他看见,在路边,雨中站着一个女人。

司机摇下右边的车窗,顿时风雨大作,灌满一车:

大妹儿,上哪旮啊?

女人高大、强健,黑色的短裙被雨水紧裹在身上。他看见她紧绷的腰腹,沉甸甸的乳房,长发像黑色的海草。她俯在窗前,喊了句什么。

听不清,风声雨声太大,也许她说了一个地名。

司机显然听清了:上来!这么大雨,也不拿个伞。

女人拉门跳上来,风吹凉雨打在他脸上,车门砰地关上。

车轮一声尖叫,仓皇奔逃。他想,这是电影是警匪片吗?这女人是从魔窟淫窟里逃出来后边追着一群臭流氓黑社会吗?我一个做小生意的怎么就平白无故摊上大事了呢?

回头看去,雨倾泻在后窗上,雨后边是急速退去的路。

司机已经开始谈生意:那旮老远了,这大半夜的,给一百四吧。

女人沉默。他注意到前座有微弱的蓝光,女人正在看手机。

司机等了一会儿,说:没带钱啊,手机支付呗。

女人仍不说话。他感到司机在后视镜里和他对视了一眼:那就说好了啊。

怎么就说好了,他忽然醒过神来,这应该是我叫的车吧,怎么就冷不丁上来一个。我知道这叫拼车,至少你得跟我商量一下吧,问我同意不,少收几块车钱行不行。人得有契约精神不是刚才你丫说的吗?

——好吧,他什么也没说。别扯什么契约精神了,这是个女人,在黑夜里、大雨中奔逃的一只鹿一匹狼,这辆车正在把她救走,她让这辆车充满潮湿的、兵荒马乱的危险气息。

二

手机在桌上震动,他拿起来,看了一下电话号码,陌生的。他很少接电话,更不接陌生电话,那不是让你买房或卖房,就是要把高利贷借给你。昨天睡得太晚,现在他的脑袋还不肯醒,会议室里一半人在看手机,另一半昏昏欲睡。他已经说完了自己的那一份,八分钟。他准确地把自己的话限制在八分钟,也许终有一天他也会自动巡航说啊说啊不能停,但现在,必须八分钟。坐着飞机晚点七个小时来到这个城市只是为了讲这八分钟话,这是荒诞的,但至少,在荒诞中你坚持了自制的美德,控制舌头,不让它变成一条疯跑的狗,控制你的肉身,不让它被脂肪压垮。

手机安静下来,发言的那人正在高潮。这个会就是为了谈论一部新出的小说,在这小说里,一个男人经历了一次次失败,每一次都如此倒霉如此乏味,你只能认为作者一定是恨他,以至于如此耐心地让他一次次爬起来,再一次次用同一只大脚丫子把他踹倒。而他们认为这很深刻,他们正津津有味地分析这只上帝般的大脚。这位发言者掷地有声、声如裂帛地宣称:是的,文学的立场就是站在失败者一边!

他在心里笑了一下。"失败者"未必就想站在你那一边。问题是,你对你的话是否深思?你何以判断成败?当你以那只脚来判断是否失败时,你可真是个恋足癖啊!你对那只脚该有多么崇拜。在这个会议室里,你不过是在操练你熟谙的"贯口",像个说相声的一样,同时期待着小小的成功。

他想起昨夜的大雨和大雨中的人,他想,如果现在站起来,宣布换一个地方,开始撸串喝啤酒,或许可以让先生们闭嘴?

手机又开始震动,还是那个号码,他拿起来——

一个平淡的声音:我是老周的朋友。

老周!他浑身一紧,走出会议室。

他和老周站在那儿,看着那座铁塔。

阳光暴烈,群山金黄,蓝格莹莹的天,只那座塔黑沉沉立着。这是一座标了价格的塔,价值人民币一个亿。范仲淹必定见过此塔,这塔立于此已经千年,然后它竟走了,走了万里路,走到大海边,然后又走回来。

老周老而健,为人五湖四海,于本地掌故无所不晓,黑白两道皆通。老周笑道:现在走不了啦,装上了监控,住了保安。

他点点头:那个马哥,能不能帮我找到他?

江湖中人,没下落了。

哦,衡阳雁去无消息。

沉吟了一下,老周说:你真要找他?找他干什么?

他想了想,说:也不干什么。就是好奇。这个人,和他喝杯酒也好啊。

老周笑了:哈哈,就冲这杯酒,我帮你打听打听!

前一天晚上,他和老周喝了三瓶酒,酒酣之际,老周讲了马哥的故事。

你想啊,那是国保单位,光天化日,生生把一座宋塔让人偷走了,闻所未闻,没法儿交代啊!查!上天入地也得有个说法。

真要泼了命查当然查得出来,就是马哥干的。除了他还有谁啊?

分析来分析去,这东西肯定是海外有人订货,否则,把这大家伙拆下来满世界转,卖给谁呀?这不是找死吗?能接这活儿的,也只有马哥。

问题是你到哪儿找他去?通缉令也发了,海捕文书,估计着他肯定是往东南去,几个港口也去了人,但是,整整半年,没消息。

没消息不奇怪。我要是马哥我也不急,找个仓库一放,过了这阵子再说。可是咱这边也不能闲着啊,上天入地,往死里查!最后你猜怎么着?还真逮着了。

不是马哥,是马哥的女人。

不是他老婆,他就没老婆。反正是一个女的,两人同居着。

这下好了,就顺着这个女人找他。这女的也大半年没见着马哥了,也不知道马哥在哪儿。那家伙是老手,手机早停机了,只有一个QQ号,有时上来聊几句。

那怎么办？守着那个QQ，等呗，没几天还真等来了。

这时候也没什么废话，直接把话撂桌面上。这女的在我们手里，你看怎么着吧！

也不知道管用不管用，手里就这么一张牌，有枣没枣打一竿子。这女的跟了他这么些年，好多事也难免掺和，租卡车还是用的她的身份证，好歹也算共犯，判几年没问题。

马哥那边没吭声，就那么过了一会儿，下线了。

他回到会议室。讨论仍在继续，人们正在谈论底层、正义和不公。他不再听，他想着那个名叫马哥的人。不是姓马的哥，而是姓马名哥，这个盗墓贼，他用偷来的一座佛塔换了一亿人民币，然后，他又把这一亿退给买家，用佛塔换他的女人。

马哥隐居于南方。他想，他要飞过去，和马哥坐坐。

三

对面就是那个江心小洲，暗夜里，密林如大片浓墨，一条蓝色灯带在林间穿行，不许山河睡去。

他多年前来过这里。那时江也荒着，洲也荒着，恰秋季水枯，只记得河滩裸露，寥寥几棵树。

鹰击长空，鱼翔浅底。

但此刻，此地是满江满街的人间烟火。他望着江，却不知站在他身边的男人就是马哥，马哥点上一根烟，也看着粼粼江水。一根烟抽完了，这个男人把烟蒂在石栏上捻灭，自言自语地说："我姓马，咱们走吧。"

你是怎么把那座塔搬走的？我查了一下，那塔足有九米。

马哥灵巧地剥开手里的小龙虾。他竟是一个瘦弱的人，身材中等，白皙，你看不出他的年龄，是四十，也是五十。黑T恤、牛仔裤，走在街上，泯然众人矣。后来，他竟记不起马哥的长相，这个人，把自己提炼成了一滴水，相忘于江湖。

但他记住了马哥的手，手指修长灵敏，宜弹琴宜握剑，玉白的，灯下几乎透明。

马哥吃完了这颗虾，抽一张纸巾擦着手，说：我去了好几次，把它想透了。北宋的塔，不可能整体铸造，不是说七级浮屠吗？是一层一层套上去的。

所以，你就那么一节一节把它吊起来了？

马哥不看他，远远地看着那塔，忽然说：我一直以为塔基的地宫里应该有货。

结果呢？

没有，什么都没有。

警察不会信的，你怎么让他们相信那里边是空的？

马哥收回目光，看着他，淡淡地说：他们要的是那座塔。

是啊，让它回去，立在那儿。追回了塔，大功告成。

这个人，带着三个兄弟，开着卡车，卡车上装着吊机，偷走了在大西北荒无人烟的山间立了千年的一座佛塔。这尊北宋铁塔被拴上钢索，一层一层拔起来、吊起来，节节落地，整个过程精确、无声，像梦一样寂静。

塔是天与地的中介，是天梯，是世界之柱。在古埃及，名叫舒的大神艰难地把天举起，他很累呀，他随时可能撑不住，然后天就会塌，所以，人们提心吊胆，必须好好地哄着他、鼓励他，顶住啊你能行的。但是，问题不在于他是否顶得住，而是，他会不会在无穷尽的时间中感到厌倦——受够了静止不动，看够了人的谄媚和自私。

然后，那座塔被节节肢解，摊了一地。天没塌，还是高高在上蓝格莹莹的天。当然，他确信马哥那时不会想到天。这个人有一双专注、坚定的手，这双手正全神贯注地奔赴它的目标，它要把这铁塔装车，然后穿越大地，从黄土高原到东南海边，再装船偷渡，交给客户。

在海边，装在集装箱里的货上了船，马哥抽了根烟，满潮时分，海浪舒缓地拍打着沙滩，他想了会儿那个女人。然后，烟蒂捻在沙滩上，站起来，打一辆车进城，找了一个网吧。

马哥喝酒如饮水，喝了也就喝了，水波不兴。

知道那边出事了，你怎么办？

站起来，回海边，坐着。

都想什么了?

马哥沉吟了一下：还能想什么，想那娘们儿。

然后举起杯，饮了。

周围红男绿女，喧嚣如沸，只有这一桌的两人默然相对，像是翻腾的巨大漩涡中一个小小的静默的中心，小到最后，小到针眼，所有的浪都从这针眼里漏下，消失。

马哥说不出那是个什么样的娘们儿。他一开始就发现马哥沉默寡言。他是老周介绍的，马哥必是信得过老周，今晚过后，他们了无牵扯，答应见，便是可以说，不说，就是真的说不出。

没话找话，他说，这馆子的小龙虾名不虚传，比簋街的味道更厚。

马哥不答，仔细地剥一只虾，放到嘴里，慢慢嚼着。忽然说：我吃过一千年前的酒席。

有一年，在内蒙那边，挖一个辽墓。都挺顺的，洞打下去，正在墓室顶上。

马哥端起空着的玻璃酒杯，举到眼前，入神地看着，对着那透明的杯子说：

我一个人先下去，灯一照，就看见一桌酒席。就在棺材前头的台子上，整整一桌酒席，盘子、碗、筷子、勺子，盘子里还留着骨头，一个碗里还剩半碗栗子。那就是一桌酒席，好好地摆在那儿。好像是，我来晚了，人都散了。

我坐了一会儿，抽了根烟，然后从碗里抠下一颗栗子，攥在手心里，原路出去，让他们把墓封好。

四

车在雨夜里奔行。这辆车忽然有了刀，屏住呼吸，锋利静默地奔向一个凶险莫测的目标。

前座的女人好像不在。但是他知道她在，从她上车开始，饶舌的司机没有说过一句话，他知道，他能感到，这可怜的家伙快被憋死了，毛孔和雷达都向着右边这个女人打开，怦怦的心都在向右跳，但是，这家伙竟然忍住了，不说。

这是个什么样的女人啊。他来不及看清她，他能够感觉到这辆车因为这个女人变得拥挤、动荡、沉重。有一个瞬间，他和司机在后视镜里目光相对，他感到司机在求助：怎么办怎么办，我拿她怎么办？

车突然减速，司机发出慌乱含混的低语：大妹子，别这样，别这样——

他探过头去，看见女人湿漉漉的长发，看见女人的脊背在颤抖，看见女人俯下身体，在哭。

车停下了。女人抽泣着，颤抖着，司机无助地扭头看着，嘟囔着：别这样，别这样……

雨一阵阵敲打车顶，突然，就像是破了、决堤了、天塌了、崩溃了，女人压抑的抽泣爆发为大哭，那不是哭，那是不要命了是绝望的哀叫，那一刻，他觉得洪水滔天，世上就剩下这辆车、这大哭的女人和两个男人。

司机闭嘴。他听着哭声，觉得心脏正被越来越紧地攥着。

突然，司机推开车门，跳下去，疯了一样从车前跑过。他吓了一跳，不自觉地也打开车门，还没等他决定干什么，司机已经猛地拉开了前座的车门，嘶喊着：

哭啥呀，多大事啊！活不了了？

雨狂暴地倾泻，这个男人，对着女人咆哮：

天能塌了呀？多大个事啊，男人跑了？怀野种了？欠债还不了了？多大个事啊？你个骚货你哭啥呀！

——他一个人走在江边，他想象着马哥的那个女人，是啊，想象和描绘那个女人是我的事。可是，他无法让她在心中浮现出来。他所熟悉的、他所认识的女人，他难以想象其中有任何一个会爱上马哥或为马哥所爱。那个女人，她在这个男人这个贼的心里价值超过一亿。

他忽然想起了在北方雨夜中痛哭的女人，他抽着烟，看着粼粼江水，只觉得悲从中来，不可断绝，他想，就是她啊。

他和马哥告别。他们从此不会再见了。他犹豫着是否握个手，但是，没等他伸出手来，马哥已经抬起双手，左手压右手，拱手作别。

他愣了一下，也抬起了手，左手压右手。

如在宋朝。铁塔的宋朝，范仲淹和苏轼的宋朝，林冲和鲁智深的宋朝。

然后，各走各的路。马哥融入茫茫人海。

你和她，现在在一起吗？

告别时，他问了马哥最后一句，他其实一直想问，但不知何故，竟问不出口。

过了一会儿，马哥说：不能在。

唯有大海不悲伤

邱华栋

　　就是那一阵突如其来的水流把孩子带走的。就是那一股你在海水里根本看不见的水，突然就出现了。那是透明的水中之水，狂暴而蛮横，居心叵测，仿佛有着预谋，带着强大的力量，这水流来了，一下子就把儿子往深海里带去了。

　　是的，就是那么一个瞬间，人就不见了。就是那样的。

　　后来，有懂得海水脾性的人告诉他，那种水流叫作直流。是近岸非常凶猛的漩流，往往会对在海边浅水区里游泳的人发动突袭。这直流隐蔽、迅捷、粗犷，从深海里像是一条水蟒一样游过来，把近岸游泳的人捕获，然后猛地一下卷走，又像一条水里的鞭子一样，裹着猎获物，就直接回到深海里去了。

　　那一刻，胡石磊也感觉到那股直流冲击到了他的身上。是一股水的蛮力，他看不见它，因为那是水中透明的野兽，把他狠狠地打了一下，他猛地呛了一口水。感觉到不妙了。

　　是的，就在那一刻，强力的回流水流，将人带向海水的深深处。他听见儿子叫了他一声，也许这是他的幻觉，事后他是这么回忆的。但没有人注意到这一点。巴厘岛的这片海域表面看着很平静，可暗流汹涌，暗礁密布，海况很复杂。当时海边有很多人，就只有他带着儿子往海里游了五十米。就五十米远，当一些人察觉不对劲儿，开始往岸上快速游动的时候，直流已经来了，接着，又走了。

　　就是这样的。等到他发现孩子不见了，已经是几分钟之后的事情了。"冬冬，冬冬！"他大叫着，在水里寻找。

　　巴厘岛海滨度假区的救生员赶紧唤来了快艇，艇上还有潜水员和救生设备，立即前去寻找孩子的踪迹。找了好几个小时，也没有发现什么。

　　到了第二天，他们继续寻找，还是没有结果。当地的一个华裔搜救员告诉他："去年，也是在这里，一个穿婚纱拍照的中国女人，她的婚纱被水打湿了，很重，跑不动，结果就被大浪给卷走了。好在后来在几海里外的珊瑚礁那里找到了她，找到的时候，人已经死了。真可惜，她是来这里举行婚礼的啊。"

胡石磊一听他这么说，更着急了。儿子，你在哪里？我活要见人，死要见尸！可是，一连找了七天，孩子还是无影无踪，在大海里失踪了。那片海域后来大浪滔滔，他每天面对着大海，欲哭无泪。他十岁的儿子冬冬就这么被大海带走了。

不用再描述这悲伤的时刻了。本来，他们一家三口是高高兴兴到巴厘岛游玩的，一家人都很开心，可忽然之间，胡石磊和汪雁就坠入了深渊。

作为父亲，胡石磊非常内疚、悔恨和悲伤。孩子的死和他有没有关系？当然有，因为就在他的身边，孩子不见了，被死亡直流带走了。而他的水性还那么好。

"你为什么不看好孩子，为什么不看他？为什么，你不抓住他，为什么你——"几天下来，妻子汪雁的眼神已经痴呆呆了，她迷离而愤怒地看着丈夫，她声音嘶哑了。孩子无影无踪，让她崩溃，让她也一同坠入到了黑暗里。

"为什么？为什么——你——"汪雁嘶哑了，她哭了，她无法再说话了。

他看着她的眼神，忽然读到了一种令他不寒而栗的东西。那就是，她的眼神到后来似乎在说：为什么海水带走的，不是你，而是儿子？为什么不是你——！

胡石磊这一刻对妻子有了一种恐惧感。女人的那种歇斯底里，最终将导致所有牢固的东西都崩溃。尤其是，汪雁现在还怀着他们的二胎——已经三个多月了。她正准备再生一个孩子，他们的宝宝正在她的肚子里孕育着，可是现在，失去了大儿子，胡石磊有一种不祥的感觉——蛋打了，鸡也会飞了。不过，天无绝人之路，我不会这么悲剧吧？不会吧？他欲哭无泪。

会的，命运在戏弄一个人的时候，往往是下狠手，不是一招制敌于死地，就是接连打击到让你毫无还手之力。这就是命运的真相。好的时候一切都是风平浪静的，坏的时候，就是那一股海洋直流——一下子就把你带到海水的深深处，让你在暗黑的地方窒息。

痛啊！痛，痛，痛！那种失去骨肉的痛感，在他和她的心里弥漫。

失去了长子,二胎政策才出来就抓紧怀孕的汪雁精神恍惚,深度抑郁袭来,情绪波动大,不久,肚子里的胎儿就流产了。

这样的变化会导致更多的连锁变化。胎儿流产之后,她要求分居。又过了一段时间,她提出来和他离婚。一股生活中的直流就这样也出现了,一下带走了所有的风平浪静,让胡石磊陷入到绝境里。然后,汪雁离开了他,胡石磊变成了一个人。

他成了孤家寡人,孤苦伶仃地在大地上行走,在海边安静地站着。凝视着大海,他在想,那股直流,到底是怎么回事?怎么一下就把我的生活彻底摧毁了呢?站在大海边上,看着波涛一道道地涌过来,带着喧响和白色的浪花,碎裂在他的脚下,他想,自己的水性这么好,又从小生长在海边,儿子冬冬却被海水带走了。

大海啊,你让万物充满了生机,让世界不断生长,可你又以暗黑的力量造就了死亡。你让我的儿子还没怎么展开他的生命旅程,就死在了你的怀抱里,你让我掉进了悲伤的深海!他泪流满面,悲愤满怀。

谁说的唯有大海不悲伤?大海最会制造悲伤了,对不对?

到了第二年的春天,那件事情虽然已经过去大半年了,可胡石磊的状态始终是消沉的。屋子里到处都是酒瓶子、烟蒂,以及混乱不堪的衣服和杂物。公司的事让别人在打理,他不知道自己是怎么过来的。

汪雁离开他以后,辞职去了别的城市,换了电话号码,换了工作,远远地离开了他。她的性格本来就是柔弱的,很容易悲戚,她没有办法再接受他了。他理解她——远离他,就是远离他们无法摆脱的痛苦记忆,那是一块压着他们的沉重的巨石。两个人相爱相处了十多年,现在,则天各一方了。

他宽慰地想,她离开他是对的,要不然两个人怎么互相面对?接连失去了两个孩子——儿子和腹中胎儿,他和她的纽带就彻底断了。

胡石磊瘦了十几斤。痛啊!痛啊!胸口的巨石无法搬走,内心的抑郁像毒药一样熏染着他的思维。他常常呆坐着,看着电视。所有频道的节目都无法触动他。他觉得那些古装、情感、悬疑、枪战、科幻、恐怖片,都很傻很可笑。电视上,所有的娱乐节目、相亲节目、益智节目、竞赛节目、体育节目、相声小品节目,都不能让他笑出来了。

然后,他看到了一部纪录片。这是一部关于大海的纪录片,大海是这部片子的主角。是的,是大海,那让胡石磊又恨又爱、想拥抱又拒斥的大海。大海!你还我的儿子,你击碎了我的生活,我拿什么来面对你?

但这部纪录片渐渐吸引了他。他追着这个系列片看,一集又一集。某个片段,讲的是在一片海底的珊瑚礁边是大洋洋流的汇聚之处,有一群革鳞鲉要产卵。革鳞鲉这种海鱼,从美国南部的佛罗里达外海一直到加勒比海的群岛,比如古巴和海地岛,再往南,一直到巴西东面的西太平洋地区,都有着广泛的分布。它体长可以到达一米,长得有点呆萌,胸鳍、背鳍和尾鳍就像是刺猬的刺那样支愣着,黑白相间,地包天的嘴巴显得笨拙憨厚,褐色的身体上都是白色的斑点。大批革鳞鲉聚集在海底一片珊瑚礁边,雄性的、雌性的都有,在默默等待一个仪式。而在这片海水的中上方,浮动着一些黑色的阴影——来了很多鲨鱼。它们似乎在等待着什么。

胡石磊睁大了眼睛,观察着接下来的情节。海底世界被水下摄影师拍得那么清晰:美丽的珊瑚礁,飘摇的水草,发亮的水流,还有革鳞鲉的尾鳍、胸鳍摆动的漂亮姿势。是的,革鳞鲉是在等待着一个机会。它们耐心地等着,来回慢吞吞地游弋着,一点都不着急。雄性革鳞鲉靠近一条条雌性革鳞鲉,互相盘旋,微微摆动,在跳着求爱的舞蹈。雌性革鳞鲉比较娇小,它们在雌性革鳞鲉的追求下游动,纷纷做着某种呼应。忽然,一条雌性革鳞鲉猛地上浮,就像一支箭一样蹿了上去,排出了一股白色的鱼卵。接着,雄性革鳞鲉也猛地上浮,排出了一股精子,给那些卵子授精。繁殖仪式开始了,刹那之间,海水里安静的画面立即变得鲜活了,一条条雌性的革鳞鲉射箭般上浮排卵,一条条雄性的革鳞鲉追随着上浮去授精。伴随着它们的上浮,那些早就埋伏在一边的黑鲨,斜刺里冲过来袭击排卵射精的革鳞鲉,一嘴一条,迅疾地撕碎了刚刚还在产卵授精的革鳞鲉。

胡石磊睁大了眼睛。大战开始了!为了下一代,排卵啊!授精啊!革鳞鲉,加油啊!为了生存下去,黑鲨们,袭击啊,拦截啊!厮杀啊!这一场面的生死较量和繁衍下一代的战斗,在电视画面上持续了很久。雌性革鳞鲉的卵子和雄性革鳞鲉的精子很快让海水变得黏稠了,白花花一片,而黑鲨的袭击和捕猎又让革鳞鲉的血液染黑了这一片半透明的海水。从海底往上看,到处都是一片混沌,就犹如最初的天地开创,而此时此刻,诞生和繁衍,生存和死亡,在大海里显得那么真实、残酷,而又天然地具有合理性和一种生命逻辑。

胡石磊站了起来。他觉得自己其实不懂得大海,也不了解大海里的那些动物,那些陌生的鱼。可能冬冬已经变成了这样的一条鱼,正在深海里游走着。他必须要去会会那些深海里的鱼。他和儿子的灵魂,也要在大海重新相遇。

胡石磊后来通过网络,认识了一批喜欢潜水的朋友,他们都参加了一个由世界各地的潜水爱好者组成的自由潜水组织。其中,有个叫大卫·霍克尼的美国南加州人,成为了他接下来几年里的潜水好友。大卫·霍克尼在世界各地潜水已经有十多年了。在网上胡石磊发现,原来喜欢潜水的有这么多很专业的人。

胡石磊让朋友帮忙,购置了所有的潜水设备。这些装备并不复杂,有长短脚蹼、潜水衣、面镜和呼吸管,能让他潜入到几十米深的海水里,去和那里的动物互动。在几十米深的海水里,能够看到海里的那么多动物,这是多么美好的一件事,多么令人愉快和兴奋!他阴沉的内心里渐渐燃烧起了一簇火星,这是一点点的希望。在大海的深处,去和儿子的面影相遇,一点点地将内心的悲伤祛除。你只有先医治你自己,才可能去面对整个世界的明丽。

在朋友们的帮助下,胡石磊很快学会了自由潜水。他水性本来就好,这对他一点都不难。自由潜水,指的是不带氧气瓶和水肺一类的辅助潜水设施,而是靠一口气——是的,就靠人的一口气,把肺里的氧气充满,然后一猛子扎下去,直接向大海的内部潜泳,一直扎下去,在瞬间变化的水压的影响之下,调整耳朵受压的感受,平衡生理反应和内心的波动,在一吸一呼之间,去靠近那些自由摇曳的海生物。一般能在水下待三五分钟,然后,再上浮。

自由潜水分为绳潜、无脚蹼潜水和戴脚蹼潜水三种。绳潜,顾名思义就是顺着绳子往下潜,不戴脚蹼潜水和戴脚蹼潜水的感觉也不一样。而戴着氧气瓶或者水肺潜水,固然能让人在水中多待一会儿,但会冒出很多气泡,这些泡泡在上升的过程中明明灭灭,会发出爆响,就像爆米花在毕剥炸响,海鱼听着声音很大,它们会非常惊恐,就会远离你,你就无法接触到它们。

到了夏天,胡石磊已经做了很多的练习,也做了充分的准备。他飞到了美国加州的海滨，和大卫·霍克尼会面。

大卫·霍克尼是一个高个子小伙子，三十出头，在网上他们已经交流了几个月了。大卫·霍克尼知道他的故事：儿子被淹死，胎儿流产，妻子离开，他的公司交给了助手打理……一切糟糕透顶，然后，开始了学习潜水。每个伤心的人，都有自己的伤心故事。这没有什么，他告诉胡石磊，在一次争吵中，他父亲开枪打死母亲，然后自杀。父母双亡那一年，他才七岁。

"我是我姑姑带大的。我是个孤儿，从小就觉得我应该到大海里，变成一条鱼。这陆地上人的生活不适合我。我很理解你现在的心情——喜欢大海里的那些鱼，可能你儿子藏身其间，你想接触到它们，对不对？"

"是的，大卫。我就想去了解大海里的那些鱼。"

"那么，你来吧！我们一起去太平洋的几个潜水点，好好地和大海约会。"

环绕着整个太平洋潜水？这太吸引人了。胡石磊兴奋了。他展开地图，看到了在中国和美国，还有澳大利亚和南太平洋的小岛国之间，有那么大的一片海域，这就是整个太平洋。在这个广袤的大洋上，从中国、日本到菲律宾、印尼，再到澳大利亚、斐济、汤加、库克群岛，还有南极的北面，一大片的海域里，有着星星点点的、被自由潜水组织标明的最佳潜水点。这些地方，他都想去探寻。

胡石磊的眼眶有些湿润，他知道，自己寻找的一种新生活，就要开始了。

儿子，我来了。他想着，然后深深地吸一口气，憋住，往海水下面扎，摆动着脚蹼，就像一条漂亮的大鱼摆动尾鳍。大海是透明的，海水的蓝色是假象，那是对天空的映射。浅海里什么都很清晰，阳光照射着多彩斑斓的珊瑚礁，黄海葵那么鲜艳，隐藏在珊瑚礁洞穴里的海鳗像一条阴险的蛇那样伸出了脑袋，呲着牙，一伸一缩地看着他。

他继续下潜，沿着这片海域的浅坡下潜，进入到更深的海域。他见到了鲸鱼。是的，大海里最大的动物，鲸鱼，就在眼前。那是好几头抹香鲸，不知道从哪里来的，缓慢地在水中浮动。他惊呆了，这是他第一次这么近看见鲸鱼。是的，抹香鲸就像潜水艇一样游过来，还有一头小抹香鲸，紧紧地依靠在妈妈的白色肚皮下面，在母亲身体一侧安全地游动。

抹香鲸出现在这片海域，是因为这里有它喜欢的食物。每年，从阿拉斯加过来的洋流沿着西海岸流动，会带来大量的浮游生物和小鱼小虾，比如磷虾，闪光的、非常密集的磷虾，是抹香鲸的最爱。这个时候，抹香鲸只须张开大嘴，把有着各类浮游生物、小鱼小虾的海水全部吞进去，然后用鳃把海水再过滤出来，这一吞一吐之间，浮游生物和小鱼小虾就都在它的肚子里了。

眼下，这么大的鲸鱼，在胡石磊的眼前游过。"不要怕，看到抹香鲸，你慢慢地游过去，保持和它一个节奏，让它感觉不到你有威胁，让它觉得你就是一条鱼而已。它是很温和的动物，对你这样一条人鱼没有兴趣。你既构不成威胁，也没有什么吃的价值，这样你就能靠近它。所以，你的动作一定要慢，要温柔。对待鲸鱼，你的缓慢是最好的态度，让它感受到友善。你就这么靠近鲸鱼，瞅准机会，用手去摸摸它，试着和它交流。它一定会很喜欢你的触摸。它的皮肤和人类孩童一样，都喜欢被触摸。"下水之前，大卫·霍克尼曾经叮嘱他。

他受到了鼓励。这一次，他的内心燃烧起了火焰，这是从灰暗到鲜红的火焰的过程，他产生了和鲸鱼交流的愿望。和一条大鲸鱼交流，是的，就是这样的。他缓慢地，和大鲸鱼一个节奏在游动，他看到抹香鲸的身体就像一座小山，把附近海域的光线都挡住了。

抹香鲸很奇特，它有一颗大脑袋，几乎占了它身体的一半，这个大脑袋不知在想啥？那条小鲸鱼羞涩而紧张地游到了妈妈鲸鱼的另一侧，也许是为了躲开胡石磊的观察和贴近。看到了那条小鲸，胡石磊的内心一紧，他从它的身上看到了儿子冬冬的影子，心里难过了。

这一刻是那么奇妙，他和抹香鲸伴游，和它越靠越近，然后，他伸出了手，摸到了它的腹部。大鲸腹部的皮肤很粗糙，疙里疙瘩的，寄生了一些藤壶。鲸鱼的皮肤是凉的，似乎比人的体温低。这头抹香鲸的侧鳍和尾鳍都很巨大，尤其是身体一侧的鱼鳍。胡石磊跟在抹香鲸的右后侧缓慢地游着，一口气用完了，他就上浮到水面，再吸一口气，继续下潜。

他太喜欢这对鲸鱼母子了。靠近了才发现，抹香鲸是人类非常喜欢的温顺的海洋动物。他想，鲸鱼是哺乳类动物，海洋里最大的鱼是鲸鲨，鲸鲨是用鳃来呼吸的。

忽然，那头小鲸似乎对胡石磊产生了兴趣，从母亲的身上游过来，要和他打个招呼。它好奇地在他的身边转了一个圈，用它那清澈的眼睛看他,发出了清脆而好听的声音。然后,它仿佛是引路一般,在他的前面缓慢地游着。

看到此情此景,胡石磊又想起了他的儿子,冬冬在海里游泳的时候也是这样的,也喜欢游在他的前面,我的儿子!冬冬!他的眼前出现了幻影,他似乎又看到了冬冬。他的喉头哽咽了一下,面镜模糊了,这在水里是十分危险的,必须控制住情绪。

他看到,抹香鲸母亲在不远处安静地看着他和小鲸鱼玩耍,很安详宁静,也很警惕。它要是想攻击他,那是不费吹灰之力的。就是这头小鲸也比他大很多。它的年龄不到一岁,但已经有三四米长了。它肯定每天都要吃母鲸的奶。他又伸出手,摸到了小鲸身体一侧的皮肤。啊,那种感觉怪怪的。是的,它的体温不高,凉凉的,坑坑洼洼的,但有一种油脂般的光滑感,像是滑石粉或者腻子以及胶水混合在一起,涂抹在它身上一样。他的手摸在它身上,它一定也很舒服,它翻了一个身儿,似乎是想和他继续亲近。他发现有一小群丑鱼,在它腹部帮助清理寄生的微生物。

它能感觉到胡石磊在摸它。它不能确定这有没有威胁,等到小鲸鱼不想和他玩儿了,就奔向了母鲸。大鲸鱼挥动了一下鱼鳍,一下子把水流搅动开了,看不见的水流裹过来,让他感受到一股巨大的冲击力,他被水流推开了。

大鲸向旁边优雅从容地漂移过去,用它巨大的鳍和尾巴扇动水流,带着小鲸鱼,渐渐消逝在海水里,看不见了。

他的心里有点空落,就像看到了冬冬,可冬冬又再度远离了他。

完成了这次美妙的自由潜水,胡石磊感到自己就像一条海鱼了。他想,假如人是从海水中来的,那么,自由潜水就是人复归大海。大海也将重新接纳我,大海是人类的母亲,这个母亲不会讨厌人的返回的。尤其是,胡石磊想,我的儿子也在大海母亲的怀抱里了。

"我的记录是自由潜水一百一十米。"大卫·霍克尼告诉他,"在这个潜水深度,能够看到掠食类的大白鲨。不过,我们去的加州海域里,鲨鱼个头都比较小,一般不袭击人类。"

"真厉害,你的肺活量可够大。那自由潜水的世界纪录是多少?"胡石磊问他。在加州海滨的一家海鲜餐厅里,他们一边吃着龙虾和红鲍,一边聊着天。

"绳潜的纪录是一百二十四米,而戴脚蹼潜水的纪录,是一百二十八米。不过,像你潜到三十到四十米深的时候,看到的海生物最多,这个深度,珊瑚礁可以广泛地吸取阳光的能量,而珊瑚礁边有各种鱼,都很漂亮。你会发现绝大多数鱼类都喜欢群居在一起。就像革鳞鲉一样,为了繁殖,不断喷射精液和卵子,它们的繁殖过程给别的海生物也提供了食物,虽然会遭到袭击,最终有一部分鱼卵能够繁殖成功。你还能看到海豚和海獭,它们在浅海里追逐鱼类。海狗潜水会更深一些。如果潜水深度超过了六十米,运气好的话,你还能看见鲸鲨。"

胡石磊见过鲸鲨,它的身形非常美丽,黑色的身体上有很多白色圆点,沿着身体的流线分布。那些圆点从大到小,很有规律,这使鲸鲨看上去不那么吓人,毕竟,它那庞大的身体在水里看上去是个巨兽。

"在水深一百米的地方,人的肺部会难受,在那一刻,有经验的潜水员一定要把自己的肺部调整好。因为海水的压力很大,人的耳膜会受到鼓动,这一刻假如调整不好的话,肺部会非常憋闷,容易有意外。有的自由潜水者就这么呛水而死了,在水里昏迷,永远变成了一条鱼。"大卫·霍克尼说。他的嘴里咬着金枪鱼的肉,看着胡石磊,"有机会我带你去抓金枪鱼,我带你进行海底狩猎。"

胡石磊摇了摇头,幽然地说:"我不想杀害任何一条海鱼。在海水里,我会产生幻觉,看到那些大鱼,我会看到我的儿子的身影。"他告诉大卫·霍克尼,看到那头小抹香鲸之后想起儿子的情景。

大卫·霍克尼拍了拍他的肩膀:"我懂了,胡。明天,我们启程去墨西哥湾那边的科塔博尼亚群岛,跟着这股洋流走,你就会看到最好的海底风景。"

他们来到了墨西哥巴亚尔塔港,从那里前往玛丽埃塔群岛。大卫·霍克尼查看了天气和地形,觉得选择玛丽埃塔群岛中的一个小岛下潜,那里会有很好的海底风景。

胡石磊潜入到珊瑚礁附近时,看到有很多黑斑石斑鱼在礁石边互相追逐,似乎在做着求偶的游戏。而一些大大小小的隆头鹦哥鱼,则在快速地上下浮动,这种鱼长得很有喜感,后脑勺是隆起的,长相又很像鹦鹉,最大的能到一米多长。他还看到了鳕鱼正在一对对地谈着恋爱,而它们的繁殖活动也像革鳞鲉那样，排卵、射精、受孕，动作迅捷，上下翻飞，就像是快闪族一样。

第二次下潜，海水里波光闪动。在礁石中，胡石磊看到了白斑乌贼在产卵，附近的海底沙地上，一群小灰三齿鲨在白天里睡觉，身子一晃一晃，十分惬意。

胡石磊朝附近一片暗影游过去，看到了大量的水藻和海带构成了海底森林。靠近这样的海底森林，他有点紧张。这时，水下的光线暗淡了，他游进海带森林，仿佛进入了一个暗黑的世界。他看到那些飘动的巨型海带，就像是一棵棵树那样枝繁叶茂。他没有想到，海带能有这么大。而海藻就像是海底的灌木丛林，也像是云杉和松树林，把一整片海域里都占据了。

这片海藻和海带森林，是很多担惊受怕、外形非常漂亮的海鱼的避难所、隐身地和觅食场。几乎每一片海底森林里，都有不同的鱼群在轻快地游动，互相追逐着。

他看见一条花斑海鳗像蛇一样，摆动着身体游走了。一些小丑鱼很难看、但却很机警。一只大海龟匍匐在一片沙地上一动不动。也许，它是想去抓捕在海沙里隐藏的海肠子？鳐鱼则像是海底的巫师一样，忽闪着身体两侧的斗篷，托带着长长的尾巴，俯冲下去，在海底的沙地上捕捉食物。

如果运气好，还能碰上儒艮这种海生物，能听到它们在一片海底的水草和沙地上掠食而过的声响。它们是属于扫荡类型的。儒艮是很温和的动物，它们不是猛兽，就像是憨厚的猪和熊猫的结合体。没错，从性情上来说像熊猫，从进食的状态上来说，简直就是猪。

胡石磊碰见的是一家三口，两大一小，三只儒艮在咣叽咣叽地用它们的大嘴扫荡，瞬间就把很多贝壳、鱼虾都吞到肚子里，吐出来泥沙和海水。儒艮在海底掠食而过，连海草都吃光了。儒艮让胡石磊看到了海生物可爱的一面，这让胡石磊瞬间想到了汪雁，不知道她现在怎么样了？

他的心口一疼，赶紧上浮。

自从开始了自由潜水，又有了几个同伴之后，胡石磊感觉到自己的生命力在逐渐恢复。丧子和离婚之后，有好长时间他都没有办法说话，也不想说话。他会流泪，但他没有和人交流的任何愿望。他把自己完全封闭起来了。那件事情发生一年了，现在，只要是潜入大海，在海水中，他的心境就会好起来。他常常能在那些大鱼身上看到儿子的身影。冬冬，你在大海里，是的你就在大海里。我来了我也在大海里，但我找不到你。你不在，你似乎又无处不在。他阴暗的心情被海水之蓝逐渐地浸染着。

这个夏天的潜水经历，最让胡石磊感到震撼的，是他亲眼看见了抹香鲸和大王乌贼的一场恶斗。

那是在太平洋中部的汤加王国的一座海岛边。夏天时节，这片大大小小的海域里分布了很多小岛，和相距不远的岛国斐济一样，都是自由潜水者的天堂。

胡石磊和大卫·霍克尼分手一个多月之后，他回国办理了签证手续，又在斐济和大卫·霍克尼碰面了。这次还有几个自由潜水组织的朋友都来了，像俄罗斯姑娘雅辛娜、日本人西村京太郎，都是网络上认识的朋友。他们见面之后显得很热络。大家来来去去，每年都有自己的计划，就像候鸟一样，在这里那里的潜水点相遇和分手。雅辛娜是个漂亮的姑娘，二十多岁，是一家俄罗斯媒体的记者，酷爱潜水。但她的左腿受伤了，走路有点小瘸。这让胡石磊有点诧异。

大卫·霍克尼告诉胡石磊，"她的父亲是俄罗斯的一个著名记者，早些年报道过寡头的丑闻，被枪手袭击导致下肢残疾。她在爸爸身边，同时被子弹打伤了一条腿。现在，她长大了，也当了一名记者，继续在和俄罗斯权贵缠斗。她爸爸说，他行动不便，就让女儿去帮他看到最奇特的大海风景吧。"

日本人西村京太郎五十多岁，脸部就像被刀削斧砍过一样沟壑纵横。"至于西村这家伙的经历，也很复杂。最起码，他和你一样没有老婆。"大卫告诉胡石磊。

胡石磊默然了，看来，人人都有自己的隐秘的生活痛点。

从汤加王国首都努库阿洛法出发，向东几十公里的外海下面，就是著名的汤加海沟。海沟最深的地方超过了一万米，深度仅次于太平洋最深的马里亚纳海沟。有了这条海沟的存在，附近的洋流流速很快。伴随着洋流而来的鱼虾、微生物很丰富，也引来了很多鲸鱼。汤加海沟的深不可测，对于潜水员来说，即是地狱般的存在，想想都会感到不寒而栗，那里也是探险的乐园。

他们在汤加外海的小海岛上安营扎寨。在整个夏天里，这里都能看到鲸鱼。每年的夏天，抹香鲸都要经过那里，然后在这片海域做短暂的休整和停留。这片海域的鱼类很多，是抹香鲸、鲨鱼捕猎进食的最好水域。

　　头天晚上，胡石磊告诉大卫·霍克尼，抹香鲸在中国古代就很有名，抹香鲸的鲸脑油和胃里积累下来的龙涎香，是名贵的中药，只有中国古代皇帝才能得到。

　　说到抹香鲸，大卫·霍克尼就活跃起来了，他说：

　　"我有一次在海边，看到过一具抹香鲸的尸体，巨大的尸体被海水冲到了岸边，已经开始腐烂了。抹香鲸的肚子膨胀起来，需要人给尸体放气，要不然会发生抹香鲸爆炸。砰的一下炸了，就像大炸弹一样，能炸死很多人的。所以，那具尸体是我去放的气。可真是臭极了。"

　　"你用什么东西给抹香鲸尸体放气？"雅辛娜很好奇，"不会是一把小刀吧？"

　　"当然不是，"大卫·霍克尼骄傲地说，"用的是一把很大的电锯。那种能锯断大树的电锯，去给死鲸开膛。我是全副武装，带着防毒面具。扑哧一下子，鲸鱼的肚里的臭气出来了，一下子把我给打倒了。后来，我的衣服洗了很多遍，还是臭。谁都离我远远的，因为我是个臭人！"

　　大家都笑起来了。

　　天亮了。他们几个人很早就乘船出发，向东驶去，来到了汤加海沟所在的海域。从这里，看不到海面之下那条著名的海沟。很快，胡石磊就看到了一条巨大的鲸鱼，是一条长达几十米的抹香鲸，它游过来游过去，像是在寻找什么。它浮上水面，呼吸了新鲜的氧气，然后一个猛子扎下去，在海水里就不见了。啊，几个人惊呼着。他们都很羡慕这自由潜水的真正高手——只要是吸一口气，它就能潜入水中待上好几个小时。

　　西村驾驶机船，他们三个潜水。他们找到了一片珊瑚礁水域，开始潜水。潜入珊瑚礁，大卫·霍克尼在水中示意，附近就是那条很深的海沟。洋流速度很快，胡石磊跟在大卫·霍克尼的后面，摆动脚蹼，很悠闲地去摘取礁石缝隙里长的鲍鱼。

　　这里的鲍鱼个儿大，非常肥美。忽然，他们都听到了来自海沟深处的声响，就像是有巨兽在打斗一样，传来了一阵震雷和闷锣声。水波的涌动也变得剧烈了。很快，就在他们的视线里，有一团纠缠不清还在激烈缠斗的巨大黑影,迅速地上浮起来了!

他们都吓傻了,赶紧浮到海面。幸亏他们上浮快,而那团黑影也在距离他们几十米外的地方发出了砰然一声巨响,跳出了海面。

是的,胡石磊和大卫·霍克尼、雅辛娜,还有船上的西村京太郎,都看到了那团黑影冲出了海面。啊,那一刻胡石磊摘下面镜,惊呆了!他们看到了两只巨大的海生物,一头是几十米长的抹香鲸——可能就是他们刚才看见下潜的那一头,正在和一条与它差不多大小的大王乌贼纠缠在一起,在进行殊死搏斗。

大王乌贼是深海动物,一般不到浅海来活动,巨型的长达几十米,它既是抹香鲸的猎物,也是抹香鲸的对手。它们缠斗的过程中,不是抹香鲸咬死大王乌贼,就是大王乌贼堵住抹香鲸的排气孔,使它窒息而死,反而成了大王乌贼的猎物。这时,海面沸腾了,水波激烈地涌动,抹香鲸在翻转身体,掀起了层层大浪,溅起了激烈的水花。

这可是千载难逢的好时机,大王乌贼只存在于书籍里,是深海里的怪兽,很少有人能亲眼看见活着的大王乌贼。他们看到的这只乌贼,肯定是藏身在那深海沟中,被抹香鲸一嘴擒获了。这是一场殊死搏斗,抹香鲸力大无穷,乌贼王诡计多端。它们从海沟里一路打斗着上浮到海面,抹香鲸显然是为了呼吸一口新鲜空气。在海面上翻滚的过程中,乌贼的触手会滑落,抹香鲸会得到机会。大王乌贼的触手上有很多吸盘,就像巨大的鞭子一样在挥舞着,抽打着抹香鲸和海面,而抹香鲸紧紧咬住了大王乌贼的身体要害,不断地翻滚和冲撞着。它们激烈地战斗了十几分钟,忽然,抹香鲸发出了尖利的声音,它带着缠绕和裹挟着它的身体的大王乌贼,像一块巨石那样向海水深处坠落。

西村京太郎驾驶小船,胡石磊、大卫·霍克尼和雅辛娜带上面镜,深吸一口气,让氧气充满整个肺部,血氧含量达到最高值,立即下潜,摆动脚上的脚蹼,跟着那团轰隆隆滚动着、向那无尽而黑暗的海沟掉落的抹香鲸和大王乌贼的影子。

他们也许是不要命了,可这是机会难得。胡石磊听到了闷雷般的回声在越来越暗的海沟里回荡。抹香鲸和大王乌贼还在缠斗,到底会鹿死谁手?谁都可能打败对方,这一次是胜负难料。胡石磊的心悬着,他想不到抹香鲸会这么厉害,大王乌贼这么巨大。这巨大的史前动物之间的生存斗争,会这么激烈。海沟里,缠斗的声音在持续,这一刻无比漫长,又无比的短暂。忽然，那类似巨石滚落的声音没有了。然后，胡石磊看见黑色的乌贼墨汁涌了上来，把海水都染黑了。这是大王乌贼的重要手段，喷射墨汁妨害对手视线，然后趁机逃脱。

他们又浮上海面，上了机船，在船上瞭望着那片海域。乌贼喷吐出来的墨汁把一小片海面染黑了。只是不见抹香鲸的影子，也看不见大王乌贼的影子。

他们等了好久，也看不到结果，墨汁很快也被洋流带走了。

到了第二天，他们来到这片海域，仍旧看不到那场大战的结果。胡石磊的心悬着。他看到了在附近海面有游弋的鲨鱼，那是一群大白鲨，它们那利剑一样的背鳍浮出水面，像是无声的示威和警告。

第三天，他们驾驶机船又来到这片海域，看到了大批的鲣鸟正在海面上聚集，和那些闻腥而动的大白鲨在抢着什么。他们的船开过去，看到了一些乌贼触手的残肢在水面漂浮。这场战斗的结果出来了：乌贼输了，它成了抹香鲸的猎物。海面上，乌贼触手上的吸盘个个有脸盆大小，已经失去了颜色，变得苍白软弱。这场大战，大王乌贼死了，而那只抹香鲸吃饱喝足，估计早就踏上了继续洄游的旅程了。

这个夏天结束之后，胡石磊回到了国内，继续打理自己的公司业务。手下的人都干得很好，并不用让他操太多心。

他还听到了汪雁的消息——她在南方一座城市再婚了。这对他是个安慰，也让他忧伤。他们的距离远了，形同陌路。晚上，躺在喧闹城市里的一张床上，他心情郁闷，无法缓解，格外想念那些潜水的日子。

他盼望着冬天赶紧过去，开春之后他就要出发了。他和大卫·霍克尼约好了，明年夏天，他们再去太平洋上那些美丽得如同珠串和项链的岛国潜水。

第三年的春夏之交，胡石磊飞到了斐济。他和大卫·霍克尼约好在这里潜水，观察鲸鱼，并进行海底狩猎。这片广袤的南太平洋海域，一直是大洋中的各种鲸鱼洄游的必经之地。鲸鱼跟着洋流，随着季节，沿着某条从古到今的觅食路线，依照太阳的方位进行定位，在几个大洋之间洄游。去年，在汤加海沟看到了一场抹香鲸和大王乌贼的决斗，今年夏天，会有什么样的惊喜等着他？

大卫·霍克尼比他早到两天，他是从澳大利亚飞过来的。经过了一个秋天和冬天，大卫·霍克尼养得很壮实。他们碰面后都很兴奋，大卫·霍克尼说："今年你能听到座头鲸的歌声，昨天我出海发现，在斐济群岛的座头鲸群很多，三三两两的，到处都是。"

"座头鲸会唱歌？"胡石磊很惊奇，"我还真没有听过。"

"我手机里有录音，等下给你放。不过，明天你在海里能亲耳听到，很独特的歌声，你会迷惑的。好了，咱们先去吃饭。今年雅辛娜不来了，西村到阿拉斯加找因纽特女人去了。我告诉你一个秘密，西村原先有一个爱斯基摩人老婆，后来她死了。今年，他想去找个因纽特女人做老婆。你们东亚人呢，现在的活法越来越多了。比方说，过去可没什么中国人喜欢自由潜水。"

看来今年夏天，在斐济潜水的熟人，就是胡石磊和大卫·霍克尼了。

"那是，现在的中国人全世界到处都是，活法也很多样。不过，我的确想看看座头鲸，听它唱歌。"胡石磊说。

"听了鲸鱼唱歌，你就会有艳遇的。"大卫·霍克尼神秘地说。

胡石磊淡淡一笑，"但愿。可你呢？你又怎样？"

座头鲸又叫大翅鲸，因为它长着一对巨大的侧鳍，就像是长了一双翅膀。它块头很大，灰黑色的身体，肚腹是白色的，上面一般会寄生海贝之类的东西。座头鲸的特点是喜欢成双入对地活动。它们也是深潜的高手，一旦深潜，你几个小时都不会看到它的踪迹。座头鲸的叫声，非常像人唱歌。鲸鱼的叫声各有不同，大卫·霍克尼给胡石磊放了几种不同的鲸鱼叫声的录音。他说：

"现在最让座头鲸烦恼的，是我们人类的远洋运输船。这样的船，小的有几万吨，大的有十几、几十万吨。在海洋上走，轮船发动机在水下发出的声音就像是巨雷，会干扰和破坏座头鲸的声纳系统，使座头鲸无法准确定位。严重的话，座头鲸会迷失方向，被远洋运输船撞伤，甚至撞死。可即便如此，座头鲸还是要唱歌的。"

胡石磊头一次在大卫·霍克尼的手机录音机里，听到了座头鲸的歌唱，他还以为是某个乐手的演奏呢。座头鲸的歌声，有旋律和节奏，时而低沉，时而尖利，音调很高，人的耳朵会受不了。几头座头鲸互相呼应，彼此呼唤，这时就构成了交响乐，高音低音，回旋往复，欢快酣畅，美妙生动。

一早他们就出发去斐济外海的一处小岛边潜水。

下水后，他就看到在水面之下有一只座头鲸正在畅快地浮游。说浮游，是很生动的描述。那只座头鲸悠然自得地游动，不时上浮到半潜的状态，呼吸一下。

他游过去，慢慢地靠近它，和它近在咫尺。是的，这一刻必须慢。他伸出了右手，摸到了它的尾巴。它的尾巴就像是一把巨大的棕榈树叶一样散开来，缓慢地左右摇摆。他缓慢地抓住了它的尾巴，它并不吃惊，而是继续摇摆着前行。因为有过和鲸鱼接触的经验了，这一次他很自得。他摆动了一下脚蹼，长长的脚蹼助力他向前游动，他和它并排在游动了。

此时，在遥远的海面传来了打雷般的轰隆声。那声音由远及近，越来越响，在水底下听着，真是震耳欲聋。声响惊动了这只座头鲸，它发出了急促的声音，这声音让胡石磊感觉就如同近处爆响的炸雷，十分刺耳。他的脑袋都快被这声音刺穿了。紧接着，座头鲸加快了游泳的速度，不到半分钟，就消失在海水里，不见了踪迹。

胡石磊浮出了海面，他看到一艘远洋货轮，正在海平面上行驶，身影越来越大，往斐济港口开去。鲸鱼害怕远洋货轮，要躲着走。鲸鱼不是人类制造物的对手，这一点，他亲眼看到了。

胡石磊向机船所在游了过去。大卫·霍克尼在船上摄影呢。他发现了一群路过的海豚。有不远处游船上的游客在尖叫。

远处的海面上，一些海豚正在飞跃起来，划出一道道漂亮的弧线。海豚是大海里最聪明的动物，它们还非常顽皮，喜欢和人类互动。它们知道友善的人会给它们喂食小鱼，这样的馈赠不要白不要。

在斐济海岛，大卫·霍克尼要教会他进行海底狩猎。这一天，他们收拾停当，带好了护面和水呼吸器，然后潜水。海水非常清澈透明。太平洋的海水属这里最透亮了，真是名不虚传。下潜之后，胡石磊看见大卫·霍克尼手里拿着水气枪在渔猎。他在水下寻找着金枪鱼，或者是凶猛的梭鱼，缓慢地摆动着脚蹼。

在一片珊瑚礁旁，胡石磊看到了一个蓝鳍金枪鱼群。这群有着蓝色的鳍、像猪那么大的鱼游来游去，它们一点都不怕他。金枪鱼喜欢扎堆，它的胸鳍、侧鳍和尾鳍都很漂亮。过去，他吃过金枪鱼做的生鱼片，现在,这活鱼就在眼前,该不该一把抓住它呢?他靠近过去。可蓝鳍金枪鱼没有那么好惹,它们是吃鱼的鱼,十分凶猛。此外,还有黄鳍金枪鱼也在游弋。黄鳍金枪鱼的鳍是黄色的,就像锋利的弯刀形状。

忽然,眼前几条梭鱼一闪而过。梭鱼的体型像是一把笨重的铡刀,又宽、又长、又厚,长相也很凶恶,眼睛很大,圆睁着,下巴长长的,往前伸出来,露出了锋利的牙齿。在浅海的珊瑚礁地带,只要是看到了小鱼和小螃蟹、小龙虾,梭鱼一口就咬住,然后,它那锋利的牙齿就像是齿轮一样把猎获物给吞下去。

大卫·霍克尼拿着水枪,在水中来回逡巡。海底狩猎有时候也很危险。大卫·霍克尼告诉过他,有一次,大卫在加州海域的潜水狩猎当中,射中一条很大的金枪鱼,结果,刺枪线镖击中了金枪鱼,金枪鱼猛然一抖,情急之下赶紧逃命,就往深海里猛跑,拽着大卫·霍克尼就向深海而去。

"那一瞬间非常可怕。对金枪鱼来说,它是为了逃生。它中枪了,刺枪连带着鱼线。可我却反应不及,一下子就被那条两米多长的金枪鱼给带到深海里了。耳压和水压瞬间发生变化,我就晕眩了。"大卫·霍克尼沉默了,感到后怕。

"那你是怎么脱险的?"胡石磊问。他后来当然是脱险了。

"我只能放弃啊,亲爱的兄弟,那一刻,我成了金枪鱼的猎物,它要把我带到地狱里去,所以,在几秒的时间里我做出了正确的选择——松开了手里的鱼枪,任凭它把鱼枪带到深海里去了,而我,则快速上浮。当时,我的胸憋闷得都要爆炸了,体内的血氧含量迅速降低,必须回到海面我才能活下来。那一刻无比漫长啊,是我生命的极限了。我像剑鱼一样从水下猛地跳出来,啊,白花花的阳光和扑面而来的空气覆盖了我的脸,我猛地吸了几口,这一下,我活过来了。没有成为我猎物的猎物,真是太幸运了。"

这是大卫·霍克尼的渔猎故事。所以,对付海里的那些大鱼,可要小心一些。"海洋是它们的地盘,是它们的天地,在这里,人类不过是些客人,最好不要把自己想象成一个主人。"大卫·霍克尼最后总结说。

胡石磊知道自己是个新手,当然要很小心,潜水狩猎对于他来说,还是一个新课题。他不喜欢去招惹金枪鱼,他还没到大卫·霍克尼那个段位。

他最喜欢干的，是到珊瑚礁旁摸贝类和鲍鱼。鲍鱼长在礁石上，要用潜水刀割下来。也就是说，作为一个初级海碰子，他最大的成就是随便捡点东西带上来。

在水深超过二百米的海域，胡石磊更喜欢绳潜。沿着一条垂挂到海底的绳子，一下子潜下去，可以感觉到水深的不断变化，由明到暗，这一刻是那么地美，那么地匪夷所思。

一眨眼，所有海里的生物都展现在你眼前了，所有的东西构成了一个鲜活的世界，摇曳的水草，五彩斑斓的珊瑚礁，各种颜色鲜亮的海鱼、龙虾、海鳗和螃蟹，都在水里，还有如同海妖一样摇动身体的海藻和海带。啊，这样的海底世界太丰富而美丽了，只有在自由潜水的时候才能收揽到眼睛里。

这就是大海，大海以她那无比宽阔的胸怀，吸纳了他的悲伤，瓦解他内心里的痛苦和忧郁。大海能够让他内心里积郁的、由儿子死亡带来的黑暗——那种东西很难形容——就像乌贼逃跑时吐出来的一团黑乎乎的墨汁，在湛蓝透明的海水里逐渐地被稀释，然后，世界重新变得透亮起来。

他感觉他的心正在变得轻起来。这就是大海的能力。他的丧子之痛、之沉重，在大海里得到了缓解。在海水中，一天天，他看到儿子的影子在变得模糊，有时候就看不见了，在缓慢消逝了。

有时候，在潜水时，胡石磊下潜到一定深度，就停下来了。他仰躺着，悬浮在水中间一动不动，静静地内视自己的生命，外视海里的景观。他在舔舐内心的创痛。儿子的死对于他来说是最大的创伤，这也是为什么他看到了抹香鲸母子会十分动情，这场景能让他想到儿子。儿子被大海带走了，如今，他也在大海里，以这样的方式和儿子靠近。可儿子在哪里？

像这样仰躺着悬浮在海水中，停下来，短短的一两分钟，不靠水肺呼吸，没有氧气瓶，只有面镜和脚蹼，这时的他就是一只海生物。那些身边的海鱼来来往往，热闹非凡，但它们也把他看成一条鱼，一条无害的大鱼。他在那里平静地摊开身体，睁开眼睛，看着这海中的全世界。海藻、海带构成的森林在繁茂生长，珊瑚礁在阳光的映照下显得艳丽和斑斓，洋流带来了微生物，海鱼在欢乐地追逐、捕猎、繁衍和死亡，这些海生物都是生机勃勃的，即使危机四伏，也顽强生存。

他感受到了什么？在海水的中央，上方的光亮打下来，照射在他身上，那个时候，他感觉到自己回到了母体。

是的，就像是躺在母亲的腹腔里，有着羊水给他提供营养，让他生长。这大海让他像一个胎儿那样复归母体，在海水里安静地思念自己的前世今生。他就那么安静地待在海水中间冥思。他知道，有人在沙漠的中央冥思，那里的天空和星星无比简单和繁盛，没有人世的喧嚷。

在海水中，他冥思着，作为胎儿回到了大海母亲的怀抱里。他感觉好多了，这一次真的好多了。因为他的儿子和他一样，早就复归于大海母亲的子宫里了。

碰到郭娜是在第四年的夏天，地点是在夏威夷。那一年，胡石磊和不少自由潜水爱好者来到了夏威夷。从那里往东，就是浩瀚的东太平洋。

夏威夷群岛在所有的季节里都适合旅游潜水，它的纬度决定了这一点。当时，胡石磊和大卫·霍克尼刚刚碰面，一个自由潜水组织的朋友说，有一个叫郭娜的人，也想加入到他们的队列里，她已经有些潜水经历了。在自由潜水者组织的夏季活动里，到处都是他们的人。

胡石磊看到郭娜了，她是一个加拿大籍华人，有着小麦色的皮肤，一看就知道她是经常在海边待着。她长着一双细细的眼睛，虽然不大但很亲切。鸭蛋形的脸，肩膀不宽，臀部浑圆。她的胸部丰满，中等个儿，说话的声音很好听："胡石磊，一看就知道你是一个南方人。"

"为什么？我是浙江宁波人。"胡石磊说，"知道宁波吗？"

"因为你很精干。我知道宁波，上海人有一半都是宁波籍贯。"

认识之后，她告诉他，在六岁的时候，她就由父母带到加拿大了。她在多伦多长大，大学毕业后去美国南方的佛罗里达生活了一段时间。她的中文名字叫郭娜，英文名字叫郭安娜。她的中文不错，和胡石磊交流没有任何障碍。

他觉得认识她很高兴。这个姑娘和他一点违和感都没有。

他们就到夏威夷的外岛去潜水。这里的潜水生手和跛脚鸭很多，在夏威夷，教授潜水是一门很好的生意，因为从全世界来了很多人，他们大部分都是闲人，都想学习潜水，于是，这里最好的生意就是教他们学潜水。不过，让这些家伙学习自由潜水还是行的。

郭娜是一家迈阿密美国人开办的公司的潜水教练，和他们一起来的。听说了大卫·霍克尼和胡石磊在这几年环绕着太平洋进行自由潜水，她很兴奋："我想和你们一起行动了。我讨厌那些娇气的就喜欢尖叫的笨蛋潜水爱好者。"

"你都来了一个星期了。今年在夏威夷潜水，我们能看到什么？"大卫·霍克尼问她。

"鲨鱼和鲸鱼、海豚、龙虾、海鳗、螃蟹、环纹海蛇、蝠鲼。"郭娜说。

"蝠鲼？这里会出现蝠鲼？"胡石磊很感兴趣。

"是的，蝠鲼有很多，在这个季节，它们到这里来吃洋流里的浮游生物。这家伙就像是披着黑斗篷、拖着长尾巴的巫师一样。它们会张开大嘴巴吞咽海水，海水进去，从腮那里流出去，小鱼小虾米留下来吞进肚子。"

胡石磊说："蝠鲼的样子的确是很奇葩，像是黑蝙蝠、黑武士，又像是大巫师。"

"我们还会见到海马。这个季节，正是它们繁殖的好季节。"郭娜说。

他们几个在一片珊瑚礁茂盛的地方下潜了。那里的能见度非常好，是一片浅海区域。水下也有很多海藻和海带，形成了一片海底的森林系统，海生物很多。

他们扎下去，郭娜游在胡石磊的前面，她的身体凸凹有致，就像一条性感的美人鱼。她的翘臀在潜水服包裹下，在海水水流的冲击下，加上脚蹼的上下摆动，显得更加美妙性感，胡石磊想，必须要承认这一点。

胡石磊惊奇于在丧子三年之后，他对一个女人开始有了一点好奇心。这就像是在春天里，有什么东西发芽了。要小心守护这春芽，因为，内心的黑风暴总会突如其来地摧毁一个人所有的美好期待。

他跟在郭娜的后面，靠近了一片珊瑚礁。啊，那片珊瑚礁是红色的。

大卫·霍克尼示意他们仔细观察那些红色的珊瑚礁。他们靠近，看到在这片珊瑚礁下，有很多红色的小海马在那里一弹一跳的。这东西虽然叫海马，但最大的也就三十厘米长。大部分只有几厘米大小，它的脑袋和身体弯曲的样子，很像是一匹马，所以叫海马。不过，也许叫海马虾更合适？这些海马在干什么呢？郭娜和胡石磊仔细地看，原来它们在产卵、孵卵、生孩子。

是的，海马们都在育儿，红色珊瑚礁的那些枝杈上，一个个隐藏着却不得不活动的海马都在跳跃。它们突出了自己的肚子，肚子上有一个育儿袋，从海马的育儿袋里不断往外跳着刚刚成活的海马幼儿。那么多的红色小海马，在一片能迷惑敌人的红色珊瑚礁繁衍生息，它们很聪明。一个个、一股股小海马从大海马的育儿袋里跳出来，弹开来，一蹦一跳地在珊瑚礁之间寻找着安身之所。它们从此进入到一个充满了残酷竞争的大海里。这么多海马都在生育产仔，实际上只有百分之十的海马，能够活到成年。

他们不停地上浮，又下潜，就是为了观察这海马繁衍的奇观。

那一天，胡石磊和郭娜看到了生命诞生的美好景象。是的，他和她，一个男人和一个女人，一起透过面镜在水下交流。他们在微笑，用手势在水下沟通，他们要换气，他们继续下潜，看到大量的海马幼鱼在游泳，奔向了无尽的海底森林。对于那些刚刚离开育儿袋的小海马来说，世界是全新的。但立即就有海鱼过来吞噬和捕捉它们。不少小海马刚刚出生几分钟，就被其他鱼类吃掉了。可更多的海马还在继续诞生。

这一生物的繁殖和生存景象，深深地震撼了他。他对失去儿子的痛苦，有了更深的领悟：作为一个父亲，儿子其实迟早要和他告别。

"你知道吗，那些有育儿袋的海马都是公的。是公海马在育儿。这一点和人类不一样。" 在夏威夷的傍晚，郭娜和胡石磊躺在椰子树下的吊床上，相隔不远，一边喝着鲜椰子水，一边在聊天说话。他们已经很亲密了。

他假装感到吃惊，"育儿的都是雄性海马？那看来，我们男人要做的事情有很多了。空间还大着呢。"他笑了。

"最好是男人也能怀孕生娃，这样就公平了。"郭娜说。

他感觉和她在靠近。夏威夷的傍晚，太阳在大海上沉落，满世界一片金黄。海风十分温暖宜人，这季节里来到夏威夷的人很多。他和安娜躺在吊床上，觉得这一刻十分美好。然后，他们一起走向喧嚷的海滩，那里有酒吧和餐厅，他们都饿了。

在餐厅里，吃着虾和墨鱼饭，郭娜看着他："大卫·霍克尼告诉过我,你离婚了之后,就开始在太平洋潜水了。我也是离过婚的。我离婚,是因为——"

那天晚上,郭娜告诉了胡石磊她自己的故事。

她的故事并不复杂,她嫁给了一个美国小伙子,两个人在大学里就认识。他们一起去了佛罗里达,在那里生活,因为小伙子的父母在那里,他们喜欢佛州的海岸线。她和丈夫生了一个孩子,是一个女孩子。

"有一天,我带着她出去玩儿。我到一家超市买东西。没有注意到她怎么就一下子跑到外面的马路上了,她才三岁,当然没有任何防范意识,然后,一辆红色的跑车飞快地拐弯,一下子就把她——就把她压倒了。"郭娜哽咽了一下,眼睛里都是泪光。

这件事发生在五年以前。后来,她丈夫为这事一直在责怪他。她很内疚,为没有照顾好这个女儿,为她的死内疚不已。她想再生一个,为了他们俩,但她就是无法再怀孕。

"很奇怪的事情。我检查了身体,没有问题,可就是无法怀孕了。然后,就是他后来和我离婚了。有个屁股很大的姑娘吸引了他,他走了。我也走了。"

"你去了哪里?"胡石磊摸着她的手。她的手很柔软。

"我回到多伦多待了两年,那里很乏味,不如美东地区有活力,可是我在那里度过了少女时代。我的父母亲回过中国,这些年中国发展得很好,他们回到了老家,打算在那里住下来。我呢,就开始到处当潜水教练。我发现自由潜水能够给我带来由衷的快乐,给我带来最大的满足,抚平我内心里的孤独和忧伤。"

原来,这世界上不止是他有丧子之痛。他们是同病相怜的。

那一天晚上,他也告诉了她自己的故事。还有他这三年来的潜水,到过哪些地方。面对她,他有了倾诉的欲望,他什么都告诉她了,郭娜的眼睛闪闪发亮。

"下一步,你想去哪里?"她问他,"你们总是喜欢去不同的海域,很快你们就要换地方了。我知道的,大卫都告诉我了。"

"我们——想去南极看看那边的冰山,进行一次冰潜。那是一个很大的挑战。"他说,"在冰山下潜水,那种感觉——"

"肯定很棒!"郭娜兴奋了起来,"我去过一次南极,不过,我是坐邮轮去的。我知道每年的夏天,有很多蓝鲸去那里吃磷虾。蓝鲸很大很大,喷出来的水柱子很高,我见过蓝鲸喷水的时候,就像是火车鸣笛一样响。还有企鹅,很多企鹅都不怕人。"

忽然,大卫·霍克尼不知道从哪里冒出来了,他赶过来是为了告诉胡石磊一个好消息:

"兄弟,我们可以去南极了。我找到了一个瑞典人,在智利他有一艘帆船。我们不能坐大邮轮去,只有坐帆船靠着季风去那里,才会有意思。但往南极走,要必经安德鲁海峡,那里的风非常大,会有很大的危险。我决定了,要和那个瑞典人一起坐帆船去南极,胡石磊,还有安娜郭,你们愿意去吗?"

"太好了!我可以。"胡石磊很兴奋。他看着郭娜,目光里有着期待。

她挽起胡石磊的胳膊,点了点头:"大卫,我也去。我和你们一起去。"

他们在夏威夷继续做着准备,再过一些天,在这个夏天的末尾,他们就要启程前往南极。在南极,会有更壮观的风景,那美丽的海上世界和海水下面的世界等待着他们去探索。

胡石磊和郭娜拥抱在一起。在睡梦中,他已经到了南极,看到了巨大的蓝鲸像一艘船那样从远处游过来,它的鼻孔喷出了高达十米的水柱,还发出了列车经过的呼啸声。在南极水域,到处都是红色的磷虾。各种大鲸纷纷到达南极,座头鲸、抹香鲸、灰鲸,连狡诈的虎鲸也来了,都在进食磷虾。

他还梦见了南极的冰山。冰山在底部不断遭到海水洋流的侵蚀,渐渐地变得头重脚轻地了。然后,一下子就翻转过来大头冲下。那一刻天崩地裂,十分壮观,声音震耳欲聋,就像创世纪一样令人震撼。

胡石磊感觉到内心里有一种雄海马育儿的心情了。是的,他也是一只雄海马,有着自己的育儿袋。他和郭娜抱在一起,在睡梦中,革鳞鲭的排卵和授精大战在进行,海马的育儿在进行,海洋里所有的生命都在繁衍生息,生生不息。

唯有大海不悲伤,他终于把悲伤交给了大海。大海接纳了他,他的儿子已经幻化成海生物,隐入海水不见了。他的悲伤也像大鲸消失在海沟里一样,不见了,而他和郭娜、大卫·霍克尼还要继续启程,在海上向着南极远行。

变　脸

范小青

我和我老婆，老夫老妻。

有好多夫妻，有了第三代，互相间就不再以名字相称，而是按着孙辈的叫法来称呼对方，我可以喊她奶奶，或者外婆，她则喊我爷爷，外公。好多人家都这样。

可惜我们还没有那么老，虽然老夫老妻，但是第三代还没有到来，总不能抢先就喊对方爷爷奶奶吧。

既老又不太老，是个尴尬的年代，还像年轻时那样喊名字，甚至是爱称、昵称之类，感觉有点异怪了。回想那时候，总会让人起一身鸡皮疙瘩，明明人家名字有三个字，却只舍得喊出其中的一个，更有甚者连名字中的一个字也舍不得喊，只喊一个"心"，或者"小心"，或者"肝"，呵呵，这个真的有。

现在年轻人好像有个什么"么么哒"，也不知道啥意思，反正上了年纪的，都不这么喊，别说心呀肝的，连原先好好的名字，喊起来都觉得怪不自然了，干脆就扯着嗓子连名带姓一起喊。但是如果真这么喊，人家又会觉得你们家生分了，像外人了，也不够文明礼貌呀。

所以我们的婚姻生活中有那么一段时间，互相间的称呼有些奇怪，经常没来由地就变了，一会儿喊小名，一会儿是大名，又或者是连名带姓，一会儿又是"喂""哎"，总之怎么喊都觉得不顺、拗口。

还好，这样的尴尬时间并不长。

我老婆姓曾，在小区门口的超市做收银员，大家都认得她，喊她曾阿姨，我听到了，觉得曾阿姨这个称呼还不错，就跟着喊，时间一长，她就是曾阿姨，再也不是我当初穷追到手的曾优美了。

自从喊上曾阿姨以后，真是顺口多了，一点也不觉得别扭了。

差不多与此同时，曾阿姨也找到了我的新称呼，她喊我艾老师。

我不是做老师的，但是我比较好为人师，喜欢指点江山，什么事情我都能说上一二，还能掰扯得头头是道。

大家都觉得我比较老油条，就喊我艾老师。

曾阿姨立刻跟上大家的口径，喊我艾老师，和我喊她曾阿姨一样，她觉得艾老师这个称呼非常顺口。

于是，在往后的日子里，我们一口一个曾阿姨，一口一个艾老师，和周围所有亲戚朋友同事邻居喊的一样，连我们的子女，也觉得这样好，不再喊爸爸妈妈，改口喊曾阿姨、艾老师。

艾老师，水开了。

曾阿姨，青菜咸了。

真是一个潇洒自在的时代。

后来我们也要与时俱进了，我们要旧房换新房、旧貌变新颜了。

问题是买新房卖旧房的这段时间，我正好要闭门造车，不能到买卖现场去验明正身，可是买卖房子必须夫妻双方都到场，如果一方到不了，就得委托另一方，要有公证处公证过的委托书。

所以我和曾阿姨就到公证处去了。

现在办事都很规范，首先是核对本人和本人身份证。曾阿姨把身份证交过去，由那个核对的机器对着她的身份证照片和她现在的脸一对照，咦，不对呀，只有百分之四十八的匹配度。

工作人员问曾阿姨，是你吗？

曾阿姨说，当然是我。

工作人员用肉眼看看照片，再看看曾阿姨的脸，感觉还是蛮像的，把曾阿姨的头稍作调整，再试一次，好了，曾阿姨可以了，她的匹配度达到了百分之五十三，涉险过关。

我嘲笑曾阿姨，我说，你是不是瞒着我们整过容了，把自己整剩下百分之五十三了。

曾阿姨不服，说，你别笑话我，你先看看你自己吧——

真是乌鸦嘴。

我的匹配度是多少，你们猜得着吗？说出来你别笑哦。

百分之十三。

曾阿姨笑了，笑得肚子疼，说，喔哟哟，喔哟哟，你没有整容，你是毁容了，毁得只剩下十三了，十三点啊。

我一向自认长得还可以，而且并不见老，我对工作人员说，你们这东西，是山寨货。

工作人员说，不可能，我们是正规渠道进的货，不可能山寨。

我反驳说，那你们的意思，你不山寨，我山寨啰。

工作人员并不和我多嘴，他们见多识广，每天要面对许许多多匹配度不够的人，他们已经懒得解释，只是说，你确定身份证上的照片是你本人？

我油嘴滑舌，说，不是我，难道是曾阿姨的前夫？可惜她没有前夫，我们是原配。

工作人员说，再试。

于是再试，这回提高了一点，达到了百分之二十一。只是离百分之五十那个数，还差得很远呢。

再试。

还是不行。

工作人员好像也对机器失去信心，开始用肉眼观察了，他看看我，又看我的身份证照片，说，确实不像。你看看你的头发，照片上是小包头，现在倒有了刘海，你也是奇怪的，人家都是年轻时留刘海，老了才梳得精光——

当然，我知道他不是对我的刘海感兴趣，他是为了工作，所以最后他说，你这样，你把头发按照这照片上的搞一下，再试试。

我憋住笑，把挂在眼前的头发推上去，用手按住，我说，现在包头了，可以了吗？

还是不行。

曾阿姨在一边笑得花枝乱颤。虽已昨日黄花，笑功却是大增。

工作人员再又看我的脸，再拿身份证照片比对，研究了半天，又出招了，说，身份证照片你的姿势是这样的，你现在做个这样的姿势再试试。

我做了个骄傲的小公鸡的姿势，挺胸，昂头，下巴往上抬，把曾阿姨笑得眼泪鼻涕都挂下来了。

我一边做姿势，一边问，匹了吧，匹了吧。

还是不匹。

工作人员拿我没办法了，他又不能赶我出去，他们的工作态度，真是好到没话说，我老是不匹配，我都觉得对不住他们。

这个工作人员本来以为他自己能搞定，现在搞不定，他又去叫来另一个工作人员，他们互相使了个眼色，就对曾阿姨说，阿姨，能不能请你先回避一下。

　　曾阿姨早已经笑得没有了原则，好的好的哦哈哈哈哈。她一边笑一边走到工作人员指定的另一间屋子里去回避了。

　　这边两个工作人员围着我，态度依然很和蔼，但是我分明感觉出他们要搞我了，我似乎有点心虚。

　　我心虚什么呢。

　　难道我真的不是我？

　　难说哦。

　　工作人员问我的第一个问题，你夫人叫什么名字？

　　我"啊哈"一声笑喷出来了。我想不到自己居然也像曾阿姨一样，笑点变得这么低这么浅，好贱哦。

　　我笑，工作人员并不笑，他们很认真，他们又语气严正地说了一遍，请你说出你夫人的名字。

　　他们很认真。何况他们是为我的事情在认真，我怎么好意思再跟他们搞笑，可是，他们问出这样的问题，当我二五还是三八呢，我老婆的名字不就在我的嘴边吗，所以我当然脱口而出：我老婆曾阿姨。

　　工作人员疑惑地皱着眉，又重新看了一眼曾阿姨的身份证，立刻指出，你再想想，你确定你夫人叫这个名字吗？

　　我顿时反应过来了，一反应过来，我又忍俊不住了，我又笑了，啊哈哈，啊哈哈，笑煞人了，曾阿姨。

　　工作人员也反应过来"曾阿姨"是什么，肯定不是我老婆的名字叫"阿姨"，他们认真地对我说，别开玩笑了，你夫人的正式名字到底叫什么？他扬了扬我老婆的身份证，并不给我看，只是说，你夫人，身份证上的名字？

　　我一张嘴，我肯定应该脱口而出的，可是曾阿姨的名字到了我嘴边，却消失了，我怎么也想不起来了，满脑子里只有"曾阿姨"。

　　工作人员的态度开始起变化了，我心想，坏了坏了，我连自己老婆的名字都说不出来，我还会是我吗？

　　我感觉这样下去肯定会出问题的，所以我也认真，我认真地赶紧地想呀想呀，哈，终于让我给想起来了，曾优美。

　　工作人员也不说对还是错。他们换了一个问题，那你岳父呢，你岳父叫什么名字？

我被难住了。

老家伙的脸一直我眼前晃动，可我怎么就想不起他的名字了呢，想了半天，灵感突然而至，我激动地说，我想起来了，他姓曾！

曾什么？

曾什么我实在想不起来了。

因为当年我们的孩子一出身，他的名字就是"外公"，这"外公"都叫了二十多年，哪里还记得他的原名、真名。

现在，工作人员觉得他们已经基本判断出来了，从他们的眼神中，我看出了他们对我的鄙视和怀疑。

我很心虚，我感觉自己是个第三者。

甚至，是个骗子。

为了排除我的这种不详的感觉，我和工作人员据理力争，我说，你们用脚趾头想想就知道，我如果不是曾阿姨的男人，我敢如此明目张胆地过来冒充吗？

我自己都想好了该怎么反驳我。

冒充一个男人算什么，有人冒充乾隆还得逞了呢。

呵呵。

现在这社会，真是五彩缤纷。

工作人员才不和我一般见识，他们都懒得和我辩论，他们已经无话可说了，因为，这事情进行不下去了。

我不是我，我怎么能委托别人替不是我的我办事呢。

曾阿姨已经从回避处放了出来，她知道我无论如何也无法匹配成功，她又想笑，工作人员阻止了她，严肃地对她说，阿姨，你别笑了，你难道不需要反省一下吗？

曾阿姨文化知识不够，听不太懂，说，反省？什么反省？

我是老师，我懂，我说，他们的意思，你生活作风有问题。

曾阿姨又要笑了，看起来她是要把几十年憋着的笑，统统干掉，她笑着说，你们的意思，艾老师不是艾老师，而是、而是我的、是我的，呵呵，是我的——

她还不好意思说出口呢，到底是老派人物，脸皮要紧，我替她说吧，我是你的第三者。

工作人员也笑了笑，说，我们没这么说啊。

我跟他们计较道,你们嘴上虽然没有这么说,但是你们明摆着不相信我是艾老师。

他们仍然态度和蔼,说,不是我不相信你,是机器不相信你。

我赶紧说,既然你们是相信我的,那委托书是你们办的,又不是机器办的,你们就办了吧。

他们立刻重新严肃起来,斩钉截铁地说,那不行,匹配不上,是绝对不可以办的。

我说,你们怎么这么死板,一点也不人性化,你们明明看出来我们是原配,就不能灵活一点?

工作人员耐心地告诉我,不是我们死板,是机器死板,我们是很人性化的,但是就算我们愿意帮你办,机器也不同意,你匹配度不达百分之五十,下面所有的程序操作,我们是搞不定的,全是机器搞定的。

我喷他们说,那要你们干什么呢?

工作人员说,因为现在机器还不会和你对话,所以还需要我们和你对话,告诉你为什么你不是你,告诉你为什么不能为你办理手续,以后等机器升级了,它会和你对话了,我们就不存在了。

就这样七扯八扯,磨了半天,还不行,我真有点毛躁了,我说,事情都是你们搞出来的,拍身份证照片也是你们搞的,现在你们说我不是我也是你们搞的。

工作人员并不因为我的态度不好而改变他们的态度,他们仍然和和气气地说,身份证照片不是我们搞的。

我简直无路可走了,我说,你的意思,我要想恢复我就是我,得从身份证的源头上去纠正,那就是要重新拍身份证照片,重办身份证?

工作人员说,这个我们不好说,也不好胡乱建议,这个事情不归我们管,我们只管匹配的事情,只要匹配上了,我们就给你办委托公证。

尽管他们语气平和,我的火气却终于冒起来了,我说,他娘的,老子不匹了,老子不干了。

曾阿姨又不明白了,她着急说,你什么意思,老子不干了,是什么意思,

不买房了?

工作人员大概怕我和曾阿姨吵起来,赶紧劝说,别急别急,你们过几天再来试试。

我倒奇怪了,我说,难道过几天我就是我了。

工作人员说,以前倒是有过这样的先例,不过我们也不知道什么原因,反正那个人当天没有匹配上,过两天再来,咦,行了。

我说,那我说你们山寨,你们还不承认。

工作人员一点也不生气,还说,如果你觉得我们山寨,你可以去投诉。

我听出点意思来,他们好像在怂恿我投诉呢。

我才不上他们的当,我和曾阿姨回家了,换房子的事,我们等得起,反正也没到人生最关键的时候,说不定迟一点换反而比早一点换更合适呢?

谁知道呢?

反正我不想再去公证处证明我是我了。

我毅然放弃换房子,也就不用证明我到底是不是我。可是过了不久,我又碰到事情了,躲也躲不过,换房子的事,可以暂时等一等、忍一忍,可是现在碰到的事情,是不能等、不能忍的。

我的手机被偷了。

手机可是比房子要紧多了,房子你可以今天不买明天买,今年不买明年买,手机你能吗?

当然不能。

手机已经是我们身上的一个最重要的组成部分,一个器官,不可以片刻分离的。所以我的手机刚刚被偷,我就发现了,因为它在我身上,是有温度、有脉动的,一失踪我立刻就能发现。我一发现手机没了,顿时浑身瘫软,感觉心脏要停跳了。那还了得。

我以最快的速度到了我家附近的手机营业厅,先挂失,以减少损失,仍然再用老号码办新手机。

你们懂的,问题又来了。

还是需要我的脸和身份证照片匹配。

只有匹配了,才能办理手机业务。

我坐到机器面前,让机器检查我是谁。

你们猜得到。

我仍然不是我。

我没有想到办手机和办公证一样严格,我气得不厚道了,我嘲笑营业员说,喔哟哟,就是办个手机而已,又不是买豪宅,又不是取巨款,你这么顶真有意思吗？

营业员说，不是我要顶真，是程序规定的，你不匹配，就办不了你的手机，现在都是实名制，你不是你身份证上的这个人，就不能办。

我说，你们这种程序，存心是捉弄人啊，你不知道人手机丢了有多着急吗？

她说，我怎么不知道，我比你还着急呢。

我一着急，打电话让我弟弟来帮我解决困难，我弟弟比我横，说不定他有他的办法。

我弟弟迅速赶来，因为我电话里口气比较着急也比较愤慨，他以为谁欺负我了，见了我就问，人呢，狗日的人呢？一边还抻拳撸臂。

我指了指自己的鼻子说，人在这儿呢，可惜此人已经不是此人了。

等我说明了事由，我弟弟一身的劲没处去了，十分无趣地说，喔哟，就这事啊，无聊，拿我的身份证办就是了。

真是小事一桩。

可惜我弟弟没带身份证。

我们两兄弟面面相觑。

眼看一桩生意要泡汤，营业员也着急呀，她嘀咕说，匹什么配呀，是就是，不是就不是，有什么大不了的，办个手机而已。

原来她是我们一边的。

她的眼光渐渐黯淡下去了，她对我彻底失望了，她的眼睛从我的脸上挪开，挪到我弟弟那儿，就在那一瞬间，她忽然眼神闪亮，精神倍增，大声说，咦，咦，你，是你。

她把我弟弟的脸拉去和我的照片匹配，额的个神，匹配度百分之六十五。

够了够了，超过五十了，可以办，营业员高兴地喊了起来，来来来，你挑一下手机，你看中哪一款？她喊我弟弟过去，一边显摆各式手机，一边又朝我弟弟看了几眼，说，你自己早一点来就不会这么麻烦了，非要找个人冒充，你看，搞到最后，还是得你自己来，你唬得了人眼，你唬不过鬼眼。

我不在乎她把我弟弟当成我，反正我可以用我的名字办手机了，现在已经进入数据化时代，不用实名制办手机还真不方便。我只是没想到，我弟弟的脸一出来，竟然就万事大吉了。

其实这事情想想也是奇怪，居然是用了我的名字和我弟弟的脸确认了我的存在。我对这件事表示怀疑，怎么我不是我，我弟弟倒成了我，荒唐。我问我弟弟，为什么你的脸能管我的用？我弟弟诡异一笑，指了指自己的耳朵，又指了指我的耳朵。

我看了看我的身份证照片，两个耳朵确实不太对称，右耳朵大，左耳朵小，小到只能看到一条边，难道刚才匹配拍照的时候，身体摆得有偏差，耳朵和耳朵对不起来了。

我不服的。难道一个人的相貌，是由耳朵决定的？难道只是因为耳朵没有摆对，我就不是我了？我想拿我的耳朵重试，营业员急了，说，不是你，不是你，你别捣乱了好不好，好不容易匹配上了，你再一捣乱，我今天唯一的一单生意也要被你搞掉了。

我弟弟也很配合她，责问我说，你什么意思，你不是要办手机吗，不是要用你的名字办手机吗？现在不是可以办了吗？你还出什么幺蛾子？你还想哪样？

我被他们教育了，想想也对，就不再计较了。我弟弟说得对，只要能办手机，谁的脸和谁的脸，都没所谓啦。

不过我也想到了一些连带的问题，我对我弟弟说，你虽然变成了我，不过你可不要睡到你嫂子的床上去哦。

我弟弟说，切，你以为曾阿姨很有样子呢。

他这是什么话，是不是说，如果曾阿姨有样子，他还真干？

呸。

我和我弟弟离开手机营业厅的时候，营业员在后背欢送我们，她说，慢走啊，艾老师。

我一听她喊我"艾老师"，顿时头皮一麻，我回头说，咦，你认得我？

营业员说，我当然认得你，你是艾老师，大名鼎鼎的，这条街上谁不认得你。

我气得说，那你假装不认得我，还为难我？

营业员说，艾老师，我可不敢为难你，但是我认得你是没有用的，系统不认得你，机器不认得你，我就办不了。

她说得真有理。

我办了新手机，号码还是老的，不算太麻烦，至少经济损失不算大，但是原先手机通讯录里存的号码都没有了，这有点费事，好在微信还是在的,我就在朋友圈里发了微信,我说,我的手机被偷了,请朋友们打我电话,或把手机号码发给我,好让我重新拥有手机通讯录。

于是朋友们纷纷来电来信,送号码还顺带安慰,有的还随手发个红包,真是谢谢了,我的手机通讯录重新又满起来了。当然,也有的朋友不认同我的要求,他们认为我在和他们开玩笑,而且是很无聊、很没有创意的玩笑,更有甚者,他们认为发朋友圈的那个人不是我,是一个骗子,盗了我的微信号。他们骂道,该死的骗子,又来这一套。

我还手贱,有事无事就把新手机拿来搞一搞,手一滑,同样的内容就发出去几遍。有一个奇葩,收到我三次求号码的信息,起念想了。我年轻时曾经追求过她,不过没有和她结婚的想法,只是玩玩的,结果她看到我的微信,跟我说,怎么,好马要吃回头草啦,你现在对我有想法啦。

总之,丢失手机的事情就这么过去了,有惊无险,有麻烦但不算大。

经过了这两件事情,我觉得挺有意思,因为我深深可以对别人说,喂,你们注意了啊,我不是我。人家说,那你是谁呢?我说,我分别可以是"我只是不知道我是谁,反正肯定不是我",我也可以是"我弟弟",所以大家都可以表示出对我的怀疑,别说我的那些一肚子坏水的同事,我的弟弟,我的子女,最后,甚至连曾阿姨,都话里话外,有意无意地表示出她的猜想。

我记得有一年你出去了好多天,大概有一两个月吧,你回来以后跟换了个人似的。

她这话什么意思,难道我出去后把我杀了,然后另一个我回来了?

我还记得有一次你乡下的表弟到我家来,喊你表叔,我们说他喊错了,他坚持说没有错,你不是他表哥,而是他表叔。

她这话又是什么意思,难道是我隐瞒了辈分和年纪,扮嫩,想干吗?

她又说,还有那天,你连我的名字都忘记了。

我还能说什么。

我只能说,如果我不是我,你岂不已经是二婚了,你太合算了,嘿嘿。

曾阿姨"呸"了我一口。

还好,反正我们早就分床而卧,不存在晚上可以验明正身的可能。

其实我们去委托公证时,曾阿姨还只是觉得好笑,但是随着时间推移,曾阿姨似乎对我越来越不信任,有事无事,她都离我远远的,有时候我偷偷观察她,发现她也一直偷偷地观察我,眼神又凌利又警觉,看

—068—

得我浑身一哆嗦，吓出了一身冷汗。

我赶紧去照镜子，还好，我并没有发现自己有多大的变化，我才安逸了一些。

不过你们别以为我安逸下来又要去买卖房子，才不，不是我不想换新房子，因为我又碰到事情了。

我要去银行取钱。

可你们会觉得奇怪，现在不都已经无纸化了吗，支付宝微信都行，最老土的就是刷银行卡了，难道还有比这更逊的吗？

有呀。我家儿子相亲了，得带上彩礼呀，什么东西你都可以拿手机支付，彩礼你能吗？不能吧。你看到亲家就把手机朝他（她）面前一竖说，你扫我还是我扫你？喊。

还是带上现钱比较靠谱一点。

我带上银行卡和身份证，到了银行，才发现银行变样了，从玻璃门往里看，里边一个人也没有，我以为银行今天休息呢，那门却自动打开了，我走进去一看，确实是没有人，连个保安也没有，我东张西望，感觉十分心虚，好像我是进来干坏事的，忽然看不见保安了，心里还真不踏实。

就在我左顾右盼的时候，我面前的一台机器突然说话了，把我吓了一跳，赶紧听它说，欢迎光临。取款请按1，存款请按2，办理挂失请按3，还有什么什么请按45678910。

我心想，我就是取个款，听它那么多干吗，我按了个1，按照机器的指示，我把银行卡塞进去，输入了要取的数额，又输入密码，但等那红色的大票哗啦啦地吐出来，结果机器并没有吐钱出来，它又说话了，信息核对有误，请重新核对信息。

我说，难道我的脸又不行了，可是不对呀，我明明是刷了脸进来的，怎么到了取款机这边，脸又不对了呢？

机器说，请重新核对信息。

我气得说，你个蠢货，什么也不懂。

机器说，请重新核对信息。

我正没有办法对付这蠢货，旁边突然冒出一个人来，他必定也是刷了脸进来的，他站到我的取款机前，脸一伸，钱就哗啦啦地吐出来了，他收起厚厚的一叠钱，也不数，回头朝我笑笑。

-069-

我懵了一会,才发现他取走了我的钱,我赶紧对着取款机大喊,不对不对,是我,是我,你看清楚了,我是我,他取走的是我的钱!

机器说,欢迎下次光临。

我想找人帮忙,可是没有人呀,连个鬼也没有,我急得大喊起来:打劫啦,打劫啦,快来人哪,打劫啦!

曾阿姨推醒了我,一脸瞧不起的样子,说,你也不嫌累得慌,睡个午觉,还做梦,你要打劫谁呢?

我一下子清醒过来,吓出了一身冷汗,我拍着胸脯说,还好,还好,是个梦。我把可怕的梦境告诉了曾阿姨,曾阿姨冷笑一声说,恭喜你,你的梦已经实现了。

曾阿姨把手机竖到我眼前,我看到一条惊人的标题:巨变!巨变!银行巨变——无人银行正式开业!

球与枪

鲁　敏

1

　　两位来者皆着便装，但眼神饱浸着职业性的厌倦与批判感，全世界都是嫌疑人。打印出的几张截图画质都很差，靠近反而看得更不清楚，穆良还是尽可能地往前倾，三十五年的时日塑造出他习于谦恭和配合的肢体。截图中人的衣着装扮、面部特写、身上的双肩包，无不显示出，那就是穆良。

　　是你吧？来人之一，第三次这样问。他有一对显目的双眼皮。

　　截图来自老凤祥珠宝店的监控，反复比对，确认画中人在下午四点左右进入，有进无出。后从卫生间窗台外找到数枚脚印，认为他藏进了三楼空调外机处，伺机作案。当夜的监控被黑屏了。被解锁的两只保险柜附近找到一些新鲜纤维组织，认为来自画中人的双肩包。谈话中有半藏半露地表示：他们"什么都掌握"，以震撼穆良。

　　穆良也第三次解释，为显得更加诚恳，他着意调整了部分句子的顺序。上班不好离开的，随时会有人找。这份工作就是在办公室待着。是有只那样的双肩包，上下班用，今天我也用的，喏。那天我绝对哪儿都没去。单位出入口有监控，可以调出来看嘛。包括我必经的路口，还有小区，也都有探头……

　　你只需要回答，这是不是你？双眼皮打断他。

　　看上去像。穆良斟酌了用词。稍停他又勤勉补充，实际也早讲过了。老婆那晚不是有点儿胎动异常嘛，妇幼医院说要留院观察，我是通宵陪护的。不行我回家拿病历去。哦对，估计医院也有监控。

　　那怎么解释老凤祥这个监控？你自己讲讲哪？

　　确实也理解不了。

　　这是我们第几次找你了？

　　算上这回，嗯，第六次吧。

这不说明什么吗？双眼皮张开嘴，像呼唤一个显而易见的答案。

说明……穆良机械附合，稍停。六次都是根据监控。其实只要把我这里的监控也调出来，你们就会看到……

不要再重复这些了，肯定有一边是烟幕弹、调包计。除非真有另一个你？一直没说话的那位开口了。他没有双眼皮，只有很重的眼袋，像坠着一包混浊的往事。

厚眼袋和双眼皮，唉，前后打了六次交道，每次都会眼珠不错地放肆打量他。最初的不适感过去之后，穆良反倒有点儿亲切了，也习惯于这样颠三倒四、回环往复的询问。他们并不就认定他必然是那个劫匪，但确乎又把他作为他们的工作对象。他们，是在意他和需要他的。

人和人都是这样的吧。卖东西的需要买东西的，看门儿的需要访客，老实人需要耍滑头的。包括单位每周一次的集体开会学习，人们从各自所在的小办公室出来，准时汇聚至一个大会议室，济济然一堂，听坐在上面的人讲话。大人物讲话时，那样的抑扬有致，间或摇头，间或插入各种引申或训诫，穆良在仔细聆听之中，总有种触动，感到那里葆有着一种私人温度的曲衷，好像只有在这个时候，大人物才有机会讲话、也才有人听他讲话。那种需要与被需要感，真是赤裸而动人……

除非有另一个？另一个你？厚眼袋又问了一遍，或者是刚才的余音，只是因穆良的胡思乱想而滞留了几秒。

我明白您的意思。穆良忙欠欠身。去年，不是也让我做过脑科测试嘛，我也查过资料，人格分裂什么的。确实也不是。穆良轻喟一声，表示遗憾和抱歉。如果你们需要，我可以再做一次检测。

你独生子？双眼皮突然插话。

是啊，我 1983 年的。

父母都好？口气别有深意。

我母亲走得比较早。父亲倒是能吃能喝，只是脑子有点小糊涂。但这种事他是明确的：我没有任何兄弟姐妹——这你们第一次就了解的。穆良用更耐心的语调回答。同胞兄弟是最初的假设，看来到现在还没有放弃。他倒巴不得是这个呢。

自然情况，有时也会发生变化。厚眼袋略带疲惫的语气，穆良喜欢他那疲态。

是啊，自然情况。穆良积极应和。我很简单的。就在本地上的大学，学的是公共管理,毕业后就考到这里坐办公室。爱人是数学老师,去年底怀上了小孩。

想到什么特别的,或忘记什么没讲的。跟我们联系。

好的好的,号码一直存着的。二位慢走。

2

从五年前第一次被警方找上门开始,穆良就有隐约的感知,监控里与他酷似的那人,他见过。但仅止于此,他并没有去进一步推敲或计较。这里有种难以解释的淡漠与懒洋洋。反正跟他无关,反正在那些被怀疑的时间段,他是绝对干净的。不仅是那些时间段,他所有的时间、地点、经历,都可以呈堂供证。他有写日记的习惯,记下白天各样事情。他喜欢结结实实、天地坦荡的感觉。

那人没有出现在日记里,并非有意:穆良只记录自己了解和熟悉的人物。那人绝不能算的,连姓甚名谁他都不知道——

那天,有敲门声,穆良即刻去应门,以为是下楼散步的父亲回来了。父亲一敲就得开。有一回,他迟开了一会儿,父亲就掉头下楼走到另一幢楼的同一个位置去敲了,敲不开,他又下楼继续往另一幢去了——楼道与入户口的探头记录下了父亲这滑稽的执着。父亲倒也坦然,事后,他用冷静的口气,像老中医自把脉:我记忆力出了问题。随便哪家,只要给我开门,我就进去做父亲,都行!他摸摸下巴,颇得意似的。

门外不是父亲,是一个惊奇:穆良感到他是打开了一面镜子,镜子当中就站着他本人。当然,这略带夸张,如果定下神来细看,两人的肤色、发型并不同;来人的胡子没刮,个子也略高几公分。开口之后,也能听出口音上的差别,他不是本地的。

外地人微微点头,用营销人士的口气,自我介绍说是替附近新开张的健身会所做入户调查的,对照着表格,他一边问一边勾:家里常住人口、年龄大小、从事职业,然后奉赠了一只粉色户外包与优惠办卡券。穆良顺从答问,又顺手接过那只包,觉得这颜色只适合年轻女人使用。来人显然跟他想到一处了,他合上调查本:"看来家里还没女主人?得加紧啦。"

短暂对视中,来人目光闪动,看来也意识到外貌上的彼此酷似。但他显然并无意特地谈论或指出，只是口气不那么营销了。穆良遂也决定平常待之。"还没谈女朋友呢。"穆良怔忡地邀他坐下，心里涌上一层薄薄的不常有的欢愉。

两人在茶几边坐下，聊了几句平淡无奇的话。对方问穆良有没有健身习惯。穆良承认他很懒，不爱运动，工作就是坐办公室。可有可无、没完没了。"多好的工作！稳定呀。"像是为了烘托穆良的这种"稳定"，来人用脏话嘲弄他自己："他妈的，他每一份活儿都比鸡巴还短。"

还接着前面的话头聊到了女主人。脱口而出的，穆良吐露他对此事的无能为力，大意是：太难了，怎么能确定下这么重大的事情呢。来人颇不以为然，大大咧咧地总结了几条他对找老婆的看法，并打赌似的送出预言：你啊，绝对十个月内解决问题——到时候，我来讨要喜糖。

对方告辞要走的时候，穆良晃晃手中的粉色包表示出礼貌的兴趣：那健身房离我家倒是不远。

健什么狗屁身啊，我也就是替他们发个广告，保不齐过几天就走人不干了。他在门垫处换好鞋子，很随意地道别了。

几分钟后，又有人敲门，这次是父亲。瞅着前来开门的穆良，老人遽然宣称，几乎是带着胜利感："我绝对有毛病了。刚才在院子里碰到我儿子了，还给了我一根烟，你看，这烟都还没有抽完。那现在给我开门的，是谁呢。我真的可以确诊了。"又来了，父亲抓住一切机会证明他出了毛病。穆良一度觉得既可笑又无情。渐渐也木然了，老爹就是急着不想认识这个世界了。随他吧。

到第二天出门上班，穆良才发现他的黑皮鞋被昨天那人穿错了，好在两人码数一样。他穿上丢下的那双黑皮鞋，只小半天，就觉察不出任何异样，都怀疑并没有谁穿错谁的。不过心里又强烈希望着，他那双鞋，正在偌大的城里走大街串小巷，像两张随意飘移又形影不离的树叶——这浮想中的画面真不错，他喜欢。

……这些，确实没办法写到日记里的。谁会在日记里写到一个上门做推销的人呢；谁会相信这个推销员跟自己酷似呢；又如何传达和证明因这酷似而产生的莫名愉悦感呢。

3

第一次被双眼皮和厚眼袋问询的时候，穆良已与数学老师确立了恋爱关系，不出意外的话，他会与她结婚。

这场指向婚姻的恋爱，此时已延宕小半年，也算达到要这样一个关乎终身决定的时间长度，当然这是被众多细胞、细节和空气所支撑和膨化了的表面长度。真正的决定，差不多只有一周。

那一周，穆良终于接受了一位同事大姐的推荐，与其所介绍的女方见了面。他们一起吃了顿晚饭、看了场电影。简单几个动作，发现她具备三条起码的标准：胃口好，不大手大脚，有耐心。吃饭时，硬是吃掉了多点的一份鱼，为此还多加了半碗饭。买到的电影票是四十分钟后的场次，两人长时间默然对坐，专心等着电影开场。送她回家时，女孩显示出对公交换乘的熟稔。穆良就此做出决定：诚恳地去追求与爱慕她，结婚生子过日子。此决定一下，顿感百骸通畅、身轻如燕，简直都有了一种宽广的平静感。

只是，那几条找老婆的杠杠，是打哪里冒出来的呢？怔了一会儿，穆良终于想起来，就是上门发健身房优惠卡的那位酷似者说的嘛。记得他那信口开河的表述，夹杂着脏话。也许正是那不负责任般的粗鲁，让穆良给记住了，并照此办理了。也不排除穆良本来就是这样想的，只不过，需要借他之口总结出来罢了。

穆良很高兴他记起了这个出处，同时也顺带想起，那人还说过要上门讨喜糖的呢——固然，穆良跟这位数学老师，并不是非彼此不可，但这无碍他们的结合。两个人的或对坐或同行或拥卧，总归比一个人的枯坐、孤行与独眠，看上去要稳定和像样子多了。这确实应当记上那位酷似者的一笔功劳，得给他备好喜糖。穆良在脑子里想着。不久，忙于筹备婚事和应对老父，也就淡忘了。

老父的病症，如他本人所竭力追求的，越发严重了。买豆腐、理发以及散步，走了十来年的路了，统统会迷路，困在四五公里之外的绿岛或双向车道当中。被求助的派出所警员总不急不忙喝一口水、含半根茶梗子在嘴里："你晓得全国？算了，就我们全市吧，不，就咱这所的管辖范围，注意，绝对不算公司、银行、学校、超市、小区里头他们自个儿配的那些，就光这大马路，你猜，有多少个监控头？"穆良摇头，求知和佩服的表情。警员把茶梗子换到另一边嘴角："说出来真怕能吓死你!总之,每个路口吧,起码仨枪头,广场什么的还加球形,180度或360度。"他很灵活地先后比划出打枪、划弧线和棒球的手势。"只需要把各个路口的数据啪啪啪切出来,一碰,你家老爷子的路演大片就出来了。"他终于吐出茶梗子,大力敲打键盘。实际上,"路演大片"比他所吹嘘的要费劲很多,太多机位又太多主演了,而且画面都很枯燥。夜深人稀时,偶尔路过的身影要不黄巴巴要不蓝荧荧,如同孤魂野鬼。白天更麻烦,人影稠密而混乱,走走停停像一群无头虫子,好几次,都要循着警员的食指,穆良才能勉强辨认出灰扑扑的父亲。每个路口,老人家都审慎地驻足良久——其实,这些街巷兜兜转转,起码有两个方向,都是能够绕回家的,父亲最终所选,必然是那第三条路径。穆良抱歉地瞅瞅警员,后者灌一嘴茶,熟练地又抿住一根茶叶:"关医院去吧。老这么折腾有意思啊。"

穆良最终会在某处接到父亲,后者表演似的瞪着他。穆良只好自我介绍,父亲专等着一般,追根刨底地诘问:"怎么我就是你爹、你就是我儿子了?你给我说清楚,你到底是谁?你干吗的呀?"穆良虽是一丝不苟地反复作答,解释自己的姓名工作父子关系,却总也感到一种莫名的理亏,好像反倒是他本人经不得追究似的。"听听看,你这都是什么呀!"父亲笑了,"你绝对、绝对不是我儿子。"

穆良也试着介绍未婚妻给父亲,话才讲到一半,父亲阴下脸打断,"搞什么啊,你自己都讲不清,还要再加一个讲不清的……送我走吧,这里真是待不下去了。"父亲挥手,强化或驱赶某种想法,面容中竟显出无限哀戚。数学老师被吓住了:"这么严重,肯定得送医院啊。"穆良干巴巴地笑着,无意也无从辩护。证明自己证明女方证明爱情都是困难的,继而再证明他们的这桩婚姻,难度又何止是翻倍?

他这才又想到卖健身卡的那位,多少带点怨尤,可不就是听信了他的那几条胡扯。随即又自嘲起这种怨尤,那只是偶然登门的陌生人而已啊。

直到双眼皮和厚眼袋双双登门,他们拿出一张不大清楚的打印照片,还有一张很清楚的个人证件照——无论清楚与否,二者都指向穆良,穆良逐一点头承认。等他点完头,双眼皮告知,前者来自新近发生的劫案监控,嫌疑人腋下的挎包里有八万现金,被劫者刚刚离开银行五分钟。

后者则取自穆良单位。

穆良听罢，忙以口头方式把点过两次的头收回一次，脑子里笔直就想到了健身优惠卡，心里"呀"一声，有种打起惊鸟、却在彼处的收获感。他探讨般的追问："这打印太糊了，你们从监控录像里头看，真的像我？"问了一遍之后，又换种方式问了二遍三遍。三度的确认使他感到一种踏实，像摸索中的搭扣"咔嚓"碰牢似的。

双眼皮把这理解为一种嘲讽。从电信局调出的单子来看，抢劫发生时，穆良所在的办公室正好有通话纪录，据来电市民表示，他打到这个号码政策咨询，得到了刻板但还算负责的人工解答——任何人都可以替穆良接电话不是吗。但他们初次的问询还是显得客气而保守，忍受着穆良有些勃勃然的兴奋感："这么说，我有可能既在办公室接电话，同时又当街抢钱、完了还成功逃逸了？八万？不少哇。"

此后不久，在父亲本人几乎是满地打滚、非那么不可的要求下，穆良把他送去了一家老年康复中心。随后穆良结婚了——布置婚房的时候，他带点后怕地发现：父亲幸亏是住到外面（医院）去了，否则，这么个小套房还真是不方便结婚。早为什么没有意识到呢，他们是一对没有能力买大房的父子。

新婚妻子在客厅和卧室都放着他们的结婚照。穆良的目光时常从自己脸上掠过，由于光线在脸上形成的阴影，或是头上被抹了过多的发油，他觉得那照片里的新郎实在太像那人了，尤其是笑容，显出一种多么肤浅的喜悦啊：这全然不是他对这种生活的真实感受。

下班回家时，穆良会在楼下仰脖子看几眼窗户上的红双喜，似一种提醒与确认。

4

窗户上贴的红喜字掉色发白、显出风雨旧相的时候，那人再次出现，没带任何入户广告。

妻子不在家，她的确勤勉，每个周末都去一家教育机构带学生。穆良指着照片介绍。客人只点点头，跟上次比，他肤色白了些，低头看东西时，有了双下巴，显得踌躇有志。

"最近不错嘛？"穆良寒暄着疑惑他的来意，又觉得自己应当是知道的。"很不错。"悍勇的笑声,指着穆良:"看你,也胖了嘛。"他为此有点乐不可支,"我们连胖瘦也同步啊。"——后来想想,这大概是他唯一一次提到他们的酷似,还如此隐晦。

是的胖了。借着这也算名正言顺的婚后发胖,穆良讲起妻子拿手的几样菜式,每周轮着做;讲到他们的作息起居,正在形成的家庭分工上的规律。比如他从来不洗内裤袜子,但要负责清洗马桶;他睡在床的左边;起床后要把睡衣挂到阳台晾起;等等。他复述这些平白无奇的细节,好像这就是婚姻中值得称道的关键所在。

如穆良隐约预感的那样,对方果然爱听。他两只手抱着后脑勺,歪靠在沙发上,不时打断、追问,似分毫都不能听岔或错漏……喝水的时候,他在茶几上拈起一张皱巴巴的超市收银单子,用手指肚捺平,举到齐眼高,"5号电池、防蛀牙膏、橄榄菜、胶皮手套、黄桃风味酸奶"。他大声朗诵,显出无比赞赏的样子。

"收银条他妈的真是太有趣了,我经常从地上捡起来瞧上两眼,好玩哪,什么都有人在卖,什么也都有人买。货不对板的歪瓜裂枣,贵得不讲理的洋盘玩意儿,随便什么,都会一本正经地被打在清单上,被放到袋子里,被人花力气拎上楼梯,到男人女人小孩老人的手里,被吃掉被用掉被扔掉……这他妈的真叫人喜欢。"

穆良犹豫地笑着,也拿起那收银条,暗中咀嚼那一排平淡的日用品,齿舌拨动中心生戚戚,他同意的:这皱巴巴的小纸条之下,确实包裹着盎然绿意,有令人潸然的东西。也许就像他上回信口讲出"找老婆"的标准一样,这是再一次的、一种钝痛又快感的叩合。

"哦,对了这个。"漫不经心从裤口袋掏出样小东西,右手换到左手又抛回右手,然后才递给穆良,眉毛挑高:"你没留喜糖给我,我可给你备着贺礼呢。"

穆良正在续水,手有点儿湿,他注视着那份贺礼,一边在衣服上蹭掉水珠,然后才接过来。是一小坨金块,凹凸不平,似方又圆,勉强可以看作心形。熔断处有些捏合的痕迹,他把自己的手指放上去,被唤起记忆一般,感到一种温热。

穆良意识到对方在看着,或者说,在等他的反应,忙抬起头,显得有点用力了。其实并没想好,也不打算特意去想,自己该是什么表情,他只知道一点,那照镜子的鬼魅之感又来了。心里喜悦急跳,飘飘然如御风。

他重新提壶续水,讲起件小事。有天他在办公室泡茶,发现茶叶没了,于是到隔壁办公室倒了一小撮。次日他带了茶过去,也倒出一小撮茶叶,送到隔壁,让对方"也、尝一尝、他的"——一边讲着,穆良把另一只手合拢,插到裤口袋,松开五指,听任那金坨坠下,他感到那玩意其实很轻,像羽毛一样永远无法到达口袋底部,只痒痒地挠着他的半边身子。

"妈的,我第一眼就瞧出你是个仔细人,不爱多占。"显然很喜欢他这个故事,笑嘻嘻骂他两声,起身告辞。穆良的注意力还在裤口袋里,跟那变成羽毛的小金坨在一起。糊涂中把客人送到门口,一边想起到现在还不知道人名字哪,显然将永远都不会知道,更显然的一点是,他们一定还会再见。仓促中,穆良脑里冒出个ＡＢ。挺好。

ＡＢ后来又来过三两次,都是周末,但间隔拉得很长,差不多都是穆良快要忘了他的时候。有次他吊着只胳膊,石膏脏得发黄,脖子也缠着纱布,须发无序,喉结都显得突出了。ＡＢ瞧着穆良欲言又止的闪避模样,索性大刺刺解开外衣,又把裤子往下褪褪,展示腰背上的各种新旧疤痕,有大有小,如若干怪眼直瞪着穆良,他挺得意:"这些个,你可没有吧。"

ＡＢ从包里掏出几只极大的石榴,是路上顺道买的,"很少看到这么大个儿的!"他喜滋滋地,"我这人可会买东西了。还有这包,你也留着吧,口袋多,贼耐脏。"

穆良瞧瞧包,很平常的一只黑色帆布包,上下班用倒是合适。心里一下子想到什么,即刻打住,只专心对付起大石榴来——不必思考,平静地接受ＡＢ的一切,哪怕只是出于懒惰——石榴真的好,籽儿一粒粒的鲜红欲滴,如同血钻石。ＡＢ赞喝一声,毫不客气地抓起一大把倒进嘴里连核大嚼:"就得连核儿吃,大补。"他口齿不清地吞咽着,能感到汁水在他口腔里的喷射。

ＡＢ总是这样的,很享受"做客",如同逛铺子或参观博物馆,他喜欢东摸西瞧、问长问短。

"这干什么用的?"拿起阳台上一只竹篾。

"晒茶叶。旧茶叶做枕头芯,去火。在卫生间烧,除臭——我老婆就爱瞎折腾。"

书桌上一盆仙人掌。他有意碰一碰，刺到了，挺高兴，"没感觉啊，他妈的这能算疼吗。"

打开冰箱，拿出酱菜瓶。哦宝塔菜，哦甜生姜。扔到嘴空口就吃起来，嘎嘣嘎吱，再喝一大口茶。

"小日子啊这小日子。"他显得那样心满意足，索要一份餐后甜点似的提出要求："跟我讲讲你上班的地方吧。那稳当工作！"

"我那工作啊……"心里一阵唔叹，穆良还是依言描述了他的办公室。恒温空调与下午的西晒。一盆绿萝，所有的办公室都有那么一盆不是吗。电脑电话机。废纸篓边上是电源插座。编了号的桌椅，椅子很硬，但也惯了。他把视线停在半空、虚拟中绕着办公室转了一圈。哦，门后面有拖把和毛巾，沙发旁边挂着备用雨伞。他无一遗漏地描述，一边感到常有的那种心怵感：就是这样一个地方，他慢慢地坐过了每一天。

ＡＢ带笑不笑地咬着下嘴唇，穆良每讲一样，他就在纸上飞快划一样，比例和位置并不准确，来不及画的他就直接写字，字挺难看。最后在办公室前的椅子上画了一个火柴棒样的人形，那便是穆良："那每天坐着坐着，忙啥呢。"他皱着眉，带着真诚的无知。

就那些呗。要是旁人，穆良还真以为是在讽刺——转文件，打字，复印，填表格，接电话，收邮件再回邮件。有时上市里去开会，有时下县里去开会，有时就在本单位开会，有时到隔壁办公室坐坐。所以也不是只坐这里（他指指ＡＢ面前的纸），是经常换地方坐的，坐着开会——有次被父亲当作陌生人追问时，也这样解释过他的工作，看到父亲那有意捣乱的眼神，忙加了一个概括的说法：上情下达，下情上传。更引得父亲拍腿大笑："看看你，你这好比是……"他笑得呛住了，以至于没能想到一个比喻。

穆良盯着ＡＢ。也许很像后者递出他那一小坨金块时的等待吧。

ＡＢ短促地哦了一声，垂下眼皮，用笔在纸上点着。

穆良喜欢ＡＢ这时的缄默，他还没有说完呢。

"最滑稽的是快要下班，眼看着太阳在外头要没了、天要黑下来的那半个钟点。"穆良脱口讲出他的黄昏恐慌症，这是他心里的胡乱命名。每至一日将尽，就有种被压榨过的栖惶感。瞧着吧，又过去了，他正在变淡变薄，无色无味，像一张甚至都没有写字的旧纸，一天下来，连道折痕都没有增加，就要被翻过去了。这一辈子都会这样的，然后就没有了。"我经常靠在椅子上，看着光一毫米一毫米从我办公桌上移走，一秒钟一秒钟看着天黑。"吐瓜子壳似的吐词，好像一个词就代表当时的一秒钟。

ＡＢ还是没有吭声，但给穆良丢烟，并给他点上。这根烟显得比平常更经抽。

直到掐灭烟头时，ＡＢ才借着一阵呛咳恢复了他的粗暴。照旧用脏话起头、穿插和结尾，讲起他的"太阳快要落山"。有那么一段时间，一到这个时辰，他就得发动机似的、突突冒着烟开始往外边跑，因为只有到那个时候每家每户才开始有人嘛。他给煤气公司抄表，替电器卖场回收旧家电，上门疏通管道。也送过一阵外卖，尤其很冷很热的那种鬼天气。

带点莫名的欣快，他掰着指头讲起登门入户所见。披头散发，剩菜味道，沙发上的屁股印子，难看的睡衣，地板上的头发卷。

"最好玩还是在十字路口发广告单！晚高峰啊，每个人都像敢死队。他妈的我才不管，偏要恶作剧地堵住他们，特别殷勤地往他们手里塞，偶尔有人会突然光火，卷成一团扔回我脸上，可绝大部分人都会顺从地接过去，只要是白送的，他们总会伸手来拿……"他乐不可支地模仿那种半拒半迎、贪便宜的姿势，然后倒在沙发上喘着粗气大笑。

穆良盯着他，深为感染，亦有种新鲜的振奋，随着ＡＢ的讲述，他能清清楚楚地看到——不是ＡＢ，而是他，一脚踏入他那粗暴而激情的黄昏，敲开陌生的门户，闯入到一个毫无防备、裸露着的家庭内部；拦住那些奔劳的路人，打断他们的心思重重或百无聊赖，与他们的愠怒面面相觑。多棒呀。

他回过神，ＡＢ正抹把脸，又用力伸一个懒腰，像重新拾掇过并加满油的一辆旧车，从软绵绵的沙发中弹起身，要离开了。

5

手机里跳出"茄子"二字，是妻子发来的。她孕期已六个多月了，还保留着强烈的妊娠反应，忽地想吃这个，忽地又想吃那个。常常穆良才跑到半路，她换花样了。有时都烧好端上桌子了，她只看了一眼便全无胃口。穆良想，这确实是怀孕应有的样子，他也该有将为人父的样子。

快要落市的菜场很脏，大半摊位近空。穆良把一家摊子当天所剩下的茄子全都买下，价格很合算，那位摊主也就此欢喜地提前收工了。带着因这笔小交易而来的愉悦心情，他往外走。到出口处，手机又动了，果然是妻子：想吃雪里蕻炒香干毛豆米，新上市的毛豆米。穆良仰头发笑，那就再去买空一家摊子呗。抬头的余光里，他看到一道幽幽然的黑色目光。定睛重看，是摄像枪头。一想也对，连公厕门口都有配的呢。

穆良于是掉头重回菜场里头，搬着左右腿，高一脚低一脚，眼光保持着所需要的注意力，顺着摊子留意毛豆干子与雪里蕻。可与此同时他感到自己还站在菜场门口那个摄像头下面，整整背包，捋了把头发，像是在调校和对照监控中的形象。由于父亲总是走失，也由于与双眼皮与厚眼袋的多次交道，对那样的画面，他算是颇有些心得——

怎么讲呢，监控里的人形，确有着一望而知的基本要素，供以辨识出某人或酷似某人（比如父亲、他、Ａ Ｂ），可与此同时，又发散甚至强调着一种似是而非。可能是由于断帧与频闪，由于拼图般的色块粘合，尤其是那种呆板的取景位，导致画面里一会儿许多车，一会儿空荡荡，一会儿两只狗。更带古怪意味的，是画面角落里那总在细密闪动的数字，形成一种时不我待、细小不舍的紧迫感，似总该发生点儿什么的定时导火索……真的，讲老实话，发自内心的话，穆良真的喜欢所有那些监控，说狂喜也不为过——想想看啊，几乎每一个路人的每一天都可以在那里头找到记录，就像是一份什么也不舍得错过的爱之凝视，如此之深沉，如此之壮丽。如果把所有这些被记录下的画面归拢在一起，那简直就是人类运行轨迹的一个大全辑啊！所有的日夜与四季，祖先与子孙，伟大如那些远方的大人物，渺小如他这般的小人物，哪怕是像父亲这样故意把自己给弄丢的，最终也必将在这些画面里得以追索、得以建构、得以永生。

穆良持续甩胳膊迈腿，以监控视角推动着自己继续寻找毛豆干子与咸菜。像走在漫漫长道的追光灯里，被一种奇异的温情所笼罩……到第六个摊子，穆良买齐了毛豆米与豆腐干，但没找到咸菜。穆良知道街对过那条巷子尽头有个野菜场，由一小撮郊区农民自发形成的，没准就有雪里蕻。不过他不打算去了：那边极有可能还没有装上监控。他把毛豆米与茶色干子塞进背包打道回府，心里有点小小的得意，虽然世界上大概没人能够欣赏得了他这样的谨慎作派吧，也许除了ＡＢ，当然，他绝不会向后者转述此事的。

因为少了雪里蕻，晚饭不太成功。就是买到了，恐怕也不会太成功，妻子的胃口仍然不好。他们一边吃饭，一边进行着晚饭桌上应有的谈话——毛豆倒是蛮嫩的。再喝碗汤吧。不添点儿饭吗？——像是各自分配到适于此情此景的台词，一旦念出口确实也显得情意真切。

记得婚后不久，妻子曾在一次闲谈中提到她对丈夫的基本准入条款：得比她高半个头以上（实在接受不了被一个矮个男人抱住），不上夜班或轮班（家里不成了旅馆嘛），不留长指甲（女里女气），不抖腿（最最讨厌了）。穆良差点笑不出来：这算什么，因此他才得以入选了？妻子沉着地补充：真能全都满足，其实就挺不容易的了。穆良这时也记起自己当初的几条考量，看来啊，这桩婚姻会如他们各自所选择的那样：适配，平静，白头到老。

更多时候他们并不交谈，只有抽油烟机在勤勉转动，排去厨房里残留的最后几缕油烟味——静听那轻柔的噪音，穆良想起ＡＢ还干过上门拆洗油烟机的活儿，据他抱怨，这是所有活儿里头最腌臜的。那些油腻子，厚得像黑墙砖，他总是一边刮一边盘算着，这户人家，得吃多少顿家常饭，才积得成这么厚的油垢啊。穆良记得ＡＢ瞪大眼睛表示恐怖的可笑样子，并骄傲地晃起腿：我有个记录保持至今，从不在同一个地方连续吃两次。郑州东火车站边上有家鳗鱼饭，绝对天下第一。丽水，浙江丽水你知道吗？当地有一道炸知了，香到裤裆里。有次我去口外晃荡，吃过一家大排档的烤羊腰子，妈的，那个膻，每个男人都该去吃一下。他炫耀地咽着唾沫：就算吃泡面，那我也是在不同的旅馆或车站吃。你说这够牛的吧，谁能打包票他从不在同一个地方吃饭哪！不过……他忽地又跳到起初的话题，啧啧有声、眉毛皱拧地抱怨：那些陈年油垢，真他妈的太恶心。他们得在家里吃多少顿饭才能吃成这样啊——直到此刻，对着平淡无奇的家常饭，在油烟机不知疲倦的转动声中，穆良才终于回味出来，ＡＢ那语气并不是抱怨。是什么他说不好，但绝对不是抱怨。

妻子吃不下了，穆良把她的半碗剩饭及毛豆米干子都一并吃掉了。"都不嫌我脏嘛。"妻子捂着胃部，挺满意地笑了。"不能浪费的啊。"他匀称地咀嚼，也可能是在咂摸ＡＢ。为什么那家伙也会乐此不疲地过来见他哪，一定不是长相，也一定不是为了送金坨、石榴或背包，是他这里，有着什么别的，持久吸引着ＡＢ——就像ＡＢ也吸引着他的、那不知何谓的东西。哑摸到这一点，穆良感到挺大一份的欣然。

6

周日下午，穆良照旧去看父亲，略尽孝道。

入住康复中心后，父亲确实稳定多了，处于一种并无大碍、又需基本护理的微妙状况，退休工资刚好可以负担，像是在康复中心租用了一个终身床位，附赠有病友、食堂、护士与可散步的楼下花园。穆良是在多次探视之后，才觉悟到这可能是父亲的策略：用一种六亲不认的公共化的方式去度过他的晚年，直至老死。当然，这只是穆良单方面的简单推演，也并不愿作进一步求证，也不为此感到别扭或委屈。生活反正都是经不起深究的。唯一能够让人踏实的，嘿，没准就是那些像是不怀好意实际上慈悲极了的球型或枪型摄像头。

康复中心车库入口，穆良在减速带上挺腰端坐，给了斜上方摄像头一个正脸。双井电梯间，Ｌ形通道，等候大厅、探视登记处，他一路搜寻着半空中的监控头进行肉身签到，移步换景间流利无缝切换，这就是他所生活着的样态与证据所在啊。穆良飞快地回忆了一下，是从上次菜场买毛豆米干子开始的？还是更早一些？他就开始了这种下意识的、毫不费力的合作了，毫无疑问，这会达成一个可预期的圆满：以他穆某为个体单位的那一辑记录合成，在时间与空间上是几无死角且坚硬可信的，这可比写日记强多了——这样胡乱想着，他抵达病房了。

穆良给自己和父亲分别点上一根烟，一边挖空心思地回顾过去的一周见闻。新鲜毛豆米上市了。胎儿做了六个月的产检。小区里共有三种取快递的自助机器：云柜、格格、菜鸟。父亲安静地抽烟，不点头不摇头，也不看他。穆良继续想话题。啊对，双眼皮和厚眼袋上周来过，他忽而振作起来，非常详尽地从这两位的外貌特征开始讲起——这下子好了，前后总共来过六趟，有六次问询呢，足以跟父亲讲上好大一会儿了。

穆良清清嗓子开始了。倒叙。先是老凤祥珠宝店的监控，然后是第二次，农业银行门口的拦路抢劫，然后是……这一开口，穆良才意识到，他是多么想对某个人讲讲这些呀。老头子垂着眼皮，连脸上的皱纹都没发生哪怕是最轻微的扭动，抽完一支烟，用未灭的烟头又续上了一根。

穆良只管讲着，讲得可真舒服极了。

"我觉得他们的态度，越来越严厉了。当然这可能只是我的一种印象。最早的时候，他们还冲我假笑呢，晓得对我的调查是无稽的。后来就不笑了。前天这次，倒又笑了，并且是真笑。说明他们开始自信了，跑多了，越跑越有把握了。

"也是好玩。到现在还在问我有没有兄弟呢。我想你一定也希望有一个吧？讲实话，我也希望有，那样的话，我就，怎么讲呢，我早就……"

讲到这里，穆良有意停住，等了一会儿。父亲仍在认真抽烟，很长地吸入，又徐徐吐出。穆良又一次涌上那种感觉，跟以前若干次探视时一样：他要是走到隔壁房间，坐到隔壁床边上，对另一个老头讲同样的话，一起抽掉两三根烟。绝对也是一样一样的。

跟以前不一样的是：今天他很喜欢这感觉。

临走前，被叫去了值班室。医生拿出几张自来水缴费单，穆良茫然地翻了翻。医生解释：我们各楼层都是分开结算的。每层都是十二个病房。喏，你看，所有楼层都是一千多块。可第四层，是二千多块。穆良还是没明白。

医生挪挪电脑鼠标，激活一个显然早就打开的画面。俯拍，看到一个半秃的头顶——这种情况下，医生跟他谈的，显然应当是他的父亲；父亲也的确是半秃头顶。"一个病区共六张病床，合用一个卫生间。这个监控本来是为了防止医患纠纷的。你知道的，常有病人在卫生间自杀。"医生接着说，"你仔细看，这是403室的。"画面中的半秃头顶，并没有坐在马桶上，而是蹲在边上，一只手去揿下开关。半侧着头，保持那个姿势不动。无声的画面像卡住了。好一会儿之后，半秃头顶又去揿马桶，再侧过头不动。如此反复，如同循环播放。"好几个月了，每晚他都蹲在卫生间忙活这事儿，从凌晨一点忙到凌晨四五点，干通宵。"

"是在干什么呢？"垫补完水费，穆良试着这么问，他本该表示不满或什么的，也懒得了。毕竟是父亲，毕竟是儿子。

"人老了，啥怪事都会有。没准就是想听听马桶冲水的动静。"医生站起身示意会谈结束，"主要是跟家属知会下，我们打算从明天起，睡前可给他加服安眠药。"

"谢谢。不如就让他继续听那动静吧，水费我来垫。"

离开康复中心的路上，穆良从电台里听到报日期、报时、报天气，主持人非常顺溜地一口气报。他听着，一边看车窗外闪过的行人，心里有点不自在。

——根据以往的规律，但凡有警员来找过他，随后起码得半年以上，ＡＢ都不会再登门了。这样算来，到下一次再见到ＡＢ，他应当已经做爸爸了，父亲应当已听了好一笔银子的抽水马桶，到那时，他脚下这双鞋子总该要穿坏吧——穆良低头看看鞋，还是ＡＢ那双。他常常想起他自己被换走的那双，被ＡＢ上天入地、日里雨里的，一定早就穿烂了。多么也想穿烂脚下这双啊，偏是每天都走不出几步路，恐怕永远都不能够了。

这样想着，越发感到某种丧绝，都无法往前开车。打起双跳往路边靠，忽然想起这里并不能停车，并且他这时也该回家做饭了。妻子今晚想吃的是萝卜烧肉，得炖好一会儿呢。因此实际上，穆良只是踩了个刹车减了一下速，比往常晚了十五分钟到家。这十五分钟里，有十四分钟是被值班医生耽搁的。

他跟妻子说起迟归的原因。妻子今晚胃口不错，虽然萝卜还不够烂。妻子认为穆良补缴的那笔水费是冤大头了，谁说那一定是他父亲呢。不要讲监控会搞错了，就连眼睁睁面对面，也会稀里糊涂呢。妻子举例道，有一天，她早起赶时间，只画了一边的眉毛就跑去上班了。嗬，上午下午共四节课啊，还去教研组开了一个会，愣是没任何人发现。要知道，她眉毛特别淡，又剃过，不描的话几乎就没有眉！包括你，你也没发现。我真怀疑，你这天天儿的，有没有好好看过我？

可不嘛，穆良急于补救，也举例附和。有次他的电话机坏了整整两天，根本打不通。有一段时间他的微博被人盗用，发各种美容广告。好多这样的事情，也都没人在意到。这样的事情可多啦，对吧。

所以嘛，到下一次，你可以拒付那个水费。你甚至可以反问医生，他们是不是用这段录相让好几个秃顶老头的家属都垫付水费了。总之，道理在你这一边。妻子总结道，添了半碗萝卜肉汤。但没吃完，穆良照例吃掉她剩的——这也成为家里的习惯了，下回可以讲给ＡＢ听，他准喜欢这样最无聊的家常事情。

入睡前他们做了爱。这是妻子从孕妇手册上看到的建议，六个月后适当交合，由此给子宫带来的缩放会有益胎儿活力。为了不压到腹部，他采取了不常用的后入。

穆良行动着，一边很不合适地想起了ＡＢ曾经讲到的一个细节。

起因是穆良问起他有没有过女人，可能就是婚后的那次见面吧，穆良觉得他有义务关心一下。ＡＢ闻言大笑，拿拳头直锤沙发："你应当问我有多少个才是。"随后他抚摸着下巴沉吟："可老实讲，也都相当于同一个人。我都是从后面，从来不看她们的脸，我感到，她们也不想看我。"他的声音不知怎么搞的，听起来有点硌耳朵。"对了，你被舔过屁眼吗？"他表情突然异常狎昵，可能是为了迅速改变气氛。见穆良不安地直摇头，他笑得更歪了，"软绵绵的舌头舔在屁眼上，那可是特别、特别舒服的。"

此时此刻，穆良想到ＡＢ那也许是刻意为之的猥琐，感到一阵迟来的懊恼，为什么从来就没想到要邀请ＡＢ正式做一次客呢，吃顿他早就吃够了的但ＡＢ从没吃过的家常饭呢，介绍贤惠的妻子给他认识，甚至带他去见见老父亲什么的。不不，他和ＡＢ，怎么能同时出现在妻子、父亲或任何人面前呢，那是对……的打破与违背吧。打破什么了呢，他又全完是糊涂的。

但总之穆良很高兴他与妻子彼此都看不到脸，只听到妻子像是来自腹部深处的堕落哼叫。从这陌生的哼哼里，他得到一个预感，从此，他们都不会再面对面做爱了。这太好了不是吗？

穆良到卫生间，黑暗中熟稔地拧开莲蓬头，打了点肥皂，冲洗，用浴巾揩干。挂回浴巾时，被马桶墩子绊了一小下，顺势也就在马桶盖上坐下。

他想坐一会儿。

可能坐了好大一会儿吧，听到妻子在床上嘟囔着什么，忙小声应了一句，一边下意识地揿下马桶冲洗钮。然后，他听到极其寂静的深夜里，响起了可以称得上是喧嚣的冲水声，激流打着富有气势的逆时针漩涡，裹带着整栋楼或全城或者全人类的排泄物，跌入深渊的尽头。穆良感到他的小腿肚子有点打晃，好像是站在什么大瀑布或大峡谷边上似的——父亲或不是父亲的那个秃顶老头的这项娱乐，真是值得赞服的一个伟大发明。他非常愿意额外支付那笔水费。

7

穆良拿出薄纸片,看了一遍他早就记下的那个号码。他在脑子里把前后几次的案子大致过了一遍——从双眼皮与厚眼袋那一轮又一轮发牢骚般的、遍布自问自答的调查中,他已掌握足够多的细节了,就算偶有差池,也在正常的记忆力疏忽范畴,谁都会乐于宽容并就此结案的。他所交不出的那些赃物,估计全部会被折算成时间吧。时间倒是管够的。反正随便待在哪里,与坐办公室,去菜场,或待在妻子身边,并没多大的分别。

ＡＢ那边,也应当没有任何讶异,相信他会在瞬间浮出一丝意料之中的兄弟之笑,然后以他特有的粗鲁与自在劲儿,光滑无痕地与他交换位置,互为弥合亦互成镜像。穆良也相信,此一决定绝非冲动、自私的失德之举,包括对所涉的父亲、贤妻、双眼皮与厚眼袋,都是值得称颂的好人好事。

拨通号码,刚"嗳"了一声,对方,不知是两人当中的哪一个,一下听出了他,并像责怪一盘早就点好了的、但才端上桌的菜:"瞧你,害我们等到现在。"

巴别尔没有离开天通苑

弋 舟

我十二岁那年，我妈的一位朋友，一个著名的女摄影家，搞到天通苑两个"经适房"的指标，一个自用，一个给了我妈。价格是每平方两千六百八十元。面对这张当时还看不出是什么馅儿的巨大的馅饼，我妈举棋不定，兀自嘀咕，买，还是不买？她其实无意征求谁的意见。自从被我爸抛弃，成为了一名弃妇后，她就习惯这样对着空气发问了。每顿饭吃什么她都会问道问道，没人回答，也不影响她行使做饭的义务。但那次她兀自嘀咕的问题，显然比晚饭喝粥还是捞面这类事要重大，如同一个哈姆雷特式的天问。我不忍她过于仓皇，有一嘴没一嘴地应了声：买。一百七十多平，所有手续办下来，不到四十万。

如今，天通苑成了亚洲最大的居住小区，区内有几十趟公交，三个地铁站。

当年我那声无心之"买"，不啻为自己此生发出的最接近真理的一个声音，其意义之重大，从我对那个著名女摄影家复杂的感情上便可见一斑——当我正经懂得了世事艰难后，我改口管她叫"干妈"了。这并不过分，实际上，在我眼里，她就是一个在人间复活的救世主，她之于我，就是有着再造之恩。我爱这套房子，我爱天通苑。这爱类似一种宗教情感，是一颗卑微的臣服之心。我知道，我领受了老天过分的优待。不是我配得上这样的优待，那不过是老天以万物为刍狗之余，对人偶尔为之的怜悯恰好落在了我的头上。

现在我竟然要离开这块赏赐之地，因为小邵偷回只猫。

她用一件皮肤衣裹着那个家伙。皮肤衣是我的，早上出门送小邵上班时下起了雨，在地铁口，我脱下来给她穿上了。回来时它的帽子里露出只猫头。

"捡的？"

"你不觉得它像你的儿子吗？你拿你小时候的照片来跟它比比，简直是一个模子里倒出来的嘛。你难道会否认你的眼珠也有些发黄吗？"她一边说一边把猫往我怀里塞。

猫的脸比我拳头大一圈，也许从皮肤衣里完全裸露出来会更大一些。它的神情倨傲，人类中的婴儿如果也长了像它那样一双黄色的眼珠，一定是得了黄疸。它干净极了，像人类中天天修剪指甲的那部分人，显然不是一只流浪猫。

我拒绝抱它。我说："别塞给我。"

"任性是吧？"小邵挠着猫头说，"它有一个名字，嗯，它叫鲁西迪。你不是喜欢《午夜之子》吗？"

我是喜欢写出过《午夜之子》的鲁西迪，可是我不想跟她怀里的这个"午夜之子"扯上任何关系。

"别闹了，我姓王，它姓鲁，它肯定不是我儿子，你还是打哪儿弄来的还回哪儿去吧。"

"我不会这么做的，你想都别想。我们需要它，它就是老天送给我们的礼物。"小邵对着空气喃喃自语，像极了当年兀自嘀咕的我妈。

她弯下腰将猫放在地板上，帮它脱掉皮肤衣。猫的脖子上系着根皮项圈儿，这证实了我的判断，反正我是没见过系着皮项圈儿的流浪猫。我猜不准以猫龄计它应该有多大，只是觉得它接近人类五六岁的幼童。这可能并不准确，可准不准确真的没那么重要。重要的是，现在我要接受一只猫来做我的儿子。猫认生，畏葸地缩在地板上，看上去竟真的有些像剃掉胡子的鲁西迪。

我用手机给它拍照，没什么特别的意图，不过是如今的习惯性动作。

天光打在地板上，给它银色斑纹的短毛涂上夕阳的余辉。往常的这个时候，小邵应该还在可可喜礼烘焙店的柜台后面系着白色的围裙给顾客包蛋糕。就是说，她回来得早了，这很反常，于是，事情就更像是有所预谋的了。

我从客厅的一头走向另一头。每当心神不宁的时候我就爱这么走几个来回。一百七十多平的面积在北京算得上是一个有力的心理支撑。

天通苑有许多流浪猫和流浪狗，我偶尔也会丢根火腿肠给它们。但这并不表示我愿意收养一只盘踞在我的赏赐之地。老实说，我并不喜欢它们，它们会乱翻垃圾，很脏很烦人。天通苑也有许多养猫养狗的业主，他们在清晨和黄昏成群结队地遛猫遛狗，还在微信里组织了不同的群，交流经验，沟通感情，彼此攀比和相互炫耀。如果非要接受一只猫进入我一百七十平的地盘儿，我现在倒是拿不准，它到底是从垃圾堆捡回来的好，还是从主人眼皮下系着皮项圈儿被偷回来的好。我是有些蒙，好像非此即彼，如果非要认领一只猫做自己的儿子，就只有这两个选项。

好吧，我昏头昏脑地认为，那么还是偷来的这只更能令我接受一些。

在房子里走到第三个来回，我的这种想法终于被理性压倒。显然，即便从垃圾堆捡回一只脏猫很恶心，也好过偷回一只皮光毛滑的猫。你明白，我所认为的"好"，是以人类理性中所谓的"正当性"为依据的——它专断地抑制我们本能的好恶，让我们无视垃圾堆的恶臭和窃取某样东西所能带给人的那种原始的兴奋。

那么好了，我得把它还回去——这才是我的愿望，并没有谁勒令我必须收养一只猫！

然而，把猫还回去，虽然能够令我符合"正当性"，令我显得理智而体面，接近人类中那部分天天修剪指甲的人，但此时我并不是非常踊跃地想去这么做。小邵说这只猫是我儿子，说它跟我有着一样的黄眼珠，难道我可以富有"正当性"地粉碎她的谎言吗？谎言粉碎后会怎样呢？最具"正当性"的，难道不是给她弄一个货真价实的婴儿吗？甚至，最好这个婴儿生下来还要立即接受黄疸治疗。这太可怕了。想必小邵跟我的认识相同，否则她也不会使出这种狸猫换太子的把戏。我们应该有一个儿子，这是生命的律令，可现实除了有不能偷猫这样的"正当性"，还有生育一个儿子所意味着的那种灾难性的重负的"正当性"。我的好运气在十二岁那年被我妈一次性用光了，告罄了，我已经归队，老老实实回到了"刍狗"的行列，不会奢求老天更多的优待。

我从房间的一头走回去，我得跟小邵再谈谈，仿佛真的很有把握说服她一样。

"这么做不合适。真的想要养一只猫，我们可以去买一只。用皮肤衣随便裹一只回来，无论如何，这么做都很不靠谱。"

我真的并不想养一只猫，我最多只愿意给路遇的猫丢一根火腿肠。可现在"养一只猫"好像已经是我们展开讨论的前提了。

"这是老天给我们的礼物。"小邵说，蹲着抚摸猫的肚皮，"——你觉得，老天的礼物是可以买回来的吗？你看，它是鲁西迪，是你喜欢的，它就是我们的儿子——你觉得儿子是可以买回来的吗？"

我蹲在她身边，开始正眼打量这个"老天的礼物"。它的眼睛很大，并且睁得很开，上眼睑像半个纵向切开的杏仁，下眼睑的形状是圆的，眼神明亮而警觉。怎么说呢，不折不扣，的确像是个"老天的礼物"。此刻它的眼珠泛着蓝光。

"你瞧，它的眼珠不是黄色的。"我说，如同找到了反对的依据。

"这是光线变化的原因，还有晶状体什么的原理吧，而且眼珠变来变去这种事情，也没什么好奇怪的，我们刚认识的时候，你的眼珠就没现在这么黄。它是老天给我们的一个礼物，我们现在，是完整的一家人了。"

小邵略带茫然地看看我，似乎自己也觉得不知所云。我发现她的刘海是湿的。外面可能还在下雨，她用皮肤衣裹猫了，于是淋湿了自己。

猫举起一只前爪拨打她的手，我觉得这货在微微地发抖。

我得承认，小邵的话有些说服力。她一再强调，"它是老天给我们的礼物"，而相较于一个来自老天的礼物，偷，似乎真的比买更具神秘的魔力。不是吗，我现在安身的这套房子，这块老天给我的赏赐之地，难道真的是买到手的吗？实际上，它不是更接近一种"偷来"的本质吗？鲍勃·迪伦在歌里理直气壮地唱："对，我就是思想的窃贼，哦不，我情愿是灵魂的小偷。"我没法儿给小邵一个婴儿，于是，在很大意义上，是她出于权宜之计，替我偷来了一只猫作为替代品。这里面的逻辑太过复杂，我只好默默地看着地板上瑟瑟发抖的猫。

小邵抱起了猫，起身坐进沙发里，那姿势，就是抱了一个婴儿。我席地坐在地板上，习惯性地又用手机对准了她。镜头里的情形正是一对儿哀愁的母子。光线暗淡，这一对儿却散发着神圣的幽光。

我问小邵晚饭吃什么。这根本不是个问题，可一生中我们会愚蠢地问无数遍。没人回答我，就像当年我妈的处境。我捡起地板上的皮肤衣给自己套上，转身出了门。

雨的确还在下，但下得不易觉察，空气里像是飘着一层有些黏腻的浮油。我上了另一栋楼，敲开了苏伟的家门。她正在吃晚饭，不过是一盒速食干拌面。我跟她说了说情况，并且摸出手机让她看猫的照片。苏伟，我那个"干妈"的女儿，埋头吃面，偶尔抬头瞅我一眼。

"美短，"她扫一眼我递过去的手机，漫不经心地说，"还是只银色条纹的,挺漂亮。"

"喂,我说,我不是来让你欣赏这货的——'美短'是什么意思?"

她把吃空了的面盒丢在工作台上,揉着手腕说:"是这只猫的品种,美国短毛猫。"

我想象着一只系着皮项圈的猫漂洋过海的情景。

我说:"我来找你不是想问这个。"

作为一个在人间复活的救世主的女儿,苏伟在我眼里也有种神圣的气质。有时候我会觉得,当年那两个"经适房"的指标将我跟她安排成了邻居,这里面也有老天的深意。她穿着宽大的白衬衫,下摆绑了一个松松垮垮的结。

"那你想问什么?哦,是的,这只猫可能不便宜,怎么也值七八千吧,"她好像终于明白了我的意图,同时想起来自己是个律师,"肯定是盗窃罪了,数额较大,判刑的话,够判个三两年的。"

我愣了。我压根没想跟她请教法律问题。她给我了根烟,自己也点上了一根,半坐在工作台的桌面上,不停地揉着手腕,好像刚刚那盒干拌面让她的手腕不堪重荷了似的。

"想办法送回去,别心存侥幸。你知道那些养宠物的人都什么心理吗?这倒是跟小邵一样,都是当儿子来养的。肯定会报警,谁家丢了儿子会不报警啊?警察一介入就坏了。现在还来得及——下雨,见着只落了单的宝贝儿,抱回家给它暖和暖和,没准失主还能给你们送面锦旗。你没事儿吧?"

可能我的脸色有些不好。

"我真的不是吓唬你,我可没想这么干,杨姨叮嘱过我要照顾你,这话我可没忘。别跟我说什么'老天的礼物'了,事实上,我们常常搞不清自己究竟是撞上了大运还是踩上了狗屎。反正我是挺不乐观的,何况你现在这事儿,百分之百就是踩了狗屎嘛!"

她所说的"杨姨"就是我妈。我不知道我妈对她有过什么叮嘱。我妈是三年前去世的,那会儿,苏伟还跟她前夫在日本鬼混着呢。

她开了门把我往外推。

"赶紧去处理。对了,下楼右拐有家宠物店,你先去买几罐猫粮,爱心人士嘛,得有点儿样子。还有,给人还回去之前,你可千万把那货伺候好了,不能有任何差错,否则真就砸手里了!你明白我说的意思吗？"她不停地揉着手腕说。

"我想我明白。"我说，"你的手腕怎么？"

"手腕？噢，腱鞘炎，刷手机刷多了。"她怔了一下，继续说，"没错，它现在就是个婴儿，搁谁手里都有保护它的义务，我不是跟你开玩笑。就算是捡了个孩子，死谁手里都得承担责任，何况你这还是偷来的。"

"谢谢！"

她砰地关了门，一点也不像受过我妈叮嘱的态度。

下楼右拐，我没有看到苏伟所说的宠物店。但我不认为她是在骗我或者敷衍我，她不过是使用了一种修辞，用以强调事态的严峻性。受了她的启发，我也在超市里买了几盒干拌面，还买了几罐苏打水。结账的时候，我赫然看到收银员背后的货架上竟然摆着一排琳琅满目的猫粮。难道，它们不是向来如此陈列着的吗？那一排生动的猫脸印在精美的包装上，想必我的目光曾经无数次扫过它们，但我们只看自己愿意看到的。

我选了两罐新西兰的牛肉罐头——"一罐装下93%鲜肉，完整取材同一头动物"，它的包装上是这么说的。此刻我的心态，就是一个给儿子选择食物的父亲的心态，我给自己买干拌面时都不会这么走心。

食物令家里有了难以描述的温情。我们共同吞下过那么多的食物，但小邵的神情从来没有因之如此荡漾。我带回家的那两罐猫粮让她欣慰极了，我能够感到她对我的爱都因此不同于往日。她吻了我脸颊一下，既像一个女朋友，又像一个女儿，还像一个母亲，当然，还像一只猫。我们用自己的饭碗给猫盛放牛肉罐头，不安地看着它，当它以一种俯就的神情舔了两下碗边儿时，小邵哭了。我不觉得她哭得不可思议，要是足够放松，没准儿我也会涌出泪水。

"我觉得，它再长大一些，脸再饱满一些，眼睛再离得开一些，就完全是你的样子了。"小邵说。

此刻她躺在沙发里，猫趴在她的胸口上，一切的确和往日的气氛迥然不同，真的就像她所说的那样——"我们现在，是完整的一家人了"。考虑到她给这只猫取的名字，她和猫现在构成的姿势，竟令我有些嫉妒。我不忍马上唤醒她，自己拿了罐儿苏打水走到阳台的窗户前盘算。

办法还是有的。微信上业主们组织的五花八门的群我也加入过几个，我打算先把"捡到一只美短"的信息发上去。这样一来，无论有没有人认领，事后如果追究，我和小邵都会立于不败之地，我们发出了信息，便摆脱了偷猫的嫌疑。这一招极富"正当性"，算是人类伟大理性的灵光一现。

平时那几个群被我设置成了"消息免打扰"的模式，现在，我将它们一一点开。无一例外，我看到的都是相同的内容。

美短鲁西迪的照片充斥在所有天通苑业主们的群里，今夜，它是亚洲最大的居住小区里唯一的主角。

它当然不叫鲁西迪，但是，在它的主人那儿，它的名字竟然是——巴别尔！你能理解这有多么令我震惊吗？"巴别尔"，这个名字给我带来的震撼，超过铺天盖地的舆情——业主们愤怒了，在集体诅咒偷猫贼。但我却被这只美短的本名惊吓得差点儿扔掉手机。

巴别尔是谁？是那位写过《骑兵军》的大师。他和鲁西迪一样，都不属于大众阅读的对象，这个地球上可能只有专门的一小撮人才对他们发生着兴趣。我这么说，并不是在划分趣味的优劣，我没那么傲慢，我只是觉得人类总是要被分成块的，而且块和块之间相互不可理喻，无法通约，就好比，你都想不到有一群少数者，毕生热衷收藏垃圾堆里淘出来的内裤。我以为我也是个少数者，万万没有想到，并不需要一个浩瀚的宇宙来作为背景，就在天通苑里，便潜伏着一个自己的同类。

信息中透露出这个同类就职于农业部的某个司，大概不是什么位高权重的人，否则也不会藏身在鱼龙混杂的天通苑。他和他的巴别尔一同出现在群里，一小段视频，他和它，在房间的地毯上嬉戏，还有一个她——当然，是他的太太，坐在轮椅里温柔地旁观。接下来她便在视频里哭诉起来，"不过是开门接了份外卖，巴别尔就溜出去了。"

是啊，巴别尔自己溜出去了，跟我们可没什么关系。

她继续说，巴别尔经常会溜出门，可从来不会离开，它只是顽皮，它总是候在门口，待一会儿，然后敲敲门，让主人重新把门打开，对它而言，这就是个游戏。

它这么机灵，我现在把它送出门，它自己肯定会摸回去吧？穿过几条马路，在自家楼下等候有人按开电梯，从容地踱进去，示意电梯里的人给它按准楼层，到了后礼貌地致谢与告别，然后回到家门口，轻轻叩响熟悉的房门——哈喽，游戏结束了。

它是被偷走的！女主人的情绪失控了，叫喊道：有人摸到了我家门口，趁它出门的一瞬抱走了它！这是一个蓄谋已久的贼！

哦，这个"蓄谋已久的贼"，我的小邵，果真是这样的吗？你会真的这么令我刮目相看吗？你谋划了多久，一年，还是半载？你在这个下雨的黄昏，提前从可可喜礼烘培店脱岗，溜上了人家的楼，身上裹着件准备裹猫的皮肤衣，猫如期而至，你伺机猛扑了上去。

这太恶劣了，简直就等同于人贩子光天化日之下抢小孩！住在天通苑还有安全感吗？有人在群里出主意——找物业调监控。

太对了，这也是人类伟大理性的灵光一现。

我没法再看下去了。仿佛现在小邵并不在我的身边，并没有被一只鲁西迪趴上胸口压在沙发里，而是鬼鬼祟祟地存于摄像头质量不佳的画面中。

"走，马上走。"

我从来没这样说一不二、当机立断过。你知道，通常当我开口，都是我妈那种对着空气发言时无可无不可的态度。

怀里有了一只猫，小邵随着发生了神奇的变化，她变得格外顺从，就像一个哺乳期的女人那样，对世界没有任何的异议——只要你别碰她的孩子。她连问都没多问一句，起来就跟着我走了。

出门的时候，我再次将那件皮肤衣塞到了她怀里，她心有灵犀地将猫裹了起来。

我们没有选择电梯。与找上门来的失主和保安在电梯里狭路相逢，完全有可能是一个大概率的事件。我们不能连人带猫一起被人堵住，那将是人生毁灭性的打击。我和小邵是相爱的，我们的爱像所有真正的爱一样，都那么岌岌可危，我们的爱承受不了一次捕获。小邵无声地跟着我。沿着楼梯往下走，楼道的感应灯有好几层是坏掉的，穿过黑暗拾级而下，我有种心碎的滋味。其间猫叫了一声，猝不及防，真的太吓人了。

夜色完全黑下来了，天通苑却灯火通明。细雨里人群依旧熙来攘往，像海市蜃楼中的盛世之夜。我们尽量贴着路灯照不到的角落走，还不自觉地蹑手蹑脚。钻进一辆出租车后，我甚至都听到被皮肤衣裹着的猫长吁了一口气。

我应该跟小邵交流一下，搞清楚这件事的来龙去脉，她真的"蓄谋已久"了吗？或者，她可以说是无辜的——不过是这只猫自己跑到了她的脚边，用一双和我相似的黄眼珠启发并引诱了她，令她情不自禁兜头用皮肤衣将其裹了回来。可我现在不想开口。我有些无力。同时，我也不想惊动安静的小邵。自从她抱着猫来到我面前，我觉得我们之间的关系忽然变得饱含水分，不再显得那么干燥，变得相濡以沫，变得彼此好像比以往更加属于对方。

  我明白，苏伟所说的，只是在理论上成立——法律会将小邵关进监狱里去——我并不是很担心这个，因为我压根儿不接受人会因为偷了一只猫就得失去自由，但是我也害怕万一理论发了疯，竟然奇迹般的兑现了——尽管经验告诉我，迄今为止，我所经历的都是有违理论的事儿。理论上，我大学学的是机械制造与自动化专业，可实际我后来干过编辑，干过导游，还开过饭馆，就是从没在机械制造与自动化上吃到过一口饭。理论上，我妈一生严于律己，胸襟开阔，被丈夫抛弃也只是自言自语着发出天问，活成人瑞也没什么好奇怪的，可她六十岁出头就走了。凡此种种，不一而足，都令我不是那么重视理论上的可能性。但现在我却不敢信赖自己的经验了。我空前地尊重理论上的可能性。因为我爱小邵，不想让她冒一点儿风险。即便她不会因为一只猫被送进牢里去，我也没法想象她的尊严可能会遭受的踩躏。当然，你也可以说我们并无什么尊严可言——小邵只是一个烘焙店的女店员，我失业在家快半年了，然而我们在相爱，这赋予了我们某种可以被理解的、微弱却宝贵的自尊。

  所以，还是离开天通苑吧。

  司机问我去哪儿，毫无缘由，我略微沉吟了一下，告诉他去峪口镇。我沉吟的那一下，什么意思也没有，我并没有借此思考什么，就是一个"正当性"的停顿。

  出门时我带上了自己的双肩包，也提醒小邵背上了她的包。我的包近一个月没用过了，里面装着的东西与当下的我毫无瓜葛，就是一堆陌生人的物品：几包餐厅里的纸巾，一个关节可以活动的木偶，一只不知道做什么用的空锡盒，一部没有拆封的华为手机，一本301医院的空白病历。不不不，它们真的跟我没什么关系，我一点儿也想不起它们是怎么跑到我包里来的。

  我开始盘算我俩身上有多少钱。如果记得不错，我钱夹里的几张卡上应该还有几万块。但我不是特别肯定。既然你的包里会飞进来你不认识的玩意儿,那么你卡里的钱也会莫名其妙地飞走。回头找台 ATM 机核对一下自己不值得被信任的记忆吧。

"明天我就不去上班了吧?"小邵小声问我。

"别去了,正好休息一段日子。"我并没有控制自己的语调,就像是在跟她说着一场普普通通的休假。

这会儿,她被监控拍下的作案现场已经让人调出来了吧?天罗地网,按图索骥,物业很快会落实她这个偷猫贼的。如果失主还报了警,她明天一早照旧去上班,十有八九,警察会在可可喜礼烘培店门口等着她。

车子上了机场高速。有什么东西令我感到安宁。失业五个多月以来,这种感觉对我而言已经久违了。毫无疑问,我现在身处一桩事件当中,但并非仅仅是这桩事件令我有种尘埃落定的感觉,好像什么该来的东西终于来了似的。下个月三号,小邵和我在一起就满两年了,我比她大十岁,可两年来我从未有过保护她的机会,或者说,我从来没有感觉到自己有着能够保护她的能力。现在,她坐在我的身边,怀里抱着一只用来充当我儿子的猫,一种我未曾巴望过的责任感在胸中油然升起。我甚至有些感激小邵。她让我品尝到了未曾品尝过的荣誉,但却并没有给我造成超限的重负。想一想吧,她不过是偷了只猫,这几乎是我所能承担的责任的极限——如果她杀了个人呢?天啊,我还是不要这么想下去了吧。

小邵在喂猫。她没忘带着那两罐猫粮。她用手指挑出一团肉泥塞在猫嘴里,缩回来后伸进自己嘴里吮一下指尖,然后重复同样的动作。鲁西迪或者巴别尔很配合,真是只乖猫,配得上这两个高级的名字。我有些无聊,习惯性地摸出手机翻看。我百度了一下"美短"的词条,结结实实增长了关于这种猫的知识。

"美国短毛猫是原产美国的一种猫,其祖先为欧洲早期移民带到北美的猫种,与英国短毛猫和欧洲短毛猫同类。该品种的猫是在街头巷尾收集来的猫当中选种,并和进口品种如英国短毛猫、缅甸猫和波斯猫杂交培育而成。"

不是吗,这很复杂,基本上已经将我所能实践的繁育路径堵死了,我不可能这样杂交出一个儿子。

"美国短毛猫素以体格魁伟,骨胳粗壮,肌肉发达,生性聪明,性格温顺而著称,是短毛猫类中的大型品种。被毛厚密,毛色多达三十余种，其中银色条纹品种尤为名贵。"

瞧瞧，原来这只有着银色条纹的货还是它们猫类中的贵族。

"1620年的秋天，'五月花'号离开英国港口，驶向了大洋。事实上，离开港口时，许多老水手都怀疑这条只有二十七米长的木头帆船是否能顺利到达彼岸。船上一共有一百零二人，一些必需品和十几只猫。经过三个多月艰难的海上挣扎，他们来到了一个安静的港湾，那里有很多鱼虾，海岸不远就是一座小山，山间泉水叮咚。这一切的一切，就像是上帝为他们安排好的。从此以后，'五月花'号上的人们开始在这片土地上安居乐业，开始了新的生活。后来，这里就成为了美国。而当初船上那些用来抓老鼠的猫，随着'五月花'号来到新大陆，开始在北美一带生长。它们见证了美国的发展，是美国的开国功臣，经过多年不断的繁殖，终于确立了北美洲短毛猫种。"

不，这不是幻觉，我真的认为，此刻自己正置身于一艘二十七米长的木头帆船上，真的认为，有一个宁静的港湾在彼岸等待着我们。

两个多小时后我们在峪口镇的一家小旅馆住下。

房间里有份当地的商业指南，我在上面看到了一家生产加油设备的公司，于是恍悟到自己为什么点名要到这儿来了。我的前女友供职于这家公司，好像已经干到了年薪不菲的高管。我当然不会想要去找她。"五月花"号在海上漂流时，船上的人会想到走亲访友吗？我只是有些惊诧人在每个瞬间做出的决定背后那些奇怪的动机。

旅馆对面就有一家工商银行，从窗户望出去，可以看到银行开放着的ATM机。我得去检验一下我的记忆，这是我眼下必须首先落实的一桩事儿。

还好，余额显示几张卡里的数目甚至比我记着的还要多一些，我琢磨着差不多够我们过半年流亡的日子了。

离开ATM机，从透明的玻璃门出来，街边儿一个抓狂的男人引起了我的注意。跟很多车子在半路出了故障却束手无策的人一样，他正在以那种好像被规定了的动作踹自己的车。那是辆不算很旧的2012款奥迪。

我在他身后瞧了一会儿，决定过去帮帮他。这可能跟我的心境有关，我刚刚确认了自己口袋里的钱数，它超出我的预期，尽管这看起来毫无疑义就该是我的钱,但我还是觉得领受了不配领受的优待。所以我觉得我该做点儿什么。

抓狂男人对我的到来有些犹疑,他长了张警惕性很高的脸,而且左眼眶里好像装的是一颗玻璃义眼,神气看来跟我一样,也是个不太能理直气壮接受优待的家伙。我却理直气壮,因为这次是我在优待别人,还因为,我学的专业就是机械制造与自动化。车子的毛病并不大,犯不着被他当街怒踹,不过是火花塞的电极积碳太多。他车上就有化油器清洁剂,简单清洗一下,起码能保证他开回家去。

三十分钟后,车子顺利打火,他下了车,好像下了很大的一个决心,硬塞给我两百块钱。这可是我未曾想到的。直到这辆车从马路上消失,我才意识到,我在这个夜晚,在峪口镇的路边儿,赚到了此生理论上符合自己专业能力的第一笔钱。

我的情绪因此有些紊乱,分明感觉受到了某种启示。不远处有个烧烤摊,我过去给自己要了两瓶啤酒,还有鸡翅、土豆、五香豆干。这像是在犒劳自己,但我知道不是,我没干什么配得上犒劳的事儿。有些念头在脑子里隐隐约约地浮动着,我连吃带喝,更像是在给自己压压惊。

这里距离北京城中心也就不足一百公里吧,但夜晚却显得如此的荒凉。

摊主是位大婶,差不多是一副厌世者的表情,她像个男人似的把汗衫的下摆卷到胸口,毫无忌惮地袒露着大半个下垂的乳房。没什么生意,她就在我身边坐下了,我给她倒了杯啤酒,她头都不抬地接过去一口给干了,好像心里也有什么惊需要压一压。我向她打听镇上有没有租车的,她摇头说老子不知道。

回到旅馆房间,小邵已经睡着了。那只猫好像也睡着了,腆胸迭肚地枕着她的胳膊。一时间我有将它拎起来从窗子扔出去的想法。我没想伤害它。我只是想,如果那样的话,它没准就会一路小跑着回到天通苑去吧?不是说猫狗都认路吗?但我立刻打消了这个念头。我不能确信,这只美短真的棒到能够像一辆装了导航的出租车,即便它叫鲁西迪或者巴别尔,即便百度上说美短们脾气温顺,性格活泼,对"外界的事物充满好奇和探索的欲望"。

我在另一张床躺下,依靠想象着自己正躺在漂流的"五月花"号上而睡去。

天通苑业主群里的信息并不是我所预计的那样。他们去调监控了，可是，你知道，既在情理之内和意料之外，又在情理之外和意料之内——摄像头坏掉了。

　　群里的舆情转而倒向对物业的谴责。说是物业已经承诺，两天内修好亚洲最大的居住小区里所有坏掉的摄像头，并且对其他有可能拍摄下偷猫贼的摄像头逐一进行画面甄别。这两项工程可都不小。对此，我竟多少有些遗憾。我一直忍着没去看手机，多少是有些期待当我打开微信时，铺天盖地，都是我的小邵行窃时的画面吧？在我的想象中，那应当是网络上传播的那种灵异事件的镜头，一帧帧不甚连贯的、抖动的画面，自上而下的拍摄角度，无声闭合的电梯门，幽灵一般现身的怀抱赃物的女子。

　　有人提议报警，但淹没在其他的信息里，业主们各自扔垃圾一般往群里扔着各自感兴趣的内容，"海带别凉拌了，加它一起炒，净化血管"什么的。亚洲最大的居住小区在本质上和峪口镇没什么不同。有人在偷猫，有人在学着用海带净化血管，有人刷手机刷出了腱鞘炎，有人死于心碎，但彼此并不在意。这有些令人伤感。我更加不想谴责我的小邵了。

　　她一大早就在侍弄她的宠儿，给它吃吃喝喝，扶着它的前肢让它在床上直立行走。我恍然记起，小邵原本是一个开朗的姑娘。她当然是，否则我也不会在可可喜礼烘培店里第一眼看到她就被她所吸引。这姑娘散发着糕点的气息，瘦而高，不像甜腻松软的蛋糕，像我喜欢的桃酥或者江米条——在我看来，这是点心中有着正派气息的那个阵营。我靠什么吸引了她呢？不知道，或许是我腋下夹着的《午夜之子》。

　　我出去买早点，从《午夜之子》想到猫的主人——他把自己的猫叫巴别尔，这让我将他视为了同类，我们如同潜伏在天通苑中的两个单兵。此刻，在峪口镇的晨风中，我第一次为这件事感到了一丝内疚。我努力想象了一下，如果，有人从我手里夺走了什么宝贵的东西，我将怎样？但这个假设竟无从展开，因为我一下子想不出什么才是我手里"宝贵"的东西。我不知道原来自己是这么一无所有。差强人意，小邵于我，算是个"宝贵"的吧？当然是！但拿她来和一只猫类比，又十分不恰当。

　　峪口镇下起雨来。和北京城里一样，也是那种不易觉察，像是空气里飘着一层有些黏腻的浮油的雨。

拎着豆浆油条回来时，走到小旅馆楼下，我抬头看到二楼房间的窗子玻璃后贴着小邵和猫的脸。她举着它的一只前爪向我打招呼，她和它的脸都有意挤在玻璃上，两张脸被压变了形，人脸和猫脸空前地相似起来，差别在弥合，共性在显现。雨虽然下得不易觉察，但落在窗子玻璃上依然形成了水渍，令这面窗子整体上看来都有些像是一张哭泣的猫脸了。

　　没错，小邵在犯浑，在发神经，她偷了只猫，她神神道道地将这只猫命名为鲁西迪，她让这只偷来的猫做我的儿子。可我现在没法儿让她清醒，让她回归人类理性的"正当性"中去。我做不到，也不想立刻那么做。回归人类理性的"正当性"中去，那意味着什么呢？喏，那是每天早上我爬起来将她送到地铁口，如果下雨，就脱下皮肤衣给她穿；是我回到家里继续去睡一个失业者的回笼觉；是晚上她给我带回的一包桃酥或者我给她准备的泡面、苏打水——这些，的确也谈不上有多么值得回归。

　　她用旅馆的毛巾给猫扎了个头巾，这令鲁西迪看上去很像一个襁褓中的婴儿了。我从侧面看，它的鼻梁到额头有一条柔和的曲线相连。这条曲线真的触动了我的心弦，它给钢筋水泥的世界划出了一道温柔的弧度，就像是给空房间挂上了一道被风吹送着的窗帘，于是时空弯曲，不再显得那么刚硬。

　　小邵将猫递给我，这次我没拒绝。我能够感觉到它的健壮，就是人类婴儿中那种肉墩子的手感。这货的确是强壮有力、肌肉发达的，让人觉得有股积极向上的蛮劲儿。把它抱在怀里，我感到也有一条柔和的曲线将我们，将我、小邵，还有鲁西迪温柔地相连了。

　　我重新离开了房间，在楼下向店主打听镇上有没有租车的地方。他是个胖子，和昨夜烧烤摊的那个女摊主出奇地像。如果说那个大婶像是个男人，那么眼前的这个大叔就像是个女人。他也是一副厌世者的表情，用一口扭捏的语气跟我说不知道呦。

　　我走到旅馆门前的屋檐下抽烟，想了想，试着拨通了前女友的号码。我需要一辆车。当然叫一辆出租车也不是不可以，但我还是想要一辆由自己来驾驶的车。这没什么道理，我只是觉得自己驾车更符合眼下的剧情。公路、远方，乃至亡命天涯的想象。没错，内心戏罢了。我在天通苑睡了五个多月的失业回笼觉，现在想透透气。

电话竟然接通了。我又一次受到了优待，当然，依然有些不配。你要知道，这个号码我至少有五年没拨过了。王力，我的前女友，并没有应声而来。她说她正在开会，会让人把车给我送来的。我站在屋檐下继续抽烟。雨终于下大了，风把雨丝吹到了我的脸上。

车是一辆新款的东风标致3008。送车的是个年轻女孩，穿着大公司女性从业者的那种职业裙装，身材真是好极了。她用客服一般的声音跟我说，王总实在走不开，她让我跟您道歉。我的确有些失落，好像心里真的还是有着想要见到前女友的愿望。可是见她干吗呢？难道要把鲁西迪展示给她看吗？——喏，瞧瞧我的儿子。

"你跟王总说，车子我用一段时间，还车的时候我再联系她。"
"好的。"

她说"好的"这两个字的神态和发音，让我一瞬间有些恍惚。记忆里，王力也喜欢说"好的"，也是这样的神态和发音。我都怀疑其实她就是王力，就是那个跟我杀戮一般谈过一场恋爱的王力，起码是做了个什么整容手术、青春永驻了的王力。

油箱的油是加满的。这辆车很合我的心意，我是说，SUV，车型基本和我的内心戏吻合。和我谈过一场杀戮般恋爱的王力还是了解我的。小邵和猫坐在后排，上路时，我手握方向盘的感觉，脚踩油门的感觉，就是那种有着"责任感"并且终于将这份"责任感"付诸实施了的感觉。

"喔！牛肉、牛肉汁、牛肝、牛肚、牛肺、牛肾、啤酒酵母、焦磷酸四钠、鱼肝油、肉桂……"小邵压根儿没问我车是哪来的。她在后排大声读着那罐猫粮罐头盒上的标签。

"喔！谨记猫咪的营养需求是根据个体活动量、新陈代谢、健康程度和周围环境而变化的。喔！如果你的猫咪肥胖建议少量喂食，如果你的猫咪瘦弱建议加量。喔！"

我知道，她"喔！喔！"的感叹，也是在终于付诸实施了某种"责任感"的情绪之中。

"喔！猫咪体重四至六公斤，每日喂食一至二罐——喔！喂少了！"她喊道，"我们喂少了！——你买得太少了！"

"没事儿，可以先买些火腿肠。"我安慰她。

在高速公路的入口，我选择了去往唐山的方向。我并没有一个明确的目的地，只是有一些朦胧的念头。这不要紧，我想，将近四百年前的那个秋天，当"五月花"号离开英国港口驶向大洋时，也没有一个明确的方向作为它的彼岸和目标，久经风浪的老水手们心里也没什么底儿，然而所谓梦想，不就是这么无中生有的吗？

往唐山去。至少那儿肯定能买到进口的猫粮。

猫在后排不停地叫。起初是小邵"嚯"一声，它响应一声，后来小邵没声了，它依然有声有色地叫着。听得出，它挺快乐，没准是在唱歌，它已经度过了易主的不适期，开始展现它生性聪明、性格温顺的品种优势。我们之间不再有隔膜，在这辆东风标致3008的车体空间里，我们很和谐。也许，它的主人，那位读《骑兵军》的单兵，能给它提供更具专业水准的喂养，但它一定少有长途的旅行，它的生命里将缺乏将脸挤在小旅馆窗子玻璃上的体验，将失去暂时用火腿肠替代进口牛肉罐头的机会，将不能被裹在皮肤衣里被抱来抱去，将无从感受人类做贼后的心情。我从后视镜里看到它趴在车窗上，如痴如醉地盯着高速公路一侧闪过的风景。

车外的风景也令我有些痴醉。不过是北方初秋的寻常景致，但我却觉得道路笔直、内心笔直，乃至眼前下着脏雨的风景都变得好像天高云阔。

在津蓟高速的一个服务区，我看到了猫主人发出的求助信。小邵抱着猫下车去买火腿肠了。我独自坐在车里翻手机。那的确是以一封信的形式发出的信息，开头写道：尊敬的巴别尔的新主人。

这是指我，我可以确认。

读《骑兵军》的先生在信中哀求，请"尊敬的巴别尔的新主人"将猫还给他们，他相信，"尊敬的巴别尔的新主人"一定也是心底柔软，充满了善意的爱猫人士。

没错，是的，我想，虽然我不是特别爱猫。

但是，请将巴别尔还回来吧！它的妈妈不能失去它。自从它丢失后，它的妈妈就失去了活下去的勇气。

我连贯看了两遍，最后确信，巴别尔的妈妈，是那位坐在轮椅上的女主人。

刚刚,她被送进了医院,清晨的时候,她企图割腕自尽。

不,这不是真的。不,这就是真的。如果不是置身其间,我会将这个"妈妈"的行为视作疯癫和不可理喻。可现在我不这么想。我所能想到的,是在天通苑这个亚洲最大的居住小区里,有一套房子,男主人是读巴别尔的小公务员,女主人瘫痪在轮椅里,他们养了一只猫;如今,猫被人偷走了,女主人失去了活下去的勇气。我能理解这样的生活,因为,昨天我也差不多就是这么活着的。

男主人在信的末尾恳切请求大家尽可能地转发这封信。他说,他相信,巴别尔没有离开天通苑。

巴别尔没有离开天通苑。

可是巴别尔此刻在津蓟高速的服务区。这个认识突然令我感到了痛苦。

三年前我妈走了,最初的日子,我知道她已经烧成了灰,可我也时常相信我妈没有离开天通苑。

我得承认,所谓坚强,应该意味着承受痛苦而不是增加别人的痛苦。

小邵上车后我跟她说的第一句话是:"小邵,我们得把猫还给人家。"

她沉默着。我回头看她,看到猫也在眼巴巴地看着她,发现我在回望,猫又扭脸眼巴巴地看看我。我把手机递给小邵,它也跟着伸出前爪来接。

许久,小邵抽泣起来。猫伸出舌头舔她的脸。

"他说了,尽管巴别尔自己懂得调节食量,还请我们不要放纵地任由它乱吃。他还说,除了要控制食物的适量,更需准备一些玩具让它玩耍和运动。我们需要给它准备干净的饮水,这样它才不会去喝马桶里的水……"

她不停地翻看着手机里的信息,似乎因此就认定了对方已经赋予了我们偷走这只猫的权利。猫忧郁地看着她,看着忧郁的她,时而还点点头,表情是那么地烦恼。

我收回了手机,在上面搜寻我需要的内容,然后,发动起车子继续上路了。

一个多小时后，下了高速，按照导航的线路，我找到了唐山市区的那家宠物店——门脸儿很漂亮，像童话里的城堡，墙面刷着黄漆，落地窗分成了许多格子，每个格子的后面都有一张猫脸或者狗脸，哦，还有几张兔子和仓鼠的脸。我把车停在路边，点着了一根烟。小邵一声不吭，但我确定她能够明白我的意思，店面上"宠物寄养"那四个字她肯定认识。

"可是，它怎么才能回去？"

我很庆幸，她现在关心的是个技术性的问题。我告诉她，没问题，我都会办妥，喏，我现在就在群里把失主加为好友，我会告诉他路线，发定位给他。

"老王，我爱你。"小邵说。这句话很突然，但却又并不显得格外突兀。

我的心里被某种奔涌的东西所填满。我发现，此刻我所爱着的小邵，并不是仅仅靠着桃酥和江米条的正派气质吸引着我，毋宁说，是一个江米条一般正派的姑娘从电梯里走出来，走进摄像头，带着难以言说的神秘和激情，走进了我的爱里。她偷了只猫回来，给我们平庸的生活窃取到了一场振奋人心的逃亡，现在，她完全用不着我用什么自己都没想明白的"正当性"来说服她，她自觉地将澎湃的旅程轻轻地减速，仿佛做爱之后一声动人的叹息。

我几乎可以肯定，许多年之后，小邵她一定会对我说，这一切，其实就是她"蓄谋已久"策划出来的。

小邵抱着猫下了车。

细雨始终在下，我也下了车，脱掉皮肤衣给她披在肩上——就像昨天早晨，我把她送到地铁口时所做的那样。那时，望着她汇入人流的背影，我的心里如同被塞进了整个天通苑，塞进了亚洲最大的一个居住小区般的肿胀。

"给店主多留些钱。"我叮嘱她。

她点了点头，将猫脸举在我眼前，让它的黄眼珠对着我的黄眼珠，让它的嘴碰了一下我的鼻梁。清凉湿润，并且有少许的黏液。我觉得我是被某种巨大的事物冲撞了一下，这感觉促使我闭上了眼睛来静静地感受。

睁开眼睛时，小邵已经向马路对面走去，猫趴在她的肩头，扬起前爪跟我道别。

我开始摆弄手机。猫主人可能一夜之间加入了所有天通苑业主们的微信群。他的头像就是一颗猫头。我向他发送添加好友的申请——

巴别尔没有离开天通苑

他几乎同一时间通过了我的申请。我发猫的照片给他，发定位给他，拍下路对面店铺的门头给他，转账一千元给他。自始至终，我没跟他说一句话。其实，我渴望跟他说点儿什么，说说巴别尔，说说鲁西迪，说说人的痛苦和在痛苦中宗教般的臣服之情，说说人就像被关进了一个冠以了好运气之名的监牢里的囚徒，说说你是个囚徒，但你得感激这样的囚禁。可我没这么做。飞快地做完了该做的事情，我就删除了他。我克制着自己内心的火焰，犹如一个单兵和另一个单兵的决裂。

回来时，那件皮肤衣不在小邵的肩上了。

她坐进车里跟我说："也许，巴列尔还会用得着。"

巴别尔没有离开天通苑。

但是我们要离开天通苑了。

我们继续上路，向东行驶。那是我能够想到的距离海岸最近的方向。不是吗？没有了一只美短，"五月花"号依然要去靠岸。

先前某个朦胧的念头以一种令人心情振奋的方式在我眼前清晰起来。它或者它们降临得让人无从说明，我只能用"令人心情振奋的方式"来形容。是的，我甚至搞不清是它还是它们，就像你很难想象同一个点上能站两个天使，也难以想象一堆天使不分前后同时涌现。但这的确就是我现在脑子里的景象。

上个月，苏伟找过我，她的合伙人要办一家分支机构，她问我愿不愿意把天通苑的房子租给她，她每个月出两万块钱。这是个合理的价格，她说，你完全没必要住这么大的房子嘛，在小邵上班的地方找个小点儿的，这样房租的差价等于让你赚了一笔，彼此也乐得方便。我拒绝了她，不是因为感到自尊心受了伤害，是一旦想象离开天通苑，我就会有种没来由的恐惧。天通苑对我而言，是老天额外的优待，脱离这份优待我会想象自己将从生活的夹缝中掉下去。

可现在一堆小天使般的念头挤在我的脑子里,我那沉重的、自我囚禁的命运感开始在高速公路上松动。

天使们对我说,一切仍是老天以万物为刍狗之余对人的怜悯,这次恰好又落到了我的头上,鉴于我生活在某种根本性的谬误中,于是小邵偷了只猫,于是我们被迫离开,于是这只猫让我们登上了"五月花"号,去往另一块应许之地。中途一位细心的天使还给我设计了一辆抛锚的奥迪,她装扮成一个装着玻璃义眼的男人,启发我萌生出靠手艺吃饭的想象。

那么好吧,蓝图不就是这么绘制的吗?我将在海边开家汽车修理铺,我卡上的钱也够给小邵开家烘培店。我会把天通苑的房子租给苏伟,光这份钱估计就够我们在海边过上简单朴素的生活,这也许才是我十二岁时老天赐予我这套房子的本意。我们将逃离亚洲最大的居住小区。在那座大城里,你总是要对命运心怀恐惧的感激和感激的恐惧,总是像一个贼,仿佛这感激与恐惧交织的日子都是从某个庞然大物的家伙那里偷来的,你总像是欠了谁的;在那座大城里,学机械制造与自动化的干着开饭馆的活儿,猫粮和干拌面一起摆在超市的货架上,人在微信群里满足着自己的虚荣心,刷手机刷出了腱鞘炎,许多人不敢生孩子所以只能去养猫,失业者在回笼觉里继续承受着匍匐在地的梦魇。

好了,一切至少应该来一次暂停。小邵不应该再去偷一只猫来给我做儿子,天经地义,我们能自己生一个,我们能够也应该活在自己可以简单理解的秩序里。我愿意相信一个安静的港湾在前面等待着我们,那里有很多鱼虾,海岸不远就是一座小山,山间泉水叮咚。如果这样的缓冲真的能实现,那当然仍是一个来自老天的优待;如果这样的缓冲真的能实现,我仍会虔敬地认为,那依旧是一个我不配领受的优待。

但是管他的呢,巴别尔没有离开天通苑,这会儿,我的鼻子却已经闻到了海风的味道。况且,既然巴别尔没有离开天通苑,我们就该更有勇气去过真正的生活。

2017 年 8 月 3 日
丁酉闰六月十二
香榭丽

发生

蒋一谈

　　雨落下来，开始是凌乱的，后来变得有节奏了。他站在胡同口，默默看着几个工人站在烟囱顶端挥动铁锤，碎砖卷起的烟尘在雨雾里四散飘落。这根大烟囱是在他三十五岁那年竖起来的，如今三十四年过去了，街道和周围的建筑物变了又变，胡同也在变，那些临街的平房变成了一间间小商铺，而胡同里面那些老旧的房屋，等待着随时被拆除的命运。

　　去年春天的一个傍晚，他也是站在这个位置，两个二十岁左右的女生走过来，停下脚步，专注地望着烟囱。一个女孩说："顾城十二岁的时候写过一首《烟囱》的诗歌，你还记得吗？"另一个女孩说："记不全了。"问话的女孩轻声念道："烟囱犹如平地耸立起来的巨人／望着布满灯火的大地／不断地吸着烟卷／思索着一件谁也不知道的事情……"女孩眯起眼睛，若有所思地点点头。

　　几个老街坊走过来，一边说话，一边感叹。

　　"拆了烟囱，咱们这条胡同也快拆了吧……"

　　"还真舍不得。"

　　"住楼房也挺好的。"

　　"我不稀罕楼房，我愿意住在这儿。"

　　"听说，前面那个寺庙也会被拆掉。"

　　"不可能吧？"

　　"那座寺庙上百年了。"

　　"唉……"

　　"拆就拆吧，我们也拦不住。"

　　他在一旁听着，没有加入对话，心里有些伤怀。

　　雨更大了。他往房檐里面挪了挪身子。一个戴黄帽子的工人边抽烟边跟路人打趣："这年头，啥事都有啊。刚才有个姑娘，想买从烟囱上拆下来的砖头，买七十二块，有零有整，我们工头要了她五百块钱。"

工人呲着牙,伸出五根手指头,"这姑娘没还价。买这些旧砖头干啥啊!"

雨打湿了路面,现在正在慢慢溅湿他的鞋面,他只是看着,没有把脚缩回去。春天的雨是温润的。他伸出手,触碰着雨丝。他这样想,如果时间在这个季节停下来也是挺好的,时间停下来了,一切也都停下来了,大家也都安生了。

他叹了口气,眼神有些恍惚。三年前,妻子去世之后,他看待世界的眼神发生了明显的变化。他突然发觉自己老了,虚弱了,思维的能力被生生掠去了一大半。家里有三面镜子,一面在墙上挂了二十多年,一面放在桌上,一面摆在女儿的房间。他收起了桌上的镜子,放进了衣橱;那面固定在墙上的镜子,拆下来可能会裂掉,所以他尽可能视而不见——他不想在镜子里看见自己乱蓬蓬的头发和日渐衰败的脸。前年秋天,女儿出嫁后,家里只剩下了他一个人。女儿希望他把那间空房租出去,拿租金报名参加夕阳红旅行社,去外面散散心。女儿暗示过他,要是他还想找一个老伴,她会不太乐意,但也不会阻拦。他没有把空房租出去,也没有找老伴的心思,他只是想,女儿的房间在,屋里的摆设在,他什么时候想女儿了,可以打开房门进去坐一坐、看一看,这样心情会好受些。

昨天晚上,他一个人看电视剧,一个躺在病床上的垂死男人对女儿说:"人这一生,十年是一张,花一张少一张,我还没花完七张,老天爷就把我的账号给封了……"男人的话像一块大石头,堵住了他的胸口。他关了电视,坐在院子里,坐了很长时间,觉得自己就像一根孤独的干木头。人这一生,既无常又没意思。他抬起头,看着夜空的月亮,好像看见妻子临死前痛苦的脸。他现在唯一遗憾的只有一件事:三年前,看着妻子躺在病床上活活受罪,他毫无办法,只能偷偷抹眼泪,像个废物。

这一夜,他躺在床上,昏昏沉沉的。半梦半醒的滋味已是常态,他吃了两粒安眠药,总算睡到了天亮。他望着灰蒙蒙的窗外,不知道接下来的这一整天该怎么过。吃饭、睡觉、看书、看电视、出去散步,无非就是这些。女儿出嫁前,他为女儿做饭洗衣,等女儿下班推门回家,叫他一声爸爸,心里有实在感。现在女儿出嫁了,他感觉自己的脚和手悬空了,生活的重心消失了,他不再有心情推开厨房门,做饭、吃饭的时间不再规律,他也不愿意主动去街坊邻居家串门聊天——都认识几十年了,还能聊什么呢?

简单洗漱后,他走出家门,走进胡同口的小吃店,买了一根油条、一份咸菜，喝了一碗豆腐脑。他抬起头，烟囱在一夜之间完全消失了。现在，他的视线已经没有烟囱阻挡，可以望得更远，可是又有什么意义呢？

天空彻底放晴了。他把被褥抱到院子里，挂在绳子上晾晒，做完这几个动作，后背竟出了汗。他在椅子上坐下，拿出一根烟，一个女孩的身影出现在眼前。女孩推着一辆自行车，摇摇晃晃的，车筐里有不少东西。她停稳自行车，走到邻居家门口，开始敲门。她轻声敲了两下，等待了几秒钟，又敲了两下，不经意回头看见了他，淡淡一笑。

"姑娘，这家人不常在城里住，现在可能在郊外。"他说。

"哦……"她后退半步，看着他，问道："叔叔，那你家是四十七号，对吗？"她的声音很好听。他点点头。女孩从车筐里拿起一个用报纸缠裹的东西，慢慢走过来。他站起身，看着女孩，觉得女孩的年龄比自己的女儿小一些。

"叔叔，这是给你的。"女孩把手里的东西递过来。

"什么？"他有点意外。

女孩打开报纸，他看见一块红色的砖和一张烟囱的照片。砖面上写着一行字：豆瓣胡同四十七号。他接过红砖和照片，心里不是很明白。

"叔叔，你在这儿住了多少年？"

"四十多年了。"

"这块砖……是从大烟囱身上拆下来的。"

"哦……"他还是有点迷惑。

"我想送给你。"女孩说。

"为什么？"

"我想……把烟囱的记忆留在你家里。"

他眨眨眼，忽然明白了。"好，好！"

"谢谢。"

他笑着摆摆手。"不用谢。"

"得谢谢你，因为你帮我完成了一次艺术活动。"

"艺术活动？"

女孩点点头。"在这条胡同里，住着七十二户人家，我买了七十二块砖，一家一家送过去，我已经送了四十七块砖，四十七幅照片了。"

七十二户人家。他在胡同里住了这么久，今天还是第一次知道这个确切数字。不过，他也知道，这几年，很多老街坊把房子租了出去，胡同里住了不少外地人。"姑娘，坐，坐，喝杯茶。"他搬来椅子，让女孩坐下。他在一旁倒水的时候，女孩说："两个月前，我看新闻，知道豆瓣胡同前面的烟囱要拆除了，我就在胡同里租了一间小房子，准备这个艺术活动。"

"就你一个人吗？"

"嗯。"

"这些砖很沉的。"

"没事，为了艺术，我不怕累。"

艺术。这个字眼扎进他的脑仁。在他的意识深处，只有绘画、音乐、电影、雕塑和文学作品，才是艺术。他把水杯放在小桌上，再次端详手里的这块砖。"艺术……我不是太明白……"他有些不好意思，"你这是什么艺术活动？"

"从生活中来到生活中去的艺术。"

"从生活中来……到生活中去……"他小声念着这句话，想起当年的上山下乡运动，从农村中来……到农村中去……他笑了笑，点上一根烟。

"叔叔，艺术是无处不在的，就像生活一样……艺术也和生活一样，也都会消失，成为回忆。"

女孩的话让他想了又想，还是没有完全理解。

"你在这儿租了房？"

"特小的房间，写字、放砖用的。砖放在外面，我怕淋湿了。我住在十五号院。"

十五号院离他这里不远。他点点头。

"叔叔，你拿着砖和照片，我想拍张照，好吗？"

"好，好。"他发现女孩的胳膊肘有好几条划痕，还沾了不少红色粉末。

女孩拍完照片，站起身。"我得走了……对了，叔叔，我想把你邻居家的这块砖放你这里，等他回来的时候，麻烦你送一下，好吗？"

"没问题。"

"谢谢叔叔。"

女孩把那块砖拿过来放在桌上,脸上挂着笑,女孩脸上的汗珠似乎也在笑。他看着女孩推着自行车往外走,感觉到心情舒朗。他突然想起什么,对女孩大声说道:"姑娘,如果其他家没人,你就把砖头放我这里吧,我帮你送。"女孩停下脚步,回头看着他,抿紧嘴唇,用力点了点头。

他摩挲着砖头和照片,内心五味杂陈。整整三十四年过去了。他住在这条胡同,在这里结了婚,有了女儿,女儿长大了,妻子去世了,这根烟囱见证了他从一个小伙子慢慢步入了老年光景。男人老了,心里的那股劲儿也消退了,他只是没想到,这股劲儿会消失得那么快,好像对他一点也不留恋,好像在他身体里生活了几十年,腻味了,想尽快逃离他。

他把红砖和照片放在书架上,琢磨着女孩的话:艺术和生活一样,无处不在……艺术也和生活一样,都会消失,成为回忆……他眯着眼,思来想去。

傍晚时分,女儿回到了家,给他带来了平常爱吃的带鱼。他非常高兴,在狭小的厨房里为女儿炒菜做饭。女儿看见书架上的红砖和照片,扭头说道:"爸,你也有这砖头啊。"

"一个姑娘送来的。搞艺术的。"

"她没骗你钱吧?"

"骗我钱?"他脸上带着笑,小声念叨了一句。

"我刚才听见他们在说砖头的事儿。"

"说什么?"

"说那个女孩怪兮兮的,还有人把砖头和照片扔出来了。"

他放下手里的刀,提高声音说道:"说这话的肯定是外地人,他们不懂,别听他们乱说,我觉得女孩挺好的,人家在做艺术。"

"艺术?"女儿笑出了声,"咱们这条胡同还有艺术?"

他不再说什么。锅里的油翻滚着,等着他把带鱼放进去。女儿一边翻看手机,一边说:"爸,我今天不在家吃晚饭了,老板刚发来短信,让我去陪客户。我走了。"他看着翻滚的油,眉头微微皱了一下。听见女儿的脚步声越来越远了,他叹了口气,伸手关了煤气,找出保鲜袋,把带鱼装进去,然后走进屋把保鲜袋放进了冰箱。

他洗手,不停地洗手,好像洗手是他今晚最重要的事。他顺手洗了一把脸,也不擦,让水珠顺着皱纹往下淌。天色渐渐暗下来,他听见了谁家的欢声笑语,心里更显空落。他打开电视,调了几个频道,又把电视关上了。屋里非常安静。他和妻子的合影照摆在衣橱上面,妻子笑吟吟地望着他,似乎在跟他说话:"我在那边挺好的,你放心吧。"此刻,只有抽烟能平复心情,他抓起烟盒,烟盒空了,他继续找烟,烟盒还是空的,他忽然气急败坏起来,一脚踢翻了小板凳,愣愣地站在那儿。或许过了两三分钟,他慢慢弯下腰,扶正小板凳,走出屋门买烟。大街上都是来来往往的陌生人。

夜色彻底笼罩了整条胡同。他没有目标地往前走,或许过了两三个十字路口,他随着人流右拐,穿过斑马线,接着往左拐去。不知不觉,他走到了护城河边,那里人头攒动,看不清人脸。他顺着栏杆走下去,在一个僻静地停下脚步。河面倒映着对岸楼顶上的霓虹灯,灯光组合出的图形随波荡漾,一会儿模糊,一会儿清晰。他看着河面,眼神开始发虚,那些光影似乎在向他发出暗示和诱惑,老伴走了,女儿大了,也没什么牵挂了,跳下来吧,跳下来吧……他闭上眼睛,脚底下轻飘飘的,有一股力量正在生成,想托举他跨过栏杆,耳边的蚊子好像也在为他欢呼,他感受到了轻盈,同时感受到了深深的哀伤……三四个相互追逐的孩子撞醒了他,他抓紧栏杆,身体半蹲下来,额头上汗涔涔的。他不敢在岸边继续停留,急急忙忙走到路边,拦住了一辆三轮车。

他没有感受到死亡的解脱,也没有感受到继续活下去的理由。城市的光影在眼前晃悠,这些绚烂和迷人的气息跟他毫无关系。三轮车夫一路蹬踏,嘴里哼着小曲,他忽然很羡慕眼前这个靠卖力气赚钱的年轻男人,他有家人要养活,这是他继续生活下去的最大理由。事实上,在过去的年月里,他吃过很多苦,也没有赚得很多钱,日子一天接着一天,却是实实在在的。他闭上眼睛,想大醉一场。

他在胡同口下了车,多付了一倍的车费,三轮车夫很诧异,他摆了摆手。街上灯光明亮,胡同里显得灰暗,众多的飞蛾扑向墙上的灯泡。他忽然想去看看那个女孩,她住在十五号院,就在前面菜市场左边的小胡同里。他加快步伐往前走。十五号院是一个大杂院,大门敞开着,一条小狗蹲在那儿,朝他摇尾巴。他顺着亮灯的窗户往里走,一个女人正好推门出来,差一点发出尖叫。"你……你找谁……"她的声音在发抖。

"我住在前面……来找一个朋友……"

女人似乎认出了他,在暗影里点了点头,随后拉上了门。

他继续往里走,看见一小扇亮灯的窗户。他轻手轻脚走过去,看见女孩正在砖上写字,心脏竟怦怦跳动起来。女孩忽然伸了个懒腰,他急忙屏住呼吸,后退了半步。他再次慢慢靠前,移动视线,发现桌上的方便面、半瓶矿泉水和一包打开的饼干。他不知道接下来该做什么,有一刻,他想出去给女孩买点吃的,可是又觉得太唐突;他也不敢敲门,生怕惊扰了女孩。他犹豫了好久,最后决定转身离开。

他是带着笑离开的。胡同里没有了人影,也没有更多的光照,一块砖头绊了他一下,他没有像往日那样骂骂咧咧的,而是弯下身拾起半截砖头。借着胡同里的光,他看见写在砖头上的四个字:豆瓣胡同。门牌号不见了。他知道,这是一块被人扔掉的砖。他往家走,邻居家的灯光还是没亮,他在门前侧耳听了一会儿,没有听见其他声音。回到家,他在屋子里站了好一会儿,脑子里一直闪现着女孩的身影。他洗漱完毕,在床上躺下,女孩的影子还在眼前晃悠。隐隐的春雷从天际传来,好像又要下雨了。他闭着眼,嘴角带着笑意,等他慢慢睡着的时候,已是子夜时分。

雨在前半夜飘落下来,静悄悄的。第二天早晨,雨停歇了。他忽然在半梦半醒之间听见了女孩的声音:"叔叔……你在家吗?"他马上清醒了,急忙坐起身,回应道:"在!在!"他下床穿衣,揉了揉脸,用力整理头发,打开了房门,没看见女孩的身影。他走出屋门,四周静悄悄的,房檐上的雨滴落在手臂上,让他意识到刚才是在做梦。他落寞地走回屋,在床沿上坐下,再也没有了睡意。他在想,女孩把砖都送出去了吗?

他洗漱完毕,急急忙忙前往十五号院。女孩不在房间,五六块红砖摆放在窗台下。昨晚撞见他的那个女人,正在水池边洗涮拖把,她直起身,说道:"昨晚你就来过吧?女孩走了,今天一大早走的。"

"哦。"他回头看着女人。

"你认识这个女孩吗?"

他欲言又止,往门外走去。女人的声音跟在他的身后:"女孩真不容易,一个人把这些砖往各家送,还有人不领情,把砖扔出来。"他停下脚步，回转身。

"不要就不要呗，扔什么呀。"女人接着说。

"是！是！"

"窗台下的砖是女孩捡回来的。"

"她还会回来吗？"

"可能不回来了吧，屋里的东西都收拾干净了。"

"我……我想要那几块砖。"

女人愣了片刻，笑起来，低头继续涮拖把。他紧走几步，蹲下身，使出全身的力气抱起湿漉漉的红砖，一步一步往外走。路边停着一辆三轮车，他把双手放在车座上歇息，调整着呼吸。这些年，他还是第一次干这种体力活。回到家之后，他把砖小心翼翼放在桌上，一屁股坐下来，大口喘着气，双手和双臂沾满了粉屑，在不停地发颤。他抓起茶杯，一饮而尽。眼前的红砖是实实在在的，他一路辛苦抱回家，可是为什么要这样做呢？他想给自己一个解释，可是又实在想不明白。他兀自笑了，笑了很长时间。

红砖上的门牌号已经模糊不清。他努力辨认，隐约看见六十七号，这是老孙家的门牌号。其他的门牌号无论如何辨认不出了。他找出一张报纸，把红砖包好，走出屋门，走向老孙的家。他控制不住自己的情绪，觉得这是他今天必须要做的事——非如此不可。老孙拉开门，脱口而出："你这老哥们儿，见你一面真他妈不容易！"他指了指老孙，把手里的砖放在桌上。

"这是啥？"

"你扔出去的东西，我帮你捡回来了。"

"我扔出去的东西？"

"真想不起来了？"他解开报纸，红砖露了出来。他接着说："烟囱在胡同对面立了三十多年，现在拆了，一个女孩买来砖，送给咱们留个念想。"

"我想起来了！"老孙一拍脑门，"那天我恰巧不在家，是我的新租户扔出去的，他不懂，还以为女孩有精神病，砖里有毒呢！"

他摇了摇头，看着老孙，说道："老孙啊，我们应该感谢那个女孩，人家不图什么，就是想把我们过去的回忆留存下来，这是她的好意，这砖……也是艺术。"

"艺——术？"老孙拖长了音调。

"是艺术。"

老孙哈哈大笑起来。"我不懂，这砖头能有啥艺术。"

"我越琢磨，越觉得这是艺术。"他说，手指摩挲着红砖。

老孙瞪大眼睛，竖起大拇指，说道："你这老哥们儿，真行！"

他轻叹一声，说道："在这条胡同里住了几十年，不瞒你说，我还是第一次思考艺术的事……"他摇了摇头，语调渐渐变弱了，"还真是第一次思考艺术的事……"他摸了摸红砖，站起身。

"这块砖，我收着了，你放心吧！"

"收好，收好！"

"这么快就走啊，抽根烟再走吧。"

他摆了摆手，默默走了出去。

接下来的日子里，他的心情是平和的。摆放在书架上的红砖，被他擦得干干净净，上面的纹理和缝隙清晰可见。他欣赏着这几块红砖，嗅闻着砖土的气息，思绪会飘出去很远。但他还不知道女孩的名字，这是他心里的遗憾。这一天，女儿回到家，看见书架上又多添了几块砖，脸色马上变了，想把砖扔出去，他拦住了，两人为此争执了几句，女儿气呼呼离开了家，他喝了一晚上的闷酒。

他不知道自己是何时上床睡觉的。时间到了后半夜，他突然醒了，浑身不自在，肌肉酸胀难受。屋里的灯亮着，屋门半开着，酒瓶和酒杯滚落在地上。他闭上眼睛，知道自己受凉感冒了。感冒药在抽屉里，伸手就能够着，他没有去拿。他觉得恶心，肠胃不停地翻腾，头垂在床沿上干呕了好几次。此刻的夜晚是最寂静的，就像一大桶凉水，将他内心的孤寂和伤感冲刷了出来，冲得满屋都是，把他的眼眶也冲湿了。他想接着睡，就这样昏沉沉睡过去，再也不要醒来。

当他迷迷糊糊醒来的时候，已是下午时分。屋里的灯灭了。他挣扎着直起身，慢慢下床，穿上衣服，看见一个女孩站在门外。

"你是……"他走到门口。

女孩转身，笑着说："叔叔，你醒了。"

他认出了女孩，却又不敢相信自己的眼睛。他扶着门框，浑身虚弱无力。女孩急忙扶住他，问道："叔叔，你病了？"

"昨晚受点凉……"

"吃药了吗?"

他摇摇头,在椅子上坐下,拉开旁边的抽屉,取出感冒药。女孩倒了一杯水,他接过茶杯,没有看女孩,或者说,他在努力回避女孩的眼神。他吃了药,喝完杯中水,长长地喘了一口气。

"我是来给你送照片的。"女孩拿出照片,举到他面前。照片上的他,一手举着红砖,一手举着照片,笑吟吟的,他的身后是那堵垂挂着青草的老墙。女孩的身影和语气让他的精神好了许多。

"姑娘,你……你叫什么名字?"

"夏天。"

"夏天?"他以为自己没有听清。

"夏天,叫我小夏,或者小天,都行。"

"好……好……"他觉得叫她夏天更好听。

夏天突然发现了书架上的几块红砖,她抑制着呼吸,没有马上起身走过去。

"夏天,谢谢你……"他由衷地说。

"为什么?"

"你……你让这条胡同有了艺术……"

夏天低下头笑了。

"这条胡同,说不定什么时候就不见了……"他的语气弱下来。

"我听说过几天,前面那座寺庙也要拆掉了。"

"唉……"

夏天抬起眼帘望着他:"叔叔,你喜欢这样的艺术吗?"

他点了点头,笑了。"喜欢,可是不太懂。"

夏天也笑了。

"我有一个女儿,比你大一些。"

"我今年二十五岁。"

"我女儿二十九岁,我要孩子晚。"

"哦。"

"我女儿去年结的婚,你还没结婚吧?"

"嗯。"

"你有男朋友吗?"

"他在荷兰。"

"河南？"

"他是荷兰人。"

他点了点头。"他做什么工作？"

"艺术，他是艺术家。"

"你做什么工作？"

"我没有固定工作，我现在做的就是我的工作。"

"我不是太明白。"

"我的理想就是做一名艺术家。"

"这工作能挣钱吗？"

夏天笑了笑，说："这是一份需要花钱的工作，我做工赚钱，然后养自己的艺术。我和男朋友有共同的理想。"

他陷入了沉思。

"大学毕业后，我可以找到稳定的工作，可是我喜欢自由，喜欢想象，喜欢从庸常的生活里发现趣味和美妙的东西。我很感谢我的男朋友，如果没有遇见他，我不会选择这样的生活方式。"

他看着夏天，等待她继续说下去。

"你想看看我男朋友的艺术作品吗？"

"好！好！"

夏天从背包里拿出电脑，放在桌上，然后找到文件夹，打开一幅幅图片，给他慢慢展示。第一个作品：风车。他看见欧洲美丽的景致，鲜花、白云、羊群、树林，还有一排排风车，矗立在田野里，显得威风凛凛；风车转轮上面掉挂着一面面四方形的大镜子，风车转动，大镜子也在转动，不停地闪闪发光，白云倒映在镜子里，远处的羊群、汽车和行人，倒映在镜子里……他看入迷了，但在这一刻，他只是感觉到神奇，并不明白为什么要在风车转轮上装上硕大的镜子。万一镜子碎了，该怎么办呢？

夏天看出了他的疑惑，对他说，在艺术家眼里，这个世界永远是多维的，我们看得见美丽的大自然，但我们眼里的大自然永远是平面的，是局部的，或者说，我们眼里的美丽，包括忧伤，都是局部的，因为人类的认知能力是有限度的，而风车上的镜子，能帮助我们看见不曾看见的，帮助我们发现不曾发现的。当然，镜子是脆弱的、易碎的，而镜子里的这个世界,不也是扭曲、脆弱、易碎的吗?听完夏天的解读,他好像明白了许多。

第二个作品:水床。看见这个标题,他这样说道:"我知道水床,我在家具城看见过。"

夏天笑了笑,打开文件夹,点开作品视频:洁净的欧洲城市,晴朗的天空,绿莹莹的树林,男男女女在愉快地行走。镜头转向街道边的一个池塘,十几个工人拖来一块巨大的绿草皮,慢慢覆盖在池塘上面,他们蹲下身,用工具固定好草皮,然后闪到一旁。一个过路的男生首先被吸引过来,他前后左右看了看,试着踏上草皮,草皮一下子塌陷下去,随后又弹起来,他吓了一跳,后来觉得草皮是安全的,便索性躺下来,开始在上面打滚,草皮随着他的动作上下起伏,像翻腾的绿波浪。更多的行人走过来,在草皮上面走,草皮陷下去、弹起来,陷下去、弹起来,他们也都集体笑起来。

看着这一幕,他有一种既愉快又眩晕的感觉,他也想在草坪上走,也想躺下去,闭上眼睛,让阳光照在脸上,那些在眼皮上闪烁跳跃的光线,像水面静谧的波光。他闭上眼睛,内心里充满了感动。当他睁开眼睛的时候,工人们正在拉走草皮,那片池塘重新恢复了原样,四周静悄悄的,一个人也没有了,仿佛什么事也没有发生。

"我……"他迟疑了片刻,接着说,"我好像明白了你说的话……从生活中来,到生活中去……"他拿出一根烟,看了看夏天,又想把烟放回去。

"你抽吧,我不介意。"

他点上烟,眉头渐渐舒朗。"真是艺术家啊!只有艺术家才能想出来啊!"他连连感叹,神情很兴奋,"我也想做这样的事,可是我老了,不行了……"他自嘲地笑了笑。

"你真想做吗?"

他点点头,随后摆了摆手。"我哪行,我可没那脑子。"

"你可以试一试。"

他连连摇头,神情竟有些羞涩了。

"艺术也是生活实践,这种实践能让人更热爱生活。"

他看着夏天,眨了眨眼睛。

"想一想你最熟悉的生活环境,那里一定有你的艺术灵感。"

"我最熟悉这条胡同。"他肯定地说。

"那就从这条胡同想起吧。"夏天笑着说。

他静默了一会儿,忽然转过眼神,对夏天说:"怎么想都行吗?"夏天看着他,说:"按道理讲是这样的。这条胡同是生活区域,你可以多想能够简单操作,并且能够快速完成的艺术实践活动,不需要动用过多的道具,不需要改变现在的环境,却能让人感受到出其不意的新意和另一种胡同味道……"事实上,在讲述这段话时,夏天想到的是自己的父亲,她想帮助眼前这个男人,完成一次艺术实践活动。她的脑筋在急速转动,脸上渐渐浮现出笑意。

"你笑什么?"

"嗯……我刚才也在想艺术创意呢。"她有些小得意。

"说说看?"

"我想先听你的。"

"我……我能行吗?"

"不试怎么能知道自己行不行呢?"夏天调皮地笑了。

夏天留下电话号码,收拾好背包,准备告辞。他想请夏天吃晚饭,夏天说,等下次见面的时候再吃吧。两个人约定,三天之后见面,各自拿出胡同艺术实践方案。他把夏天送出胡同口,看着她慢慢走远,消失在人群里,忍不住在心里说:"谢谢……谢谢……"他回转身,望着这条狭长寂静的胡同,脑海里闪回着下午观看过的艺术活动图片和视频,已经开始迫不及待地寻找灵感了。

豆瓣胡同——他看见钉在墙壁上的这四个字,突然有了第一个闪念:他去超市买几十袋豆瓣酱,然后站在胡同口,分发给那些穿过胡同但不在这条胡同里生活的人,让他们牢牢记住,在这个偌大的城市,还有一条小小的豆瓣胡同。这个想法怎么样呢?他站在那儿,仰起脖颈,嘴巴半张的,死死地盯着胡同标牌,整个人看上去像一个傻子。他越想越觉得这个想法既实在又巧妙。他兴冲冲走进小饭馆,点了一小瓶二锅头,一盘羊头肉,美美地吃起来。

这一夜,他睡得很踏实。第二天一早,当他走进超市,看见一袋豆瓣酱标价十二元时,心里又有了不踏实。买五十袋豆瓣酱,需要花费六百元,而他一个月的退休金只有一千八百元。他思前想后,决定给夏天打个电话。夏天告诉他,这个想法很棒,他听了非常兴奋。不过,他随后在夏天的语气里听出了迟疑:"将豆瓣胡同和豆瓣酱联系在一起,是艺术实践常用的方法,但是……这个艺术活动需要两个最基本的条件。"

"什么条件?"他有些紧张。

"既然是实物派送,派送数量最关键,如果派送的数量太少,参与的人数也会很少。"

他沉默不语,不知道该如何表达了。

"叔叔?"

"……"

"你在听吗?"

"我在听……一袋豆瓣酱十二块钱,买多了我买不起。"他的语调可怜巴巴的。

"如果花费太多,可以先不做这个艺术实践,一定会有其他想法的。"

"可是……可是我很喜欢这个想法。"

"喜欢和实践,是两码事,"夏天笑起来,"我已经有构思了。叔叔,加油!"

挂了电话,他在豆瓣酱摊位前站了好久。一位服务员走过来,问他需要帮忙吗?他问服务员,有没有小袋包装的豆瓣酱,炒一个菜用一小袋那种,包装越小越好。服务员笑着摇了摇头。他转身离去,嘴里一直念叨着。

天色暗下来,但时间尚早,他决定在胡同里转一转。蔬菜摊和水果摊前已经没有了人,小吃店里倒是挺热闹,两个小伙子光着膀子拼酒,嘴里吐出的尽是糙话。两条小狗相互追逐着,跑在后面的不小心撞上自行车,撞得挺厉害,躺在那儿半天没起来,跑在前面的小狗折返回来,在同伴身上嗅来嗅去,喉咙里发出嘤嘤的声音。如果胡同里的灯泡再多些,光线再亮些,小狗不会撞伤的,他这样想。

胡同里越来越暗了。前面几十米处有一家咖啡屋,透出红色绿色紫色混合的光线,他慢慢走过门前,看见一对情侣坐在里面接吻,忍不住笑了。若在以往,这一幕会让他难为情,让他心生感慨,觉得自己老了,与这个时代和城市格格不入了,被生活淘汰了。可是现在,他的思绪有了微妙的变化,看着眼前这对接吻的年轻人,他眼里的光柔和了,同时心里涌动着祝福,并发出了一声愉快的叹息。正当他准备转身返回的时候,咖啡馆门前悬挂的彩色灯泡吸引了他的目光。他突然有了新的想法,他想买一些彩色灯泡,挂在这条胡同里,每隔二十米挂一个,买十个灯泡就行,花不了多少钱,路人既可以得到光亮,夜晚的胡同也会显得有活力。他很兴奋,暗暗佩服自己的艺术想象力。

出了胡同,马路边有不少生活用品店和五金商铺。他花了一百块钱买了十个彩色灯泡,心满意足地往家走。一路上,他都在默记墙上哪个灯泡是坏的,哪个位置应该装上一个新的灯泡。他决定先把这个想法放在心里,等见到了夏天再告诉她。回到家,他一边洗澡,一边唱歌,唱到一半的时候,他才意识到自己已经有好几年没有唱过歌了。

为了等待这一天,他清扫了房间,理了发,剃了胡须,换上了干净的衬衫,去茶叶店买来了上等的花茶。他清洗好茶具,在桌上摆好两个青花瓷茶杯和一个茶壶。下午的阳光照在桌上,顺便把他的影子投射在地面上。愉快的影子。他的心里充满了期待。他点上一根烟,飘在半空的缕缕烟雾和光影混合在一起,在墙壁上变幻出缥缈无常的图形。现在的世界是静谧安详的,这或许是一个新的起点。

夏天来了,他先是看见了她的影子,急忙站起身,有点语无伦次了:"夏……夏天……你来了!"夏天背着包,手里抱着一个纸箱子。她把纸箱子放在一旁,用手背擦汗,说:"叔叔,天越来越热了。"

"快喝茶,"他说,然后急忙改口,拉开了冰箱门,"我给你拿矿泉水。"

夏天一口气喝了大半瓶矿泉水。他看着夏天,突然有点心疼。夏天坐下来,咯咯地笑了,说:"叔叔,你做事情真投入啊!"

他不好意思地笑了笑,看着地上的纸箱子,说:"这里面……"

"是我的道具。"夏天晃了晃脑袋。

"道具?"

"嗯。"

"我也买了道具。"他大声说。

"拿出来看看。"

他从抽屉里掏出一个纸袋,从里面取出彩色灯泡,一个一个放在桌上,动作非常小心。夏天一下子就明白了。"我……我想在胡同里挂上这些彩色灯泡……我觉得这些年,这条胡同的气氛太沉闷、太压抑了,我想改变一下。"他神情激动地说。

夏天抿紧嘴唇,点了点头。"你想挂多少彩色灯泡?"

"先挂十只,以后灯泡坏了,我再买。"

"嗯……"夏天在思考。

"你觉得怎么样?"他皱着眉,追问道。

"你想做一名胡同电工吗?"

"什么意思?"他非常迷惑。

"叔叔,你的想法很好,可是想法太具体了,或者说太有规律可循了。"

"我不懂。"他喘了一口气。

"你实施了这个艺术活动,后续会发生什么,大家都会知道的。"

"……"

"这种艺术实践,需要打破规律,出其不意,快速实施,然后快速消失。"

这一刻,他越来越不明白了。"你的意思是说……我把灯泡挂上去之后,就是完成了艺术实践,即使后来灯泡坏了,我也不用去换新的,是这样吗?"

"差不多。"夏天郑重地点点头。

"可是……我还想着给胡同照明呢,胡同里光线太暗,路人不方便。"

"叔叔,这是另外一个话题。"

"我还以为,这个想法很好呢。"他点上一根烟,狠抽了一大口。

"叔叔,你会给灯泡接线吗?"

"我们家电线改道,都是我去做的。"

"好!"夏天一边说,一边打开纸箱子,从里面掏出一卷细细的电线,一个白色的瓶子。

"这是什么?"

"发光电线和感应液体。叔叔,我们可以合作完成胡同灯光装置。"夏天掏出笔,一边在纸上画图形,一边对他讲解:"这是胡同,我之前发现,到了晚上,胡同里会很暗,尤其是这一段胡同,差不多是中央位置,五十米长,没有一个灯泡照明。我看过了,这个位置恰好有一个灯座,我们在那里接上发光电线,把电线拉下来,穿过地面,再把电线粘在另一面墙上,然后再把你买的彩色灯泡挂在胡同的两面墙壁上。做完这些,我们只完成了一半,我们要在发光电线周围的地面上喷洒感应液体,路人的脚踏在上面,电线和灯泡会闪闪发光,脚步离开感应液体之后,发光电线和灯泡会马上熄灭。"

他啧啧称奇,同时问道:"经过的人……会不会被吓着?"

夏天笑了。"不会害怕,只会惊奇。"

"那……那以后呢?"

"感应液体的有效期为六个小时。"

"你是说,到了后半夜,这个艺术实践就不存在了,就消失了,对吗?"

夏天点点头,笑了。他也跟着笑了。

他们决定今晚就做这个灯光装置。在等待黄昏降临的时间里,他们聊了很多很多。夏天告诉他,她想在那座即将消失的寺庙里做一次艺术活动,她的想法得到了一家艺术基金会的支持,基金会负责人承诺,如果这次活动成功,会和她签署一份长期合约。他为夏天感到高兴,同时忍不住问道:"你做这个艺术活动,我能帮上忙吗?"他很想感谢夏天。

夏天想了想,说:"寺庙差不多荒废了,你扮演一个和尚吧。"

"和尚?"他哭笑不得。

"扮演和尚要剃光头发的,算了,我再找人吧。"

他没有继续接话。夏天说:"做完这个活动,我去荷兰见我男朋友……"她边叹气边把纸箱子里的道具拿出来,"我们分别三个月了……"

他不知道说什么好了。

"叔叔,这些道具是留给你的,希望能给你带来快乐。"

"这是什么?"

"纸月亮。"

"纸月亮……"他摩挲着折叠起来的纸片。

夏天撑开纸片,纸片变成了一个圆圆的球体,上面还有一个开口,里面有一个灯座。她把一盏白色的小灯泡拧在灯座上,说:"这个灯泡可以连续充电,放在上面,按下开关,可以自动发光三个小时。"

"真好看!"

"雾霾天太多了,月亮都是灰蒙蒙的。我做了一个纸月亮,一个艺术月亮。"

"艺术月亮……好……好……"不知怎的，此刻的他很感动。

"十五号院前面有一条窄巷子，宽度正好和纸月亮的尺寸相符，你用一根绳子，把纸月亮吊悬在巷子中间，路过的人只有把纸月亮抬起来，或者移开，才能侧身通行，也就是说，谁想穿过这条窄巷子，就得抚摸纸月亮，转动纸月亮，和纸月亮来一个亲密接触。"夏天双手环抱纸月亮，噘了噘嘴唇。

他沉浸其中，想象着夜晚的那一幕，纸月亮悬挂在半空中，发出明亮静谧的月光，他的周身顿时寂静无比。他听见了自己的心跳。

"纸月亮……会不会被人偷走？"他忽然有点担心。

"有可能，艺术实践存在多种可能。"

"那就太可惜了。"他的眉头皱起来。

"消失也是一种美……"夏天意味深长地说。

"可是……可是……"

"叔叔，你可以想象纸月亮飞走了。"

他想了想，释然地笑了。

黄昏降临，他们在胡同口的小饭馆里吃了一顿简单的晚餐。他突然觉得，他一定要为夏天做点什么，或者说，他想先为夏天扮演一次和尚，然后再考虑灯光装置的事。他对夏天说："我刚才看见一位老朋友，好久没见面了，我去跟他打个招呼，你慢慢吃啊。"他走出小饭馆，一路小跑，跑进了街边的理发店。他急乎乎招呼理发师，赶快理发，剃个光头，越快越好！

活到六十九，他从未剃过光头。秃瓢，秃瓢。他嘿嘿笑着，摸着光脑袋，脸上洋溢着满足感。当他走进小饭馆的时候，夏天正在低头打电话。他悄悄坐下来，看着夏天。夏天挂了电话，猛然间看见这一幕，嘴巴迅速张开，眼睛瞪得大大的。笑意在她的嘴角绽开，随后开始微微颤抖，她垂下眼帘，不想让他看见眼里的泪花。她深呼吸，深呼吸，深呼吸，把眼泪压了回去。

"叔叔……谢谢你……"

"快吃，快吃。"他把话岔开，嗓子眼里有一团棉絮。

两个人默默吃饭。过了一会儿，夏天告诉他，在寺庙里举办的艺活动取名"青苹果"。他在想,是这个季节吃的青苹果吗?

"叔叔,你喜欢吃青苹果吗?"

"喜欢吃。"

"我也喜欢。"

"为什么取这个名字呢?"

"希望生活平平安安啊。"

他一下子就明白了。苹果。平安。

"我要买一百零八个青苹果。"

"佛珠好像也是一百零八个吧。"

"叔叔,你好厉害。"

他不好意思地笑了。他在想,他在这两三年笑的次数,也没有这几天多。

"我们两个人,把青苹果摆放在寺庙的院子里,按照佛珠的样子摆出来,一个半圆形,或许再绕一个弯,两个弯……每一个走进寺庙的人,可以拿走一个青苹果……可以自己吃,也可以送给其他人……"夏天的眼神望向半空中的某一处,神情相当安然,"拿走一个,少一个,拿走一个,少一个……青苹果被一个一个拿走了,这个艺术活动也完成了……"他手举筷子,完全听入迷了。

"叔叔?"

"……"

"叔叔?"

他醒过神,脱口而出:"我要去做衣服!"

夏天笑了:"我已经找到裁缝店,明天去做,两天就能做好。"

"太好了!"他激动地拍了一下桌子。

如果本愿是纯粹的,现实发生的一幕幕就是真实自然的。身穿僧服的他,心绪平和,轻轻擦拭着青苹果,夏天接过来,一一摆好。寺庙的屋和墙,已经斑驳不堪,缕缕烟雾从主殿前的大香炉里飘出来。在这个过程中,基金会的工作人员走进来,在墙上放置了一台微型摄像机,然后朝夏天挥挥手,离开了寺庙。又过了一会儿,一个老太太走进来,老太太转过身,看见眼前的和尚,问道:"您是新来的法师吗?"他站起身,笑了笑。"唉……听说这庙要拆了,"老太太说,走到寺庙门口,接着说道,"这庙里好多年没法师了……"

他们两个人相互对视,沉默不语。十几分钟之后,青苹果摆出了佛珠的模样,夏天拍了拍手,边笑边说:"叔叔,现在摆好了,我们两个人等待吧。"

"好!"

他们坐下来,静静等待着。

最先走进寺庙的是一条黄色的小狗,好像是流浪狗,对周围的环境充满了警觉。它站在那儿,望着两个陌生人,一动不动。夏天朝它招手,小狗渐渐放松,绕着圈子走过来,走到青苹果面前,开始用爪子触碰。

"小狗狗,想吃就吃吧。"夏天小声说。

小狗抬头看她一眼,随后快速咬住一个,撒开腿跑出了寺庙。夏天抿紧嘴唇,看了他一眼,他点了点头,抑制着笑意。他在想,在寺庙里做活动,应该神情庄重。

随后进来的是一对年轻的恋人。他们几乎同时看见了地上的苹果。"苹果!"女孩非常激动,眼泪差一点流出来,"这个寺庙太好了!平平安安,事事平安,太好了!"

"这些苹果,是卖的,还是送的?"男孩问夏天。

"送给有缘人。"夏天说。

这对恋人拿走了四个苹果,两个放进了背包,然后一人拿着一个边吃边往外走。他们在门口消失几秒钟之后,男孩跑了回来,在寺庙门口朝他们挥手,大声说:"谢谢!谢谢!祝你们事事平安!"

五六个小孩跑进来了,其中一个是老街坊的孙子,男孩一眼认出了他,嘎嘎笑起来:"爷爷成和尚了,爷爷成和尚了……"

他也笑起来。"你爷爷呢?"

"爷爷成和尚了,爷爷成和尚了……"男孩喊叫着跑出了寺庙。

男孩的爷爷走进来,不敢相信自己的眼睛,一步一步往前走,身体是僵硬的,语气里含着紧张:"老哥,你……你这是怎么啦……出家啦……别想不开啊……"

他笑了笑,迎了上去。"我在参加一个艺术活动。"

"艺术活动?"老街坊满脸狐疑。

"我在扮演一个和尚。"

"真的假的?"

"真的。我没有出家。"

老街坊掏出两根烟,递给他一支,他看了看夏天,把接过来的香烟揣进了衣兜。

这群男孩坐在那儿,每个人都在吃苹果。一个男孩在寺庙门口大喊:"快来吃苹果啊!快来吃苹果啊!"喊到嗓子冒烟。很多人涌进来,他跟进来的老街坊解释,一个一个地解释,真像一个做错了事情的和尚。

青苹果,越来越少,越来越少,最后只在地面上留下淡淡的印痕。看着这一幕,夏天笑了,眼眶湿润了。

他们两个人,一路无语往前走。

走近熟悉的小饭馆,夏天说:"叔叔,我想请你吃顿饭。"

"不用,叔叔请你。"

"不,这次我请客。"

"好吧……"

小饭馆里的服务员,看见他进来,咻咻笑个不停。

一个说:"伯伯,你以后不能吃羊头肉了。"

一个说:"伯伯,你也不能喝酒了。"

他其实很想喝点酒,可是身上的僧服让他却了念想。明晚再喝吧,他在心里说。

"葱、姜、蒜、韭菜、洋葱……书上说,和尚也不能吃这些有味的蔬菜。"厨师探出脑袋补充道。

他故意沉下脸,说:"有完没完?"

大家再次笑起来。片刻之后,夏天小声说道:"叔叔,我刚才收到短信,基金会的负责人说我很有想法,决定和我签约了。"

"好!好!"他由衷地高兴。

"你今天累吗?"

"不累,一点不累。"

"你想今晚做那个灯光装置艺术吗?"

"好啊!"

他们快速吃完盘中餐,此时的天色刚刚接近黄昏。他们抬着木梯,手拿工具,来到胡同中央。几乎家家户户都在做饭吃饭,四周无人。他们用最快的速度布置电线,挂上彩色灯泡。一两个路人走过来,好奇地看他们一眼，跨过电线，继续走自己的路。夜色渐渐弥漫，从光影里走过来的行人，走进这段胡同，好像消失在了黑洞里。他们俩把感应液体喷洒在电线周围，悄悄躲在远处，夏天手拿照相机，屏住呼吸，他紧贴墙根站着，感受到从未有过的紧张感。

一个女人走过来，他们看着她一步一步消失在黑暗里。二十几秒过后，彩色的灯泡突然在胡同里闪耀起来，女人发出一声尖叫，灯光灭了，接着又开始闪烁，女人再次叫出了声，不再是先前的尖叫，而是好几声惊叹。夏天连续拍照，抑制着笑声，他捂住嘴巴，可是笑声还是透过指缝传了出来。女人一会儿踏上感应液体，一会儿又跳出来，身影像在玩游戏，彩色灯泡一明一灭，绚烂的光影在胡同里回旋。

"真好啊！"他在心里说，"真好啊！"

女人大声笑起来。彩色光影消失了。周围安静下来。

"叔叔，你想试一下吗？"

"好！"

"你去吧，我给你拍照。"

"好！"

他走过去，越接近目标，他的步伐越小了。他闭上眼睛，一小步一小步走过去，好像在黑暗的时间隧洞里穿行，但他一点都不担心。五颜六色的光影亮了，在眼皮上面跳跃，他感受着，从内心深处感受着，时间仿佛虚无了，他的身体异常轻盈。夏天走过来，站在他的对面。他睁开眼睛，夏天咯咯笑起来。

他们穿过胡同，默默往前走。身后突然传来一个男人的叫声："我操！"这个男人被突然而至的光影迷惑了，他来回走了几次，最后悠闲地坐下来，掏出一根烟，慢慢点燃。他和夏天，看见一团一团彩色的烟雾在胡同里升腾起来。

夏天的手机响了。她接通电话，用英语和对方交谈，语气里满是渴望。他一句也听不懂，但他知道，电话的另一端是夏天的异国男友。挂了电话，夏天的神情既兴奋又黯然，好像变了一个人。"我……我想马上见到他……"她喃喃自语。

夏天告诉他，这次去荷兰，三个月之后才能回来。他走在胡同的阴影里，心有不舍；但在分别的时候，他努力笑出了声。

"夏天,我很佩服你。"

"叔叔,我回来后来看你。"

"好……好……"他想说更多,可是已经无法表达。

夏天消失在夜晚的城市里,他顺着夏天消失的方向走过去,走了好久,似乎想追回什么。他的这身和尚装扮,引得路人纷纷驻足观望,仿佛在欣赏一位精神迷乱的出家人。

"和尚也会有心事……"

"和尚也是人。"

"修行不易……"

深夜时分,他回到了胡同口,豆瓣胡同的标牌在城市的夜色里依旧醒目。他在小商铺里买了一瓶二锅头,内心感慨不已:自己只是一个退休工人,想不到会和艺术扯上关系,真是不可思议,不可思议!他连连摇头,同时也在庆幸。

又有一个人踏上了感应液体。灯泡闪耀着,色彩回旋着。他脸上带着笑,手里拿着酒瓶,慢慢走过去。他仰起头,看着墙上的彩色灯泡朝他眨眼睛——这是我亲手买来的彩色灯泡,是我亲手挂上去的,他心满意足。眼前的胡同世界是灿烂的世界,他不出声地笑起来。

他走进前面的黑暗里,慢慢坐在地上,手举酒瓶,啜饮了一小口,让脑袋抵住墙壁,闭上了眼睛。现在是春天,女孩叫夏天,而夏天越来越近了。他笑了笑。又有人走过来了,好像是两个女人,一边走路一边聊天,他听见了,脚步声越来越近了,他等待着这一刻。两个女人踏出了光亮,大声尖叫着,后来开始啧啧称赞。他再次闭着眼睛笑了。一个女人发现了他,走过来,蹲下身,轻声问道:"大叔,你坐在这儿,没事吧?"

他摇了摇头,轻声说道:"我没事,谢谢你……"

两个女人走了,他渐渐坠入自己的梦。他看见一个女人穿过黑夜走过来,纸月亮挡住了路,女人踌躇片刻,先是抚摸纸月亮,然后抬起纸月亮;在她侧身而过的一瞬间,纸月亮照亮了女人的脸,他看得非常清楚,那是他妻子的脸……

双鱼钥

王啸峰

> 门响双鱼钥，车喧百子铃。冕旒当翠殿，幢戟满彤庭。
> ——唐·司空曙《和耿拾遗元日观早朝》

张勇军双脚不自觉地抖动。手上的塑料袋随之发出窸窸窣窣响声。他听到声音，下意识地挺直脚杆。马路上行人已经稀少。对面黑弄堂里还是没有任何动静。他又挖出手机看一眼，约定时间过了五分钟。他把手机铃声调到最大，再加了个震动，这才放进裤兜。

一辆红色跑车怪叫掠过，喷起一片水雾。他瞥到里面一对年轻男女，恨恨地朝车屁股骂了句脏话。脑子里一根棒把他双眼又敲回对街黑弄堂。

时间缓缓而坚决地朝午夜行走。气温降得很快，蓝色薄工作服变成冰冷铁块。车在他背后两三百米街边蛰伏。但他不想去车上取大衣。手开始僵硬。再最后坚持五分钟！

二十三点十分到一刻之间，他不再直勾勾地盯一个地方，而是前后左右张望。这回，除了风吹落叶声，什么都没有。

他按下遥控器，车子夸张地应答两声"嘎嘎"。

他右脚已经插进方向盘与座位之间，正想把手里的塑料袋放到副驾驶座上。

身后传来一个女声："喂！东西呢？"

他连忙回头，那女人身后一根路灯杆，从身体剪影上看，女人长发披肩，穿了件长黑风衣，腰带束起。灯光从她腰际与插口袋的手臂间隙凉凉投射过来。

"呃？"

"东西带了吗？"

他顺势把塑料袋悄悄塞进副驾驶座右侧被掏空的暗格里，转手夸张地把自己的挎包往座位上重重一扔。但是，他还没来得及把右脚重新踏回地面，后脑勺就被重重一击。他身子软下去，趴倒在方向盘上。

张勇军似乎做了好多梦。几乎没有一个不是惊心动魄的。每个梦结束，都留给他创伤。他带着创伤开始下一个梦。梦里套着梦，把他推向痛苦深渊。

他记得在街上闲逛，看见车子被几个小孩胡乱用小刀刮着。他奔过去大声叫嚷阻止。突然从车后转出一群人，每人手里都拿砍刀，哇呀呀向他冲过来。他转身就逃。尽管拼足力气，却还是很慢，背后似乎有东西在牵扯他。喊杀声越来越近，他已经把手都用上了，奔跑变成爬行。"你是我的小呀小苹果，怎么爱你都不嫌多！"满街聒噪，持续不停。

然后他像是被吵醒了。手机无节制地播放着《小苹果》。手碰到手机，在音乐和震动当中，把屏幕拿到眼前，陌生来电。他直起身子，引来哗啦啦一片响。一座碎玻璃堆成的小山。他被放置在最顶上。《小苹果》又响起，震动不紧不慢催促着他。他往下张望，寻找下去的路。只看一眼就绝望了。

"喂。"

"你好！张勇军先生吗？"

这个女声似乎让他想起点什么来。

"呃！我是。你是？"

"东西带了吗？"

借着星光和玻璃的反射微光，他瞥见有个塑料袋半埋在离他两个身子远的玻璃屑里。他不能确定是不是送货的那个。

女声又开了口："你在哪里？我们在弄堂口已经站了半小时了。"

"我？"他不敢摸头，只能抓抓鼻子。对了！时间。他把手机拿开点，时间显示十一点五十。时间明朗。记忆如同潮水般涌出来。

他决定"下山"。之前，他曾试图把塑料袋拉过来，结果除了把一根带子拉断，什么也没得到。

稍稍一滑动，碎玻璃就像刀一样无情地割着裤子、袜子和肉。

其实在一步一步缓慢移动下山的时候，他就望见那个人影了。可注意力必须完全集中到脚底心，全身往下沉，他才走下玻璃山。回头一看，似乎并没有从顶上感觉的那么高、那么危险。

人影没了。他开启定位，打开地图。好长时间，老是在打圈，无法识别他位置。他四下寻找标志性建筑，却只有一座接一座玻璃山。

突然，模糊人影出现在两座山之间。他连忙跑过去，人影不见了。过一会，又出现在稍远的玻璃山旁。

吊胃口的是，他越追越近，可就是追不上。那个人影像小女孩，特别是两条辫子清晰可辨。"喂！孩子，慢点啊！"他高声喊叫，却没有一点声息。

嘭的一声，张勇军惊出一身冷汗。他睡着了！正午十二点，在阳光灿烂的大街上，车像滑翔机般巡航。他记得失去知觉前，自己想起了少年时代自制的滑板车，滑轮声音既嘈杂又单调，"哗啦啦、哗啦啦"，朝街尾扫过去。

他猛地踩住刹车，深深吐纳。打开车门的手是抖的，脚落在地上是抖的。但是他看到一只粉红色书包时，突然就不抖了。他迅速捡起书包。没人没车。翻建道路监控没有探头。

离车头三四米的人行道边，一个穿绿色校服的小姑娘合扑躺着。他围着她转了三圈，没有动静，没有血迹。如果不是两条辫子微微动了一下，他就瘫坐地上了。

他轻轻地把她翻过身。一张年轻的圆脸，让他模模糊糊记起女儿模样。喊了几声，她醒过来。在他的鼓励下，几分钟后，她站了起来。一辆黑色奥迪驶过，他一眼认出是公家车，黑膜贴满全部车窗。

一阵悲凉。在阳光下，他打了几个冷颤。小姑娘一双特别大的眼睛空洞地望着前方，周边隐约可见擦伤痕迹。他问话，拐着弯。

"姑娘，你没事吧？"

"嗯，嗯，没事。"她声音小，几乎在对自己说。

"不用上医院检查吧？"

"不，不用了吧。"

"要不我送你回家？坐我的车。"

"我自己走。"

他从反光镜里看到她的身影和那只书包，缓缓移动。他长长舒了一口气。身上一阵凉意，都被汗湿了。

那么多年，他都是江湖里的一条小渔舟，虽然破旧肮脏，却从未沉没。

他加了一脚油门，再次看了一眼后视镜。女孩不见了。他刹住车，又回了头。撑住椅背用职业司机的眼光搜索街面。

— 134 —

她趴在地面，像一片薄薄树叶。

他脑子不知转过了几个弯，却只在刹那间。

他回转身。咬咬牙，一脚油门，车惊恐地往前窜出去。

张勇军不敢再盯女孩身影了，他绕过一座座玻璃山，自找出路。说也奇怪，从山上下来，并没有割破皮肉，走在平地上，却接连被跳起的玻璃屑划得一道又一道，鲜血淋漓。

《小苹果》的声音在静夜里让他手足无措。

"张先生，你到底在哪里？生意不要做了？"

"对不起，对不起！我，我好像迷路了。"

"我们再等十分钟。"

他对断线电话一通怒骂。猛一抬头，小姑娘不远不近地站着他正前方。

"请、请带我出去，行吗？"

"你没事吧？"

"我？当然没事啊。"

"不用上医院吧？"

"不……"不字刚出口，他感觉全身被绳子一下子绑紧，呼吸急促，快要窒息。

小姑娘笑了，清脆声音在玻璃上滑动，尖锐地刺破他肌肤，血喷涌出来。他用手去堵的时候，才发现没有一点痛感，恐惧钻进他的神经深处。

"来吧，跟我走。"

他注意到两条辫子晃动的幅度不太一致。跟紧点，才发现小姑娘前面还有一个小姑娘，前面的孩子瘦小点，被后面的孩子罩住了。他意识开始模糊，到底是他眼花，还是孩子走得摇晃，他感觉地平线在左右摆动。眼泪憋不住地往下掉。

他使了个心眼，往前一扑，倒地就喊。

小姑娘们回身。他伸出手。她俩手牵手冷冷看他。虽然面目还是看不真切，但是他内心已经绝望。

也不知她们抄的哪条近路，转过两个弯，穿过两三条不长却逼仄的弄堂，就来到他车边。驾驶室门敞开着。他紧走几步，眼看就要搭住车门，一阵风来，门又往前直了。几次三番，他竟然都摸不着自己的车。

全黑的车子突然起了变化，颜色泛红，接着竟然在他眼前渐渐融化。空中回荡起小姑娘们的笑声，像一片片玻璃扎到他心上。

"叭……"汽车喇叭声彻底把张勇军唤醒。他把沉重的头从方向盘喇叭上挪开。头痛欲裂。摸摸后脑勺，触电般弹回。他从驾驶室慢慢钻出来。点了一根烟。

除了头部被袭击，他努力回忆了一下可以认为实际发生的事情：一是车厢里被翻得乱七八糟，挎包被撕碎，却几乎没有财物损失。二是暗格里的塑料袋完好无缺，他再往深处一探手，一个小包仍静静躺在原处。三是手机显示，确有过来电，并且呈接听状态。于是他判断，自己应该站到一小时前的位置上，继续等待。

他拎着塑料袋，再次站到马路边，眼睛盯着对过的黑弄堂。手机显示时间快到午夜。风打着圈扫落叶。他脑子高速运转，对抗着一波又一波不知从何而来的敌人。

十二小时前，他刚想关手机，眯一会，一条要车信息跳出来。人在附近，要去机场，还给了加急费。

他吐掉最后一块糖醋排骨，扔掉快餐饭盒。虽然害怕在这个时段睡过去，但他还是咬咬牙，按下接单，飞快地朝客人所在宾馆驶去。

机场高速，他曾为领导服务无数次，每个路段限速额、拥堵时间、应急小道、贵宾通道等等，他都牢牢保存在脑子里。开专车后，他不用导航就能及时迅速到目的地。客人都叹服这个与众不同的专车司机。

他手心有点出汗，车开得晕晕乎乎，这是很难得的。越是不敢看后视镜，越是利用一切机会偷窥。

女子即使闭目养神，浑身也散发出不可抗拒的力量。身上若有若无的香水味在推波助澜。

终于，他和她眼神在镜子里对个正着。车子晃了晃。

女子说了几条语音，接了几条语音。显得有事没来得及处理。

"师傅！"

"哎！"

"快到了吧？"

"是的。高速下来正往二号航站楼。"

"呦！"

他望见她嘴嘟了起来。

"您有事尽管吩咐。"

"您不用停止计费,请把这个带到海豚宾馆总台。就说302黎小姐来取。可以吗?"

他听出"可以吗"三个字浓郁的海外华人腔,就故意哼哼唧唧起来。直到背后带着香味的玉手递上来几张百元票子。

回去的路上,他不止一次把票子拿起,嗅吸香味。或许是弥散整个车厢里的气味,但一拿起钱,似乎浓了不少。

那是一个小小的双G金色商标的黑色拎包。他手指慢慢靠近它,过一会儿,搭在上面。在机场高速服务区停下,他快速打开拉链。空包!他翻了至少五遍,一件东西没找到。

他每抚摸一次双G字母的铜片,心里就一阵悸动,随后脸抽搐了一下。他不知道这是为什么。

黑弄堂终于出现动静。远远地,一盏橙色路灯亮了起来。一个穿黑风衣的女人出现在弄堂口。张勇军脑际闪过一些画面,但他不确定是否真实发生。

他连目前的头痛、脚上若隐若现的痛感都不敢归类到"自己"身上。黑风衣女人过街时,一辆红色跑车飞速驶过。他仍然紧盯着女人。他被路灯照着。女人和他保持一定距离。光从她身后探过来。

"张先生,请把东西给我。"

尽管声音熟悉,但还不是熟到一两句就能辨认出的程度。像在路边突然听到一段旋律,就是不知道出处。

那个海豚宾馆前台服务生,瘦高个、细眉细眼的姑娘,又在他眼前闪现。她接待他时,声音很温柔,却藏着坚决。

"302?黎小姐?嗯……对不起,没有黎小姐。是的,302住的男客人。稍等,呃,其他房间也没有姓黎的小姐登记入住。"

他手里的包顿时重了起来。

他突发奇想:"我把包寄在这里,明天这个时候来拿。如果有姓黎的小姐在此期间入住宾馆,请把包给她。"

服务女生惊讶地看着他,坚决不肯收。

他望着黑风衣女人,感到脑袋温度呼啦啦地上升。糊里糊涂地努力思考，想要把这么多事情弄明白。于是，这么多次以来头一回，他下意识地将塑料袋朝身后别过去。

"张先生，你在躲避什么呢？"看到他犹豫，女人又追了一句："明知这是不可能的事情，你却一定要去做吗？"

狂热中也有冷静。他也想过自己多事，根本不跟他相干，他只是一个跑腿的，在约定的时间、地点送出约定的东西。送比萨对比萨质量产生怀疑，这是不对的。但他还是拗着。可是，海豚在海洋里游泳时，它们并不靠眼睛和鼻子。忽的，冥冥中有了支撑他的力量。

半步、半步地缓缓退步回车。女人没跟上来，她一直站在指定交接区，一动不动。

突然，四周出现若干个黑衣人，他们围了上来。

他加速后退，幸亏车门没关、钥匙没拔。在他发动、后退、掉头、前进的过程中，只有一个黑衣人扑上来用棍子敲了几下车窗。

他冲出去，在大街上平坦行驶时，忍不住骂自己："混蛋！你要干吗？"

七拐八弯，他把午夜远远甩在身后。长长吁口气，找个马路转弯口，他停下车，飞快去掉塑料袋，露出报纸包装，撕掉报纸，一个纸盒。

里面是一个金色双G商标的小黑包。他张大了嘴，"啊"一声半路卡在喉咙口。

他孤独地站在凌晨街角，像失群的鱼在海洋里晃荡。两个G，像极了两条张嘴游泳的鱼。

它们还有伴，自己呢？他无奈地摇摇头。

张勇军拎着黑色小包，出了海豚宾馆，路过自助寄存处，当他瞄到302箱子空着时，闪过一个念头，是不是应该把包放在这里？

关上柜门的一刹那，他觉得，黎小姐也被他关了进去。302！这个遥远而熟悉的号码，砰地唤醒他记忆。

即使是一个职业司机，他也总觉得自己与其他人不一样。

好几次，在停车场停好车，领导让他一起进饭店，不熟悉的工作人员把他俩弄反了。领导有些尴尬。他表面手足无措，心里暗自得意，踅进盥洗室左照右照，国字脸、大背头、微微隆起的小肚子。脸一沉，威严有加；一舒展，和蔼亲切。

他的青春岁月终结于交通技校。钻在肮脏的修车道里，师傅让他做这做那，一两小时不让起身，师傅的尿溅在他手上、脸上。

　　好在毕业后进了外事车队。他方向感特别好，刚上车那会，C市旅游大开放，停车场就像旅游景点的女厕所，收费老头迎来一生中权力巅峰。他染上人生第一个污点。涉外导游通常将与工艺品店老板交易的钱，捆成一卷，塞在背包里。一天，导游背包里跳出一卷钞票，在睡熟的日本人脚边滚来滚去。他的心里装进了个老鼠，上蹿下跳地打方向、回方向，终于在车子抵达目的地的最后一秒钟，那卷票子稳稳地卡在他心目中最佳位置。

　　"他们的钱来得真容易啊！"那卷钞票花起来快得让他吃惊。他主动与几个工艺品店老板打得火热。

　　呼朋唤友的日子来得快，去得也快。改制、分流，他流进了事业单位。单位有小车班，小车班司机一般为领导服务。但是他进去时，却做了机动，负责给三位调研员开车。调研员退了二线，公务上的事情少了，他基本上为他们跑私事。他技术好，耳不听，嘴不说，眼不斜视。服务时，一碗水端平。一年半后，他甩掉了机动帽子，专职为一位现职领导开车。

　　领导专职司机最苦恼的，就是不能离开车子。开会、赴宴、拜访，司机时刻做好领导回车准备。有些司机聪明，自以为是地预测领导公务时间，往往被搞个措手不及。他却从不离车。他从单位图书馆借阅书籍，全部是名家侦探小说，阿加莎·克里斯蒂、柯南·道尔、雷蒙德·钱德勒、达希尔·哈米特、东野圭吾等人的作品使他入迷。他渐渐发现，自己从刚开始追求"到底谁是凶手"或者"案情到底怎么回事？"，发展到探究案情细节和人文环境。哈米特的一段话让他沉思了相当长时间："让他不安的是，他发现自己越是努力去合理安排生活中的大小事情，就越与生活的真相格格不入。"

　　自助寄存处上方有探头，张勇军对探头望了好一会儿。凌晨两点的街道，什么声音都被放到最大，他耳朵里充斥沉重的呼吸声。输入密码，打开302柜门。他把两个小包拿在手上对比很长时间。手倒来倒去，到后来，只能靠闻香水味道辨别哪只是黎小姐的。

　　302是他唯一的一次，也是改变他命运的一次。当他载着领导，不慌不忙从大门驶出，大院里已经乱作一团。领导疑惑地问了一句："他们这是干什么呢？"

"哦，听说大楼里一个领导办公室被盗。"

领导兴趣来了："哦，丢了些什么？"

他很想原原本本一样不漏地告诉领导：一只小手包、六条软中华香烟、两瓶茅台酒。但他微笑着摇摇头："这我可不清楚。对了！您以后出办公室要勤锁门呐。"

领导笑出声来："这个单位看上去管得挺严，其实比我们单位松多了。既然小张你提醒了我，我以后不管是开会还是撒尿，都锁门。哈哈哈。"

他的脸微微地，在领导提到撒尿两个字的时候红了红。

302的胖子去上厕所。像侦探书里写的一模一样，他一咬牙钻进302，十秒钟得手。出来望见一个女服务员从女厕所出来，瘦高个、细眉细眼的。他的心跳到喉咙口。全身几乎所有细胞都做出了逃跑指令，但是刚受过侦探小说大师训练的脑细胞异常冷静。做出经典动作：举了举香烟，指了指302的门。女服务员愣了愣。过了几秒钟，他似乎看到她的头微微点了点。他不慌不忙地从楼梯以正常速度下楼。

在领导哈哈声中，他想起埋伏在备用轮胎里的那些东西，也随之哈哈哈起来。

再次进那个单位，他车都没敢下。路过车前的每个人似乎都用怀疑的眼光望望他。后来几次，有熟悉的司机敲敲玻璃窗，他就和他们一起歪在香樟树下抽烟。

没事了。他放松了警惕。

他排在热气腾腾的包子铺的长长队伍里，异常烦躁。趁领导上楼的机会，他鬼使神差地就想跑出去买包子。谁知十一点不到，队伍就长得像蜈蚣。后面两个女的聒噪没完，队伍没有前进一寸。他仰脖张望，被身后突发的尖利笑声逼得缩下来。他回头就撞到了瘦高个、细眉细眼女人的眼神。他心里咯噔一下，迅速转身，刚才的暴戾之气一泻而空。

让他汗毛直竖的是，两个女人轻声交流了几句，就再没有声息。他多希望噪音继续响起。

不能逃！他用最后的意志硬撑着。十几米的队伍，他几厘米几厘米地往前移。突然，手机响。领导救了他。他快速跑回车子的时候，觉得今后不会再碰包子了。

现在，只有烧烤麻辣烫店还往街面喷着浓烟。他突然觉得很饿。他摸摸头，头倒不痛了，就是饿，那是一种可以把生肉、生米都吞下去的饿。他关上302柜门，投币、设密码。

现在，里面锁了两个包。

鱼儿暂时只能在鱼缸里游游。

烧烤店里面人挤人。张勇军好不容易找到一个墙角位置。

"啤酒和炸串，再加一碗酸辣汤！"小伙计喊得很响，但是仍然淹没在划拳声里。

就在他一低头的时候，左边凳子挤上一个人。一身牛仔服，戴副墨镜。

他警惕地看着墨镜，墨镜与他对望一眼，看不出眼神。

两人自顾自吃喝。墨镜先结账走开，似乎什么都没发生。

他松了口气。想到两只包，头隐隐作痛。

他不想回家，在空无一人的街上溜达，脑子回放几个小时前的场景。如果时间倒流，他就在街边一直等下去，他很可能就顺利地把塑料袋送了出去。但是，货变得复杂了，他又被袭了，让他不得不思考得更广泛。撕开塑料袋，违反约定，恰恰顺理成章。

梦里的场景，才最让他揪心。两个小姑娘，并肩站在他面前，悔恨海浪般吞没自己。死了拉倒！可是，还不能够。

给领导开最后一次车，领导已经知道他辞职的事情。他们跑一次外市，来回五个小时，没有搭过一句话。

领导的右脚已经踏到地面，突然回了身："行了，你走吧，有事尽管找我。"他当时挺感动。而在这空寂冰冷的街头，他咀嚼出这句话是最大谎言。

女服务员并没有指认他，但他感觉再不能进任何办公大楼了，这倒也不成大问题，他本来就捧着书坐在驾驶室里。但是后来，街上每个人看上去都像举报他的样子，他极度焦虑。回到冰冷空荡的家，前妻和女儿不时闪出来指责他一番。他吃安眠药，药物使他的梦变成魔幻世界。

辞职后的第一天，他感觉像是一滴水回到了河里。于是，在床上睡足一天，梦里全是变成鱼儿的他，从井里到河里，再到大湖，最后到大海。

自由自在的感觉，他醒来就没了。

他只会开车，开车养活他自己，应该够了。刚开始，他开得轻松自如，渐渐地，他盘算着再过些时日，可以与前妻谈谈了。

但是，如意算盘总要落空。

他去拿左口袋里的香烟，却先摸到一张纸条。

"今天中午十二点，凯悦街101号302室。"

点烟的时候，他判断是墨镜放进去的。

凯悦路他肯定会去，即使是刀山火海，他也要闯，但是，去之前他还要见几个人，办几件事情。

"赵天兴"面馆一直是C市最早开门的，张勇军进去的时候，天还没有亮透。他上厨房看了看那锅水，清澈见底，一根面都还没下过。虽然他不大在意头汤面，但是，有得享受，也是不能放弃。

第一口面下去，再一口姜丝，身上立刻微微发汗。他感觉黑夜存到他体内的暗物质，正缓缓释出。汤汤水水全部下肚，阿三已经坐到他对面。

吃面的时候，阿三比他认真，呼哧呼哧的同时，头上渗出绿豆大的汗珠。

"他们说你昨晚闯祸了？"碗筷被撤下，两人各自点上一支烟后，阿三才开口。

"老板怎么说？"

"他没说什么。只是要我带个话。"

店里又进来几个老头，自带茶杯，有个老头还拎一壶黄酒。

"什么话？"

"货是人家的，你要想清楚。你弄出来的事情，自己处理干净，与我们无关。"

一根烟默默抽完。阿三起身。

"还有，我说，有些事情你也犯不着太认真，会毁了你的。"

望着阿三的背影，他又摸了摸自己的脑袋。

九点钟。他熟门熟路地爬到那幢老居民楼的顶层。稍微跳一跳，勾住通往楼顶天窗下的U型铁扶手，身体腾空的一瞬间，他想到了死亡其实是件很容易的事情。

对面医院天天在判决生死。在每个病区、科室间行走的人们，忧心忡忡。

前妻打来电话时，他正在载客途中。他征求乘客意见后，接通了电话。窗外大朵大朵的洁白梨花垂向车头。刚说了两三句，梨花就成为最悲哀的花。

车子原地调头，一路逆行，直奔医院。乘客是个瘦小伙子，文件夹、手机、眼镜都被甩得满车都是，小伙子紧闭双眼，瘫倒在后座上。

他什么都不管了，前妻电话又来好多个，他只是一路狂飙。他不想知道结果，只想快点到医院。

他把全部仇恨都集中到自己身上。

前妻报了警。警察在长长的太平间甬道里跟他说话，他没有听清一个字。他在想那个阳光灿烂的正午。他想着想着，突然笑出声来。后来的三天三夜里，他一直保持时而撞墙跳楼、时而呆坐傻笑的样子。查不出端倪的警察们都觉得有点对不住他。

他想来想去，总算想明白了。这是一个有天网的世界，它在宇宙的什么地方，监视并调剂着每个人的任何一举一动，能量守恒，善恶平衡。这处赚了，那处还了。

所以，撞女儿逃逸的，不是别人，只能是他自己！

他开始回想自己的半辈子。从那卷蓝色钞票开始，清扫出来的善与恶堆在脑子的两边。脑袋顿时朝右面恶的方向倒了下去。

他坐到楼房边缘，看到排水沟里的烟蒂和矿泉水瓶，他微微一笑。"天下皆知美之为美，斯恶已。皆知善之为善，斯不善已"蹦出来，他每天在"恶"的海洋里游泳，只有此时，才感到"善"真实存在。

九点十分。从正门推进来一张轮椅。中年男人头发白成雪。轮椅里的女孩，安静地往一侧歪着头。

那条走道弯弯曲曲，慢慢走完大约需要三分钟。而他那天闯进医院的时候，虽然走道上的人被他撞到几个，他还是只用了几十秒时间。

有时，他看完这三分钟就走了。今天，他接着抽了好几根烟，等他们从康复中心出来。康复中心治疗的时间一般是半个小时，加上排队什么的，一个小时左右。

果然，十点一刻，他们又出来了。目送他们走出大门。他掐灭烟屁股，下楼。

在拥挤的挂号收费大厅，张勇军找到自费窗口。

"缴多少？"

"一次最多缴多少？"

收费员眼睛都不抬一下，烦躁地快速说："随便。"

他把十沓钞票推给她："都存上吧。"

她面无表情地打开点钞机。似乎点钞机一开，病人就有了生存的可能。自费窗口像一个吞噬钱币的老虎机，幸运的才能中奖获救。

她的冷漠更加证实了他心中一直猜测的那样，治疗仅仅是安慰正常人。

"对不起，你要存的那个号，销户了。"

他重新握起方向盘前，觉得已经将女儿的事情放下了，可以重新开始了。但是，发动机一响，他就受不了。他想抛弃车子，可除了开车他什么都不会。他咬牙坚持着，直到又一个阳光灿烂的中午。

很突兀的，一个中年白发男子从街边冲出来拦车子。他是专车，不招手停车。他放慢速度，想绕过男子。男子突然做出鞠躬抱拳求他的动作，并指指身后。一辆轮椅上坐着一个小姑娘，眼紧闭，头歪着，看上去情况很不好。

一阵忙乱后，他从后视镜里观察小姑娘。在男子的不断轻声叫唤下，小姑娘睁开了眼睛。那是一双特别大的，显得有些空洞迷茫的眼。一下子，他感觉心里扎进了一把刀子。

小姑娘看了一下环境，碰到他后视镜的目光，她微微一笑。刀子往心里又捅进去一寸。

"孩子怎么了？"

"被撞了。"

"什么时候？"

"一年前吧。"

"那……司机？"

"跑了。"

"报警了？"

"孩子当时一个人，她什么都不知道了。脑干受伤。后来我报警的，警察说街道拆迁、路面翻新，什么监控都没了。居民和路人都没有目击者。"

"孩子怎么治疗？"

"用电疗法。每天做，才有康复的希望。但是我没钱，只能每周做一两次，效果不是太好。刚才癫痫又发了，得赶紧去医院。"

  他帮着挂号，缴费，送病区。男子感激得很。

  走向医院停车场的时候，他做了个决定。

  于是，只要有空，他就坐在楼上看白发男子推着小姑娘进医院。

  开始，他用"恶"方面来的钱，用着用着，觉得脑袋渐渐在平衡。后来，那些钱全部扔进医院自费窗口，他犹豫了几天，又动用了"善"的那部分积蓄。咀嚼着咸菜萝卜干的日子，心情却是朗朗的。准备留给女儿的钱，现在没有必要了。再后来，他什么都没了，焦虑重新爬进他心里。

  阿三给他引了条路。他考虑再三，坚持只送货不碰货。

  昨晚，他这条路似乎走到了尽头。自己怎么想的，又怎么突然做出这样的决定，他始终没搞清，也许有些事情必须了结吧。

  事实上，"他们"把小姑娘的号给销了，他将原本选择逃避的策略，作了修正。在把一沓沓钱扔回破挎包的时候，他决定去找他并不想见的几个人。

  凯越街101号是一幢商住两用楼。一楼全是店面，大多是五金店。张勇军在一家店买了一把剔骨刀，想想又买了一个中号活络扳手。

  上楼的时候，他先看了看电梯，正常运行。然后他走了楼梯。

  302的门敲了半天，无人应答。他看看手表，十二点正好。于是他转动球形锁，门没锁。

  他从轻声到大声连喊了好几下，再进到屋里。门对着窗，窗的两边分别是一张写字台和一排沙发。他把两个塑料袋并排放在沙发茶几上，在屋里面转了一圈。不仅家具陈设简单，连人的痕迹也几乎观察不到。

  他把身子陷入软软的沙发，听着楼下叮叮当当的嘈杂声，脑子里跳出来的一幕幕，居然也带了声音。

  房门打开，进来五六个黑衣大汉，不由分说向他猛扑过来，把他按在沙发里。他想喊，却没有声音；他想挣扎，却没法动弹。他绝望地伸出右手，突然感到一丝凉意。

  他吓了一跳，惊醒了。一个女人蹲在沙发边看着他，冰冷双手握着他右手。他警惕地抽出手。这个女人蹲着的时候，黑风衣完全拖在了地上，地面光洁如新。

女人站起来的时候,他脑子里立刻对应上一些形象。她一开口,更加证实他的判断。

"张先生,我们也算熟人了。"黑风衣女人给他一瓶水,他没接。

房间里空荡荡的,他却感觉到处隐藏着人。女人黑衣黑裤黑鞋,两只眼睛不停地逼视他。

他用手指了指茶几上的两个塑料袋。女人没回头,还是盯着他。

"我说熟人,并不是我们这两天才熟。事实上,你们老板没有告诉你的是,做我们这行的,几乎没有什么得不到的消息。你加入的是我们的合作公司,不仅你老板把你调查得一清二楚,连我们都仔细分析了你的性格特征。"

他静静地听着,连眉头都不皱一下。他仿佛看见那些调查、分析数据表在几个肥头肥脑、相貌古怪的老头之间传递着,他心里笑出了声音。

"连公安、单位、街道都没有记录的,我们也完全掌握。"

他对这来了兴趣。他要证实成天想象的那张天网,是否存在的现实依据。

"你们都查到什么了?"

女人从随身小包里拿出一张纸,递给他。

类似简历一样的表格,前面几个格子,几几年到几几年,在哪里工作等,没有看头。

最后三格。一是做的善事,献血、捐款、救火救人等,有好几次。二是做的恶事,斗殴、偷窃、肇事逃逸,事无巨细,都一一列举清楚。三是他的重大事件记。

他轻轻抚摸纸面,纸发出窸窸窣窣的声音。午后阳光开始倾斜,纸片反光刺痛眼睛。

感觉被剥光!

此时无数双眼睛透过女人的眼球窥探他,而他对"她"和"他们"几乎一无所知。

黑衣女人见张勇军眼神迷茫,微微一笑,打开两个塑料袋。同样款式的两只黑色小包并排放在茶几上。

"哪只是黎小姐的?"

他其实是做好记号的,但还是犹豫一下,装出闻气味的样子。拿起一只包。

女人忍不住大笑:"你知道吗?我姓黎。"

黎小姐、302房间。前台服务员的样子。时间晚了二十四个小时。

"既然东西你已经拿到,那我任务也就完成了。再见!"

"等等。"

黎小姐拿起另一只包:"这就是你老板让你送的了?"

他点点头。

她拿出手机,发送了一条信息。等回信的间隙,她在他身边坐下来。

天突然阴了下来,房间暗了不少。从侧面看,黎小姐有不少鱼尾纹。

"你有孩子吗?"

她一愣,想要站起来,撑沙发的手突然一软,身体往沙发更深处靠进去。

"有过。"

"哦,对不起。"

"啊,不是你想的那样。"

"孩子总是无辜的。"他叹了口气。

沉默被五金店叮叮当当声音填充,他觉得此时黎小姐也就是黎小姐。

手机沉闷地震动两声,她忙抓起来看。拇指上下翻动几次,期间还望了望两只包。

他在旁边看。生活都不容易。他把手交叉垫到脑后,五金件的声音有了韵律。

她已经拿起一只包。在双G字的牌子上摸索。不得要领,又低头看手机。抬头,把手伸向包内部,左旋旋、右转转。

他感觉这个动作,很像当初自己在修理厂摸索一个螺丝的样子。

"啪",轻轻一声,似乎触动了某个机关,双G字牌子跳离包的表面。显然,情况是正确的。她的双肩往下垂了垂。他看到她颈部下方赘肉突了出来。紧张后的放松最致命。

另一个包,她轻松地如法炮制。

她将取到的两个牌子重叠,竟然严丝合缝。他甚至还听到轻轻落榫的咔嚓声。

她的声音重新高扬起来:"张先生,你不是喜欢这包吗?为了得到它们,费了这么多功夫。现在,全部归你了。"

她将包扔回茶几。没有商标的两个小黑包,像被剃去毛发的宠物,明知还是它,却怎么也提不起爱它的兴趣。

他坐着没动。她错了,他并不要包。她把商标放进自己包里。他们对望一眼。她先撤回目光,快步走出屋子。

他刚刚喝了三口水。走廊里就热闹起来。先是叫喊声,接着是拳脚声音。后来有了金属声和玻璃碎裂声。想到藏在身上还有两件"武器",他笑了笑。

大概十分钟光景,声音没了。他开门出去。走廊里没人,景象却触目惊心。一块门板碎了,一面墙被砸出几个洞,墙上劣质广告镜框的玻璃碎了一地,玻璃屑中夹杂着血迹。他不由抬脚看看自己的脚,从没有像现在这样干净清爽。

突然,在碎玻璃下面,隐约有金光闪动。他先用脚移开面上的玻璃,然后蹲下身子,慢慢刮开极为细小的玻璃屑,金光闪闪的双G牌子完整展现出来。现在,两块商标紧贴在一起,雌雄扣让它们不能分离。他伸长臂膀,手里两条情侣热带鱼张着嘴一前一后向深海游去。

他呆呆地想象着它们的未来。

副驾驶上坐着两个没有标识的小黑包。关系重大的两条鱼,静静地躺在黑包边上。随着路面的颠簸,这些小东西不时会跳跃几下。

"哎!这路哪有平坦的啊?将就点,快到了。"

张勇军瞥瞥后视镜。后座瞬间浮现两个女孩模糊影子,随即又消失。

"你们放心,我永远为你们服务。"

前看后望,路面空荡无车无人。但他还是把车停在路口,这个路口,通往全省各个方向。然后熄火,等天黑。从这个路口开始,路在修,房屋在拆迁。

天完全黑透时,他已经翻了一座山。

就像玻璃山上下来一样,他希望有人给他引路,但是现在不行。他只能凭记忆摸索。在关键通道口,他用打火机照一照。可脑子还是迷迷糊糊的。

大概半夜时分,天上涌出冷月。月光清朗。他向上天作揖。

果然,不一会儿,他来到了女儿坟前。他跪了下来。眼泪鼻涕一下子流出来,但没有一点声音。

他掏出两条鱼，扒开最贴近墓碑的那棵柏树的根部泥土。放下去之前，用布和塑料纸包裹了好几层。盖上土，轻拍结实后，他想应该可以了。

默默地，他重新站到坟前。他知道，他想的一切，女儿都知道。

"虽然爸爸不知道这究竟派什么用场，但是从大家都要争夺来看，极有可能是所谓的某种'秘钥'。秘钥派什么用场，我弄不清楚，也不想弄明白。上天给我一个机会来赎罪，我必须紧紧抓住。明天起，爸爸势必成为几方争夺的焦点。什么黎小姐、老板、阿三等等，整天设局、反间、演戏，搞得真假难辨、虚实难分。我现在都明白了，他们也不过是一颗颗棋子。而我的分量马上将超过他们。所以啊，女儿，你要好好看护好这东西。有了它，一切才有谈判筹码。小姐姐才有好起来的可能。"

下山后，他车子没有掉头，直奔海边。在海边，他看到了日出。太阳"突地"一下跳出海平线的一瞬间，他想到了两条急于游向大海的鱼。

但是，现在他身后出现了几个车队，像几条恶龙向他扑来。

他估算过几种结果，这是最糟糕的场面。

他已经回过身，面对咆哮的恶龙，想起刚入行时，师傅跟他说的："没有最糟糕的路况，只有最糟糕的心情。"

于是，他张开双臂，微笑着迎接将来的一切。

骄傲的人总是孤独的

哲 贵

对于梅巴丹来说，父亲突然弃世是个分界线，她的人生由此划分为两段。

梅巴丹不是没有想过死亡问题，可父亲才六十多岁呀，每顿能喝一斤白酒，连感冒药也没有吃过，怎么可能跟死亡发生联系？如果一定要说问题，那就是太瘦，像一根箸，可梅巴丹认为这正是父亲的优点，加上他一头白发，很是玉树临风。在梅巴丹的记忆中，父亲一直是满头银丝。她觉得父亲生来就是个"白头翁"，这才是想象中父亲应有的形象。她以为，父亲这个形象是永恒的，如他的作品一样不朽。她以此为荣。

父亲一直是沉默的。梅巴丹懂事以来，便开始琢磨这个老头心里装着什么怪东西。梅巴丹当然琢磨不出来，父亲像一块巨大的木头，对，是一块巨大的木头。

虽然父亲像木头一样沉默，但梅巴丹不怵他。梅巴丹从他的眼神看出来，他看她的眼神是柔和而温暖的。可是，他几乎一句话也不说，这让梅巴丹多少有所忌惮。他的眼神有一个无形的铁框，将她罩在铁框里，使她喘气不畅，骨骼酸疼，连走路的步伐也不敢迈得太大。

唯一例外是父亲喝酒的时候，即在晚上收工之后。在他们家不大的饭桌上，端上梅巴丹的米饭和她喜欢吃的对虾。父亲晚上不吃主食，只喝酒，喝的是江心屿牌老酒汗。下酒菜是老三样：花生米、鸡爪皮和猪耳朵。逢到节日，会加一个菜：鱼生。鱼生就是比小指还细的小带鱼用酒糟加盐腌制而成，闻起来有股腥臭味，入嘴芬芳鲜美。

梅巴丹六周岁生日那天，父亲给她煮了一碗长寿面，煎了两个荷包蛋，还有一只又大又肥的红烧蝤蛑，同时，父亲给她倒一小杯老酒汗。此酒系采集老酒煎蒸时所凝结的汗珠状液体而得。这是梅巴丹第一次真正接触白酒，她之前每天晚上裹着这股刺鼻的味道入眠，可那味道跟她没有关系，那是父亲快乐和忧伤的玩具。所以，当那杯老酒汗放在面前时，她有点猝不及防。她看了看父亲，父亲也看了看她，没有开口。梅巴丹没有再说什么，小心翼翼端起杯子，她发现白酒满出杯沿，在杯口跳动。这让她紧张，赶紧将酒倒进喉咙。一口下去，身体立即被点燃了，好似有一道闪电，要将她由内到外撕裂。她丢下杯子，在地上乱蹦乱跳，在餐厅里一圈又一圈地跑。起码跑了十分钟，身体里的火焰才慢慢熄灭。她一边跑一边狗一样吐着舌头，哇啦哇啦地叫，心里暗暗发誓，妈呀，再也不碰这鬼东西了，每天让我过生日也不碰了。当身体里的火焰熄灭后，她发现，自己的脑袋和双手开始变大，身体和双脚逐渐缩小，肉体离开了地面，像一朵云在空中飘来飘去。身体里充满了力量，又好像被抽走了所有力气。连眼皮也睁不开。这真是一件神奇的事。更神奇的是，从那以后她喜欢上老酒汗的味道和入口后的刺激，以及之后那种飘浮在空中的感觉。只不过，从那以后，她不再一口将一小杯老酒汗干掉，而是像父亲一样，一小口一小口地抿，抿一口，哈一口气，顺便去父亲碟子里夹一颗花生米，有时觉得一颗不够，又去夹一颗，再夹一颗。只有在这个时候，父亲脸上才会泛上一丝笑容，可她又疑惑地发现，父亲的眼睛闪现出若有若无的泪花。

　　这大概是梅巴丹对父亲最初的记忆。这个记忆是如此牢固和深邃，以至于她此后无论何时何地，只要看见酒或者想起酒，脑子里立即浮现出那个场景。她爱酒的种子也从此落到了实处，并且得以展现。

　　其实，梅巴丹没有想到，这不仅仅是记忆。这是她人生真正的开始。多年以后，她发现，那一杯老酒汗，从某种程度上决定了她此后看待世界的角度和态度。

　　在梅巴丹的记忆里，父亲将每个晚上的酒喝得异常漫长，如一个人跋涉在没有尽头的旅途。在最初几年，梅巴丹总是在饭桌上睡着，当她第二天醒来，已在床上。也就是说，在最初几年里，梅巴丹从未目睹父亲走到孤旅的尽头，她也无法想象父亲在旅途中遇见的风景，以及他在旅途中呈现出来的风景。

　　梅巴丹第一次陪父亲走完旅程，是在她去杭州读大学的前一夜。这是她第一次见识自己的酒量，父亲喝完一斤老酒汗，她一点没比他少喝，居然清醒异常，不但清醒，而且镇定。面对千军万马岿然不动。唯一不同的感觉是，身体仿佛比平时升高了许多，人与物在她眼里变小了，甚至世界也变小了。她有种一切皆在掌控之中的感觉。而父亲喝到最后，已经不胜酒力，仿佛手里拿的不是酒杯，而是一生的重量。父亲在这个时候也是沉默的,唯一的不同是,每喝完一杯后,看着空杯子,嘴里喃喃地叫着:囡啊,囡啊。声音轻得几乎只有他自己才能听见。

也就是在此刻,梅巴丹似乎一下看透了父亲内心埋藏着的秘密。父亲坚硬如铁的外表下,包裹着一颗近于透明的心脏。她突然觉得父亲是那么孤独和无助,像一个孤儿,需要温暖和关怀。

大学四年,每年暑假,她都在父亲的工作间度过。当然,从她懂事开始,她一直待在父亲的工作间。她没地方可去。父亲在工作间,她只能在那里。

梅巴丹将父亲比喻成木头,是因为父亲每天跟木头待在一起。一个人和木头长久生活在一起,容易成为一块木头。而他们家就是一个木头的世界。

他们家在信河街丁字桥巷,有个独立小院子,人称梅宅。后院有个仓库,堆满各种各样的木头。仓库出来有一个工作间,工作间也堆满木头,但跟仓库里的木头已大不一样,这些木头已被锯成大小不一、形态各异的木块。工作间有一张大工作台,占了工作间一半位置。那些木料、半成品和成品大多散摆在工作台上。工作台上还有各类雕刻工具,有锯、尺子、敲槌、垫布、方凿、圆凿、斜凿、三角凿、针凿,等等。工作间边上是陈列室,陈列室有两排大柜子,隔成大小不一的格子,每个格子里摆着雕刻好的人物,有关公、张飞、刘备、诸葛亮、苏东坡;也有观音菩萨、弥勒佛、南极仙翁、钟馗;还有一类是生活中的普通人物,如骑在牛背上的牧童、江上的渔夫、晚归的农人、浣衣的妇人,等等等等。

梅巴丹从小在工作间玩,她见父亲雕木头,也拿凿子在木头上乱凿,父亲雕什么,她便凿什么。她将凿出形状的木头递给父亲看,父亲没有说好,也没有说不好。

一年之中,父亲会带她出一趟远门,去一个叫神农架的地方。父亲带着她,转了一趟又一趟车,最后,没车可转,他们便下去步行。

他们翻过了一座又一座山峰。梅巴丹问父亲:"我们去哪里?"

父亲抬头看了看四周,伸手朝天上一朵白云指了指,说:"去那里。"

梅巴丹看了看那朵白云说:"白云飞得那么高,我们上得去吗?"

父亲没有回答。

梅巴丹走不动了,脚底磨出两个水泡,双腿发酸,不停颤抖。父亲背着她继续翻山越岭。梅巴丹趴在他背上,虽然脚上的水泡还在发热发痒，她心里却突然喜欢起它们来。她用手箍住父亲的脖子，温暖从父亲身上传来，弥漫她的身体，让她忘记了身体的存在。她喜欢这种感觉，身体越来越轻，越飞越高，飘到朵云上去了。而父亲如一只大鸟，在天地间飞行。

梅巴丹希望这是一次没有尽头的飞行，可她知道，所有的旅行都有一个终点。她小心翼翼地问父亲："我们去白云上做什么呀？"

父亲说："寻找一件宝贝。"

她问："白云上有什么宝贝？"

父亲说："到了那儿你就知道了。"

他们到达时，暮色已起。头顶的白云变成了红霞。在两山之间一个峡谷里，有两间小木屋，木屋里住着一个老公公和一个老婆婆。

到了之后，梅巴丹才知道，父亲所寻找的宝贝，其实就是木头，是生长在神农架原始森林背阴山坡的黄杨木。

梅巴丹和父亲在峡谷的小木屋住了一夜，梅巴丹喝了酒后，先上了床，听见父亲和老公公在喝酒说话，主要是老公公在说，说他在山上寻找黄杨木的故事。梅巴丹很快睡着了。

第二天，老公公用小车推着一大捆木头，将他们送出峡谷，一直送到车站。分手时，老公公笑着拍拍梅巴丹的脑袋说："明年见啦，小酒鬼。"

梅巴丹摇了摇头说："我不是小酒鬼。"

老公公笑着说："对对对，明年你就是大酒鬼，老公公喝不过你咯。"

梅巴丹和父亲带着一大捆木头，转了一趟又一趟车，回到了信河街。父亲对那捆木头特别珍视，只有雕刻重要作品时才会用。

梅巴丹读大学之前，父亲已获得中国工艺美术大师称号，她经常听见客人站在院子外喊："梅大师在家吗？"

父亲有时不想理会客人，躲在工作间里不出来，梅巴丹便会走出去，对客人说："别喊了，梅大师不在家。"

客人问："梅大师去哪里了？"

梅巴丹说："去神农架采木头啦。"

客人问："知道他什么时候回来吗？"

"少则半个月，多则半年。" 梅巴丹停了一下，忍住笑说，"如果有急事，你去神农架找他吧。"

大学四年，有四个男生追求过她，她一个也没看上。从大一开始，她暗恋上教他们美术史的老师，名叫崔大仙，长得又高又瘦，瘦得没屁股，像一杆竹竿。竹竿扎着一个小辫子，无风自摇。除了上课，梅巴丹几乎没见他开口说过话。梅巴丹倒是见他每天下午在操场跑步，戴着运动帽，一身跑步服。下雨天也不例外。他每天跑步时，梅巴丹便站在操场外围看，他跑到哪里，她的眼睛跟到哪里。梅巴丹数得很清楚，他每天在操场跑二十五圈，用时一个钟头。

有一段时间，梅巴丹也想练跑步，她买来了跟崔大仙同个牌子的跑步装置，学着他的姿势和步伐。崔大仙跑步时间在每天傍晚太阳将落未落之际，她则选择晚自修以后。跑了一个星期，接下来是连续五个下雨天。她每天傍晚看着崔大仙像一台机器在操场转圈，突然没有了再穿上那套运动服的兴致。天气放晴，晚自修之后，她有去操场跑步的内心挣扎，可是，心里另一个声音说，算了吧，你不适合这样的运动。她问那声音说，那你说说看，适合我的运动是什么？没有人回答她的问题，她没有找到答案。

梅巴丹知道他有家庭，妻子在大学城的另一所学校当老师，教的是写作。他们住在大学城一座公寓里，有一个读初中的儿子，儿子住校，周日下午送去，周五下午接回来。这项工作由崔大仙负责。梅巴丹没有想过要跟他说话，连接触的念头也没有。她觉得这样的暗恋挺好，无风无浪，晴雨无涉，却心有牵挂。她唯一不明白的是，自己为什么会暗恋他。

大学毕业前一个星期，梅巴丹站在操场外看着崔大仙跑完二十五圈，看着他从公共浴室淋浴出来，看着他走进教师办公室。梅巴丹突然做了一个决定，她一闪身，进了教师办公室。崔大仙看见梅巴丹，眼神有些慌乱，但他还是没有开口说话。是的，这正是梅巴丹想要的，她进来之前便做了决定，如果崔大仙一开口，她立马转身离开。梅巴丹坚定地走向他，刚开始有点慌乱的心情很快平静下去，她看着崔大仙，一点一点接近崔大仙，她觉得是在完成一项仪式，一项神圣而不可言说的仪式。

整个过程，两人都没有开口。梅巴丹离开崔大仙时，崔大仙张了张嘴巴，梅巴丹对他摇了摇头。梅巴丹有一种强烈的预感，这辈子再也不会见到崔大仙了，这是最后一次。她没有悲伤，也没有欢喜。离开办公室时，她回头看了他一眼，崔大仙和他身边的世界突然间缩小了，小到无限遥远的地方。

梅巴丹大学毕业后,在信河街文化馆当馆员,具体工作是收集和整理信河街非物质文化遗产材料。她很快明白,信河街非遗项目多得像夏天的蚊子,有黄杨木雕、渔鼓、布袋戏、舞龙、做酒、吹打,甚至有哭丧,等等等等。根本弄不清楚嘛。项目还分级别,最高的是洲际级,以下依次是国家级、省级、市级、县级,有个别的是乡镇级。梅巴丹兴趣索然。就是嘛,物以稀为贵,你弄得遍地都是,谁稀罕?梅巴丹所在的办公室每天有人找上门,自称是非遗传承人,打草鞋的、修篾的、剃头的、做圆木的,也有做豆腐的,都想报,一旦评上,每月会有一定补助资金。这当然是好事,为什么不报呢。梅巴丹不管这些事,她只负责收集材料。她不愿意坐办公室,有时去露个脸,有时连个脸也不露。馆长是个艺术家,痴迷道教音乐,每天往道观跑,跟道士称兄道弟,活得跟神仙似的,无暇管束文化馆,更无暇管束梅巴丹。这挺好。

梅巴丹读大学时,父亲收了一个徒弟,是信河街一个知名企业家的富少爷,各种名车是他的玩具,偏偏喜欢黄杨木雕。梅巴丹听说他们家做打火机生意,木头忌火,父亲一口回绝了这个名叫葛毅的年轻人的拜师请求。父亲最后收葛毅为徒,是因为葛毅做了一件事,他自学黄杨木雕,隔一段时间便来一趟梅宅,没有敲门,更没有喊梅大师,而是将作品放在台阶上,默默走开。一年以后,有一天,葛毅又送作品来,正准备离开,父亲开了门,对他说:"你进来吧。"从此,葛毅成了父亲的徒弟。

梅巴丹问过父亲,为什么一年以后决定收葛毅做徒弟,是不是被他的诚信和恒心感动了?或者,他看出葛毅的艺术才华?父亲告诉她,他收葛毅为徒最大的原因是通过一年的观察,他发现葛毅确实没有艺术才华。梅巴丹一听就叫起来:"你疯了,没才华你收他做徒弟干什么?"

父亲说:"我看出他身上另一种我不具备的才华。"

"什么才华?"

父亲闭口不语了。

是的,这就是父亲,梅巴丹永远猜不透他脑子里想些什么。很多人说他是个怪人,是个接近于神的怪人,独来独往、遗世独立、醉心艺术、心无旁骛。

葛毅胖胖的脸上总挂着笑。他每天早上来,晚上回去,中午在这里吃。有时父亲也留他吃晚饭,他会陪父亲喝老酒汗。酒风倒是不错,不推辞，不留杯，但酒量不行，半斤下去，脑袋一歪，趴在餐桌上睡着了。样子很不争气。

他看见梅巴丹就叫师姐，笑嘻嘻地往她身上贴。梅巴丹问他："听说你是独生子？"

他笑着摸摸鼻子，不好意思地说："好像是。"

梅巴丹说："什么叫好像是？"

他说："法律上是的。"

梅巴丹说："什么叫法律上是？"

他看着梅巴丹，又摸了摸鼻子说："我爸在外面还有一个女人。"

"哦。"他很喜欢摸鼻子，鼻尖每天红得像胡萝卜。梅巴丹接着说："那你更应该留在你爸公司里啊。"

他又摸了一下鼻子，笑着说："我喜欢黄杨木雕。"

梅巴丹说："你为什么喜欢黄杨木雕呢？"

他低下了头，轻声地说："我也不知道。"

梅巴丹见过葛毅看父亲作品时的痴迷目光，这种目光，梅巴丹在镜子中见过，那是自己看自己的目光。这种目光是做不了假的。可是，梅巴丹发现，葛毅不合适学黄杨木雕。第一，葛毅观摩父亲作品时，都是一个表情。这是个大问题。问题在于，父亲有的作品不错，譬如他雕苏东坡的作品，雕的是被贬黄州期间的苏东坡，拄着一根木拐，站在江边，目视前方。父亲雕这件作品的用力点是苏东坡的表情，孤愤之中包含着豁达，狰狞之中又有慈祥。那是充满矛盾的脸和眼神。谁看了都会心疼。梅巴丹认为父亲抓住了这一点，并且很好地表现了出来。用了一块神农架的黄杨木，苏东坡脸上的表情细腻、丰富，是一件杰作。可是，父亲也有平庸之作，特别是前期雕刻的神话人物，没有走进人物内心，过于脸谱化。葛毅看父亲这些作品时，脸上的表情没有变化，眼神也没有变化。也就是说，在他眼里，这些作品是一样的。或者，换一句话说，葛毅的审美能力是有问题的。第二，梅巴丹看过葛毅的作品，刀法圆润流畅，造型逼真，人物生动，细节到位。一个外行看，葛毅几乎已经青出于蓝了。但是，梅巴丹一眼就看出来，葛毅所刻的人物面目清晰，灵魂空洞。梅巴丹觉得，这是衡量一个木雕艺人的最低标准，同时也是最高要求——她没有从葛毅的作品中看到他的灵魂，她看到的只是一个漂亮的空壳。这样的人，终其一生，也只能是一个匠人，一个没有灵魂的匠人。

葛毅喜欢黄杨木雕，这点梅巴丹没有怀疑。梅巴丹甚至察觉到葛毅在暗暗喜欢她。每当见到她，葛毅的眼仁显得特别黑特别亮，眉毛也更浓密，好像一根根翘起来。可是，他似乎又刻意要隐藏这种喜欢，担心一旦流露出来，事情便败露了，再也无法收拾。梅巴丹能够感觉到，只要她一出现，葛毅的注意力便转移到她身上，她每一个动作和声音都在他关注的范畴。

梅巴丹有时也会叫葛毅陪她去瓯江边散步。从梅宅出去，穿过一条大马路，再过一条街，便到瓯江边，这里是与东海的连接处。沿着江堤往东，迎面而来的是略带腥甜味的海风，江堤边榕树如盖，有的榕树已有两三百年历史，树干粗得三个人抱不拢。江堤上铺了塑胶跑道，像鲜艳的舌头，长得没有尽头。

他们走在江堤上，葛毅有意无意地拉住梅巴丹的手。梅巴丹就让他握着，没有快感，也没有不适感。她有时脑子里会闪过一个念头，如果葛毅有进一步的举动呢？她会接受吗？她想不会，因为她对葛毅没有感觉，不论感情还是身体。可是，她分明也并不排斥葛毅，甚至，在某个时候，居然期待葛毅有所举动。所以，她有时会害怕起来，告诫自己：梅巴丹，你不是说好要坚守的吗？你要说到做到。

有天晚上，葛毅约她去法国西餐厅。她知道，那是信河街最好的西餐厅。她去了。葛毅为她点了法国大虾，她没有觉得法国大虾比父亲做的对虾好吃，但她认为还不错，虾很新鲜，只是佐料放多了，部分地盖过了虾的鲜味。这有点可惜。

葛毅还叫了葡萄酒。相对于葡萄酒，梅巴丹更喜欢老酒汗。可是，在西餐厅喝老酒汗几乎不可想象。当然，喝葡萄酒她也不怕，葛毅的酒量和她不在一个级别上。那就喝呗。

喝完了一支，葛毅又叫了一支。

两支喝完，葛毅没有趴桌上睡着，梅巴丹看他却显得小了。梅巴丹觉得这是不可能的事，以她的酒量，这点葡萄酒算什么？可是，她看葛毅确实变小了，周围的一切都变小了。梅巴丹不相信葡萄酒比老酒汗还厉害。

梅巴丹发现西餐厅的服务员都认识他，她眼睛盯着葛毅问："你常来这里？"

葛毅摸了一下鼻子，对她笑了一下，说："我投了一点股份。"

她又问:"你以前经常带女人来这里?"

葛毅又摸一下鼻子,笑着承认道:"是的。"

梅巴丹指着自己鼻子问:"我是第几个?"

葛毅这次没有摸鼻子,而是歪着头想了一会儿,最后还是摸了一下鼻子,笑着摇摇头说:"我真的想不起来了。"

梅巴丹突然笑了起来,举起杯子,跟葛毅碰了一下,说:"干了。"

半杯葡萄酒,一口便干了。

从西餐厅出来时,她主动拉住葛毅的手。葛毅问她想不想去唱歌,她想也不想就说:"不就是KTV吗,去。"

他们在量贩KTV每人又喝了半打百威啤酒。葛毅越喝越兴奋,一点要趴在桌上睡觉的意思也没有。梅巴丹唱了好多歌,会唱不会唱她也不管了,反正就是跟着音乐瞎吼。因为喝了啤酒,她上了一趟卫生间,在里面听葛毅唱歌,声音真是惨不忍睹。梅巴丹想自己刚才的声音估计也是如此吧,甚至更不堪。但是,她心里另一个声音立即跳出来说:这样的声音怎么啦?他妈的,这样的声音才是真实的声音。

从KTV出来后,他们又去了夜宵排档,葛毅点了烤对虾、生醉海参、银雪鱼、花蛤和野生韭菜,他们又喝了四瓶喜力啤酒。

吃完了夜宵,梅巴丹知道下一站该去哪里了,她居然对接下来的旅程充满了期待。她知道,这种期待已经充分表现在她的眼睛里,她的眼睛这时盯着葛毅不放,仿佛一眨眼他就会消失。出了排档,她紧紧拉住葛毅的手,她清楚地听见身体里的声音,也清楚地听见葛毅身体里的声音。

他们来到华侨饭店,这是信河街最老牌的五星级饭店。葛毅去登记房间,她坐在大堂的沙发等。夜已深,大堂里有一个穿着酒店工作服的人在用机器磨地,发出呜呜呜的声音,让人牙齿发酸,头皮发涨。她觉得葛毅办理入住手续是那么漫长,比她的一生都要漫长。

葛毅终于走过来了,一手拿着房卡,一手将她从沙发里拉起来,搂着她的肩膀进了电梯。在电梯里,梅巴丹看着葛毅,葛毅也看着她。他们已经靠在一起,身体和身体从来没有如此紧密地依靠在一起,梅巴丹觉得自己的身体在燃烧,要将她烤焦了。她觉得热,觉得烫,觉得躁动。电梯不断上升,好像停不下来。她突然打了个寒战,身体深处冒出一股寒气。她将头靠在葛毅肩上,葛毅的身高和她差不多,她觉得这个姿势有点奇怪,可她不管那么多了,她需要一个依靠,需要将眼睛闭上。她豁出去了。

进了房间。她一把抱住葛毅的脑袋,没有任何犹豫地张开嘴巴,将他的嘴咬住。她大口大口地亲,大口大口地吞噬,几乎像在撕咬,要将葛毅整个人吸进巨大的嘴里。她知道葛毅被她的热情吓住了,这大概不像他认识的梅巴丹,他概念里的梅巴丹应该是冷淡漠然的、被动的,是个封闭的女人。而眼前这个梅巴丹却如此疯狂,如一头猛兽。葛毅的迟疑是暂短的,他很快便从惊异中反应过来,以热烈的态度和姿态投入这场相互撕咬之中。梅巴丹感受到他的呼应,更能感受到他在技术上的引导。对于梅巴丹来说,她的撕咬杂乱无章,显得过于迫切和慌不择路。相对而言,葛毅在这方面像个熟练的老技工,他的引导让梅巴丹从最初的狂乱中逐渐平静下来,将梅巴丹带领到另一个她未曾涉及的领域,那是一个全新的领域,外表风平浪静,寂静无声,可是,平静的环境下,正涌动着巨大的波澜。

葛毅的手这时伸进了她的身体,梅巴丹一把将他推开。这一推让葛毅猝不及防,他被梅巴丹推得倒退了两步,身体依然保持原来形状。梅巴丹眼睛看着前方,问道:"你怎么能这样?"

葛毅一脸惶恐,他大概不明白自己哪里做得不对。

梅巴丹眼睛看着前方,眼神空洞,继续问道:"你怎么可以这么不要脸?"

葛毅完全被骂傻了,不知道如何接她的话。

梅巴丹突然举起手臂,从高处甩下来。出于本能,葛毅将脑袋缩了缩。谁也不愿意平白无故挨一巴掌。啪,声音很清脆,但巴掌不是掴在葛毅脸上,而是掴在梅巴丹自己右脸上,她不过瘾,又在左脸掴了一巴掌,比刚才的声音更清脆。

葛毅正要伸手阻止,梅巴丹已经放下手臂,没有再看葛毅,打开房门,头也不回地走了。葛毅跟了出去。他们一同下到一楼大厅,梅巴丹快步走出饭店。葛毅叫了两声她的名字,她没有答应。葛毅伸手去拉,她一把甩开他的手,迈开双腿跑了起来。葛毅也跟着跑起来,但他哪里跟得上?梅巴丹跑起来像一匹马,一转眼便脱离了视线。

葛毅第二天去梅宅,心里很忐忑。但是,见到梅巴丹之后,她一脸平静,好像什么事情也没有发生过,只是眼睛不再看他,似乎他不存在。

这让葛毅突然又心虚起来。她好像跟以前一样,但葛毅又明显感觉到她与以前的不同。

从那之后,梅巴丹的眼睛不再看葛毅,不与他说话,更不和他散步。

梅巴丹突然"决定"跟父亲学黄杨木雕。她没有将这个"决定"告诉父亲。这是她的事。她从懂事起,便拿着凿刀跟随父亲乱划乱刻,父亲从没有指点过她,可是,她哪里需要父亲的指点呀,对她来说,雕刻这些木头如吃饭喝水睡觉一样自然,日常生活而已,木雕就像她身体里流淌的血液,与生俱来。她从没有将它们看成艺术,甚至连手艺也算不上。大学四年,她从没表现过雕刻技术,连提也没对人提过。她唯一做过一件事,在最后一个暑假,刻了一个崔大仙跑步的木雕,她原本想将这座木刻送给崔大仙,这是她四年来唯一想对崔大仙做的事,算是一个纪念,也是她对大学四年的一个总结,从此两讫。可是,谁会想到呢,最后还是没有送成。唉。

当梅巴丹整个人沉浸到黄杨木雕里,才发现,这是一个完全不同的世界,结构不同,纹理不同,思维方式不同,看待世界的角度和方式更是不同。这么说吧,如果说世界是圆形的,人生和社会也是由一个个圆搭建而成,那么,黄杨木雕就是一个方形。它是独立于世界而存在的,它不与外部世界为伍,不人云亦云,即使沉默,也是为了坚持自己的声音。从某一个角度说,它的诞生与存在,就是为了向世界证明它的价值,或者换一句话说,它的存在,就是为了告诉世界,除了公认的逻辑,应该还有另外的逻辑、不同的逻辑。无论是生活上还是思想认识上,是想象中的人与物。

瓯江江堤上的塑胶跑道上多了一个身影。梅巴丹有两套亚瑟仕跑步服,红色和白色,帽子也是这两种颜色。每天东方透出第一缕亮光,梅巴丹便一身轻装从家里出发。天是灰白的,东边的云朵显得特别厚特别黑,云朵后面透出一丝丝压抑的红,那是瓯江的尽头了。街道上几乎没有人,显得空旷又萧条。所有人都像死一般的睡着。梅巴丹跑过马路,跑过一条街道,来到了瓯江边。江水比平时响亮得多,好像它们也睡了一觉,身体里储满了力量,流得更加欢快。梅巴丹调整了一下呼吸,撒开了步伐,身体笔直,微微前倾,手臂有序摆动,向东方飞驰而去。她没有用上全力,也没有觉得需要用上全力。她甚至也没有觉得这是在跑步,她只是摆动摆动手臂而已,好像身体里有一个链条,无论哪个部位一动,链条即开始转动,身体不由自主朝前飞驰。梅巴丹每一次跑步都不想停下来,也可以说是停不下来。刚开始两公里,她还能感受到身体的运动,能感到四肢的配合。三公里之后,她忘记了身体的存在,只听见脚步声。再过不久,脚步声也消失了,只剩下呼吸声。再跑一段路,呼吸声也被瓯江里的潮水吸走了。再跑下去,潮水声悄然退去,也不是退去,而是那声音变成了无边无际的气流,这气流将她托起来,使她飘浮在上面。她飞翔了起来,世界又重新出现了,却变得很小很小,如一颗尘埃。她要忘了这颗尘埃,也要忘记了自己。她这时只有一个念头:一直跑下去,一直跑到海的尽头。当然,现实的情况是,她沿着江堤上的塑胶跑道很快便跑到了尽头,不仅仅是塑胶跑道的尽头,也是路的尽头,再下去便是滩涂,是一眼望不到边的淤泥。她不愿意就此停下来,她要继续飞翔,飞翔到遥远的不可知的地方。可是,她每一次都是在塑胶跑道的尽头落回到现实世界,无可奈何地返身往回跑。这是顺风之旅,可她跑得一点不轻松。她喜欢每天早上顶着风跑,跑向不可预知的未来。这是她每一天的期待,她享受那个过程,需要那个过程,天地间只剩下自己,恍恍惚惚,飘飘荡荡,如痴如醉,如梦如幻,那是多么美妙的感受啊。她多么希望一直停留在那种状态里,她要飘到天的尽头,飘到荒无人烟的地方,或者,就这么一直飘下去,永远不要停下来。

半年之后,父亲在没有任何征兆的情况下离开了梅巴丹。其实不是没有任何征兆,父亲得的是肝癌,他一年之前便知道了,只是没有告诉任何人。他照常工作,照常喝酒。疼起来时,将自己关在房间继续喝。他本来就瘦,无法再瘦了,只是比以前更黑,更沉默。没有人关注到这一点,包括梅巴丹。葛毅倒是有所察觉,有次老师跌坐在工作室地上,他要去扶,老师朝他摆摆手。他问老师哪里不舒服,老师还是摆摆手,没有再搭理他。他想将此事告诉梅巴丹,然而,他刚要开口,梅巴丹已经跑得不见踪影了。

父亲临死前,已经说不出话,梅巴丹坐在他身边,他伸出手臂,向上竖起食指,慢慢断了气。梅巴丹想象不出他最后的动作要表达什么,父亲是个谜,临终之前,又给她留个谜。

父亲死后,梅巴丹拒绝任何人进入梅宅。葛毅开着新买的奥迪TT,每天在院子外停留半个钟头,什么话也没说。刚开始一段时间,梅巴丹依然每天早上去江堤跑步,后来便销声匿迹了。葛毅去文化馆找过她,文化馆的人说好久没见她来上班了。从那以后,葛毅每天来梅宅时,总会带些食物,他将食物放在院子的台阶上。第二天再来,有时食物不见了,有时原封不动,上面爬满密密麻麻的蚂蚁。

半年之后,梅巴丹出现了。那天早上,她开着一辆小汽车,行驶在人来人往的望江路。梅巴丹开车原本不是什么稀奇的事,稀奇的是,她开的是一辆用黄杨木做成的小汽车。最后,梅巴丹的小汽车在一个十字路口被交警拦住了,交警让她出示驾驶证,梅巴丹没有。交警让她出示行驶证,梅巴丹也没有。交警扣留了梅巴丹的小汽车,让她去交警队处理。梅巴丹什么话也没有说,离开小汽车,转身回家,再也没有出来。

又过了半年,梅巴丹骑着一匹黄杨木做的木马出现在望江路。葛毅发现,半年过去,梅巴丹的技术有了质的飞跃,她上次做的小汽车外形像面包,线条也不够流畅,从气质上看,像个刚进城的傻小子。这次的木马完全不同了,线条流畅,细节精致,饱满而结实,富有设计感。最主要的是,木马精神极了,浑身上下散发出七彩光芒,特别是它的眼睛,只要与它对视一下,魂魄立即被吸走。它有一股非凡的魅力,不像人世间应该有的。梅巴丹骑着她的木马,走上了江堤,在江堤上奔驰。半路上,又被上次那个交警拦下了,交警告诉梅巴丹,城市里不准骑马。梅巴丹说,这不是马,是木马。交警说,木马也是马,我得将你的木马扣下来,你去我们交警队一趟,办个手续,将上次那辆小汽车一起开回去。

见交警这么说,梅巴丹下了木马,什么话也没说,转身回去了。

半年后,梅巴丹用黄杨木造了一条小木舟,她坐着这条小木舟,顺着瓯江水一路向东,刚刚进入东海,被一个浪头掀翻了。幸好有一条渔轮经过,将她捞起来。小木舟一沉下水,了无影踪。

半年以后,一天早晨,天微微明,有人看见梅巴丹骑着一只黄杨木做的大鸟,从家里翩然飞出,那大鸟有桑塔纳汽车那么大,两只翅膀像飞机一样张开来,像老鹰在空中飞翔。看见的人说,那一天,梅巴丹一身白衣,骑在大鸟上,绕信河街上空一圈,然后朝东飞去,再也没有回来。

梅宅的门从那以后再也没有打开过,院里荒草杂生,台阶上爬满青苔,散发出浓重的霉味。

一年后,葛毅出资将梅宅改造成梅巴丹和她父亲的黄杨木雕艺术馆。他以梅派传人身份,自任馆长。

冰淇淋皇帝

李宏伟

走廊两侧，卫兵每隔十来步，成对站立。他们铠甲明亮，兵器森森，但表情都有点呆滞，见大臣和读书人走过，也大都只是注目以礼。偶尔有那么两三个，目光从搜寻到倾注再到跟随，始终落在二人身上，似乎保持着应有的警惕与恭敬，可每当读书人意识到这一点，以目光相迎时，对方毫无躲闪避让的直勾勾盯视，又让他分明体会到那目光中的机械与浑浊。

读书人没有心思深究卫兵们何以如此，他强迫自己把目光落在前面三步开外的大臣那肥硕的脖子上。那脖子肥得快要消失在脑袋与背部之间了，此刻上面正有一层汗水向下蠕动——只要再蠕动一错眼的距离，就会落在大臣那分辨不出本来颜色的衣领上。大臣身着一件宽大的袍服，没有风从任何方向吹来，但他仅凭自己颤颤巍巍的步子，就让袍服吴带当风地摆动着。读书人必须让自己的全部精力只耗费在目光上，只耗费在拔起、落下、拔起、落下、拔起的双脚上。见到皇帝之前，读书人不能停下来。他更不能让自己在即将见到皇帝的时候，随随便便在什么地方，不管是走廊的一角还是门前两步远，一停下来就再也无法动弹。

大臣笨拙的身躯终于拐了第三个弯，透过那汗水总算蠕动得没了踪影的脖子，读书人看见了那传说中金碧辉煌的宫殿大门。大门比传说中还要高大、宽厚，只要稍稍抬头，它就占据了正面视野的绝大部分，任何人只要远远地看上一眼，就必然对大门后面的宫殿心生敬畏乃至恐惧。不，任何人盯着大门看上一会儿之后，都将忘掉大门只是门，只是过渡，忘掉它终究会像任何门一样打开，他的目光、心思都将只落在门上，以它为目的。而门前那一排身着银甲的卫兵，如同闪烁的星群，越发衬托出门的当仁不让。

大臣没有这么多的心思，他步履老迈却毫无停顿，一步一步稳妥地领着读书人走上前去。大臣挥了挥手，门前的卫兵微微鞠躬，转身伸出双手，抵住大门使劲往里推。只见大门上不断掉落微尘一样的东西，不发出任何声响地从中间向里分作两扇缓缓开出一道缝来。那道缝开到可以容一个人侧身而过时,卫兵们停了下来,读书人从他们望向大臣的目光中读出了乞求。大臣没有作声,他先是回身冲读书人招了招手,指了指门中的那条缝,然后上前微蹲,伸出双手抵住右扇的大门。卫兵们自然明白大臣的意思,他们继续往前推,从他们的粗重的呼吸,从他们即使被铠甲遮掩也完全能感受到紧绷的躯体,读书人体会到了他们的以命相搏。正面走进大门时,读书人一瞬间体会到了大臣那番举动包含的意味——同时照顾皇帝与读书人尊严的意味。

进了门,读书人在原地站了站。门在他身后缓慢而不可阻挡地关上了,他仿佛听到有东西被压碎、掉落的声音。读书人已经顾不了这么多,他抬头打量面前这空旷、幽暗的空间,在他的左前方,那里还有一星如豆的灯光。而随着门关上,他明显感到所在的空间,也就是通常传说中的宫殿比外面冷了不少,因而整个人也精神起来,头脑与举止都恢复了平常的灵活。

"读书人,过来。到我这里来。"皇帝的声音并无刻意为之的威严,反而在冷淡中夹着一点疲倦。

读书人向着那团光走去。空旷与幽暗拉远了他和皇帝的距离,那微弱的灯光似乎也随着他的迈进而护持着皇帝向后退去,因此走起来有点没完没了,但整个空间的凉爽还是支撑着他切实有效地不断缩短和皇帝的距离。终于,他走到可以将那灯光从含糊的一团看清层次的地步,然后他看清了皇帝的轮廓,然后他到了距离皇帝几步远的地方。皇帝比他想的要胖得多,估计也比他想的要矮得多,但首先,尽管胡须、头发都已花白,皇帝看起来却仍旧比读书人想象过的、见识过的任何人都要干净、健康。

皇帝坐在桌子后面的扶手椅里,双手搁在桌面上,安稳如山,他先是把目光投到读书人身上,然后又越过去,落在读书人身后的空间里。皇帝没有说话,他收回目光又稍稍偏移,读书人明白了他的意思,走上前,端过桌面上距离自己较近的那个玻璃杯,一饮而尽。一股凉意伴着这杯冰水从咽喉直抵胃与腹部,再迅速扩散到四肢,并由四肢聚回头顶,让他头皮一阵发麻,不由自主地嘎嘣嘎嘣将嘴里那块冰嚼得粉碎。

读书人长吁了一口气,犹如新生。他说:"陛下,家师派我前来……"

"哦——"皇帝打断了读书人,他伸手握住面前那杯玻璃水,却没有喝，"尊师孙先生他好吗？"

"蒙您的庇佑，家师一切安好。家师派我前来……"

"读书人，"皇帝再次打断他，"读书人，你这一趟想必很辛苦。孙先生的话不妨稍后转达，给我讲讲一路前来的见闻吧。我已经很多年没有走出皇宫，甚至没有走出这座宫殿了。我知道我的国家、我的臣民，发生了什么事情，但我并不知道太多的细节。你给我讲讲——嗯，就从你出发那天讲起。"

"好的，陛下。遵照家师的吩咐，我下山的时候，先去后厨找师娘领了十来天路程需要的干粮，然后去马厩牵出了家师最爱的那匹枣红马——我原来打算就骑我平常那匹黑鬃马的，家师不同意，他说黑鬃马已经太老了，经不起这一路的颠簸，就让枣红马跟着我吧。家师他老人家还说，从此以后，枣红马就归我了——我没有去讲经堂和师兄们道别，这也是家师的吩咐，他老人家说，不是生离死别，不必搞得那么伤感。牵着枣红马，出了书院大门，我才翻身上马，就着月色下了南山。是的，这一路上昼伏夜行也是家师的嘱咐。他说觐见陛下，原本应该星夜兼程，但现在是非常时期，小心为上。他还说，陛下一定能够体谅他的苦心。"

"是啊，非常时期。现在整个京城，整个皇宫，除了生活起居、安全护卫，其余的事情也都一律安排在夜间进行了。孙先生的安排，自然有他的道理。你接着说。"

"是。下了山，我原来打算不走官道，而是穿过黑松林，走荒原上那条近道，路途虽然坎坷一些，但如果顺利，毕竟能够节省两三天的时间。于是我就一带马缰，走了左边那条道，没多久就进了黑松林。但也许是因为夜晚，我觉得黑松林就像愤怒的大海，随时准备撕碎出现在里面的一切。松树用它们的躯干、树冠遮挡了月光，不露出一点道路的痕迹，夜风也一层一层连番在树间枝间卷过，松针一阵阵扑簌簌地往下掉落，似乎随时都能把我和枣红马埋掉。这还不算，更可怕的是，黑松林里不断拧紧、放松，再拧紧再放松的声音。那声音没法完全分清究竟包括什么，但肯定有风和风掀动树的声音，有鸟被惊醒的声音，有松鼠上下爬动的声音，这些是能理解的。不能理解的是，似乎还有一头巨大的怪兽，受了伤，鲜血淋漓、双眼通红，把黑松林当成一个笼子，使出浑身的力气，往里拱往里挤，它每进一步，都喘着沉闷的粗气，想要歇一歇。它每歇一次，这个笼子就把它挤进来的身体往外推。如此往复。枣红马很快就被吓傻了，走了一会儿，它就停在那里，支棱着双耳，疑惧不已，再也不肯前进半步。我只好调转马头，回到官道上。"

"你是孙先生的关门弟子吧？也是第一次下山？"皇帝问。他停了停又问，"孙先生的弟子里面，是不是只有你从来没有下过山？"

"陛下，您怎么知道的？"读书人惊诧地看了皇帝一眼，他忽然觉得宫殿里比之前热了些，因而有点头晕，连忙几次深呼吸，强摄心神，稍稍冷静下来。

"应该是这样。嗯，你继续说，回到官道上。"

"是。我调转马头，回到官道上。时辰已经不早，东方微微发白。好在官道平坦、畅通，跑起来就有风从两边往后卷，我们一人一马都很兴奋，偶尔我还勒住缰绳，枣红马一个急停，全身半立，前蹄奋扬，一阵长长的嘶鸣，传得老远。因此，天光大亮之前，我们就过了第一个驿站，赶到了一个市集。市集上有一家客栈，我们正好住下，我胡乱吃些了些东西，吩咐伙计照管好马，多给它备些清冽的泉水和草料，便进了房间歇息。"

"等等。你说市集，现在还有市集吗？什么样子？还热闹吗？"

"有。我们到的时候，市集大体已经散去，只见到零星的卖蔬菜水果、生鲜冷食的摊贩还在收拾，地上散落着菜叶瓜皮、鱼鳞鸡毛等杂碎，固定的店铺已经上了木板，准备歇息了。"读书人看皇帝脸上有失望浮现，连忙安慰道，"自然，市集散去时都是这个样子。等到晚上我们出门时，又是另一番模样。人头攒动，喧闹无比。各色买卖挤满了两条街道，牵儿带女、呼朋引伴前来游逛的人不少，还有人从老远的地方背来新摘的果子，赶来肥壮的猪羊。那些店铺也拆下门板，继续绸缎、鞋帽、铁匠等生意。虽然只是一个小小的市集，但那番热闹，市集上那些人脸上的欢笑，却过节一般。需要不断吆喝，不断推挡面前的人流，才能穿过市集重新回到官道上。"

"官道上冷清吗？"

"不算。总能听到马蹄声，也不时有马或马车迎面而来，或者从身后赶上。印象特别深的是，在市集的客栈里，我去马厩牵枣红马时，看到那里还拴着七八匹马，那些马个个精神抖擞，马厩里还有新鲜的散发出热气的马粪。到了官道上，也能在月光下看见道边的马粪，有的同样散发着热气，可见马刚刚跑过。虽然是在晚上，但还是感觉到了勃勃的生机。"

读书人停了下来，他看着两行泪水顺着皇帝的脸颊流到桌面上。皇帝似乎没有察觉，因而也没有拭去泪水，他反而耸动鼻翼，深深地吸了两口气，不知道是不是在想象中闻到了马粪的气味。

"哦——"皇帝回过神来，他并没有因为失态而窘迫，他只是拿起面前的杯子，喝了一口，"请继续讲下去。通常而言，从南山到京城，走官道十二天就能到，但听说你走了十五天，因为什么耽误了？"

"是的，陛下。虽然开始一直走官道，虽然时间并不算久，路途并不算长，但是一路的景致、风土、人情却不断更迭变化。说出来您可能都不相信，我经过了普通的市集，也经过渔场、盐场，经过麦子堆积如山的磨坊、舟楫穿梭的码头，还经过只有一家客栈、朔风劲吹的荒漠。当我在那座仅次于京城的城市醒来时，几乎被它通天彻地的灯火欺骗，以为自己稀里糊涂地从一个白日睡到了另一个白日，亏得伙计把我拽出店门，让我看地上凌乱的影子，我才知道确实是夜里。当然，最让我难忘的还是在黑虎村。那夜的风特别清凉，我和枣红马都毫不疲惫，将家师的话忘得一干二净，借着晨光继续赶路。等到太阳出来，显现它的杀伤力时，我们已经没有市集、客栈可去，只好去了离官道最近的一个村子，就是黑虎村。据说村里常有黑色老虎出没，危害人畜的性命，村里其他人都搬走了，只剩下兄弟三个的一大家子，看起来像是猎户。那家人见到我，说如果不嫌弃马厩旁的草堆脏乱，尽管住下。奇怪的是，当我拴好马，讨了口饭吃，要去马厩旁的草堆上睡觉时，发现那家人并无歇息的打算。那兄弟三个，加上他们的媳妇、儿女，十来口人，全部围坐在一张圆桌旁，人人一口碗，碗里倒满酒。无拘无束，无所畏惧地往嘴里灌酒。"

"他们这么喝酒，没事吗？"皇帝大吃一惊。

"怎么会没事？！我亲眼看到那个大哥喝到第二碗的时候，胸前忽然敞开了一个碗底大小的洞来，酒水汩汩流淌。一个小姑娘，喝着喝着，站起来，一下垮在地上，慢慢地连形状都模糊了。但是没有人在意这些，大哥继续喝，小姑娘的妈妈端起酒来从她已经模糊的头上浇下去。他们唱着歌，喝着酒，没有人再理我，也没有人招呼我过去喝上一碗。刚开始我感到惊骇，然后热血涌起，要不是想到还要来见陛下，呈上家师的问话，我也想上前就那样喝起来，喝到没了形状，没了形状还请人记得

— 167 —

给我浇上两碗。但我还惦记着自己的使命，便强行转身离去，躺在草堆上翻来覆去，耳畔响着歌声、酒声，迷迷糊糊又无比清醒。等我终于意识到天暗下来，夜晚再次来临，从草堆上起身，准备和他们道别时，那家人早已经全部醉倒在地，醉成了彼此无法分开无从分辨的一团，那些被他们喝掉的、洒落的、浇下的酒也已经和他们融为了一体。我在旁边站立了一会儿，然后牵出枣红马，翻身上马离去。"

读书人说完，停了下来。厚重的沉默从宫殿里四面八方涌来，堆在他和皇帝之间。沉默中，读书人感到越来越热，仿佛沉默的翅膀扇起了一阵阵热风。皇帝这座一直安居在那里的山，也有所松动，向下垮了一垮。

"你还记得他们唱的是什么吗？"

"听得断断续续的，不完整，其中有几句，是这样的——"读书人酝酿了一下，并没有找到那家人唱歌的调子，就以吟代唱，"从水而生，得我躯体。从水而去，不悲不喜。"

"从水而生，得我躯体。从水而去，不悲不喜。从水而生，得我躯体。从水而去，不悲不喜。"皇帝喃喃了两遍，"好。好。好好好。接着说吧，你离开他们之后——"

"我离开他们之后，继续上路。一路上，我眼前都是那家人的样子，耳边都是那两句歌声。这样也好，接下来的行程有点恍惚，反而过得迅捷，而且离京城越近，沿途越发迟钝、萎靡，人们不等日出东方，就早早地躲进了屋内。见到的树木房屋，在晨光中也有些糊散，没有什么吸引人的。"

"果然是这样。"皇帝叹了一声。

"不止是这样，快到京城时，从那条官道通往城郊的长桥已经摇摇欲坠。是枣红马先感到危险的，它止住四蹄，在桥头徘徊不前。我看着星空下暗蓝的桥，觉得它随时可能垮掉，又觉得还能侥幸通过——毕竟，我已经离京城这么近了，绕到别的桥少说也得耽误几天，更何况，长桥如此，又怎么能保证其他桥完好呢？就是这么一犹豫，救了我。从我后面赶上的一个马队，有十来匹的样子，可能是骑马的人赶得急，也可能是马成了群胆子更壮，反正他们毫不迟疑地上了桥。然后，几乎没有耽误地，就听见一阵木折石断的声音，长桥坍塌，所有的石头、木板、桥墩毫无保留地滚入了江中。马队也是人仰马翻，迅速被江水冲走，来不及留下额外的声响。

"桥塌了就没什么可犹豫的了。我往回退了一些，上了一条差不多和江的走势平行的小道。走了两夜，终于望见前面一片通明的灯火，映照在一片墨黑的大水旁。天快亮的时候，我也走进了那片灯火中。陛下，您知道那是哪里吗？"

"白湖。"

"没错，白湖。不到季节，看不到连绵无穷如同海浪翻滚的芦花，但白湖还是那样端方，长水如练。夜色里，在湖边嬉戏、在湖里出没的孩子，他们发出的尖叫、笑声还是那样清脆，也许自从有了白湖就没有变过。"感到皇帝的整个人也沉静下来，不久前身体上垮下来的那部分在一点点聚拢，读书人停止了讲述，他恨不得时间就停在这一刻。

"往下说吧。"皇帝静了片刻，说道。

"是。白湖和那些孩子似乎没有受到任何影响，但也仅限于此。当我走进白湖书院时，发现一切都和我之前看到的不一样，也和南山书院不一样。不，当我还没有走进书院，有人前来迎接我，当他问我，'早茶好喝吗？''借住处那些人痊愈没有？'这些话的时候，我就明白了，这个地方同样受到了您最近那道诏书的影响。我没有回答他，因为我不知道他们的规则，当然，这也没有那么重要，他问出的那些话尽管意思不明，可大体能够猜测。所以我想，不说话也没有问题。果然，又出来了一个人，将我的马牵走，开始那个人则将我带到了白湖书院。书院的讲经堂里聚集着至少二十个人，那一张张憔悴的面孔告诉我，他们已经好长时间没有好好休息了。他们焦躁易激动的神情也让我猜测，他们还深陷在某个话题里面，没有争论出任何结果。"

读书人正在斟酌的词句，想怎么样尽快引入话题，身后却传来一声钝响，一回头，是他不久前进入的那道大门，分不清是右扇还是左扇，反正那里出现了一个窟窿。一阵敲打，门上的窟窿越来越大，大到足够让一个人钻进来。那个钻进来的人姿势怪异地一步一步挪了过来，大臣那张比起皇帝来说称得上瘦小的脸在灯光里慢慢浮现，他的右手拄着一支外面卫兵使用的长枪，让人很容易就顺着看清楚他的右腿已经齐膝断掉。

"陛下——"大臣不等气息喘匀，也顾不上君臣之礼，甫一走近，就颤声喊道，显然有一堆话都挤到了嘴边，但另一阵声音阻止了他。在读书人右侧，遥远的宫殿一侧，一阵没有来由的从轻到重由急到缓的声音啪地拍到了地上。宫墙上出现了另一个窟窿，随着窟窿进来的，是一团刀刃般刺眼的阳光，热气随之蝙蝠群一样扑进来。读书人顿时觉得自己四肢百骸都在往外冒汗，连脑袋里的水分都在向外渗，以至于瞬间就昏昏沉沉，思绪乱成一团。

"陛下，孙先生有没有……"大臣更加惶急，如果有用，他一定早号啕大哭起来。

皇帝伸手阻止了大臣，他的目光在门与墙上的两个洞间逡巡，随后他把手边的那杯水往大臣那儿推了推，脸上浮现出由衷的放松的笑容。"读书人，不要着急，没有什么可着急的。接着往下讲，讲白湖书院的那些人，他们在争论什么。"

"是——唉——"就像是受到了皇帝那笑容的鼓舞，读书人也不在意自己的叹息是否会被另外两人听到，"其实也可想而知，讲经堂的案桌上放着一份手抄的诏书，正是您最近发布的那道——'即日起，国中语言一律反向偏移使用。偏移度视具体情境，由当事人自行决定，以因应局势变化。'诏书旁边的另一张纸上，写着：热——冷——温（凉）；东——西——西北（西南）；生——死——忍（受）……一大堆，全是这样的形式，写着一些字，偶尔还有一些词。显然，这是他们按照诏书要求，在为现有的字与词寻找反向偏移的对应。实话说，我理解他们的困扰，那同样是我们的困扰，但我不认为那样的解决方案有意义。如果只是在原来词语的反义词附近打转，这首先证明仍受限于原有规则，更何况，这种方式的作用极其有限，部分形容性的、动作性的字与词还好，剩下的那些怎么办？更要命的是，诏书中说'自行决定''因应局势变化'，谁来自行决定？是不是南山和白湖各有一套？甚至家师和我都可以各有一套？如果这样的话，还有什么交集，还有什么交集的可能？这些疑问在接到诏书的时候就有了。白湖书院的操作更是直接证明其中的，其中的荒谬。"

读书人看了皇帝一眼，皇帝的表情、神态没有任何变化，再看看大臣，大臣正冲他狠狠地瞪着眼，那口型都快把"快点""别废话"之类的话语吐到他脸上了。

"这么想着，我还是快速地将桌上的那份词语表翻了个遍。可惜，我没有在其中看到'早茶''喝''借住''痊愈'这些字眼，因而不知道刚才接我的那个人，他是遵循了一份并不在桌案上的词语表，还是完全即兴地进行了偏移。如果是后者，倒是为我这趟出门，为我背负的家师使命增添了一份难以索解的诗意。"

　　读书人最后那几句话已经伴随着此起彼伏的剥落声了，墙上、屋顶、地板，甚至他们面前的这张桌子，都不断有小块的东西掉下、弹出、鼓起。那些脱离原处的东西就地棱角消融，形状模糊起来。越来越多的孔洞在这座宫殿出现，阳光像利剑一样捅进来，剑身还在里面拼命转动，使劲搅扰。

　　"陛下——"大臣再也顾不上那么多了，他几乎绝望地喊道，"陛下，读书人说他背负着孙先生的使命……"

　　"你刚才说'我们'？"皇帝没有接大臣的茬，他还是向着读书人说的，"你说'那同样是我们的困扰'，你说的'我们'是指南山上所有跟从孙先生的读书人，连孙先生本人都包括在内吗？"

　　听到皇帝前两句话，大臣再也支撑不住了，他一屁股坐在了地上，那下坠的力度和浑身的委顿表明，他不打算也不能够再站起来了。听到皇帝嘴里接连吐出"孙先生"，他尚能转动的眼珠又死死盯在皇帝身上，如同涸辙之鱼盯着天上的一朵雨云。

　　"是的——要不然家师也不会派我前来向陛下请教。"绕了半天，终于到了正题，读书人清了清嗓子，以便即将说出的话更加庄重，"家师让我请教陛下，偏移词语是否真的就能偏移事实。"

　　"词语。事实。词语。事实。词语。事实。"皇帝像是遇到了咀嚼不碎无法吞咽的碎骨那样，不断重复着这两个词，但大臣和读书人都听得出来，他的语气、神态并没有受困的窘迫，反而有点乐在其中的沉迷，似乎孙先生的问话可以供他咂摸，但并不成为问题。"你说，孙先生所言的'事实'是什么？"

　　大臣费了些力气才弄明白，皇帝是让自己说，他勉强整理了一下涣散的思绪，省略了谦恭，以干巴巴的甚至有所怨恨的语气答道："事实明摆着：天下遭遇了前所未有的灾祸，日头强劲不可阻遏，再没有良策，全天下将被炙烤成水，东流归海。全天下，不分朝廷山野，不分贤愚贵贱。"

　　"对，你说得没错，这也是诏书里面提到的'局势'。"皇帝说着，忽然站了起来，猛地一挥右手，大喊"闪开"。他的手并没有碰到读书人，但读书人却受力一般往右踉跄了几步，与此同时，咚的一声，一块巨大的殿顶砸在了读书人方才站立的地方。读书人看了看堆在那里的殿顶，汗水和小块小块的皮肤、肌肉顺着脸和脖子不断往下掉。

"你们看到了，局势如此紧张。"皇帝没有再坐下，稍稍缓过神来的读书人发现，皇帝远比他想象得高大许多，只不过皇帝身上也像滑坡前兆，不断有东西石块、泥巴一样滚落。"早在我发出那道诏书的时候，大臣们都劝我，劝我不要扰乱天下，尤其不要扰乱读书人的心智，他们甚至预言，孙先生一定会阻止。是啊，最近这半年，我发出了一道一道的诏书，有的他们看得懂，或者自认为看得懂，以为我还在为局势想办法，还在拯救天下。他们看不懂的，也愿意照着这个思路来想，这没有问题，只要他们愿意相信。其实，我的每道诏书，又何尝不是为了让人相信？根据你一路的见闻，除了读书人，还有其他人受到最近这道诏书的影响吗？"

读书人摇摇头，他想说唱歌那家人的举止可能与这道诏书有关，可是琢磨再三，还是只能摇摇头。

"殚精竭虑、夙兴夜寐、宵衣旰食、朝乾夕惕、战战兢兢，这些词都可以用来形容我这半年的状态——当然是在原有的，不偏移的前提下使用。"皇帝绕着那块巨大的殿顶走了半圈，观察它的瓦解速度，他还伸出右手，食指在上面捅了捅，又再伸进嘴里，咂摸了几下。

"天下如此辽阔，人员如此众多，所有的安危哀乐，我都得一力肩负，无可推卸，也无可怨尤。局势压迫每个人，需要我来缓解，但每个人的感受不同，焦虑的重点也就不同。所以，我不断发出诏书，看起来搅扰了全天下，实际上每一道诏书都只与特定的人群有关，只有他们会执行那道诏书，或者为那道诏书焦虑。无论如何，都是围绕诏书忙起来。《春耕精细诏》《匠人八法诏》《三餐准时诏》《适龄入学启蒙诏》……看似琐碎，无所不包，只是为了能把所有人都容纳进来，解除他们的恐惧，至少将恐惧延迟，直到恐惧背后的东西来临。当然，这首先是我的责任。但实际上，我也借此让自己忙起来，以缓解、推迟我的恐惧。"

皇帝的语气仍旧平缓，他的语速却在加快，仿佛这些话也必须赶在某个时间点之前说完。也确实如此。伴随皇帝话语的，是宫殿的瓦解加速。太阳的那把光之剑加快了速度、加大了力度，不断在宫殿上刺入、转动、拔出，刺入、转动、拔出。连地板上，都赫然出现了两个大洞，洞口倒是没有投过来阳光，但也明晃晃的。宫殿四处的窟窿越来越多，越来越大，到处都有大块小块的石块、砂砾一样的东西掉下来，绵软得让人发腻的声音此起彼伏。声音并不大,并不需要皇帝提高音量,但是却格外分散注意力,读书人需要一再晃动脑袋,才能捕获皇帝说的每一句话。大臣早已身体撑不住脖子,脖子撑不住脑袋,完全软在了地上,靠着斜视的目光追随皇帝的移动,以残余的半只耳朵听从皇帝的盼咐。

"陛下,您是说,您是说所有的这些诏书都没什么实际意义,只是为了让大家有事可做,以免闲下来胡思乱想,折磨自己?"大臣的嘴巴和舌头还在,说话已很含糊,不过还能分辨。

"难道孙先生没有看出来陛下的意思吗?他还派读书人赶来请教?陛下对孙先生那个问题的答案是什么?"大臣这几句问得非常挣扎,到最后他都开始吐血了。

"如实地说,是这样。孙先生知道无论我们做什么,都无法偏移来势汹汹的事实。不过,孙先生也不是惺惺作态,他是为了他——"皇帝指了指读书人,一抬一放间,也能看出他的手臂全然无力,"他是孙先生座下最年轻的读书人,从未下过山。孙先生派他来,是为了让他沿途见见这个世界最后的面貌,也是为了让他有事可干。当然,孙先生还有另一层意思,是对我的体恤与支持。他知道,最后时刻,京城一定人心惶惶,咒骂、哭喊、厮打不绝,这些纷乱掀不起大的波浪,也毫无意义,但毕竟不是等待结局的最好方式。读书人的到来,可以当作为孙先生献上良策,凝聚众人的心,也迟延所剩无几的时间。"

说到这里,皇帝整了整衣冠,向着南山的方向微微鞠躬。读书人没有如常替孙先生回礼,他觉得皇帝说的是对的,可是又觉得事情太过简单。毕竟,一路上他琢磨的都是皇帝听到孙先生的疑问,究竟会如何回答。

"别想了。孙先生真有良策,何必派你昼伏夜行、骑马前来?又为什么不直接告知,而仅仅让你提出疑问?那个问题纵然有答案,现在也毫无必要了。"皇帝看穿了读书人的心思。

这时候,阳光积攒的威力终于到达顶峰。宫殿残余的部分歪斜着向一侧倒去,所有的附属构件,殿里不多的几件物品,也都倾斜着被宫殿的顶、墙、地挤压成了一团。这一团的空隙迅速被填满,里面的大部分空气被挤出,并在穿透宫殿时,发出噗噗的声响。

宫殿上的一个大洞刚好对着读书人和皇帝压下来,两人的身子虽然也被压住,迅速失去知觉,但他们的肩膀、脖子和脑袋好歹露了出来。读书人拼尽全力转动脖子,找不到大臣的身体,看不到任何一个卫兵的踪迹,他的脸上、头上越来越空,感到了空气填充过来的凉爽。再看看皇帝,也已经掉了半个脑袋、两只耳朵,脸上也快成了一团,将要无法分辨。

读书人终于敢抬起头,直视致命的太阳,光之剑毫不留情地夺走了他的绝大部分视力,世界在他眼中分层为黑、暗与微暗。这时他感到整个世界在震动,不断被抛起又被接住的震动,那震动完全超乎了他的想象。然后他听见皇帝嘘了一声,皇帝说:"你听!"

最浓的黑暗出现在读书人的头顶,遮住了他的整个世界,遮没了世界的层次。

黑暗中,读书人听到了世界给予他的最后话语,他此前从未听闻,此后也不必听到的话语,那是本源性的话语。那个声音说——

"爸爸,吸管。"

午时三刻

朱 辉

少妇秦梦媞，年过三十，有一夫一女。她拥有一个幸福的童年，一个郁闷的少年，随后就进入了修正主义的成年。十八岁即算成年，那一年她考上了大学，一个普通大学的播音主持专业。她中学成绩一般，走偏门报了艺考，人家也就要了。秦梦媞姿色平平，相貌中等，脸型、眉眼、鼻子、嘴，均未臻上乘，摆在一起也就是个中人之姿。报到前她很纠结、很忐忑，因为想象中这是个美女如云、帅哥满眼的地方，不知道自己会不会无地自容。开学后同学到齐了，齐刷刷地坐下，她顿时矮了半截。不得不承认，真正的美女有好几个，相貌不如她的女生有，但寥寥无几；男生本来就少，但几乎个个堪称帅男，如此局面下，她断定这几个英俊男生将跟自己没有半毛钱关系。哪个男人的目光，不先被美女扯着走？不说男的，就是她这个女人，看着那些美女婷婷袅袅，微仰秀丽的小脸从面前经过，她也不由得多看几眼。是的，确实是多看几眼，而不是像某些男人那样只看一眼却一直盯着。她看一眼，觉得自惭，躲开目光；忍不住又看，看过以后更加羞愧，甚至愤恨。

婷婷袅袅不算什么，秦梦媞的身材也堪称优异。关键是脸，她假如走起路来也努力风摆杨柳，好看倒也好看，只可惜她的容貌压不住她的身姿，就是说，她的脸配不上她的身体。

自惭是正常的，愤恨就有点复杂。人家的容貌是爹妈给的，上天赏的，又不是从你脸上抢过去的，恨人家只能在心里恨，其实站不住脚。准确地说，秦梦媞愤恨，愤怒的是她运气不好，恨的是她父母不给力。他们二人都相貌周正，母亲年轻时还是个美女，只生这么一个女儿，却未采取优选法，把两人的优点集中起来遗传。但秦梦媞是个受过高等教育的人，虽说播音主持专业有点"水"，但也算读过大学，她当然知道，这事怪不得父母，只能说运气不好。造人不是射击比赛，只能算举枪乱射，打不出好成绩再正常不过。小时候她是父母的掌上明珠，不谙世事，并不觉得自己长得不好看，所有的亲友也都夸她可爱。到了中学她就明白了，可爱不是漂亮，她也许可爱，但决不漂亮。她宁愿从来没有人说她可爱，但渴望有人夸她漂亮，哪怕只是客气，哪怕只是玩笑。但是他们不说，父母不说，老师同学也没人说。高二时有次班上一个女生迎面走来，看着她，"哇"一声，说："你今天真漂亮！"秦梦媞震惊，喜出望外，受宠若惊，几乎欢喜得要晕倒，要知道这个女同学是班花甚至校花，从来拿眼角看别人的。秦梦媞正手足无措，那班花接着道："你这裙子哪里买的？"秦梦媞傻了。她呆立在原地，说不出话，别人已经走远了。

秦梦媞躲到厕所里大哭一场，回家就把那件裙子脱下收了起来。这是她的耻辱，她的伤口，那裙子从此被打入冷宫，不说再穿，想起来心里都要痛的。她的少年时代是苦闷的，幸亏发育没有再忽略她。她抽条了，挺拔了，该有的都有，不见得比别人差。她音色好，朗诵课文悦耳动听，这一点还比别人强。于是她被选入了学校文工团，诗朗诵、唱歌，也有一席之地。虽说中学生不许化妆，但演出例外。只有化上浓妆她才觉得安心，觉得平等。她躲在浓妆后面，大声发出优美的声音，她满心欢喜，理想飞扬。然而，这只是生活之外的一幕戏，洗去铅华，她依然是个平常的女孩。声音好，你也不能只出声不露脸；声音再好，你也不能把声音收拢起来，变作艳光照人的脸。

事实上，她虽不漂亮，但并不能算难看，走在路上，就是个路人甲，跟惊艳不沾边，可也不至于吓人。但她不得不承认，所有电视台上的女主播，中央台那就不说了，省、市，哪个电视台的，其容貌确实都在她之上。她看着电视，挑剔人家的吐字发音，有时也忍不住挑剔一下别人的长相，但脑子里刚一想，就恍惚看见屏幕里那人手朝她一指，"喊，你看看你自己！"天啦，这还只是个县级台的啊！她如被电击，泪奔。

到大二，学姐们的就业信息开始流传了。故事很多，段子也不少，精彩纷呈，总结起来，颜值第一，声音第二，学业第三。这是摆在明面上的，其实有所偏颇——关系！怎么能忽略关系呢？即使长相略差，只要关系硬，当不了主播，可以当管主播的领导，比电视台更好的地方也不要太多了！可是，那些好的或更好的地方跟秦梦媞没有什么关系，因为她完全没有关系。她绕不过颜值、声音、学业这个排序。所幸上帝给你关上一扇门，同时会给你打开一扇窗。现在资讯发达，科技先进，一切皆有可能。一个高她一级的学姐，叫王晴的，为她指点迷津了。她们原先不很熟，王晴为她指路也不是靠语言，她是现身说法。暑假过后，秦梦媞遇到了王晴。她远远过来，远看是王晴；近一点，不是王晴；走到近前，依稀仿佛还是王晴。但是，她变了。一个暑假旧貌换新颜了。秦梦媞明白，她整容了。

这样的变化让秦梦媞震惊、羡慕，她心如惊鹿、心驰神往。整容她当然知道，甚至还上网查过。但一想到落在自己身上——不，脸上，她就火烫了似的跳开去。她怕。怕手术风险，怕别人笑话，也怕没钱。现在一个活生生的例子就摆在面前，榜样的力量是惊人的。她必须向王晴求经。她曲意接近，小心试探，目的是为了求教。不想王晴十分大方爽快，有问必答，没问到的也说，可谓倾囊相授。她说："某某，某某某也做过的，你没看出来？"这两人都是同系的，秦梦媞确实没在意。王晴轻晃自己整过的脸说："她们微整，效果一般。"又说："某冰冰，某璐也是整过的，十个明星九个整，还有一个在外面等！这是我的主刀医生告诉我的。"她这番话展示了整容的普遍性。接下来她又阐述了手术的安全性，"打一针，全麻；睡一觉，好了。"王晴的腔调带点口音，整容整不掉这个，就声音而言，秦梦媞足可以自信，她小心地问："醒过来后，不疼吗？"王晴说："疼啊！但也没见哪个疼死了啦。我这不好好地回来了吗？"她在自己脸颊上轻弹一指说："疼，值得。我感觉良好。"

秦梦媞是很自爱的。想到那一针麻醉下去，她的生命要就此消失几小时，说不定还醒不过来就此终结，她觉得恐怖。但王晴打消了她的一切顾虑。一个不美丽的人生，失去知觉几小时，算损失吗？哪怕就此死了,不也是带着美丽的希望死的？这才是真正的安乐死啊！明知山有虎，偏向虎山行。舍不得孩子套不着狼，舍得一身剐，敢把皇帝拉下马。风雨过后是彩虹。还有句话怎么说的？我要扼住命运的咽喉！谁说的？不记得，但很得劲儿。扼住命运的咽喉，对她而言，不是要去掐谁的脖子，而是自己去接受麻醉，把脸交给科学。总而言之，她，秦梦媞，一个相貌平庸的女人，一个不甘心被命运捉弄的人，决定去做整容了。

这是三年级的暑假。她求职前的最后一个暑假，也是最后的机会。

要整容，秦梦媞首先要跟父母打个招呼。毕竟是手术，不得到父母同意说不过去。更重要的是钱，她没有钱，父母不支持她就做不成。她家是个小康人家，这笔钱不成问题。问题是，他们会不会同意。

秦梦媞原本忐忑，但也还乐观。她并不是生病，她很健康，这种手术父母大可不必担心。她这是改良，是往好处做，向漂亮挺进。谁不愿意女儿更漂亮呢？哪个父母不希望女儿有个更美好的前程呢？况且父亲是中医，母亲是护士，虽都已退休，但都是懂科学的人，他们的医院里就有整形外科，早就该见怪不怪了，秦梦媞相信，他们肯定能坦然面对，甚至欣然接受。

她在心里做足了功课，就业形势和王晴的榜样都将是她的论据。她在家的前半程一如往常，无非是围桌吃饭，收拾碗筷，拉拉家常，其乐融融，但后半程风向却悄然生变。秦梦媞看看双亲，父亲清癯挺拔，母亲矮胖，但都有一张不难看的脸。他们坐在沙发上看电视，秦梦媞捏着遥控器把音量调小了，小到听不清，只成了个背景。老人并未在意。父亲说："你妈嫌你吃得少，我看也是。你气色不好。"母亲说："你身材够好，不要减肥的。营养很重要。你随你爸，怎么吃也不会胖的。"墙上挂着早年的全家福，年轻时的父母，简直是人中龙凤。秦梦媞突然无名火起，她举起手机，用黑屏当镜子看看自己，平静地说："我不是气色不好，我是脸不好。我要去整容。"

为了郑重，这句话她半端着播音腔。吐字准确，发音清晰。父母的反应是惊诧，疑问和反对接踵而至，川流不息。秦梦媞索性丢弃修饰，轻装上阵了。还是用真嗓子舒服啊，小时候她就伶牙俐齿，只是在懂事后她的口才才被相貌压抑，这会儿触及关键问题，她的潜能被激发了。她时而言辞激烈，时而款款软语，时而抹泪沉默，但态度始终坚决如一。

你来我往无数个回合，母亲的态度率先起了变化。事实上，从一开始，她的态度就不那么激烈。她的反对其实是顺从，是护士对医生的服从，妻子对丈夫的附和。渐渐地，不知在哪里一转，两方对垒变成了三岔口，母亲的态度变得含混暧昧了，终于她轻声说："哎，女儿，你倒是早就该做了！"这是暂时冷场中的一句话，特别刺耳，母亲自觉失言，连忙又说："我是说，要做就应该早点做，高中毕业就做，那个假期多长。"这已经进入了操作层面，她试图用技术性的话给前面的话涂点粉霜，但为时已晚。"你早该做了！"有这么说女儿的吗？太伤人了，剜心啊！但秦梦媞时刻没有忘记，她此行的目的是说服父母，所以她不能节外生枝，她必须忍，至少母亲的话表明了她的同意，对一个同意自己的人，不能再计较语气。秦梦媞皱着眉不说话，倒是父亲勃然大怒。他霍地站起，戟指母亲喝道："你这什么意思？有话你就直说，不要吞吞吐吐！"母亲板着脸不吱声。父亲简直像被伤到痛处，继续痛斥："说话不要遮遮掩掩，鬼鬼祟祟。有话就说，有屁就放！"母亲猛吸一口气，像要顶嘴，突然又泄了，紧闭双唇不吱声，连眼睛都闭上了。秦梦媞冲父亲使劲摇摇手，阻止他说话。柔声道："我只是去整个容，在脸上修改一下。又不是整了就不是你们的女儿了。"母亲头垂在沙发背上，动也不动，鼻子哼一声。父亲说："我反正不同意。"秦梦媞耐心地继续道："爸，我这也是治病。我治的是丑。"父亲说："你丑吗？你不丑！我看还蛮漂亮！"秦梦媞苦笑道："那只是你的看法。说不定还言不由衷。"父亲说："你要治的是心病。"秦梦媞道："我就是治心病。不整容我的心病治不好。"父亲说："心病动刀没用的。心病还要心药治。这个我比你懂。"这绕来绕去，又绕到医学上来了，看似理性科学，其实问题无解。这样下去如何是个了局？秦梦媞已经忍无可忍，她抓起电视遥控器，瞎按着频道。一个个美女，全是美女，烦！她把遥控器往沙发上一扔，遥控器弹起老高，啪地掉到地上，摔成了两半，盖子掉下来了。她不去捡，站起身。"爸、妈，"她手指电视机，"如果这电视送到家里就是坏的，你会怎么办？"父母错愕，说不出话。秦梦媞去把遥控器捡起，慢慢按上后盖，柔声说："你们肯定要退掉。厂家肯定要返修。我，就相当于是个次品，我现在提出的，就是返修。我没有钱，手术费你们要支持。"她把遥控器往桌上一扔，开门走了。

父亲母亲瞪大了眼睛，面面相觑。他们听懂了：他们出产了残次品，用户现在提出返修，他们必须出钱。道理是通的，但这残次品是个人，是女儿啊，怎么听来都不是味儿。做父亲的看看老伴，做母亲的大怒，在沙发上挺直了身子，斥道："看我干啥？！她走了，你还不去看看！"

秦梦媞径直回了学校，也不接父母电话。第二天，五万块钱打到了她卡上。

她最后那一番话，真是蛮伤人的，当然也可以理解成效果特别好，因为钱毕竟是要到了。那句话完全在计划之外，也不知道怎么的，嘴一张就冲出去了。究其原因，还是她此前有过这个意识。具体说，就是那个"返修"意识。再深挖，这样的意识其实也不是她自己想起来的，是同学说起过类似的意思。她在向整容前辈王晴求教后,也曾听到过同学们的议论。总之,面对一张突然变美的脸,说什么的都有。其中一个天然美女,就曾得意扬扬地说:"我不要整。嘿嘿。"她这嘿嘿一笑后面,自然跟着同学几句羡艳和赞美,她顺势继续自赞:"我妈妈肚子就是整容医院,我整好了才出来的!"这话太牛逼了,赞到根子里去了,直逼DNA,进入了细胞学水平。秦梦媞当时十分气愤,但无言以对。这话虽嚣张,四面带刀,但被伤害的秦梦媞却显然记住了她这句话。正如伤口很难长平,却总是会凸起,秦梦媞被她的话伤到了,却越发坚定了整容的决心。不让整,她简直活不下去,她会去死。

这下她不要去死了。希望就在前面,她只需要暂时"死"一下,麻醉一下。正如此前所说,不美丽的人生"死"去几小时算得了什么?真死了也就是个一了百了!这是一种大无畏的精神,怀揣着这样的精神她去咨询交流,去敲定蓝图,去挨刀,去恢复,一切都不在话下。因为钱充足,秦梦媞去了韩国,父母不放心,借旅游之名前去陪护。绷带拆下的那一刻,红、肿。终于恢复了,一家人查看新产品,检验"返修"的质量。父母看着她,她看着镜子。哈哈,镜子真是个伟大的发明啊!如果没有镜子,父母说好说丑,岂能当真?同学众说纷纭,你能相信?可镜子不会骗你。镜子里的秦梦媞似曾相识又大变其貌,改进了、美化了、精致了、有层次了。这么说吧,她现在的相貌,就是冰冰加上她的原貌除以二,冰冰一百分,她达到了五十分以上。所谓颜值,就是这么量化的。她虽还说不上完美,冰冰才完美,但突破五十分,就基本可称漂亮了。漂亮的秦梦媞虽然还没有完全称心如意,但大可以直面人生了。

但现实似乎并没有她想象的那么顺心。她可以改相貌,但现实更在大踏步改变,就是说,就业形势越发严峻,她这个行当,找个称心如意的工作更加不易了。进入四年级,眼看着同学们有的签了大电视台的小主持,或者是小台的大主持,也有去电视台当出镜记者的,也有到电台的,五花八门,有高有低,找到工作的或喜气洋洋,或无奈接受。秦梦媞呢,高的里面没有她,低的她也不愿去。她明白,有一些同学并不对外泄露就业情况,其原因无非是岗位特别高级,高级得让人觉得神秘莫测,索性讳莫如深;另一些就可怜了,没人要,或者是要去的地方实在说不出口,譬如网络主播之类,就是在网络房间又唱又扭的那种,名声实在不大好,只能不提。这些工作林林总总,高低云泥,跟个人素质有点关系,跟各人的社会关系倒更有关系，跟相貌也不能说完全没有关系——如果没有关系，秦梦媞花的钱，吃的苦，岂不都白瞎了？那也太逆天理了，也太让人伤心了！她在脸上东描西画，在城里东跑西颠，最后她也找到工作了：到电台，签的是记者、编辑。但他们有允诺，说你这个条件，锻炼一下当主播希望很大。

"希望很大"，秦梦媞理解成允诺，实际上只是个展望。类似于驴子前面的水果，你一直走，可就是吃不到。她也真是一直在走啊，除了上下班，她几乎每天都要外出，这个城市每天发生无数的新闻，她要去现场。她觉得在这个台，她永远只能在路上跑，跑，跑到退休，跑到老。这个台号称是城市交通广播电台，后来她发现，不是的，是号称，其实是一家区电台，用区电台的名目才能申请一个频段。如果不是上面有一次整顿，所有什么交通电台、文艺电台、新闻电台突然一齐停播三天，她这个小记者永远不可能知道真相。可知道了又能怎么样呢？薪水不高，但也可以养活自己，"高就"在哪里，她眼前茫茫看不到。有段时间，她一直期待一件事发生，她等待着那几个坐在直播位子上的女主播突然生病，台里求她火线顶班，可这几个女人虽然长相还不如现在的她，却人人拥有金刚不坏之身，连个感冒发烧都不来光顾。不生病，哪怕来个车祸呢？可等来等去，车祸也不肯出来帮忙。倒是秦梦媞自己，有一次出现场，被一辆骑反道的电瓶车撞了个正着，倒在地上号啕大哭。

不是真的那么疼。裙子摔破了，有点皮肉伤，并未伤筋动骨，可她不知怎么的，悲从中来，放声大哭。她刚才采访的是一家整形医院，就是她爸退休前那家医院的附属医院，一个女孩整形失败，做双眼皮，两只眼睛整成了大小眼，不得不始终保持睁只眼闭只眼的人生态度，就来医院闹。围观者众。秦梦媞采访时心有戚戚，百感交集，庆幸自己运气不差，在评点时她秉持了理性和客观，劝告听众整容有风险，选择要谨慎。不想刚通过手机与台里连过线，自己就挨了一撞，而且那人还跑了。脸没伤，手机摔坏了台里会补偿，但秦梦媞此刻已是万感交集，脑子里一团乱麻。但有个念头十分明确：不能再干了！她必须离开！没有高就，未必就一定得是低就。至少她的相貌化过妆后颇为上镜，她的声音依然出众。

可声音出众又有什么用呢？颜值也不过刚超过五十分，即使加上窈窕的身姿，也就刚及格而已——必须说明一下，这个分数是秦梦媞的自评，难免过苛，客观地说，她整容后基本可称秀丽，但在这个美女如云的时代，相貌平庸这个帽子还是摘不掉。她出现场时使用的也是最平庸的装备：电动车加所谓直播连线的手机。手机摔坏了，车子还能骑，只是到处乱响，未到电台那栋破楼，还趴窝了。后来遇到个同事，管设备的黑潘，他正好外出，就把她捎上了。

汽车在前进，街景在移动。秦梦媞羞愤难当。此后的两年多，她注定就要这么一路羞愤下去。工作换过几个，但都做不长。最靠谱的，是一家国企的展览馆解说员，至少也算是发挥专长了。这是她目前的工作，身穿制服，薄施粉黛，手里捏个激光笔，领着来宾从进口入，出口出。展览馆蜿蜒如肠道，秦梦媞觉得自己每天都从食物变成了粪便。大量的时间也是闲着的，同伴们都在值班室看电视，秦梦媞能不看就不看。这也难怪，她每天就是那一套说辞，说得自己心里冷笑，可电视上，她的同学，整过容的王晴和那个天然美女，一个在省台，一个在卫视，人家国家大事尽在嘴中，城市新闻侃侃而谈，在普通人眼里，艳丽而凛然，都具有了某种权威性。当年，谁不知道谁啊？可是，现在谁还知道她秦梦媞呢？不过好消息也是有的，那就是王晴突然从电视上消失了！不见了！秦梦媞偷笑。可悄悄一打听，原来人家是生孩子去了，几个月后果然复职，还越发靓丽。天然美女不久也消失了，这次秦梦媞不再打听，可消息自会飞过来找她，这消息是：天然美女嫁人了，嫁了个老头。秦梦媞还没来得及幸灾乐祸，消息的后半段又来了：人家嫁的人是个亿万富翁，才不到五十岁。她们凭什么如此风光，如此顺遂？还不就凭脸！真要脱下来比，秦梦媞必胜。可问题是，总不能见人就脱衣吧？

秦梦媞舍得在衣装上花钱。钱不够，父母自愿不自愿地也支持不少。当然，更重要的还是脸。她换过的几份工作，最不济的是在商场当导购，现在能做解说员，已算是止跌回升，可离她的理想还相差甚远。换工作有什么用？如果能像《聊斋》里那样，能换头多好。摘下旧头，抬腿一脚，滚——可天下哪有这等好事呢？她只能继续在旧貌上修补，又去过一次韩国。她愿意彻底翻新，推倒重来，她情愿吃这个苦花这个钱，可医生跟她说：治大国如烹小鲜——这句话他说的是汉语——他说这个急不得，病人必须懂得手术的局限性，这是一；第二，她必须处于一个良好的心理状态下才能手术，任何操之过急或期望过高都不适宜动大手术。一席话说得秦梦媞无计可施。他拿腔拿调的那句汉语，没有增强说服力，倒让秦梦媞心生狐疑，怀疑他是同胞冒充的，让他大动干戈怎能放心？结果是，她只做了一次微整，顺便对以前做过的地方做了适当保养更新。

自从她整容，家里的气氛就变了，有点诡异。当着女儿，父母之间的争吵十分节制，他们之间有多少追忆、埋怨和后悔，悉数屏蔽着女儿。这第二次去韩国，临行前的劝阻照例失败，天要下雨娘要嫁人，女儿要整容，只能随她去。母亲抓着她的手，还曾试图做最后的努力，她夸张地端详着女儿，上一眼下一眼，左一眼右一眼，啧啧赞道："你这么好看了，漂亮啊，何必再去受那个二茬罪？"秦梦媞说："我不觉得我漂亮。如果效果不好，我还愿意去受三茬罪！"父亲道："真的比假的好。年轻比什么不好啊！"秦梦媞呛他道："年轻好，年轻有什么好！如果年轻不漂亮，我宁愿不年轻，"她看看母亲，"我宁愿像你现在这么老，再也没人计较你漂亮不漂亮。"父亲哑着嗓子问："你就这么讨厌你自己吗？"秦梦媞叫道："讨厌！我什么都讨厌！"她没有说出更难听的来，但她射过来的眼神，明确宣布她厌恶她的父母。

说话间她父亲接到一个电话。是卖血糖仪的。网络推销。对方那女的语气亲热，一口一个叔叔，声音如莺歌燕鸣，一听就受过训练，秦梦媞立即就产生专业性的耳熟。待父亲放下电话，她冷笑道："这是我的一个同学，我听出来了。长得丑，就只能干这个。"父母语塞。他们只能用不再陪她去韩国，表明自己的态度。自从女儿毕业工作了，他们更在意的是她的婚事。可她还要继续在脸上动手脚，让他们连催婚都很少能下嘴。

到机场接送都是那个黑潘的事。他积极主动，秦梦媞也就顺水推舟。黑潘长得黑胖，姓潘，因此得名。本来整容这么私密的事，不该让那黑潘介入，但秦梦媞掂量过，自己对他具有压倒性的优势，也就顺其自然。公允地说，那黑潘当时还不那么胖，说是魁梧也可以。哪曾想，他结婚后竟吹气似的又肥了一圈，人家放大一圈还能把黑色素撑稀一点，白一点，他可好，更加黑，头上脸上起油光。大概是顶上脂肪外溢，把头发顶掉了一小半。秦梦媞以前哪能想到会跟这个人结婚呢？她是经常坐他的车，第一次是她采访摔伤后搭他的顺风车，哪里想到这车开啊开的，一直开到她家楼下，把她直接接到婚礼上去了。开到婚礼现场前的某一天，他先载着她开到了宾馆，把她弄上了床。第二次从韩国回来后，父母的催婚更频繁,像是生怕这个相貌平庸的女儿窝在手上,剩在家里。她不得不穿梭相亲。这正如找工作,她挑人家,人家也挑她。她见了觉得恶心的倒还继续来电话,稍微顺眼心动的,一律没有下文。她终于受够了,大哭一场,大醉一场,埋单时钱包又被偷了,于是黑潘赶来结账,然后就到宾馆去了。

没料到黑潘原来还粗鲁。胖猪终于露出了獠牙,是野猪。最大的特点是嘴狠,不饶人,优点是他一般不打人。急了才打。问题是秦梦媞本身就伶牙俐齿,胸中常年有不平之气,如此一来挨打就是难免的了。黑潘手很巧,精通各类电器结构,哪里是要害,哪里无关大局,他清楚得很。他动起手来也很有数,就秦梦媞这个击打对象而言,脸上是动不得的,人工装置,比较娇贵,太容易打歪打坏,除非他要把这张脸弄得一塌糊涂,他决不朝那里动一指头。打人不打脸,这一点他恪守,但伤人不伤心这句话,他才不管。他不打脸,那是为他自己。脸打坏了,只要这女人还是他老婆,他肯定要出钱去修。秦梦媞总结出他拳头的套路,有时故意把自己的脸当盾牌使,快速用脸凑上去,抵挡他的拳头。他立即收手,拳头绕行,动作十分夸张,这种夸张本身就是一种强调,一种侮辱,说的是你这假脸咱动不起。在动手前的动嘴阶段,秦梦媞曾威胁他:"你再这样我就不客气了!"黑潘说:"不客气就不客气,有什么了不起!"他嘿嘿冷笑:"大不了你卸妆了吓我。"这猪头,这是一刀毙命啊!

他还懒,不思进取。因为老电台员工有事业编制,他打定主意,混吃长胖等死。他何时死,秦梦媞并不在乎,但这个胖她实在承受不起——是承受,这个词没有用错。难以避免硬着头皮的夫妻房事,她不得不硬着肚皮,硬着身体的所有肌肉,否则两百斤的肉压下来,谁吃得消?这两百斤还不是纯肉,是带骨猪肉,胳膊又没劲,这就是一时刻置别人于危险之中的局面。好吧,这个就不说了,换换体位也可以,问题是一寸膘一寸短,再这么胖下去,他那东西怕就永远只能在肥肉里藏拙了。

秦梦媞心里苦。有苦无处说,只能选择性地跟父母诉诉苦。命不好,生下来就落实在脸上了。黑潘的私生活她懒得管,想来他也没那个本钱。但她自己又有多少本钱呢?年龄渐大,女儿也生出来了,就她这副长相,有了外心也难得有个称心如意的外遇。她有行动,但露水因缘,一夜情不难,两夜也有过,这大概还借助了她丰美的身体,可三夜四夜乃至长久，事实已证明很难。她现在懂得骑驴找马了，当年她一气之下辞职，没有先找下家，就吃了不少苦，现在她决定暂时在婚姻里待着，至少下次整容的钱，黑潘有义务分担。

女儿是不期而至的。与她的奢望相反，与科学原理相符，女儿不好看，简直难看。

秦梦媞的一夫一女，丈夫黑丑，女儿嫩丑，这就是现状。都说女大十八变，但据她的经验，女儿变美的可能性几乎为零。回想一个丑女孩的郁闷痛苦，想到一个丑女人的人生艰难，秦梦媞心中哀痛，难以自拔。她听说过隔代遗传，就是说祖辈可能把基因隔一代遗传到孙辈身上，她父母年轻时堪称英俊美丽，跳过她也就算了，如果能让女儿得益，也算是优质遗产。但遗产没有，全是债务。黑潘又太丑。女儿就是个小黑胖子，连胃口都和他一样大，活脱脱是黑潘的缩小版。这简直令人绝望。

没结婚前，她曾经在心里埋怨父母做事潦草，敷衍了事，结果生出她这么个丑女儿。等她自己生女儿了，她才知道这事不那么简单。黑潘虽懒，倒还疼女儿，有时被她抱怨得烦了，说："你这么嫌她，有本事你把她塞回去！"这话还罢了，后面的就粗俗了，"知道你这样，我当时还不如把她射到墙上去！"秦梦媞冷笑："你有那个本事吗？你哑火，打出来的也是臭子儿！"近墨者黑，跟着黑潘她的话也越来越狠，越来越黑。父母没有把美丽传给她，她和黑潘倒一股脑地把丑陋加到女儿身上，这真是命。秦梦媞一贯不认命。就在这时，她接到了一个电话，是国际电话，韩国那个医院打来的。他们说现在技术有了进步，他们又引进了一个真正顶级的主刀，她期望的根本性的改观，现在可以实施了。

她稍作犹豫。所费不赀是个问题，但家庭开支就是个塑身内衣，该挤的挤挤，该凸的就能凸。她决定最后一次对自己大动干戈，削骨。将大脸变小，下巴削尖，把颧骨磨平。所谓削尖脑袋，说的就是这个了。说一点不怕，那是假装的，但单位的某种态势强化了她的决心。展览馆隶属大型国企，但她一直是个合同制身份，前不久领导放出话来，明年要提拔一个展览馆副馆长，当了副馆长，就有可能转成事业编——这一步，天壤之别啊。好几个姑娘已经往上贴了。她们的姿色不在秦梦媞之下，即使她整过两次容，也只能打个平手。她的优势是身材好，呻吟好——不不，打错字了，是声音好。不过呻吟好也说得通，但这个"好"要到关键时候才能展示；可恨现在正值深秋入冬，哪怕你甘愿感冒发烧乃至肺炎，好身材也难以尽情施放。最好的手段无疑还是整容，据说有希望达到冰冰的七成乃至八成。据她研究体察，男人大多迟疑跟"假女人"结婚，但他们决不介意跟"假女人"露水。领导知道她秦梦媞去整了容，说不定还特别感动呢！想到这里，秦梦媞浑身充满了力量，手术需要请假的难题也迎刃而解了。跟领导直说呗。

剩下的事就是告知家人。父母若能分担经费更好，不分担也拉倒。秦梦媞觉得黑潘没理由反对。她当然不能明说她整容是为了讨好领导，但其实对黑潘最具压倒性的理由还正与此相关：如果黑潘的家里有背景，副馆长那就是手到拈来；哪怕他父亲只是一个不那么大的官，正好掌握着提拔权，一切不也水到渠成？手握提拔权的公公，总不会给儿子戴绿帽子吧？所以问题还是出在黑潘自己身上，他根本没资格反对。

可黑胖还就反对了。反对无效，他就去岳父家提告。父母一个电话接一个电话，把女儿一家催去了。父母弄了一大桌菜，因为那天据说是她生日——这话有点怪怪的，生日为什么要"据说"？可秦梦媞就是这么看待这一天的。一个人何时出生，她完全不知道，还不是听父母说？就是个"据说"。小时候父母带她去北京故宫玩，在"钟表馆"，琳琅满目的钟，时间却看不懂。墙上有介绍，她字认不全，父亲告诉她，什么是一天十二个时辰，什么是午时三刻。她就是午时三刻生的，相当于现在的十二点四十五分。她母亲对丈夫掉书袋很不耐烦，说记得哪一天就行了，午时三刻，喊！对母亲这一"喊"，秦梦媞长大后才明白了是什么意思，原来午时三刻是古时候杀人的时刻。这个她不在乎。自从懂得对自己的长相不满，她对生日就很轻慢。

家里的房子在老小区，车要停在一站开外再步行回去。街上很乱，小贩穿梭，一家挨一家的店面都在促销，"亲爱的市民朋友们，为了搞活市场盘活资金，本店大促销，让利于民，外贸产品，一律五折！走过路过不能错过……"这种专业性的播音腔，打了岂止五折啊？秦梦媞心中焦躁，拉着女儿的手，快步往前走。她家楼下站着一个推车的小贩，突然举起手里的喇叭，一阵音乐，然后一个女声扬声说："酒酿！桂花酒酿！"秦梦媞小时候卖酒酿的还是小贩自己喊，土话难懂，她一直误以为是"九娘""卖桂花九娘"，现在喇叭里，侃侃解说起酒酿的历史传说了。看出女儿馋,秦梦媞买了两个。正要上楼,母亲也端着碗下来了,她是买给秦梦媞吃的。秦梦媞阻止母亲再买,那小贩有点失望。他胡子拉碴,面容愁苦,一般来说,这正是教育女儿认真读书的好教材,但秦梦媞今天没有借题发挥。这些吆喝声对她的人生正是个讽刺。她已不再年少,再往下滑溜,有朝一日帮人家录这种声音,以此打打零工也不是完全不可能。她带来了一张照片,是韩国发过来的虚拟照,约等于几个冰冰的综合体。这本是说服家人的好材料,但除了女儿,家人们毫无兴趣,多看一眼都不肯。

这已经是亮出态度了。午饭后,吃生日蛋糕。女儿玩着切蛋糕的塑料刀叉,跑东跑西,其他人都坐下来,摆出了开会的架势,但谁都不愿意起头。女儿觉得奇怪,看看这个,看看那个。奶奶把她拉过去,擦掉她脸上的奶油。秦梦媞觉得,奶油不擦掉,女儿还喜气好看一些。父亲把秦梦媞的手拉过去,右手轻轻地搭在上面。"还好。"他端详一下女儿说,"我看你这次不要再去了,我不觉得'她'这样就好看。"他说的"她",当然是茶几上的虚拟照,"我们中医讲究望闻问切,'她'这种脸,我什么也望不出。"

黑潘忍不住插话说:"假的嘛!皮笑肉不笑。"他光说这一句也就罢了,可说得嘴滑,又接一句,"硬笑也是笑里藏刀。"秦梦媞脸黑下来了,黑潘继续说,"笑里藏了手术刀。"

秦梦媞忍住。忍字头上一把刀,她不发作。女儿好奇了,使劲挤出个笑脸说:"笑里怎么藏个刀呢?"她摸着自己的脸问,"刀在哪里啊?"奶奶连忙笑道:"你爸爸说的不是你,是'她'。"女儿跑去摸那张照片。黑潘说:"那是假的。"秦梦媞冷笑道:"是,'她'是假的,我们都假,只有你是真的。你丑是真的!"

黑潘霍地站起,差点开骂。他讪讪地去抱起女儿:"我们到楼下玩。"女儿在他肩头问:"爷爷,什么是整容?"黑潘说:"整容就是用刀子在脸上划!"女儿吓得一怔,手里的塑料刀掉在地上。黑潘抬脚把刀踢开,扛着女儿出去了。

提前离开的人,常常是现成的话题。秦梦媞说:"你们看看,这是什么男人!百里挑一!"母亲说:"你自己找的。漂亮也不能当饭吃。"秦梦媞顶道:"可我看着他吃不下饭。"这其实又跑题了。他们只在虚拟的"她"和黑潘身上打转,一直避闪着真正的标的。秦梦媞决定敞开心扉，不再绕弯。她滔滔不绝、侃侃而论。她不再说服，只是在倾诉。准确地说她是在陈述。父母偶尔反击一句，立即被她的话语覆盖。她的幽怨，哀伤和不甘，依附强大的逻辑，滚滚而下、无可阻挡，父母如立湍流、摇摇欲倒——即使他们还没有瘫倒，但坐在沙发上也早已直不起腰、抬不起头。秦梦媞刚说过丈夫，又说起女儿，她说她的女儿难看、丑，这她没有办法，她唯有自责，满心内疚。她如果早一点懂事，早一点去整容，她的女儿一定要漂亮得多，绝对不会这么丑——她举手阻止父母的反驳，说自己脑子没有乱——她说她如果早一点下决心，早一点完成修整，变得花容月貌，一定会有无数俊男帅哥前来求亲，她一定会帅中选优，选一个优质的男人成婚，决不可能落在一个猪头的手心。虽然整出的美貌不能遗传，但俊朗的父亲生不出猪头的女儿——父亲浑身一震，张口结舌，秦梦媞不予理会，继续道："女儿这么丑，她这做妈的看在眼里疼在心上，女儿今后必然也要整容，否则她如何成家，如何立业？"想起自己一路走来的辛酸坎坷，她锥心泣血、痛不欲生。女儿的整容要早，一等发育定型了就要做，不能偷懒怕疼，不能怕花钱，这种成本比什么都值！女儿找到漂亮的男人，他们的血脉才能改良，后代才能变得漂亮——秦梦媞捏起那张虚拟照，挡在自己脸上，轻声说：我就再做一次，最后一次。我将会变成这样。

正午的阳光射进窗户，落在她脸部，呈一片漫射的白光。此时大概是午时三刻，三十二年前的此刻她降临人世，秦梦媞看看桌上狼藉的生日蛋糕，坚定地说："我要新生。"这话说出来，顿时觉得轻松。母亲看着她，满脸惊骇。父亲蔫头耷脑，肩膀随着呼吸一耸一缩的。母亲突然一声惊呼，跑过去晃晃丈夫的脑袋："你怎么啦？怎么啦？"父亲抬起头，色如死灰，但是他说："我有数。没有事。"秦梦媞心里掠过一丝后悔，她不该回来的。她又不是赴死，人家自杀都不要父母同意的，她何必回来多此一举？母亲脸色也难看。秦梦媞道："爸你还是老中医哩，也没见你和妈身体有多好。"这话是为了表达关心，但话还是有点硬，于是笑道，"爸，你们自己可得多保重。你如果不寿比南山，我可要笑话你是电线杆子上瞎贴的老中医啰。"她调皮地伸伸舌头。母亲的目光像刀子一样划过，说："我们保重。你该走了。"

一个月多后，还是在这里，父母家的客厅，秦梦媞面对母亲。她脸上，手术后的肿胀尚未消退，暂时还看不出日后的姿容。母亲说："现在，有件事，我必须告诉你了。"秦梦媞疑惑，侧耳倾听。

"你并不是我亲生的。"秦梦媞浑身一震；母亲说，"你不是我亲生的，你爸却是你的亲生父亲。我不能生育，可我们又那么喜欢孩子，你爸和我商量了，去医院抱一个孩子。"秦梦媞瞪大了眼睛，眼角欲裂，她疼得抽一口凉气。母亲说："后来我知道了，他和别人生了你。而且，我知道了那个女人是谁。"秦梦媞说："妈你胡说！你骗我！"秦梦媞想从母亲脸上看出哪怕一丝伪装，可母亲面无表情。她听见身后，父亲说："她没骗你。"她倏然转身，父亲的照片挂在墙上，围着黑纱，他淡然微笑，亲切地看着自己。

母亲侧脸看看墙上的丈夫，说："你的母亲已经死了。得病死的。那时候你小，现在可以告诉你了。"她艰难地站起身，对着墙上的照片说："你叮嘱我告诉她。我现在说完了。"她背对秦梦媞说："你说你爸是电线杆上的老中医，你说中了，他挂起来了。"

秦梦媞呆立。欲哭无泪，这倒无意中符合了医生的医嘱：不能流泪。她亲生父亲走了，生身母亲也早已不在，所有那些她曾厌憎的基因已经失了来路。她一时不知身在何处。"你说你爸还是没有说准，他不是挂到电线杆上，他是挂墙上了。"母亲在边上说，"相信你说你自己，能说得更准；相信你对自己的预期，都能实现。"母亲直愣愣地注视她，脸上泛出凛冽怪异的笑意："但愿你心想事成。"

女儿

双雪涛

  从书店走出来时，我并没有注意到那个男孩儿，直到我过了两个路口，正穿过熙熙攘攘的人行道，他突然一跳跳到我面前，我才发觉自己不是一个人走过来的。我刚才把陀思妥耶夫斯基的死亡时间说错了。在他和托尔斯泰之间，我从来没觉得长陀更好，短托才是我一直会偷偷反复阅读的作家，不过每次讲座，我都会大讲长陀，短托绝口不提。一是可以扯的东西多，临刑前特赦，屡败屡起的超人，晚年有个死心塌地的女人陪伴左右，永远要跟上帝交谈，永远负债。二是这样不累，因为不用真正地思考，随便采摘一点别人的观点即可，纪德有七讲，后来人演绎得更多。托尔斯泰就需要多少准备，因其几乎没有风格，老鼠吃象，无处下嘴，而陀氏如同小岛，四周之海水多矣，延展他、保护他、稀释他、囚禁他，放一叶舟在海上走，时间一会儿就过去了。北京的人行道经常有丛林之相，灯闪过后，转弯的汽车先甩过车头，然后一辆挨着一辆通过，紧接着摩托车电动车残疾人代步车蜂拥而至，行人掩映其中，先要自保，才是走路。男孩跳出之前，我正一边想着长陀的确切死亡日期，11月？不，是2月，一个雪下得不停的冬天（啊对，是一个笔筒，笔筒掉在地上，他去挪胡桃木的柜子，导致血管破裂，到底是一只什么样的笔筒？），一边躲过一辆几乎从我腋下钻出的小摩托。我有个疑问，他开口说。我说，你一直跟着我？他说，我没有一直跟着你，我是从你做完活动开始跟着你的。你抽中南海，随地吐痰，而且你走路姿势不太自然，一肩高一肩低，这样久了鞋坏得快。眼看着指示灯又要变了，我快步向前走，他一看我动，就倒退着走，好像我的一架手推车。我说，你有什么问题？刚才在书店可以问，我认人一向准，没见你举手。他说，我没进书店，我一直在书店外面等你。你在书店里说的都是假话。我停在路边端详他，二十岁出头，一米七五左右，极瘦，头发挺长，黝黑黝黑，散在额头上。背着一只白色的布包，上面画着一只手风琴，仔细一看不是，是两扇肋骨。脚上一双白色的帆布鞋，虽然已是深秋十月，还挽着裤腿，两只脚踝瘦得像两只鼓槌。

我说，说吧，你有什么疑问？他说，为什么这么多次活动你都没有提到我？我说，我为什么要提到你？他说，因为我是比你更好的作家。我说，你尊姓大名？他说，说了你也不知道。一阵大风从我们中间吹过。我说，恕我直言，像你这样的人我不是第一次遇到，当然也许你是特殊的那一个，不是另一个病人，即便如此，你想证明你是比我更好的作家也不需要通过我。陀思妥耶夫斯基的伟大不是某个人说了算的。他说，你学的是托尔斯泰，虽然只是皮毛。我再说一遍，我不是那些想要你签名的人，我也不是无聊透顶的读书会的会员，为了泡到某个读书把脑子读傻了的女人而到书店点一杯咖啡消磨一个晚上。我是比你更好的作家，希望你能承认这一点。我说，你发表过什么作品没有？他说，没有，因为我还没写。我说，帅呆了，我现在要回家吃饭，如你所见，我是个作家，吃完饭我需要工作，如果你也同意这一点，那就请你也回家把你比我更好的作品写出来，我们分头行动如何？他从包里掏出一个本子说，一言为定，你给我留一个邮箱，我写完发给你看，切记，如果服气，要告诉我。本子上密密麻麻都是字，还有图画，我在空白处照例写了自己的一个不常用的邮箱。我留心看了一眼，文字应该是康拉德的《黑暗的心》，用很小的楷书抄写，不知是哪里的译本：

> 这家伙负责的业务为制砖——我是这么听说，不过整个贸易站连一块砖都没有，而他在那已经整整一年多了——光在等。他好像缺什么，所以才无法造砖——可能是缺干稻草吧。不管怎样，缺的东西这里没有，也不可能从欧洲运来，真搞不懂他到底在等什么……

图画有点画不对题，好像画的是希腊神话或者是哪一个我不知道的远古史诗，有双头女人和温柔看着婴儿的巨龙。我把本子还给他说，你为什么找到我？比我牛逼的作家多的是，你用一下百度就行。他说，舍伍德·安德森和福克纳谁更伟大？我说，应该是福克纳。他说，但是安德森启发了福克纳。同理，你的有些东西启发了我，虽然你写得不如我，这就是我找你的原因。另外，你有一个分析作品的专栏，所以你也写点批评，算个批评家，我希望你能在专栏上分析我的小说。我说，想得周到，回见了。他说，明早之前，注意查收。我没有回头看他，因为他提醒了我，我还有一个专栏要写，明天就要交稿，专栏不同于活动上的瞎吹，我爱写专栏也在于此，有人逼着，能静下来想点事情，不以陈词滥调敷衍，虽然也是某种程度地说假话。不远处有一个乞丐躺在路边睡觉，盖着厚厚的被子，过大的黑脑壳上生着红瘤，黄色的叶子落在他身边，好像有人给他献花。我走过放下一块钱硬币。乞丐无动于衷睡得很实，不知道是不是点着电褥子。我的腿确实有点跛，是因为我小时候有一次踢球被铲伤，脚踝坏了，为了掩饰，我努力让另一条腿也如此走路，以至于经常两个鞋帮着地。另外每当我想写出点东西的时候，我都想办法做一点善事，这是不为人知的秘诀。

我家楼下有家时髦的超市，专卖外国人吃的食品，主要是中国人买。我买了两瓶韩国牛奶、一盒美国饼干、一打德国啤酒。在房门口我就闻到了猫屎味，我养了一只公猫，叫作武松。说是养的，不如说是接待的，因为是朋友出国之前强送给我的。我过去养过一只狗，养了一个月，因为我不爱出门，所以狗憋得乱转，得了窝咳，治了一个月之后送给了一位户外运动教练。后来小区的一只野猫老跟着我，毛又黑又亮，胖墩墩，我就请它来家里住了一阵，没想到竟有跳蚤，咬得我生不如死，只好把它扫地出门。这只武松原来不叫武松，叫作亨利二世，朋友心血来潮从宠物店买的，品种是加菲，四个月，一身黄毛，眼大脸扁，酷爱打喷嚏，一天要打几十个。能吃能拉，且总是拉在沙发上，殴打恐吓喷药都无效果，我上网查了一下到底是怎么回事，一个靠谱的答案是此猫是白痴。也就是智商有问题。我才想起来自从这只猫来了我的寓所，就从没叫过。打也不叫，打得狠了，龇牙咧嘴，浑身一抖拉出一坨屎来。原来是个哑巴啊，我心想，不过也好，倒是不闹，与我相宜。

进屋之后我收拾了猫屎，添了猫粮，沏了茶水，撕开饼干，开始弄专栏。弄了三个钟头，茶水喝了五六杯，饼干吃得一干二净。一个字也没写出来。

实话说我常感到孤独，也因此觉得愉快。多年以来我都想钻入人堆里，与人发生紧密的联系，可是就像我养过的宠物一样，我无法改变自己，他们也无法改变他们，我不爱动弹，他们就会咳嗽，他们有跳蚤，我就会烦恼，所以终于还是分散。写小说这件事情就是另一码事，我的人物也许讨厌我，觉得我难相处，但是毕竟他们由我创造，所以只能认命。我造世界，铺设血管，种上毛发，把这个世界奉上，别人因此而知道我，觉得了解我一点儿，其实也可能离我更远，具体分寸的拿捏都在我这里，我愿意以囚徒的境地交换，什么事情都是有代价的，怎么弄都是耗尽这一生。叔本华说，活着为了避免死亡，走路为了避免跌倒，大概是这个意思。

我又抽了几支烟，想起傍晚的男孩。世上多有自命不凡者，有的可爱，有的招人烦，那个男孩不算招人烦的，而且字写得不错，品位也不很烂。他生在这个时代，活在北京，养出了自恋的毛病，也没什么奇怪。我在他那个年纪还在浑浑噩噩地想要过正常人的生活，还在带着我的狗到处看病，急切地想要证明自己有同情心，是个善良的人，骗自己无论如何不会抛弃它，告诉它第二天我可以遛它，其实第二天还是早起不来。我打开那个邮箱，费了半天劲找回了密码，原来是多年以前我妈妈的座机号。上一封邮件还是一个大学女生发给我的，说她要来 S 市出差，让我请她吃饭，时间是三年前。我当然没有看到，她也没有饿死，谁也没有错过什么。最新的邮件是五分钟之前发过来的，没有寒暄，只是一个小说的开头。

亲爱的旅人啊，这是我唱给你的一支歌谣，歌词早已零落，曲调却是来自上古，那我就把它随便填个词唱给你，权当解闷。

我是一个木匠啊我有三把斧子
除了三把斧子我还有一个孩子
孩子的妈妈死在早年
每年我都把鲜花放在坟前
孩子现在已经是少女
头发弯曲个子到了我的膀子
谁有心思与她相爱不用经过我的允许
只需要歌子唱得跟我一样动听
斧子耍得比我更熟悉
或者你给我倒一碗上好的烧酒
我就把女孩的心思全部告诉与你

杀手听了把刀子放回怀里说，那我可以见见你的女儿。男人说，我的女儿因为着了风寒,落后于我,大概今天午夜才能赶到驿站。杀手说,我怎么知道赶来的是不是帮手?男人说,我已逃了十几年,身边早没有朋友。朋友需要待在一块儿,而不是一直走在路上。杀手说,我为什么不现在杀了你,然后等你女儿来了我把她带走?男人说,等她来了,我写一纸文书把她托付给你,名正言顺,这样你一辈子都会舒服。杀手说,那我什么时候杀你?当着你的女儿?这样她岂不是会永远恨我?男人说,我会自杀,毒药已经备好,就在面前的这碗烧酒里。到时你把我葬在路边,不要写我的名字,回到驿站来用清水洗干净双手,把她领走。杀手双手交叉,放在膝头说,你女儿长什么样?是胖是瘦?大眼睛还是小眼睛?男人说,蓝眼睛。杀手说,怎么会是蓝眼睛?她妈妈眼睛是什么颜色?男人说,她妈妈和我一样是黑眼睛。你没见过她吗?杀手说,没有见过。男人说,她有一双黑眼睛,像煤一样黑,像星星一样亮,每当想事情的时候黑眼仁就在眼白里转呀转,像骰子。杀手说,那你女儿的眼睛为什么是蓝色的?男人说,我也不知道,她生下来就是蓝眼睛,而且她的皮肤像牛奶一样白,头发满是细卷,随着她一岁一岁长大,眼睛越来越蓝,皮肤越来越白,头发也越来越卷。寒风摇动着驿站的破木门,驿站长早已逃走,门口拴着一肥一瘦两匹雄马。男人添了几块木柴在火盆,杀手站起身来推了块石头把房门顶住。从门缝里他看到外面下起雪来,他的马哒哒地跺着脚。

只有这么一小段,字打得很整齐,手写的一样整齐,没有错别字,也没有题目。我站起来在书房走了一圈,然后打开书房的门出去倒水,武松趁机钻进来,两跳跳上书桌,趴在电脑前面看我的屏幕。这是它的习惯,只要我不防备,逮到机会就上书桌来看电脑,有时还伸爪子捣乱,按出一个突兀的标点符号。我略微盘算了一下,回了一封邮件。

  你好,小说看了,写得很有意思,虽然情节上多有不通之处,但是如果硬想,也可以说通。语言简明,不像没写过小说的人。今天见面有点失礼,准确地说是有点势利眼了,没想到你确实是个高手。如果你确实是刚才写的,那更让人佩服,只是不知道你是否已经全盘想好,因为写一篇小说就像放风筝,起手也许不错,到底能飞多高还要看后面的技术。杀手为什么要杀男人当然不那么重要,但是女儿还是关键,来还是不来,若是来了,怎么收场,是我好奇的。你说受过我的影响,我不敢妄自揣测,但是也许是和我早期写过的一篇关于杀手追杀木匠的小说有关,只不过那篇小说我把逻辑裹得太紧,木匠是造了一个狠毒的刑具才遭人追杀,不如你这个灵逸。实话说,你这个开头让我爱不释手。热望后续,祝好。

武松安静地趴在旁边,没有捣乱。马上我就收到了回信,只有三个字。

正在写。

我又给自己泡了一杯茶,泡完之后发现自己已经喝不下去了。房间虽然每天都收拾的,但是不知为什么看上去还是乱七八糟。这就是一个人生活的弊端,收拾的过程中不知道又把什么搞乱了。我曾经有一段亲密关系,她是一名出色的意大利语翻译,意大利语极为出色,而且能写出更加出色的中文。她翻译了几本很难的文论,我都很喜欢。在一次活动中我见到了她,很普通,没有化妆,短短的卷发,胸口搂着书,穿着质地一般的长裙,压得都是褶子。脚趾露在凉鞋外面,红色的指甲油掉落了大半。我走过去向她表达了我的敬意,她冲我点点头说,我知道你,你能写很长的句子。我说,可能是我看了太多外国小说。她说,但是你长得像短句子。我说,什么意思?她说,你的下巴像一个很短的句子,里头只有一个动词。我说,什么动词?她说,削减的削。我说,也许我可以试试。她说,有个意大利作家叫作维尔加,你知道吗?我说,我并不知道。她说,他说过一句话叫作东西长了都像蛇。我说,有意思。但是你的译文里都是蛇。她说,原文是蛇,我只能舞蛇。你应该创造你的文体,你比我大,我说这个挺傻的,你是不是不想再跟我说话了?我说,相反。我稍微酝酿了一下,相反的应该是什么呢?最后我说,我想跟你说很多话。其实还有十五分钟我就要上台了,但是我那天没有上台,我的编辑代我领了奖,授予我写的长句子。她照顾我,给我买了尺码刚好的衬衣,她订正我思维上的误区,指出我文体中的马脚,我学会了做沙拉,使用动词和用吹风筒吹干她的头发。分手时我说,我只能走到这儿了,因为我只能过一种生活,只能成为一种人。她说,你为什么不能更幸福，成为更好的人呢？我说，我的悲剧是我的能量，我的差劲是我精神上的鸦片，你知道和你在一起，我什么也不想做，就像酗酒的人一样。她说，那你觉得你临死前会不会想到我？我说，有可能，也可能我会想起我没有写完的一个句子。她说，明天早晨八点，我在我家的那个路口等你，等你到晚上八点，如果你不来，我就把你忘记了。我说，明天可能有雨，我们就在今天了结吧。她说，晚上八点。然后把我家的钥匙放在了我的书桌上。第二天从早到晚艳阳高照，没有下雨，傍晚刮起了风，那也是一个秋天，我窗前的一棵银杏树叶子掉光了，树枝战栗。我穿戴整齐坐在家里，坐了一天，终于没有走出门去。七点多点儿有人敲门，我跑过去打开门，是住在隔壁的六岁男孩过生日，捧着一块三角形的蛋糕。他的父亲离他们而去，留给他们一套大房子。男孩脚蹬拖鞋，头上戴着王冠说，你记得吗？有一次上电梯，我绊在了脚踏车上，你扶住了我。我说，没什么，顺手的事儿。他说，现在我们扯平了。他妈妈扒着门缝看他，他把蛋糕递到我手上，独自走回了属于他的房子里。

我吃了蛋糕，喝了一点酒，坐下抄了一会儿书，睡了。

一个小时之后，第二封邮件来了。

男人把靴子脱下来，把脚举在火盆边上，烤他的脚心。火把袜子烤得又皱又紧绷，好像红薯。男人说，自从我感觉到你在追我，我就没脱过靴子。杀手说，外面的雪越下越大了，你女儿怎么来？男人说，放心吧，我约她在这里，今晚她一定会来。你喝一点酒暖一暖，你的酒没问题，我可以先尝一口。杀手说，好，你尝一口。男人举起酒碗喝了一大口，递给杀手。杀手喝了一小口。男人说，我未来的女婿啊，你太紧张了，你的眼睛看一个地方不会超过三秒钟。杀手说，你杀过人吗？男人说，我没杀过，我看过很多人死，但是我没杀过人。杀手说，我杀过十七个人，十二个男人，三个女人，两个孩子。每个人死前的样子都不一样，我都记得，记得时间，他们的穿着、表情、最后的话。我就是记性太好了，我不适合做杀手。但是我使一把好刀，无亲无故，想买地盖房子，我只能干这个。男人说，他们死前都说什么？杀手说，一个五岁的孩子说他有一个糖人，我进屋时他藏在枕头底下了，我杀完他就把它吃了吧，要不然就化了。男人说，你吃了吗？杀手说，吃了。是个孙悟空，脑袋化了,粘在枕头上。男人说,甜吗?杀手说,很甜,我吃过最甜的东西,吃完之后心情好了许多,出去找了口井喝了不少水。你女儿骑马来?男人说,对,骑马,我的所有积蓄都买了这匹马给她骑。对了,我忘了告诉你,她有病。杀手紧张起来,什么病?男人说,她蜕皮。杀手说,怎么蜕皮?男人说,从二十岁开始,她每到十二月就蜕一次皮,然后又变成年初的样子。杀手说,那不是不会老?男人说,不老,喜欢还是不喜欢?杀手说,喜欢。这烧酒好喝,你再喝一点。你看,我干了这么多年的杀手,终于迎来了好运气。男人说,贵在坚持,一个事情做久了,总会迎来好运气。

就这么多。读完之后我马上开始写回信。

朋友你好,你会写细节,这很好,你敢于停滞,这也很好。我写了很久,才悟到这个道理,小说不是现实的峻急的简笔画,小说是精神的蛋,你得慢慢孵它。人的精神是混乱的,漫无目的的,充满细节的,在一个不起眼的地方盘旋的。狄金森怎么说的来着,一封信总给我不死之感,因为它像是没有肉体的纯心灵。你写的是我要写的小说,或者说,我认定的小说,这让我感到欣悦。我在写作之初四处碰壁,无门无派,无所依仗,只能硬写,一次次投稿。后来有个编辑赏识我,给我回了信,提了修改意见,我一夜没睡,按她的意见修改,第二天一早,我绞尽脑汁想写一封漂亮的邮件给她,甚至比我修改小说花费的精力还要多。就在邮件发出之前,她告诉我,她的上司看了我的初稿,说没有修改的必要,所以这次算了。临了她说,你可以写别的,到时再给她看。我哭了一场,然后另外开始了一个小说。我给你讲这个故事并不是要说明自己的坚韧,相反我是一个经常要放弃的人,但是我除此之外找不到适合自己做的事情,或者说有热情去花费时间度过生命的事情。这是一种消极的选择,就是别人先挑了自己的行当去做,我只能挑这唯一剩下的。我现在忆起了你的脸,你的脸狭小,闪烁着自命不凡和不择手段的神情,虽然我厌恶你的脸,但是不得不说这是一个小说家应有的脸型。你比我的运气好,你遇到了我,因为你的粗鲁和胆大妄为,恰巧我今晚无所事事,读了你的东西。目前事情令人满意,如果你的结尾精彩，我会把你推荐给我所有认识的编辑，竭尽所能地帮助你，不过如果你是和我一样的可怜虫，对你的帮助也许是残酷的捕鼠器，我提醒你要慎重地思考自己的人生，到底要为这个事情献出多少东西，到底可以耐受何种程度的自私和孤独。当然这不是你现在应该费心琢磨的事情，希望你小说的余下部分能够不要让我失望，我倒不是多么关心你的前途，只是不想白白浪费一晚上的时间。祝好。

　　我等了一会儿，没有得到回信。我用这个空儿处理了一点琐事，回了几个微信，敲定了几个需要见面的事情。回头我又查看邮箱，还是没有回信。我把地板拖了一遍，用吸尘器吸了猫毛。我忽然想起我妈的老房子应该要开始供暖了，北方的这个时节已经相当寒冷，夜晚在路上走路的人开始稀寥。我给我妈打了个电话，想问问采暖费她准备了没，如果没有我就把钱给她打过去。她并没有接电话，这个时间她应该在看电视剧，每次看电视剧她都把手机静音，坐在离电视机两步远的床脚，认真地看。我有时候会梦见她，她曾经非常强壮，自行车前面装满了菜，后面驮着我，在寒风中骑行一个小时，到了家面色红润，神采奕奕，马上脱下外套开始做饭。现在则眼角下垂，整天裹着厚厚的衣服坐在家里不动。我的梦里老是出现熟人，都是我十几岁就认识的人，我们因为一场先赢后输的球赛而号啕大哭，三十岁之后的朋友几乎不会梦见。那几个熟人全都已经断了联系，但是他们就像我心爱的古董一样，总是在我梦中出现，被我擦拭、端详。有一次我罕见地梦见了那个意大利翻译，她在译一本薄薄的册子，可是怎么译都译不完，以至于头发都白了，我在她身边高叫，停下来吧，停下来吧。她没有听见我的话，手中的钢笔像是装了电池一样不停地动来动去，我伸手去推她，她拿起册子贴到我脸上，说，你看好了，这可是你的书。你的狗屁玩意儿，你的想被理解，想逃遁其中的狗屁玩意儿，我累得脖子都细了，可是你一点不领情。我一下醒了，摸了摸枕头，床上只有我一个人。

　　武松睡着了，尾巴落在我的键盘上。我给它挪了一挪，它并没有像其他猫一样，别人一碰它的尾巴就跳起来。它还在沉沉睡着，三角形的嘴微张着，脖子蜷在身体里，好像已经昏迷。我又查了一遍邮件，发现有了新的信。

女　儿

　　寒气从门板的底下渗进来，火是旺的，杀手说，我想跟你换个位置，这样门开了我能看见，而不是有人突然走到我的背后来。男人的烧酒喝得有点多，有些醉了，双眼变长，面带微笑。好啊，他说，还是你想得周到。两人相对无言，杀手不喝了，等着午夜到来。男人兀自喝着酒，时不时笑着摇摇头。男人忽然说，我刚才骗了你。杀手再一次紧张起来，说，什么事骗了我？男人说，我杀过一个人。杀手说，什么人？男人说，第一个来杀我的人，她追了我两年。终于有一天夜里，在一个驿站，跟这个差不多，追上了我。杀手说，然后呢？男人说，我稳住了她。那是一个女杀手，善使两把长锥。那时我比现在年轻，风霜还没有把我磨成老人，我哀求她，她知道我没有跟她对抗的本事，就放下心来陪我聊了一会儿。杀手说，然后呢？你毒死了她？男人说，没有。我想办法让她爱上了我，或者可以说，她追了我这么久，对我了如指掌，已经具备了爱我的基础。我轻轻一推，她就爱上了我。杀手说，她犯了杀手最大的忌讳。男人说，也可以说，她犯了每个杀手都会犯的错误。对一个目标追了太久，已经没法下手把他清除了。杀手说，然后呢？男人说，我请求她和我一起走，她答应了，我们就一起逃跑。跑了两年。我一直想趁机杀她，可是她能耐太大，睡觉又太轻，不生病，我没有机会。杀手说，你为什么要杀她？她已经跟了你了，付出巨大的代价。男人说，可是她还是来杀我的人啊。终于她怀孕了，她生下孩子之后，我听见孩子的哭声，从她的身边接过孩子，就把她杀了。杀手不说话，手摩挲着刀柄。男人说，我杀她时，她还笑着，真是个傻女人啊。我女儿快到了，你用不用洗个头发？杀手说，不用。男人晃着脑袋轻声哼着小曲：

　　我是一个木匠啊我有三把斧子
　　除了三把斧子我还有一个孩子
　　孩子的妈妈死在早年
　　每年我都把鲜花放在坟前
　　孩子现在已经是少女
　　头发弯曲个子到了我的膀子
　　……

又过了一会儿，柴火要尽了，火苗微小下去。男人几乎睡着了，手拽着衣角，嘴偶尔动动，声音含糊。门外传来马蹄声，马蹄踩在雪上，发出笃笃的闷响。马停住了，打了个响鼻，隔了半晌，有人推了一下木门，然后敲了三下。杀手把刀拿在手里，火光照在他的脸上，照见了他脸上的皱纹，照见了皱纹缝隙里的尘土，照见了他油腻腻的领子，照见了他无人浆洗的衣裳。刀刃明亮，那是他从头到脚唯一干净的地方。

我没有第一时间回信，点了一支烟抽。我担心他结尾写得太好，我预料他写得不会太差，不要太好就行。已经凌晨，毫无睡意，园区里有老人开始遛狗，边遛边高踢腿。我坐了一个小时，盯着邮箱，没有来信。

请尽快把结尾发来，故事到了这里，结尾不需要太长。编辑快要上班了。

没有回信。

目前情况发展，有几种可能。A. 男人和女儿合力杀死杀手，逃走。B. 杀手杀死男人，带走女儿。C. 杀手杀死男人，女儿宁死不从，也被杀死，杀手失落而走。D. 来的不是女儿。这几种情况都说得通，都不差，请速速写完发我。

没有回信。

两天已经过去，我不相信你没有写完，我不知道你如此行事到底是何用意。我花了许多时间与你探讨，给你鼓励，也和编辑打了招呼，我们都在等待你的结尾。我不奢望你尊重我的劳动，我只希望你尊重自己的劳动，一篇小说无论好坏，最重要是完成。我已两天没睡，这不是你的责任，我本来睡觉就轻，我很想知道故事的结局，即使它是一坨狗屎。没有结局之前我无法入睡。如果你是太累了，我相信你现在已经睡好吃好，请务必写完发我。我坐在这里等。

女 儿

  我吃了点东西,但是我已经四天没有打扫屋子了,我也睡了一会儿,睡十几分钟就会醒,好像身边躺着一个充满性欲的陌生女人。近十年我都在写作,都在等待写完,世界上的其他人也都在做着自己的事情,等待把它做完。如果你心脏病突发死掉了,请你给我一个暗示,比如台灯闪动一下,或者下一秒窗外就开始下雪。如果你还活着,请你跟我说话,即使你不发给我结尾,请你跟我说话,随便说点什么都行。我想念你,我的朋友,就像想念一个已经早已把我忘记的人。你还活着吗?还像一个正常人一样,怀着无数无法满足的欲望活着吗?那样最好,不要太认真。如果有人来杀你,请你告诉我,我有一匹马存在保险柜,我可以现在骑着它去救你。

  我又一次醒了,窗外刮着大风,枯枝战栗,天已经黑了,远方闪烁着磷火一样的车灯。我看了看电子表,睡眠持续了半个小时,武松睡在我旁边,还是一副昏迷的样子,好像比过去瘦了一圈。看我醒了,它也睁开眼睛,喉咙里咕噜了一声。我感到饥饿,也感觉极度的疲惫,好像拉着一块磨盘走了好几年,身上还有绳印。我忽然坐起来,又把电子表看了看,距离晚上八点还有十五分钟。我滚下床穿上外套跑出门去,我的脚还是有点跛,也没有来得及系鞋带,但是我跑得飞快。幸福,像洗澡水一样把我浸没,有一个人在等我,她等了我很久,现在已经绝望,炉火要灭了,但是以我对她的了解,时间没有走完之前,她不会放弃,而我,马上就要到了。

2017 年 11 月 28 日初稿
2018 年 3 月 2 日定稿

所有人都想离开

罗伟章

睡到半夜，叶波去上厕所。厕所很远，需向西穿过整排单身宿舍，再过一座天桥。他从厕所回来，见一条狗站在他窗根底下。走廊上灯影浑浊，但还是能看出他不认识它，他说："喂。"狗不仅没跑开，还跷了后腿，撒尿。他说："喂！"狗不是留记号，是真的想尿，因而很难停下来，眼里满含愧疚，请求他的原谅。他想起自己刚才上厕所的情景，觉得不原谅说不过去，就耐心地等在那里。狗站的位置，离门太近，他怕进门时被咬一口。毕竟不认识。狗尿完了，用后腿虚虚地刨土，把尿盖住。当然没有土，这是水泥地面。他心想，何必多此一举。每次见猫狗拉了屎尿，即使拉在石头上，也认真到庄严地刨一刨，就觉得它们真会做无用功。但你觉得是无用功，在它那里或许很重要，他理解这层意思，便只是那样想，并没嘲笑。可这条狗太过分了，刨几下就该离开的，它非但没离开，还身子一横，干脆挡了叶波的路。叶波正要呵斥，见狗头扬起来，目露凶光，獠牙毕现。

心里一紧，叶波醒了。

不是半夜，而是早晨。尽管看不见阳光，但他知道太阳已经升起。阳光在这排宿舍之外，把早晨的青涩抹白。白中带一点浅粉。这是成长的颜色。他起了床。第一个任务，当然是上厕所。这是个星期天，校园里没有学生，教职工也大多不住校，是住在矿区，学校离矿区有好几百米，至于这排单身宿舍，响午之前，几乎都不会有人起床的，叶波无须穿得太规矩，将就那身睡衣睡裤，加件外套，就把厕所走了。他回想着刚才的梦，好像大有深意，一时又理会不开。是不让我再回去了么？不让回去，不就只能离开么？这是梦境最显明的意向。这意向让他心情沉重。好在身体轻松下来，心情也就不再那样糟糕。许多时候，我们把心情的好坏，过于夸大了，其实心情不好，很可能只是需要撒尿。想到这里，他笑了一下。回到宿舍，刚跨进屋，他突然觉得应该去窗根下看看。那里果真有一滩水，黄不拉叽的，分明就是尿水。这着实让他惊异。出门时没看见狗,现在更没有狗。廊道东头,几步石梯底下,是个小操场,他走到那梯口上去,四处张望,操场上同样没有狗的身影。

它不见身影,但是它来过,并且给了他那样一个梦。

近些日子来,仿佛所有人都在谈论一个话题。
——离开。

如果把矿区九千颗心捧出来,集中到灯光球场,会听见它们拨动出同样的旋律,为这旋律填上的词,就两个字:离开。也只有这两个字。而事实上不是这样的。叶波就不是。他当然也想,但他想的"离开",与别人说的不是一个意思。在别人那里,味道生冷,距离遥远,他要的是水到渠成,有着自然的方向,柔和的气息。只是这话不能讲出来。你和别人想得不同,很可能被孤立不说,还证明你心里没有远方,也不敢有远方。这差不多就相当于无能。昨天下午,教英语的孟达问他:"你啥时候走?"弄得他张口结舌,嗫嚅半天,才含糊地回答:"再看吧。"孟达说他后天就走,说得意气扬扬,可那眼睛深处,却含着怨。想离开的人,似乎都带着怨气,像待在这里,让他们受了天大的委屈,不是屈物,就是屈才。孟达的怨倒是实实在在的,前一阵,说有德国专家来矿上,德国专家说英语,就叫孟达去当翻译,此前半个月,矿办公室主任把孟达带进市里,为他挑选西装,花了千多块钱;这样子打扮他,小而言之,是不让德国人小看了矿山人,大而言之,是不让外国人小看了中国人。西装买回来,孟达挂在寝室,叫女朋友缝个罩子,将西装笼住。可德国专家没能如期到来,而且说不会来了,矿上就把西装收了回去,还责怪孟达弄歪了垫肩。

他们有怨,叶波没有。

叶波觉得一切都蛮好的,不明白为什么非"走"不可。

这是一座煤矿,名叫八台,卧于群山深处。今年7月,叶波大学毕业,分到东轩矿务局,不好,也不坏,好的留在了大城市,坏的是哪里来哪里去,比如你来自某县,就回到那县里,县里再往下分,下到什么程度,就难说了。叶波这种叫直分,意思是免除了"下"的风险。结果当然不是。东轩矿务局是家省属企业,一幢高耸的灰色大楼,鹤立鸡群般,坐落在东轩市荷叶街上,叶波以为,自己往后的人生,就是那幢大楼里的人生了,不知道那只是总部,下辖九矿,都在远离城市的野山野河。对刚毕业的学生,总部只能成为一种向往。这年分来四十人,大半是学师范的,东轩矿务局不差矿工,也不差文书和官员,差的正是子弟校教师,叶波没学师范,也派到八台煤矿教书。从总部出发,坐两小时汽车,进入石桥县,再从石桥坐四十分钟木船,就到了那地界。那里有座八台山,八台山上还有座八台寺,煤矿因而得名。载木船的河流,名叫金马河,流到矿区门口,就奇异地消失了,像它的全部使命,就是把人送进去,再把人接出来,至于你想不想进去,想不想出来,就不是它要考虑的了。公路不是没有,但只跑煤车。叶波教了多个月书,路面加宽了,客车也才开通。

在叶波看来,这是吉兆。最大的吉兆在于,对教书,他比那些专门学师范的,更有一种如鱼得水的感觉。这片水刚好适合他。他喜欢安静。安静的风景,安静的人世。做教师,能护住他的安静。他读《乱世佳人》,常常为那个卫希礼感叹,卫希礼也喜欢安静,要不是战争和动荡,他该是一个多么称职的男人,遗憾的是,时势把他没有奢望的人生毁掉了。

和卫希礼比,叶波深感幸运,他只从书本和电影里见过兵荒马乱。那些并不遥远的岁月,却有着遥远的破败。当动荡不在眼前,就以为动荡永远不会来。

八台煤矿只有小学和初中,叶波教初一的语文课。子弟校的孩子,退路无限宽阔:他们的退路就在大山里。矿区外除了八台山,还站着两座大山:南瓜山和板凳山。八台山更高而已。每座山的腹心,都密布着纵横交织的网,那是矿道。孩子们初中毕业,不想进城读高中,也考不起技校的话,就在桌球边混两年,把骨头长硬,便戴着藤帽,顶着矿灯,扛着镢头,钻入井口,沿祖辈父辈们开辟的路,朝更深处掘进。当知道太阳照不着自己,就壮着胆子说粗话,开开心心骂娘。又过几年,成男人了,结婆娘了,生小孩了。他们的一生,就这样过了。这算不得多么幸福的一生,但人是在比较中感觉幸福。几座山上的农民,没有他们好过,他们挣得多,想吃肉就吃肉,想喝酒就喝酒,肉是块头肉,酒是烈性酒。因为有退路,学生少焦虑,不拘谨,也不把老师太当回事。

这正合了叶波的胃口。说白了,他也还只是个学生,区别在于,时光的刀子,把他的学生生涯割断了,让他突然当了老师。学生和他处得就像兄弟姐妹,见他把一大堆书码在床上,就有人给他扛了个竹书架来,说是他爸爸特意找人做的;见他寝室的电线被老鼠咂断,就有人叫来她的小姨,她小姨是个电工。周末,叶波带着家务不紧的孩子,登山远足,攀到八台山顶,听那个枯瘦的老和尚,敲着木鱼,独坐念经;爬上南瓜山头,去赶集市——那里有个乡场,名叫大桠,一棵八百年黄桷树,差不多就占了半条街,山民守着土货,办家家宴似的,把黄桷树围住。回程中走累了,就随便躺在一片林子里,横七竖八地睡上一觉。

这日子让他想起一句诗:"明月清风我。"

他连恋爱也不想谈。

和他一起分到八台的,共有六个,清一色都是男性,课后,六个人打打闹闹得快活,到开饭时间,就端了碗,结伴去食堂。学校没有食堂,矿区才有,走过去,需穿好几片家属区,几人在路上说笑,路两旁的楼房里,窗帘背后则隐着无数双眼睛。那是急于成为岳母的妇人。她们在六个人中挑选,不是挑三拣四的那种选法,而是要眼如鹰隼,否则动作稍慢,就可能被人抢了先。一旦选定,便迅速出击:不会亲自来,是托媒人。一时间,单身汉住的那排平房,比大桠乡场还闹热。夜里,几人涌到叶波的屋子里聚谈,公布各自的"账本"。甲说的时候,乙听上几句,就皱眉头,同时丙也在皱眉头;乙说的时候,甲和丙又皱眉头。原来,他们说的是同一个姑娘。媒人听从那些母亲的意思(也可能是自作主张),怕说一个不成,就撒宽网;毕竟都是揣着大学文凭的,长得都不算标致,却也没有歪瓜裂枣,谁也不比谁差多少。甲乙丙丁的这么说穿了,便拍脚打掌,笑成一团。教历史的鲁平顺说:"媒人这样耍我们,我们就一个都不要,宁愿打光棍!"都信誓旦旦的,一片声响应。

话虽如此,不到两个月,就各有所属。周末,男方到女方家去,收拾屋子、搬运煤球,买粮购物,杀鸡宰鸭。夜里的聚谈已成往事。每道门都是关着的。

除了叶波。

那门漆成了天蓝色,也是金马河的颜色,叶波把门敞开,敞开一道天蓝色,金马河的颜色,可是,除夜风、蚊虫和邻居跟女友模糊的浅笑,再不会有别的什么进他的屋。他拒绝了所有的媒人。他知道,每个媒人的手心里,都握着大把姑娘,那些姑娘中的一个,能给予他某种生活。他暂时不想要那种生活。不是不想,是不能。他很晚才睡,无数次踱出屋子,望着被"空"拥挤着的廊道,想象着那里有一个人,正朝他走来。

想象的苍白,他在这时候体会得最为刻骨铭心。平房前是条水沟,水沟背后是两丈高的堡坎,抬了头,从堡坎和屋檐间的一线天,也能望见星空;但要是下雨,就只能看到眼前亮闪闪的雨脚了。在门外站一会儿,又站一会儿,他才强迫自己,回到书桌前。一张单人学生桌。几个平米的房间,也只能放下这样的桌子。他看书、备课、改作业,不到眼睛再也睁不开,就不往床上躺。

事实上,有好多个夜晚,他都是在书桌上趴到了黎明。

多年以后,叶波回顾那段岁月,首先跳出来的,就是在梦里出现的那条狗,然后狗身隐去,只剩下荒凉的走廊。他把这种荒凉,当成一种背叛。这排单身宿舍,是用教室改的,改成了几十个房间,东边六间,住新来的六个大学生,都教初中,中间部分要么空着,要么堆放杂物,西边全是小学教师。小学部和初中部,以天桥为界,很是泾渭分明的样子。小学部的老师,无论男女,都谈了恋爱,有的已扯了结婚证,只等矿上腾出房子,就从这里搬走,加上学历低,少数读过中师,多数只念过高中,上午还在挖煤,下午就可能接到通知,让把身上洗了,到学校教书。因了这些缘故,他们不大跟东边的来往。东边这六个,大多不是东轩人,也不在一所大学念书,但分来不到一个星期,就熟识了,然后就开始了每晚的夜谈,中午和傍晚,还常在一起打篮球,三对三,刚好打个半场,只要有人提议,下着瓢泼大雨,也去球场上蹦达。有时也下棋和看电影,灯光球场那边,就是电影院,两角钱一张票,给现钱也行,给菜票也行。要进谁的房间,根本不用敲门,除了睡觉,门都是敞着或虚掩着的。他们觉得,世间有门,就是用来开的,不是用来关的。

然而,自从找了女朋友,立即改变了世界观。

那些门,所有的门,都成了对叶波的拒绝。

叶波说的是背叛。

他在廊道上徘徊和望天的时候,有好些次,都走到别人的寝室门外,想把门敲开。果然敲了。基本上是装着没听见,好像屋里没有人,有时会应一声,说等一下啊,马上来。他老老实实等,却老也不见来,只好黯然离开。有次,隔墙的杨春辉倒是开得快,热情地邀他进屋。这热情本身,就相当于拒绝。屋里照例坐着他女朋友,那女子名叫赵明明,见叶波进去,忙让出方凳,盘腿坐到床上去。她是服务公司员工,生得白净，只是个子矮些，不过也正跟杨春辉般配。叶波坐了，杨春辉问他吃饭没有。这是无话找话。许多时候，找话比找钱还难，没说两句，杨春辉就跟女友谈起显然早已开始的话题，是衣服、被子、柴米油盐。一点儿意思也没有。叶波觉得，他们不仅是对他的背叛，还是对青春和自由的背叛。

也是多年以后，暑期里，叶波去省城看儿子。晚上七点过，儿子也没回家，儿媳做好饭，打电话问，答言单位还有事情。儿媳说："爸爸，我们先吃，他那单位经常加班，下班正常点儿，又堵车。"吃过饭，儿媳玩电脑，叶波出门散步，本来是想出小区，却走错了路，走到了另一幢楼，拐过一道弧形弯口，他猛然间看见儿子的车停在那里。这小区的停车位并不固定，哪里有空就往哪里停。他和儿媳吃饭都快，从拿上筷子到丢了筷子，绝不会超过一刻钟。他以为儿子没开车走，窜着头，又朝前跨几步，见儿子蜷在车里，窝着脖子划手机。他正想喊，张嘴之前改了主意，静悄悄地退开了。儿子停车的地方，背角，儿媳不会朝这里来，他选这里停车，可能有他的想法吧。儿子大了，各衣另饭地过着日子，有些事情，或者说多数事情，都不好管了，心里想管，也管不着了。叶波在小区旁边的花园里，来来回回逛了四十多分钟，回家后，见儿子依然没回来。是快九点才回的。这以后，叶波又在儿子家住了三天，每天晚饭后，他都偷偷去那幢楼前，都看到儿子把车停在那边，蜷在车内，不是划手机，就是眯着眼睛呆坐，不过八点半，就不回去——即使自己父亲来了，也不例外。

这是不是一种背叛？如果是，又是对谁的背叛？

叶波想起自己年轻时候的那个词：离开。

世易时移，离开的方式变了，那个词表达的意义，也变了。

但又像从来就没有变过。

叶波记得很清楚，那条狗在他梦中出现那天，他的灯又坏了。又是老鼠咂断了线路。跑到单身汉屋里的老鼠，真是可怜，闻不到油烟气，没一粒菜头残渣能吃，就只有咬书，咬电线，而咬这些东西，并不能成为生存下去的依据，无非是让自己产生一种生存的幻觉或假象。堡坎挡光，想做点正经事，白天也要点灯。叶波吃过早饭回来就发现线路坏了。这让他慌乱起来，像一分钟的暗淡，也会误了他的大事。他发现，近段时间，自己动不动就心里慌乱。好在他已经跟几个学生约好，今天去爬板凳山，板凳山上多的是黄栌树，这时节，叶子红如火焰。那些学生中有个女生，名叫张娅，她小姨袁小青，就是那个电工。

红叶不止是一种颜色，还是一种光，风从远处吹来，又吹向远处，整片山野，光芒波翻浪涌；叶片碰撞出的浩大声响，也是光的声响。他们沐浴在光里，也成为光的一部分，成为响声的一部分。学生玩得很开心。每次跟叶波出来，学生都很开心。野游之前，叶波都要做攻略，所下的功夫，绝不压于备课，比如到板凳山，他就要查阅黄栌树，科目，别名，特征，哪种病菌会侵蚀它，哪些诗文曾提到它，包括三峡神女峰下，也全是长着黄栌树等等事情，都在登山途中，讲给学生听。如此，一根树，一棵草，一粒石子，就有了来历，有了温度，有了时光赋予的命运。没有一种生命是简单的，也没有一种生命是卑微的。

可是这天，叶波情绪不高。当然学生不大能察觉，他也故意不让学生察觉。那个梦境，对他构成了一种压迫。细细想来，不是梦境压迫他，而是现实。孟达明天就走了。他将带着女友，去往南方。其余几位，虽还没定具体日程，但"离开"两个字，是从头挂到脚的。他们要去的，都是南方。南方仿佛成为了一种宗教，歌厅里，大半是粤语歌曲，你会用粤语唱，身上就自带一种神秘，甚至高贵，不会，就低了、俗了。他们都要走了，走到粤语的中心，而我，叶波，却带着一群十二三岁的娃娃，在这里闲闲地爬山。这山千千万万年立在这方土地上，不被记录，也不被记忆，进入不了歌厅，更进入不了史册。

通常，叶波跟孩子们早上八点钟出发，不到中午回不了，如果爬到南瓜山的大桠乡，他还会请学生去横桷树旁边的面馆，吃了午饭才回。但今天，刚好十点，他就说回去了。

他叫张娅请她小姨来帮他修电灯。

袁小青很快来了。电路修好，她摁下开关，屋子白得刷的一声。她和他，都像是猛然看见对方的脸，都吓了一跳似的，她出门走了，他才想起还没道谢。

比黄昏稍晚的时候，叶波刚吃了饭回来，张娅来了，进屋就在屋角放下一个沉甸甸的东西。"叶老师，"张娅说，"我小姨送你的。"话音未落，转身就不见了。

屋角那东西用几层报纸包裹着，叶波从书桌前起身，弯腰把报纸打开。

是一副哑铃。也漆成了天蓝色。

他有些奇怪,站着怔了一回,又坐回去,准备明天要讲的《故乡》。"闰土把'我'叫的那声'老爷'",他写道,"不要单从阶级角度去理解,闰土是少年的'我'心目中的英雄,一声'老爷',英雄坍塌了,这是很深的悲哀。人是需要榜样的,每个人生阶段,都要学会为自己找到榜样。榜样的坍塌,是悲哀,但同时,也表明了你的成长……"

他还要往下写,可屋角那两个没长嘴巴的家伙,不停地打岔,"你就不想试一试?"它们说。于是他再次起身,走过去,一手一个,拎起来。并不很沉,每个大约五斤重。可举了几下,臂就酸了。怎么会呢?他想。其时已是11月天气,西边的板凳山秋叶正红,正北的八台山上,树叶儿却被野风撕下来,刮进矿区,每天清早,煤烟味儿里,夹带着落叶焚烧的气息。叶波穿着毛衣,此时他褪掉一只袖子,看自己手臂。手臂泛白,白得近乎苍白,曲起来,也只能勉强摸到细细的肌肉。袁小青是觉得我该锻炼吗?可我要不要锻炼,与她有什么关系呢?她是什么意思呢?如果真有什么意思,上午她才来过,为啥不自己送来呢?矿山女子没这么保守的,她们找男朋友,之所以要一个媒人,只因风俗如此,或者说礼法如此。其实根本不必要,她们听惯了男人的粗话,也知道食堂外面那个摆烧腊摊子的龚妹儿,时不时把洗澡出来的矿工带回家;对男女之事,矿山女子往往比城里人还开放。

恰恰因为这样,叶波感觉到了一份情。

不知道是不是爱情的情,想必是,否则她跟你有什么情?平时都是她在帮你,又不是你在帮她。唯有爱情,才会把一个大大咧咧的人变得羞涩和含蓄。在媒人口中,袁小青出现过无数次,但最终,她并没走进任何一个人的门再把门闭上。其实她长得蛮好看的,小脸儿,双腿修长,腰身像树条子那样直,她来修电路的时候,穿着劳动布做的工作服,变戏法似的,从这个荷包摸出一把钳子,从那个荷包摸出一卷胶布。

叶波听见了淙淙的声响。那是他心里的声音。他像有了秘密的人,小心翼翼去门外看了,再回来把门关上,脱掉上衣,光着膀子,拿上哑铃,不停地举,直到哑铃由五斤变成五十斤,变成一百五十斤,他再也举不动为止。

然而，睡一觉醒来，他的心就冷了。他觉得自己受到了冒犯。特别是张娅利用交作业的机会，到办公室偷偷告诉他，说那哑铃是她小姨去机电班焊的，她不要人帮忙，自己亲手焊接的——听到这话，那种被冒犯的感觉，就变成尖嘴的甲虫。每一种生活，每一个时段的生活，都有定律，叶波的定律是他现在不想恋爱。袁小青送他一副哑铃，且是亲手做成的哑铃，破坏了他的定律。叶波也是要走的。没打算走远，就走到市区。东轩矿务局前几年办了所重点中学，在市区南城，名叫东轩矿务局第一中学，简称局一中，这所新办的学校，志向远大，去省报吆喝，延聘教师，招生也面向社会，送出的第一届毕业班，就有人考上北大。学校扎了彩车，全城游行，局一中声名鹊起，新学年前来报名的，压弯了路途。叶波他们从局里分下去那天，领导就说，你们都有机会来局一中，但至少要下矿教一年，看你们的能力和表现。叶波想的是，既然自己热爱教书，当然要去能大展身手的地方。

他本以为，孟达他们会跟他一样想，结果，他们想的是遥远的南方。

自从谈了女朋友，孟达这天第一次起了早床，叶波还躺着，就听见他在外面说话。叶波慌忙起身，为他送行。校长也来了。这学校并不留人。想留也留不住，不如不留，谁要走，校长都欢欢喜喜地送。说起来差教师，是差高文凭的教师，高文凭的教师走了，再从中师或高中生里面去挑选就是。许多年来，都是这样过的。

孟达一走，这排单身宿舍，由冷清变成了冷。其实孟达除了走之前意气扬扬地说了些话，平时关在屋里，几乎听不见声音，可他离开后带来的冷，却穿胸透骨。

这样一来，叶波更没有心思谈恋爱。他以前不谈，是因为不能，便迫使自己不去想。他是个实际的人，说是有责任心也行，袁小青再好，但她和媒人们介绍的所有姑娘一样，是工人编制，到时，他调进局一中，要把袁小青调进城，跟登天一样难。他觉得自己进了城，却把恋人或妻子留在野山野河，没法安心；如果因此跟恋人吹了，跟妻子离了（这样的事是经常发生的），他更不可想象。同时，叶波也害怕自己像杨春辉一样，和女朋友泡着，尽说些衣服被子柴米油盐；那些话，一辈子有的是时间说，实在不必急着说。

以前是不想恋爱，现在是完全没有心思。

可那些老鼠，仿佛故意跟他作对，隔三岔五，就咬断他的电线，逼他去请电工。矿上当然不止袁小青一个电工，但如果不请她去请别人，叶波觉得不地道。具体是哪里不地道，又说不出来。他还是叫张娅帮忙请她小姨。袁小青来之前，他都把哑铃收到书桌底下。书桌底下也能看见的，袁小青看见了吗？不知道。她和他都从不提起，像根本就没有那回事。有好几次，他都想对她说声感谢，但说不出口。他也不明白为什么说不出口。

好在明年夏秋，就能去局一中了。叶波有这信心。10月中旬，全局青年教师赛课，先在各校选拔，然后去局一中决赛，八台去了三个人，只叶波得了奖：初中组第二名。后来传出消息，说他本该第一，但局一中要面子，劝动评委，让他们学校的得了第一。局领导来八台视察时，到学校开了会，点名表扬了叶波，并再次说到局一中的大门向各位敞开，还说，尽管局一中面向全省招聘教师，但真正培养和长期依赖的，是本局教师。孟达走后二十天，东轩全市举行学生作文大赛，叶波的学生又得了一等奖。

然而，当洪水来临，就会诞生一个新的词。这个词叫"席卷"。叶波的家乡在一片小岗上，气候温和，雨量适中，想起来，他真没见过洪水，连山洪也没见过。当他带着学生去市里领奖，才第一次见了。那是时代的洪流。他本以为，只有野山野河的人才向往离开，他甚至以为，孟达等人（那时候，除杨春辉，其余几个都走了）之所以朝南方跑，是觉得自己进了不局一中。这次到市里，才知道局一中的也在离开；不仅局一中，全市都在离开。

他们奔赴的方向，都是南方。

叶波成为洪流中的一粒草芥。

做出这个决定，他没花上五秒钟。

以前打定主意不走，尽管心里焦躁，却并不去想走不走的事。现在不能不想了。既然想了，就别太过犹豫。他是个自尊心很强的人。自尊心强，便不允许自己犹豫太久。在卫希礼的时代，喜欢安静和没有奢望，差不多就是罪过。他现在更深地懂得了卫希礼的那种苦恼和挣扎。挣扎只在内心，不要让别人看出来。在做出那个决定之前，别人看不出叶波的挣扎。

他的决定并无任何特别之处：离开。

时间：本周六早上。

方向：南方。

这天，他拿着碗筷，朝食堂走。初升的太阳，从南瓜山顶无声无息地淌下来，使矿区明暗分割。运煤车已经发动，喇叭的喧嚣，从暗传到明处。一群鸽子在天空盘旋，随意变换的队形，高于楼房，低于云朵。这是一个冬日的好天气。整个冬天，差不多都是这样的好天气，可叶波却觉得陌生。不是陌生，是遥远。将近半年，他已习惯了这里的太阳怎样升起，怎样在挣扎中簇聚古铜色的光芒。矿区略带金属质感的气味，他在梦中也能闻出来；他喜欢这气味，这是男人的气味，有种强硬却不强加于人的力。至于那群鸽子，他不仅见过它们在天上飞，还见过它们进食、饮水，吃饱喝足，就弯过小脑袋，梳理翠绿色的颈毛，然后抢占到养鸽人的手掌或光秃秃的脑门，一条腿站了，闭目养神。叶波认识那个养鸽人，那人名叫何三，住在老楼里，将整个阳台和半个家，都变成了鸽笼，养的数百只鸽，不杀，不卖，只用来放飞，鸽子病了，为它打针喂药，鸽子死了，就把它们埋葬。八台山上，有个地方叫磨盆石，磨盆石旁的杂木林里，隐着何三垒出的鸽冢。叶波带学生游历时，每次走到那里，他都会注目于那一绺静谧的黄土和黄土上散淡的落叶，想象何三埋鸽子时的心情。

然而现在，他自己都没心情了。

他承认自己有些伤感。

伤感是因为不再珍惜。

他本来是多么珍惜这里的一切，他把自己种在这里，希望尽快长成一棵树，移植到局一中那个圣殿里。可而今，局一中在他眼里，也是粗服布衣，蛛网挂檐。

周六很快到了，校长照例来送行。不止送叶波一个，他是跟杨春辉结伴走的。叶波做出走的决定，很大程度也是杨春辉的鼓动。"走吧，再不走，六个人就剩你一个了。你吭个气，要走的话，我陪你走！"杨春辉是这样说的。这时候，来送行的校长倒有些舍不得，毕竟，跟孟达他们比，彼此相处的时间更长了——快放寒假了。校长说，过了春节再走，不是更好么？杨春辉说不行，春节前最好找工作，过了春节，许多岗位就满了。杨春辉没像其他人一样带上女朋友，他对赵明明说，等他去找到工作，就回来结婚，然后一起出去。

就这样，叶波和杨春辉交了钥匙，走了。

金马河在公路底下，静静地后退，河水被风吹出密集的皱纹。

"叶校长，有人找你。"

叶波转过头，找他的人站在门口，第一眼他没认出来。他只听见眼睛里唰唰唰地翻着照片，一直翻到三十多年前。他噌地站起身，跑过去，在来人胸膛上擂了一拳。

这是鲁平顺。

当年的六个大学生，鲁平顺是最瘦的，瘦得坐在那里，也给人飘的感觉。但现在挺着个大肚子，脸和脖子，都像吹胀了。"不好看，"叶波摇着头说，"一点儿也不好看！"鲁平顺一把抱住老朋友，噘着嘴，吹叶波鬓角的头发。那头发早已花白。"我胖了，你老了，"鲁平顺不服气地说。"你以为你没老？"叶波戳戳他，"照照镜子，看看你的眼袋！"

是的，都老了。再过两三年，叶波就该退休。

在叶波的办公室坐下，鲁平顺第一句话就问："我后来听说你也走了，跟杨春辉一起走的，为什么又回来了？"紧接着说，"不仅回来了，还在这鬼地方一待就三十多年！"

叶波不想谈这个话题，忙着给鲁平顺泡茶。

鲁平顺拦了："你别泡。我确实渴，但不是嘴巴，是眼睛！"

他要叶波立即带他去学校和矿区转转。

他是自己开车过来的，想尽快见到老友，路上没停，直接开到了校门口。当年，鲁平顺跟女朋友走了没多久，女朋友的父母作为全局闻名的文艺骨干，调进了局机关，之后又双双去了东轩矿务局驻省城办事处，因此鲁平顺那一走，就走得再没消息。办调动手续也不需回矿上的，当年分来的大学生，档案关系都保存在局里。除鲁平顺和杨春辉，孟达和另外两人还有消息，知道他们有的依然教书，有的进了公司；谁都以为孟达会进大公司的，那时候太需要英语人才，孟达不仅学的英语专业，还有很强的口语能力，可他偏偏去了一所中学，教高中，并很快成为一方名师。又过些年，他们把岳父岳母接到远方，消息也才断了。

这时候，叶波故意说："既然是鬼地方，有啥好转的。"

鲁平顺拉着他就走。

早不是原来的样子了。连学校的招牌也换了。以前叫东轩矿务局八台煤矿子弟校，现在叫石桥县八台镇中心校。企业改制，不再办学，学校都划规了当地教育局，局一中也划到了东轩市南城区，改名叫东轩市南城区第二中学。当年那排单身宿舍，又改回了教室。连结小学部和初中部的天桥还在的，只是由灰色漆成了红色。一路过去，墙外密布着电网、间距不足两尺的家属区，成了规整的瓷砖楼。到一幢楼前，叶波问："记得这里不？"鲁平顺不记得。叶波又问："还是李霞？"李霞是鲁平顺当年的女友。鲁平顺笑："我倒是想换，可惜没换的。连你都嫌我不好看，有谁要我？"叶波说："李霞以前就住这位置。"鲁平顺打了自己一巴掌，说幸好岳母没在，不然又要说他没良心，说自己为生李霞，差点命都丢了，你平白得个老婆，倒记不得她在哪里生养的了。这才又说到，李霞的父亲已去世，母亲还非常健康地活着，跟他们住在深圳，领着一群大叔大妈跳广场舞，比赛中经常得奖。鲁平顺自己，先教书，后来进了某家报业集团当记者，一直干到现在。说这些时，鲁平顺生怕把话说过了头。在老朋友面前，切忌炫耀。何况这老朋友还待在夹皮沟里。他既没说自己当记者时做得风生水起，也没说自己现在是集团副总。他这次到东轩，是全国新农村展演在东轩举行，他作为特邀代表参加。自从离开八台，除办调动回过东轩，再没来过，而对走上社会的第一站，无论时间长短，总是丢不下，让人莫名的怀念。在他的计划里，本来也要抽空到八台走走，没想到下榻的宾馆，就在荷叶街上，他洗了脸，就去矿务局瞎逛，随便见到个人，就觉得很亲切，就跟他们聊，这一聊，才知叶波还在八台，便立即租了辆车，跑过来了。

两人走了一转，既没看到灯光球场，也没看到电影院。灯光球场上，立起来几幢商品房，不仅矿上职工，附近农民也可以购买。电影院变成了超市。食堂倒是在，但不叫食堂，叫餐馆，且分割成若干家，都是私人经营。鲁平顺很惆怅的样子。

"那个龚妹儿呢？"他站住了问。

叶波笑："连自己老婆住哪里都记不得，却记得龚妹儿！"

龚妹儿，就是当年在食堂外面卖烧腊的那个女子。换了叶波离开三十多年，照样会记得她的。那是个美人儿，美得身上到处是阴影。当年她也没谈恋爱，却没一个媒人提她。一方面是她常把洗澡出来的矿工带回家，另一方面，她就是个个体户，连工人也不是。如果不是在矿区，定会把头一桩看得更严重,矿区不会的,你心甘情愿做的事,就是你自己的事,但没个正经职业,不能领国家工资,就不好给揣着大学文凭的人介绍了。六个大学生同样计较她的身份,但真正不敢去触碰的,是她暗角里的那些白天黑夜。可她实在太美了,六个人去食堂,不管想不想吃,都去她那里称些烧腊,因为她的手摸过,那烧腊就不是烧腊了,成她的手了。从叶波他们分到八台算起,龚妹儿在这里待了一年零三个月,之后就不见了影儿。据说也是去了南方。一座矿山,似乎载不动她的美。

两人正说着话,一个有些驼背的妇人,提着菜篮子走过来,给叶波打招呼。叶波应了,妇人也过去了,他才瞟了鲁平顺一眼。鲁平顺没任何反应,叶波便没言声。

已过下午五点钟,照叶波的意思,两人去餐厅,随便吃点啥,因为鲁平顺刚才讲,他今天必须赶回城,明天日程紧。听说吃饭,鲁平顺说免了,要是他没开车,还可以喝两杯,开着车,不好喝酒的;既然不喝酒,饭吃不吃,就一点也不要紧。

"我去你家里坐两分钟就走,"鲁平顺说。

叶波的家在以前的电影院、现在的超市附近,也是十多年前修的商品房。他住在五楼。打开门,见屋子凌乱,沙发上既有书,也有袜子。有一种人,把客人领进家门,即使这客人是老朋友,也免不了拘谨,叶波就属于这种。他连忙去收拾沙发上的袜子,叫鲁平顺坐。鲁平顺没坐,只盯住电视柜看。那里放着一帧照片,他看的是那帧照片。"这不是……"叶波没等他问出来,就说是的。他竟然还有印象,叶波很高兴。"狗东西!"鲁平顺说,"当初我们五个,谁没去她家里相过亲?她一个都不给脸色,原来是在等你开口!"这事,叶波真不知道。鲁平顺说孟达去过两次,第一次去,她不见,再去,还是不见,她妈骂她,还当着孟达面哭了,但她把自己锁在房间里,就是不出来。这事,叶波更不知道。他只知道媒人提说过哪些姑娘。他们是怎样相亲的,最终又怎样跟一个姑娘好上的,他一概不知。

"你又跑回来,就是为她?"

叶波的眼睛亮了一下,但不置可否。

"就算她忙得起火,"鲁平顺说,"也叫她马上回来,你就说鲁某人来了,要见她!"

"以后吧。"叶波说。

"不行,今天必须见,见了,我话都不说一句就走!"

"她死了。"

鲁平顺不言声了。想说,也说不出什么来,便斜着屁股,在沙发上坐下。真的只坐了两分钟,可能还不到,就看一看表,说他得走了。叶波也不留,送他下楼。送到校门口,鲁平顺上了车,开过一道弯,叶波才回过身,去了办公室。他发现,跟鲁平顺初始的亲热过后,其实就没多少话说了。他相信鲁平顺也是同样的感觉,或许比他的感觉更强烈。有时候,怀念只是一种病,生病的人,锥心刺骨的想吃某种食物,但真让他吃,吃不了两口的。

尽管没多少话说,毕竟还是说了那么多。在那么多话里,有一句最让叶波上心。

就是鲁平顺问他为什么又回来了。

叶波不想谈,是又勾起那些旧事,让他想起了自己当初的耻辱。

耻辱不在于回来这件事本身,而在于他回来过后,虚构着自己的英勇和高尚。

那年过完春节,还没到开学的日子,他就回到了学校。

自然,引起了一阵骚动。出去的人,怎么还可能回来?

来八台的路上——比这更早,在广东待了二十天,回到老家的时候,他眼前就不断窜出那条狗,狗横在他面前,目露凶光,獠牙毕现,拦阻他进屋。那狗是他自己。不出去就罢了,一旦出去,就该断了归路,一个有自尊心的人,都会这样想的。他一直认为自己很有自尊心,可是他回来了。收寒假前五天,他到了东轩,先去矿务局。那时候局机关已经上班。局里有个教培处,归局宣传部管,局里所有学校,都归宣传部管。他去教培处,办公室没人,又去了宣传部。部长姓彭,见到他,眼睛竖起来,像突然间遭遇了什么危险。对叶波,彭部长不仅认识,还很器重,那次去八台视察,点名表扬叶波的,就是他。对四十个大学生的动向,他一清二楚(包括叶波在内,已走了二十三个)。部长的眼神让叶波惭愧。一个离开的人,就是不存在的人了,却又出现在眼前。其实彭部长是以为他回来办手续的。当叶波说自己不走,而且以后也不会走,彭部长像是反应不过来,好一阵,那眼睛才慢慢变圆。"这就对了嘛!"他高声说,"是金子,哪里都闪光嘛!"接着像报喜一样,给八台打了电话。

部长的电话让叶波放心，证明单位依然接收他。

然而，在这个事实底下，他知道自己要走好长一段路。——你为什么回来？

公交车开到石桥，他下了。这是到八台的直达车，但他下了，去坐木船。自从公路客运开通，延续数百载的木船生意，已十分萧条。太慢了。尽管现在木船上装了马达，变成了汽划子，还是慢。而叶波要的就是慢。越近八台，他越心慌。他有些后悔，后悔回来。他不知道怎样解释。部长的电话并没打给校长，是打给矿宣传科的，这更糟。这意味着更多人知道他回来了，他也要向更多的人解释。你有一万种解释，也敌不过你回来了的事实。回来的事实证明了这样一个事实：你看上去很能干，拉出去遛一圈，就打回了原形。孟达他们赛课没得奖，教的学生也没得奖，但人家是混大世界的，不屑于要那些奖。同时他觉得，彭部长的话也意味深长，既然金子哪里都闪光，一出夹皮沟你就闪不了光，证明你不是金子。

金马河像他离开时一样蓝，也像他离开时一样被风吹皱。

船行水上，像行在石头上，嘭嘭乱响。

上岸后，他碰见的第一个人，是何三。何三的怀里搂着一只鸽子，来河流消失的地方放飞。这不知道是他个人的仪式，还是有什么特别的讲究，每当放飞将远行数千公里的鸽子，他都到这里来。见到叶波，他点点头。这已经是他看得上的人了。何三为人很冷，见到人一般是不招呼的，包括点点头的招呼。因醉心于养鸽，老婆早年就跟他离了，也没留下一男半女，而今五十多岁，头顶根毛不存，却有一部浓密的大胡子。叶波揣摩着何三是否知道他走了，又回来了，但何三的表情和往常没有任何异样。他大概不会关心这些事。叶波便站下来，想看他怎样放走那只鸽子。然而，没等何三把鸽子捧起来，他便转过身，走了。

进入矿区，到处都在喊："叶老师回来啦？"

他觉得自己本没有这么多熟人的。

前一秒钟，他也还不知道怎样解释，此刻，那些话竟汩汩滔滔，随口而出。他说自己到东莞，怎样遇到"冬季台风"，人在那风里，就像一张纸。说自己在惠州，怎样进了黑店，又怎样急中生智，完好无损地逃出了魔掌。说自己去深圳，一家电台如何挽留他，可他觉得没意思。他完全没注意到去深圳是要边境证的，他并没去公安局办那东西。此外还说了很多。说着说着，他发现自己变成了何三的鸽子，何三曾对他讲过一只远行的鸽子，要经历怎样的艰难困苦才能返回，他就依照飞鸽的故事，编造自己的故事。一只飞鸽若不能回来，就是失败，他回来了，即使不算成功，至少也不是失败。他这样安慰着自己，可听的人却糊涂起来。遥远的、神秘的南方，真是你描述的样子吗？孟达他们不是都去了吗？既然电台挽留你，你为什么觉得没意思？难道去电台还比不上你教书吗？他看懂了人们的眼神，便停下不说了。

在他周围，甚至整个矿区，静得只听见安静的声音。

他觉得自己像是要哭出来。

"我晓得叶老师为啥回来，"一个头上缩块葛巾的妇人终于说。

人们等着她把话说完。

"他舍不得学生。"

仿佛一瓢热水淋在冰上，冰块嘶嘶融化。

"我那个娃儿，"一个男人说，"叶老师走过后，就不想读书，连期末考试都没参加。"这个男人，就是请人为叶波做了个竹书架的。他的话立即引起响应。那些初一孩子的家长，七嘴八舌的，说叶老师走了，孩子变懒了，开小差了，动不动就跟爹妈吵架了，把叶老师到八台之前的坏毛病又捡起来了。说的都是实话。一个多月前，叶波离开八台那天，到学校送行的，不仅有校长和部分老师，还有家长和学生。以前任何人走，或许有学生送行，绝没有家长。学生也不会来那么多。初中部每个年级只有两个班，初一全体学生，都来了。叶波是跟杨春辉一起走的，杨春辉教物理，也上初一的课，但那些家长和学生，都是冲着叶波来的。好些学生给叶波送了礼物，书签、纸飞机、明信片、微型象棋……

叶波背着一个大提包，这时候，他把提包拉开，那些礼物一样不少，全装在里面。

他后来之所以觉得羞愧，对自己特别不满的时候，还觉得耻辱，是因为他自己先就编造了故事，而家长们看了他的提包，都像那个葛巾妇人一样，说他回来，是舍不得学生。他故意把提包拉开，就是为了给人造成那样的印象。但那并不是实情。

实情是这样的：他和杨春辉，坐火车到了广州，他不知道该往哪去，杨春辉却很老练的样子，说去佛山。便又坐汽车，去了佛山。让他吃惊的是，杨春辉熟门熟路，直接就到了一家工厂门前，对保安说，找陈秀枝。没到下班时间，天王老子也不能见，两人便等在那里，等到天黑，一个高壮女子跑出来，眉开眼笑的，去接杨春辉的包，杨春辉把包递过去，介绍了叶波。女子领着他们，朝宿舍走。楼道暗沉沉的，进了二楼的房间，打开灯，似乎更暗。待适应过来，才看清里面挤着三架上下铺床，门角放着锑锅和电炒锅。女子说，她去买菜。出门前，又特别对叶波交代，说她们不能留宿外人，要是有人来问，你就说是我弟弟。叶波那脸面儿，确实也比她小几岁的样子。女子出门后，杨春辉才告诉他，说陈秀枝是他订婚九年的女朋友。杨春辉生在乡村，还在念初中，就把婚订了。他上高中和大学，全靠女方资助。陈秀枝初中毕业就出门打工了。难怪杨春辉知道哪个时段好找工作。

叶波没搭一句腔。从情形看，陈秀枝根本不知道还有一个赵明明。当然赵明明更不知道有个陈秀枝。他竟然忍得住，叶波想，忍到现在才告诉我。他在八台说陪我走，结果是让我陪他。很可能，我陪他到了广州，他就想把我甩掉，因为他说了去佛山后，加问了一句："你呢？"叶波恨自己完全没明白他的意思，又跟着他过来了。

但也只能如此了。黑灯瞎火的，又人生地不熟，他也不好再去找地方住。

吃了饭就睡。不知道是不是陈秀枝把同室的姐妹都赶到了别处，这宿舍里就她一人。她和杨春辉睡傍窗的上铺，叶波睡傍门的下铺。睡到天麻麻亮，叶波就起床了。杨春辉听见响动，说你走啦？叶波说我走了。"那你慢走。"叶波说好的。

他又去到昨天的车站，返回广州。

挎着那个浅灰色大提包，他先在广州，然后去东莞、惠州、珠海，见到招聘启事，就去应聘，但并不等结果，填了表格，立即走人。直到春节逼到眼前，身上的钱也花得差不多。

"你是为我才回来的吗？"她问。

鲁平顺问叶波是不是为她回来的，叶波的眼睛亮了一下，就因为他想起这是她问过的。

她是袁小青。袁小青问这话时，两人已进入热恋。就跟回答鲁平顺一样，叶波不置可否。他刚回来时已撒过谎了，不能再撒谎。那一路上，他没有想到过袁小青。

然而，没想到，并不证明她不在他心里。他也没想到过学生，同样不证明学生不在他心里。他回来，是自己想回来。真要铁了心找工作，绝对能找到，但他就是想回来。在那边，他无一时不陷入挣扎，责骂自己为什么出来。出来不是他的心愿，他违背了自己的心愿。别人是离开一个地方，他是离开自己的心。直到下定决心回转，他才觉得天宽地阔，也才感觉到了南方的温暖和可爱。想回来，是所有的原因。在这原因底下，埋藏着原因的原因，学生和袁小青，都包含其中。这样看来，说他舍不得他们，并没撒谎，也不必羞愧。回八台没几天，当学生又走进教室，他又站在熟悉的讲台上，叶波就不羞愧了。

不仅他这个人回来了，一切都回来了。

倒是赵明明让他羞愧。叶波回校的当天，赵明明就来问杨春辉，叶波说，他和杨春辉在广州就分了手，杨春辉在哪里落脚，他不知道。他本来可以说在佛山分的手，但他很拒绝提佛山两个字。他觉得那两个字是一种伤害。他还担心把佛山说出来，赵明明会找过去，那不要当场气死——不仅是她，还有那个陈秀枝。光阴一天天流走，赵明明等不到杨春辉的信，又来问叶波，有段时间，上午来了下午又来。叶波照样是那些话，不敢说实情。直到大半年后，他才让袁小青去劝赵明明，叫她别等。赵明明却死心塌地，又等了两年多，袁小青都生孩子了，又去劝她，并极力撺掇调度室一个小伙子去追求她。那小伙子虽然也是工人，但很实诚，长得也有模有样。赵明明哭了一场，答应了。之后是结婚，是生女儿。她这一生，就这样走过来，不算好，但也不坏，是一种平平常常的人生。只是跟叶波他们一样，老了，而且她比同龄人老得快些，背都驼了。本来个子就不高，还驼背，显得更低了。叶波和鲁平顺在老食堂外面，提着菜篮子从他们面前走过的妇人，就是赵明明。那一刻，叶波又想起了数十年前见到的那个陈秀枝，又高又壮，比杨春辉足足高一个头。

赵明明让叶波羞愧的是，她来缠住他追问杨春辉那段时间，他有了新的苦恼，回答她时，就显得很不耐烦，甚至相当生硬，说你不要再来问我好不好，要说的我都对你说了。其实并没有说。多年以后，他也清晰地记得赵明明怎样噤了声，怎样落寞地离去。但当时他顾及不到。那已是5月下旬，局一中选人了。分来的四十个大学生，叶波回来后，又走了五个，还剩十二个，局一中在这十二个人里，选了三个，其中包括一个语文老师。但那个语文老师不是叶波。

当时许多人传，说局一中不要叶波，就因为他走了，又回来了，就把他看白了。

连续好些天，放学过后，叶波都独自走出校园，爬上八台山。每次都爬到那个磨盆石，站在何三理的鸽冢前。他不是有意的，却每次都这样，也不知为什么。

实际并不如人们的传说，而是因为叶波没学师范专业。快放暑假的时候，彭部长通知叶波去了局里，拿文件给他看，那是省里的文件，说包括企业在内的所有完中，教师都必须毕业于师范校。"过些日子吧，"彭部长说，"政策一松动，马上调你过来。"

结果是，三十多年，叶波一直待在八台，从叶老师变成了叶校长。他二十八岁当教务主任，三十一岁当副校长，三十三岁当校长，当了二十多年校长。

鲁平顺来看他这天，叶波在办公室坐到八点钟，回家煮了面吃，然后看书。晚饭后他都是看书，看到子夜时分才睡。但这天，他似乎理解不了文字背后的意思，便停下来，回想着自己在八台的几十年。和刚来时一样，他觉得一切都蛮好的。

他有一个好妻子。——那个残阳如血的傍晚，当他在鸽冢前转过身，看到了那张小脸儿。"你说个实心话，你是不是嫌弃我。如果不嫌弃，我想嫁给你。"这就是她说的。叶波没答言，把她带回了自己寝室，让她看那副哑铃。离开八台的头一天，他去矿上买了块绒布，把哑铃裹了，包扎在书箱里，送到校长家，请他帮忙保管，说以后来取。回八台后，他又去校长家，校长当然知道他不走了，欢天喜地拥抱他（校长很胖，叶波被顶得躬起来，才抱住了他的肩），然后把寝室钥匙给他，又帮他把书箱搬过去。他拿出哑铃，天天举。他的手臂既不苍白，也不是细细的肌肉了。那以后，他和袁小青成了恋人，成了夫妻。他们是一对恩爱夫妻。可惜她死得太早了，不满四十一岁就病死了。但她死得不痛苦，死之前还在笑。笑着死去，就像没有死。他真的觉得她没死，一直陪着他，跟他一起养育儿子。儿子也好。儿子考了个好大学，毕业后在省城上班，他的工作是人堆里的工作，要面对形形色色的人，下班后想藏在车里独处一阵,叶波开始认为很不应该,后来觉得,那其实是可以理解的。

没能去成局一中,叶波沮丧一阵,就过了。尽管那政策像是从来就没松动过,但叶波回来四年后,局一中想以借调的方式让他去,他却没那个心了。他发现,八台已经离不开他。他离不开的时候,是可以离开的,别人离不开他,他就离不开了。八台已成为他的第二故乡。一个地方,要待多久才能算作故乡?这不是时间的事,你感觉到它是你的前世今生,它就是你的故乡。叶波见证了八台的兴盛,也见证了工人怎样下岗,并跟这里的所有人一起,经历了那段创痛;创痛之后,这片土地又慢慢恢复元气,又能看见春天的花开,秋日的红叶。学校划归地方后,拨款少了,但学校不仅没有萎缩,还在扩大。这已是一所名校,每年考上重点高中的,石桥县没一个中心校能和它比,不仅矿上的学生、八台镇的学生,还有邻近乡镇的学生,都希望到这里念书。它还是全市挂牌的德育示范学校。每年农忙时节,学生都会翻山越岭,去帮助留守老人播种和收割,这种活动,二十多年来,从未间断。

学校有这么多变化,但鲁平顺都没有注意到。他忙于怀旧去了,对一切变化了的东西,都不习惯,即使做了多年记者,也不能免。他毕竟也年纪大了。

叶波觉得,他不去大世界闯荡,证明他只有守住八台的能力,他在这里,满怀热爱,竭尽所能,做自己的事,一做就几十年。他真的没必要羞愧,真的一切都很美好。

当然,他也庆幸自己当年出去走过一遭,要是从来没出去过,他会遗憾的。

他想着这些,比往天晚了半个多钟头,才躺上床。

他觉得自己会做个好梦。

随机而动

乔 叶

6：28

手机闹铃响了。

"崭新的一天从早晨开始",这句惯常的话,格子一直觉得是错的,反正对她来说不适用。且不说这一天崭新不崭新,单是起点就铁定不对。她的一天,是从闹铃开始的。如果不依靠闹铃,她一般不会知道早晨长什么样儿。

这个闹铃的音乐,经过了千挑万选,格子方才定了下来。闹铃一般都是很喧哗甚至是强势的,要不怎么叫"闹"呢。可这小曲子的风格却是很弱,或者说,这很弱就是它的强。它的声音是一点一点响起来的,当你在将醒还眠的欲念里懵懵懂懂听到它的时候,它其实是隐隐约约的、断断续续的、似有若无的,仿佛你在梦里还隔着几堵墙。慢慢地,一个弯儿,又一个弯儿,它就这么拐了过来,不慌不忙地靠近你,伸进你的耳朵眼儿里,把你彻底叫醒。不过即便是最高亢的时候,它也很温和,让你觉得一切都是那么自然而然。

如果没有什么急事,格子总是闭着眼睛,津津有味地听它奏过完整的一轮,方才把手摸到床头柜上,去拿手机。

遮光窗帘还没有拉开,房间里还很暗,在这种光线条件下,手机的光还过于暴烈。她撩起一点点眼皮儿,确认了一下时间。这种确认是有必要的,六点二十八分只是第一轮的铃响,每隔半小时会响一轮。有时候睡得太沉,叫醒她的就不是第一轮的铃声了。

她重新闭上眼睛,把手机放在枕边。据说手机离大脑太近不好,可这说法也只是听听罢了。一天里手不离机机不离手,放在耳朵边要接多少回电话,都顾不了大脑的距离,偏偏睡觉的时候去讲究这个了?矫情。手机离大脑太远才是让人着急得发昏呢。

屏幕右上方的电池还接近于满格,挺好。用手机也快二十年了吧?最开始用的时候,她觉得这冰冷的小家伙就像是一头小兽,电是它的饭,一旦饭少得见了碗底儿，这小兽就开始噬咬她，让她发慌。如今虽不那么容易发慌了，她也还是很愿意看见满格的电，这让她踏实。

满格——自己又叫格子——呵，不止一次的，格子胡思乱想，猜测着自己的人生走到了哪一格。如果活到一百岁，那就是走了五分之二，如果活到八十岁，那就是走了一半。六十呢？三分之二……分母未知，分子兀自长大着。等到分子和分母一样大，也就过完了一辈子。那时候，呵，到那时候，作为一具尸体，自己就僵硬地躺在那里，和分数值一样，成了一个笔挺的一。所谓挺尸，就是这个意思吧？挺尸这个词还原到数字上，可不就是那个一吗？

可她现在还没成一，就得继续让分子长大着，一天，又一天。

嗒，嗒，嗒，嗒，这是窗外的水滴声。她不由得跟着它的节奏数起数来。夏天的窗外，总是会有水滴声。下雨的时候是因为下雨，不下雨的时候是因为空调。有时候下雨也不妨碍开空调，因为下雨的时候虽然不那么热了，却是更闷。离婚之后，她有一段时间睡不着，就尝试着玩老掉牙的数绵羊游戏，居然很管用。她方才觉得，这游戏也许是有点儿科学道理的。再大再小的数字，也不过是从一到十的循环，循环导致了无聊和麻木，然后入眠就顺理成章。这水滴也适合数，数着数着，她就忘记了数到哪儿，就能再睡上一个小小的回笼觉。

6：58

闹铃又一次准时响起，格子仍然闭着眼睛，身体却依次开始有序运动。先做了一遍眼保健操，再张开双臂舒展了几下，然后下床，走到窗边，推开窗户。每天早上起床后，她一定会把身子探出窗户一点，感受一下外面。风也好，雨也好，雾霾也好，轻污也好，闷了一晚上，总得透透气。

手掌上一层毛茸茸的湿意，果然是有小雨。她错开一条窗缝，重新躺回床上。下雨总是让她更想赖床。赖床和雨天更配哦。

但绝不能再睡觉。她把手机拿过来，终止了闹铃。按照惯例，去翻昨天的备忘录，看看哪些事还没有办。去面包房买蛋糕，去口腔医院洗牙，去药店买牙线，找朋友咨询中老年国画班……全是私事。工作上的事自有人催，想落下也不成。私事琐琐碎碎，倒是容易忘的。

今天该办的事也得捋一捋。是不是要买点儿加元？自从女儿去加拿大读大学，加元的汇率就成了她锲而不舍的眼中钉，5.3买过，5.2买过，5.1也买过，这两天居然快降到了5，这东西跟股票一样，天知道什么时候才是最低点，所以她给自己设置了一个心理预期，只要降到5，就入手。她手头正好有五万现金。如果再低点儿，就再买，没钱的话……那个鬼鬼祟祟的念头又冒了出来：向何借，向何借。

算了吧。她在心里伸出一只手，把这个小念头打了回去。

可是今天周四，需得跟何商量周末爬山的事了。商量定了，若是想再做点儿什么准备，明儿还有一天的余地。何喜欢爬山，提议过两次；一次她说单位有事，又一次她说来了例假，这次再推就过分了。她有关节炎，虽然多年不犯，可她总觉得自己膝盖不好，又听说上下台阶对膝盖尤其有损伤，就一向很注意。不过这点儿缘故，她不大好意思跟何说。虽然明知不再青春如玉，对身体的退行和破败还是觉得难为情。而且这个理由在第一时间不说，现在说也未免太像一个借口了。

一朵玫瑰蹦了出来。是何。她把他设了置顶聊天。现阶段，他是她重要的人。

自从挑明了关系，何每天早上都会给她发这么一朵。是图片库里的通用玫瑰，瘦瘦的，小小的，当然也是免费的。一个男人，每天都给女朋友送一朵免费的花，前几年的她一定对此很鄙视。这一朵虚拟的花，动动手指就能发出来，不费吹灰之力，自然也不值得她浪费感情。可是，如今不同了。岁月让她领教了一些利害，她渐渐没有了那份心高气傲。对于时间份额少的人，这个世界会在各方面都变得吝啬。过了四十，送真花的人几乎绝迹，假花也锐减。物以稀为贵，她不得不看到了眼里。这个男人，每天都能为你这么做，哪怕只是动动手指，也是难得的。尤其是他的综合条件那么平衡，更尤其是，她和他还有继续下去的可能。

不断有新闻推送出来，她把何暂且搁下，先去看新闻。置顶归置顶，却不宜秒回。这把年纪了，总得沉住点儿气。各个平台都有自己的头条，新浪、网易、搜狐、澎湃，本地也有一堆，豫见、商报、大河……光看题目就知道是什么事儿。公交车上老人骂孕妇让座晚了，碰瓷的真受了伤车主把他送到了医院，尼姑庵里夺权大战，男职员被女上司性骚扰实名举报，失效疫苗，过期洗衣液，超标洗发水，天价板面……她拿起手机，回了何两杯茶的图标。

何很快回复：想喝真茶，能得否？

她回：这有何难？拿真花来换。

何，这个姓没少让她开他的玩笑。何处，何方，何人，何止，何不，何去何从何所有……随处拈来，都有趣；用来调节气氛和岔开话题，也很好使。

她开始翻看他们的微信记录。就是这样，只要接到他的微信，只要有时间，她都会把他们之前的微信记录重翻一遍。能够印证他们一路走到现在的，还有什么呢？也许只有这微信。

他们的母校是同一个大学，只是他毕业的时候她刚进校，当时没有见过。三年前的春节期间，她第一次参加了郑州校友会的活动，才跟他认识。他一直硬着脸不笑，活动没结束就走了。认识也便认识了，却也没有任何交往，只听别的校友说他大学学的是计算机专业，现在郑州一家不大的网络公司里做运营总监。妻子半年前刚去世，是因为他加班到深夜后又去喝了啤酒，她便开车去接他，在路上出了车祸。他们丁克，没孩子。

他们真正开始走近是在今年"六一"之后。"六一"节是周五，几个校友约吃饭，也有他。吃完饭去唱歌，唱着唱着，这个有事那个有事，最后只剩下了三个人。那个人嗓子哑，喜欢唱阿杜，唱了一首又一首，当他唱到《他一定很爱你》时，字幕上出现了"我应该在车底，不应该在车里"，她一个健步越到点歌机那里，把歌切了。切完歌，她看了一眼何，何正像个孩子似的看着她，眼神空茫。

那人大概是觉得被莫名其妙扫了兴，也走了，只剩下了他们两个。他们一直唱到十二点，把桌上的啤酒喝完。走到街上，他们都有些醉意，他拉着她的手，她也任他拉着。歌厅离她家不远，他们就那么走着，一直走到她家门口。他说，听说你离婚了？她说是。他问又找了吗？她说没有。一时间，两个人都有些愕然。他又说，还是得有个伴儿。她顿了顿，点了点头。他似乎也不知道说什么好，就拍了拍她的肩膀，说晚安啊乖。她转身朝小区里走，不知怎的，眼泪就落下来。

从6月到现在，他们吃了足有四五十次饭。几乎隔天一次。他们的微信记录里最多的就是两项：他发来的饭店位置和他发的红包。偶尔也有一些特别的话。有一次，他们吃完饭出来，她看着前面两个女孩子袅袅婷婷的背影，感叹说，年轻就是好，水果一样鲜美啊。他没说什么。回到家，她接到他的微信：各有各的好。你的水果期也一样的鲜美，现在你是果脯期，是更耐品的甜。

8：00

正式起床，简单洗漱完毕，格子关闭了手机的飞行模式。自从开始运用飞行模式，她都没有关过机。开会，午休，出差上了高铁，领导找她谈工作……凡是让她觉得可以理直气壮拒绝打扰的时候，她就把那个小飞机的图标一点，让它变灰，她也随机隐身。需要的时候她再一点它，让它变蓝，她也随机现身。简直是太方便了。点着那个小飞机，她常常觉得自己似乎就在小飞机里坐着似的，不是躲在云彩后头，就是翱翔在蓝天下。

比起关机，飞行模式还有一大好处，还能上 WIFI。"有 WIFI，就够了。"这句没头没脑的话也不知道是在哪里听到的，却让她印象深刻。"就够了"，够什么呢？不知道。但似乎确实是够了。

牛奶蛋糕和一根黄瓜算是早餐。雨还在下着。下雨是个迟到的好借口，打不着车啦，路上有车剐蹭堵住了路啦……反正不打卡，甚至可以因此翘班。在档案局这种边缘单位，若是上面开明下面得力，中层的夹缝其实也自有一份自在。当然，自在的尺度也得把握好。书记虽然才来半年，却很有智慧，大事拿得正，小事拎得清，在一次小会上推心置腹地对中层们说："大家都不容易。对你们我也没有太高的要求，信任和尊重都是相互的，搁伙计一场，希望我们不要彼此辜负。"大家都很知趣，回报书记的主要表现之一就是开会的时候尽量到齐。

正犹豫着是否翘班，单位的会议通知群里来了消息，十点钟有会。格子激灵了一下，翘班的欲望顿时作鸟兽散，立马有了上班的动力。不由得笑自己：有时候，人还真得有事压着才能来精神呢，你说是不是有点儿贱？

她叫了滴滴专车。这个时辰，早高峰的节点还没有完全过去，拼车很可能会再去接别的乘客，那一定会再绕出一点儿路来，时间不能保证，专车虽然贵一些，直奔目标，能保证准时到会。

会前十分钟，格子带着茶杯和笔记本来到了会议室。早到一会儿的目的主要是为了挑座位，顺便对领导表示礼貌。座位要挑后排的，也不能太靠后，否则前排太空时会直接从后排调人，那就适得其反；要靠门边的，好进进出出。有时候会开得太长，上卫生间啊、接个电话啊、到走廊里透口气啊,也都方便。

书记很能讲,不需要稿子就能滔滔不绝,这似乎是许多领导的基本功。会议开始之后,除了不时抬头跟书记的目光对视一下以表自己在洗耳恭听,格子主要的事情就是在手机上尽情地揣摩齐白石的画,然后在本子上用铅笔临。以一副处理工作的样子。如今谁不在手机上处理工作?从上级到下级都有名目繁多的工作群,虽然平时不胜其烦,但是有时候也可以充当很好的保护色。

自从动了学国画的念,她就成了齐白石的粉丝,买了一摞他的画册。有一本《草间偷活》她最喜欢,那草虫画得真是妙绝,怎么放大去看都经得起推敲。她还订阅了一个公众号,叫《民国画事》,经常推送一些文章,文笔也有趣致;什么"吴昌硕表示已经被桑拿天热晕""你知道吗,这TM不叫艺术""想尽招数赚钱的金农,画却如此文人气""佛前等了一千年,才等到这样的张大千"……她看得入迷,常常一看进去就感觉不到时间。"生活不只是眼前的苟且,还有诗和远方",这句煽情的话被无数人传诵,刚听到的时候她心里也是一动,自己的远方在哪里呢?很多人都把远方理解为旅游,她总觉得不太对劲。等到看画的时候,她才明白,这个水墨世界其实就是她的远方,大大的,同时也是小小的远方。是她只要有一点点时间就能抵达的安静的远方。

说千道万,真是多亏了手机,才容她这么方便地抵达远方。开会时能够有这样的福利,领导们的聒噪简直不值一提。

感谢手机。

10:38
快递电话通知,她买的宣纸、毛笔、毡布、国画颜料等一套东西到了。她发短信,让快递小哥放到传达室。

11:20
快递电话通知,她买的煮茶壶到了。她发短信,让快递小哥放到传达室。

11:55
会议结束,大家都去单位餐厅吃饭。她没去。与其和同事们在一起

—228—

吃饭,她宁可回家自己吃。上午开了会,下午就肯定没会了,那就能好好睡个午觉。她这次叫的是滴滴拼车。只要不赶时间,她就会拼车。拼车是一口价,不怕堵不怕绕,还能碰到各种各样有意思的人。在传达室刚取出快递,车就到了。她一上车就叫了外卖,是标准的陕西吃食:凉皮和肉夹馍。夏天里,她就好这一口,三天不吃就惦记。

　　司机是个很年轻的小伙子。如今,她看谁都是很年轻了,只要比她年轻;二十来岁,三十来岁,都是那么青枝绿叶的年轻。小伙子不多话,只是专心开车,他的手机里开着滴滴后台的语音导航,指挥着他。有一段路,格子说换另一条路可以走得更顺,司机笑嘻嘻地指了指手机,说:听它的吧,不费脑子。

　　走到一半时,上来一对男女,女人腰肢纤细,浓妆艳抹,香水味儿扑鼻,还挺好闻的。上车前男人搂着女人的腰,给女人打着伞。

　　你们下的单子只有一位。司机说。

　　你改成两位不就得了。几个钱的事。男人说。

　　格子坐在前头,用耳朵感受着后头两位的动静。两位也不说话,各自刷着手机,只是不一会儿,男人就会在女人脸上亲一下,女人呢就摸一下男人的脸。

　　她羡慕他们。大庭广众之下,她和何有可能做出这样的事吗?没可能。这么久了,他们的身体还没有怎么亲密过。他还没有抱过她、吻过她,如果不是因为避让车或者喝醉酒,他甚至不特意拉她的手,更别说上床了。他对她,似乎有一种很缓慢的审慎,她也被迫控制出相应的节奏。她有时候觉得这样也不错,有时候又觉得严重不满足。如今交往也快三个月了吧?每当吃得脑晕肠撑的时候,格子看着对面那张脸就会觉得越来越有些陌生。他们是在谈恋爱吗?这叫什么恋爱呢?谈的这是什么恋爱呢?

　　在离格子家不远的地方,那一对准备下车了。男人对女人说:宝贝看看落下什么东西没。女人回答:宝贝我没丢就行,我就是最宝贵的。

　　到了家,外卖也刚好送到。小哥的脸晒得红红的,全是汗。

　　姐姐,能给个好评吗?

　　行。

　　无论是滴滴司机还是外卖小哥,只要说出口的,她全给好评。

　　这真是简单得不能再简单的午饭。肉夹馍还不错,凉皮很一般,格子在手机上搜出了美剧《生活大爆炸》，随便找了一集点开。一群高智商理工男的狗血生活，每集二十来分钟，特别适合下饭。她又往凉皮里放了一些香菇酱，味道似乎好了些，她便吃了下去，边吃边想起有一次和何吃面，她吃了一口就放下了，何还是继续吃。她说：面这么难吃，你吃得还这么香？何抬起头看了她一眼，说：再不好吃也是面嘛。

　　吃完了，在屋子里踱了一会儿步，她把手机调到飞行模式，睡午觉。

　　14：58
　　午睡醒来。先烧开了一壶农夫山泉，泡的是正山小种。如今，除了迷恋国画，她越来越迷恋的，就是喝茶了。喝茶也让她心静。先是收拾茶具，全部烫洗一遍。其实昨天喝的时候已经烫洗过了，可是今天再喝，也还是要再烫洗。明知没有人动过，也要这样。似乎昨天和今天之间，落了一层看不见的灰。

　　烧水，放茶叶，泡上，轻洗一遍，再泡，这次可以喝了。那么玲珑的小杯子，一杯也就一口。就这么着，不慌不忙的，一杯茶就喝了进去。这么喝茶的时候，没有什么心事。换句话说，只有没有什么心事，才能这么喝茶。

　　喝完第一杯，她方才关闭掉飞行模式，认真去看手机。微信里已经攒了一堆未读消息。原来是姐姐在亲人群里@她，让她速回话，三个感叹号连用，迫切感爆棚。短暂的犹豫过后，她回了微信电话过去。每次都是这样，只要是来自老家宁邑的紧急信息，她的第一反应就是：快躲开，快躲开。似乎有一块大石头正冲着她气势汹汹地碾轧过来。每一次都想躲，每一次都是徒劳。世界这么小，能躲到哪里去呢？终究还是要面对，那就晚对不如早对。于是她就被训练成了一副假积极的模样，每当事情来临，就会迅速迎上去。

　　姐姐家的地出了事。哥哥和弟弟虽然在老家，却都在县城，唯一还在农村待着的就是姐姐。这几年，姐姐的村子因为离县城只有两里地，又离城际高铁站近，就被开发商看中，要建成别墅区。村民们起初听到这个消息时欣喜若狂，可是比较了周边村子的赔偿款后就怨声载道。姐姐家的地占的是第一期工程，开发商让村里镇里出面做工作，却是久攻不下，昨晚上干脆就叫了铲车过去，把已经秀穗的玉米地给推平了。

　　一共有多少家？

十五家。

哦。格子松了一口气。这个数目还可以。要是三四家、五六家，那就过于势单力薄。人多好办事，人少好吃饭。就是这个理儿。

都不知道呀，人家鸦没雀静地下了这个黑手。长得正俊的庄稼，心疼死人了。你就是推，还不能迟两天？……听着姐姐语无伦次的吐槽，格子一边喝着茶一边无声地冷笑。下黑手可不是鸦没雀静，难不成还锣鼓喧天？一旦决定要推你的庄稼，哪里能顾得了这庄稼长到什么分寸？说到底，推庄稼不是重点，庄稼长到什么成色被推更不是重点，重点是接下来怎么办。这个重点分解到她这里，就是她能做什么。

她能做什么呢？

吐槽告一段落，姐姐沉默下来。她可以想象电话那边姐姐眼巴巴的样子。姐姐一定还在地里，她的安静显出了那边现场的杂音。他们喊着姐姐的名字，说她正找人呢，正找人呢。格子的眼睛突然就酸涩起来。她知道那一群人，那一群人看着自己的玉米被夷为平地，惊讶、气愤，却也群龙无首、束手无策。这时候的姐姐，身负重托，能倚靠的人，却是只有她。

报案了没？

报啦，几家轮番着报案，派出所根本不搭理。闹腾一上午都没人管这事，这才想到你这里。

格子极小口极小口地喝着茶。不能让姐姐听到她喝茶的声音，她下意识地这么想。

咋样？能不能找个记者报一报？姐姐终于问，小心翼翼地。每次找来了什么麻烦事，她都是这种口气，仿佛自己闯了什么祸。

先拍一些照片发过来吧。格子说。

中中中，照片现成的，立马发给你。

发来的照片不行。格子又把电话打过去，仔细教她：一，把手机拿稳，画面不能糊。二，要有特写。什么特写？把机位放低，拍那些穗子结得饱满的，让人一看就觉得很可惜的。三，再拍一些没被推平的正长着的玉米地。

姐姐说，前两条都明白了，最后这个，拍了干啥？格子说，别问了，自有用处。你赶快拍好了发过来，越快越好。

你往哪儿报？

先去拍。

又喝了两杯茶,她方才给何打了微信电话,听她说完,何问,是不是涉及了县政府?格子说县里没到明面儿上,明面儿的是村和镇。何说村镇一级没事,得罪得起,不过还是先留点儿余地吧,敲山震虎。最有效的爆料途径是自媒体大号,传播速度快。不过这事儿也用不着更高层面的自媒体,当地的事,用当地的自媒体最好,他有关系可以联络到"宁邑话题"。格子问说那能有多少人?何说你可不要小看,好几万粉丝呢。咱们宁邑三十多万人,有十分之一的粉丝,就是最厉害的自媒体了。他们跟本地人牵筋动骨,那影响力,外面的这些可顶不上。快把照片发过来,快。

好的好的。

继续喝茶,一边喝一边关注了"宁邑话题"的公号,历史消息里推的文章,每篇的阅读量都有四五千,这让她觉得意外。在县里的自媒体公号居然都能有这个数据,果然厉害。标题都很"村",却也能切中要害。评论也有些意思:

"这家羊杂碎,宁邑第一大!"——评论:不便宜,不干净。他家的香菜是我家的,需要请联系我,四季全供,电话号码如下……

"幼童被烧伤,从村里到县里二十分钟营救视频曝光"——评论:超速了呀,这就没人管?

"宁邑交警实名曝光十八名醉驾人员,你认识谁?"——评论:有五个,那天我们都正在一桌吃饭。弟兄们啊。

"挣再多钱有啥用?宁邑人都应该看看"——评论:谁钱多尽管给我,我有用哩。

"各位宁邑人,这个东西丢了,是你的不?"——内容是怀念老房子老电影老吃食。评论:最主要是人情味丢了。

……

突然,格子回想起何刚刚的那个用词"咱们宁邑",不由得笑了。

15:56

消息在"宁邑话题"被推了出来,标题是:这个村十几亩玉米地被连夜偷偷推翻,谁干的?内文写得很聪明,没有具体的指责对象,只说找到了铲车司机。一共四张照片,没推翻的玉米田放在第一张,这让读者很容易就以为它是这块田没被推翻前的样子。其他三张都是玉米被推平的惨状,其中一张里有十来个村民,男的要么只是一个背心,要么就是光膀子。女的则是花花绿绿。格子放大看了两遍,没有姐姐。很好。她不想在这里面看见姐姐。

她把消息转发给姐姐,告诉她,尽量让村民转发。转发的人越多越好。

姐姐回复:知道了!!!

又跟一句:你也转一下吧。

格子回复:我转不合适!

她一般不用感叹号,这是实在忍不住了。

每隔几分钟,格子就看一下阅读量。数字变化得很快,噌噌噌地往上涨,三百,四百,五百。评论也有了几条,全部都有感叹号:

农民种个庄稼不容易,现在这些人的行为跟土匪有什么区别,国家正在打黑除恶,希望早点儿给村民们一个交代!

政府部门在哪里?知法犯法!

为官不为民做主,赶紧爬回家卖红薯!

既然找到司机,事情就简单了。直接报警,按照刑事案起诉,如果他不招,就关监狱自己赔偿损失,他肯定招呀。领导不放话,他一个司机敢吗?顺藤摸,有大瓜!

让人看着心疼,这粮食都在嘴边了!

……

阅读量很快超过了两千。姐姐的电话又打了过来,说满村的人都在传这个文章,几千人看呢。姐姐的口气居然有几分欢欣,好像坏事变成了好事。格子说,你们村哪里有几千人?姐姐说,村里没有几千人,可是谁没有亲朋好友?亲朋好友还有亲朋好友,就这么传开,知道的人就越来越多。姐姐还说到了那张很多人入镜的照片,说大家伙儿都说了,早知道就穿个好看的衣裳了,穿得破破烂烂的,叫人家笑话。没想到会有那么多人看呢,说你妹妹本事大呀。

一时间,格子不知道该说什么好。只听得姐姐又说,反正新闻报道出来了,政府就害怕。等明天上万人看了,他们会没个动静?

明天不会上万人看的,明天有明天的"宁邑话题",但格子没说。

何的电话也打了过来,说就先这么推一下,看情况再说。

谢谢啊。格子说。

傻话。

格子一怔。傻话,他说这个词的时候,往往都是一些特别的时候。她想起他第三次单独约她吃饭那天,他只管给她剥虾肉挑鱼刺,说一些闲话。吃完饭回到家,她先来到卫生间,看着镜子里因为啤酒而微红的散发着春意的脸,忽然觉得羞愧难当。他在和她暧昧吗?她不想。她得把话说明白。

于是她当机立断地给他发了一条微信:如果是暧昧,以后就停止吧。我不喜欢暧昧。

他很快回:不是。我也不喜欢。

她的心稳了一下,再发:我是离异,你知道。

知道。

我不年轻了。

两分钟后,他回复:我也不年轻了。

我有孩子,你也知道。当然,我不会让她成为你的负担。

他很快回复:傻话。

16:25

一个广告推销电话,被五十六个人标记过,打了两通,她拒接,拉进了黑名单。

16:36

一个骚扰电话,被一百零一个人标记过,打了两通,她拒绝,拉进了黑名单。

16:50

小区业主的微信群通知,明天上午九点到十二点之间停水,让业主注意做好储水。格子在储藏室找出两只塑料水桶,洗刷干净,存了满满两桶水。有人发了个红包,请求给参评"最萌宝宝"的某某孩子投票,她抢了个1.88元的红包,这个数字吉利,让她心情愉快,她投了个票。这是今年以来她在这个群里抢的第一个红包投的第一张票。

唉,群。回想起来,她的微信群最多时有五十二个,一年来她不断精简,现在还留着六个。兄弟姊妹的亲人群,单位的会议通知群,本部门的工作群，最好的闺密群，郑州校友会群，还有这个业主群。其他因为别的事而加入的什么群，她总是事完就退。

群这事，这真是太群了。

17：02

格子换上了运动鞋，带上了水杯和毛巾，去健身房。她一周大概有三四次会在这个时间去健身房。这个点，上班的人都在蠢蠢欲动地准备解放，除非极特殊的情况，领导不会再安排别的事。等她在健身房待上一个多小时，过了六点，单位已经彻底下班，她正好可以嘎嘣利落脆地把手机调成飞行模式，洗个澡，回家。

两年前雾霾最严重的时候，她开始去健身房。去着去着就喜欢上了。健身房的气氛乍一进去有些压抑和单调，也看不了什么风景，却很合她的脾性。没人说话，想听音乐的就戴着耳机，所有人都在沉默中运动，运动，运动，所有人都那么专注纯粹、心无旁骛。

两年来，她结合几个教练的指导，形成了自己的一套模式。先热身，胸肌伸展、股四头肌伸展、弓箭步、肩关节伸展、脊柱扭转……然后是力量加有氧的系列运动，卷腹、高抬腿、跳绳、二头弯举。这几个动作轮番做三个回合后，便上了椭圆机，一直走到大汗淋漓。椭圆机前方的手把处有搁置水杯和手机的地方，她把手机放在那里，调成静音，不看也不接，直到运动结束。

一个教练走过来问好，眼睛里含着笑。格子在记忆里搜索了一遍，确定了这是刚来的新人。她问他，如果要爬山，怎么保护膝盖。新教练说尽量不要爬，如果一定要爬，可以带上髌骨带。又给她推荐了个有口皆碑的牌子，格子当即在手机上搜到，存了起来。

新教练继续寒暄间，问在这里感觉如何，格子说还好。又问她是年卡还是次卡，格子说次卡。

剩下的还有多少次？

五六十次吧。

要不要再续卡啊姐？现在有优惠。

不要。

优惠力度很大呢姐，截止到月末，机会难得。

那也不要。

格子不再看他，径直走向浴房。他还不知趣地跟着，说加个微信吧姐。格子停下来，说不加了，我朋友太多，这两天正删着呢。

新教练脸上一副受到微挫的表情，看着不太甘心，说，您放心，我不打扰您。

哦？格子道，不打扰我的话，就更不必加微信了。

新教练的脸红起来，我只是想，店里有什么活动的话及时通知您。

那更不必了，我经常过来。

格子已经走到了浴房门口，新教练还跟着。姐，他简直是哀求地说，你就加我个微信又能怎么呀姐？

格子忍不住笑起来，说，你就不加我这个微信又能怎么呀兄弟？

那人看着格子，终于摇摇头说，好吧姐，我服了你，算你有个性。

洗完澡，再看"宁邑话题"。健身房里的WIFI信号不好，她只好关闭飞行模式，用了移动流量。姐姐家玉米地的阅读量已经过了五千。这阅读量让她很舒服。何也发过来了微信，说这阅读量还可以。显然这阅读量让他也很舒服。虽然是姐姐家的麻烦事，但何对她有了交代，她对姐姐也有了交代，姐姐更是对全村人都有了交代。因为这个阅读量，他们都觉得交代得很漂亮。

20：10

回到家，她让手机上了WIFI，依然开启了飞行模式。简单晚饭后歪在床上，先是给朋友圈点了一遍赞，又看了一下自己的微信钱包里的零钱明细，如今不怎么用现金了，这个明细倒是像个小记账本，她常常会溜一眼，看看最近花了哪些钱，顺便再想想哪些钱该花了。零钱下面的一堆小嘴巴都等着呢：信用卡还款、手机充值、水电气缴费……只要有钱，这手机全都能一键解决，也真是简便极了。

又翻到何。姐姐家的事，是她第一次麻烦他去办具体的实事，他没有任何推脱，办得这么有诚意，让她多了可以依靠的信任感。谈恋爱很有些像开飞机，飞机飞得再高，不能落地也是枉然。他们这飞机飞得虽然不高，看样子落地倒会很稳的呢。

还是和他聊几句吧。每次吃饭他们都能说上三四个小时的话，也不知道说了些什么。看到他的微信头像，她也想和他聊几句，虽然说的也不过是那些话。

晚上有应酬没？

正在应酬。

少喝酒啊。

好的。

回家给我打个微信电话。

知道了。

曾经，和前夫似乎就是这些话。可往细处想，到底还是不一样。回话的速度，字数的多少，都不一样。他们离婚前一年，他常常不回她的话，要回也只是一两个字：好，不行，再说。她决意离婚后，回他的也只是这一两个字。

刷牙前，格子关闭了一下飞行模式。从下午下班到明早上班，毕竟还有十几个小时时间，偶尔也会有人找她，会发短信，所以她要看一眼。

果然，一个短信进来了：你好吗？想你了。

是陌生号码。

又是那个人。她确定。

记不得从什么时候开始，就总有一个陌生号码骚扰她，给她发短信。你好吗？想你了。就是这么一句。她打回去，对方不接。她回过短信：你好，哪位？还回过：你是谁？我是谁？都石沉大海。她每次把他拉黑，他过些天都会再换个号码。她为此困惑了好一段时间，曾经以为是前夫，试探了一下，确定不是。那会是什么人在恶作剧？不过，似乎也没有多少恶意。好像仅仅是想知道她是否还活着。

她把这个号码拉进了黑名单，心里波澜不兴。原来，这样的事也能够习惯，习惯就好。

何的微信电话打了过来。显然喝了不少酒，在那边憨憨地笑着。她问，怎么结束得这么快？他说，我说我老婆叫我，有事。她呸了一声，也笑了。就说起了爬山的事。也许是他开玩笑的尺度大了，她也毫无障碍地说起了自己的膝盖，她说我是不是心理太脆弱，总怕膝盖会有问题。何在那边唉了一声说，人天天吃饭，吃得牙都掉了，也还继续吃呢，是不是？格子默默地笑。似乎有些道理。可是，再一细想，这道理有点儿蛮，简直可以说是偷换概念。吃饭是活着的必要条件，爬山是活着的必要条件吗？不过这样的说辞她喜欢。她喜欢他来说服她，哪怕最终说服不了她，这个过程她也觉得享受。

她又说明天去买髌骨带,他说我买我买。她说我买吧,我时间多。他说,那我钱多,一会儿给你发一千块红包过来。她说太多了。他说,那就再买点儿别的;咱们在山上住一夜吧,你看需要什么就买什么。

格子心里飘飘地荡了一下,说:好。

道了晚安,她又翻到了女儿。女儿在家过完暑假,刚去加拿大没几天。因为时差的关系,格子的深夜,是女儿的早晨。她们只能晚上聊。几乎每天都聊。有时候没什么好聊的,她就把觉得有用的文章发给女儿,母女两个探讨一番。她翻了翻最近发给女儿的:"耶鲁校长2018年毕业演讲""流氓从来不扶门""警惕'选择困难症'""照顾穷人的城市""大学太短要谈恋爱"……啧啧,还真是种类齐全五花八门。这伟大的微信,省了多少人的多少国际长途电话费,还能视频,还能随时分享她想让孩子看到的东西,简直太值得赞美了。

她给女儿发:臭宝在忙什么?

女儿很快回:刚起床,一会儿去上课。忙。

忙吧忙吧。全世界就你忙。

妈妈你该睡了。

想抱着臭宝睡。

让阿奴陪你睡。妈妈晚安。

可是她还不怎么想睡。那就看一集韩剧吧,韩剧叽里咕噜的,催眠很好用。她把手机卡在手机架里。这种手机架吸附在床头上方的墙上,柄长长的,稳稳地托着手机,可高可低可左可右可弯曲,随你的意把手机送到你的面前,让你以最舒服的姿势来御览——阿奴。

女儿在家的时候,母女两个就女儿的昵称臭宝正聊着,她说,手机这么重要,也该有个昵称吧,比如手宝什么的。女儿说,手机怎么能叫宝,它不能和我平级,它是让人使唤的,就叫阿奴吧。还别说,阿奴这个昵称,还真恰当呢……

漫无边际地想着看着,格子睡意蒙眬。恍惚间,她觉得眼前的手机架像一只奇异的胳膊,正虚虚地向自己抱过来。

赵日天终于逮到鸡了

陈应松

我们几个人决定进山里抓鸡。因为快过年了，我们几个耐不住寂寞的老伙伴也想去山里玩玩。又下了雪，拍些雪景在微信里显摆。另外，山里有许多土鸡土猪肉土特产，搜罗一些回来过年。特别是赵日天，这位老兄说他几个晚上梦见吃土鸡。他说他炒的土鸡忒好吃，姜是用刀拍的，不可切，切的姜不出味。少放水，甚至不放水，将鸡炒干加点南泉豆瓣酱一焖，那个味道，喝酱香型53度酒就成神仙了，个斑马的。我们都知道赵日天喝不起53度的酱香型酒，何况到了年关市场上已经没有53度酱香型酒了，有钱也买不到，有的店一瓶两千块还指不定是假的。淘宝上八百块钱一瓶买了，到店里两千块卖你。就问赵日天你喝的什么53度酱香型酒？多少钱一瓶的？赵日天说老子在网上买的，茅台镇的，买一箱送一箱，一瓶只划二十六块钱。开车的孔瞟眼说二十六块你喝酱香型，你喝酱油去吧。

我们一路说说笑笑往田架山进发，对土鸡的渴望让我们在风雪中飞驰。我们有三辆车，有几个还带上了老婆。老婆们穿得花枝招展，作少女状，准备在冰天雪地的山村摆 pose，回城上微信。

我们坐的是孔瞟眼的车，我和赵日天，还有马夹头、杜老眯。有点挤，但也只能如此了。马夹头的头很扁，像是马夹过的。杜老眯眼皮撑不起来，老是眯着犯困，他老婆要他去割了松弛的眼皮，再做个双眼皮，又怕他花心。孔瞟眼是个瞟花眼，所以眼睛不好使的杜老眯特别担心孔瞟眼的车，很揪心，时常提醒孔瞟眼开车向右。夜壶哥，你咋老往左偏咧？孔瞟眼说，你眼不好使。事实上，孔瞟眼开车很稳，虽然有时会偏左。孔瞟眼爱好收藏，顾景舟的紫砂壶就有三把，也不知真假。他还收藏湖北的马口窑黑陶，有中国最大一把夜壶，可以装七十斤尿，说是长工用的。改革开放后，这把壶他报了吉尼斯世界纪录，竟弄来了一纸证书。所以我们介绍他时不提什么顾景舟，提中国最大的夜壶，这永远是一个超级话题而且可以挖掘出源源不断的扯蛋的话题，因此我们不叫他瞟眼，都叫他夜壶哥。

一路上赵日天在叨念他的拍姜炒鸡，他说拍姜之所以好吃，在于把汁拍出来了，再就是不要放水。他还说土鸡爪虽然没肉，但喝酒的人啃的不是肉，是意境，喝酱香型啃土鸡爪，是最高境界的喝酒，可以从酒盅里听到古琴声。孔瞟眼说，赵日天你肯定要上《舌尖上的中国》。他学着《舌尖上的中国》解说：赵氏土鸡的做法，食材取自田架山土鸡，姜拍出的神秘的香味与土鸡独特的肉质强烈地碰撞，产生了奇妙的融合。马夹头说，那还放豆瓣酱呢？孔瞟眼说还不是豆瓣酱神秘的香味，与田架山土鸡独特的肉质强烈地碰撞产生了奇妙的融合。反正赵日天上《舌尖上的中国》上定了。赵日天说夜壶哥你上央视的鉴宝节目也应该有谱。孔瞟眼与赵日天见面就会打嘴巴仗。赵日天虽然说得玄之又玄，见我们兴趣不大，又说出了一个惊天新闻，他说那些肥得厉害的像野人脚的饲料鸡爪，都是从美国进口的，美国人从不吃这些鸡爪鸡翅还有猪脚。凡是肥的大的，都是从美国进口的，而且你们不知道，美国专门培育出口到中国的鸡爪猪脚，都是一种畸形的鸡畸形的猪，鸡长六只爪子，猪长八只脚，全是转基因。我国进出口肉类食品是经过严格检验检疫的，不要信不要传，是谣言。

赵日天喝劣质酒后脸是浮肿的，还有一块是黑的，表明他身体的一部分已经死了，赖在他身上。他满脸堆笑，围着老婆给他网上买的假巴宝莉围巾，方格绒线帽。因为有痛风，脚有点瘸了，像被严重的鸡眼折磨着。不管怎样，那就是瘸了，那就是老了。喝酒满面红光一时，浮肿黯淡已成常态。

走到郊区，田野没有一点绿色，满目萧瑟，雪下得纷扬，河流曲里拐弯冻上了凌，白茫茫大地一片真干净。前面的对讲机在说婆娘们吵着要停下来拍照。孔瞟眼说我们进山了有好景，比这好一百倍，现在雪下得很大，赶路吧。前面的车说婆娘们要拉尿，好吧好吧，拍照吧，这些老妖精。前面的车里已经在向他们摇自拍杆了，等不及了。下了车，河上的冰很厚，有人试了试，蹬不破，人上去没问题。有人就踩上去了。赵日天竟然也跑上去了，一拐一拐，瘸了还胆大。赵日天作溜冰状，竟很轻盈，在冰上看不到瘸。他年轻时一定风流倜傥不痛风，滑过冰的。赵日天的老婆与他一样很会搔首弄姿，一声召唤，一群老娘们就跑上了冰面，栽了跟头，更加嘻嘻哈哈，手上高扬自拍杆，开始做动作，扮笑，找角度，咔嚓，自拍完成。再来，再照。还有老头们，也凑上去，大家一起笑，一起搞怪，来张合影，OK！孔瞟眼和马夹头都拿出单反，装好长镜头，给他们抓拍，咔嚓咔嚓！赵日天坐到冰上，仰头，脸承接雪花，一副陶醉状，这家伙会摆酷，娘们肯定也要这么照，闭上眼，仰头，雪花给拍出来啊。绿围巾、红棉袄，白茫茫中，强烈的反差就出来了，这样的雪景简直千载难逢啊！可孔瞟眼还有更好的创意，有更好的道具。他从车的后备厢里拿出了他随车携带的一整套茶桌茶具，让大家搬到冰河上。这是什么意思？难道要在这冰天雪地里烧水煮茶？不是不是，给你们这些老妖精拍照哟！大家一片欢呼，夜壶哥太有创意了，烹雪煮茶，白首天涯。煮雪问茶味，当风看雁行。夜壶哥老子服了你！马夹头是武昌区楹联学会会员，拽了个文大赞孔瞟眼。来来来！摆好茶桌茶具，盘腿坐在冰雪上，雪花飘落，手捧茶盅作品茗状，神闲气定，到哪儿找这样的照片上微信？今天你不是微信之王谁是？谁与争锋？让那些只会在小角落拍咖啡拍热干面拍盖浇饭拍地铁拍小花小草的家伙们见鬼去吧，让他们嫉妒去吧，让他们把咱屏蔽拉黑吧，旷野气势，雪花漫天，山川河流，盛大景色，就是比你那区眉小眼的滥片子好。还有这白茫茫中一点红，一个女子在冰河中独自品茶，简直太壮观了，太壮美了，太壮丽了，太壮阔了，太壮怀了，太壮举了！好好好，一个一个来。问题是老娘们都想穿赵日天老婆的红棉袄，赵日天老婆怕冷，不让脱，那些姐妹就强制给她扒衣。扒好衣，表演开始，都是在微信上久经考验的老戏骨，年纪大了，照远不照近，镜头一对准，迅速入戏，拍了长镜头还要自拍杆，不相信你们的相机手机，看见别人的照片好，故意不发给别人就悄悄删了，你若要，就说拍坏了。好了好了，赵嫂子快冻得不行了，让她穿上棉袄咱们快出发吧，不能耽搁了。

　　进山的路上雪积得很厚，有的地方已有十厘米，前后的对讲机叮嘱大家车要跟上，要小心驾驶防车轮打滑。但坐车人高兴，前面的对讲机里传来婆娘们的歌声，北风那个吹呀雪花那个飘，雪花那个飘飘年来到。一忽没有人家，全是山；一忽又有了人家，有了柿子树，满树的红柿子，还有橘子，在白雪里红得像灯笼一样，真是好看啊。赵日天说不知老婆感冒没有，大家说你老婆的棉袄买得好，赵日天说老婆的底裤都是我买的，在打扮女人上我还是有一套的。马夹头说你给小三呢？赵日天说没有小三,自从住院后都戒了,保命要紧。他说他刚才耳朵冻了,说夜壶哥你怕费油,就不能把暖气开大点吗,这冷的。孔瞟眼说老子开到最大了,你咋这娇嫩呢。赵日天说让大家说说,是不是冷,你小气。赵日天与孔瞟眼一开口就要互掐。但今天赵日天估计是真动了气,因为冷,血压升高,有中风危险,就迁怒于孔瞟眼,开始酸他。夜壶哥你今天为什么不把夜壶带来拍照呢?你举着夜壶,一群婆娘围着你,那不是皇帝的作派了?马夹头说,风雪夜归人就成为风雪夜壶哥了。赵日天说什么夜壶茶壶,你老孔哪有几把顾景舟的壶,我到宜兴紫砂壶博物馆去看了,人家那么大个博物馆,才有两把顾景舟的壶。孔瞟眼也不恼,说,日天你晓得个啥子,那两把是顾景舟的阳春壶,还有一把提梁壶,都是几千万的,老子没有,说壶你说不赢我。马夹头说讲夜壶你也是世界第一。孔瞟眼说我是武汉大学兼职教授,专讲中国的夜壶文化,这有假?我说你们别影响夜壶哥开车了,没看山高了吗?赵日天还缠着说夜壶也是顾景舟的?孔瞟眼说,我的梦想是建一个中国夜壶博物馆,你们的骚夜壶都给老子送来。

　　刚才还是丘陵,路也不险,眼前路就险了,窄了,弯道也多了,山也大了,就是盘山公路。雪还在下,好像比山下密集。孔瞟眼说快到了,他打开了导航,说还有十公里。这山里没有什么过年的气氛,也许是山深人稀。赵日天说他们那儿的乡下,就是前一二十年,到了腊月,就是过年了,进入冬月也就热闹了,开始杀年猪、写春联。小寒大寒,杀猪过年,最迟不能迟过小寒。挖藕的、打鱼的,还有炸鞭声,叭叭叭叭,现在叫什么过年!马夹头说,我们小时候下多大的雪,这样的雪简直不叫雪,有什么可高兴的。孔瞟眼说我记得那时候河里跑汽车。赵日天说那时候有汽车么?孔瞟眼说,汽车有了,雪没了。赵日天说,你这叫车!孔瞟眼说,下去,赵日天,你下去坐客车去。

　　沿途到处都是村庄,为什么要到田架山抓鸡?这是孔瞟眼搜索百度的结果,加上过去到过这里拍过片子。他给我们发了田架山的介绍,田架山的土鸡非常有名,田架山的鸡下的蛋全是双黄蛋。田架山还有一个怪事儿,这村里有许多双胞胎,不仅田架山的女子生双胞胎,嫁到这里来的媳妇也生双胞胎。可要到这个村太烦,差不多要到了,路变窄了。路是按"村村通"标准修的,不到两米,就一个车宽,不能会车。路途有车来咋办?只能一个退,或者会到沟里去。好在没有车,我们的三个车长驱直入，孔瞟眼喊菩萨保佑，千万不要来车。还有杜老眯的老婆开车，杜老眯就不犯困了，对讲机里连连提醒开慢点，开中间。说着说着来了一个车，一个农用车，车孬，宽度不孬。前面一停，后面就明白了。为啥不修宽点。就笃定农村没人买车吗？这是在山区，在平原现在哪个农民家里没车？当官的就没长只后眼？孔瞟眼说当官的只顾眼前，管一届，有条路就不错了，一半还是农民集资。赵日天焦急，说想吃个土鸡看样子是吃不成了，个斑马养的！我们下车去前面查看，杜老眯的老婆和一车婆娘在骂那个农用车司机，你不能往旁边开点让我们过去吗，故意挡着不让我们走啊！我们一看，还真不是故意挡的，农用车轮子快掉下去了，旁边的路肩离路面有至少一尺深，掉下去就爬不上来了，要用吊车。那农用车司机是个农民，急得大声争辩，农用车声音太大，烧柴油的，听不清。这路真是的，村长干什么去了，两边把路肩填起来，一边填五六十厘米宽，填实，不就能够会车了吗？春节一定会有大量车回来，那这条路不就堵死了？村长一定是吃干饭的混蛋。我们看了一下，前面有一个宽点的岔路口，就给农民商量要农用车退。那农民被一帮城里老女人骂得狗血喷头，头都大了，先犟着，后来我们做工作他只好退。退也不容易，不像我们的小车，但还是接受了现实慢慢退。终于成了，我们的车可以过了，皆大欢喜，上车，再走，是石子路，虽然更窄，更烂，坑坑槽槽，但再没碰上车，田架山就到了。

哇，老树，池塘，石屋，炊烟！这是个沉静的村庄。进村抓鸡开始了！口号是赵日天喊的，拍打盹的杜老眯，杜老眯一个激灵就来了精神跟着下了车。池塘里有厚厚的冰。哇，有水埠，还是条石，长长的几块条石伸进塘里，塘冻了，村民在冰上砸了一个圆圆的大洞在那儿淘洗，条石上堆一大堆青菜，绿茵茵的上海青。这儿的房子依山而建，有的像古堡，有的像兵寨，有的是豪宅——至少建造之初是很用心的，很有气派的，是准备住一千年的，是光耀祖宗和子孙的。那个洗菜的男人在这个古老村庄的水埠，多少有点不协调，如果是一个村姑，一个红衣少女，那意境就更美了。何况还有静静落下的雪，银白的世界，好美好美呀。那些婆娘们都大声叫嚣着停车停车！车一停，门就开了，大伙一窝蜂往水埠跑下去，去拍池塘、水埠和洗菜人。那真是一幅冬日山村的静谧生活图啊！题目就叫《冬日村庄》！我们进村了，我们要抓鸡了！老乡，你洗菜啊，冷不冷啊？我们是从武汉来的，来看看山里雪景，请问你们哪家有土鸡和双黄蛋的鸡蛋，我们想买一点，你们这儿听说有许多双胞胎是么？

那个洗菜的男人有四十多岁，说洗菜是今日他们家请村里人喝猪血汤。赵日天说，那就是杀年猪啰。因为喝猪血汤就是杀年猪的一种风俗习惯。我们就说太好了，太妙了，赶上杀年猪！我们这些摄影发烧友各自挥拳猛砸同伴表达我们的惊喜，互相祝贺运气来了，这可是绝妙的机会让我们撞上了！杀年猪杀年猪，老乡你家的猪是土猪吗？当然当然，我们这儿喂猪都是山上放养的，没有饲料猪，我们的猪叫百草猪。那个人姓田，叫田建成。我们就问猪肉卖不卖呢？田建成说不卖，自己吃的，腌腊肉的。那你家的鸡呢？鸡卖，鸡也不多，自己吃的，你们要买可以买几只去。那其他老乡呢？其他老乡呀，我们村里没有其他老乡，喂鸡的人少。那你们村里的人呢？都出去打工去了。过年不回来吗？回来的不多，都到外头买了房子，最差的在镇上住去了，我们村长就在镇上开发廊。那你们村现在还有多少人？全村有八十多户人家，三百多人，现在剩下十一人，基本是老人。那你不老啊？我四十五了，还不老！我也是在外头打工的，脑梗塞在武汉动了手术，不能再外出打工了，我女儿在外打工，老婆照顾我也没出去。

我们说着跟田建成进了村，这村里真没人了，都是比时间更老的房子，全部条石台基，端端正正，门框门楣门槛台阶都是条石，雕得精巧讲究。有一些墙是干打垒，却因为无人收拾居住，被一种土蜂蛀得千疮百孔，触目惊心，令人肉麻。我们兜了一圈，大约看到两处新楼房，夹在那些破碎不堪的老房中，呼吸困难。田建成说新房子都是老人守的，一家一个老人看家。田建成的房子在斜坡上，用石头砌的屋场，工程很大，但这已是多年前的事，现在房子也破旧了，好在有人住，有点生气，加上猪喊鸡叫，还有炊烟冒出。其他的，他左邻右舍都没了人，大门紧闭，阁楼敞开，堆放着陈年农具、家具。往屋里瞄，黑咕隆咚，阴气袭人。走到田建成屋场，旁边屋山头避风处，两个屠夫正在磨刀，咔嚓咔嚓。猪已经牵出来了，肥壮油黑，估计有两百斤以上。田建成的老婆在哄猪，将它往屠凳那儿赶。猪虽然是猪，也有灵性，看这阵势知道自己的死期来临，就挣扎着不肯往那儿去。这真是让我们赶上时候了，我们的摄影家伙包括手机到哪儿能捕捉这么好的画面，创作年俗大片，输送微信大图，还有第二家么？有的还拍视频，记录下这一历史场景；有的自拍杆伸出,要与猪来一个最后的合影。

屠夫让田建成的老婆走,因为他老婆在那儿假装唤猪拖猪,却在那儿抹泪,想是与这猪有了感情。喂养了一年,朝夕相处,就是一块石头也捂热了。我们几个就悄悄走近,去拍流泪抚猪的田建成老婆。田建成老婆穿着廉价的胶底厚棉鞋,棉衣上戴了两个绿袖套,还有污脏的围裙,还戴着一个老年人的毛线帽子,就是一个老年人,其实年纪不大。老公脑梗武汉住院,想必欠了一大笔债,也不能外出打工,家里不富裕,还守着个空村。

我们拍了几张田建成老婆的照片,她发现了,不好意思就不流泪了,就起身去了屋里。这时一个屠夫拿着挠钩一把钩住猪的鼻子,一个屠夫抄尾,猪要作垂死挣扎,我们见状一拥而上,帮他们制服猪。猪怎敌这么多人,三把两下就被摁到杀凳上,这时屠夫大喊让开让开。田建成端来盆子,里面放了盐,是接猪血的。我们让开正好要拍照,看屠夫怎么进刀捅死一个庞大生命。说到底,我没见过,其他人也没见过。饥渴的相机和手机,准备留下一头猪死亡的瞬间。

猪的叫声太惨,太悲伤,太绝望,在这漫天飘舞的雪花中。因为是杀年猪,大家也没觉得惨,倒是很喜庆。那些老娘们,假装很害怕,躲得远远的,又忍不住要往这边看,露出了嗜血本性。猪在杀凳上嘶嚎,腿踢蹬,想摆脱死亡。可猪这么肥,就为这一刀。年关一来,猪只能去死,任何挣扎都是徒劳的。刀捅进了那个脖子的柔软处,斜着进刀。屠夫经验老道,千百次地捅刀,练就了一剑封喉的本事,一刀下去,血就来了。这样,大光圈,160 秒,200 毫米长焦用 11000 秒,微单用 130 秒,喷溅出的热噜噜的猪血就在空中飞舞时定格,片子就有了,这真是好片子,不要摆拍,不要美颜,不要 PS,来源于生活,片子叫《杀年猪》,或者叫《血花与雪花》等等。赵日天老婆要拉着他,与嚎叫的猪一起自拍。赵日天小中风过,面对这场杀戮没有反应过来,糊里糊涂走近了。赵日天老婆做动作造型自拍时还要喏着念念有词:哇,个斑马好漂亮!好一头大、肥、居(猪)呀!因为猪在咽下最后一口气时也要挣扎,每挣一下,血就飙很远,赵日天与老婆自拍时没防备,那飙出的血就溅上了他的羽绒服与他老婆的牛仔裤。这可晦气了,赵日天就在猪嚎声中骂他老婆。给他们抓拍的孔瞟眼就说,开门红!开门红!我们也就都说开门红开门红。赵日天那黑了的一块脸也溅了血,看起来很滑稽,脸上挂着猪血，面无表情，我们就一通笑，有的拿出纸巾来上去帮他们擦，可赵日天老婆不让别人擦，好像是恼怒别人取笑他们夫妇的意思。

有乡亲们来了，也就三五个，大多是老人，估计村里的活人都来了，来喝田建成家的猪血汤的，说是喝汤，其实菜不少。我就给田建成说，我们也想体验一下在乡下喝猪血汤的年俗，吃个中饭，一个人给你五十元怎么样？田建成说，就是不给钱，撞上了，也要喝这猪血汤，这哪不行！我们一共十一人，给他五百五，他就收下了，说你们太客气。我说一是一二是二。我又说你有多少鸡卖给我们？他说就十多只，全部给你们，你们太好了，我还有些土鸡蛋，要的话全部拿出来给你们。我问鸡多少钱一斤，鸡蛋多少钱一斤？他说鸡平常二十六，今天还是二十六，昨天来的人要出二十八一斤我都没卖。鸡蛋一块五一个，是不是双黄我不保证。我说好的好的，不讲价了，快过年了。我觉得患了脑梗的田建成也可怜，这么冷还砸冰洗菜，这样会再脑梗的，不讲价等于是扶贫，何况也贵不到哪儿去。大伙一商量，特别是几个婆娘，天天进菜场的，一听就说不贵，跟武汉差不多，武汉菜场卖的不一定是真土鸡，鸡蛋还不一定新鲜。这里不仅新鲜，还没有假，货真价实，可得可得。至于鸡嘛，田建成说鸡在外头，鸡逮着了就是你们的。那么肉呢，猪肉呢，也卖点我们吧，这么大的猪你们也吃不完，腊肉腌多了不能老是吃，吃新鲜的才不会得病。你们要多少？一人一刀行么？田建成说这不行，我还要给我姑娘准备一些的。那一人五斤行么？可得可得。一斤要三十元。好好好。我们就与田建成谈妥了。田建成说，天气冷，各位领导进屋喝茶。我们说，茶喝了，我们先去村里转转，雪也不大。田建成说你们不走远了，一个小时喝汤。

好吧好吧，正好。村里那么多老屋，那么多老树，山上有泉水，村中有池塘。老树有乌桕、银杏、木梓树、枫杨树，还有松杉，几个人合抱。我们进入的人家，有太多好看的红漆门、铜环、锁。锁不好看，弹子锁，生锈了，有的没锁，大门敞开。真是的，好歹生活过一家子，好歹总有些东西。我们进了一个没锁的院子，屋是破了，墙倒塌了，进去就是曾经的厨房，有好多坛坛罐罐，有木蒸笼，有碗柜，有木箱子，有盆，有水桶，有装苞谷的大黄桶。有毛巾，有挂在墙上的棉鞋，还有一株冬天也没死的绿油油的土大黄。孔瞟眼打开一个坛子，里面竟有着半坛发臭的酸菜。锅生了锈，还有锅铲，有土灶台，这可有年头了。孔瞟眼发现了一个好东西，一个青砖筷篓子。看啊，他喊，这东西好怪。这样的筷篓子是头一次见到，里面装有十几双筷子，一个铝瓢子。这是个文物，马夹头说。孔瞟眼已经牢牢地将它攥在手上了，任何人休想夺走。他把筷子倒出来，用纸巾将里面的蛛网擦了擦，左看右看，翻来覆去看，爱不释手。挂绳是一根电线，结实，孔瞟眼喜滋滋地提着了，这是第一件战利品。我们又来到敞开的堂屋，墙上牵的绳子还搭着衣裳，灰尘蒙面，也没人要。另一面墙上挂着许多夹小兽的"铁猫子"，都生了锈。孔瞟眼说这也是文物啊，他自个取下一个，要我们也各自拿一个。我们认为这捕兽夹在腊月拿着不吉利，都没有拿，这破玩意儿也没什么用，我们也不搞收藏。孔瞟眼进了一个房门就不见了，我们走进去看，孔瞟眼趴在地上了，朝床底下搜寻。那床有蚊帐，床上是些农具。噫！噫！我们看见壁虎一样趴着一动不动的孔瞟眼，就知他又发现了好东西。他开始往床底下爬，我们很好奇，看他从床下拖出一个物件，竟是一把黑乎乎的夜壶。夜壶哥又找到文物了！

　　这是一把好夜壶。想建一个中国夜壶博物馆的孔瞟眼是不会放过任何一把夜壶的，何况这真是一个老物件，釉上得非常好，尿垢金黄，晃一晃，干的。孔瞟眼一只手伸出大拇指，不说话，他激动得话都说不出了。走出院子，孔瞟眼说，到处都是文物，都是好东西，全村都是，都丢了，我好想把这个村买下来。他对我们说，我们租也行，反正没人住了，我们在这里搞个艺术家村，摄影驿站怎么样？整旧如旧，然后在这儿养老该多好，这儿山青水秀，为什么他们要跑出去？个斑马的搞不懂，我们买下来搞民宿也赚钱啊。马夹头说你说得有道理，但要人投资啊，你卖几个宋代夜壶投资？投资了谁又来这儿住？鬼？鬼住？这村子阴风惨惨的，老子是不会住的。赵日天说，土鸡是不是文物？你看什么都是文物，看雪呢，是不是文物，几年没下雪了，这雪是哪个朝代的？孔瞟眼说，你们不住我搬来住。赵日天说你是来偷文物的。杜老眯说，你那夜壶给收破烂的都没人要。就要拿石头砸孔瞟眼手中的夜壶。孔瞟眼连忙笑着躲开说，莫疯吵！

　　走进另一家，门口有一棵大泡桐。进去就看到一口棺材，上面盖着一个破床单之类，好不瘆人，看上去就像里面躺着死人，我们赶快退出。可这时黑暗的屋里有一个活物动了，孔瞟眼的脚下，竟卧着一条狗，他以为是一堆破絮什么的。他踩着了那狗的腿子，狗连叫也没叫一声，站起来，是条瘸狗，后腿的一个爪子没了。狗啊！马夹头惊慌说，他吓了一跳，以为是个鬼。还真是个狗，老狗。你个狗日的狗，你叫一声啦，柴门闻犬吠，你这狗不是白养了。这狗是个野狗，不然，是这家人家的狗，陌生人进屋就得叫，你不吠不叫的，是什么狗呢！细看，狗很衰弱，刚才卧在棺材头前，身边一个狗食盆，是个石头凿的，很厚的盆，盆里两根苞谷芯子，没一颗籽粒。石盆里像生了苔，水也没见一滴。赵日天踢着狗食盆说，夜壶哥，这又是一个文物。孔瞟眼在研究棺材头上的一个大红"奠"字，被叫看狗食盆。一看，果真斜眼亮了。又看那狗，撵狗，咄！咄！感到没有威胁，不会反抗，就抱起那个石盆，到了光亮处，再看，不是太大，也不是太小，不是太重，也不是太轻，青砂石凿的，圆圆敦敦，一件少见的好器物，连连惊呼道：有点味，有点味，回家养一盆铜钱草，绝对有点味！那狗呢，见人抢走了自己的饭碗，不急不恼，大家看它，骨瘦如柴，四条腿像四根篾片，一根还是短的，歪歪倒倒，就是条死狗，夹着尾巴，先我们跑了，也没跑远，躲在泡桐树下，踩着雪，瑟瑟发抖。赵日天看不过去，说夜壶哥，再怎么不能抢别人饭碗好不好。孔瞟眼抱着狗食盆就往外走，手上还叮里哐啷提着夜壶、筷篓、兽夹。那条狗呢，站在风雪中，瞪着愤怒的眼睛，看着一个陌生人抢走了它的食盆，大摇大摆地走了。狗终于从喉咙里发出低低的"噗噗"声表示了自己无可奈何的抗议。这群进村抓鸡的城里人，无辜地"顺"走了它的饭碗。

对于贪婪的收藏家孔瞟眼，你是没有办法的，他如果看见了一泡屎，也可能鉴定出是宋代的。我们回过头望了一眼那狗，它仍在风雪中，它好可怜，它快死了。

旁边有一个真正的大宅子，高高的木头门槛，但门没了，窗棂的木雕花却完好无损。孔瞟眼说这没有保护，没人给挖走吗？上了七八级台阶往里一看，屋顶开了天窗，堂屋落下厚厚的雪，但有一扇巨大的屏风，有四个浅雕的大字：耕读传家。这四个字敦厚、饱满、自信、张扬，虽没有留款，一看就是至少清末或者民初的字，写字者有儒风、笃诚、豁然、大气。屏风脚已腐烂、穿孔，但基本完整，有气势。马夹头问孔瞟眼说这个东西好吧？耕读传家久，诗书继世长。孔瞟眼说这东西要是弄到武汉古玩市场，最少值十万！赵日天说，夜壶哥，咱们动不动手？孔瞟眼说去你的，老子又不是强盗。几个老妖婆一挤进来，就要在这四个大字

—248—

下照相。孔瞟眼说慢，慢，要找一把椅子。杜老眯果然从里屋找到一把圈椅，只是坐垫木没了，腿也只剩三条。我们先绑上腿。赵日天找来一根木头和绳子就绑椅子，孔瞟眼蹲着看了说，这是黄花梨，绝对是黄花梨。我说这不是，黄花梨木的比黄金还贵，敢丢在这里腐烂啊？孔瞟眼说黄花梨的也分海南黄花梨和越南黄花梨，越南的不值钱。我看了看说是楝树的。孔瞟眼说这个造型就是明代的。赵日天说，你夜壶哥的造型还是秦代兵马俑的呢。孔瞟眼说，老子是活生生的兵马俑？个斑马！我是讲真，好了好了，大家坐在椅子边上假装耕读传家吧。老妖婆们自拍他拍，一派大家闺秀气息。有人又找出一本书，是小学数学课本，让她们翻开，假装读书的样子。还是赵日天老婆的中式服装出彩，大家又要她脱，她又是被强脱了，冷得在门口打喷嚏。赵日天就催婆娘们快照，不要摆姿势了。头上开了天窗的屋顶有雪落下来，落到他们头上，每人一张，手捧小学课本，耕读传家。这照片真好，真好，在这村里随便照都是好片子，都是怀旧情绪和怀旧场景。问题是，到哪儿找这么绝的道具去？而且是实景拍摄。道具越来越多，有人拿来渔罾，有人拿来山里的挖锄，还有背篓，有蓑衣，有一大串生虫的红辣椒白蒜头，有斗笠。可雪越下越大，雪涌进了屋子，涌进了耕读传家的屋子。等大伙都照了，孔瞟眼对马夹头说，你明晚回去把你家儿子的卡车弄来咱把这些拆了拖回去，反正也是没人要的东西。杜老眯说夜壶哥，你真这么做啊？马夹头说我是不敢半夜来，小心被村民捉了打死。孔瞟眼说，我给大伙真的建议，咱们老伙伴们可以吆喝些人来买这儿的房子，修整一下养老种菜，又没有雾霾，又没有噪音，简直太舒服了，不是神仙的日子么。赵日天说，夜壶哥你买下来是要拆里面的东西，谁不知道你心里的小九九。我认为孔瞟眼是真爱上这儿了，他的建议很好，老哥们在这儿养老，就等于是到了桃花源，远离城市，回归自然，这是趋势，也是一种觉醒，我表示举双手同意。

  我们往山坡上踅回，边走边看时，看到迎面走来一个老头，背着一捆从山上砍的枯树枝。马夹头说欲投人处宿，隔水问樵夫。樵夫穿着臃肿，胡子拉碴，朝我们友好地笑，砍刀别在腰上。老妖婆们就要跟樵夫照相，她们见谁都要照，主要是想让那些皱了巴叽的山里人衬托她们的光滑高贵。有人还抽出了老汉腰上的砍刀，高举着，与肮脏的老汉勾肩搭背作亲昵状，把老汉喜得咧嘴傻笑。好，好，一二三，OK！OK！太好了，太好了！老哥你贵姓啊？田。这里是田架山，都姓田。老汉说虽然都姓田，有土家族的田，也有汉族的田。老田你家里有几口人哪？生活还好吧？过年物资准备得还丰富吧？孔瞟眼当过几天学校汽车班班长，会拽官味，有省长派头，问田老汉。田老汉说有六七口人。田老汉虽然眼睛糜烂，但盯住了孔瞟眼怀里的狗食盆，欲言又止，后来就指着说喏喏这个盆子是不是三九老汉家的？孔瞟眼说三九？怎么三九？孔瞟眼故意装蒜，拿了人家的东西，心里发虚。田老汉就说我昨天还给狗放了两个苞谷的。孔瞟眼很不好意思，田老汉就说这是我家里的，给那狗拿去的，有大泡桐树的那家是么？有一口棺材的。为缓解孔瞟眼的尴尬，马夹头就问那狗是咋回事。田老汉说，三九跟我同庚，他到城里去了，给工地看场子去了，听说死了，死人运不回来，就在城里火化了，这棺材也就没人要了。狗呢？狗啊，丢在家里了么。这狗可是条忠于主人的狗，哪儿也不去，就天天守着那口棺材，谁知道中了什么邪。又没有人给它吃的，到处蹭食，可能是棺材有三九的气味，它还以为棺材里头睡着三九呢，就这么守着。村里的人有记得的就给它一口食，不记得就让它饿。早年它不老实，偷鸡，发现了总是一顿打，它就上山逮鼠逮野鸡，有一次山里逮鼠被别人下的"铁猫子"套住了，在后山哀嚎了几天，没一个去帮它解套，大家想让它死了好，后来它挣断腿又回来了。三条腿逮不了什么，眼看要饿死，我就有时给它拿个苞谷拿碗剩饭来，有时人老了记性不好，忘了，它就只有挨饿，它快不行了……

　　我们听后心情沉重，都拿眼睛去看孔瞟眼抱着的狗食盆，太不应该，一条残疾狗、饿狗，你还抢走它的饭碗，良心上说不过去。孔瞟眼也很不自在了，丢下不是，抱着也不是。好在马夹头又引开了话头，问田老汉这儿双胞胎的事，田老汉说他就是生的双胞胎儿子，再往下问，田老汉说一个儿子在温州打工，成了家，有小孩，一个儿子在武汉读大学后上了班，工资有几千块，但后来就没跟家里联系了，说是失踪了，好久未回来。失踪？这事儿！怎么失踪？一个男孩。田老汉听说我们是从武汉来的，来了精神，就说起这个儿子。说当时一胎化，但田架山就是生双胞胎的地方，好多外地来的人偷偷住这儿怀孕，也大多是双胞胎。双胞胎是可以上户口的，不能把多出的一个掐死是吧。他说我老大比老二大一个小时，但很懂事，打工帮助他弟弟读完高中再读大学，读的是光谷软件学院。是光谷软件学院？是的是的。巧了！那我们的孔教授就是那个学校的老师。孔瞟眼这下成孔教授了。

田老汉说啊孔老师你一定认得我这娃,你一定帮我找找我娃子!我娃叫田二春,我老大叫田大春。孔瞟眼说不认识,学生太多,哪能都认识。您一定教过我娃的,我这娃不爱说话,戴个眼镜,不像有些娃嘴花。大学毕业后在光谷一家公司上班,蛮好的。可我娃突然不在公司上班了,不见了,打他电话是空号,有人说在网吧里看见过他。他哥专门从温州回来与我一起到武汉找过他,找了整整一个月,找了几千家网吧,所有武汉的网吧找遍了,寻人启事贴了不晓得好多,还受了不少骗。杜老眯说这娃怕不是染上网瘾了?赵日天说你们报警了吗?报了报了,问了几次警察,警察就定为失踪人口了,就要下户口的,现在离下户口还有几个月。我后来又去武汉找了几次,在武汉边捡破烂边找,都没有找着。我家里还有些寻人启事,我待会儿给这位……孔老师,麻烦老师帮找找,我全家对您感谢不尽!孔瞟眼说好的好的,我们在田建成家喝猪血汤,您去吗?我不去我不去,他叫了我,我没有还礼,不好意思喝人家的汤。我是准备去温州大儿子那儿过年的,儿子也电话要我去,我怕二春回来,春节家里没人,我就在家等他。

唉,原来是这样啊,可怜天下父母心啊!终于明白了他给那狗添食,害一样的病啊,同病相怜。这样这样,那到时您把寻人启事拿过来,我们的孔教授一定会帮您找的,赵日天对老头说。好的好的,孔老师是好人,大好人!田老汉恨不得给孔瞟眼磕头,作了一串揖,背着柴禾一溜小跑往村里去了。

山里的景色很好,可有人很悲伤,狗也很悲伤。树林里有落叶乔木,有不落叶的常绿乔木;有落叶的灌木,有不落叶的常绿灌木,都与山与村庄共存着。石头房子、青瓦、白墙,还有炊烟,有山脊,有叮咚作响的泉水和封冻的池塘,有弯弯曲曲的田畈,有庄稼,有蔬菜,在冬季如此美妙,在春季夏季秋季还不知美妙到什么程度呢,简直藏着当代人生活的所有幸福元素,藏着安宁、温暖,藏着城里人所有的想象。这个村要买下来,要买下来。孔瞟眼抱着狗食盆对我们说。

喝汤啦,喝汤啦!我们像禾场上的鸡一样飞奔到田建成的家。那猪已被大卸八块,收拾成肉的模样,不再是猪。屠夫在洗大肠,鸡在啄食猪粪中的食物,它们也将被抓到城里去,成为鸡肉,不再是雄赳赳气昂昂的鸡,它们的好日子也快到头了。屋里已经摆上了两桌,我们一桌,村里的人一桌,火锅热气腾腾,热泡咕噜。新鲜的猪肉炖萝卜、心肺煮海带、辣椒炒肉、炒蛋,当然少不了猪血豆腐汤。还有一些我们最爱的乡村坛子菜,什么泡辣椒、酱萝卜、酢冬瓜、尖椒豆豉。还有自酿的苞谷酒,饭是土灶锅巴饭,那个香啊。田建成的老婆端菜,田建成用一个大锡壶给我们倒酒。他老婆说,您们莫要客气,山里也没个好招待的,尽管吃,尽管吃。好的好的,不客气不客气,这酒好,好酒。人们都喜欢吃野食,野食就算是一泡狗屎也是香的,酒是酒精勾兑的也是香的,天下第一好酒。我们就给村里的几个老人敬酒,给他们拜早年。菜是真好吃,全是土菜,辣,辣得有模有样。塘里洗的菜是青嫩青嫩的,绝对的绿色蔬菜有机食品,猪是有机猪,蛋是有机蛋,这儿的水好,这么想,那双黄蛋双胞胎就是与这儿的水有关系。赵日天见了酒就忘记了抓鸡,说今天终于吃到地道的土猪肉了,而且是田架山的百草猪,这肉是甜的,萝卜可以生吃。来来来,喝喝喝!夜壶哥来祝贺你得到了一个狗食盆!第二杯是祝贺孔瞟眼得到砖筷篓,第三杯是铁猫子,第四杯是夜壶。他老婆过来夺他的酒杯,说你这个痛风鬼、高血压,喝死的!赵日天说我吃了药没事,不关你的事,跟我夜壶哥喝酒。正喝着,田老汉来了,手上拿着一叠纸片,很薄很薄的花花绿绿的纸片,另一只手上提着一只鸡,鸡绑住了脚。田建成见田老汉来了,远远地就打招呼说田爹来喝酒。田老汉说他已经吃了,就径直找到孔瞟眼说,孔老师,这是我娃子的寻人启事。启事上印着他儿子的头像,印得模糊,像是乡镇印刷厂印的。他儿子看起来很端正,斯斯文文,戴着眼镜。孔瞟眼正在与赵日天干杯,已经喝得神魂颠倒了,就接过那摞纸片放到椅子的屁股后头,说好好好。田老汉将土鸡塞给孔瞟眼说,我是代儿子孝敬孔老师的一点心意。孔瞟眼说这不行这不行。田老汉说那有什么不行,学生孝敬老师天经地义,天地君亲师,一日为师终身为父,这就拜托孔老师了。孔瞟眼再三推辞,我们说就拿上吧,盛情难却。

等田老汉走了,田建成说田爹可怜,他在武汉找了他小儿子大半年,大儿子他老婆是个二婚,有个孩子,后来又生了个孩子,负担重,也没管他老父亲,他就在村里等小儿子回来,天天在路口盼。因为婆娘们不喝酒,我要代孔瞟眼开车我也不能喝,气氛就上不来,加上两个杀猪师傅还要到别处杀猪,天又冷,几个婆娘想抓了鸡割了肉快点回家,雪还在下,就说吃饱了。田建成说没有喝好,往年村里哪家杀年猪,都要接七八桌客喝汤，肉要吃几十斤。我家吃了吃你家，冬月、腊月吃两个月，到了正月，又请春客，又要闹一个月。往年到了这时候，狮子龙灯采莲船蚌壳精都出来了，村里热闹得要命。好吧好吧，你们抓鸡吧。

鸡们吃过桌下的残羹后，都在禾场的雪地上唱歌消食，公鸡雄壮，母鸡肥壮，但怎么抓是一个问题。田建成说我来唤鸡，他准备了两个网兜，网鸡的。他抓了些米，就把鸡往隔壁没锁的红漆门屋里撵，米撒在那黑暗的屋里，那里原来成了他的养鸡场。咯咯咯咯咯咯……鸡见了米，就像见了亲娘，撒腿就往那屋里跑。等鸡们都进了屋里吃食，田建成将门关住了，喊我们过去抓鸡。我们悄悄进了门，再把门掩上，立即动手。鸡发现我们的意图，就拼命往外面跑，但有网兜伺候，鸡就成了我们的鸡。门是破门，鸡可以钻出，有的鸡就钻出了，撵鸡的就开始到处撵鸡，屋里屋外，到处是抓鸡的男女。有的老娘们用自拍杆打鸡，有的飞身扑地抓鸡。我抓了两只，孔瞟眼也抓了一只。杜老眯、马夹头和赵日天因为年纪大了，手脚不利索，抓得满脸污渍还是两手空空，加上吃得太饱又喝了酒，眼神也不济，跟着鸡满村跑。鸡飞上了石墙，鸡钻进了草垛，鸡跳上了竹篱，鸡在逃亡。抓到鸡了的交给田建成老婆过秤，再去称猪肉，再就没事了抓拍那些抓鸡人，还大喊：鬼子进村了！鬼子进村了！武汉"鬼子"完全是抗日神剧，鸡把他们带到雪沟里，带到断墙上，他们张着网兜嘴里骂骂咧咧就是逮不到。赵日天喝太多，摔了一跤，手上只有一根鸡毛。他老婆瞎指挥，说这里这里，那里那里，光动嘴不动腿，一网兜下去，网到一坨干牛粪。他老婆大骂他废物，个斑马的把兜子给我！赵日天毕竟是个男人，有自尊，痛风也有自尊，就是不给，霸着网兜，再网。人本来就蹒跚，但拗着劲了，要与鸡一争高下。加上有酒精烧脑，血往上冲，我们都怕他绊在石头上摔下去中风就坏了。

那鸡与他周旋了十几个回合，不分胜负，他碰上了一只狠鸡。那鸡不止跑得快，还展翅高飞，又飞进了那个破屋里。赵日天紧追不舍，进得门去，只听一声惨叫，鸡被擒获了。赵日天手上抓着一只大母鸡，从红漆大门里伸出头来，脸上露出胜利的微笑。孔瞟眼就抓住了这精彩的一瞬间，拍到了赵日天抓鸡的经典镜头，后来获得了中国夕阳红摄影大赛银奖，题目就叫《赵日天终于逮到鸡了》，自是后话。马夹头推了赵日天老婆一掌，要她去迎接逮鸡英雄。我们几个起哄道，嫂子过年我们到你家去吃土鸡。赵日天老婆说好好，没问题没问题，留着你们喝酒。

好啦，满载而归啦，又是土鸡又是土鸡蛋又是土猪肉，还有人有了别人送的鸡。我们逮鸡时，田老汉一直在远处看着我们，等我们把账结清了，他又跟着我们到村口停车的地方，一再嘱托孔瞟眼帮他找儿子。孔瞟眼说了一句话安慰田老汉，说万一找不到了，你还有一个儿子两个孙子，只能往好处想。我们都觉得他这话说得不妥，我们看田老汉凄伤失魂的表情，不想插话。田老汉给我们小声地说，建成那儿哪有土鸡，他的鸡都是从山那边养鸡场买来的，他一年在这里要卖几百只鸡。我们想不会吧，我们的后备厢里全是叫唤的鸡，怎么会是养鸡场的饲料鸡？算了算了，我们不会再去问田建成，天色晚了，雪在下，鸡也没几个钱，我们要赶快返程了，山路险。

　　走到半途，因为赵日天喝过量了，再加上这日怪的苞谷酒度数高，山路颠簸弯又多又急，还加上撵鸡吸了太多冷风，就开始呕吐。第一口没止住，就吐到了车里。然后我们停下来让他吐。他吐了再上路，上路后又要吐。这可咋办，赵日天太老啰，下次不能让他出来折腾了。我们停下车看他吐，把胆汁都吐出来了，他身上全是秽物，各自身上带的纸巾都擦完了，遭罪啊。孔瞟眼在车上找了半天，翻箱倒柜，没有了，最后拿出一些纸片来，是田老汉交给他找儿子的寻人启事。他说只剩下这个了，赵日天呀赵日天，用这个擦吧。寻人启事全部擦完了，那些沾上了难闻的呕吐物的一堆纸坨儿，就丢在了北风呼啸、风雪弥漫的荒野上，丢在了我们车的后头。天气真冷。天气真冷啊！

念兹在兹

津子围

  这几天晚上,闻老头经常在四楼的走廊里走来走去,他银白的头发在日光灯下很有思想地闪耀着。一直等闻老头回到自己的房间——319的灯熄灭之后,躲在暗处观察的邢院长才回到办公室。

  邢院长一只手拨电话,一只手端起茶杯,咕咚咕咚把下午冲泡的剩茶喝下去。

  没多久,驻院大夫小杨就推门进来。说是大夫,其实杨薇薇不过护校毕业,找正规的大医院不好找,在社区医院里和一些退休多年的老医师混了一年,老医师处理人际关系方式固执,多半滞留在他们生命力旺盛那个年代的记忆里,杨薇薇与他们之间的"隔"比较深,后来干脆辞职不干了。两个月前,母亲通过关系找到了福华养老院,她的身份也变成了常驻养老院的医生。"小杨大夫"。养老员这样叫她。"大"读成dà,而不读dài。

  杨薇薇大概刚刚洗过澡,身上还泛着湿气。邢院长越过杨薇薇肩头瞅了瞅,仿红木房门还欠了一条缝儿,他走过去把门关严。杨薇薇一手捋着头发,一只手抚摸办公桌上的转运球,沉默不语。说起来,杨薇薇还是邢院长的远房侄女,但在公开场合,她不管邢院长叫叔,称院长。

  坐回到椅子上的邢院长说:"给你个重要任务。"

  杨薇薇愣了一下,抬起头来。

  "是这样,405 不是新来了养老员吗?……对,姓伍的老头儿。这几天你不一直给他挂吊瓶吗?"

  "他,怎么啦?"

  "他没怎么样,可有人想把他怎么样。"

  杨薇薇瞪着眼睛,一脸疑惑。

  "你知道住在 319 的闻道青吧?可能你对他还不太熟悉,他在养老院住五年了……他是新来的那个伍广辉的'死敌'。"

  "现在还有……'死敌'?"

"我也是今天上午才知道……我在这个大院里有'内线',我的'内线'跟我讲,老闻头儿,也就是319的闻道青正寻机干掉老伍头儿,也就是躺在床上的伍广辉。"

杨薇薇紧张地吸了一口气,问:"为什么呀?"

"后来我了解了内情,才知道他们是世仇。"邢院长说着点上一颗烟。

"可是,我能做什么呢?除了打针,别的我也不会呀。"

邢院长说:"你可以帮他们做心理辅导。我观察了,养老员都挺喜欢你,人越老越像孩子,他们对你这身白大褂既信任又依赖。"

杨薇薇下意识地瞅了瞅自己的衣服,现在她穿的是半休闲的黑色连衣裙。

"现在伍老头半身不遂躺在床上,闻老头却活蹦乱跳的,如果闻老头想复仇,他们之间完全不对等。不对等更危险,悲剧随时都可能发生。听我的内线讲,闻老头正在考虑用什么方法解决伍老头,毒死他还是掐死他……闻老头八十岁了,他不怕犯罪,按他自己的话说,反正自己这么大岁数了,身上不是这儿疼就是那儿疼,活着也遭罪,除去一生的大恨,值得!……你说问题严重不严重?我可不想养老院里发生血案,有了案子就属于重大事故,封门挨罚不说,声誉败坏了,养老院还能办下去吗。"

杨薇薇脸色泛白,她说:"如果是这样,赶紧报警呀。"

"报警?凭据是什么?"邢院长说,"说闻老头有犯罪动机?他们派警察在养老院天天看守?可能吗,到头来责任还不都是养老院的……"

"不行,这么大的事儿,你不该找我。"杨薇薇快速地说。

"你别担心,我能让你去做冒险的事儿吗?我给你的任务是,利用你白大褂的身份,对他们做心理辅导……"

杨薇薇说:"得了吧,你不是不知道,我不是医生,更不是心理医生,怎么做心理治疗?"

"我说的是心理辅导,没让你做心理治疗。"

"可是,辅导我也没辅导过呀。"

"别担心,我在你身后,做你坚强的后盾。我已经做了一个周密的计划,每天都安排好了,你照我说的做就行了……放心,一丁点的危险也不让你沾边儿。"

"那,我要做什么呢?"

"一开始，我们要调解闻老头和伍老头的仇恨心理，在闻老头面前说伍老头如何忏悔、谢罪，当着伍老头的面说闻老头如何忏悔、谢罪，然后，在闻老头面前说伍老头好，在伍老头面前说闻老头好，借机让闻老头学会宽恕，讲透宽恕是天地间最大的美德等等。其实，人的仇恨也是心理问题，化解了仇恨，一场悲剧就避免了……对养老院来说，你立了大功，对闻老头和伍老头来说，你也积了大德。"

　　杨薇薇并没有被邢院长的慷慨陈词说服，她低声嘟哝："这么复杂？我还是觉得我做不来……"说着，杨薇薇的眼睛湿透了，大声说："你还是想别的办法吧，我不行，我的真不行！"

　　邢院长站了起来，走到杨薇薇身边，热乎乎的大手放在杨薇薇肩上，在她耳边小声说："放心吧，有我在。我怎么忍心让你……"

　　杨薇薇的头本能躲闪了一下，扭过头来，警觉地看着邢院长。

　　邢院长收住微笑的嘴角，说："这件事做好了，我会在院务会上提议，好好奖励你！"

　　阴雨天下午，杨薇薇受邢院长指派第一次去找闻道青。319房间在走廊的最西侧，中间要经过一个空空荡荡的会议室。最初，养老院是按宾馆设计建造的，以致改做养老院时，有些空间被闲置弃用。三楼这个大会议室一度被安排做健身房，后来健身房调整到一楼同样的大房间，这里就成了放废弃物品的地方。有缺胳膊少腿的桌椅、木床，有锈迹斑斑的体育器械，还有暂时用不上的厨房设备。315—319房间在会议室的里面，一个通透的走廊被一个大房间分割开来。315房黎老太做设计师的孙子曾对杨薇薇说："真是奇葩，这样的设计还不如七岁孩子摆的积木，不是脑残也是神经堵塞了。"走过会议室，杨薇薇才觉得这个结构的确是够别扭的。

　　319房门紧闭。杨薇薇抬起手来，正要敲门，突然听到房间里传来咳嗽声。那个咳嗽声与普通的咳嗽声不一样，声音里带仇恨的腔调儿，短促而有力。杨薇薇犹豫了，继而胆怯地退回到会议室。

　　杨薇薇从邢院长那里了解到的情况是这样的，两个老头之间的恩怨情仇发生在几十年前的一次批斗会上。热血沸腾的伍广辉动手打了闻道青的父亲，他父亲回到家大小便失禁。三天后，闻父在临时关押场所——小学厕所的水管上拴了一根鞋带儿，将自己的脑袋套在了里面。那些年，闻道青一直在边疆省份服役，但仇恨的种子悄悄在心里发芽、生长。多年后，闻道青回到自己出生的城市，在一家工厂锅炉房烧锅炉。闻道青一直寻找机会向伍广辉报仇，那时的伍广辉身强体壮，意气风发，身边还围着工作人员，即使闻道青和伍广辉单独交手，也未必是伍广辉的对手。有一年冬天，闻道青终于等到了机会，他劫持了伍广辉唯一的女儿伍英姿。从那个阴霾的夜晚开始，伍英姿被闻道青囚禁在锅炉房边工具仓库整整七天。他原本想把伍英姿掐死并投入锅炉中烧掉，后来不知为什么突然改变了主意，竟然放了她。闻道青被捕入狱，由无期徒刑改为二十年，在农场劳动改造了十六年提前释放。后来，伍广辉从机关大楼下放到盐场当力工，伍英姿虽然结过三次婚，却一直没有生育，中年后多次进精神病院治疗。面对两人间的深仇大恨，杨薇薇望而却步很正常，她不敢想象恐怖故事中的主人公就在身边，听着就令她单薄的身体微微颤抖，何谈去心理辅导并化解恩怨。

　　杨薇薇身后传来了响动，杨薇薇一回头，觉得后背被电击了一般。闻道青站在杨薇薇身后。"小杨大夫，你找我吗？"

　　杨薇薇愣一下，接着快速地点头。

　　"到我屋里来吧。"

　　杨薇薇强迫自己镇静，步伐沉重地跟着闻道青进到那间有些霉味儿的房间。

　　房间的门是敞开的，杨薇薇就站在离房门不远的地方。"你怎么了？小杨大夫。"闻道青看出杨薇薇脸色苍白，他笑吟吟地问。杨薇薇镇定一下，她眼前是个颤颤巍巍的老人，她大可不必自己吓唬自己。"例行走访，看看闻师傅哪儿不舒服。二甲双胍（糖尿病药物）和美托洛尔（高血压药物）都按时吃了吗？"闻道青说："按时吃，你看我都摆在床头桌上，看到就忘不了啦。""这样也有忘的，二楼的马奶奶也把药放在床头桌上，可吃过之后就忘了，又吃了，有一天上午吃了三遍，还好及时发现处置了……"闻道青咯咯地笑，他说，"你怎么知道我也犯过这个毛病，唉，人老了都犯病。不过现在我学聪明了，我把药放在三个瓶子里，你看，这个黄色小瓶是早晨的，这个红色小瓶是中午的，这个白色小瓶是晚上的。"

　　交谈中的闻道青就是个耄耋老者，杨薇薇松了一口气，不过当她的眼神儿碰到挂在床头上的尼龙绳，她的心跳又倏地加快了。那个尼龙绳铅灰色，盘成一个蚊香圈儿挂在墙钉上，容易让人联想到绞刑架上吊绳的形状，还有，杨薇薇看到一把水果刀，那把刀没放在餐盘里，而是斜插在死秧花盆板结的泥里。

闻道青去给杨薇薇倒水。杨薇薇看着闻道青有些佝偻的背影，咬了咬嘴唇，一板一眼地说："闻师傅，您认识405的伍师傅吧？就月初新进养老院那个，叫伍广辉，他跟我提起过您……"

正往杯子里注水的闻道青突然转过头来，警觉地问："提起我什么？"

"他说他一生中最对不起的人是您，他知道您在这个养老院，临终前来这个养老院也是想找机会向您道歉、忏悔，求得您的宽恕……他还说，不然，他死不瞑目。"杨薇薇快速背完了台词。

水流漫过水杯，流到桌子和地上。闻道青连忙放下暖瓶，用手划拉溅到大腿上的热水。

"他让你跟我说的？"

"没有！"杨薇薇连忙摇头，说，"我看到您，突然想起了这档子事儿，我只是觉得好奇，你们之间有什么好忏悔、好宽恕的呢？闻师傅，您以前跟伍师傅很熟吗？"

闻道青坐回床上就沉默了，目光暗淡起来。一直到杨薇薇离开319房间，闻道青始终缄默着。

走到会议室，杨薇薇长出一口气。她的表演水平如何自己无法评价，可主要台词总算没忘，该说的都说了，说得也还算是清楚。这个过程，仿佛从烤箱里端出一个烫手的盘子，现在她把盘子交到了闻道青手里，第一回合的任务算是完成了。

会议室里的光线有些暗淡，杨薇薇把目光投向了窗外。小雨还在下，下得懒懒洋洋，腻腻歪歪。这时，杨薇薇看到窗框上布满黑色的点子，那些小黑点还缓缓地移动，她向前走了两步，发现有些蠕动的小虫子。杨薇薇惊叫了一声，快速跑出了会议室。

杨薇薇去给伍广辉撤吊瓶时，护理员胖阿姨刚刚给他接过大小便。伍广辉的精神状态不错。

"小杨大夫，谢谢你！"伍广辉说。

杨薇薇笑盈盈地说："您别这么客气，都是我该做的。"

胖阿姨将伍广辉换下来的脏内裤和几条毛巾、布片扔到脸盆里，跟杨薇薇打招呼："杨大夫你再坐一会儿？我去洗洗衣服。"

房间里只有杨薇薇和伍广辉。杨薇薇若无其事地说："伍师傅，您认识闻道青这个人吧？"

"哪个？"

"闻、道、青。他认识您，昨天我碰到他了，他也刚刚知道您住进养老院了。他说他以前做过对不起您的事儿，悔恨终身……"

"他也在养老院？"

"是啊，两座山到不了一块，两个人却能见面，多年来他一直想找机会向您道歉、忏悔，求得您的宽恕。"

"他还没死？……我不接受他道歉，也绝不饶恕。"说完，伍广辉咳嗽起来，脸憋得发紫。

那天夜里，救护车闪烁着蓝色顶灯开进养老院大院。邢院长拨开窗帘看了看，对身边的杨薇薇说："急救中心的车怎么来了呢？"

急救车是伍广辉的护理员叫的。杨薇薇跟着邢院长赶到405房间时，急救中心的医护人员正对突发状况的伍广辉进行紧急处置。医护人员显得手忙脚乱，杨薇薇插不上手，她也不便插手。杨薇薇悄悄退到走廊里，眼泪一点点冒了出来。走廊里是感应灯，只要没有响动，没人能看到杨薇薇脸上的泪花。

杨薇薇的泪水来自恐惧，也许还有内疚。她想，如果伍广辉发生了不测，会不会跟自己下午的谈话有关呢？按说，伍广辉病情严重，经受不了刺激和打击，作为医务人员她应该懂得的。当然，即使伍广辉真的辞别人世，她也未必会承担法律责任。且不说她与伍广辉的谈话内容无法查证，就算是原原本本地查证清楚了，谈话也不是导致伍广辉死亡的必然条件。想到这儿，一个更可怕的念头在杨薇薇脑海里闪过，这件事的背后有没有可能隐藏着阴谋？邢院长设计并由她来实施的阴谋？伍广辉走了，闻道青就没了复仇对象，一场在养老院可能发生的事故或者说案件就避免了，自然不存在追责问题了，养老院的声誉也不会有一丁点损失……

走廊的感应灯亮了。405门口开始有人出出进进。杨薇薇连忙把眼泪擦干，走向房间时，迎面碰到向外走的医护人员。随即，邢院长也出来了。

"怎么样？"杨薇薇小心地问。

"没事儿了。"邢院长说。

"不送医院吗？"

"老伍头清醒了，他死活不同意！"

杨薇薇吊起来的心慢慢地安放回原来的位置。

关于心理辅导计划的实行，杨薇薇和邢院长有过两次激烈的争论。杨薇薇暗下决心，宁愿被赶出养老院她也不再参与了，厌恶的情绪不断增加，甚至到了晚上，她一个人都不愿意走出房间，她总觉得楼道和走廊里有一种奇奇怪怪的声音，那个可怕的声音飘忽不定。还有，她也不喜欢那里氤氲着的衰老气味儿。

"小杨大夫，这几天你怎么不爱说话了？"躺在床上的伍广辉问。

杨薇薇正在给伍广辉换隐埋针头。胖阿姨说，伍广辉跟她说了七八次了，他认为那个针头已经回血，因为针管一侧已经变成红色。杨薇薇告诉伍广辉，有点回血正常，但伍广辉坚持要换针头，杨薇薇也没办法。伍广辉手背上的血管很细很深，稍不小心皮肤就鼓包。杨薇薇不知道伍老爷子为什么那么固执。

杨薇薇扎了两次，针头都没顺利进入血管。伍广辉似乎不太在乎，他一直跟杨薇薇说话。"对了，小杨大夫，你上次跟我说的事儿是真的吗？"

"哪件事儿？"

"就是闻……就是有人说向我忏悔，求我原谅那件事儿。"

杨薇薇愣住了，试探着问："当时，我看您很生气，所以，就不敢再提这事了。"

"是啊，一生的深仇大恨，不心痛，可能吗？……可是回过头来想一想，我也有过错，尽管处在那个时代，谁也逃脱不了，但是全归结到时代上也是不对的，客观条件是外因，内因才起主要作用，先是我罪于其父，后来才遭到了报应……"

杨薇薇觉得十分意外，本来，她觉得这件事已经结束，不想，事态发展出乎她的预料，像原本消失在地下的河流，突然在下游冒了出来。

"您这样的胸怀和气度真是令人敬佩。"杨薇薇对伍广辉说。

伍广辉叹了口气，说："都说人生短暂，其实人生很漫长，看从哪个角度去看了,承受痛苦的时候就觉得人生真的难熬啊,只有到了我这个岁数,到了土埋半截的时候,才大梦醒来,人生不过一醒一睡之间……"

"您说得真有哲理,我不能全部听明白。"

"唉,人之将死,其言也善呀。……小杨大夫,闻道青也八十多了吧,也活不了多久了。既然闻道青有这个愿望,他想向我道歉向我认错向我忏悔,我应该给人家这个机会,不然,他就是死也会有遗憾的。……"

"您真的很伟大。"杨薇薇说。不知道为什么,杨薇薇竟然冒出了"伟大"这个词儿。

与伍广辉谈话之后,杨薇薇困惑了,所以她有意躲避着闻道青。在饭堂吃饭也好,傍晚老人在院子里集体活动也好,杨薇薇都尽量避免与闻道青"撞见"。接待大学生志愿者那天下午,杨薇薇从卫生室出来,看到了在大厅里徘徊的闻道青。

"小杨大夫!"

杨薇薇想回避都来不及了。

"闻师傅啊,您没下棋吗?"

"臭棋篓子,都是臭棋篓子,哪有我的对手啊!"闻道青说,"这几天怎么看不到你,忙吗?"

"挺忙的,您还好吧?"

"好好,就是神经衰弱,睡眠不大好,你帮我买点药呗,谷维素片和刺五加。"

"您以前用过这些药吗?"

"用过用过,没问题。"

"好,我问过药剂师之后就给您捎来。"杨薇薇转身要走,听见闻道青说:"小杨大夫,还有一件事,上次你跟我说伍广辉要向我道歉,请求我宽恕……"

"啊,对,可我觉得,您好像很反感我的话题……"

"后来我反复想了想,觉得……"

杨薇薇停了下来,她仔细观察衣着不太合体的闻道青,闻道青居然有些羞涩的模样,张开的十只手指在一起对撞着。

"按理说,我跟伍广辉的仇恨不共戴天,他害死了我爸,一个干干净净的读书人,我跟他的仇恨比山高,比海深。可是,冤冤相报何时了啊,我们都为这个仇恨付出了沉痛的代价,耄耋之年了,该豁达了……"

如果方便，我可以见一见伍广辉，如果他的忏悔是真诚的，我可以饶恕他。"

"您可以宽恕他？"杨薇薇仿佛可以感觉到自己的心跳，"您真的能见伍师傅？"

"必要的话，可以！"

"那真是太好了。"杨薇薇原地欢快地跳跃了一下。

伍广辉的反应已经令杨薇薇猝不及防，她更没敢奢望闻道青的回应。事态发展消除了杨薇薇的顾虑，她甚至将自己的恐惧、困惑和疑虑全抛到九霄云外。

满身成就感的杨薇薇径直走到邢院长的办公室门前，笃笃笃的敲门声战鼓一般。

促成伍广辉和闻道青见面，应该是杨薇薇的意图了。邢院长只想控制和稳定态势，他并没有真的想去解开闻道青和伍广辉之间的心结，消弭他们之间的仇恨和积怨。因为那样做容易节外生枝，搞不好前功尽弃。

杨薇薇不这样看，她身体里还荡漾着成功汇流的喜悦。邢院长叮嘱她：见面之前一定把工作做细致做透彻，不能露出一丝一毫的破绽。"你别看老年人时常犯糊涂，可较起真来，很麻烦的，记住啊，一丁点马虎都不行！"

信心满满的杨薇薇说："我心里有数。"

为使闻老头和伍老头的"见面"融洽圆满，杨薇薇在两个老头之间跑来跑去，劝慰、叮嘱、提示，她对闻道青说："虽然伍师傅表示要主动向您谢罪、道歉和忏悔，但是他长年卧病在床，命运已经惩罚了他，您能不能大人有大量，主动先向他道歉和忏悔呢，表示出您的人文关怀。"闻老头表示没有问题。杨薇薇又找伍广辉，对他说："虽然闻师傅要主动来拜访您，向您谢罪、道歉和忏悔，但以您的境界和胸怀，您能不能主动先向他道歉和忏悔呢，这样您更大度，更有风范。"伍广辉想了想，说："行啊，我确实也有这样的想法。"

闻道青和伍广辉见面那天是个晴朗的天气。邢院长、杨薇薇陪着闻道青敲开了405房间。胖阿姨事先接到通知，所以开门之后，她就及时躲避了。

伍广辉躺在床上，他上身穿了西装，还打了领带。大家寒暄之后，闻道青坐在床前塑料凳子上，他也穿了自己最好的衣服，瘦削的身躯显得整洁、干练。

邢院长瞅了瞅杨薇薇，意思让杨薇薇主持见面仪式。杨薇薇鹦鹉学舌般的说："伍师傅、闻师傅，你们的诚意我非常清楚，所以今天安排你们见面，我知道你们都想表达表达歉意和宽容之心……"

闻道青和伍广辉都瞅了瞅杨薇薇。

"对不起，我……"闻道青说。

"不、不，是我对不起……"伍广辉说。

这时，闻道青突然站了起来，他从口袋里拿出了尼龙绳。杨薇薇当时就吓呆了。邢院长的反应还挺快，立即站了起来。

还好，闻道青的绳子没卡在伍广辉的脖子上，他把绳子套在了自己的头上。

邢院长冲了过去，死死地摁住闻道青的胳膊。

闻道青说："你别拦着我，我没脸啊，虽然我跟老伍有仇，可他女儿伍英姿是无辜的，我不该残害她，我对不起英姿啊……"

伍广辉颤抖着伸出手来，他说："是我对不起闻老先生，如果不是我，他也不会上吊自尽，是我害死了他……"

闻道青咕咚一下跪在床前："我谢罪，我请求您原谅！"

伍广辉伸出手来拉闻道青："应该请求原谅的是我，我是罪人，我对不起你呀！"

两个老人拉着手，半拥抱着，不停地请求对方原谅，一把鼻涕一把泪。

杨薇薇被感动了，一直陪着流眼泪。

从伍广辉房间里出来，邢院长和闻道青握手道别。闻道青问："院长，你的手怎么是湿的？"邢院长愣了下，咧咧嘴说："是吗？我没觉得。"说完，自己搓了搓手。

杨薇薇微微一笑，心情舒朗，浑身轻松。

第二天一大早儿就有人来敲卫生室的门。杨薇薇以为是邢院长，她掀开门缝儿，见是闻道青，"咔"地将门关上了。杨薇薇穿上了外衣，整理了头发，才又把门打开。

闻道青已经离开卫生室十几米远。"闻师傅！"杨薇薇从门口伸出头来喊。"闻师傅！"杨薇薇大声喊。闻道青听到了，他回过头来，向杨薇薇招手。

"你忙，我就不碍事儿了。"进屋之后，闻道青说。

杨薇薇说："没什么好忙的，我只是刚起床，自己还没收拾利索。"

"是这样，重阳节快到了，院里动员我们出节目，我想来跟你商量商量。"

"是啊，院里要组织演唱活动，演出之后会餐。您老人家有什么打算？"

闻道青迟疑一下，问："伍广辉参加活动吗？"

杨薇薇说："院长好像安排了，让他坐轮椅参加……这一段他的精神状态挺好，病情也比较稳定。"

"如果能坐轮椅下楼，应该能参加节目吧，"闻道青说，"我的意思，我想跟他一起合唱，不知道他行不行。"

"那太好了，"杨薇薇说，"你准备唱什么歌呢？"

"还没想好，这个也要一起商量。"

"好，我去征求伍师傅的意见，回头给您信儿。"

闻道青点了点头，脸色略微泛红。"还有，合唱不能就我们两个人，再说我们俩的年龄大了，底气不足，合唱怎么也得四五个人。"

杨薇薇想了想说："我给你们配三个唱歌好的……人选都现成的，都在脑子里。除了您和伍师傅，还有202的丛爷爷、307的庞老师、515的金大爷。你们五人来个男声小合唱怎么样？"

"他们唱歌好我知道，就是不知道他们嫌不嫌弃……"

"没问题。闻师傅，难道您自己都不知道？您和伍师傅的事儿成了'院红'了，大家都挺敬佩你们的，在大院里，您没觉得大伙见了您都友好地打招呼吗？"

闻道青的脸色更加红润。

"如果您和伍师傅参与节目，我相信那几个养老员都会愿意配合的，这样，合唱组人员包我身上……说到这儿，我倒想起你们唱的歌来——《感恩的心》，对，就唱《感恩的心》，怎么样？"

"这个歌我不会。"

"学嘛，学也不难。大院里不是总放这个歌吗？就那首——"杨薇薇唱道，"感恩的心，感谢有你，伴我一生，让我有勇气做我自己……"

"这个啊。"闻道青点了点头。

"会吧？"

"听过。"

"学学就会了，反正时间挺宽裕的。"

闻道青在一旁支支吾吾。

"有困难吗？"杨薇薇问。

闻道青说："困难倒没有，就是……能不能让315房的黎老太跟我们一个组唱？"

"黎老太？"杨薇薇想了想，"啊，那个白胖胖的黎奶奶呀……可是，你们是男声小合唱啊。"

"男不男声没关系，"闻道青说，"关键是黎老太唱歌好。"

杨薇薇看了看闻道青无比认真的表情，决定出面帮帮他。

"不行啊，我不会唱歌！"伍广辉对杨薇薇说。

"可以跟着学啊，那个歌曲调简单，几天就学会了。"

阳光打在床上，伍广辉白蜡的脸色更加青白。他眯缝眼睛说："你是大夫，你还不知道我的情况，我平时喘气都费劲儿，哪有唱歌的肺活量。"

杨薇薇一边给伍广辉量血压一边说："重在参与嘛，您只要出场就是态度，就是对养老院的大力支持，对大家的尊重……我给您出个主意，反正是六个人唱，您不用出声，嘴跟着动就行了……"

伍广辉咯咯地笑起来，笑得胳膊都一抖一抖的。

"您别笑了，正量血压呢！"

伍广辉说："那不是'假唱'吗，听说有些大明星就那么干，咱也不是大明星……"说完，他还是忍不住笑。

杨薇薇说："这有什么好笑的呢……来，伸直胳膊，重量！"

伍广辉收住笑容，瞬间转换到了悲伤表情。大院里很多老人时哭时笑，杨薇薇见多了，也适应了那个节奏。

"想一想人的一生啊……小杨大夫你还小，大千世界，熙熙攘攘皆为利……我的人生悲剧也困在这个'利'上，利不一定是金钱，往上爬也是为利呀，结果害人害己……古人早就悟透了，看看这个'利'字，旁边是禾，利莫甚于禾，劝勤耕也。旁边还有一个刀，害莫甚于刀，戒贪得也。人想要的多了，贪心就重，祸害就生……好在我老得掉渣了，人老的唯一好处就是，没什么可失去的了……小杨大夫，你的人生还长呢，切记啊！"

杨薇薇乖乖地点头，其实她基本没懂伍广辉说的意思。

还好，不管怎样，伍广辉还是答应参加合唱组了。

重阳节一天天临近了。闻道青每天都在三楼那个"会议室"里练歌，有时站在锈迹斑斑的体育器械旁边，有时在闲置的厨房设备后面闪出了身子。杨薇薇每次路过都要表扬闻道青两句，说不上话时就竖起大拇指，为他点个赞。那天下午，杨薇薇去给317房间送药，被闻道青叫住了。

"小杨大夫，你给我审查审查，看我唱得怎么样？"

杨薇薇并不知道闻道青的真实用意，他所谓的审查其实是想在杨薇薇面前"显示"他唱得好，他下了那么大功夫，自己对自己是满意的。

"我来自偶然，像一颗尘土，有谁看出我的脆弱……"

"停！"杨薇薇摆了一下手，"闻师傅，后一句调儿不对。"

闻道青愣住了："怎么不对？"说着，他打开身边的小录音机，开始播放那一段儿。"我唱得对呀，哪跑调了？"

杨薇薇说："原唱是对的，但是您唱得跑调了……"

"你等等，我再唱一遍。我来自偶然，像一颗尘土……"

杨薇薇笑了，她说："闻师傅您别生气，还是跑调儿。"

"怎么可能？"闻道青又打开录音机，倒带，从头开始，随着录音机一起唱起来。

"这回怎么样，没跑吧？"闻道青问。

杨薇薇捂着嘴笑。

"说话呀？"闻道青有些急了。

杨薇薇说："没关系，反正是合唱，一两个地方也听不出来。"

闻道青脸色有些难看，说："你还是认为我跑调儿，小杨大夫，这个我有不同意见。我觉得你不懂音乐，扎针你专业，但唱歌你不专业！"

杨薇薇见闻道青真不高兴了，连忙说："对对对，我对唱歌也就马马虎虎，一知半解。"

闻道青还不依不饶："所以呀，不懂不要装懂，这样会误导别人！"

"好了，闻师傅，我知道错了，是我听力缺陷，其实您唱得非常好。"

"算了吧，怪就怪我找错审查对象了。"闻道青有些词不达意地说。

本来，《感恩的心》合唱组合是养老院重阳节活动的一个热点，杨薇薇甚至有些期盼那个活动日快点到来。不想，离重阳节还有五天，伍老头突然病逝。闻老头和伍老头是那个合唱组合的亮点，他们分别坐在跷跷板的两头，伍广辉离开人世，一方就失去重力，闻老头像从地球冰河期穿越过一般，整个人都石化了。

重阳节头一天傍晚，杨薇薇随邢院长从医院回来，下了车，看见闻老头孤独地坐在楼门口的雨搭下。

"这么晚了还不回屋，别着凉了。"邢院长对闻老头说。

闻老头看了看杨薇薇，用哀求的语气说："小杨大夫，能陪我坐一会儿吗？"

杨薇薇瞅了瞅邢院长，对闻道青点了点头。

邢院长走进大楼，杨薇薇坐在闻道青身边。

"你参加伍广辉的告别仪式了？"闻老头问。

"我和邢院长作为院方代表参加的。"

"看见伍英姿了吗？"

"伍英姿……噢。当时场面挺乱，人挺多，我没太注意……"

"如果她在，差不多也六十岁了吧，也成老太太了……"

杨薇薇不好说什么，茫然地点了点头。

闻道青对杨薇薇说："小杨大夫，你可能听说了，当时我本来要杀死伍英姿。那天早晨，她好像也预感到了，所以她把头发梳得整整齐齐，坐在手推车上，特别镇定地看太阳……那个时间，太阳还没照射进来，锅炉房的窗户很高，要九点以后才能照进来。她就背对着我坐着，空中那柱光线飞舞着尘埃。"说着，闻道青唱了起来，"小白菜呀，地里黄呀，两三岁呀，没了娘呀。跟着爹爹，还好过呀，只怕爹爹，娶后娘呀。娶了后娘，三年半呀，生个弟弟，比我强呀。弟弟吃面，我喝汤呀，端起碗来，泪汪汪呀……"

闻道青对杨薇薇说：伍英姿唱着，听着听着，我就呆呆地坐在煤堆上。后来我打开锅炉房大门，让伍英姿走了。我自己找来干净衣服，收拾好之后等武装部的人来抓我。本来我可以投案自首的，我没去，我一直没离开锅炉房……"

杨薇薇发木地看着闻道青，目光中掺杂着惊恐的神情。

"伍英姿是有个后妈吗？"杨薇薇问。

闻道青眨了眨眼睛："这个，跟后妈没关系。"

"哦。"杨薇薇点点头。

"我没对别人讲过这件事儿，现在我明白了……我向伍广辉求得原谅和饶恕之后，回头再想想当时的情景，我也应该感谢伍英姿，她拯救了我，不然，我活不到今天，没有机会向别人讲这个秘密了……"

"谢谢您对我的信任，跟我讲了您的秘密。"

"没什么，我自己想讲的。"

杨薇薇想了想，转了话题："明天，明天你们还唱《感恩的心》吗？我的意思……"

"唱！"闻道青坚定地说。

下雪那天下午，杨薇薇和邢院长在院长办公室等闻老头。"你不是和他约的三点吗？"邢院长问。杨薇薇抬头看了看门上方的挂钟，"时间没到，还差十五分钟。"

邢院长说："那个表不准，慢二十分钟。"

杨薇薇拿出手机看了下，又望了望敞开的房门。

"这个老闻头又闹什么妖啊。"邢院长手指敲着桌子说。

杨薇薇说："他已经尝到了宽恕的甜头，想继续'宽恕'下去。"

"继续下去？养老院不是心理研究所，咱可没这个科目，谁有工夫陪他没完没了地做这个？"邢院长叼上一颗烟，发现叼反了。

"我觉得吧，"杨薇薇说，"这件事可以考虑做下去，当一个项目做下去，通过伍师傅和闻师傅我体会到，其实老人有一种总结自己人生的意思，起码，说说话，释放释放自己也不错啊。"

"说话容易呀，可做这些是需要成本的，再说……"邢院长的话卡住了。杨薇薇抬起头来，见闻道青站在门口。

"快进屋，闻师傅！"杨薇薇主动站起来，给闻道青拎过一把椅子。

闻道青坐在椅子上。

"说说吧，你什么想法？"邢院长说。

闻道青低着头，瞅着杨薇薇那双厚底松糕鞋，吞吞吐吐地说："伍广辉走了，我想，要不了多久，我也会走的。"

"别瞎联想，你什么身体，他什么身体，每个人的情况是不一样的。"

"谁都得死，"闻道青说，"自然规律。……可我死之前不想有遗憾……我找到一个好办法，就是宽恕。……不瞒院长你说，前天我去找

315的黎老太，请求她的饶恕，没想到被她赶了出来……"

"你去找黎老太请求饶恕，为什么事呀？"

"我，我对她有不良的想法，还摸过她……"

杨薇薇和邢院长对视一下。杨薇薇意味深长地剜了他一眼。邢院长看到了，同时急忙躲闪了。

"那，你跟她说了吗？"邢院长问闻道青。

"我还没说清楚，她就把我赶出来了。我想请院里帮忙，让小杨大夫给我们做心理辅导。"

邢院长想了想，说："闻师傅你先回去吧，回头院里研究一下，看看是不是要上这个新项目。"

闻道青离开，杨薇薇抿嘴笑了。邢院长说话总是用院务会商量、院里研究、报董事会讨论什么的，其实，他想做的事从来不提那些话。"我明白你的意思了！"杨薇薇说。

邢院长拿起桌子上一听罐装饮料，啜饮着。放下饮料罐儿，邢院长对杨薇薇说："随你吧，有心情你就去做，没意思了就丢下，但是不能耽搁正事儿！"

杨薇薇去找黎老太太，她把闻道青找她请求饶恕的前因后果都讲了。黎老太太听明白了，同时也疑惑了，最后黎老太说，"我不能饶恕他！"

"您觉得他思想意识不好、动机不良不该饶恕？"杨薇薇问。

"都什么呀，"黎老太太笑了，"我思想没那么保守吧，这个院子里的老头，对我动心思的可不止他一个，就因为人家有想法就认定是罪过？没道理呀，我不饶恕他是因为没有什么可饶恕的……好，就算我饶恕了他，可他饶恕我什么？我什么都没做呀……小杨大夫，两人之间有罪过才能互相饶恕，他们才有资格，这个道理你不懂？"

杨薇薇无言以对。

从黎老太太房间出来，她本来想直接去见闻道青，后来发现走廊里过于冷清了，就改了主意，她想找个阳光充足的日子再去敲闻道青的房门。尽管如此，走过那个空空荡荡的"会议室"时，杨薇薇总是恍恍惚惚地听到一种空寂的、怪异的声音。她觉得两腿发软，后背透寒。

那个冬天，闻老头经常于傍晚徘徊在走廊里，他似乎在寻找着可以请求饶恕的对象。杨薇薇一直躲着闻老头走，闻老头病倒那天早晨，杨薇薇去给他量体温和血压，闻老头闭着眼睛，轻轻地说："小杨大夫，你不用躲我了……你不用解释，我啥都明白……我知道我没多少日子了，我想明白了，我要饶恕我自己……"

"饶恕您自己？"

"是啊，每个人走到最后都要宽恕自己的。"

杨薇薇愣了愣，接不上话儿。

初春来临，杨薇薇打开关闭了一冬天的窗户，一股新鲜的风吹拂过来，不知道为什么，杨薇薇恍惚地看到了闻老头和伍老头。春天的阳光下，他们随养老员们在前院的小广场上活动身体，杨薇薇没有恐惧，心里反而款款涌来了一股暖流。

老女新手

女　真

祸起老爸。

准备下楼，把车钥匙装进挎包那一刻，林高歌有一种悲壮感。

这可真叫赶鸭子上架，没办法了！

四年前就拿到了驾照，但除了跟陪练上路那几次，林高歌再没单独摸过方向盘。她本路痴一枚，方向感极差，南辕北辙的低级错误，犯过不止一次，经典笑话多则，不提也罢。当初学车，是几个女朋友扎堆儿凑热闹，也是听说要车改，班车早晚得取消，万一需要开车上阵，得会。林高歌是个要强的人。等到了车改，她正好退休。平时基本在家，外出都是老周、女儿琅琅、女婿小穆开车，轮不到她亲自上阵，他们也团结一心，不准她上阵，笑说如果有一天她真开车上街，全家人什么都不用干，就剩替她提心吊胆了。实在话，平时也真用不上她，她能把家里的两位老人打理明白就相当不错了。但今天，她不亲自上阵不行啊——老周去北京，不在家；琅琅正在寒假中，跟小穆一起，去三亚探访在那边过冬的公婆，返程机票订到开学前一周。家里只剩下四口人：老爸、老妈、自己，还有保姆陈姐。陈姐来自葫芦岛农村，指望她开车，那是想多了，她连坐小车都晕，用她自己的话说，就没有坐轿车的娘娘命，只配四面漏风的那种大公交。老两口子，老爸和老妈，八十多岁眼瞅着奔九十，不会开也不可能开车。所以，林高歌只能这样安慰自己：谁让我是亲闺女呢，亲闺女不下地狱谁下地狱呀？！

如果不是老爸又闹"出发"，本来可以不悲壮。老爸小脑萎缩，痴呆症状越来越明显，能找到的药开了、吃了，基本没用。平时说话，十句里有七八句是糊涂的，剩下明白的两三句大多跟吃有关。最常说的明白话是"好吃"或者"不好吃"。认识苹果、香蕉、梨。认人糊涂，管女儿林高歌叫过姐，偶尔也叫姨。在屋子里乱丢东西，拖鞋摆饭桌上，花盆里的花草拔出来，弄得满地都是泥土。这类气人的事情，在林家已经不算新闻。林高歌现在不怕老爸淘气惹祸，最怕的是他闹"出发"——

大概前年吧，老爸忽然迷上了"出发"。不管白天还是晚上，也不论寒暑四季、刮风还是下雨，隔三岔五的，只要他在屋子里待腻烦了，抬腿就往门口走，自己动手穿鞋，嘴里一声接一声喊着"出发"。你不让他"出发"，他就打人。逮着谁打谁，那真叫一个六亲不认。所以，只要他嚷嚷"出发"，老周或者琅琅、小穆，谁有空谁当司机，二话别说。老爸坐上小车，在外面兜上一两个小时风，再带他回家上楼，他一般不反抗，乖乖跟着进电梯上楼，像换了一个人，邻居在电梯里碰见，经常夸：这老爷子，真利整。老爸虽然快九十了，腰板没弯，春秋两季，穿中山装、戴黑礼帽，干干净净，正经利整老头。所以，有时候老爸在家里闹腾人，东西扔得乱七八糟时，偶尔的，林高歌心里甚至盼望着老爸闹"出发"。他一闹，就会有个司机出面把他带出去转，家里消停一会儿，林高歌也可以乘机休息休息。

但今天不行了，家里除了她这个亲闺女有驾照，再没有人可能去摸方向盘。吃过早饭，当她看到老爸往大门口走，一边走一边嘟哝"出发"时，她的心跳开始加快。她在心里默念：老爸，亲爹，无论你今天怎么闹，我是不会带你出去的。我不能开车带你出去呀！就我这水平，你要是不糊涂，你也不敢坐我车吧？！

老爸当然不知道他亲闺女心里在想什么，站到门口，穿上鞋，嘴里继续喊"出发"，一声比一声大，理直气壮，除了高声喊，间或还擂几下大门，听得她头皮发麻。她狠了心，假装没听见，削了一只老爸最爱吃的黄元帅苹果，切成小块，往他嘴里塞。她想用苹果这枚糖衣炮弹让他变节，把"出发"这事忘了。老爸咽下头一块苹果，第二块从嘴里吐出来，吐到了墙上。林高歌轻轻拍了一下他的手背，假装批评他：坏人。老爸学她一句：坏人。同样给了她一下，却是打在脸上，狠狠的一个大耳搂子，林高歌连疼带委屈，眼泪唰地流了下来。

就这样，她还是没下决心带他下楼"出发"。疼就疼，过会儿就好，挨老爸打又不是头一次，只要能在家里待着，总比上街开车心里踏实。让他闹去吧，闹累了哄他上床睡觉。实在闹得凶，用老妈的话讲：给他吃点镇定药得了。这当然是气话，再怎么生气，他们也不会犯浑下这种狠心，说说而已。没想到，平时经常说狠话、说气话的老妈，这会儿从卧室发出来的声音却是哀求：歌儿，你就带他出发走走呗，他再这么号，我心脏病得犯。

老妈的声音有气无力,却是命令。老两口,一个文,一个武,都是亲祖宗,都得答兑好。老妈如果心脏病真犯了,也够林高歌喝一壶的,硝酸甘油不管用,脸煞白气脉渐弱,打120的事情也经历过。林高歌心比脸疼,不知道应该说什么好。两个老的,配合得挺默契呀,比一起商量过还心齐,两个人,两句话,共同决定了她必须下楼。她心里堵得很,悲壮感油然而生。她把女儿留下的车钥匙翻出来,鼻子齉着,告诉正收拾厨房的陈姐:咱俩给我爸武装上吧,豁出去了,我带他"出发"!

　　所谓武装,穿衣服其次,最关键的是要穿上纸尿裤。平时白天不给他穿,勤问着点,偶尔能到厕所解决问题,总比穿纸尿裤舒服。在家里,万一尿了裤子,也可以马上换洗。出门在外不行。尿了却不能及时换洗,难受不说,老爸一点不忍,直接敢往下拽裤子。跟一个往下拽裤子的老爷子一起在外面走,丢不起人哪。不了解情况的,会以为儿女虐待老人呢。所以,每次外出,穿纸尿裤是第一步。至于外套穿什么,只要冷热合适、不出大格就行,反正基本在车里,冻不着他。

　　半个小时以后,武装完毕的老爸,牵着女儿的手,乖乖出了家门。从楼上下来的电梯里,一对七十多岁的老夫妻,看见父女俩手牵手进来,一脸羡慕:有女儿真好!

　　林高歌跟老爸长得极像,走在街上,陌生人能看出骨血遗传。来自邻居的善意夸奖,让林高歌脸上绽出一丝苦笑。

　　电梯一直降到地下车库。找到自家车位,黑色帕萨特正静静等待他们。她把老爸安排到副驾驶,给他系紧安全带,耐心哄他:爸,咱现在就出发了,我给你当司机,你要听话哦。

　　老爸对坐上车马上就可以"出发"应该是明白的。至少明白一些。刚开始闹"出发"时,有两次,周琅琅带他下楼,都是天气不好,下雨,路况不好,懒得自己开车,叫了滴滴车过来,面对陌生的司机,老爸冲人家大喊大叫"敌人",坚决不肯上车,只肯坐外孙女的黑色帕萨特,你说他明白还是糊涂?学影视传播的博士周琅琅回家惟妙惟肖模仿姥爷喊"敌人",全家人哈哈乐当笑谈。一而再不能三,那两次之后,家人就彻底死了叫"滴滴"的心,知道老爸在某些关键问题上偶尔还能保留一点明白,干脆老老实实开自家车,别再节外生枝瞎折腾。这会儿,坐进自家车的老爸,冲女儿点点头,居然咧嘴笑了一下,浑浊的目光里,能够看出欢愉。这种时刻,林高歌也是快乐的。只要老爸高兴,那就豁出去了。怕什么怕？咱有驾照，正经在驾校跟教练学过，一科一科考出来的。上了马路，慢慢开呗。没吃过猪肉见过猪跑，万里路得从第一步开始迈，一回生二回熟，总得有这个过程。

给老爸轻轻关上门，自己也系上安全带，又热了五分钟车，给上暖风，小心翼翼给上油门，帕萨特开始慢慢爬升。林高歌在心里反复默念教练的嘱咐：车没开熟练之前，千万记住一个字——慢。

对，慢。慢慢开，反正既没急事，也没正事，就是一个"出发"，兜风。

车从地库爬上来时，林高歌出汗了。在地库里爬坡，头向上仰视，脖梗僵硬，脚在刹车和油门之间犹疑，感觉如果不给油门，车子就有可能随时倒退下去，给油门又怕踩大了，撞到墙上。在地库里，一共要拐三个弯。都是大弯。每一次踩油门、打方向盘，车头都好像马上要撞到墙上或者旁边车的车上，得马上点一下刹车。越小心翼翼，方向盘越紧，要用全身的力气才能把方向盘转到位。打方向盘比扛四十斤大米都累啊。终于从地库的卷帘门冲上来，看到地面的亮光时，林高歌的汗湿透了内衣，身上凉丝丝的。

万幸，出了地库，离开小区，路况还好。第一是车少，已经过了早高峰。第二是大马路雪扫得很干净，走过的路基本没有冰碴，不滑。

能够在车辆不多、路况良好的笔直大马路上开车，林高歌心情稍稍放松了一下。咱们去哪呢？她自言自语，又像是在问老爸。目光向前，不敢扭头，余光偷觑。老爸被安全带紧紧绑着，嘴巴半张，两只手悬在半空，仿佛乐队指挥正预备，马上就要起拍子，兴奋地瞪视着车前的一切。这个老爸，你要指挥什么曲子？莫扎特还是贝多芬？《命运》还是《田园》？她在心里跟他开个玩笑，让自己放松一下。老爸基本乐盲，既不知道《命运》，也不知道《田园》，从来没见他主动去听音乐。此时此刻，老爸心里在想什么？每次他闹"出发"，林高歌总是忍不住想，老爸明白他所谓的"出发"是去哪儿吗？他心里的"出发"，和家里几位司机实际带他去的是一个地方吗？年轻时他肯定是明白的，当兵打仗听指挥，让上哪儿就去哪儿，冲锋陷阵，每次"出发"都可能是永别，意味着可能战死沙场。这个打过塔山阻击战、跟大部队从东北一直打到了海南岛的老兵，能够经历无数次枪林弹雨活下来，不容易。那时候他年轻，体格好，也是他命大！老爸还没糊涂时，给她和哥、姐讲过战场上的惨烈。他那一个炮兵班，活下来的就他自己。这个老兵，如果当年他不能从战场上九死一生活下来，就没有她林高歌今生的这条命。所以，尽管老爸的"出发"很折腾人，尽管在家里照顾两位老人已经心力交瘁，但林高歌在行动上还是一个孝顺女儿。她只对同样是老爸给了生命的哥和姐心存芥蒂。在老爸、老妈身体出现重要情况住院、抢救时，他们通常是会出现的。从遥远的美国，或者不太遥远的北京。哥哥林高朋在旧金山定居，多年以前，爸妈身体还好时，受邀去探过一次亲。三个月签证到期，二老准时回来。明确告诉两个女儿，以后再不去了——家以外的话他们什么也听不懂，跟孙子、孙女基本都交流不了，饮食也不习惯。姐姐林高爽，退休以后马上去了北京，伺候月子，月子过后就成了不拿工资倒贴钱的专职保姆。偶尔儿子、儿媳给几天假，随身还得把孙子带回来。那个宝贝孙子就算黏她身上了。指望姐姐全身心照顾老爸老妈，也是想多了。作为最小的女儿，看护老爸老妈，林高歌好像责无旁贷。哥和姐，他们积极张罗请保姆，钱不少出。但保姆和钱，能代替一切吗？林高歌那些朋友、同事，退休以后国内外旅游，跟着夕阳红的旅行团南征北战，冬天去海南、两广，夏天跑内蒙、大兴安岭甚至俄罗斯、日本，玩野了，玩疯了，三天两头在朋友圈里晒旅游照片和心情，只有她林高歌哪儿都去不了，日复一日"家里蹲"，提心吊胆，生怕哪个老的出点情况，还要提防挨耳搂子。老爸是个粗暴的人，她小时候闹脾气老爸就打过她，快六十岁了还要继续挨他耳搂子，她心里委屈。有时候，她甚至觉得自己羡慕陈姐。人家不会开车，挺好啊，就在家里守着，买菜、做饭，又没有风险。都说坐车的是娘娘命，需要亲自开车的可跟娘娘不能比，开车也是苦力活呢。当保姆，挣钱少点不算啥。况且，有些东西，真不是钱能买到的。譬如眼下，如果有人肯替她开车"出发"，她也宁可花钱。坐在小轿车里观风景，不焦虑红绿灯，路滑不滑，不操心方向盘往左还是往右打，当然比亲自开车要惬意。可是，那个她能花钱雇来的司机在哪儿呢？老爸单位老干部处有车有司机，生病去医院可以预约申请，老爸还认识单位的车，也肯坐。但老爸的"出发"没有规律，这种临时性的冲动，你咋预约找人？况且"出发"不是生病，另一码事了，给公家打电话，让公家司机来陪老爷子"出发"兜风，说不过去，张不开嘴。也真不符合规定。

老爸，咱们到底去哪儿呢？她又嘀咕一句，看老爸仍旧没有反应，有些后悔，出来之前真应该给老周打个电话，问一下通常他们带老爸去哪儿。每一次老爸闹"出发"回来，她像驼鸟一样，故意不问司机们带他去了哪儿。眼不见心不烦，出去就出去了，爱去哪儿就去哪儿，对她来说，去哪儿都一样。可眼下，去哪儿的决定权落到她手里时，去哪儿就不一样了。万一老爸在"出发"之后还有更高的要求呢？没走正确路线，老爸真闹点什么乱子，她一个人可应付不了。她在心里祈祷老爸一路上就这么老实坐着，千万别起什么幺蛾子。给老周打个电话问一声比较保险吧。想了一下，这个电话好像还真不能打。老周这次去北京，说有一个项目，要洽谈，要融资。上午九点多，公家人开始忙了，没准儿正谈着呢，给他添乱不好吧？老周说过公司最近经营得有点难。老周这人，跟他过这多半辈子日子，轻易不跟她说公司的事情，很少说难，他说了难，那可能就不是一般的难。告诉他自己开车出来，只能让他跟着白操心。罢了罢了。琅琅那边也是，孩子忙了一学期，一边做辅导员一边读博士，平时拉着女婿帮她孝敬老人，没少出力，很少有时间去公婆那边，小穆都相当于上门女婿了。好不容易放假有点时间，好不容易跟那边老人团聚在一起，让他们轻松玩吧。就不能告诉他们自己亲自开车"出发"了。林高歌在马路上以极慢的速度开着车，想明白了，既然不能打电话问哪个亲人，老爸也不会给她明确指示，那就简单一点，走自己熟悉的路。退休之前，她每天上下班都走的路线，虽然是坐在班车上不用自己摸方向盘，但红绿灯她都熟悉，差不多能背下来哪个岗多少秒变灯，站岗的警察长什么模样她也认得八九不离十。走熟悉的路，不累。这样想着，车就开过了北陵正门。继续向西，到黄河大街和泰山路交叉口左拐，一直向南不拐弯，开到她没退休时天天中午走路锻炼的中山公园，再往回开。她在心里估算了一下，如果正常行驶，这样一个来回，应该就一个多小时，正好差不多是老爸平时一个"出发"的时间。妥妥的，就这样了。

拐上黄河大街时，车流变密，林高歌又开始紧张、出汗。不断有超过去的车冲她摁喇叭。她心里不服，我一条道跑到黑，走的是直线，没摇没摆，没瞎变道，碍着你们谁了？嫌我二十迈慢你们超车呗，我没意见。她记得车后面有字的：别嘀嘀，越嘀嘀越慢。那是琅琅刚买车回来时喷的，小穆笑话过她，说你干脆贴张"女新手"得了呗，"女新手"是马路天使，一般老司机都恭敬着呢，敬而远之。女婿这话听上去有点连讽带刺,当时她心里还嫌小穆不够厚道。现在想,如果车后面真贴一张"女新手",也许就不会有这么多司机好意思冲她"嘀嘀"了?

一路上,不断响起的"嘀嘀"声让她心烦。有个女司机从她右边超车时,一只手空出来冲她比划几下,嘴里好像还在跟她说着话。隔着两层车窗户,林高歌当然听不出来她在讲什么,她不会唇语,懒得猜,其实也猜不出来。不理她。我这么大岁数头一次自己开车上路,我容易吗?!就别挑剔了!

在第四医院南面的交通岗,绿灯刚要变黄,她就踩了刹车。车稳稳当当地停下来。她对老爸说:咱不着急,慢慢开。

灯变红,她看到马路中间的警察向她走过来。这小伙子像个新警察,她好像没见过。一晃儿,退休两年了,来新警察也正常。她心里寻思,没违章呀!安全带系着呢,停车的时候是黄灯,站的道也对呀。为什么呢?身上又开始出汗。警察走到她车门左侧,冲她行了个礼,然后敲了下窗户,示意她把窗户摇下来。我违章了吗?驾照放在什么地方了?警察是要看驾照吗?她记得自己是带了的。汗出得更急了。她发现自己不能把窗户摇下来。一着急,不知道怎么摇窗户了。她把门拉开欠了一条缝,进来一股冷风,吹出她一个冷战。有事情吗?她态度很好地问警察。警察通过门缝对她说:您副驾驶的门是不是没关好啊?

她向老爸的右侧望去,果然那门好像是虚掩着,有一道明显的缝隙。老爸上了车一直挺乖的,没看见他开车门,那就是自己在地库里门没关严了。太危险了!怪不得那么多人冲自己摁喇叭,看来摁喇叭的司机们并不一定是嫌自己车速太慢,很有可能是看出来车门没关严呀。小警察告诉她:您别动了,我关一下吧。下回千万注意。他从车后绕到右面,车门拉开,又关上,在玻璃上轻轻敲了一下,摆下手,示意她可以走了。向前看去,灯已变绿。

因为这个插曲,她的心里有了些温暖。路上的那些嘀嘀,原来是提醒的意思,自己误会啦。她把头稍稍偏向右边,笑说:老爸,门没关严,你不冷呀?冷了你也不告诉我?你怎么傻成这样啦?咱爷俩一对呀。这样说着,却发现老爸跟刚上车时姿式不一样了。老爸挨她的左手,放到腿上了,而他的右手,却抬得更高,在耳根上方。林高歌心里一热——老爸是在敬礼!挺标准的军礼!一定是刚才小警察的动作启发了他。岁数大了,反射弧比较长,车开起来他才想起来还礼。他是给警察还礼,还是单纯的模仿？这个老爸呀，这个礼您敬一会儿得了，胳膊总那么端着，累呀！

她想把车靠边停下，劝老爸把手放下来，却发现自己站的道离马路牙子隔了两条车道，就她这技术，一时半会儿并不过去。那就算了，他不嫌累就举着吧，举不动，他自己早晚得放下。事实证明，老爸并没傻透腔啊，他还知道还礼呢。

车继续向南，尽管车速仍旧很慢，还是很快到了中山广场。过了中山广场，再往南不远就是中山公园，他们就可以调头往回走了。林高歌心情刚刚放松一下，马上发现自己乐观得还是太早，现实是她已经又一次陷入困境——中山广场是一个大转盘，从广场辐射出去七八条路，她应该在辽宁宾馆和医大门诊大楼之间的那个路口打转向，离开广场向南去。车到应该转出去的路口，她发现自己转向灯打晚了，右边的车一辆接一辆，都没有向右拐出广场，别着她的车根本并不了道，出不去，她只能顺着车流继续绕广场开。她让自己镇定一下，决定绕到下一圈时提前打转向，提前把位置卡好。反正就是多绕一圈儿呗，没啥了不起。

绕到下一圈时，她发现自己还是转向打晚了，右边的车还是一辆接一辆，尽管她打了转向，几乎是停下来等着车给她让路，还是没有一辆车肯让她并过去。右边的车速都很快，她不敢强行并道，那样非常可能剐碰上。如果是夏天，她可以把右边的窗户摇下来，跟那些生猛的司机们示意一下，求求你们，让我这个奶奶辈的司机把车开出去呗。可眼下是隆冬，摇下窗户，她怕冷风把老爸吹着，万一吹个头疼脑热，该遭罪了。那就再转一圈儿。又转了一圈儿，她在心里骂了几声日本人：为什么要把广场设计成这个熊样？！想转出去个车都难。恨不得把车原地停下，把车扔了，领着老爸上广场中央去走走转转。她记得小时候，老爸带她来过中山广场看刚落成的塑像。那时候还叫红旗广场呢，毛主席挥手前进的塑像群已经立上了。塑像群里她认得出的有雷锋，有《红灯记》里举信号灯的李玉和。这个广场以前还叫过大和广场。周围的这些老房子，哪个都有来龙去脉。辽宁宾馆以前叫大和宾馆，日本人、中国人甚至美国人，历史上好多有名有姓的大人物住过那里。工会的那个办公楼曾经是关东军司令部。工商银行、华夏银行那两个营业网点，以前好像是正金银行、日本朝鲜银行？另外几个老楼，有一个曾经是奉天警察署，还有一个是满铁株式会社。"文化大革命"那会儿，每次大游行，红旗广场周围都非常热闹，锣鼓喧天，周围那些老房子上挂过大字报。可惜现在天太冷，车也没地方停，要不然真应该带老爸下去看看，让他再看看毛主席挥手向前方。转几圈了现在？老爸呀，你可把我坑苦了，你闺女我这么笨，我怎么就开不出去呢？再这么转下去，咱就不去什么中山公园了，随便哪个路口，只要能出去，能离开这个转盘，咱就开出去吧，以后再往哪儿去，我再想辙，行不行老爸？

　　她在心里默默地跟老爸对话，却忽然意识到老爸在说话。老爸已经放下去的右手又举了起来，指向车外，清楚地喊：看病！看病！

　　林高歌听得清楚，看得也清楚。老爸手指的方向，她太熟悉。那是医科大学的老门诊楼，高大的红色砖墙，在冬天的太阳光下显得格外鲜艳。看来老爸真还没彻底糊涂。老爸的干诊关系在这里，以前他没太糊涂时，自己张罗来看病。眼角干，嘴唇干，胃不舒服。反正各种不大却难治的病。大夫给开了药，吃了以后他说不管用，再去医院，生气了骂大夫二百五。过后她去开药，特意给秦大夫赔礼道歉。秦大夫挺大度，态度还好。再往后老爸就不怎么自己张罗看病了，如果不是生大病，就只是每年体检的时候被动地来一次，估计他自己都不知道自己是来干什么了。这么说，他还记得那栋红楼是看病的地方？

　　今年的体检早就结束了，该吃的药也开好了，老爸，咱们不去医院，咱们现在没病，咱们回家。跟老爸正说话时，车右边突然出现了一个空隙，后面的车一时没跟上来。她一连变了两个道，谢天谢地，终于从广场转出来了！

　　但车子前进的方向，并不通往她预设的中山公园，也不是往家走的方向。迅速判断一下，应该是中山路了，去往中街方向的。中街咱们不能去呀，那边车更多，再说咱们也不买东西。咱现在就找一个能往北拐的路口，只要向北，总能回到家里。老爸，您手放下，坐稳当，咱们回家，好吧？

　　老爸并不理她的请求，继续大声喊：看病！看病！

　　林高歌不理他。看什么病，你又没有病。再说也没带医疗本。

　　她继续往西开，她没想到老爸会突然抓她的胳膊：看病！去看病！

　　准确的命令，有力的动作，吓了她一跳，她没想到老爸会抓她的右胳膊。一个急刹车，她把油门踩住了，急促的刹车声她自己听上去都害怕。她扭头看向老爸，努力甩开他抓她胳膊的手，态度恼怒：爸，这是在大马路上，会出事的！你"杀"了我吧！

这个上午，林高歌第二次流泪。第一次是挨的那下耳搂子。

林高歌把脸伏在方向盘上。她不想让任何人看见自己流泪。

老爸不明白林高歌在哭，仍旧高喊着"看病"。身后的喇叭声，响成了夏天的青蛙塘。林高歌的车，斜着停在马路中间。一个警察过来敲窗户。她抬起头来，擦干了眼泪，把窗户慢慢摇下来。警察问她：大姐，你没事吧？需要帮助吗？

没事。我跟您打听个道——从这儿去医大门诊大楼，怎么走？

你往前开，到红灯那儿往右拐，上和平大街，到北四马路那个口，再往右拐，就能看到排队的了。

林高歌谢了警察，按警察的指点走，专心开车，故意不去看右边的老爸。如果他的手还举着，不嫌累他就举着吧。只要他不再喊，不用手抓她胳膊就行。

从林高歌停车的地方到医大门诊，距离相当近，不到两千米吧？这么近的距离，却用了将近二十分钟才到。不能怨林高歌开车水平低，实在是路太堵了。和平大街上，车流缓慢，一点点往前挪动，二十迈成为奢望。通向医大门诊停车处的路，更是被车队梗阻，开车比人走路都慢。这种时候，你就是后悔了，想离开都没用，因为那是一条被铁栅栏隔出来的单行道，只能前行，不能后退。

终于进到医大院子里，在管理员的指引下，林高歌找到了一个车位。她瞅准了距离，慢慢把车开进去。下车观察，庆幸自己居然停得非常准确，左右位置都合适，老爸下车完全没问题。没想到管理员走到她身边，她以为马上要收费，人家跟她说的却是：大姐，车头朝前，您得把车重新停一下。

林高歌想都没想，回说：我不会那么停。在驾校是学了，但实际没停过。要不，你帮我把车停一下？

戴胳膊箍的管理员应该也五六十岁了，苦笑：那啥，大姐，我要是会开车，就不在这儿了，上街开出租车比干这个挣钱吧？车头朝前是规定，没按规定停车，罚我钱的。

大兄弟，真罚你多少钱，我出！不瞒你说，我这是没招了，第一次自己开车上路，你以为我愿意带老爷子来这里？！

她不理管理员，走到车右面，打开车门，把老爸的安全带解下来，搀扶他下车，告诉他：爸，到地方了，咱们看病去，你别闹了，啊？

在管理员的注视下，她搀着老爸往门诊大楼走。嗓子冒烟儿，腿脚无力。也许是在车上坐时间长了吧，老爸的腿脚迈得很不利索，身子往她身上靠，压得她很累，简直是在歪着身子走路。下一步应该干什么呢？没带医疗本，通融一下应该也可以。问题是带他去哪儿？老爸除了老年痴呆，身体器官好得很。就上一次体检，大夫还说呢，这老爷子，真硬实，没啥大毛病。真正应该来医院看病的其实是她自己。秋天单位体检，返回来的报告说，她的宫颈有问题，需要复查。她盼着林高爽能回来顶替自己一些日子。没有毛病最好，虚惊一场最好。有时间必须到门诊来看一看。这个年龄，妇科病马虎不得，单位的一个大姐，刚退休就发现宫颈癌，不得不做了手术。现在得癌的也不知道为什么这么多。她搀扶着老爸在一楼转圈儿，一个没见过的眼生小护士过来问她：阿姨，您看哪科？需要帮助吗？

眼下的处境，三言两语真说不明白。林高歌硬着头皮往简单里说：姑娘，您能帮我找个谁，假装一下大夫，糊弄一下我爸，就说他没毛病，让他跟我离开这里回家吗？

小护士笑出一排好看的白牙：阿姨，您看我行不？咱让老人坐到那边的椅子上，试一下？

她很感激这个没见过的小护士。以前给老爸开药，偶尔她还会对人多排队有意见，而眼下，就冲这姑娘，她没意见了。

小护士和林高歌一起，把老爸搀扶到一个角落。老爸落座，盯着坐他对面的小护士微笑。小护士也冲他微笑，拿起他的手，假装把脉，又拍拍手背。那一刻，林高歌真怕老爸故伎重演，也给小护士来个耳搂子。她的手举起来，随时准备阻拦老爸的粗暴。但这次，她想多了。老爸被拍了手背，并没有像对林高歌那样动粗，而是继续微笑，嘴角咧得很大。

老人家，你没有病，跟女儿回家吧。

老爸像被施了魔法，乖乖站起来，让小护士牵着手往大门口走。小护士冲林高歌使了个眼色，林高歌反应过来，急忙跟上，也搀扶老爸，往大门外走。

曾经以为多么难的题，就这么化解了。小护士把他们送到大门口，告诉她：阿姨，我穿得太少，不出去了。再见。

再见。她又看了一眼小护士，记住了她的模样。下回来开药，要顺便谢谢人家。老周的外甥三十好几了,还没找到合适的对象,能找到这样的姑娘多好。

像任何一次往返路程一样,回去的路感觉比来时更快。一路畅通,很快就要到小区门口了。从家里出来有两个多小时了吧?比老爸每一次"出发"的时间都长。老妈在家该着急了。待会儿把车停好,先给楼上家里打电话,给她报个平安。谢天谢地,终于可以打道回府了。事实证明,自己并不路痴,这不是顺利把车开回来了吗?

事实还证明,惹祸的不仅是老爸,也包括老妈。离小区大门大概四五十米吧,林高歌看到了站在小区门口的陈姐和老妈。她的心跳再次快起来。进了腊月,老妈就已经没下过楼了,路这么滑,摔一下咋办?忘了刚换过骨股头吗?陈姐不跟她打招呼,把老妈带下楼干什么?是犯病了要上医院吗?这么冷的天,连帽子都不戴上,小病往大病里折腾啊!心一急,脚下的油门就大了。意识到车速太快时,又急忙踩刹车,却没想到车正经过一段有冰的路面,刹车踩得太急太猛,一个跐溜滑,车头变了方向,向路边斜着冲了过去。

110来了,120来了,保险公司叫的拖车也来了。

老周连夜飞回来,到医院陪她。在病床前,老周大手掌在她眼前晃来晃去,她气不打一处来,胳膊动弹不得,嘴却可以说话:一边去!我还没傻!你回来干啥?谁告诉你的?老周苦笑:我上午给你打手机,陈姐接的,说你带爸"出发",手机落家里了,这把我急的,找又找不到你,两个小时你还不回家,我恨不能马上飞回来。也好,祸兮福所倚,这回你乘机休养吧,伤筋动骨一百天,你想忙也忙不了了!

林高歌说:给我姐打电话,让她回来顶几天。千万别告诉琅琅。

琅琅和小穆明天就回来,机票已经定了。

谁告诉他们的?孩子们好不容易有个假期。

琅琅打电话回来,妈说漏嘴了。

爸确实没事?

没事!这老战士,就是命大,连根毫毛都没伤着。也是你安全带系得太结实了。要说你呀,水平真高,知道牺牲自己,保护老爸,驾校没白上,回头应该给你那个教练发红包。

没正经的,啥时候了还取笑人!林高歌习惯性地想伸手去拧老周,胳膊被固定了，只好用眼睛瞪自己的老伴。

这个冬天的夜晚，注定了是难眠之夜。

疼呗！

空中道路

班 宇

　　小学倒数第二个暑假极其漫长，一个半月的时间，仿佛怎么都过不完。天气很热，白天，我在家不断地喝凉水，捧着一本《应用题大全》研读，计算甲乙两人的相遇时间或者鸡兔同笼问题，有时候情况很复杂，中途折返或者鸡兔数目互换，无法直接套用公式解决，我只看答案都理解得吃力，颇为苦恼。我那时的梦想之一，是去参加华罗庚杯少年数学邀请赛，假期过半，只觉离目标越发遥远。做题间歇期，便去读小说，现在能记起来的有两本，一本是民间故事集锦，没有封皮，还有一本是雨果的《九三年》，后者很震撼，开篇就是水手、海浪与失控的火炮之间的肉搏战，惊心动魄，那是1793年的法国，革命涌动的时代，到处是枪声、火焰与阴谋，里面说，这些悲剧由巨人开始，而被侏儒结束的。我合上书，透过纱窗，抬眼望去1998年的铁西区，灰尘很大，路上都是碎石与刨花，人们穿得很凉快，走得很慢，不慌不忙，无所事事，到处都是无所事事的人。

　　在此期间，长江上游一共出现八次洪峰，中下游也爆发水灾，最终形成全流域大洪水，百年罕见，壮观而恐怖。每天傍晚，母亲下班回家，洗菜做饭，吃过晚饭，我们全家人一起看电视直播的抗洪救灾场景。战士们冒着雨，背负着一袋袋重物，砌成一道新的堤坝，两位专家在后方的演播厅里解说，其中一位说，听说袋子里都是水泥，干了之后就变成墙，非常坚固；另一个说不对，里面装的是面粉，科学研究证明，面粉的吸湿性最强，适合抵挡洪水。于是，我脑子里出现许多被水冲刷过的面粉，柔软并且黏稠，一滩白色在大地上缓缓溢开，远远望去，或许也像一场雪。

　　有天深夜，电视里重播着新闻，战士们窝在帐篷里，穿着湿透的衣服睡觉。客厅里只剩我和父亲，他坐在沙发上抽烟，我刚做完题，正打着哈欠。父亲忽然对我说，你李叔，走几年了？我问，哪个李叔？父亲说，李承杰，以前邻居。我说，记不得了，两三年是有了。父亲说，出殡那天，我记得是春分，二十四节气里的。我说，有点印象，从火葬场回来，上饭店吃白事饭，每人在门口先洗手，然后领一个煮鸡蛋，费了挺大劲，也竖不起来，后来直接磕在桌子上，剥开吃了。父亲说，好日子，万物生长，全球昼夜平分。我说，这有啥好与不好的。父亲说，春分时，燕子从南方飞回来，雷雨挂着闪电，噼里啪啦，像放鞭炮，都在给他送终，热闹。我没有说话。父亲顿了顿，又说，这人挺可惜，头脑好使，但没赶上好时候，性格也太内向。我说，这话啥意思。父亲指着电视里的救灾场面，说道，按照他的构想，即便发生这么大的洪水，也淹不死那么多人。我说，李叔不是开吊车的么，还有什么发明设计。父亲说，一般人可能不知道，临死之前，他跟我讲过一次，我没当回事儿，现在想想，厉害。我说，不对吧，临死之前，他都张不开嘴了，嗓子眼儿发堵，呼哧带喘，来回倒着气儿，李早跟我说的，他爸想骂他，都说不出口，光动嘴巴，出不来动静。父亲说，不是这次，是上一次，你还不太记事，有那么半天，我们一起悬在半空里。

　　针叶林高于阔叶林。班立新躺在墨绿色的塑料布上时，忽然想起这么一句。山地松软潮湿，他斜倚过去，脊背上觉察到一丝凉意。光线低垂，巨石的阴影倾侧过来，旁边人说话的声音越来越小，几乎是同一时刻，所有人都开始闭目养神，只有偶尔的虫鸣。有人拾阶而上，默默经过他们身旁。

　　酒是没少喝，从昨天开始，一直就没停过。凌晨的火车，刚坐上去，便从口袋里掏出几个扁瓶的老龙口，每个二两半，捏起来碰杯，从嘴缝儿里灌，就着花生米、香肠和榨菜，然后又是啤酒，吵吵嚷嚷，不分你我，有点像过年，互相串换着座位，打扑克，脱掉鞋子，蹲在座位上扇，输了的还得罚酒。火车咣当咣当，越开越慢，每站都停，外面的风光广袤而单调，雾气昭昭，看上去十分闷热。临近中午时，车内蒸腾，许多人都已经睡着了，满头大汗，躺得横七竖八，空的易拉罐在地上来回滚动。

　　班立新的酒量很好，喝得反而精神起来，在此起彼伏的鼾声里，他站起来，活动几下身体，然后又仔细避开从座位里伸展出来的四肢，从车厢的一侧走向另一侧。在两节车厢的接缝处，他点起一根烟，刚抽没两口，听见身后传来咚的一声，声音不大，空洞而尖脆，他转过头来，看见一个易拉罐正向自己飞来，躲避不及，砸在小腿处，罐子里残余的几滴啤酒扬到空中,又落在他的裤脚和鞋子上。他抬眼望去,李承杰正笑着走过来,双手插在裤兜里,摇晃着脚步,歪着脑袋,头发根根竖立。他的个子不高,头却很大,与身子不太相称,穿着一身深蓝色的工作服。

班立新有点不高兴,没有露出惯常的笑容作为回应,而是低着头,抬起腿来,掸去裤子上的泡沫与水珠,他的牛仔裤刚刚浆洗过,表面像附有一层硬壳,啤酒渗不进去。李承杰走到近前,红着脸说,没事吧,不知道这里面还有没喝完的酒。班立新说,脚法挺准。李承杰说,给你裤子整湿了。班立新说,没事,这一上午都没看见你呢。李承杰说,你们喝酒来着,我也不会喝,谁也不认识,没爱过去凑热闹。班立新说,你们吊车组过来几个人?李承杰说,就我一个。班立新说,你门子挺硬啊。李承杰说,没门子,上次技术比赛,勾罐头瓶子,我拿了第一,说给涨一级工资,也没给涨,就换了个疗养机会。班立新说,跟谁过来的?李承杰说,就我自己,你不是?班立新说,媳妇孩子也来了,在别的车厢呢,媳妇也有个名额。李承杰说,让带孩子来吗?班立新说,不让啊,偷着带的。李承杰说,抓到不得挨处分。班立新说,谁啊,敢处分我。

到达目的地时,已是傍晚,天空开阔而阴沉,几滴雨丝散落在地上,又迅速蒸发掉。车厢里的人涌出来,三五成群,迈开大步,汗水被风吹干,酒醒之后,他们又重新雀跃起来。班立新提着大包走在最后面,左顾右盼,李承杰等在车门处,向他着急地摆手说,快点啊,一会儿来接咱们的车就要开走了,那车可不等人。班立新说,你去坐车吧,我得带着老婆孩子单独走,被看见不太好。李承杰说,没事,我给你打掩护。班立新说,一个大活人,你咋掩护。李承杰说,嘿嘿,也是,那我也不坐车了,跟着你们走吧。

李承杰和班立新一家三口,走出站台,钻过地下通道,在车站外面找了两辆三轮车,谈好价格,班立新的妻子带着孩子坐一辆,李承杰和班立新同坐一辆,向着山脚下的疗养院骑去。蹬三轮车的问他们,你们是变压器厂的吗?他们回答说是。蹬三轮的又问,我有个问题,困惑好几年了,想请教一下你们。班立新说,有啥直说。蹬三轮的说,我说的话你别不爱听。班立新说,你说说看,我尽量。蹬三轮的说,我就是想不明白,疗养院这三个字是什么意思呢,按照字面理解,是不是病人恢复身体健康的地方,但这一年又一年的,都是过来旅游的,欢天喜地,连吃带喝,最后还买一堆纪念品。李承杰说,嘿嘿,你不知道,我们都有职业病。蹬三轮的问,什么叫职业病?李承杰说,比方说我,是开老吊的,天天就坐在几平米的驾驶室里按电钮,扬杆转向,手握档杆玩一天,不是吊灰就吊砖,上高害怕也得去,坐里就像蹲监狱,很压抑的。蹬三轮的说,那是需要偶尔敞开一下心扉,看看风景,另外一位兄弟呢,你有什么职业病?班立新说,我有酒精依赖,上班就是喝酒睡觉,睡醒了下班。蹬三轮的说,你这病好,我也想得。李承杰笑着跟班立新说,你们线圈组啊,最适合养老,活儿轻巧,还属于有毒有害工种,保健发得也多,得是我的两倍。班立新说,无所谓,也不是自己买卖,对付过去就完事儿。

到达疗养院门口时,班立新的儿子已经睡着了,李承杰帮他提着包裹,他从车上把儿子抱过来,迈向里面的三层小楼,傍晚时分,门口的灯亮得很早,蚊虫噼里啪啦地往上撞。这里的空气清冽,温度适宜,有人已经换好一身鲜艳的衣裤,步伐轻松,准备趁着即将到来的夜色去四周转一转。班立新的情绪不错,挑着眉毛,蹑手蹑脚地走路,尽量避开他人的目光,实在躲不过去时,便点头打招呼,谨慎地露出微笑。他那副小心翼翼的样子,仿佛是在对所有人说,嘘,小点声,我的儿子睡着了。

我说,我记得,那时他们刚搬过来,我跟李早也才认识没几天。父亲说,对,一家三口搬过来的,媳妇是冶炼厂的,干焙烧的,能进炉子,身板儿宽阔,说话嗓门挺大。我说,去的时候,我跟我妈在一个车厢里,挺紧张,尿了好几次,后来坐上三轮,好像就睡着了,不知道多久才醒,醒来之后天都黑了,屋里也没开灯,我就一直闭着眼睛。父亲说,我们在那儿一共待了十天,那边的夜晚总是来得很快,刚转过头的工夫,天就完全黑下来,灯也少,什么都看不见。

父亲又点了根烟,说,春分,一般是在3月。我说,应该是。父亲说,李承杰走的那阵儿,我刚下岗没几天,他比我早一年。我说,下岗之后,李叔上哪干活去了?父亲说,不开吊车了,找了个私人开的门市,做铝合金的,他去帮着安装铝合金窗户,跟以前一样,也得爬高,有时候爬上楼顶,拽两根铁绳子,从上面往下一点一点放,深蓝色的玻璃架子,像一面镜子,扣在阳台上,遮天蔽日。我说,想起来了,家家都换铝合金,好看,滑溜儿,但冬天不保暖,漏风,窗台结冰。父亲说,有一次,他给一家二楼的住户安铝合金窗,顺着外面的管道爬上去,往墙上钻眼时，不小心踩秃噜了，摔了下来，后脑勺着地，听说当时他自己还笑呢，站起来拍拍身子，接着把活儿干完，第二天睡觉起来，肩胛骨开始疼，持续好多天，钻心地疼，再后来，胸口也憋得慌，上不来气，去医院一查，发现了别的毛病，从此就常去报道，检查治疗，但也没用，这都是命。

那阵子一直都是阴天，总也不放晴，塑料袋漫天飞舞，大街两边刚种上新树，瘦弱光秃的树干，新闻里说是法式梧桐，外国品种，在我们看来，不过是插在地上的一根光杆儿，而这样的一株要八十块钱，简直不可思议。我们放学之后，沿街两侧横蹿一路，很多人都看见过，但没人阻拦，那些树苗逐渐塌腰，从中间折开。没过多久，它们又重新被掘起来，放在卡车上拉走了，只在地上留下一个被翻开的土坑。下雨过后，便会形成一个微小的泥潭，青苔在其中密集繁殖。

李早的胳膊上绑着黑纱，一言不发，表情严肃，放学后非拉着我去游戏厅。我说，你今天是咋了？不用回家？李早瞪着荧屏的格斗游戏，选好金家藩、陈可汗和蔡宝健一组，韩国队，然后晃着把杆热身，梗着脖子跟我说，我爸死了，后天出殡，今晚没人管我，来，咱俩掐一把，你草薙我得不好么。

从游戏厅出来时，天已经彻底黑下来，我们一起走回到院子里。灵棚搭在中央，香火萦绕，底下是几盘蜡制的假水果，色泽夸张。李承杰的黑白照片摆在正中央，周围有许多陌生人，李早把书包往里面一撇，先是跪在地上磕三个头，动作很慢，像是在用额头去触摸大地，然后坐在一旁，盯着父亲的遗照，满脸怨气。他的妈妈，那位强壮的冶炼厂工人，大声地讲述着李承杰离世时的场景：医院里的暖气烧得滚烫，穿着衬衣衬裤都直冒汗，下午五点多，他们打开半扇窗户透气，结果飞进来一只蝙蝠，像小老鼠，围着日光灯来回绕，赶也赶不走，后来索性不管它了，那只蝙蝠便倒挂在墙角，像是在看谁，没过多久，自己又从窗户飞走了，无声无息，这时候，李承杰也咽了气，同病房的人告诉他，你家的那位是去好地方了。她一次又一次地讲述，不厌其烦，仿佛说的不是自己的丈夫，他也并没有死去，而是出门远行，去往一个更好的地方了。

半夜挨间查房，具体是几点，没人知道。班立新坐在床边，把被子提上来，儿子正睡在床里面，他心里想着，最好还是别被发现，不然总归会有些麻烦。每隔一会儿,他就会推开房门,拎着一瓶啤酒在走廊上张望,直到后半夜,整天的酒劲儿泛上来,卷积着浓重的困意,他有点熬不住,便将被子搂到一边,准备睡觉,不知过了多久,恍惚之间,他听见有人在外面咚咚地敲着房门,声音急促,班立新听在耳里,却怎么也爬不起来。同屋的人叫骂着,趿拉着鞋去开门,李承杰站在门外,向里面喊道,班子,班子。班立新揉几下眼睛,翻了个身,说,叫魂儿呢,谁啊。李承杰迈进屋子,焦急地说,查房的来了,我那边刚查完,快轮到你这边了,孩子我先给你抱走,别有麻烦。班立新这时尚未醒酒,脑袋里仿佛有无数绳索在扯动翻搅,他略有迟疑,但还是将儿子递了过去,李承杰接过孩子,三步两步,迅速消失在门外。班立新坐在床上,缓了几分钟,酒精缠绕,仍未消散,他很疲惫,却还是有些不放心,于是爬起床来,想去外面看看是什么情况。刚一推开房门,保卫科的人便进来了,拉开灯绳,挨个床上翻腾,问道,没有带外人过来的吧。屋内没人回话。保卫科的人看着站在门旁的班立新说,你要干啥去。班立新说,你管呢。保卫科的人看看手里的名单,说道,我知道你,姓班,刺头儿,爱干仗,蹲过匣子。班立新说,是我,有啥问题,大半夜的,别给自己找不痛快。保卫科的人愣了一下,然后从兜里掏出一盒白红梅,倒出两颗,递给班立新一颗,班立新接过烟来,从兜里掏出打火机,先给保卫科的人点上,再给自己点上,刚抽两口,保卫科的人问道,在里面待过多久?班立新说,羁押,俩月。保卫科的人说,因为啥呢?班立新说,没啥,聚众斗殴,多少年前的事儿了。保卫科的人拍了拍班立新的肩膀,然后说道,我先走了,去下一间看看,明天早上六点,楼下食堂准时开饭,别忘了。

　　那些人走后,又过了一会儿,班立新也转身迈进疗养院的长廊里。长廊很黑,只在尽头处挂着一盏黄灯,发出模糊的光,他走过去,又走回来,反复数次,凝视着墙上映出的那些低矮混沌的暗影,午夜的长廊十分寂静,只有他的脚步声。他很想去找李承杰,抱回自己的儿子,却发现自己根本不知道他住在哪间屋子里。

　　班立新只好向外面走,走出疗养院一楼的大门,站在院子中央,空气清冷,背后是石砌的拱顶,抬头望去,远处的山峰与阴云连接在一起,灰烬一般的颜色,他仿佛正处于峡谷的中央,而风带来轻微的回声。阵阵寒意袭来,他已经彻底醒酒,浑身哆嗦,转过头正准备回去,忽然发现李承杰正抱着他的儿子坐在侧面的台阶上，打着哈欠，睡眼惺忪，他只穿一件衬衣，那件深蓝色的工作服盖在孩子身上，一只袖口孤零零地垂下来。班立新走过去，也在他身边坐下，台阶很凉，于是他又半蹲起来，说道，查完房了，啥事儿没有，回去吧。李承杰说，明天还查不查。班立新说，据上次来的人说，就这一次，走个形式。李承杰说，你儿子睡得真香啊，这么折腾都不醒。班立新说，也想你儿子了吧。李承杰说，想，自己出来玩，没意思。班立新说，回去吧咱们，明天六点开饭，然后去爬山，我跟他们都定好了，你也一起。李承杰说，行，是得爬爬山，不能白来一趟。

第二天早上，天还没有亮透，班立新便将熟睡的儿子交给妻子，自己收拾好随身物品，集合队伍，准备开始爬山。这座山已经被开发得相当完备，铺了石阶，沿途有卖拐杖与茶叶蛋的，也有照相留念的摊位，他们从最低处出发，一路向上爬去，班立新走在队伍的最前面，李承杰紧随其后。路上遇见一棵歪歪扭扭的松树，盘根错节，颇有来历，李承杰提议合影，班立新虽然有些抗拒情绪，但还是答应下来，立等可取，拍照的人从相机的背后拿出照片，在空气里来回扇动，再交到他们手里。这时他们发现，这里的景致相当好，背后是松树，松树后面则是雾气缭绕的远山，墨绿与深棕相间，层次得当，极像挂历上的风景画。

班立新说，照得挺好，可惜只洗出来一张，你留着吧，当个纪念。李承杰点点头，然后打开背包，从里面掏出一本书，又将照片夹在书里。班立新问他，这是什么书？李承杰说，苏联小说，《日瓦戈医生》，厂里图书馆借的，半个月了，在吊车上看了一点，在火车上又看了一点，还没看完。班立新说，有意思吗？李承杰说，看着看着就困，名字太长，不好记。班立新说，挺有文化，爱看外国书。李承杰说，我以前看的都是武侠，最近想看看历史书，这本借错了，翻卡片借的，我当时还以为是讲白求恩的呢。

我跟李早在铁皮房子里点火。他跟我说，偷两根儿烟来。我说，你咋不偷呢？李早聚精会神地扒拉着火苗，说，我爸也不抽啊，你爸爱抽烟，够意思，去整两根儿。我跑回家，借着喝水的工夫，从烟盒里抽出来两根，攥在手心，又跑回来。李早已经把油毡纸点着了，一时半会儿灭不了，屋内被火光溢满，无比明亮，外面下着小雨，雨滴落在房顶上，发出低沉的声响。

我们借着火苗,各自点着一根烟,李早猛抽一口,然后咳嗽起来,我也吸了一口,含在嘴里又吐出来,味道有些发苦。李早看着我说,抽烟不过肺,你这人儿挺不好交啊。我说,拉屁倒吧,说得你会抽似的。

两根烟一前一后烧完,我听见外面有人在喊李早的名字,一个女人的声音,虽然只隔着一层铁皮,那声音听起来却相当遥远,他对我使着眼色,意思是让我别说话。又过了一会儿,那个声音逐渐消失,换成了一个男人的声音,这次我听出来了,那是他的父亲李承杰,像一头低吼的狮子,焦急并且缺乏耐性。李早不为所动,仍十分坦然,闭着眼睛享受火焰的气息,他靠在一面铁墙上,浑身沾满锈迹,帽子也摘下来,扣在膝盖上,那顶帽子上的图案是一只红色的公牛,芝加哥公牛,双角高扬,怒睁圆目,注视着面前的那团火焰。雨声越来越密集,直至连成喧哗的一片。

1929 年的初夏,天气很热,熟人穿过两三条街彼此做客时,都不戴帽子,不穿上衣。

班立新说,听你这么一说,我才知道,原来去别人家做客,还要戴上帽子。李承杰说,前苏联,讲这些礼仪,我们不讲究。班立新说,这本书还讲什么,你再说说。李承杰说,还有就是死亡,这个男的,日瓦戈医生,坐在公共汽车里看景儿,经过一个行人,穿着紫衣服的外国姑娘,公共汽车开过去,他超过紫衣姑娘,然后他就死了,公共汽车停下来,紫衣姑娘又跟他相遇,看了他一眼,继续往前走,又超过了他。班立新说,这是啥意思。李承杰说,我也一直在想,没太悟透。班立新说,可能就是歌里面唱的,妹妹你大胆地往前走,莫回呀头,通天的大路,九千九百九十九。李承杰说,大概也有这层意思。班立新说,日瓦戈医生,最后是啥毛病呢,走得这么急。李承杰说,不知道,估计是心梗。班立新说,你刚才说书还没看完,但主角都心梗了。李承杰说,其实这书我是在看第二遍了,我也不知道刚才为什么要说没看完,你有什么好的道理,也来讲一讲。班立新想了想,然后说,针叶林高于阔叶林。李承杰点点头,不再说话。

他们在缆车上,浮在半空。因为没有向导,他们第一次爬错了山峰,太阳初升之时,他们一行人便已抵达山顶,然后发现这不过是临近的矮峰,主峰要从山的另一侧走上去,他们有些沮丧,又从山上走下来,重新整装出发,这次只爬到一半,所有人便已精疲力尽,吃喝休息过后,他们决定去乘坐缆车,借助工具登顶,虽然已经很累,但总归还是要看一眼最高处的风景,再往回返。

缆车售票处的窗口上拉着一个条幅:热烈庆祝本线路缆车连续运行十三年无事故。李承杰指着条幅,撇着嘴对班立新说,你看这条幅,很有问题,一般人看连续十三年无事故,一定会觉得很安全,但有没有人想过,十三年前,到底出了什么事情呢。工作人员在售票窗口里冷冷地插嘴说,十三年前,我们这条缆车线路刚刚竣工。李承杰听后尴尬地笑了笑。

山中的阴晴瞬息万变,缆车一辆接着一辆走,相隔几十米,到了最后,只剩下班立新与李承杰两个人,他们共处在一辆缆车里,坐在两侧,乌云很近,抬手可及,李承杰背对着山峰,目不转睛地看着两侧逆行的风景,班立新只注意着那片乌云,柔韧而漫散,他从来没有这么近接触过任何一朵云彩,他想,闪电会不会也在其中,然后他就看见了闪电,天上的一道光,在他眼前聚集、分解、消逝,伴随着巨响,他闭上眼睛,但闪电的模样仍停留在那里,长久不散。

雷声过后,缆车便静置在半空中,接受风雨的侵袭,不再前进。刚开始时,他们还没反应过来,以为停止也是游览的一部分,直至窗外的景色很久都没有变化,他们不得不将视线移开,发现后一辆缆车空无一人,而前面的那辆车里,已经传出刺耳的尖叫声。他们正位于整条线路的中央,看不出来离地有多高,脚下是高大的树丛,斜长在山脉上,一片深邃的绿色,风吹过来,树梢摇摆得很厉害。班立新手里捣弄着打火机,骂道,怎么停了。李承杰说,别是有故障。班立新说,等等看,估计马上就能启动了。

然而他们等来的却是一场冰雹,猝不及防地砸在缆车的窗户和车顶,声音密集而巨大,噼里啪啦,像是经历一场猛烈的扫射,他们觉得车厢四处皆有裂痕,班立新有几次都想用手遮住脑袋,但却始终没能抬起胳膊。过了一会儿,那些冰雹又变成雨,跟着雨一起来的,还有凶猛的风,他们被吹得荡起来,扬到半空里,像是坐秋千,班立新拽住一侧的窗沿,不敢放松,头上开始冒汗,缆车里空间封闭,越来越热。

班立新始终在劝自己说,就当是在游乐场里,坐那些惊险的高空游戏。李承杰很害怕，脸色惨白，一直盯着窗外，浑身发抖，并且开始干呕，他的手紧紧抓住座椅的边缘，汗珠直往下滴。李承杰说，十三年无事故，让我们赶上了。班立新说，别吓唬自己。李承杰叹了口气，说道，我要能活着下去，这辈子就再也不爬高了。班立新说，别说这没用的，肯定没事，大老爷们，镇定点儿，给我讲讲你看的那本书。李承杰说，讲不了，没心情，讲不了。

这时，外面的风仿佛小了一些，班立新手抖着，点燃一根烟，说道，随便讲讲，时间过得快，转移一下注意力。李承杰说，好，好。然后又摇摇头，说，讲不了，真讲不了。他双手抱着脑袋，看着摇晃的地面，仿佛随时可能栽倒下去。

李承杰吐了两口酸水，然后仰头躺在座椅上，对班立新说，班子，给来根儿烟。班立新倒出一根烟，放在自己的嘴里点上，再递给李承杰，他抽了两口，咳嗽起来，满脸通红，平息之后，他开始讲述，外面的雨像在为他进行激烈的伴奏。他皱紧眉头，讲得有些突兀，开始时毫无头绪，说什么生命就是为牺牲做准备，几近胡言乱语，直到说起1929年的夏天，苏联的一条大街上，一切逐渐清晰起来。他们喷出来的烟雾笼罩在车窗上，车内越发压抑、闷热，汗水顺着脖子淌下来，外面的雨声好像小了一些，不再那么嘈杂，而是转为低语，仿佛也在谛听他的讲述。

讲完日瓦戈医生，李承杰的精神缓和过来一些，他又要了一根烟，用鞋子把刚才吐出来的酸水划开，重复道，针叶林高于阔叶林。班立新说，忘记在哪里听到的了。李承杰说，我们现在又高于针叶林了。缆车咯噔一下，仍然没有行动，很多露水凝结在玻璃上，他们已经看不清窗外的模样。

李承杰说，不聊书了，没意思，其实一直以来，我都有个想法，现在要说一说。班立新这时身心俱疲，眯着眼睛，靠在一侧，附和着说道，什么想法。李承杰说，这个想法，今天在这里，我感受更深。班立新说，你说说看。李承杰说，我始终觉得，现在的城市规划有问题，有大问题，我们的生活不够立体，只活在一个平面上，太狭隘了，其实我们可以开发空中资源，打造三维世界，像这种缆车一样，改造成空中的公共汽车，不用这种缆绳，不安全，受气候影响太大，直接用吊车，抗风、不挂霜、结实，比方说，我会开吊车，那么我可以作为一个中转站的司机，你要去太原街，好，上车吧，给你吊起来，半空划个弧形，相当平稳，先抡到铁西广场,然后我接过来,抓起来这一车的人,打个圈,抡到太原街,十分钟,空中道路,你看着空无一物,没有黄白线和信号灯,实际上非常精密、高效、畅通无阻,也不烧油,顶多费点儿电,符合国际发展方向。班立新说,有点意思,那吊臂得多长,怎么启动。李承杰说,伸缩的,利用吊臂的长度和倾角的变化改变起升高度和工作半径,折叠式的桁架结构,非常安全,你上车也得买票,有售票员给你安排座位,胖的瘦的搭配,保证好重心位置,严格控制,不能超载,亮绿灯再启动,各个站点做好配合,拿着对讲机,安排好层次,按照规划路径,二十米一层,互相别打架,有高有低,错落有致,车上的人在空中滑行,半个城市尽收眼底,比方说你从重工街出发,摇几下杆把,你就开始横着滑行,一路上能经过红光电影院、劳动公园、露天游泳池,能看见挂着的广告牌,上面画着巩俐,《古今大战秦俑情》,还能路过公园的假山,看猴子和鳄鱼,最后是游泳池里墨绿色的池水,人们在里面打着水浪,晚上还亮着五彩的灯,一起一落,全是风景。班立新想了想,说道,确实是好,你开吊车,有点屈才了。李承杰说,不屈,我都想到了,别人不可能想不到,这是大趋势,以后要是不在厂子上班了,我可能去当司机,天天坐在空中,比树高一些,四周明亮,能看见雨和雪,心情舒畅,听半导体效果肯定也好,我得再听一遍《薛刚反唐》。班立新说,不看书了,前苏联的那个什么大夫。李承杰说,开车不能看,闲下来时候可以看。班立新说,要是早有这个发明,他也不能死那么快,怎么也能先抡到医院,抢救一下。李承杰说,还真别说,这个设施对于医疗也是一大进步。班立新说,那总共得多少个吊车。李承杰说,也不用特别多,有的距离长些,有的短些,交接处正好设置车站,下去几个,又上来几个,跟公共汽车一样。班立新又说,但你想没想过,这个跟高楼容易发生冲突。李承杰说,完全不冲突,建高楼时,留个心眼儿,凹进去一部分,作为中转站,交通也更方便,直达,比方说,咱们厂子要是起个高楼,那些坐办公室的,一步到位,直接进楼里上班,节约多少成本。班立新说,有想法。李承杰说,但晕车的不建议乘坐,在天上呕吐的话,收拾起来比较麻烦。

他们并没有意识到,停滞半天的缆车已经缓缓开动,风雨渐息,云雾散开,不知不觉,他们已经抵达终点,顶峰近在咫尺。前面的人抱着哭作一团,准备徒步下山,班立新和李承杰从烟雾弥漫的车厢里走出来,抖抖被汗水浸湿的衣衫，让雨后的凉风拂过胸腔，然后继续迈向雾气萦绕的山巅，他们一边走着，一边还在说着空中的那条道路。

父亲说，两年之后，我们两家又一起出去旅游过一次，还是那个地方，没住疗养院，住在宾馆里。我说，那次我记得，李早每天都起不来床，第一次印象不深了。父亲说，也是去爬山，你和李早爬到一半，累得走不动，你妈说坐缆车上去，我没同意。我说，挺遗憾，但后来去山洞里看佛像，龇牙咧嘴的四个神灵，挺有意思，也就忘了爬山这个事情。父亲说，我当时已经到了缆车门口，不少人在排队，我向里面一望，窗口上面拉着个条幅，上面写着，热烈庆祝本线路缆车连续运行十五年无事故，然后我就退出来了。我说，只记得那些山洞里的回音很大，来回折射，说话声越大，反而越听不清楚，一片混沌的嗡鸣，要贴在耳边轻声地讲话。

父亲让我回屋睡觉，他独自留在客厅里。我躺在床上，打开台灯，望着天花板，然后听见他在客厅里拄起拐杖，拐杖一头缠着棉布，但在地面移动时，仍会发出沉闷的声响。那是一年之前，上夜班时，他走在车间里，忽然被电击倒，他倒在地上，半边身子是木的，完全想不出是哪里来的电，想站起身，却怎么也使不上劲儿，也张不开嘴叫喊，直到凌晨，才被人发现，躺在板车上被送回家里，休息了两天，还是不行，最后去的医院。那时候，厂区里空得令人发慌，许多人都已经下岗，他住在医院里时，心里知道自己也即将成为其中一员。手术之后，他的膝关节被截去，右手不太能握得住东西，医生告诉他，康复不是一天两天的事情，需要每日锻炼，调整好心情，才会有效果，不要丧失信心。父亲说，好，一定坚持，至少得恢复到能拿起酒杯的程度。

我有点困，但又睡不着，迷迷糊糊地想起许多事情，拐杖、缆车、山路、潮湿的空气、破败的佛像、墨绿色的池水，那本《九三年》正在手边，我继续读下去，书里面写道：有些人来了，有些人去了，发生了一些事；至于我，我总在这里，总在星星照耀之下。他不仅对一切大事不关心，对任何细小的事也不关心。与其说他在沉思，毋宁说他在幻想。因为沉思的人有一个目标，幻想的人却没有。他流浪，漫游，休息。

班立新回到工厂之后，还是背了一个处分，被人举报他带着孩子去

-296-

疗养院，这已经是在厂里的第二个处分，第一次是上班期间打扑克，并用垫木块儿进行赌博，给予的惩罚是留厂察看，这也就意味着，只要再犯任何一个微小的错误，他就会被开除，变成一个没有工作的人。他本来以为自己并不在乎，但在不经意间，却发现自己的所有行动都变得很小心。

他不再喝酒，也不打牌，别人喝酒时，他出门抽烟，低着头走过狭长的通道，车间举架极高，左右两侧各铺着一条运输轨道，他跳到轨道里，踩着上面的锈迹前行，他比车床要低，比线圈和配电箱要低，比经过的人群也要低，一直走到尽头，才重又撑着铁门的底角跳上去，那时他的双腿仍十分有力。

班立新在厂里几乎很难遇见李承杰，他们之间的交情也并没有因为一次出行而变得更深，只有孩子在院子里玩时，他们才会凑到一起聊上几句。两个家庭结伴出去游玩过两次，爬一次山，看一次海，到地方之后，基本上也是各玩各的。看海回来之后，厂里改制的消息便传开了，很多人即便早有心理准备，但当事情真的来临之时，却也完全不知如何应对。工厂先是卖给一群人，许多人被裁掉，剩下的重新竞聘，重新签订用工合同；工厂后来又转让给一个人，更多的人失去工作，变得无所事事。折腾几次之后，班立新的工作变得十分繁重，令人疲惫，他上夜班时，通常都是一宿无法合眼，空旷的车间里，经常有重物坠地的声音长久回荡，所有人比从前要更加沉默、辛苦，即便这样，他们也只能得到从前一半的工资。

李承杰被通知下岗的第二天，特意借来一辆三轮车，他找来班立新帮忙，一起把东西搬回家。李承杰说，要走了，你那边怎么样？班立新说，勉强维持，早晚的事情。李承杰说，没想到，以前不甘心一辈子开吊车，现在觉得，要真能开一辈子，倒也没啥不好。班立新问道，新单位找到没有？李承杰说，没找，不知道干点啥好，实在不行，去建筑工地看看。班立新劝他说，树挪死，人挪活，别太担心，总有出路。

班立新看着他从储物柜里收拾出来许多东西，劳保手套、崭新的工作服、几块肥皂、两本泛黄卷边的书和一本相册。班立新坐在一旁，翻开那本相册，里面夹着许多张照片，有他和妻子的，他们并排骑着自行车，他穿着西服，妻子穿着极不合体的红色旗袍；还有他和同组的几位工友，有他们一起聚餐的照片，也有去郊游的，互相搂着肩膀，旁边是一块字迹模糊的石碑，李承杰站在最边上，比其他人矮上一头，笑得很害羞；更多的，是他儿子单独的照片，光着屁股坐在澡盆里的，举着玩具冲锋枪站在圆凳上的，围着粉色纱巾打扮成女孩的。再往后面翻，班立新发现，他跟李承杰在山上的那张合影也在相册里，于是他又想起那次爬山的经历，指着照片对李承杰说，我们那天被困在缆车里了，差点没下来。李承杰说，是么，我有点记不住了。

满地的啤酒瓶子，班立新已经数不清楚自己到底喝了多少，他的脑子很晕，但精神依旧亢奋，不停地说着话，跟身边的朋友讲述工厂里发生的事情，前一年他刚被放出来，在家待了几个月，母亲怕他再出门惹事，便申请提前退休，他接替母亲的工作，到工厂里上班。喝到半夜时，所有人都醉了，红着眼睛高声叫嚷，班立新去旁边的墙根底下撒尿，回来时，发现他的几个朋友已经跟邻桌的陌生人打了起来，白黄相间的街灯之下，他们奋力向前掷出自己的身体。班立新很激动地去摸自己的背包，那里面习惯性放着一把匕首。两边打得火热，他摸到那柄冰凉的硬物，刚想掏出来，却又想起自己刚满半岁的儿子，他想，如果再有两个月见不到儿子的话，他可能会十分难受，于是他又犹豫起来，捏着刀柄不知所措。最终，他拎起背包，独自向另一条路走去，他听见身后有两个啤酒瓶子在空中相撞的声音，在长夜里显得极其清脆、尖亮，仿佛要去划破什么东西，而碎片像雨一样落下来，撒在地上，泛着零碎的光，映照着他的前路。他的脚步越发轻盈，像是走在空中。

而同一时刻的李承杰，正在产房门口等待着，他的妻子已经推进去很久了。刚进去时，他还很焦躁，胡思乱想，随后精神有些支撑不住。在此之前，他刚上过一个夜班，开完吊车又去帮忙搬运，回到家里，早饭还没吃完，妻子便出现阵痛，比预产期要早一个月。他骑着自行车，后座驮着妻子，俩人来到医院，满头大汗地去办理手续，妻子在走廊里疼得撕心裂肺，眼神里尽是绝望。妻子被推进产房后，他数次将耳朵贴在外门上，去聆听里面的声响，却只有空气嘈杂的流动声，那更像是收音机里传来的一声口哨，航过全部星群与房屋。他不停地走来走去，后来有些累，便坐在塑料椅子上，回想着刚刚经历的一幕幕，沉沉昏睡过去。他睡得很深，歪着脑袋，头发根根竖立，除了儿子的啼哭声，什么都不能将他吵醒。

—298—

那时，他们都还没有意识到，这是多么悠长的一个夜晚，他们两手空空，陡然轻松，走在梦境里，走在天上，甚至无须背负影子的重量。

生·纸条

普 玄

一

我躲在一个温暖的暗处,等待一个和我有密切关系的人。夜里九点了,副科长还没有回来,王巧儿挺着大肚子在院子里来来回回张望,外面的寒气把她朝屋里逼。她有八个月身孕了,肚子鼓成一个圆气球。我躲在她肚子里,和她一起等待我爸爸。

副科长随即就回来了。你怎么又到外面?这么冷的天!副科长责怪着王巧儿,催她快进屋。

简直无法忍受了,简直无法忍受了,副科长进屋后连声抱怨。一个晚上,我连吃了三场酒席。一家孩子过十岁生日,一家老妈过六十岁生日,还有一家乔迁上梁。一家送五百块礼钱,一个晚上,花掉我半个月工资!

副科长专门骂到一个叫李保卫的人。李保卫今天乔迁上梁。这家伙两个月请了两场酒席。

骂完后,副科长的目光落在王巧儿的肚子上。他的目光显示了他是一个爱动脑筋的人。

我们能不能早点把孩子从肚子里拿出来?副科长说,我们送这么多人情,花这么多钱出去,我们凭什么不提前一个月把孩子拿出来,也请一场酒席,把人情收回来?

对,剖腹,把孩子早点拿出来,爱动脑筋的副科长用手在王巧儿肚子上比划。

我吓得哇地一声大哭起来。

王巧儿赶紧捂住肚子。

副科长给王巧儿解释。他说,我们这么多年送了好多人情礼金是不是?王巧儿说是。他说那个李保卫最近两年,家里两个人过寿,孩子上大学,新公司开业,乔迁上梁,我们已经送了五次礼,我们这两年却没有办过一次酒席请他,你说是不是?王巧儿说是。他说我们局长,副部长,分管县长,家里大人孩子每年过生日我们都没断过,次次去,是不是?王巧儿说是。

按理说,我们的儿子生了,我们也该请一回,把我们这几年送出去的人情收回来,是不是?副科长加重语气。

王巧儿说是。

我们可能不能请了,我们这几年送出去的人情可能要打水漂了,副科长说。

为什么?王巧儿问。

我今天听说台里配合上级反腐败,反对人情风,要出台红头文件,国家工作人员以后不能随便请客了。以五一劳动节为界,以后生日满月这些,都在规定范围内,副科长说。

王巧儿好像也听说了这个消息。

五一劳动节?五一劳动节?五一……副科长反复念叨着。

王巧儿捂住肚子,说,我们的预产期就是五一劳动节。

副科长把王巧儿捂住肚子的手扒开,说,现在你明白我的意思了吧。提前一个月,把孩子早一点拿出来。我们要大请一场客,提前办满月酒,把人情收回来。

我妈妈现在才明白我为什么突然哭。副科长的目光还在盯着她肚子。她伸手去挡副科长目光,把他的目光引到墙上。墙上挂着一个镜框,爱动脑筋的副科长盯着镜框思考,镜框后面的挂线突然断了,镜框掉下来。

怎么了怎么了?王巧儿大惊失色,说,是不是刘婆婆要出什么事?前两天听说她不舒服。

镜框里面夹着一张纸条,纸条上写着刘婆婆的生辰八字。刘婆婆是有名的长寿老人,今年一百零三岁了。

放心,她命长得很,副科长边动脑筋边踱步说,对,剖腹不剖腹,我们去问刘婆婆。

二

我长得太快,影响了王巧儿的轻灵,让她上不了车。已经有八个月身孕的王巧儿,怎么看都像十个月。副科长的车太小了,副驾位置塞不进去她,后面一排位置也塞不进去。

为什么要开车?公共汽车又高又宽,为什么不坐?王巧儿生气地说。

我大小也是一个副局长,副科长对王巧儿说,副局长怎么能没有自己的车呢?

在国家的行政设置里面,县级是处级,县里面的局是科级,我爸爸这个副局长,也就是副科长。

办法最终还是想出来了。王巧儿侧着身子被塞进车的后面一排,她右胳膊支在副驾靠背上,左胳膊支在后排靠背上,斜靠车门坐着。她肯定不舒服,不过不影响我。我这样挺舒服。

汽车在县城通往乡镇福利院的国道上,王巧儿还在紧张担心刘婆婆生病。镜框突然掉在地上,这只是巧合吗?

只有我知道,这不是巧合。刘婆婆快不行了,她要离开她生活了一百多年的这个世界了。

你说什么?王巧儿低头问我。

她的头低不下来,我的个子太大了,她撑得难受。

你和谁说话?副科长避开一辆大车,问。

胎教起作用了,王巧儿说,孩子每天和我说话。

副科长不相信。

镜框突然掉下来,刘婆婆生病了,会不会……王巧儿对副科长说。

她要死了,我大声喊。

我的喊声被他们的谈话淹没了。

我不同意提前一个月剖腹,王巧儿说,我找人问了,孩子最后一个月是长智力的时候,如果提前一个月剖腹,孩子的发育不完全。

别听那么多医生的,副科长说,我也查过了,最后一个月,五官都长齐了。剖腹拿出来,影响不大。

不,王巧儿说,最后一个月很重要,提前一个月拿出来的话,他发育不全,凡事总是慢。打个比方,别人会走他会爬,别人说话他结巴,别人升级他留级……

我开始喊。我不要慢,我要快。我不要爬,我要走。我不要留级,我要升级。

副科长和王巧儿还在争执,福利院到了。

百岁寿星刘婆婆已经知道自己要离开人世了,只有我看出了这一点。她用手摸我妈妈的肚子,她的手像澡盆里的温水一样。我爸爸每次来都帮忙抹桌子椅子。今天他格外卖力。他和我妈妈小时候都是刘婆婆带大的,他特别听刘婆婆的话。

我想告诉刘婆婆她要死了。镜框都掉到地上了,她怎么一点也不着急不害怕?

你说什么?刘婆婆摸着我妈妈肚子问我。

我把她要死的消息告诉她。

我带过你爸爸你妈妈,你知道吗?刘婆婆笑着问,她的嘴像一个海螺,一动一笑,海螺牵动着无数条海螺纹,嘴唇和下巴是海上的波纹。再早一点,她继续笑着说,我还带过你外公,你知道吗,我都是从他们降生,光屁股地上爬,一直带到他们上学,你知道吗?我从她的目光中看出,她知道自己要死了。她怎么一点儿也不害怕?

我爸爸对刘婆婆说,那个讨饭的李保卫,上个月公司开业请客,这个月房子从镇上搬到县城,乔迁上梁又请客,天下有这么过分的吗?

刘婆婆说,他开业?好!又乔迁上梁?好!

我爸爸说,关键是他每回都摆酒席请我们,我们每回都得送人情啊。每回五百块,两个月送他一千块。

刘婆婆问,五百块是多少?

我妈妈王巧儿在中间解释。王巧儿说,刘婆婆你可别以为这是国民党逃跑前那几年的五百,现在我们一个月工资才两千。王巧儿又给副科长解释,刘婆婆已经有几十年不怎么摸钱了,她不知道五百块是多少。副科长明白过来。

你怎么不送少一点?一百块或者五十块?刘婆婆问。

那怎么行?我爸爸说,我大小也是个副局长,副科级,别人可以送二百三百,我有我的身份啊,我要送五百啊。

好,副局长好,刘婆婆又开始笑。

刘婆婆嘴里,什么都是好,从来没有不好,我妈妈说。

刘婆婆继续摸我妈妈的肚子。她的手是温暖的澡盆。她的头发全白了,眉毛也全白了。我和她对望。我看见一朵硕大的云彩。我看见她的内心空旷,什么东西也没有,只有一朵硕大的云彩。云彩里面全是喜悦,安静的喜悦，来回飘荡的喜悦，像一朵云彩那样想走就走、想停就停的喜悦。

镜框掉了，没事，她对我妈妈说，生就是死，死就是生，我要死了，也就是要生了。

我爸爸最终犹犹豫豫把想剖腹产、提前办满月酒席请客的事说出来了。他想请刘婆婆去吃满月酒。刘婆婆有个规矩，她从不参加盖房、升官、升学、做寿这些酒席，她只参加一样，就是孩子降生的酒席。

刘婆婆明白了我爸爸的意思。

孩子在母亲的肚子里，就是在天上的神界里。在母亲肚子里一天，等于在外面一年。刘婆婆说。

哪吒怎么成了神仙？他妈怀他三年，光这个就一千多岁，刘婆婆说。

刘婆婆的话副科长听明白了。

善于动脑筋的副科长在刘婆婆屋子里踱步。

我们不提前一个月，副科长说。

我们也不违背文件，副科长说。

我们提前九天，副科长说。

九天？王巧儿不明白。

对，办"九朝"。"九朝"什么意思？孩子出生后第九天请客。副科长兴奋起来，搓着手说，这是我爷爷老家那个地方的风俗。

夜很深了，我爸爸妈妈都睡了，我还醒着。刘婆婆说得对，我待在我妈妈肚子里，就像待在神仙宫里。我看见我爸爸横躺睡着，我听到他粗重的呼吸。我听到我妈妈在抽泣。她在深梦中的抽泣只有我一个人能听到。

我还知道我爸爸这个年纪，人过了四十，升官的机会不多了，现在只有最后的机会了。他们局长要调走，他接替局长的可能性最大。我爸爸是一个优秀的人才，他曾经是县里面的一个大领导的秘书，他这个副科长早在十几年前就已经当上了，后来大领导出了事，他受了一些影响，一直没有再提拔。

我决定配合我爸爸。我同意提前九天剖腹出来，然后过"九朝"。

我妈妈醒了。

我的身体越来越大，我妈妈晚上睡觉只有侧躺，把我搁在床上。我心里想定之后，她马上明白了。母子连心。

你说什么，孩子？妈妈问我。

我说，爸爸太不容易了。他天天奔波，凡事不落人后，别人有车他也要有车，别人家孩子上一流大学，他也要孩子上一流大学。

对了，我有一个姐姐在省城上大学，现在国家放开政策，允许生第二胎了，我就是第二胎。

我妈妈叹口气说，你爸爸是不容易，他年轻时是有梦想的呀。

我说，妈妈，我知道提前九天出来影响智力，影响发育，但是我出来后一定努力学习，好好锻炼，弥补回来。

我说，妈妈，我本来不该降生。如果国家还是原来的政策，只准生一胎，我就没有和你们见面的机会。现在国家政策允许生二胎了，但是我降生了给你们带来多大的负担和压力呀，都是我的错。

我妈妈没想到我这么懂事，捂着我哭起来。

三

确定过"九朝"那天请客，确定剖腹产把我拿出来的日子来之后，妈妈带我去请刘婆婆。刘婆婆要到场，那多气派，那多有面子！刘婆婆是我们这个县目前唯一的百岁寿星，她过百岁宴县长亲自到场祝贺了的。

但是刘婆婆病了。

刘婆婆在屋里熬汤药喝。看见妈妈和我，她咧开嘴笑。她一笑头发就晃动。她一笑我就知道，她的日子不长了。

刘婆婆看见我妈妈来，说，你来了刚刚好，那个纸条在你那儿，你去给我请道士。

刘婆婆让我妈妈去请道士，她在安排后事了。我妈妈一听刘婆婆安排后事就开始哭。刘婆婆说她要死了，我妈妈不信，福利院的院长也不信，我爸爸更不信。

我妈妈看刘婆婆还笑盈盈的，还自己煎药，这样的人怎么会死呢？

福利院院长对我妈妈说，我来的时候她已经有九十多岁了，我当院长十几年期间，这个院子死了接近两百个老人，她都没事；再往前，从她进这个院子开始，已经四十一年了，其间陆续死的人，少说有六七百个吧，她都没事。现在一个小病喝个汤药算什么，要准备后事吗？

我爸爸已经在罗列他准备宴请的客人名单。亲友、同学、同事、同乡，相同爱好的群体、过去请过他的人、他曾经帮助过的人，他都列在名单上。我爸爸本来以为自己想出"九朝"这个请酒席的理由很聪明智慧，但是他还没开始得意，他就知道自己已经晚了一步。更多比他聪明智慧的人抢在他前面，设计了各种请酒席的理由早已经把请帖送到他桌子上。

我爸爸正在安排"九朝"请客，我妈妈从福利院打电话给他说刘婆婆安排后事的事。我爸爸让她别担心，刘婆婆绝对不会有事。

我妈妈心安了一点，带我去找乡间道士。这个乡间道士实际上是专门做丧事的礼乐班主，常年给福利院做法事丧仪。他不相信刘婆婆会死。

前后都准备好几回了，都没死，他说。

那张纸条还在吗？班主说，刘婆婆总惦记着纸条。

在，在我家里镜框里夹着，我妈妈说。

班主说，保存纸条的人都死了好几个了，这个刘婆婆却死不了，真是神奇啊。那张纸条多少年了？

我妈妈说，我三岁那年写的，今年我四十四岁，纸条四十一岁了。

我和纸条对望。这张四十一岁的纸条，夹在镜框里。镜框已经黑得如同一只乌龟，纸条还是白色，鹤鸟一样在镜框里飞翔。我躲在一个温暖的暗处，这个暗处就是妈妈的子宫。子宫是什么？子宫就是天宫和海龙宫，是每个人最初的天空和海洋。里面住着神仙和龙王，里面有成群的仙鹤和巨大的乌龟。我和纸条都在天空和海洋里飞翔。

这张纸条比我大四十一岁。它降生的时候刘婆婆已经六十二岁了。那时候刘婆婆死了丈夫，没有孩子，没有工作。她给几家人带孩子。她不是专职的保姆，她丈夫在世时是镇供销社干部，有退休费养她。丈夫死后，她吃抚恤金，偶尔给别人带孩子。政府有政策，像她这种情况要去敬老院了。

纸条降生的时候太阳很温和，太阳照在我外公的土坯房门前。刘婆婆要从家里去敬老院了，临走前来找王老五。王老五就是我外公，我妈妈王巧儿的爸爸。王老五正在门前打扑克。和他一起打扑克的有王乡长、自留地和朱文革三个。地上有三个孩子在玩瓦片，分别是我妈妈王巧儿、我爸爸还有李保卫。

李保卫是一个孤儿,他爸爸在"文化大革命"的前几年武斗的时候被朱文革的同伙打死了。我妈妈、我爸爸、李保卫那年都是三岁。

刘婆婆对我外公王老五说,我要去敬老院了,哪一天我死了,"烧包袱"的时候,谁给我记生辰八字呢?王老五,我拜托你行不行?

王老五立即扔下手里的扑克,说,行啊,咋能不行?我外公从家里作业本上撕下一张白纸,铺在桌上,几个人脑袋凑过来,太阳照在白纸上。

刘婆婆开始说内容:甲寅,冬月二十八,人定亥时。降生地:朱家嘴毛家铺。

纸条就这样降生了。

纸条怎么存放?屋里的一个镜框起了作用。纸条在温暖的太阳光下面被王老五装进镜框。几个人都盯着纸条。刘婆婆说,王老五,我去敬老院后告诉他们,哪天我死了,怕没人记得我的生辰八字,我要他们来找你啊。

王老五说,刘婆婆,您放心去,到时候要他们找我。

朱文革又抓起扑克牌,说,放心,王老五不在还有我。

自留地是村街上有名的不加入集体劳动搞自留地的人,本人姓刘。他后来成为全县轰动一时的最富有的人物。自留地说,放心,还有我。

王乡长当时还不是乡长,也拿起扑克给刘婆婆招手,说,刘婆婆放心,还有我。

太阳继续照着,他们继续打牌。他们都没想到这张纸条会比他们活得长。

四

好吧,我等着那个日子。他们什么都设计安排好了,我就配合他们在那个日子降生。我要哇地一声大哭,声音响亮,让所有人高兴。我要张开双腿露出鸡鸡,让他们检验,让他们看到我是一个男孩。我现在乖乖地待在这个温暖的暗处睡觉吧,外面那么吵闹,与我无关。

在我睡觉休息的这段时间,县里红头文件下了。生日、升学、参军、祝寿、乔迁、满月等请客的活动,一律禁止。截止时间是 5 月 1 日。县里请人情酒席的人们疯狂起来。自己生日、配偶生日、父母生日、岳父母生日、孩子生日、周岁生日、十岁生日、十二岁生日、三十六岁生日、六十七十八十生日、升学、分工、参军、转业、升职、加薪、结婚、丧事、开业、周年、满月，这都是请客的名目。五一劳动节，这是红头文件界定的日子，早先请过酒席、收过人情的人庆幸啊，早先没有请酒席收人情、准备在后面某个日子请酒席的，赶紧朝五一前面移。实在找不到理由的人只好捶胸顿足。

我爸爸有一天吃了一个奇怪的升学宴。一个上高中一年级的孩子，他父母给他办考上大学的升学宴。还在高一就请大学升学宴？这不是荒唐吗？考上了哪个大学？考了多少分？这个已经顾不得了，重要的是五一劳动节前要请客。这孩子的父母也和我爸爸一样，这几年送出去的人情太多了，他必须要请客收回来。

我在睡眠中突然惊醒。

我怎么突然看见一个黑影？那个黑影追着我。我看见一个人影倒在血泊中。我大声尖叫，我看见血泊中的人是我爸爸。

我现在能看到未来，看到那个时间和场面。父精母血。我爸爸被那个黑影捅了一刀，倒在血泊中，我不会看错。时间就在我降生后过"九朝"办酒席的那个中午。酒店的门口有一个彩虹门，我看见一群一群的人在一个破窗户前面说话吃烟喝酒，我看见一张孤零零的大圆桌上，有一把半弧形尖刀。

我大哭大闹。

我改变主意了，我不同意提前降生，我不同意过"九朝"。

你不是同意了么？王巧儿问我。

现在我不同意了！我哭着喊。

在给李保卫送请帖的路上，我对这个人充满了好奇。按照副科长的描述，这个人在他爸爸死后曾经当过乞丐，后来在县城里捡破烂起家。他捡破烂的时候，副科长正在县里给一个大领导当秘书，李保卫经常在捡破烂的民工中吹牛，说副科长是他表弟。李保卫的传奇是在他捡破烂挣了一点小钱之后，他没有回镇里盖房子娶媳妇，而是依靠副科长，结识了县里一大帮人。他依靠这些人脉，做起了保健品推销生意。现在他在县城里有了房子、公司、老婆孩子。

见到李保卫以后，我惊呆了。那个用刀捅我爸爸的黑影就是他！

打个电话就行了，何必亲自来送什么请柬？李保卫正在他公司门口一个早点摊吃早饭,端着碗对副科长和王巧儿说。

你现在是个人物了,王巧儿说,我们当然要亲自来。

副科长瞪王巧儿一眼,对她说的话不满。我们也只是顺路,副科长说。

副科长和李保卫相互递一颗烟,他们在街头互拍肩膀,对火吸烟,亲热得如同兄弟。李保卫从小也是刘婆婆带大的。这个父母双亡、曾经当过乞丐的人如今长着铁塔一般的身子。按照副科长的说法,李保卫不捡破烂后进入县城人际圈子的办法就是送人情随礼。副科长去哪里吃人情酒席,带上他,他也随一份人情礼,连副科长那份礼也一起送了。每吃一回酒席他都会认识几个人,两三年以后,他捡破烂挣的钱都送光了,县城里政府和事业单位的人也都混熟了。

他们俩吃着烟东扯西扯,说到刘婆婆最近身体不好。他们都不认为刘婆婆会有什么事。

他们没有想这个问题,没有这个精神准备。所有认识刘婆婆的人都没有想这个问题,也都没有做这个准备。

刘婆婆已经活成一个神话了。

他们说到当初给刘婆婆写纸条时在场的几个人。

当初写纸条的时候,在一个桌子上打扑克的四个人,王老五、自留地、朱文革、王乡长,一个一个都死在刘婆婆前面。

朱文革最先死。他在分田到户以后成为街头的混混儿。二十世纪八十年代严打把他逮捕,判了死刑,原因是他抢劫了南方来贩电子表的商人。后来改判死缓和有期,坐了十几年牢以后死在牢里。

第二个死的是王老五。王老五特别好强,首先要奋斗把家从镇上搬到县城,然后又要在县城从普通社区搬进豪华社区。国家的市场经济开放给了王老五机会。王老五是养殖技术工,做鸭饲料绝对一流。住进豪华社区后,王老五欠了一大笔账,为了还账,王老五到南方广州当技工,一个人干三个人的活,账还完了,他却劳累而死。

第三个死的是自留地。自留地在住房商品化的过程中是第一个搞房地产开发的人,成了全县最富的人,资产很早过亿。但是自留地得了癌症——口腔癌。自留地知道自己病情之后,变卖了所有家产,在中国外国请最好的医生买最贵的药,请人到西藏寻找绝世秘方。他放出话来,花掉所有的钱买命,但是收效不大,支撑几年后仍不治而亡。

最后一个死的是王乡长。王乡长是个好乡长。王乡长在1998年大洪水的时候把全家妻儿安排在最后撤离,结果妻儿全部遇难。所以王乡长到晚年退休后孤寡一人。那时候敬老院已经改名叫福利院。王乡长一开始不肯去福利院。但是,他没当乡长后,没人看他了,在外面没人说话,寡淡得不行,只好进福利院。王乡长在福利院和刘婆婆做邻居。那时候刘婆婆九十多岁,王乡长七十多岁。王乡长在福利院干净傲慢,不轻易和人说话,他说他要活到刘婆婆那么大。可惜后来他看上福利院的一个裁缝婆婆,和另一个做过泥瓦工的老人争风吃醋,被泥瓦工用铁铲拍脑壳而死。

王老五装在镜框里的纸条,在他死后转给自留地;自留地死后,转给王乡长;王乡长死后,转给王巧儿,这是三次。再往前,王老五从镇上搬到县城,后来又搬进豪华社区,加上1998年发大洪水时,当时保存纸条的自留地怕纸条放在家里不安全,把镜框拿到河堤上保护,这张纸条,前后转移了六次。

我一定来,你放心!李保卫告别的时候拍拍副科长肩膀,说,我们都是刘婆婆带大的兄弟。

我大声喊着说,我不要你来!

没有人能听到。

这个李保卫现在变了,王巧儿说。

他这两年认识了管提拔干部的副部长,他给副部长的母亲送保健品。副部长母亲吃了高兴,副部长就高兴。副部长是管干部的,谁不想巴结呢?所以他的气势看着长出来了,副科长说。

我大声喊,办酒席,不要请他呀!

王巧儿捂住我,犹豫了一下,说,我们能不能不请李保卫?

副科长说,不请他?凭什么?这个讨饭的这两年请了我们五回!

王巧儿说,你别一口一个讨饭的,李保卫最忌讳这个,小时候你当面说他,你们为这个还打过架。

副科长说,当再大的老板,骨子里还是讨饭的。

王巧儿说,你想让他把两年期间你送的人情还回来,我明白,但是,万一他只还一次怎么办?毕竟我们只请了一次客。

他敢?副科长说。

太阳快落下来的时候，我和妈妈在帮刘婆婆摘菜。菜圃里有豆角、辣椒、大叶紫苞菜和西葫芦秧，夕阳如一只只金黄的鸟儿飞在菜圃和地垄上，跳动鸣叫。福利院的老人们都过来看刘婆婆。刘婆婆病了一阵子，又出来摘菜了啊。

福利院院长也在边上感叹说，刘婆婆有什么事呢？她会继续活下去啊。

我妈妈边帮刘婆婆摘菜边和刘婆婆商量"九朝"请客的事，告诉刘婆婆她和我爸爸选定的剖腹产日子。

刘婆婆带过我外公，带过我爸爸我妈妈，却没有带过我姐姐，这是我妈妈王巧儿最大的遗憾。我妈妈生我姐姐那一年，刘婆婆刚好八十四岁。七十三八十四，阎王不喊自己去。那一年果真凶险，刘婆婆病了好几个月，死神一次又一次拉她。那一年刘婆婆没看到我姐姐降生。刘婆婆带孩子有个规矩，没见过降生的孩子她不带。我外公、我爸爸、我妈妈、李保卫，还有好多好多她带过的人，都这样。

见过一个孩子降生，那个感情，带起来不一样，刘婆婆经常说。

我妈妈希望刘婆婆看到我降生。她希望这个百岁寿星能带福给我。她希望刘婆婆带过我们三代人，哪怕只带几天。她希望她生我的时候刘婆婆在场，她生我的时候安全放心。

刘婆婆在菜圃里走动，她像一朵硕大的云彩飘在菜圃上，飘在豆角、辣椒、紫苞菜和西葫芦秧之间。太阳包围着我们。我们被太阳包围在菜圃中间。金色的鸟儿在白云周围环绕。

你好呀，刘婆婆蹲下来和我打招呼。

你好呀，鸟儿们说。

刘婆婆好！我说。

刘婆婆好！鸟儿们说。

我和刘婆婆对望，我看见一片片白色的云朵儿、青色的菜圃和成群的金色的鸟儿。

我知道刘婆婆时间不长了。

你能救我吗？刘婆婆突然蹲下来对我说。

你能救我吗？一群金鸟儿说。

我哭起来。

你能救我吗？这句话王巧儿听不明白，我听明白了。

谁能救刘婆婆？她八十四岁过鬼门关的时候，谁能救她？

刘婆婆八十四岁那一年，阎王爷喊她。她过不去关了。医院拒收了，说是子宫肌瘤方面的问题，其实是老了呀。人老了，上帝总拿你最薄弱的器官和你说事儿，根子原因是老了。刘婆婆在床上躺了几个月，下不了床，福利院派人每天三班倒照顾她。她一阵子清醒、一阵子昏迷，三四十天不能吃饭。她感觉到在阴界和阳界之间有两根绳子在拉她。一会儿拉她到阳界，一会儿拉她到阴界。

刘婆婆想到阳界生活。她想听金色的鸟儿歌唱，她想看太阳和月亮啊。子宫肌瘤，这是个要她命的托词啊。子宫，多么美好的地方啊，但对刘婆婆来说，却是残酷的。二十多岁的时候，她的子宫里面也曾装着一个孩子，但后来流产了。她曾经是童养媳，孩子流产了，她便天天挨打，吃冷饭。全国解放以后闹妇女解放，提倡婚姻自由，唱"小二黑结婚"，她就去闹离婚，又找了一个男人，又怀了一次孕。但是子宫又不帮她忙，又让她流产一次。好在后面的男人对她好，夫妻和谐。

谁能救我？八十四岁那年，躺在床上不能动的刘婆婆想。

命已经救不了她了。命已经让她活到八十四岁，对她已经很不错了。一个童养媳，一个父母五斗米卖给别人家的野丫头，能活到八十四岁，中间经历过多少事？日本鬼子打过来，端着枪在村子里逼妇女啊，两个不同政见的部队打仗啊，换省长换县长换乡长啊，迎接全国解放扎红花啊，后面还有，吃大食堂，三年严重困难时期，"文化大革命"挨斗，分田到户，市场经济，允许私营业主做生意了，房子自由买卖，农民都去南方打工了。她经历了这么多事，多少人能活到八十四岁？

饭和水已经救不了她了。医院和药已经救不了她了。

大米白面萝卜白菜，是上天赋给人类的能量，她吃了八十多年的东西，现在却张不开嘴了。

刘婆婆最后想到了孩子。

她一生想生却没有生下来的孩子。

她活了八十几岁，一生带过几十个孩子。

她多么爱这些孩子！

这些孩子的面孔一个一个出现在她眼前，一寸一寸地把她朝阳间拉。

这些孩子和死神之间展开拉锯战。

她在昏迷的时候和死神说话。她清醒的时候和一个一个的孩子说话。她不让自己睡，不让自己昏迷。

一定要清醒，和孩子们说话，一定要活下来。

照顾刘婆婆的一群人都说，她这真是个奇迹啊，一般人这样折磨几个月，早死了啊。

还没有拉够，几个月来，只和死神拉了个平手。

刘婆婆开始发愿。她要用愿心帮着拉她。她已经带过几十个孩子，她对着窗外，对着天空发愿，要带够一百个孩子！

这个愿一发，绳子拉到阳间，她拉过来了，她活下来了！

六

刘婆婆发愿救她自己，我也要发愿救我爸爸。

我看见了现场。一个两层楼的酒店。我看见门口有一个彩虹门。我看见了二楼的那个破窗户，破窗户前面有一个大厅，大厅里面有几十张桌子。我过"九朝"的酒席就在这个破窗户前面的大厅里。我看见了那张圆桌，那张圆桌有点破，摆在厨房和大厅之间的传菜部门口。那张圆桌平时一般不用，摆放杂物，客人多的时候拖出来做增加席位。我看见了那把半弧形尖刀。

我突然大哭起来。

早上我妈妈带我出来订酒席场地，出门的时候她心里就不安，慌慌乱乱，老拿错东西。上二楼来，看见这个环境，她不舒服，她想换个地方，但是没有地方了。

我过"九朝"的日子刚好是4月30日，红头文件规定的五一劳动节前的最后一天。请客的人特别多，席位非常紧俏。我妈妈要是再犹豫一下，连这个地方别人都抢走了。

后来的事实证明，我爸爸就是倒在那张圆桌旁边，就是那把半弧形尖刀捅了他，那把半弧形尖刀平时放在传菜部走廊的货架上，传菜员们偶尔给厨房师傅帮忙剖鱼杀鸡时用它。我爸爸在这里和李保卫争执，李保卫跑到货架旁边，拿刀捅了我爸爸。

我不过"九朝"！我不过"九朝"！我哭喊着说。

我妈妈心慌得不行。她一手托着我，一手扶着桌子，额头上直冒虚汗。

孩子，我妈妈对我说，现在说不过"九朝"行吗？不行啊，请柬都发出去了啊，再说，你爸爸他会同意吗？

我要救我爸爸！

怎么救？怎么救？

我决定去见李保卫！

我要看一看，他到底为什么要杀我爸爸，他们是从小一起光屁股长大的玩伴，他们都是刘婆婆看着降生又带大的兄弟，他们是站在街头拍肩膀的哥们，为什么要动刀子？

我妈妈在街上散步，莫名其妙地走到李保卫的公司里去了。

见到李保卫，我马上就知道原因了。我过"九朝"李保卫只准备了一份礼，五百块。而我爸爸对他的期望值至少是五份礼。我爸爸认为，抛开他对李保卫的帮助且不说，这两年李保卫请了五次人情酒席，现在文件规定以后不能请客了，李保卫至少应该还他五次。

我妈妈说，你们是这么好的朋友，兄弟一般这么多年，谁都不请都要请你。

李保卫说，放心吧，我一定会来，风雨无阻。

我大声说，你不能来！你不要来！

我妈妈捂住肚子。我乱蹬乱跳。我拦不住李保卫，他风雨无阻一定要参加。我也拦不住我妈妈，她说谁都可以不请都要请李保卫。

离剖腹产的日子越来越近了，王巧儿经常在街上散步，她散步的时候总是莫名其妙地拐到李保卫公司去，她不知道那是我的力量。我要救我爸爸，我要用尽我的力量。

王巧儿坐在李保卫办公室的沙发上，她已经行动不便。李保卫一开始对她很客气，抽时间陪她聊天，后来她去得多了，李保卫忙，不一定有空，她就一个人坐在沙发上，面对着茶杯发呆。她不知道该说什么，她只是感觉到不对，却不知道哪里不对。她想说点什么，该说什么呢？

提醒李保卫一定要送五次的人情钱？这话王巧儿说不出口。其实，五次的人情钱，和一次的人情钱，区别多大呢？两千块？两千块，这是大事吗？

王巧儿想明白了。其实也就是个面子，人们会为面子斗气。李保卫现在发达了，有钱了且不说，攀上管干部的副部长了，不再听使唤了。他和副科长之间，就有面子之争了。给不给面子，给多大面子，这是个大事。

刘婆婆发愿救自己，也不是那么顺利。

刘婆婆发愿的时候已经八十四岁，病好下床以后，略微有点老年痴呆。为治老年痴呆，刘婆婆每天早起，对着第一缕太阳，练习说话，锻炼自己的记忆力。大半年以后，刘婆婆好了，刘婆婆要回到镇里去带孩子。过了八十四岁的人，还去带孩子，行吗？

刘婆婆行。

刘婆婆六十二岁那年从镇上搬进福利院，中间几次断断续续回镇上带孩子。刘婆婆进福利院后种了五年菜，镇里面分田到户了，允许私人开小卖部了，人们开始忙碌了，带孩子的人越来越缺了。刘婆婆在福利院闲不住。她一生带孩子带惯了，在福利院太安静冷清了，刘婆婆就经常出去帮别人带孩子。刘婆婆带孩子是有名的，爱哭的孩子在她手里几天就不哭了，调皮的孩子她调教一段时间也能规规矩矩。刘婆婆七十多岁到八十岁这段时间，带的孩子最多，有时候同时带几个。那时候大人们都涌到南方去打工挣钱去了，孩子扔在家里缺人管，刘婆婆就忙开了。

八十四岁以后的刘婆婆带孩子，名气出来了。过了鬼门关还能活下来，刘婆婆的头发全白了，白得像一朵硕大的云彩。附近的人家里添丁加口，孩子在医院降生的时候，都喜欢请她去。刘婆婆年轻的时候帮别人接过生，现在老了，孩子降生虽然帮不上忙，但有她在场就有安全感。刘婆婆很高兴做这种事，逢请必到。看到孩子降生，听到孩子第一声啼哭，那是多么快乐的事啊！

刘婆婆自己有两个孩子没生下来，没听到第一声啼哭，但她喜欢听别人家的孩子啼哭。她坐在医院妇产科外面的走廊里，和孩子的家长一起等待，她坐在那里等待的时候，像一朵硕大的云彩在走廊里飘。孩子的家长、亲人、医生护士们，都觉得特别安全。她安静地坐在那儿，大家心里都特别安静。云彩在空中安静一段时间，哭声一来，云彩也就开始晃动了。

刘婆婆一直主张顺产，生孩子时只要她在场，孩子都是顺产。一个人降生，生有生门。孩子妈妈们在床上大喊大叫，她似乎一点都不着急。喊一阵叫一阵，叫一阵喊一阵，这就是人的降生啊。刘婆婆坐在医院走廊里陪着，坐在医院床头陪着，陪着大肚子妈妈，一生十几个小时，这朵硕大的云彩十几个小时就在那里飘着,生孩子的十几个小时多煎熬多漫长啊,仿佛十几个月,十几年。这朵硕大的云彩就这么凝住不动,仿佛成了一块白石头。刘婆婆在安静的时候,听到空中有人在敲锣打鼓,那是天空中有人在迎接孩子,迎接生命啊。

她带过的孩子越来越多,她的身体也越来越好了。

七

即将剖腹产的那几天,县城里天天下雨。我妈妈王巧儿打着雨伞,每天用一只手托着肚子在街上行走。她内心烦躁、慌张,莫名的恐惧如同雨中的树叶朝她身上飞。她从家里走上街,走一段沥青路,走过几道栅栏,又走一段水泥路。两边的梧桐树叶子纷纷随雨飘落。我们又朝李保卫公司走去。她不去不行,我拼命在肚子里催她。时间越来越紧了,我要救我爸爸。

有两次差一点成功了。第一次是在李保卫的办公室,那天大雨封门,我妈妈和李保卫说起他们的童年往事,说到刘婆婆带他们几个人,李保卫有点感动了。我看到他几次进了里屋,在那里犹豫发呆。里屋摆了一串红包,是李保卫近期要吃人情酒早已封好的礼金。

我看见李保卫在里屋流泪!他怎么会流泪?里屋有一个神像,神像前面有三炷香,两盘水果。神像旁边有一张方桌。方桌前面有一把椅子,里屋没有开灯,李保卫在黑暗中坐在椅子上哭,浑身抖动。

李保卫准备把给副部长家里送人情的大红包和给我们的小红包调换一下,哭完之后,他犹豫了一下,最终没有调换。

我妈妈感觉到了什么,因为李保卫出来的时候脸上还有泪痕。

我妈妈说,你怎么了?

李保卫笑着说,没事。

我妈妈说,我们几个是一起长大的,这么多年如果有什么不对,也别往心里去。

李保卫说,哪里会。

我妈妈又说了半天,李保卫已经恢复常态,她说不下去了。

眼看就要剖腹产,时间越来越紧了。我继续闹我妈妈,她无法睡觉,坐立不安。这几天雨下得更猛,早春的寒气还很大。我妈妈有点犹豫,和我商量是不是改天再上街,我不同意,大喊大叫。她只好由我。

我和我妈妈在风雨中行走,走到沥青路和水泥路的交界,一阵狂风过来,掀翻了她的伞架。李保卫刚好开车走到这里,他在风雨中看见一个飘摇的孕妇在抢救雨伞,雨伞却怎么都不听话,他没想到那是王巧儿。

李保卫正准备到福利院看刘婆婆,我妈妈和我上了他的车。李保卫的车宽大舒服,我妈妈不用侧身,直接坐在前面的副驾上。车在从县城到福利院的国道上行走,我妈妈一边擦雨水一边和李保卫说刘婆婆。她沿路一直说话,说刘婆婆,说他们几个人的童年。她没注意到只是她一个人在说话,李保卫却不说话。李保卫目视前方,内心已经硬如石头。我知道他已经打定主意只送一份人情了,改变不了了。

我寄希望在刘婆婆身上,希望她能软化李保卫这颗石头。

李保卫和我爸爸一样,到福利院后帮忙擦桌子椅子,撅着屁股擦桌子椅子腿。我妈妈给刘婆婆梳头,刘婆婆很享受地和他们说话。刘婆婆和他们说起他们小时候的事,要他们好好团结。李保卫满口答应。

刘婆婆已经不喝汤药了,屋子里还残留着中药味儿。她继续缓慢地用手抚摸我妈妈的肚子,她的手渐渐失去了温度。

我和刘婆婆对望。

我看见刘婆婆流泪了。一颗很浅很浅的泪,像天空中遥远的星星一样。

我知道,我阻止不了办"九朝",我改变不了李保卫,我也救不了刘婆婆。我想救他们所有的人啊。

我已经尽力了,我哭着说,刘婆婆,我想救他们,我也想救你呀,但是我力气使光了,我救不了啊。

我知道,她说。

大人们都不听我的话,我继续哭。

我知道,刘婆婆继续用手缓慢地抚摸我说。

我看见一朵硕大的云彩慢慢后退,慢慢朝远处飘走。

八

我还要尽最后的努力。

我爸爸躺在床上,王巧儿让他给我讲故事。我爸爸对我能否听懂故事将信将疑。在我即将降生的那几天,县城里天天下雨。我爸爸也不再外出,每天晚上对着王巧儿的肚子讲故事。他给我讲《水浒传》里面鲁智深千里送林冲,讲《三国》里面桃园三结义这些兄弟情义。一直讲到最后,他肚子讲空了,我还纠缠他,他就开始讲他的青春梦想。

这是我有意让他讲的。他在县里以优异成绩考到省城,上大学的时候他还是全校演讲冠军。他毕业分配回来后立志做一番事业。但是现在他却肚子浑圆,天天喝酒开会。他的梦想现在变成了会议、文件和每天吃不完的酒席。我爸爸讲他的梦想的时候眼眶含着泪花,数度哽咽。

我说,爸爸,你不要气馁,还有我呀。我会延续你的梦想。

他似乎听明白了,温柔地抚摸着王巧儿的肚皮。

我们家里的梦想要延续下去,我爸爸说。

是时候了,该我说正题了。

我说,爸爸,为了我们的梦想,我们不要计较小事是不是?我们不要轻易动气是不是?

我妈妈赶紧说给我爸爸,我爸爸说是。

我说,如果李保卫只给你送一次的礼金,千万不要动气啊,我将来省吃俭用,好好学习行不行?

这正是我妈妈想说的话,她立即说给我爸爸听。

不行!我爸爸说,那个李保卫,他这次敢少一分钱试试看!

后来的事实证明了这一点。过"九朝"的那一天,李保卫按时赶到。他只送了一份人情礼金。门口几个登记礼金的咨客马上把这个情况告诉了正在忙接待的副科长。

副科长不相信,他走到咨客处拿起礼单簿看了看,脸变了色。

副科长冲到李保卫面前,他想抽李保卫一个耳光。一个当过乞丐的人,请你来吃酒席,给脸不要脸吗?他耳光快抽到李保卫的时候,忽然改变了主意。毕竟他是一个副科长。

副科长抓着李保卫的肩头,递给李保卫一颗烟,李保卫也递给他一颗烟。他们在对火的时候副科长想出了一个治李保卫的好方法。他把李保卫带到传菜部旁边的那张圆桌上,让他一个人坐在那里。

李保卫一直等到别的桌子都坐满了才知道副科长的用心。他这个桌上只有他一个人,别的桌子都坐满了,都在加座位了,但是咨客们一直不给他这个桌上加人。他想坐到其他桌上去,几个咨客受副科长安排,不让他去坐。

其他桌上有一些他认识的人,和他打招呼,用诧异的目光看他。

李保卫不坐想走,但是一走到门口就有咨客拉他回来。李保卫走不了,心一横,旁若无人地坐在那张桌子上大吃大喝。

副科长看李保卫居然一个人大吃大喝,更加生气。他居然吃喝得这么心安理得?副科长马上想出另外一条计策来。主持庆典的司仪们祝词说完之后,他拿起话筒。他决定把李保卫面子扫光,让他滚出县城这个圈子。当初怎么进这个圈子,现在怎么滚出这个圈子。

副科长用话筒向众人致谢,众人给他敬酒。他生了儿子当然要喝酒,他不光喝酒还要治李保卫。他最后把话题转到李保卫身上。他说要感谢李保卫,他说了五次感谢李保卫,每感谢一次都要提一次李保卫请客。他说感谢李保卫同志今天大驾光临,我们去年在他请的一次酒席上说了什么话;他又说一次感谢李保卫,又回忆去年李保卫另外一次请客……他把李保卫这两年请的人情酒席一一说了一遍,众人都听明白了,哄哄笑着。

李保卫脸上挂不住了。李保卫再次起身要走,几个咨客按住他。李保卫走不了,脸色铁青,一个人孤零零地坐在那里,索性用大杯喝酒。

副科长带着王巧儿和我给客人们敬酒,他很得意,他看见李保卫气得身子阵阵发抖,他觉得还没够。我看见了那把半弧形尖刀,它在货架上闪闪发亮。

副科长一圈酒敬下来,又开始拿起话筒感谢。他曾经是演讲冠军,妙语连珠。他感谢完众人之后又开始感谢李保卫,讲述他和李保卫的友谊。他忽然开始说李保卫以前当过乞丐。他说朱元璋朱皇帝也当过乞丐,看来李保卫同志不同凡响。

王巧儿到这个时候才忽然明白我的话,她知道要出大事了,但是她已经无能为力了。

李保卫突然大吼一声,跳起来。他踢翻桌子,冲到货架旁边把半弧形尖刀抓在手里。

我妈妈猛然想到找刘婆婆来制止他们,但这时刘婆婆躺在床上,已经生命垂危了。

-319-

刘婆婆没有参加我的"九朝"酒席，我剖腹产降生那一天她也没有赶去医院。那天她知道我要降生了，但是她病倒了，时而昏迷，时而清醒。她想喊醒自己，想看我降生，但她挣着命都喊不醒自己。

我知道她为什么喊不醒自己。

剖腹拿出我的那一天，空中没有人敲锣打鼓，没有谁在天空中迎接我。

一个孩子降生的时候，应该有千千万万个另外的人站在空中迎接，场面宏大、庄严肃穆。人和天地一样大啊。但是我提前剖腹降生了啊，气不足啊，九天司命还没有下命章，谁会敲锣打鼓迎接我呢？

空中没有锣鼓声，刘婆婆听不到锣鼓声。她在喊，她的喊声别人也听不到。

刘婆婆仍然坚持喊啊喊啊。

八十四岁那次凶险之后，刘婆婆后来又经历了两次大考验。一次1998年大洪水，一次是2000年后"非典"疫情，那是上天来大面积收人了啊，刘婆婆也在其中。一次她八十六岁，一次她九十一岁，她都昏迷了。她在昏迷中一直喊，喊她带过的孩子，喊她没有带过的孩子，她发了愿要带一百个孩子，还不够一百个孩子啊。她喊啊喊，空中的锣鼓声一来，她的命就喊回来了。

我记得我是第一百个，我应该喊得醒她呀。

我降生前的那几个雨天，刘婆婆一遍一遍喊我救她。我想救刘婆婆啊。我知道只有我能救她。

她喊我，我也在喊她。我们彼此都听不到对方的声音，只凭我们的喊声飘来飘去。

沉默的母亲

张惠雯

一、沃克太太

沃克太太病了。她像得了厌食症一样不怎么吃饭，却猛烈地、前所未有地胖起来。沃克先生带她去看医生。医生发现她的血糖高得惊人。"她必须控制饮食。"医生说。"可她根本不吃东西。"沃克先生说。医生看了一眼沃克太太，不以为然地耸耸肩："她显然在吃东西。"他给她开了控制血糖的处方药，还有一套测量血糖的微型仪器，要求沃克太太早晚扎破手指检测血糖水平。可无论沃克先生怎么劝说、威胁，沃克太太就是不愿意这么做。沃克先生非常惊讶，因为这是她第一次违抗他的意志。

沃克先生忧心忡忡地吃完早餐，送长子上学。沃克太太站在厨房的窗前，目送他的车消失在路口拐角处。她长长舒了口气，然后跑去车库找她的东西。

沃克太太并不是美国人，她是土生土长的中国人，中文名字叫李霞。她二十七岁时才第一次到美国，也是第一次出国，也是第一次离开她所在的那个广西小城到别的地方生活。她一直不是个眼界宽广的人，她认识沃克先生是通过国际联姻网站。她在那个小城市的初中当英语老师，在几乎要变成大龄女青年，同时找合适男友看起来困难重重的情况下，她抱着试一试的态度上了联姻网站。她的运气不错，没有碰上骗子或装扮成适婚年龄男子的老头儿。

沃克先生正当壮年，四十出头，他是一个相当保守、不爱交际的人。他痛恨《欲望都市》培养出来的一代美国拜金女，明确地知道自己需要一个贤惠、顾家、爱生养孩子同时不爱慕虚荣的妻子。因此，他的情史非常清白，他不在约会上随便浪费精力和金钱。他人长得也不差，身材矮壮结实。他第一次去中国探望李霞，就当机立断她是最恰当的妻子人选。她其貌不扬，身材很瘦小，像是没有发育成熟的女孩儿。她说话细声细气、磕磕绊绊，说话时几乎不好意思直视对方，但在沃克先生眼里，她自有几乎不复存在的顺从、贤良的古典妻子的魅力。既然对方是美国人，李霞的父母也就不好意思拿中国父母嫁女的诸多要求为难对方了，所以事情进展很快也很顺利。在沃克先生的要求下，他们在中国匆匆举办了一个中式婚礼。沃克先生说，按照美国的习惯，婚宴的钱需由女方来出，男方只负责购买钻戒。李霞的家人听到这个美国习惯很震惊，但他们还是接受了。

还好，沃克先生一点儿也不穷，他有车有房，也不像一般的中国男人那样要求老婆既照顾家务又上班挣钱。沃克太太把这些新发现一一转告娘家，娘家非常欣慰。起初，她的日子挺不错。先生给她买了一辆二手车，还给她办了一张信用卡。她用这张卡买家用，也可以偶尔去卖折扣服装的平价商店给自己买件衣服。当然，她不能随便花钱，因为沃克先生每个月底会仔细核对银行账单，他需要清楚每一笔花销用在哪些地方。他倒没有什么特别要求，只需要她做好早餐、晚餐，把家里打扫干净。只是他不怎么爱说话，他的严肃令她心生敬畏。

但几个月后，她的悠闲生活结束了。沃克先生开始致力于他一直信仰的多生子嗣、创建美好大家庭的工作。"最少三个！"他说。于是，八年之中，瘦弱的沃克太太前后生了三个孩子，前两个是男孩儿，最后一个是女儿。最大的七岁，终于上小学了，她身边还留着一个三岁的男孩儿和一个七个月的女孩儿。沃克先生很骄傲地成了三个孩子的父亲。他带着一家大小去附近的公园散步，他和大男孩儿走在前面，沃克太太在后面牵着那个三岁多的小男孩儿，身上用兜巾挂着那个七个月的小女孩儿。偶尔遇到喜欢聊天的邻居，不善交际的沃克先生也会用郑重的腔调夸赞妻子：她的工作最重要，就是照顾我们这群小天使！

除了丈夫和孩子，她几乎没有什么人可交流。她也会带孩子们去附近的儿童游戏场地，在那里她遇到其他妈妈，有些是她的邻居。那些妈咪或者看起来挺摩登，或者有主见、很强悍的样子，她觉得自己和她们差得很远。而她们在尝试把她纳入邻里妈咪圈的最初努力后，也不怎么积极和她交往了，因为她看起来那么被动、怯懦，像一只容易受惊吓的麻雀，连她的发型、衣着都给人一种垂头丧气的感觉。对她们来说，她实在既无魅力也无亲和力可言。沃克太太不太为没有朋友这种事困扰，因为她真的忙不过来，每天不是在泵奶、做饭、哄睡就是在陪孩子们玩儿，或者拖着两个孩子去买菜。她每天也花很多时间打扫被孩子们弄脏、弄乱的房间，因为她丈夫对家里的卫生要求相当高。有一次，她没来得及把二儿子的玩具房收拾干净，他回家后看着满地杂乱的玩具皱眉不语。最后，他简短地扔下一句"真是脏乱得可怕！"便走开了。她自责得要命，因为她再笨也能读懂他的意思：他既要上班挣钱养他们所有人，又要负责接送长子。而她，却连家里的卫生也打扫不好！

她来美国后一直没有回国。她一天也走不开，此外，身边总有一个小得不适合长途飞行的新生儿。二儿子出生后不久，她想让她母亲来半年帮忙照顾孩子。听到她这个提议，沃克先生露出难以置信的神情。在他看来，让其他人长期"入侵"他们的日常生活是不可想象的。就他自己而言，成年后的他，最多能和母亲在同一个屋檐下共同生活两个星期！而且他认为他母亲也同样如此。所以，每次她刚生完孩子从医院搬回家里，他会邀请他母亲来帮忙一周，仅仅一周！他也相信一周后，她的身体已经慢慢恢复，可以重新掌控自己的生活。"没有一个美国女人需要她们的母亲或婆母住在自己家里，帮助她们长期照料孩子！"他说，"很多家庭的孩子比我们还多。如果他们可以，为什么我们不能自己来呢？"真的，她没有看见周围的美国邻居家里住着帮忙照看孩子的老人，从来都是妈妈们亲自带着孩子们，不管是一个两个还是三个四个。对他的反驳，她无话可说。但她其实有其他的心思，她想让她妈妈到美国长住一段时间，她觉得这也是老人家的心思。但她不能说，因为她觉得丈夫不能接受。他也许会允许她母亲来住一个月，但对中国的老人来说，他们不容易理解为什么他们费尽千辛万苦办了半年的签证，却只能在女儿家待一个月。她也很难想象如果她的父母真的住在这里，会发生哪些生活上的尴尬，她丈夫会对哪些习惯无法接受甚至恼火，老人家怎么在和女婿、外孙完全没法交流的情况下住下去……所以，她想来想去，觉得也许他们不来倒是一件好事。

这样的失望不算什么。沃克太太是个柔顺的人，柔顺的人就像海绵一样反而更耐打击，她们无声无息地就把打击、失望吸收掉了。她只是累，每天都觉得累，在单调琐碎而又永无休止的家务和吵闹的孩子们中间晕头转向。当她一边急头白脸地做晚饭，一边被闹着要她陪玩儿的儿子抱着双腿，同时，她的女婴又在餐桌旁的推车里哇哇叫起来时，几乎从不生气的她也会感到头脑轰鸣，一股气恼、激荡的情绪涨满她的胸腔，让她想大喊大叫。但这种强烈的烦躁情绪只是偶尔出现，她能把它压下去。有时，她会想到更深一层的问题。譬如，一个女人的生活是否本该这样，还是应该有别的乐趣或意义？别的女人的生活会不会轻松一点儿、自由一点儿，而不是像她一样在怀孕、生育、喂奶、带娃的循环中不停地劳作……触及这样的问题绝不是她的本意。她决定不想这个，免得自寻烦恼。

但真正的烦恼来了。她父亲需要住院做胃部切除手术。既然她不能出力，理应多出钱。弟弟妹妹和她在电话里商定她出三万人民币，他们每人出两万。接下来，她需要向沃克先生开口要钱，但她发现难以启齿，因为她从未向他开口要过钱！这件事让她焦虑了好几天。终于有一天，在他帮助大儿子睡下、她也帮助二儿子和小女儿睡下以后，她在厨房里给他说了这件事。他很平静地听下去，又同样平静地拒绝了。他说他从来没有听说过这种事——需要孩子凑钱为父母看病！他们以前应该为自己买医疗保险，他们至少应该做好自己的财务计划，存一笔钱用以支付自己的医疗费用。他说。他们不能最后指望孩子们给他们凑钱，因为孩子们的钱需要用来养他们各自的家庭。再说，他也没有这么多现金给她用，二儿子很快要入托班了，那样的话，他每个月除了房贷、各种保险，以及越来越高的日用花费，还需要多出来将近两千的支出……她怔怔地看着他，他说话永远是那么有理有据、不容置疑。习惯性的，她没有争辩，因为一件事如果他决定了，她从来用不着争辩。

那天晚上，她失眠了，前所未有的失眠一整夜，伴随着默默流下的眼泪。她的生活的真相仿佛一瞬间在她面前揭开了，那就是：她没有自己的一分钱！而在这背后的更深层的真相是：在这个家里，她没有任何决定权，这里的什么都不属于她，她在这里的意义就是生养一个又一个孩子！她一夜之间变得心如死灰。沃克先生对此一无所知，因为他倒下五分钟之内就睡着了，毕竟，第二天他要一早起来先送大儿子去学校，然后赶去上班。

沃克太太发微信告诉她的弟弟妹妹，说沃克先生最近投资失败，暂时拿不出这么多钱。她的弟弟妹妹没法相信。他们从照片上见到过姐夫前有草坪后有花园的豪宅，知道姐夫开的车是凯迪拉克，他们没法相信他没有四千美元的现金！他们的嘲讽、猜疑、催促加深了她的痛苦，让她无地自容。但她不能告诉他们，是她丈夫不愿意拿出这笔钱。那就意味着她向家里人公布了自己作为一个妻子的彻彻底底的失败。她一筹莫展,病了。

她仍然为沃克先生做早餐、晚餐,但她自己几乎不吃。如果他在家,她就食不下咽。她仍然怕他,但也开始厌烦他那副挑剔、郑重其事的模样。医生说得没错,她"显然在吃东西",只是在丈夫走了以后才吃。她像只老鼠一样把去超市采购时顺便买来的各种廉价零食藏在车库里的那些空箱子里,然后在孩子们睡着或是看电视或是在楼上玩儿的任何时机里拿出来,像个得了吞咽强迫症的人一样贪婪地往嘴里塞着薯片、士力架、彩色软糖、奶油曲奇饼……

这个早晨,沃克先生已经走了,儿子和女儿还没有醒来,沃克太太给自己冲泡了两包巧克力粉,脸上带着迷醉而呆滞的神情,站在餐桌前迅速吃掉了一整包芝士饼干。她并不感到饥饿,只是,仿佛她内里有巨大的空虚需要什么东西来填充,而且她总想紧紧抓住点儿什么东西。她拆开另一包食物,几乎无意识地继续狂吃滥嚼。但在短暂的填充感之后,那空虚和无力感又滚滚而来,源源不绝、无法治愈……

二、水族馆的一天

往往,从星期三我们就开始讨论周末带宝宝去哪儿的问题。当了父母以后,我们喜欢凡事提前计划,不像两个人的时候那样热衷于兴之所至。宝宝一岁多了,尽管她走得不太稳,而且通常对我们带她去的地方也没有表现出多大的兴趣,我们还是认定带她到处看看、把她的生活安排得丰富多彩是有益的。就算是浮光掠影,就算只是颜色的变化和别样的噪音,都会在她脑海里启发出某些东西吧。到了星期五,我们终于商定,星期六带她去新英格兰水族馆。

那是 7 月里炎热的一天。我们俩一早起床就准备,我负责收拾外出需带的所有必备物品、照看醒来的宝宝、喂奶,他负责准备早餐、洗餐具、把婴儿车搬到车上……要出门时,宝宝按照她出行前的惯例,拉在了尿片里。我们俩合作给她洗了澡、换上新的尿片。虽然我们七点一刻左右就起床了,出门时仍然将近十点。阳光毒辣起来。像每一次那样,我们又失望了,因为在天气凉爽时出发的计划未能实现。

从我们家到水族馆是大约四十分钟的车程,星期天不容易找停车位,我们在附近兜了几圈,停了一个离得较远的收费停车场。我给婴儿涂了防晒霜,我们推着她走了将近十分钟。到达水族馆售票处的时候,时间已经过了十一点。他看起来有点儿生气,因为时间太晚了,再过不多久又到了宝宝的午睡时间。我对他说,这不是我的错,从一早起来我就没有闲着,没耽误时间。他说他没有说这是我的错。那就不用为这种不可避免的事生气,我说。他不再说什么。但我知道,下一次,他还是会忍不住生气。他是个时间观念很强的男人,他生气的是自己无法控制时间这件事!

更让人颓丧的是售票处前排了那么长的队!这条队伍延伸到街边时就转一个弯往相反的方向再排下去。它一共转了三个弯……他预测至少要等半个小时才能买到票。在这期间,宝宝耐不住一直坐在晒热的小推车里。于是,我们商定,他排队买票,我带宝宝去周围随便活动。水族馆外面,有一角玻璃窗,透过玻璃可以看到游弋的鱼和海龟。我带宝宝去那边看鱼,她扶着玻璃慢慢走着,一开始很感兴趣、指指点点,但过了七八分钟,她就要离开。我只好抱她去附近的港口看船。接近正午,天气热得可怕。她戴着遮阳帽,看港湾里大大小小的船。我注意到我的胳膊变红了,才想到自己忘记涂抹防晒霜。但那个巨大的奶粉包被我放在了小推车里,而小推车在他那里,而他被夹在长长的队伍里……我不想为了防晒霜再抱着孩子挤到队伍里去。我就这么毫无遮拦地在海边晒着阳光,一面好奇为什么孩子们不怕热。

我觉得时间差不多了,抱着宝宝走回售票处附近。她已经有点儿烦躁了。终于,他买到了票。我们三个随着浩浩荡荡的游览队伍挤进水族馆。我发现水族馆里有很多和我们一样的人,领着孩子、推着童车。水族馆里的通道本来就不算宽敞,因为众多小推车,出现了拥堵。小推车在人群狭缝里东突西进,寻觅着路径,小推车和小推车之间也相互磕磕撞撞,但小推车的主人们,那些强打精神的父母相互谅解、相互宽慰。年轻的情侣们就不那么客气了,他们对到处堵路的小推车露出有点儿厌烦的神情,在小孩儿、童车和好脾气的父母们中间急切地挣扎出来。当他们冲出一条道路,他们脸上露出摆脱了我们的骄傲和轻松。我知道,我如今肯定被他们厌弃了,包括我这副凌乱的模样。曾经,我可比他们摩登多了。

宝宝坐在小推车里看不到那些在高高的玻璃后面的发光的水族。

所以，先是我抱着宝宝看鱼，他推着车跟在后面，然后我们交换任务。他努力尽着父亲的义务，抱着她凑近看各种生物，给她指着、讲解着。我发现我很难凑近去看任何东西，因为我推着一辆笨重的车子。我等在旁边，而我周围的人要凑近玻璃，他们一遍遍礼貌地对我说着"Excuse me"，我一遍遍重复着"Sorry"，然后把车子扭来扭去给他们让路。当然，还有一辆辆的小推车和我擦身而过，有的小车里躺着已经熟睡的孩子。

终于，我们挤到一个可以寄放小推车的地方，就在靠近透明升降梯那边。我们决定把小车留在那儿。我已经头昏脑涨，眼前不是黑压压的人群、昏暗的通道，就是在亮晶晶的玻璃后面被灯光映照的、梦幻般存在着的水族。它们的居所被装饰得很漂亮，五颜六色的石头、贝类，瑰丽奇特的珊瑚和水藻。它们毫无意义地在那么一小块地方游弋或干脆不动。而我们还得去三楼，三楼有喂食海狮的节目，这意味着三楼是最拥挤的一层，因为所有的小朋友和小推车都往三楼涌。从二楼到三楼的过道却更加狭窄，在这个缓缓上升的、设计成海底隧道的通道两边是穿梭来往的鱼群，银白色的小鲨鱼、仿佛有羽翼的魔鬼鱼……这个通道还很长，因为它是呈螺旋状上升的。我们不断被他人冲散，难以并肩而行。因为宝宝不时要停下来看鱼，我就走在稍微前面一些，他抱着宝宝跟在后面。一开始，我总会找到某处刚好容得一个人的缝隙，然后站在那里等他们过来，我们总是在各自视线所及的距离内。但不知道什么时候起，我突然忘记了这个规则。似乎就是一念之差，我竟然忘了我要往哪儿去、和谁在一起，只顾着往前走，从可怕的、压迫着我的人流中冲出去……

我在人流的罅隙里穿梭，感觉自己突然灵活得像一尾鱼。我全神贯注于技术层面，即如何找到下一处空隙，突破人墙和车阵的防线。我带着某种优越感超越他们——那些踟蹰不前、进退两难的父母们，还有他们笨拙的、徒劳地四处挪腾的小推车。我的身体又像女孩儿们一样具有了某种灵动的、雀跃的能力。

就像从一个快乐而短暂的梦里猛然醒转一样，我醒悟过来，不禁出了一身冷汗。我发现自己已经越过那个椭圆形的、被人们层层包围起来的海狮池，来到三楼顶部靠近电梯口的地方了。难怪我周围突然安静许多，因为没有几个家庭要乘电梯下楼，孩子们会要求原路返回，再好好观赏一次。我旁边的小玻璃窗里养着几匹寂寞的小海马，它们一动不动吸附在海藻上，像片古怪的橘黄色叶子。我听见海狮驯养员透过麦克风的兴奋的声音，还有孩子们的叫声和笑声。我努力瞅着，但看不到他和宝宝。我更紧张，汗也流得更多。但我确定最好的办法是原地不动，等他来找，因为人在相互寻找的过程中更容易错过。

我站在那儿，从旁边那块玻璃里看见自己模糊的影子——头发乱七八糟地束在脑后，穿着一件领口松了的T恤衫。当然，我没来得及化妆，这已经是常态。我想到如今每当我看到那些穿着样式性感的连衣裙翩翩而过的女孩儿，心里都会泛起隐约的刺痛和羞惭。生育后，我几乎再没有穿过裙子，因为需要经常蹲下身抱起孩子或是从小推车里拿东西、从地上捡东西；更不用提我以前最喜欢穿的吊带长裙，宝宝会把吊带当成玩具不断拉下来、让你尴尬无比；我也不穿浅色的衣服了，孩子的鞋会在你衣服上留下醒目的印记……以往，每个周末，我和他会去餐馆、去电影院剧院，我们会去喜欢的酒吧、咖啡馆或者去朋友家聚会，直到很晚才回家。我们过得快乐、自在，很少争吵，而现在我们几乎天天都有可以抱怨对方的理由。生活完全变了！这是我们早已预料到并且自以为有足够心理准备来应对的，但实际上它比我们预料的又复杂得多。每当他离开家去上班的时候，我能从他脸上看出那种放松下来的表情，他显得心情很好，像一只准备飞向自由的鸟。而我是留下来、没法片刻逃离琐碎日常的那一个。我就像玻璃罩子后面的海马，困在小小的天地里，游来游去、转来转去，仍然还在那里。我想回到过去那种生活吗？肯定的。但是现在有了一个小人儿，她注定会一直是我最爱的人。难题在这里：你爱的人和你不喜欢的生活绑在一起……

不知道又过了多久，我没等到他们来找我，决定自己去找他们。我朝海狮池挤过去，围着它绕了一整圈，仍然没看到他们。我只好沿着那条通往二楼的"海底隧道"往下走，逆着上升的人流，一边挤一边焦虑地扫视着一张张面孔：兴奋的、疲惫的、笑着的、愠怒的、白色的、黑色的、老去的、稚气的……我一直走到存放小推车的那地方，看见宝宝的小推车还在那儿，但我没有遇到他们。紧张、忧虑、疲惫让我想哭。我呆立在小推车旁，想到唯一的办法也许是去一楼，让水族馆的客服中心广播找人。正在犹豫的时候，我看到他朝我走过来。我激动地迎上前说："还好我在这儿……"但他气恼地打断我，质问我为什么没有停下来等他们，自己到处乱跑。他的脸涨得通红，宝宝在他怀里挣扎哭闹着。我赶紧接过宝宝，解释说我只是走得快了一点儿。但他不想听我的解释，说因为我到处乱跑,他抱着孩子上上下下找了两趟,宝宝也没能看成海狮表演。

我抱着孩子,他推着车子,我们什么心情也没有了,挤出水族馆。以前,他从不会这么粗暴地对待我。而我,脸上冷笑着,心里涌起对他的强烈的厌恶!走在路上,我们仍然在吵。

"你为什么不能动动脑子?"他继续抱怨。

"我是没有动脑子。我已经累晕了!"我说。

"我不累吗?我一直抱着宝宝,她后来要找你,又哭又叫,一直扭动,抱都抱不住。"他说。

我把到了嘴边的恶毒话咽了下去。

坐在车上,我们仍然在吵。

"我现在明白了。要彻彻底底了解一个男人,和他共同抚养一个孩子就够了!"我大声说,同时往宝宝嘴里塞着婴儿食品。

"你是什么意思?你可以去问问别的中国男人,看他们都做了什么。像我这样天天带孩子的男人有几个?"他忿忿地说。

……

吵完,我们一路上再也不和对方说话。

宝宝在车上睡着了,到家后我把她抱到床上,她依然睡着。我冲了凉,到厨房里喝一杯冰水。他也在厨房里,对我说:"你累的话和宝宝一起睡会儿吧。"这可以看作是和解的信号。我没有看他,什么也没说,回到房间里,心力交瘁地躺在我们三个人一起睡的那张大床上。我觉得我已经不爱他了,对生活也充满了厌倦、失望。水族馆里的一天仿佛向我揭示了家庭生活的真相:嘈杂、烦乱、挤挤挨挨、磕磕碰碰、无意义的迎合他人的努力、被迫吞下去的抱怨、落空的愿望……其本质不过是妥协和忍受。

我翻过身,看着宝宝:那是熟睡着的、天使般的脸,那也是小手臂摊开的、天使般的毫无困扰的姿势。我凝视着那张幼小的脸,感受着它的纯净、美好和对我的绝对的信任,那仿佛是莫大的安慰,让我忍不住微笑。我知道我无论如何不可能抛下她,即使我能,我也无论如何不可能回到以往那种生活,因为所谓无忧的自由已经不复存在。我所能做的,只是继续爱、忍耐,以及等待。

三、沉默的母亲

我收到大学的录取通知但还未离家的那段时间,父亲开始试着和我谈起我母亲。以前,我们都有意避开任何和她有关的话题。他大概觉得我还没有成熟到去面对那件事情的地步,而我也不想强迫他说有关她的事情。

家里任何地方都没有我母亲的照片,我的房间里只有我和姑姑、爸爸的照片。他们大概仔细地擦掉了每一点儿伤心往事的痕迹。但现在,我父亲不时拿出一盒盒的照片给我看。我们起初都有点儿不安、不知从何说起。慢慢地,我们开始习惯一边看照片,一边谈过去的一些事。

我看到年幼的我和她的合影,那么多照片!照片里,她用各种姿势抱着我:横抱在怀里的那种哺乳的姿势、扶着我坐在她双腿上、让我立起来站在她腿上……有些照片是在我还没有学会坐起来的时候拍摄的,我们躺在床上,她躺在那儿搂着我,或是让我趴在她身上。有一张照片,尤其让我印象深刻。照片里,我们俩面对面侧躺在床上,她穿着一条蓝裙子,我的脸朝她凑过去,我的婴儿的身体也朝她努力扭过去,好像要去亲她的鼻子,她笑着,闭上了眼睛。我还看到一些她自己的照片,是在我还没有来到世上的时候拍的。她那时也三十岁左右了吧,但看起来就像我的高中女同学。"你妈妈特别显年轻,她结婚后很久人家还以为她是个女学生呢。"父亲说。他这样说的时候,我想她当年的样子大概从他脑海里清晰浮现出来,从他的脸上,我能看到回忆带给他的那缕光。

"她很漂亮。"我由衷地说。

"当然。"他有点儿骄傲地回答。

在照片里,她总是笑着,看上去阳光灿烂。

"我们搬过两次家,有些照片找不到了。我不善于储藏东西,总是把过去的东西弄丢。"我父亲说。他是个温柔的男人。他平时很寡言,但和我在一起时,他会尽量多说话。尤其我小的时候,他假装活泼地和我玩儿一些活动量大的游戏,他还特地去学打网球。他觉得男孩儿不能粗野,但也不能柔弱。

"肯定是有些照片搬家的时候丢了。照片我记得很清楚,你们俩的照片都是我拍的。我平时就收在几个盒子里。"他说。

"这里已经有很多了。"我说。

"我在想，等你结了婚、有了孩子以后，我会挑一些照片出来让你收藏。"

　　"那是很久以后的事了。"我说。

　　"那倒是。"他说，笑了。

　　我们一起看照片，那上面一般都标有日期。日期终止在我五岁那年之前。五岁以后，是我姑姑照顾我。我父亲坚信一个孩子的世界里不能没有女人。所以，他煞费苦心地把我姑姑从中国办理过来。他一直没有再婚。他现在告诉我，在我很小的时候，我母亲有一天开玩笑似的对他说，如果她死了，她希望他在我十岁之前不要找别的女人。他怪她不应该说晦气的话。她说她可不希望我因为年幼而遭受继母的虐待……后来，他把这些闲谈当作自己的承诺来遵从。直到现在，他仍然是一个鳏夫。

　　"你妈妈非常爱你。"他说。每一次我们提起她，他都会说上这么一句。

　　我说我从这些照片里能看出来。

　　"真是这样。"他强调说，"我觉得是超出一般女人对孩子的爱。你睡着的时候，她经常看着你，表情里都是笑。她那个样子让我都有点儿吃惊。直到你五岁，你都是和我们睡，她不舍得让你单独睡一个房间。她怕你晚上蹬被子冻着，怕你醒了摸不到她会害怕……她特别喜欢亲你，就像西方人那样。"

　　他始终维护她，带着固执和柔情。我记忆里，他对我姑姑发脾气最厉害的一次是因为她表达了对"那个女人"的不满。

　　我母亲画画。但在我出生之后，她什么都不画了。她原先用来画画的那个房间改装成我的玩具房。她决定把其他都放下，全心照顾我。父亲说，她怀孕期间得了一场病，在床上躺了将近一个月。那时候她变得忐忑不安，害怕胎儿时期的我会落下什么病，她还告诉父亲，说她很害怕没有能力照顾我，她害怕她担负不了这么大的责任。但这场病后直到我出生，她一直很健康，心情也渐渐好了。他们谈论到我的性别，我母亲说她希望是个男孩儿。结果如她所愿，她生下了我。一切都很顺利，顺利得出乎意料。我父亲说。

　　根据父亲的描述，母亲从来不是那种家务事利索的主妇。这也可以理解，想想看，那是一双画画的手，是一副画家的心肠。我刚出生那段时间，她慌慌张张、手足无措。慢慢地，无论给我换尿片、洗澡、喂药，还是收拾被我弄脏的床铺,她也能处理得来,只是她从来不会像有些女人那样得心应手,她总是过于慌乱、紧张。不过,她坚持自己来,不愿意让国内的老人来帮忙,她认为孩子理应由妈妈亲自抚养。我没有断奶前的一年多里,一夜醒四次,她睡眠很不好。我父亲不止一次考虑在我断奶之后、把我送回国一年,让她好好休息调养,但她断然拒绝。她不愿意把我丢给任何别的人照顾。

"你小时候是个不太容易照顾的小孩儿,精力充沛,不爱睡觉。"我父亲说。

"还有多动症。"我补充说。这故事我听说过。

"那只是暂时性的。但主要还是我的问题,我没能好好帮她,她基本上是一个人在照顾你,她身体又不好。"他说。母亲那时候每一两个月几乎都会生一场病。

那段时间,我父亲工作非常忙,正面临职业上的一个关键转折点。他早上很早就离开家,晚上差不多在我要入睡时才回来。他回家后吃过她给他留的晚饭,经常需要继续工作。后来,他追悔往事的时候,反复想的问题是:她一个人在家的那些漫长时间是怎么度过的?她都想了些什么?究竟是什么让她痛苦、烦躁不安?他后来想到当时的她一定非常孤独、无助,身边没有亲人……但在当时,他没有时间去了解她的问题,也没有想到要去了解。他当然看到她憔悴、疲惫不堪。偶尔,他回到家,注意到她有哭过的痕迹。她对他说她感到生活一下子变化太大,她还没有完全适应。他明白她的意思,以前她生活得像个无忧的少女,现在她需要当个无所不能的母亲,但他觉得这是每个女人必须经历的转变过程,她其实很少向他诉苦,因为他匆匆忙忙,也没有时间听。他也注意到她变得容易发火,容易哭泣,有时不愿说话、坐在一边发呆。但他仍然没有太在意,毕竟他还有那么多工作上的烦心事,有时他还会觉得她过于脆弱、计较、生活的适应能力不够强。他们开始为一些小事儿争吵,这在以前很少发生过。

"现在你可能不理解,但以后你也许会理解我的意思。你和一个女人恋爱时,通常爱的是她与众不同或者说不俗的地方。但等你和她结了婚,你们一起过日子,你反而会不满,觉得她为什么不能和别人一样。"

"我想我明白你的意思。婚姻是务实的。"我说。

他看看我,表情显得苦涩:"每次想到我当时还和她吵架,我都没法原谅自己。"

我什么也没说。有关他的过错、他的忏悔,我并不想听。我只想听关于她的或是她和我之间的事。

"那时候,我们对心理疾病缺乏概念,根本不知道什么是 Bipolar,或者 Depression 有多可怕。我感觉她可能有点儿产后不适应,又一直太过劳累。我们偶尔谈起这个问题,她只是觉得有时控制不住自己的脾气。我们都觉得你也慢慢长大了,很快就会上学,到时候一切就会好起来。"

"但是没有……也许她一个人在家的时间太久,我能想象那种封闭的、没有变化的生活,同时要一个人克服很多日常的困难。"

"对。她的身体越来越不好,这也是一个原因。"父亲说。

我注意到,我两三岁时的她的样子和我婴儿时期的她的样子,有相当大的差别。她变得面色苍黄,皮肤松垂。照片里的她仍然笑着,但笑容里有深深的倦态。在她想要展现出来的快乐自我和她真实的模样之间,有着明显的距离。她整个人显得迷茫、虚弱。

"后来我拿到了终身教职,那时候你也已经过了三岁。我和你母亲商量不久后就送你去幼儿园前一年的托班。我当时的感觉是最难的时候过去了,好日子要来了。你看我多蠢。"他说。

"你没发现她病得更重了?"我问。

"当时看不出,可能事业上的发展让我乐观得盲目了,忽略了某些重要的东西。但我也确实感觉到了异常,可我还是没有把它当成严重的疾病。我那时能早点儿下班回家,所以我们在一起的时间也多了。我发现她情绪会突然变坏,甚至会对你或是对自己吼叫。有时你做错了什么或是我做错了什么,她会气得浑身发抖,然后坐在一边哭。她非常爱你,但她控制不了自己的情绪。"

"我明白……这是病症。"我说。

"她经常显得沮丧,情绪不太稳定。但她从不对你动手,"他说,"在她最不能控制自己的时候,她会摇晃你的肩膀,一个劲儿地对你大声说着。如果我在旁边,我一定马上制止她。慢慢地,她会从那种类似歇斯底里的状态平静下来。你那时已经很乖很懂事,当你知道你激怒了母亲,你不反抗,也不辩解,你会安静地看着她,对她说你知道自己错了。"

我已经不记得这样的情景了。我想象着,想象着那个幼小的我,在暴怒的、摇晃着我的母亲面前。我想我应该不是像父亲说的那样"安静地"看着她,我大概是很害怕,怕得不敢开口争辩,同时害怕她离开我、不再爱我。但这种事应该不经常发生,因为我自己毫无印象。我父亲向我再三保证,说这种极端的情况仅仅发生过几次。他说他想了很久才决定坦诚地把所有这一切都告诉我。我说我很感激他这么做。

"那阵脾气发过之后,她就会因为伤害了你而后悔,她又会因为自责而哭得很厉害……"

"她只是没法控制自己。"我说。

"她非常爱你。这一点我不会骗你。"

"我能感觉到。"这是真的。仅仅从照片里,从她的眼睛里、姿态里,我都能感觉得到。

当母亲的精神状况和身体状况都明显不太好时,用我父亲自己的话说,他又做了一个错误的决定。他认为她应该回国休养一段时间,暂时离开我。她不愿意,但他们俩讨论很久之后,他让她相信情绪失控的她有可能伤害我,所以这样做对我是有好处的。于是她接受了。我被送去上幼儿园前一年的托班,父亲接送我,奶奶在家做饭、照顾家务。他们商定的母亲的修养期限是半年。

"一切都没有迹象。"我父亲说。

他们俩每两三天打一次电话。起初,他明显感到她的心情好了一点儿。在电话里,她也曾亲口告诉他,感觉自己身体和心情都好多了。

"她很想你,这是她每次电话结束时对我说的话。我们打电话,其实大部分时间都在说你。她什么都想知道,你在学校做了什么,奶奶给你做的什么晚饭,你晚上睡着了会不会做梦……我们都觉得最好不要让你频繁地和她通话,怕你听到妈妈的声音会伤心。"

他说这些的时候,我正在看那张照片——我和她的最后一张合影。照片是在她回中国之前、在我们当时住的房子的后院拍的。她蹲下身子、左手臂紧紧揽着我,我挨在她身边傻傻笑着。她笑得很淡,看起来甚至有点儿神秘。

一个多月之后,她就走了。根据她和父亲之前的通话,她曾去过几个地方旅游,说都是她以前想要去但没时间去的地方。她还去了北京一个画家村看望她的一位女友。父亲鼓励她在那边住一段时间,和其他画家交流交流,她还笑说在家待得懒了,不想画了。最后,她去看望了一位年迈的姑妈。无论到哪个地方，她都会给我买东西，有时候是一个草编的小虫，有时候是一盒泥人儿，还有小扇子、木葫芦和手织毛衣……她还给我画了好多幅小画，用铅笔画在白色A4纸上，各种我喜欢的动物、小车……

像我父亲说的，一切都没有迹象，也没有前兆。他们最后一次打电话时，她仍然像平常一样说话，什么也没有交代。两天后的一个夜里，她从自己住的公寓走出来，走进附近的一条河里面。她选择自杀的时间是午夜，这足以证明她要离开的决绝。

"我告诉你这些，是觉得你长大了，理应知道关于你母亲的、过去的一些事。但我不希望你有疑虑，觉得你母亲的死和你有任何关系。"

"我从来没有这么想过。"我说。

"那就好。你知道那只是一种病。躁郁症、抑郁症，类似这样的心理疾病。但我们当时都忽视了。这是我的错。"他说。

"别这么说。"我安慰他说。

"她最不愿意伤害的人就是你。"过了一会儿，他又说，取下眼镜擦拭镜片。

我想说什么，但没说出口。我想说的是无论如何，我还是受了伤害，但我知道伤害我的不是她，我甚至都不知道伤害我的是谁。我想对他说一件事，就是大概在我上小学的时候，每当校车到达一个地方、一个小孩儿下车冲一个女人奔过去，嘴里喊着"妈妈"，我都被这声音深深刺痛。我知道我没有机会喊着这个名字、朝她跑过去、被她抱住，就像我很小的时候那样。我被剥夺了这样的权利，整整一生。那时，我幻想着当校车把我送到我家所在的那个路口，我会突然发现等在那里的是我的妈妈，而不是姑姑。幻想得太强烈，以至于我经常觉得它会真的实现……我忘了这幻想是从什么时候开始淡去、被我放弃的。一个小孩儿也会绝望的。

我看着她，照片上的我的母亲。她的样子和别的影像重叠起来。父亲不知道那些丢失的老照片是被我拿走的，其实，我早已熟悉她。在某些夜晚，当我确认他和姑姑都已经熟睡的时候，我才会拧开床头那盏睡眠灯，在接近黑暗的光线里看她的照片。我看着她，我的沉默的母亲，只有我和她。她爱我，这一点我从未怀疑。我也爱她，尽管我永远无法理解她。我们无从知道她那幽暗的内心世界里究竟发生过什么,而她最终选择了沉默,选择把那扇门永远地向我们关闭。

翁先生

李 云

1

姚晓娇的小白鞋一踏进枫桥街,翁先生就吸了吸鼻子,意识到有陌生人来了。大约有半年之久了吧,街上偶尔会隔三岔五地来一些人,兜兜转转,走了。但带来了很多不同的气味,香的,或是不香的;俗的,或是恶俗的。怎么说呢,姚晓娇的气味不同,不同于花香,也不同于酒香,更不是时髦女郎喷的香水味,翁先生深呼吸一口,握在手上的酒碗晃动一下,琥珀色的黄酒一漾,晕出一圈圈的涟漪,翁先生便笑了,今天来的人似乎有点不一样呢。

也就是说,姚晓娇来到街口,翁先生正在他的酒坊里忙碌。倒出一碗酒,这坛酒的确只剩坛底一层,他的右胳膊几乎全都埋进坛子里,可他的头却昂着,高高地昂着,想看看今天来的这个人有什么不同,他(她)是谁?是怎样一个人?

最近以来,翁先生都在问这样一个问题给自己:那是谁呀?来做什么?两眼盯着那些人看,但也看不明白,对于酒坊来说,这些人来了好啊,生意好了,酒好卖了,自己也不用再顾虑是否要离开这里,去向他处?

他处,自然指的是生存和生活的另一种选择方式。酒坊早些年就很难养活人了。这有多方面的原因:一个是很多洋酒高档酒进入市场,一个是人们手头也的确活泛了,再者老街这里嘛交通又不好。好在自己也没什么人要养活……对于一个住在老街三十八年来的人来说,这里一切都是熟悉的,比如说那只猫,比如说哪个人,比如说那处老宅,比如说青苔的气息,比如说酒坛里的黄酒和一棵树流落在人间的故事。

实事是,街上虽然有时候有人来,多半时间是空的,被人遗忘了一般。雨濛濛的时候,清风徐来的时候,冷寂像点煤炉时燃起的青烟,袅袅娜娜的。满眼是黑瓦的沉默,没有谁可以打破一般。然而,今天不一样,起床站在窗口扣月白色棉麻衣衫的扣子时,翁先生的感官显得很闹。

再一看，惊呆了，泡桐树开花了，一串串紫色的铃铛挂在黑色屋檐下，轻烟四起，弄出一阵热腾腾的气息。站在树上的大喜鹊也叫了——喳喳喳，宛如窗口晨读的孩子。

嗅觉灵敏的翁先生，顿觉这真是美好的一天呵。从而神清气爽，飘逸出尘。细腻白净的皮肤，在酒坊阴暗晦涩的光线里，石破天惊一般，要炸开了。

这呢，是姚晓娇看到的翁先生的第一印象。她一下子愣住了，世间竟有这样的男子——皮肤白净、眼神阴郁，身上的月白色衣衫，亮出一束束光，一种阴柔的、潮湿的，又有着墙角青苔的青葱气息蒸腾着，闹哄哄的、湿热热的。

姚晓娇一只脚跨在门槛里，挺着胸，愣着。以这种奇怪的运动的姿势愣着，一眼恍惚，甚至有点怀疑是否走错了门。或是进入了臆想的小说情节里。

翁先生也盯着她，知道有着异样气息的"陌生人"已经来到眼前。紫色的上衣，紫色发带，跟今天早晨看到的泡桐花颜色一模一样。但是呢，她分明又是赶了路的，出汗了，好比一道蔬菜，加了点儿肉沫，味道因此变得比较实在和具体，有真实的分量感。这是极好的一种感觉，翁先生嘴角不由自主地拉开，露出一丝浅浅的笑意。然后，对着姚晓娇背后的泡桐花，和闹喳喳的喜鹊，对门香烛店阿婆似睡非睡的样子开口说道："来了啊。"

姚晓娇站在光里面，人透明又清澈，从高高挺立的胸脯上面，盛放的笑颜动人、明亮，她嘻嘻一笑，回到："是啊，来了。"

"我来看看。四处看看。在找一个人。"

姚晓娇一脚跨进来，光影晃动，整个人很快站在翁先生面前，他俩之间隔着一只酒坛子，姚晓娇看到翁先生一直弯在酒坛子里，也将身体弯下来，猛吸一口，惊呼道："真香啊，这是什么酒？"

翁先生又一次闻到姚晓娇发丝上的味道，仍然一样，有点香，但也出了汗，发顶上落有一朵泡桐花。这有意思了。翁先生得意地将手从酒坛子里拉出来，身子顿时修长起来，用另一只手将姚晓娇头上的泡桐花摘下来，顺手丢进一只青瓷瓶里，再将瓶里灌满黄酒。之后，他绕到一张台子上拿起毛笔，在一张四方纸上写"紫云香"，贴在酒瓶上，双手握着酒瓶，抵达到姚晓娇的胸前："这瓶酒送你——"

他又笑了，一口洁白的牙齿，泛着幽幽的白瓷光："你呵，喜欢喝点酒的，还喜欢吃肉，你身上有荤腥儿……"

2

后来这半天的光景，都是姚晓娇抱着那只青瓷瓶斜靠在门口。她的双肩包搁置在翁先生写字的桌面上。细长、白皙的手指紧紧抱着青瓷瓶。身子一半落在太阳里，一半隐在阴影里。满腹心事一般，又没心没肺着。她看看天空，看看泡桐花，再看看对面的白发阿婆，痴幽幽的，笑眯眯的。偶尔，她会转过头来，寻找翁先生，这个时候她的眼睛颇为不适应，一眼投到暗处，竟一时看不见翁先生，翁先生因此舒出一口长气，关于这个像是从泡桐花里跑出来的姑娘，她站在这里的半天，让他很好奇：她为什么不急于离开？她又好像是一直住在这里的，是自己的妹妹或可爱的妻子，她只是刚出了趟门回来，站在那儿什么话不说却什么都说了……

从酒坊门口经过的人，特意瞅她看着。这些老街坊邻居，很是关注翁先生的生活，从吃什么，到几点起来，再到生意和女人。他们的孩子跟翁先生差不多的岁数，但都离开老街，生活在外面，儿子娶妻生子，女儿嫁人做妈了，唯有翁先生什么都没有，他的存在便成为他们日常生活中的一个关注点，好比这会儿，他们看姚晓娇的眼睛显得异常复杂，猜测着，肯定着，疑惑着，走走停停，总觉得这个姑娘是见过世面的，你看她一眼不服气呢，根本看不见我们！他们走了，眼睛还留在姚晓娇这里。

"这门口干吗挖那么大一条沟啊？"姚晓娇开口问道。

"老街要开发做旅游，在改造下水管呢。"翁先生答。

"哦。也是呵，都老气横秋的，谁住啊。一片黑压压的小楼。像鸟笼吧。"外面的姑娘到底是不喜欢这样的老街的。翁先生一时语塞，想到自己可是在这守了半辈子，对了呵，怎么会在这住了这么久呢？为什么姚晓娇没来的岁月里，没有注意到，即使街坊邻居都劝他出去谋生，他们说："你呵，长这么好看，去新街卖衣服吧，那些小姑娘会被你迷得晕头转向的，如今哦，女孩子野着呢！"还说，"再不，开理发店啊，穿得流里流气的，现在不赚女人的钱赚谁的啊，那么多人都发了，有钱了，还有时间，没事就朝头上整，一会烫，一会染，花头多呢！"翁先生听着，不语，他没有离开老街的冲动，其一，他已经听说老街要开发做旅游，不管酒坊好不好开，不行么开个茶馆试试，应该会有新的契机吧；其二，母亲还在普慈寺里，还得留在这里陪着……

"嗨，我来找一个人的，你听说过这个人么……"

姚晓娇的声音传来，翁先生才发觉自己走神了。而面前还站着一位阿婆，她朝门口看看，又朝翁先生笑笑，意味颇长。翁先生假装没看见她的心思。整个下午，因为姚晓娇站在门口，清淡多日的生意突然有了起色，想来打探实情的阿婆来到店里打黄酒。翁先生不情愿地应付着，他不希望他们来打破什么，他迷恋跟姚晓娇待在酒坊里，这里只有酒坛子、一个男人和一个女人。

应该是一个内心充满想法的男人和一个眼睛里有故事的女人。

"我知道，你刚才说过，人嘛，总有些人是该去寻找的。"翁先生一抬手，送走阿婆，他也没有收阿婆的酒钱。

"你这话有意思，我就觉得你不一样，刚才你直接跟我说'来了啊'，感觉我像是你家人。"姚晓娇泪眼婆娑的。翁先生顺着她的话笑着回想了下，刚才还真这么招呼她的啊，对着门口愈发暗下来的天色道："是啊，天色暗了。这里刚开始准备开发旅游，所以还没有客栈——"

"楼上是你的家吧，我能住一晚么？我明天再去找那个人……"姚晓娇用手指着楼上，然后，不等翁先生同意，自行找楼梯上，她将双肩包又背在背上，笑嘻嘻的。有点随意，又有点轻浮，一阵子忧郁，一阵子欢喜。总之，很好，很热闹，就更不存在讨厌。相反，翁先生倒是希望她留下来。

翁先生说："你等我一起关了门上去。"

"好好好。我会跟你媳妇解释的啊，我就借宿一晚。"姚晓娇跟过来帮着将门板一块块插起来，看着门板边上的藤椅，翁先生主动说："这是我母亲坐的凳子，那个时候她开香烛店，像对面阿婆那样，午后会坐在这里做寿衣，或折锡箔。"抬眼貌似姚晓娇已是母亲，为了不神伤，赶紧摇摇头，"当然，她现在出家了，应该是解脱了吧。"

"那你的父亲呢？"姚晓娇顿觉有趣起来，这个男人有故事呢。出于敏感和好奇，她有意多问些。便知道了翁先生一个人住这里。他的父亲叫翁清白。名如其人，白净、清雅。四十岁那年，死于喝酒。他死后，开寿衣店的妻子，用自家店里的东西，送走了他。也算是厚葬，妻子将店里所有东西都烧给了他。之后每天穿戴整齐地坐在店门口,逢人就说:"那天真倒霉,那人买了寿衣走了,自己却多嘴叫她回来,告诉她这件寿衣还是留下来,换一套大点的吧。"这套寿衣三天后穿在了她男人身上。是她配合入殓师一起穿上的,大小刚好。

听到这里,姚晓娇兴奋异常,每一句话都有一个场景存在,忧伤的、轮回式的、疏离的,又很奇妙的感受占据而来,她向翁先生跑过去,拉住他的胳膊,青春洋溢地冲他一阵傻笑:"这里很好,你很好,我喜欢。我应该是喜欢的。"

3

老街因枫桥而得名。从桥边一路过来是好几家香烛烟纸店。这条老街跟别处的老街不同,气息阴森,店铺的经营也多为香烛烟纸店。什么锡箔、花圈、长明灯、元宝、寿衣,颇为丰富地展现在店内。夜晚,灯火幽暗,人在前面走,后面阴风阵阵,脚步声凌乱。但回头,什么也不见。黑漆漆的夜,像巨大的黑洞。不由得仓皇起来,加快步伐小逃。暗地里被称为"鬼街"。但又不得不来,家里有人过世,或中元节、清明节,又都会赶来买锡箔和元宝回家烧。当然,还得到翁先生酒坊带上一坛子黄酒回去。

翁先生长得极像他父亲,白净、清雅。喜着中式对襟月白色麻布衣,在街上走着,身上落满月光,人们看着看着,不由得大惊失色,哎呀,不得了,老翁活回来了!

父亲去世后,翁先生主动将床搬到母亲房间。也许正因为如此,他到现在也没有娶妻生子。小镇上的人很擅长传播谣言,每一种谣言都会描绘得格外传神。他们说这对母子乱伦,说母亲当儿子是父亲;也有人说,是儿子孝顺,母亲早年守寡,身体不好,翁先生夜里都要起来给母亲端药吃……

"其实呢,没有人知道啊,我的母亲心里难受,总认为自己那天不叫那个人回来,那件寿衣就不会害死父亲——这是一件挺灵异的事!"

"我陪着她,她才能安心地睡觉,因为我太像父亲了,她只要看见我睡梦中的脸,就会觉得父亲还活着——自欺欺人呗。"

翁先生做了一个青椒炒蛋、红烧鲫鱼、番茄肉丝汤,跟姚晓娇面对面坐着吃，跟平日里与母亲吃饭一样，这时候呢，他喝点酒了，今天还特意新开了一坛酒，切上一把姜丝温好，与姚晓娇对饮。花格窗半开着，月亮挂在泡桐树梢上，风一阵阵地吹，略凉，但喝了两杯酒后，风变暖了，是5月里的迷人的风。猫在屋檐外蹑手蹑脚地走，还有一些细碎的脚步声，若有若无的说话声，姚晓娇握着青花瓷小酒杯，聆听着翁先生说话，眼神里有一种似有若无的悲伤和欢喜交替着。蹙眉，朝窗外看一眼，低低地叹息着。

这间两层小楼，一楼是门面房，开着"翁先生酒坊"。酒坛子后面的转角处，有一个木制楼梯。楼上虽不大，但也隔出了客厅、房间、厨房，所谓餐厅呢，是在阳台上，这样也好，看看风月，喝喝酒，再看看人间悲欢，惆怅啊，猫在叫唤，锡箔的火光羸弱，远处，偶尔还能从古寺里传来几声钟声。

"你说你母亲出家在那里？"姚晓娇指着幽远的夜空问。

翁先生也看向幽远的天空，那里有一个宝塔，再看着面前面若桃花的姚晓娇，点了点头，一时有点凝噎。触景生情吧，他的确想到母亲出家后自己孤独的身影，仿佛很久以前那个喜欢朝人堆里钻的人怎么就不见了呢，活着就活丢了。当然，人啊，也不需要每天这样矛盾地反思什么，越是放不下会越难朝前走，可是真要勇气啊，真要抛开一切啊。这能行么？就好像面前的老街，曾经都在这里落地生根，造就了这么多小楼，可是，一代代人活下来，竟觉得它又老又破，讨厌了，搬出去了。老街像一把烦恼说抛弃就抛弃。然而，时隔多年，在外面闯荡的心啊，竟又看见老街的价值，如今的人，向往清雅，喜欢安静地喝茶，或到老街走走……这样便好，这样已经很好了啊。与朋友、与亲眷、与师长、与情人，非常实际又理性的感受，回到熟悉的地方感受消失的暖意，将冰凉的手和眼温热。

仅此而已。仅此而已。反正人，都是这里不对那里不对的。

姚晓娇的手伸过来，落在翁先生的脸上，轻轻地帮着拭去了不知不觉流出来的眼泪。翁先生笑笑，竟有些不好意思："咋就喝高了呢？我咋就喝高了呢？"然后，他紧紧地捉住姚晓娇的手忖在脸颊上，闭上眼睛体味着："你呀，害得我又想到母亲了——"

父亲去世后，母亲初一十五都会去普慈寺赎罪。有一天，方丈在门口遇见她，说道："下个月初一我在这里等你。你该来了。"母亲明白了，

"是呀，该来了。"她回家就跟翁先生说了，翁先生流泪了，他的脸被老房子的花格窗挡着，很是阴郁。后来月亮升起来了，清冷的月光打在他脸上，他感到浑身寒冷："姆妈，你也要离开我？"母亲做了一桌小菜，迟疑着母子俩是否需要喝一杯。这个镇上的女人，每个人都是酿酒高手，每个人也都是喝黄酒的。只是如今酒厂生意不好，很多改行，进了其他的工厂工作。母亲分明也是懂喝酒的。她选的杯子是青花瓷的。黄酒热气腾腾地倒在杯子里，孱弱的姜丝像水草漂浮在杯底。翁先生鼻子灵敏，闻到热腾腾的酒味，回头不解地看着母亲："姆妈都是要进佛门的人，怎可喝酒？"

姆妈有一张精致的小圆脸，眼角、脸颊虽然已经有老年斑和皱纹。但曾经的芳华还在，发白的头发一股脑盘在后面，身上穿着一件月白色棉麻布的对襟衫。立领妥妥地托举着下巴，将脖子拉直拉高，被柔和的灯光打着，浑身充满慈爱的光辉。母亲斟满酒，看着翁先生说："我儿，以后若想见我只能去寺庙了。姆妈敬你一杯酒。"

翁先生端起杯子，将杯子放在唇边深深地闻着，并不打算喝。姆妈已经喝尽，朝翁先生亮着杯底："喝了它，一个男人咋能不喝酒呢？这虽然是黄酒，温和，但只要是酒都是有血性的，你该换种方式生活了。"

翁先生又想到父亲，都说他是喝酒喝死的。姆妈却要自己喝酒，很不解。姆妈懂他的心思，又倒上一杯酒："你父亲其实是喝了酒，睡觉时没有醒来。并不是喝酒喝死的。那天他高兴，他酿出了他想酿的醇正的原浆，他想破例酿点白酒出来。酒是酿好了，人却没了。人们认定他是喝了自己酿的酒喝死了，我百口莫辩。他其实死于脑梗塞。但这也没什么不好，他走得多轻松，睡着就睡过去了。走了。无牵无挂。"

翁先生惊讶："这些年了，姆妈怎么到现在才告诉父亲死亡的真相？"

姆妈继续说："那时候没有人知道脑梗塞。我也是后来找了医生问才知道的。反正是走了，喝酒走的，还是脑梗塞走的，有多大区别呢？就像姆妈和你，在人们口水里这些年，姆妈不能再害你了，姆妈该离开你了……"

翁先生闭紧眼睛，干了杯中酒。他没有想到，闻酒味和喝酒完全不是一回事，酒水入嘴巴，入喉咙，到胃里，到肠道里，像枫桥下的河水，蜿蜒而行。起起伏伏。还像唱戏，几个颤音，几个迂回，几个哎哎呀呀的苦叹。嘴巴苦了。眼泪也成线地落了下来。

"姆妈,你身体不好,别人怎么说不关我的事。你这个身体出家,我怎能放心?"翁先生双膝落地,跪在母亲面前。

母亲没有去扶翁先生,因为饮酒,她的脸色开始红润。出气也重了。她深深地看着翁先生。眼睛渐渐潮湿了。片刻后,她笑了,摸着翁先生的头,唤道:"翁先生呐———"

翁先生顺势倒在母亲的膝盖上,嘤嘤地哭泣着。好似五六岁的孩童,孤独、害怕、不舍、留恋、悲凉,各种情绪涌上心头。他觉得是该哭一次了,好好哭出来。他的背影落在地上,成为一道凄凉的光。哭着哭着,睡了。醒来,母亲已经离开了家。翁先生将双手耷拉在大腿两侧,感觉世界真是静极了。一只老鼠从地板上跑过,以迅雷不及掩耳之势躲到床铺底下。翁先生蹲下,跟老鼠说:"现在就剩我俩啦。"

这一夜,翁先生醉在姚晓娇的手心里,时不时地,他会提醒姚晓娇一声:"你听,普慈寺的钟声又响了。"

"来,我们喝酒。"

4

早期,翁先生不饮酒。虽然卖酒,天天在酒坛子间穿梭,但一想到父亲喝酒喝死了,便发誓不饮酒。真正喝酒也是母亲出家那天开始的。一个谜解开,等于开启了一坛新酒。但是呢,什么事都有两面性,是矛盾的,不喝酒的他,嗅觉特别灵敏,对任何身心不接受的味道统称为异味,比如一个人说话的语气,看世界的态度,这个人只爱钱……他都能及时捕捉到那丝气息。关于被母亲逼着去相的那两次亲也是这样。姑娘身上的气味太冲了!

姚晓娇身上的气息不一样,她是性感的、迷人的、纯粹和美好的,从来没有这样一种美妙的气息从毛孔穿透而来,让感官兴奋、身体兴奋,这是爱情吗?苏醒过来的翁先生,明显感觉到身体的异样,他是多么想拥抱住这份美妙的气息,让身心愉悦。愉悦,这种感觉太久没有出现了。

应该说是自从那个有夫之妇离开之后,就没有了。那个女人啊,怎么说呢,有家室,比自己大,尽管长相还可以,但经过时间沉淀后,竟想不起来为什么会喜欢上这个女人?只隐约记得,她有钱,但备受老公冷落,她爱喝酒,也爱来"翁先生酒坊"买酒。买好酒还喜欢痴痴傻傻地跟翁先生说一会儿话。起初,翁先生也没注意听,直到这个女人有一天中午喝醉了,她迷醉着双眼来买酒,她趴在柜台上,酒味熏天。当翁先生递给她"十月白"时,她主动握住翁先生的手,双眼含情,红唇欲滴,酒香喷人———两人就这样握着"十月白"凝视了很久,眼睛看见了各自的心灵和身体,翁先生强烈感觉到自己动情了,下体温暖又乖巧,有些欲罢不能。但是呢,那天之后女人不来了。原因是街坊上的邻居眼睛太尖,竟然发觉翁先生跟女人在眉目传情,你跟我说我跟你说,传到女人的男人耳朵里,男人来闹了一场。当翁先生承认只握过女人的手并无其他举动时,男人笑了,他仰起头哈哈大笑,对着自己女人点着——原来你喜欢这种娘娘腔啊!

也是很久以后吧,翁先生才得知,女人还是跟男人离婚了,男人直接住到小三那里。但女人也没有来找翁先生,她带着儿子仍旧住在大别墅里,过着有钱的但也寂寞的生活。女人觉得这样也好,她终究还是吃不了苦!

"可是,可是之前怎么没闻到她身上的铜臭味呢?莫非,被浓烈的酒味掩饰了?"

经过姚晓娇的出现,翁先生反思着自己的前半生,凄凉地一笑,手伸在空中,一无所有。姚晓娇蜷缩在沙发里抱着笔记本写作,她穿了件自己晾晒在阳台上的月白色对襟棉麻衫,光着腿,光着脚,头发随意地扎着,几缕散发在脸颊上拂动,鼻翼小巧精致,嘴唇饱满水润……当眼睛落在姚晓娇一起一伏地胸脯上,翁先生赶紧撇开,起身去买了一盆酸菜鱼、一碟夫妻肺片、一盘蒜泥生菜,唤姚晓娇吃饭。可他还不知道她的名字,便愣在沙发前。倒是姚晓娇大方,她将头抬起来,笑盈盈地:"亲爱的翁先生,吃饭了吗?"

接着,她站起来,拉了拉衣服的下摆,跟着翁先生来到餐桌前,"不喝酒么?"

"不喝了,我喝不过你,我有话要问你,你说你来找一个人?能说说来找谁么?找他做什么?他是你什么人?你们什么关系?还有啊,你从哪里来?叫什么?"一口气说完,翁先生惊讶地瞪着姚晓娇,发觉姚晓娇也很吃惊地看着自己,她似乎在问:"你问那么多干啥?我找谁管你屁事啊!你干吗那么紧张?你以为我借宿了一晚你就可以什么都要知道吗?"

跟心里所想差不多,姚晓娇不想多说什么,看到她的表情,翁先生再次确定,这个女孩是不受约束的,她火辣自由,是一团火,会烧死自己的。她喜欢喝酒,还抽烟,她几次都将拿烟的手势做出来,可惜没有烟可抽。包括她还会说点脏话。"靠!"她反问翁先生,"你可真够婆婆妈妈,问那么多干啥啊!我是一个网络作家,我来追寻一个故事,其实吧,就是一个执念,我就要写关于一个执念的故事,我不明白爱会是一个执念么!这他妈的是怎样顽固不化的爱啊!"

"爱啊,应该是心动的感觉吧,看到你心里像河水一样直泛涟漪……"翁先生对着窗口讪讪地说。面对那个有夫之妇自己有过,如今,对着这个小女孩儿也有,只是如今自己连她叫什么都不知,还不敢看她。

"你看我说话。我又不吃你。"姚晓娇呼喊着,突然,她站起来,将身体前倾在桌面上,双手捧住翁先生的脸,诡异地笑了,"你不会喜欢我了吧?——不过呢,喜欢我也正常,我这么年轻美好,很多人都会喜欢我的。"

姚晓娇不仅是火,还是光,根本抓不住,只觉得她在眼前晃,晃花眼了,色彩斑斓的,但你抓不住,她也许根本不喜欢老街。她是奔跑在阳光和草地上的女孩,她热烈、自由、奔放,她的世界明亮又温暖,翁先生收回目光,紧紧地闭着:"喜欢你如何,不喜欢又如何,我们终究不是一路人,我是不会喜欢你的,更不会玩感情游戏……"

松松软软的、湿润热辣的感觉直接压在唇上,姚晓娇用吻堵住了他的嘴巴。这一刻是匆忙的,临时起意的,像一场意外,没有任何前兆和表示,但这样也好,猝不及防的,倒也有了另一番感觉。热吻之后,翁先生的手还不知如何摆放,姚晓娇却一把将他的头搂进怀里,抵在一起一伏的胸脯上,低唤着:"让我抱抱你。就这样抱抱你。"

也就是在这年轻的、却有着初为人母的拥抱里,翁先生一头陷进去了,再也无法自拔,他像是突然打开了情感世界的眼睛,一下子明白男女是怎么一回事,什么娘娘腔,都是自己迂,没有遇见真正喜欢的人而已。

这时,姚晓娇说话了:"吃好饭,带我去找那个人吧,他就在这个镇上,离老街不远,是我听到的一个故事。"姚晓娇的眼前出现了一个烟雨濛濛的湖边,一个男人独自在垂钓——怎么说呢,说这个故事的人啊,他端着酒杯、倾斜着身体,他距离自己很近,却感觉很远,他始终只有绝情和冷漠，就算你将心挖出来，他都这样。他只是说：那个地方叫月亮湖，烟雨濛濛鸡犬声，云蒸雾绕樟树林，然后，这个男人在湖边守候着，守候什么呢？他突然转过身来问姚晓娇，姚晓娇没有回答出来，但她记住了，月亮湖，香樟树林，一个神秘的男人……她发誓要找到这个地方，告诉他，让他知道自己有多努力！

翁先生应了姚晓娇的提议。那就去找吧！但愿能找到一些东西回来！突然，他想起什么，起身走进房间，打开一道沉重的柜门，捧出一坛人参酒过来放在桌子上。这其实只是一只巨大的玻璃坛子浸泡着一棵人参的药酒罢了，搬出这个干吗呢？姚晓娇不屑地看着。只听翁先生说："这是我母亲留给我的东西，她说这棵人参泡了很多年，你看它身体那么洁白，真是令人着迷啊———等你找到那个人，我们喝这个好吗？"

"靠，原来不就是庆祝嘛，搞那么情深义重的！弄得人家一头雾水。"姚晓娇跳下凳子，"走喽，去找呐！"

5

两人刚一前一后出门，翁先生的胳膊就被人拽了一下，被站在枫桥边卖蔬菜、螺蛳和小鲫鱼的阿婆叫住。她没有走近，眼睛看了看姚晓娇，意思是让翁先生再靠自己近一点。翁先生就靠近了一点，听得阿婆急吼吼关照着："不管怎么说呢，你在我们眼前长大的，你是什么人，我们都知道，你可不要乱骗人啊。有的话骗了别人骗不了自己。时间长了，人们还是会知道你不懂酿酒，你就是个骗子啊。你说你蛮好的人留在这里骗人家干吗呢？"

"我……我没有骗人呀！"如当头一棒，翁先生气急败坏地黑着脸。

阿婆又看看姚晓娇，问："她是谁啊？"

"我——我媳妇。"翁先生闷闷地嘀咕一句，离开阿婆，拉上姚晓娇的手走上枫桥。他能感觉到阿婆仍旧站在桥边一脸惆怅地瞅着自己的背影纳闷。

姚晓娇来寻访的一个人，听着有点玄乎，说他一个人住在湖边，跟隐士一样，一间茅屋，他将湖用绿色的网拦住，养了很多鱼。他的家在另外一个镇上，他是新婚之夜搬出来的，如今住在湖边住着养了多年的鱼，这是一个奇怪的事。他干吗要一个人住在湖边多年？他一定有什么不得已的执念……

　　姚晓娇断断续续地说着，似乎也在思索，突然在饭桌上听到的故事和地名，为啥就让自己跋涉而来？我究竟要寻找的是什么？是故事本身的真相还是要证明一些什么？翁先生打断她问道："你说这个人住在月亮湖边？"

　　待看到姚晓娇珍重地点头，翁先生心里有数了。这个男人自己见过，他没有传奇啊，他只是喜欢养鱼，这里因为大量种植了香樟树，种植香樟树也是农民想发家致富，不想最终连成了片，围着月亮湖延绵不绝。于是，许多鸟也来了。鸟是白色的，在湖面上飞，这个男人坐在岸上抽烟看湖里的鱼。一到冬天他就回家了，春暖花开了再来。至于叫什么住哪里倒是不知。因为一个人长期习惯性住在这里，就没了询问的理由，理所当然一般。

　　此时正值春暖花开之时，男人不在。茅草屋的柴门虚掩着。茅屋里仅剩下一堆柴灰，和一张空空如也的木板床。姚晓娇捡起一根树枝，扒开柴灰看看，又去摸摸床架，说："他为什么要骗我呢，这明明都很久没人住过的嘛！"一脸的失望。一缕头发落下来，正想去拂，却发现手还在翁先生手里。被他紧紧地握着。她看向翁先生，再看看手，示意松开。翁先生明白，五指松开，又握紧，一把将姚晓娇拉进怀里抱着。

　　是的，这个在湖边养鱼的男人不管在姚晓娇心里有多神奇，对于翁先生来说他很普通，他会生病，会死——死，这令翁先生惧怕起来，自己似乎都还没好好活一次就死了，女人没有，孩子没有，爱情没有——不，爱情，姚晓娇已经让自己欲罢不能！这不是爱是什么，这就是上天赐给自己的礼物啊！

　　姚晓娇乖巧地依附在他怀里，像是受伤了，他为什么要骗自己呢？而自己就因为爱他，却被他骗着兜圈子，也许这个地方根本不存在，而这里的月亮湖根本只是凑巧，这些都是那个男人在交际场合随口杜撰的故事吧？眼底划过一道忧伤，姚晓娇将头抬起来，死死地看一眼翁先生，并用右手食指抚弄了一下他的嘴唇，骤然，她踮起脚跟将嘴唇压在翁先生的嘴唇上。她明显有性爱经验的，当翁先生抱着她在小茅屋里打圈圈不知如何是好时，她暗示到木床上去。翁先生这才抱起她，轻轻地放在床上。又怕床板咯疼她，还将自己的衣服脱下垫在她背下。姚晓娇感动于他的细心，主动搂住他打开了身体。暴风雨在茅屋里猛烈上演，木床被摇晃得咯吱咯吱狂叫。几次都有了被压散架的哀鸣，但它终究撑了下来，以节奏强烈的伴奏声配合着这场肢体的暴风雨。

姚晓娇气喘吁吁地抚摸着翁先生脸上的汗，问道："你还是第一次啊？"她的眼睛明亮亮的，特别迷人。翁先生红着脸，点头。姚晓娇如获至宝，惊呼一声，紧紧地抱住翁先生："还找什么湖边的男人，你就是我最该寻觅的人！"回途中，姚晓娇一路都在兴奋地讲她准备着手写的故事。她说的最多的一句话是："没想到会遇见这样的你。好像你在这已经等了好多年。"

翁先生的眼睛潮湿了，亮汪汪的。跟月光下的月亮湖一样。

于是，翁先生便成为了姚晓娇的采访对象。她要听他讲他的父亲、母亲、酒坊，以及街坊邻居的故事，她说这样一个有怪异气息的地方真适合写网络小说。她这篇小说保证能赚大钱。翁先生也从来没有觉得自己酷爱说话，没事就跟姚晓娇黏糊在一起说话，说屋檐上的猫，开过街面的泡桐花，说枫桥以及桥下的水，还有普慈寺的钟声，再折回来说一家一家香烛烟纸店的故事。整条老街，经过细密的梳理，说出的事居然还那么多，今后呢，还会多，因为老街一开发，人会来，故事就来了嘛。

这时，翁先生开始唤姚晓娇为娇娇。姚晓娇还主动告诉翁先生说自己是心甘情愿留下来的。她要做翁先生的女人。这应该是翁先生最春风得意的辰光。这样一个女人从天而落，她令人舒服，大大方方的，从不过问金钱、房产等俗事。她喜欢写东西，也不讲究穿着，有时几天不出门，慵懒地套着自己的月白色棉麻布衫，赤脚在家走来走去。她写作也是抱着笔记本窝在沙发上写的。见到翁先生上来，就一起吃饭，然后，听故事。故事讲到差不多了，感觉也来了，便抱在一起做爱。翁先生明显很喜欢她结实而富有弹性的臀部，当她的双腿架上他的脖子，他就会无比爱恋地唤着："娇娇——娇娇——"

声音貌似还带着哭音，一副就要哭的样子。

镇上的人很快发现翁先生的不一样。他胖了，气色好，眼睛亮闪闪的，连走路的姿势也变了，脚步跨大了，也快了。浑身上下洋溢着爱的味道。有一天，人们还看见姚晓娇趴在花格窗里看月亮的样子。她可真年轻啊！

有人直接问："小翁啊，恋爱了？"

翁先生笑而不语。

人们又问:"这姑娘哪里人啊?"

翁先生仍旧笑而不语。

总之,看见翁先生这样大家还是高兴的,他也是该成家了。尽管这女孩儿……但凡见过姚晓娇的人,都能看出她不像是待得长留得住的!也只能什么也不说,替他高兴。但是,一想到另外一件事,他们又得关照:"小翁啊,你可不能变啊。这些年都这样,我们可不能让你变啊。"

"怎么变?"翁先生一头雾水。

看着面前被挖成一条大沟的老街,竟有点烦躁。

6

这天,翁先生跟姚晓娇在房里吃午饭。吃着吃着,姚晓娇眨巴着眼睛看着他,问:"你用什么洗衣服的,你的衣服很香。"还放下碗,跳过来,伏在翁先生的胸口上闻着。嘴巴里吐出来的气息热腾腾的,嘴唇在胸膛上乱点。姚晓娇问着:"你说我会怎么写你呢?你想过没?我可以写《我与翁先生的日日夜夜》吗?写我们相爱,写我们最终在床上……"姚晓娇真够娇滴滴的,随着脑袋里小说情节的推进,她已经完全进入角色,由被动变为主动。

有人在楼下拍门,喊着:"翁先生,翁先生,你出来下。"

当翁先生一身整洁地出现在酒坊,跟这几个人见面时,来人分明难以抑制住笑意。眼睛还朝门口瞅。似乎在找什么。来人说:"你的好运来了,女人有了,事业也来了。这个酒坊呢,是个宝。但这里要改改,不能这样搞文化,你看啊,这边做药酒,你知道现在人特别注重养生,枸杞酒、桂圆酒、人参酒还有蛇酒……这边呢,还是卖你的老本行,毕竟你这个店适合搭配酒文化的打造,那金秋欢、十月白多好听啊……"

"还有啊,你们家的故事都整理好了吧。我们该找人写导游词了,我们保证你的'翁先生酒坊'肯定是这条老街的一块大招牌……"

说着,他们递上来一份合同。让翁先生签约。翁先生犹豫一下,签了。什么是对生活的妥协,此刻就是,为了娇娇,他决议好好做一个拥有雄心壮志的男人。但他却也纳闷,街坊阿姨怎么一直在提醒自己不好骗人,骗什么人?为什么要骗人啊?

普慈寺的钟声又敲响了。一下,两下,三下。自从母亲出家之后,翁先生就觉得钟声是敲在心上的。每次都要顺着老街一路走到思源桥边站住，才明白是想来看母亲了。但他从来没有进去过，他不忍心看见母亲一身僧袍的样子。听一会儿诵经声，便转身折回来。心头无比悲怆，人一辈子究竟为啥来着？无爱无恨，却是更苦的心痛。因为你不知道痛什么，难过什么，却分明很难过、很痛。

但今天，他是想进去见见母亲的，跟她说说姚晓娇。这个女人让他非常着迷。他想跟她永远在一起。然而，他仍旧没有进去，那一扇朱红的门让他看见了幸福又觉得幸福跟自己很远。不是立马能够握住的。一悸，赶紧朝回赶。

他走得快了些，走到门口时都有点喘气了。姚晓娇难得走下来，站在酒坊里，正在酒坛子之间转着。她在每一坛酒上闻闻，摸摸，再念一遍："金秋欢、十月白、三月里……"突然，她将手停留在紫云香上，仔仔细细地抚摸着，嗅着，倒也闻到一种熟悉的气息，好像在记忆大脑里消失了很久的味道，终于被同样相遇而来的熟悉的味道重逢，并吸引住了自己。她甚至都想打开瓶盖，看看那朵泡桐花是什么样子了。

"娇娇！"翁先生站在门口温柔地唤着，这令她有点回不过神来的样子，于是，她回头的动作慢了半拍，眼神恍恍惚惚的，亦有惊喜和忧伤存在。瞬间，她犹豫了，低沉了，叹气了，其实呢，都是没意思的是不？说着，将手中的青瓷瓶又放回原位。

翁先生正巧听到这句。心里一紧。从自己刚才站在门口叫她的情景回想到姚晓娇刚来那天的样子，竟像一场梦境。

翁先生想打破眼前的迷雾，唤她上去喝人参酒，说不管怎么说，今天我也想喝酒，我有话跟你说。姚晓娇说："我也有话跟你说。我们上楼吧。"

干燥的木楼梯发出了干燥的声音，你一声，我一声，各怀心思。但一到房间，姚晓娇却让翁先生"笑一个"。翁先生吻一下她的额头，笑了。他一笑，姚晓娇叫他不要动，说他这样笑真好看。并举起手机啪啪啪地连拍了好几张照片。

两人坐下来准备喝人参酒了。翁先生正要开启瓶盖时，姚晓娇阻止了，她将手指落在玻璃上，隔着玻璃抚摸里面的人参半响，激动地赞叹道："太美了。喝了真可惜。不喝了。"继而，转身，背上早已收拾好的双肩包。跟翁先生平静地告别："我要回去了。"

"回去,回哪里?你住在这里好好的啊。"

"回我来的地方啊!我不可能在这生活一辈子吧?你知道的,我要找的人也没找到,该回去了。我还要开会,讨论公司给我安排的新的写作任务……"

"不,你不能走!我不能没有你!"分离的痛苦在每一个骨头缝隙里蔓延。

"切!我为什么不能走,你留我干啥,你觉得能留得住么?"姚晓娇不置可否,就要抬脚走人。

翁先生哀哀地流着泪:"留下吧,我需要你!"他想到姚晓娇带来的激情,无法控制。但姚晓娇去意已决:"我还年轻,有很多事要做。我怎么可能跟你住在这里。我对你已经蛮好了。不过呢,也感激你,我的这篇小说可是很火哦……"

"那么,我们再抱下吧。"翁先生不再哭了,他的眼睛又恢复了阴郁,和最后的恳求。他一把将姚晓娇拉进怀里,深深地拥着,热切地吻着。姚晓娇的身体顿了一下。突然,抬起胳膊,一把脱光衣服,赤身裸体地问翁先生喜欢自己什么?我的身材吗?你喜欢啥呀?翁先生的眼睛跟着她的问题,从上到下打量着,鼻子一寸一寸地嗅着,鼻翼里喷出的热气,弄得姚晓娇咯咯地笑着。姚晓娇的腰肢此时已经被翁先生搂住,贴在自己的小腹上。但她还将身体朝后仰着,看着花灯笑个不停。翁先生说:"不要笑了。再笑不行了。"同时,他想用嘴唇堵住嘴巴,让她不要笑了。然而,此刻的姚晓娇眼睛里却是非常愤怒的,身体也不配合,死板板的,没有一丝感情色彩。这很令人伤心。翁先生问:"你不想啊?"

"是的。我该回家了。怎么来怎么去,不带走一片云彩。生活不是这样子的,爱也不是这样子的,你太迂了。我们之后也不会再联系。"

"你,你怎么可以如此绝情?"翁先生只觉浑身无力。

姚晓娇撇撇嘴角,一副玩世不恭的态度:"翁先生,你可真是不知足,我对你已经很好了……"突然,她的脖子疼了,紧了,说不出话了,翁先生一张涨红的脸扭曲着、愤怒着,危险一步步逼近,她惊恐极了:"你这是干什么?你,你要做——什么?"

7

　　姚晓娇醒来时，天色将暗。夕阳的余晖落在花格窗上，平日里，这时候应该是跟翁先生收拾桌子，到阳台上倒黄酒小酌了。翁先生做起事情来总是特别地细致，也是慢条斯理的，但绝对极其认真。餐桌上每天都有一枝插花，小小的一个白玉质地的瓶子，插一枝玫瑰，或一枝天竺叶子，或一串北美冬青……而菜肴呢，也用足了脑筋，白斩鸡啊，烧得又嫩又鲜，那一碟调料，葱花姜丝一粒粒一丝丝，匀称地漂浮在透明器皿里，鲜酱油宛如土地深沉，这简直就是另一个春天。这是他的拿手菜，一吃就难以停下，姚晓娇用手撕拉着，蘸着调料大快朵颐。对的，这不是一个善于装腔作势的女孩子，她喜欢吃就大吃特吃，不停地吮吸着手指欢天喜地地夸赞："好吃！好吃！"嘴角流油。

　　翁先生自己吃得很少，他喜欢看她吃。他坐在她的对面，一脸温情，一眼脉脉，夕阳落在月白色棉麻衣衫上，白净、清澈又纯真，在他面前，姚晓娇任性又自由，如果没有以前遇见的男人，她相信自己会爱上他，他是值得你爱的———他虽然只是个卖酒郎，也只是一个老光棍，可是你放眼看看，有哪些人能够给你如此这般的安全感和信任感，有他这样实诚的爱？他像那棵站在枫桥边的古树，古意盎然，却又蓬勃生辉，还温暖迷人，自带一种不凡的气质。他热爱生活，自己收拾房间，自己做菜，他的酒都有自己的名字，他从不吃外卖，他享受做菜的过程，就像给酒瓶上写"十月白"，他是真正地活着自己的人。这些，不是自己打心里缺失并想寻找的么？

　　就在姚晓娇将沾满白斩鸡鲜味的手指含在嘴唇里吮吸并傻呆呆地看着对面的翁先生时，翁先生的身体便朝前倾了一下，右胳膊抬起来，放到桌面上，端起青花瓷酒杯朝姚晓娇递来，他在邀请她碰杯，一起干尽杯中酒吧。他的嘴巴也咧开了，露出一排洁白的牙齿，美美地笑了，姚晓娇明白，他宠爱自己，他视自己为生命，他……姚晓娇越想越怕，因为她知道自己最终是会辜负他的。所以，她想自己应该尽早离开这里，真的，越早离开越好，面前的这个男人，他折腾不起啊！

　　于是，从一开始姚晓娇就在设计着如何离开，这表现在一起坐在阳台小酌，抱在一起做爱，一起饮茶的各种情景里。他给自己讲小镇上的人的故事时，专注度已经无法走进另外一个人。他多么可怜啊！姚晓娇又走神了，她的眼前又出现了另一张面孔———那张自己深爱的，轮廓分明又风流倜傥的脸，它端端地悬浮在那里，让她想去亲近，想去抚摸———对了，像书里写的，手指从他的头发、额头、眉毛、眼睛、鼻子、脸颊到嘴唇和下巴，一点点摸下来，感受它的气息和温度，嘴巴一张一合，再念叨着："亲爱的，你的眼睛，你的鼻子，你的嘴巴……"从嘴唇里吐纳出的气息也一缕一缕喷在他的头发、额头、眉毛、眼睛、鼻子、脸颊到嘴唇和下巴上。自己的眼睛是迷离的，他的也是，整个空间都很暧昧和深情。一切，都是浓情蜜意的。就这样，他们疯狂地抱在一起了，难舍难分。

然而，醒来，姚晓娇发现自己仍旧是躺在翁先生的怀里的，刚刚跟自己做爱的男人是翁先生！翁先生充满精力地享受了她的身体她的爱意———那个跟臆想中的男人释放的爱意，将翁先生缠绵住了，他出了一身的汗，安心地睡着了。他是心满意足走进梦乡的，姚晓娇让他无法自拔。姚晓娇心头一疼，默默地说："对不起啊对不起！"手指真的就去抚摸翁先生的剑眉，手指像一把小梳子，一遍一遍刮过，只刮到他露出如婴儿般天真的笑容出来。他一把将她拉进怀里，贴在胸口上，嘴唇抵在发丛里，深深地呼吸着。

但这次，不能再像以往那样了，自己已经表达了离开的意思，他虽然不舍，但也动粗了，掐了自己的脖子，差点被他掐死了———姚晓娇将眼睛从翁先生的脸颊上移动到桌子上的那瓶人参酒上，透明的玻璃瓶，一棵人参飘飘袅袅地浸泡其中，它的身体飘在酒里，跟站在云雾里一样，透明、伤感、绝望，又如此安详，要是真的被他掐死了，会有这般的表情么？

"不，不可以，我还没有好好爱过，我不能死！"姚晓娇的身体被翁先生压麻了，但却动弹不得，翁先生整个人是伏在她身上睡着的，他的手仍旧紧紧地抠住了她的身体，他不会轻易让自己离开的！姚晓娇试探着动了动身体，翁先生立马灵敏地又抠紧了，嘴里哝哝着什么。细听，好像是在哀求不要走不要走！

姚晓娇终于感知到自己做错事了，任性过头了。害了翁先生。跟翁先生在一起的日日夜夜便跟回放的电影镜头一般，一点一点地回放出来，不得不承认，没有一丝一毫的温情是不存在的，也可以这样说，渐渐地，自己甚至都有点着迷于他的细心照顾。那种全心全意的好，跟小时候吃酥糖一样，吃了一颗还想吃，再吃又怕母亲不给，又害怕一下子吃完了。

要命啊，那个端着红酒杯的坐在酒桌上的男人总会在该出现和不该出现时又出来了，他真折磨人啊，他的手指在细长的高脚杯的杯柄上握着，性感无比。其实握住的是一个名利场，他太引人注目了，衣着精致，气质出众，派头老大。也不知为什么，第一次跟他在酒桌上遇见，姚晓娇就一头跌了进去。他不经意飘过来的眼神会让她坐立不安，脸红了又红。他太懂女人了，一眼看出端倪，幽冷地一笑，便变得异常高傲，故作深沉，不易接近，但是呢，他又会恰到好处地丢一点柔情过来，那种迷人的笑落在红酒的荡漾里，形成了无数个春风沉醉的晚上。姚晓娇就这样成了他的情人，不，轻易上了几次床的女人。

姚晓娇明白，他看不起自己。他只是享受了自己的身体发泄了欲望而已。一点痴迷与爱都没有———这种感觉在跟翁先生在一起之后，明显感觉到不一样，并体味出爱和不爱是两码子事。特别对于男人来说，他对自己是没有耐心的，两人共处时，他也没有什么话，连看也没怎么看过自己，就空空洞洞地进入了自己的身体。姚晓娇还回忆出他居然有女人的水蛇腰，他的身体很凉，他的身体跟自己的身体粘贴在一起时，其实是分隔得很远的，因为总觉得缠绕着自己的身体的是一条冰冷的蛇。滑溜溜一阵，就溜走了。两个人最终只剩下对于生殖器的贡献和机械的动作。冰冷又无情，淡定又恍惚。

而翁先生呢，他珍视自己，他的每一个眼神和动作都是充满爱意的，充满体谅，他怕弄疼自己，处处在关心着你的身体和心灵的变化，一点一滴，只为了让爱生根发芽，长成一条凌霄花，于是，心里也就开满了凌霄花。从而将两具热腾腾的身体久久地缠绵在一起。

姚晓娇就这样哭了，抽抽搭搭的声音惊醒了翁先生。翁先生赶紧坐起来，捧着她泪流满面的脸问："娇娇，怎么了？怎么了？"姚晓娇看着他紧张的眼神，只管哭，何去何从，的确不知道了。她只能哭。待看到姚晓娇脖子上的红印子，翁先生立马想到了什么，可恨啊，骂一声自己，他哀哀地看着姚晓娇，无所适从，自己怎么能那样对她！

翁先生也跟着默默地流泪了，看见桌子上的人参酒，他猛地站起来，就要去拧盖子，他将双手放在玻璃盖上，沉默一会儿，低沉地说："娇娇，真要走，等我喝了这坛酒，再走吧！"这个感觉，不亚于父亲去世的黄昏和母亲出家的清晨，翁先生绝望地闭上了眼睛。

"不，喝了这坛，你会死的！"姚晓娇从沙发上跳下来，一把从后面抱住翁先生，她将脸贴在他的后背上，哭着说："你干吗要让我恨你啊！你知道的，我不爱你，我的爱早被践踏死了！"

这一刻，姚晓娇用尽了生命的力气，紧紧地环抱着翁先生，温热的气息喷在他的背上，暖暖的。翁先生将手反过来，试图也紧紧地环抱住她。他们都在力所能及地朝对方紧贴着。

8

普慈寺的钟声又响了。一声，两声，三声。

最近吧，每每听到钟声，翁先生就会全身紧张，仿佛一声声是敲在自己头上的。这个钟声好像明白自己什么心思一样，玄妙又紧张，要出卖自己一般。

但是，到底是些什么东西呢，身体里什么时间开始生长杂草和恶魔了呢？怎么会这样，自己每天紧张什么呢？想想以前啊，看看泡桐花，赏个月，想个好的酒名，云淡风轻啊。古镇的生活清淡随意，居然拥有一条最初的通道任自己走来走去，走出了一身的月色。而现在呢，脑子里成天在盘算姚晓娇还会走么？她会真的走么？她走了自己今后怎么办呢？更重要的是，一想到姚晓娇，身体就欢腾，一欢腾就慌乱，消遣不起的感觉，之后就是抱着姚晓娇也开始萎靡不振——他知道，自己太紧张了！

一紧张就出了乱子，爱不起来的样子了。这令翁先生又急又乱，又无助又羞赧，分明是那么激情澎湃，为什么关键时候就垂头丧气了呢？翁先生看一眼身下的姚晓娇，羞赧的感觉立即幻化为恼羞成怒，姚晓娇啊姚晓娇，你为什么将眼睛瞪那么大盯着自己呢？你能接受跟这样一双眼睛做爱吗？当然，姚晓娇有姚晓娇的说词，她说："你太走神了，你是不是还在想如何软禁我？"姚晓娇的眼睛滑过翁先生的鼻尖，落在窗户上，那里，翁先生悄悄地上了锁，这一把锁没有锁住姚晓娇，却给自己的道德上了一把锁。

这都是姚晓娇明亮的眼睛告诉的，她在恨自己！

姚晓娇继续说："你不觉得我俩在一起，只是在消遣么，你了解我多少，你爱我什么，你懂我啥，你贪恋的只是这个年龄的放纵和发泄。

你不懂生活与爱。你根本不知道我此刻想啥？"

翁先生穿好衣服坐在桌子边，他的手可以随时抚摸着那坛人参酒。尽管抚摸了一百遍人参，也揣度不到姚晓娇的心里。姚晓娇笑笑，"无所谓你知不知道，我俩呢，总归是要散的。"

翁先生的手掌正落在人参的头上抚爱着，但五指冰冷。

姚晓娇说："我是独生女儿，我和你怎么可能就在这里住一辈子啊。在这里，只有一股酒味，和一股霉味。跟你生活，等于要葬送我一辈子，你想过我们今后的生活么？结婚？生育？抚养？生活实际啊，很真实的，我虽然写小说，编故事，我也做不到一辈子任性，我的确突然来到这里，图新鲜，跟你住了这些日子，话呢是该说透了，我不爱你，我该回去了，你锁住我但锁不住我的心，所以，我可以看着你锁门锁窗，我觉得你很可笑，又可悲，你的活是另一种死亡。"

"你的生活就像你手中的人参酒，只是浸泡着，像一枚标本，你走不出去，也打不开，可以爱但不可以不爱，你太在乎得失。终究最在乎得失的就是你！"姚晓娇禁不住哈哈大笑起来。笑得翁先生浑身颤抖。

"不过，我……"姚晓娇的情绪变化太快，突然，她眼睛有了泪水，她哭了，哽咽道："你终究不知道我有多爱他，我爱他啊，他的侧影，他的气息，他的世界，他的名利场，都能够让我飞翔，我真的好想抱抱他——"

姚晓娇开始伏在枕头上哭泣，就在这时，普慈寺的钟声又响了，今天难道敲钟人记错时间了，又重敲了？

"我来到这里，都是为了他酒桌上的一句话，他其实根本都忘了，但我非要来一遭。也许我根本就是走错了地方，又错误地遇见了你，你说哪有那么巧，我就如此容易找到月亮湖，和一个守湖的男人的故事？他给我的药引子，是一副毒药！他要离开我了！"姚晓娇忽然明白了，与此同时，她披头散发地奔过来，一头扑进翁先生的怀抱里，泪水鼻涕一脸："他不要我了，我该怎么办啊？"她的手紧紧地抓着翁先生的衣襟扯着，就将纽扣扯开了，指甲在他干净的胸膛上划过，一道道鲜红的血痕错综复杂，迷离彷徨。

普慈寺的钟声不停地响着，要命啊，翁先生咬紧牙关，忍受着蚀骨一般的痛苦。他念叨着："姚晓娇，姚晓娇……"手落在姚晓娇的肩膀上捏着，用力地捏着。只有肉体的痛苦才能减轻心理的痛苦，那么也只能这样了,翁先生的手一点点地增力,像把老虎钳钳在姚晓娇的肩膀上,她瘦了,很瘦,骨骼吱吱作响的声音传来。姚晓娇也猛力地抓着翁先生的胸膛,两个人的两只手互相破解着什么,但很有契合,一下一下,一起发力,一起耷拉下来,累了,两具伤痕累累的肉体又继续抱紧取暖,这时候,每个人都发现怀抱着一团熊熊烈火。

内心里,有个迷人的声音在强烈地呼喊:"让痛苦来得更为猛烈些吧!"

上着一道冰冷的锁的窗下,闭着眼睛打瞌睡的阿婆,她突然对着自己的香烛店张开嘴巴打了一个大大的哈欠,她流淌着一滴干涩的泪,自言自语着:"翁先生好像几天没开门了啊,你们知道翁先生去哪里了吗?"

一只猫听见了,立即飞跃上屋檐,蹲伏在泡桐树枝丫上,对着翁先生家的窗口喵呜喵呜地叫着。猫叫声永远是撕心裂肺的,要把天空撕碎一样,撕成一条条碎片落下来。再覆盖住千疮百孔的苍生啊。

接着,一行人过来了,他们说:"听说这个翁先生酒坊,马上要改造接待游客了。"

"啊,那好,这个翁先生也算是苦尽甘来,他这一生啊,不对,这这半生很不走运呢。"

与此同时,一股强烈的异味从姚晓娇身体上散发出来,翁先生吸着鼻子说:"你几天没洗头发了啊!"

9

快递盒子被一辆电瓶车送来的,当时翁先生正准备出门送酒。最近,生意有了好转,据说跟老街的宣传片有关,其中有个镜头给了翁先生酒坊,人们便被"春风送""十月白""九曲回"的名字吸引了,一定要喝到怎么个"九曲回"来。而翁先生呢,也得到姚晓娇建议,酒坛子分成大中小三个容量,价格的悬殊略微拉开,意思是买了小坛不如买个中坛,买了中坛还不如买个大坛,量卖出去了,钱不就赚了。而此刻,正好就有人要了两大坛"九曲回",翁先生笑了,酒还是那个酒,你们只是喜欢喝酒名啊,感受另一种消费。待看到边上的"紫云香",又想起姚晓娇那天戴着紫色发带、发带边又落了一朵紫色泡桐花抱着酒瓶站在门槛边的样子来,那一刻是永远动心的,此时望过去,仍旧倩影闪烁,光影闪烁,泡桐花闪烁,喜鹊的叫声悠扬无比,翁先生就又动心了,痴幽幽地看着门口……

快递男一身冲锋黑衣,戴着头盔,猛地出现,高大又黑暗,带着陌生和肃杀,他将快递盒子直接丢在台子上,说"姚晓娇",一闪身,又走了。消失了。来去无影。翁先生一悸,脸色发白地奔向台子,拿起快递翻来覆去研究。

快递来自另一个世界,而另一个世界又是未知的,但快递可以保持一种秘密联系,这是一条通往大世界的通道。翁先生在发货栏里看见了一串来自上海的详细地址,货品没有注明,倒提示着"易碎物品"。

"是我的粉,你快拿上来。"姚晓娇正在洗脸,她对洗脸要求越来越严格,一个脸要洗半小时,热水冷水交替使用,还要用蛋清拌珍珠粉敷,然后再擦润肤液,大大小小的瓶子十来个。"你赶紧帮我拆了,我要用。"姚晓娇感觉到翁先生来到身边了,直接盼咐。

翁先生将一枚精致的蓝色小瓶子递给姚晓娇时,说:"你要什么跟我说呀,我还没送你啥呢!"

"你是怕我跟外界有联系吧,好呀,你送我———兰蔻,一瓶乳霜六百八十元,我需要一套,大小五六瓶,美容液、日霜晚霜……哈哈,心疼了吧,要不,你说说你现在有多少积蓄啊,你都这个岁数了!"

姚晓娇本来只是想刺激一下他,两人之间已经没有了当初的信任和激情,现在更多的是互相折磨与针锋相对。这就是感情么?就像自己的父母,姚晓娇的脸色幽暗下来,是的,她讨厌这样的自己想过的生活,看上去明朗清秀,其实内心却很忧郁和黑暗,没有安全感,并且虚荣和好斗,但又养成了一副麻木不仁……

"我有五十万……"翁先生如实回答,"父母留了一些,自己这些年存了一些,再加上这套老房子,你看我能给你买个什么?"

"这些钱,买点化妆品和几件珠宝是差不多,但你不用送我,你还是留着以后娶个好女人吧。"在翁先生的一脸诚恳中,姚晓娇不忍心了。怎么说呢,面前这个男人也很可怜,对比于自己,只是他曾经有个幸福的家,备受父母疼爱,除此,也没啥了,并且疼爱他的人该死的死了该出家的出家了,自己再去骗他钱没意思了。姚晓娇推一把翁先生:"快去送酒吧,我要化妆了!"

屋子里只剩下姚晓娇一个人了。她没有了化妆的心思,化妆是为了证明自己仍旧鲜活和美丽,但看见镜子里的脸庞,却是越来越模糊和陌生。相由心生,自己到底哪里变了呢?

姚晓娇坐在床沿边上,这是翁先生母亲的床,那时候都传说翁先生跟母亲同住一室……呵呵,人言可畏啊,姚晓娇明白,只有站在这个屋子里,才有权利和申辩力,翁先生为人和善,他母亲孤独慈爱。跟自己的母亲一样,总是在为一个家而欢喜忧愁着,可母亲一辈子没有过上自己想过的生活,因为父亲一喝酒,就会掐她脖子,瞪着血红的眼睛问她知道我的痛苦吗?我不爱你,从来没有!世人都知道我爱她,永远,一辈子!

这个"她"就从此若隐若现出没在这个家里,与父母同吃同睡。仿佛很多时候,姚晓娇就能看见她正坐在父母之间吃饭、看电视,或者一起睡在床上,她睡左边,母亲睡右边,父亲明显偏爱她,总是背对着母亲,他的背影隔绝了母亲,掩饰了母亲,床上就仅剩下父亲怀抱着的"她"了。

但平日里,父亲对母亲并不坏,至少他舍得给母亲买新衣服,和买花给母亲种植。那个时候,父亲温和、谦逊,玉树临风。母亲迷恋他,眼睛里充满着感激的泪水。父亲也喜欢她的漂亮,将她拥进怀里,重复着歉意:"我这一辈子啊,最对不住的人就是你啊。"

姚晓娇自小明白,一个女人会是毒药,让一个男人一尝便不能罢休,并要毒他一辈子;还有一个女人是解药,她前世欠了债,这世来还,她便充满能量帮助着这个男人,解脱着这个男人,也许还会为其牺牲。这个结局对于一个男人来说,同样如此,一个是毒药一个是解药……姚晓娇多次将这段话写在她的网络故事里。

还有一种感觉是,家在姚晓娇的心头是一片海,宁静的时候很温馨,爆发的时候很惊恐。没有任何平衡点,她最初心疼母亲,后来却心疼父亲了,因为她知道一个秘密,母亲也并不是全心全意爱着父亲的,她的忍让全都因为有了自己。她爱的那个人是另外一个人,他当兵之后没有回来。而这一切父亲并不知情,父亲便觉得愧对了母亲一辈子。姚晓娇也没有理由去拆穿这个秘密,特别是自己无怨无悔爱上了那个男人后,自己要求他什么了呢,为自己离婚?多爱自己一些?不不,他只是在自己心甘情愿的情况下顺其自然地抱住了自己的身体,他的世界是一个非常大的名利场,自己根本无法企及一步……

"娇娇,我买了鸡头米和百合,我做甜品给你吃啊。"翁先生进来后,就直接进了厨房。他的情绪也出现了起伏和动荡,总在试图补偿姚晓娇,又总在想霸占她,就好比买鸡头米时,他想到了食补的养颜秘方,不得不承认姚晓娇是美丽多情的。

然而,过于繁重的情绪落下来,也影响了对于美食的把握,味道总觉得不如从前。姚晓娇不明白,翁先生自己却知道。很久了,他从没有满意于做的每一道菜,长期下来,他沮丧了,明白自己已经没有能力去爱姚晓娇了——这个结果是非常瘆人的!又一次盯着那坛人参酒,恨不得一口气喝掉它,母亲留在俗世里的一坛酒,居然是一杯毒酒!

"你又忘洗头了吧,你明明知道我喜欢干净!"看着姚晓娇吃着自己并不满意的鸡头米甜品,翁先生必须找到另一种释放。

夜色宁静。新月如钩。这股需要洗头的味道杀死了翁先生的爱,他踱步到窗户边,打开铁锁,一股清新的空气扑面而来,带着泡桐花清芬的味道,一晃,一年过去了啊。姚晓娇留在这里一年了。她带来的化妆品都用完了。她也没怎么走出去,她说她这一年写了好几个故事,赚了很大一笔。她的理想是,今后要用这些钱跟心爱的男人环球旅游,她说她一直喜欢自由。肩膀上一热,姚晓娇走了过来,她将脸颊抵在他的肩膀上,对着窗外诡异地笑着。然后,她迅速地脱下衣服,将赤裸的身子朝窗口押着,双手兴奋地挥舞着。"你这是干吗,不知廉耻!"翁先生看到了卧在泡桐树枝丫上的猫的眼睛,羞愧难当,赶紧去拖姚晓娇回来。可是此刻的姚晓娇宛如一条鲜活的鱼,滑溜溜的,他抓不住,她的双乳就这样扯来扯去地回弹着,拼命地朝窗口猫的蓝眼睛上挺去!"你疯了吗?你给我去死!"翁先生已经无法忍受姚晓娇的泼辣劲,他要让自己的脸在老街上丢尽了。她的报复是如此彻底和羞耻!

"哈哈哈哈,我美不,我是姚晓娇啊,你留不住的!再拽我,我就从这里跳下去!"自从窗户上锁后,她都没有来到过窗户边,多半只是宁静地看一眼,将头低下,缩回到自己的世界里创作。她似乎对于窗户上锁和打开没有任何念想。这让翁先生惊讶,违反了她本真的性格。翁先生便知道,对于姚晓娇他是不了解的。而自己却对这个女人倾注了所有的心思……

恨意、冷意从脚底袭击上来,姚晓娇的坚持更令人可恨,随着悲呼的猫叫声,楼下似乎隐隐约约有了人来,他们应该是扬着头,想听见些什么看见些什么?他们充满了猜测与传播的能力,就像好事的街坊对自己跟母亲，可恨啊！终于将姚晓娇拽到了人参酒坛边，姚晓娇顿时安静了下来，她嘻嘻地伏在酒坛上，像两枚人参贴合在一起，一具惨白，另一具更加惨白。翁先生移动着身体，也伏在一具惨白上，他觉得冷，狠命地怀抱住这具惨白，手在她的身体上乱抓着，但总是抓不住要抓住的真实感，最后，落在了脖子上。姚晓娇的天鹅颈真好摸啊，真漂亮啊，他的手在那里游走着，一点一点地抓紧，姚晓娇开始挣扎，挣扎是告知，是警醒，但也是最后的失去，翁先生哭泣着，脸红脖子粗的，眼睛里的东西变幻无常，冷漠、憎恨、温情、柔软，互相交织冲撞，而普慈寺的钟声又响起来，与猫的叫声纠缠在一起，一声比一声紧，急啊，该怎么解脱呢，对于这烦躁的状态，翁先生咬牙切齿着："娇娇，不要怪我，这是我们最好的解脱啊！"

姚晓娇的身体慢慢地在翁先生的怀里冷却了下来。半响后，翁先生才将她平放在地板上。跪在面前，帮她擦拭着人世间最后一滴眼泪："对不起，我不能没有你！"头深深地埋进姚晓娇的双乳之间痛哭着。但很快又停止住哭泣，抚摸着姚晓娇的身体，任寒凉顺着指尖溜进自己的身体里。的确没什么好哭的，现在跟她终于可以永远拥抱在一起，她再也不会离开自己了！

眼睛落到餐桌上，看见母亲留下的人参酒。美妙的人参在玻璃瓶子里跟姚晓娇的身体一样，浸泡在酒里面，永远存在，自己可以每天隔着玻璃来看她，抚摸她，跟她相守……这个想法疯狂又痴癫，充满奇思妙想，竟然让他的心里温暖了一下，酒香四溢，继而喃喃道："我是多么想跟你奔放自由地生活啊！"

楼下，香烛店里的阿婆又打了一个长长的哈欠，她用嘶哑的声音遣散着人流："回吧，回吧，没事了，安静了。"奇怪的是，人们并没有听到她说了什么，她奄奄一息的，口中的气息像是从坟墓里爬出来的蛇，阴气、寒冷、瘆骨。

图书在版编目（CIP）数据

2018 短篇小说年选 / 张学昕编 . — 南京：江苏凤凰文艺出版社 , 2019.4
ISBN 978-7-5594-3168-4

Ⅰ.①2… Ⅱ.①张… Ⅲ.①短篇小说 – 小说集 – 中国 – 当代 Ⅳ.① I247.7

中国版本图书馆 CIP 数据核字（2019）第 008028 号

2018 短篇小说年选

张学昕　编

责任编辑	张　倩　王　青
装帧设计	刘　俊　石晓云
责任印制	刘　巍
出版发行	江苏凤凰文艺出版社
	南京市中央路 165 号，邮编：210009
网　　址	http://www.jswenyi.com
印　　刷	南京台城印务有限责任公司
开　　本	880×1230毫米　1/32
印　　张	11.5
字　　数	360 千字
版　　次	2019年4月第1版　2019年4月第1次印刷
书　　号	ISBN 978-7-5594-3168-4
定　　价	49.80元

江苏凤凰文艺版图书凡印刷、装订错误可随时向承印厂调换